KB143554

해밀턴의 그리스 로마 신화

현대지성 클래식 **13**

해밀턴의 그리스 로마 신화

MYTHOLOGY: TIMELESS TALES OF GODS AND HEROES

이디스 해밀턴 | 서미석 옮김

현대
지성

차례

제1부
신들, 세상의 창조, 초기의 영웅들

제3부

트로이 전쟁 이전의 위대한 영웅들

제4부

트로이 전쟁의 영웅들

제5부
신화에 등장하는 위대한 가문들

제6부

기타 신화들

머리말

　신화에 관한 책은 광범위하게 다양한 원전을 인용한다. 현재까지 전해오는 신화를 보면, 초기 신화 작가들과 마지막 작가들 사이에 약 1,200년이라는 간극이 존재하고, 『신데렐라』와 『리어왕』만큼이나 서로 상이한 이야기들도 함께 섞여 있다. 이 모든 신화를 한 권으로 묶는다는 것은 초서(Chaucer)에서 시작해 서정시까지, 셰익스피어, 말로(Marlowe), 스위프트, 디포, 드라이든(Dryden), 포프(Pope) 등을 거쳐 테니슨이나 브라우닝, 나아가 키플링과 골즈워디에 이르는 영국 문학을 모두 집대성하는 것에 비견된다. 양만 따져보면 영국 문학을 집대성하는 것이 훨씬 방대하지만 영국 문학 작품들은 서로 이질적이지는 않다. 사실 호메로스가 루키아노스와 가깝다거나 아이스킬로스와 오비디우스의 비슷한 부분을 찾기보다는 초서가 골즈워디(Galsworthy)와 훨씬 유사하고 서정시가 키플링의 시와 가깝다고 볼 수 있다.

　이런 문제들 앞에서, 나는 이야기들을 하나로 통합하겠다는 생각은 일찌감치 버리기로 했다. 모든 이야기를 하나로 통합한다는 것은 말하자면, 『리어왕』을 『신데렐라』 수준으로 낮춰 쓰거나(『신데렐라』를 『리어왕』 수준으로 끌어올리는 것은 불가능할 테니 말이다), 위대한 작가들이 주제에 적합하다고 여긴 방식으로 써내려 간 그들의 이야기를 내 방식대로 풀어낸다는 의미일 것이다. 물론 위대한 작가들의 문체를 내가 재생할 수 있다고 생각하지도 않거니와 이러한 위업을 시도하려는 꿈조차 꾸지 않는다. 다만 내 목적은 각각의 신화를 전해준 각기 다른 작가들의 차이점을 독자들이 뚜렷이 구별할 수 있도록 해주는 정도에 두려 한다. 예를 들면, 헤시오도스(Hesiod)는 간결하면서도 신앙심이 깊은 작가다. 그는 소박하고 천진난만하며 때로는 투박하지만 항상 경건함이 충만하다.

본서에 실린 신화 중에는 오직 헤시오도스만 언급한 이야기가 많다. 이에 필적하는 바는 오비디우스가 언급한 것들인데, 오비디우스의 이야기들은 미묘하고 세련되면서도 다소 인위적이고 자의식이 강하게 드러나며 완전히 무신론적이다. 나는 이렇게 확연히 다른 작가들 사이에 존재하는 차이점을 독자들이 간파할 수 있게 하려고 애썼다. 결국 본서와 같은 책을 집어들 때 독자들이 눈여겨보는 점은, 저자가 얼마나 재미있게 다시 썼느냐가 아니라 얼마나 원전에 가깝게 썼느냐이기 때문이다.

나는 고전을 모르는 사람도 이런 식으로 신화에 관한 지식뿐 아니라 신화를 들려주는 작가들이 어떤 사람이었는지 조금이나마 이해하길 바란다. 이 작가들은 2,000년을 훨씬 넘는 시간이 지나서도 영원불멸한다는 것이 입증되었으니 말이다.

서론

"고대 그리스인은 예리한 재치를 지녔고
무지(無知)에서 더 벗어났다는 점에서 야만인과는 뚜렷이 구별되었다."
— 헤로도토스, 『역사』1부 60장

그리스 로마 신화는 까마득한 옛 고대인들이 무슨 생각을 하고 어떤 감정을 느끼며 살았는지 현대를 사는 우리에게 여실히 보여준다. 이 관점에서 보면, 우리는 그리스 로마 신화를 통해 자연과 유리되어 살아가는 현대 문명에서 자연과 친밀하게 살았던 사람들에게까지 거슬러 올라갈 수 있다. 신화가 참으로 흥미로운 것은 사람들이 땅과 나무, 바다, 꽃, 산 등과 밀접하게 연결되어 있던 시대로 이끈다는 점이다. 신화가 형성되던 시기에는 실재와 환상 사이에 뚜렷한 구별이 없었다. 상상력은 생생하게 살아 움직였으며 이성의 제지를 받지 않았다. 숲에서는 누구나 나무 틈새로 도망치는 님프를 볼 수 있었고, 목을 축이려고 깨끗한 샘물에 몸을 숙이면 물속 깊은 곳에 있는 나이아스(Naiads, 물속 요정)의 얼굴을 볼 수도 있었다.

고전 신화를 다루는 작가라면 거의 누구나, 특히 시인이라면 사물이 이처럼 즐거운 상태로 되돌아가는 멋진 그림을 그려냈다. 태곳적에 고대인들은 바다에서 솟구쳐 오르는 프로테우스를 볼 수 있었고, 늙은 트리톤의 뿔 나팔 소리를 들을 수 있었다. 따라서 우리는 시인들이 지어낸 신화를 통해, 그토록 기묘하고 아름다우며 생기 넘치는 세계를 잠시나마 엿볼 수 있다.

그러나 모든 시대 어느 곳에나 존재했던 미개인들의 생활양식을 잠깐만 살펴봐도 이런 낭만적 꿈은 금방 깨진다. 선사시대 원시인을 떠올리거나 오늘날 뉴기니에 사는 원주민을 보더라도 세상을 환상적이고 아름다운 환영으로 채웠을 것 같지 않다. 원시 숲속에는 님프나 물의 요정이 아니라 공포가 도사리고 있었다. 공포는 가장 밀접한 수행원인 마법과 그에 대한 흔한 방어수단이었던 인신 공양 의식과 함께 존재해왔다. 신의 분노에서 벗어나고자 하는 인간의 바람은, 이해할 수는 없지만 강력한 마술 의식이나 고통과 슬픔이 수반되는 제물 의식으로 표출되었다.

그리스 신화

이러한 어두운 면은 고전 신화 속에 등장하는 이야기들과는 동떨어진 고대 세계의 모습이다. 고대인들이 주변 환경을 어떤 방식으로 이해했는지에 관한 연구를 할 때 그리스인들에게서는 별로 얻을 게 없다. 인류학자들이 그리스 신화를 간단하게 다루는 데는 나름 이유가 있는 것이다.

물론 그리스인들도 고대 원시 관습에 뿌리를 두고 있기는 하다. 한때는 야만적이고 폭력적이며 비열하게 살기도 했다. 그러나 원시적 타락과 폭력이 난무하는 가운데서도 그들이 얼마나 숭고하게 살았는지 신화 속에서 여실히 드러난다. 이야기 속에서 야만 시대를 연상시키는 것들은 극소수에 불과하다.

지금의 형태를 갖추게 된 이야기들이 언제 최초로 시작되었는지는 알 수 없다. 하지만 그 시기가 언제였든지 간에 이미 오래전에 원시생활을 벗어났다는 것만은 확실하다. 지금 우리가 알고 있는 신화들은 위대한 시인들의 창작품이다. 글로 쓰인 그리스 최초의 기록은『일리아스』(Iliad)다. 그리스 신화는 호메로스로부터 시작되고 있는데, 그는 기원전 1000년 이후에 살았던 사람으로 여겨진다. 가장 오래된 그리스 문학인 『일리아스』는 풍성하고 절묘하며 아름다운 언어로 쓰였는데, 그 이면에는 자신들이 문명인임을 명확하고 아름답게 표현하려 애쓴 수백 년의 세월이 담겨 있다. 그래서 그리스 신화에 등장하는 이야기들은 초기 인류가 어떤 모습이었는지 분명히 밝혀주지 못한다. 단지 고대 그리스인이 어떤 모습이었는지 알려줄 뿐이다. 어떤 면에서 보면, 이 사실이 우리에게 더욱 중요할 수도 있다. 서양인은 지적으로나 예술적으로 그리고 정치적으로 그들의 후손이기 때문이다.

사람들은 '그리스의 기적(the Greek miracle)'을 말한다. 고대 그리스의 각성으로 새로운 세상이 탄생했다는 의미다. "낡은 것은 모두 사라져버렸다. 자, 보라! 모든 것이 새로워졌도다." 이와 같은 사건이 그리스에서 일어났다. 왜, 언제 일어났는지는 알 수 없다. 단지 우리가 알 수 있는 것은 고대 그리스 시인들에게 이전 세계에서는 감히 꿈도 못 꿨지만 이후 세계에서는 새로운 시각이 움트기 시작했다는 점이다. 그리스의 등장과 함께 인류는 우주의 중심이며 가장 중요한 존재가 되었다. 이것은 가히 사고(思考) 혁명이었다. 이전까지 인간은 하찮은 존재로 여겨졌지만, 그리스에서 어떤 존재인지 비로소 처음으로 깨닫게 되었다.

그리스인들은 자신들의 모습을 본떠 신을 만들었다. 이전 시대에는 결코 상상할 수 없었던 일이다. 그때까지만 해도 신들은 실제적인 모습을 갖추고 있지 않았다. 신들은 살아 있는 생물의 형상과는 전혀 달랐다. 이집트에서는 상상을 초월한 부동의 거대한 거상이 웅장한 신전 기둥이나 바위에 고정되어 있었으며, 인간 형상을 의미하는 조각은 되도록 비인간적인 모습으로 표현되었다. 유연성 없이 비인간적이고 잔인함을 드러내는 고양이 두상을 가진 여인처럼 경직된 인물상 등으로 표현되기도 했다. 살아 있는 모든 것과 동떨어진 거대하고 신비로운 스핑크스도 존재했다.

메소포타미아에서는 그 무엇과도 닮지 않은 동물 형상이나 새머리를 한 인간이나 황소 머리와 독수리 날개를 지닌 사자 등 내면에서만 상상할 수 있는 비현실적인 것을 창조하는 데 골몰했다.

그리스 이전 세계에서 이처럼 비현실적인 것을 숭배해왔다. 얼마나 새로운 사상이 도래했는지 이해하려면 지극히 정상적이고 자연스럽게 표현된 아름다운 그리스 신들의 조각상과 이전 신들의 모습을 나란히 세워보면 된다. 새로운 사고가 시작되면서 비로소 우주는 합리적인 세계가 되었다.

사도 바울은 보이지 않는 것은 보이는 것으로 이해시켜야 한다고 말했다. 이것은 히브리 사상이 아니라 그리스 사상이었다. 고대 세계에서 유일하게 그리스에서만 사람들은 보이는 것에 집착했다. 그들은 주변 세상에 실제 존재하는 것을 통해 자신의 욕망을 만족시키는 방법을 찾고 있었다. 조각가들은 경기를 뛰는 운동선수들을 보면서, 젊고 강한 육체보다 더 아름다운 존재를 상상할 수 없다고 느꼈다. 그래서 아폴론의 조각상을 만들었다. 신화 작가들은 길거리를 지나가는 사람들 사이에서 헤르메스를 발견했을 것이다. 호메로스가 표현한 대로, 작가들은 헤르메스 신을 '청춘이 가장 아름답게 피어난 청년'으로 보았다. 그리스 예술가들과 시인들은 인간이 얼마나 멋지고 곧고 빠르고 강인한지 깨달았다. 인간은 그리스 예술가들이 추구하는 미의 실현이었다. 그들은 상상 속에서만 완성할 수 있는 형상을 창조해내고 싶지 않았다. 그리스의 모든 예술과 사고는 인간에게 집중되었다.

사정이 이렇다 보니 인간적인 신들은 자연히 천상을 즐겁고 친밀한 곳으로 만들었다. 그리스인들은 그러한 천상의 모습에서 편안함을 느꼈다. 하늘에 사는 신들이 무엇을 하고, 무엇을 먹고 마시며, 어디서 연회를 즐기는지 다 알고 있었다. 물론 신들은 두려움의 대상이기도 했다. 그들의 분노는 강력하고 무서웠다. 하지만 적당히 조심하기만 하면 인간은 신들과 꽤 잘 지낼 수 있었다. 자신의 연애 행각을 아내에게 감추려다 늘 발각되고 마는 제우스는 제일가는 웃음거리였다. 그래서 그리스인들은 제우스를 더 좋아했다. 제우스의 아내 헤라는 질투심 많은 아내로 희극에 상투적으로 등장한다. 남편의 애정 행각을 좌절시키고 연적을 벌하려는 그녀의 교묘한 책략은 그리스인들을 불쾌하게 만들기는커녕, 현대판 헤라가 오늘날 우리를 즐겁게 하는 것처럼 그리스인들을 즐겁게 해주었다. 이러한 종류의 이야기들은 친근함을 위해 만들어졌다. 이집트의 스핑크스나 아시리아의 새-짐승 형상의 신 앞에서 웃는다는 것은 감히 상상조차 할 수 없었다. 그러나 올림포스에서는 신들이 지극히 자연스러우며 친구처럼 느껴졌다.

지상의 신들도 인간적이고 매력적이었다. 사랑스러운 청년이나 처녀의 모습으로 산, 숲, 강, 바다에서 아름다운 대지와 빛나는 바다와 조화를 이루며 살았다.

의인화된 세상, 전능한 미지의 대상을 향해 온몸이 얼어붙는 공포로부터 자유로워진 인간들, 이것이 그리스 신화의 기적이다. 그리스를 제외한 다른 지역에서 숭배되었던 무시무시한 불가해성과, 땅과 공기와 바다를 가득 메운 초자연적 존재의 무서움이 그리스에서는 모두 거부되었다. 신화를 창조해낸 사람들이 비합리적인 것을 싫어하고 사실적인 것을 좋아했다고 말하는 것이 좀 이상해 보일 수도 있다. 일부 이야기가 아무리 환상적이라고 해도 이것은 사실이다. 그리스 신화를 주의 깊게 읽어보면, 심지어 매우 황당한 것조차 본질적으로는 합리적이며 실제 세계에서도 일어날 가능성이 있다는 것을 알 수 있다. 우리의 상상을 뛰어넘는 괴물들과 오랫동안 투쟁하며 일생을 살았던 헤라클레스의 고향은 늘 테바이라고 언급되었다. 고대 여행객들은 아프로디테가 거품에서 태어난 정확한 장소를 찾아갈 수 있었다. 그곳은 키테라(Cythera) 섬의 앞바다였다고 한다. 날개 달린 준마 페가수스는 종일 허공을 가르며 날다가 밤이면 코린토스의 안락한 마구간으로 돌아갔다고 한다. 낯익은 지역에 산다는 것은 모든 신화적 인물에 현실감을 부여했다. 이러한 혼합이 유치해 보인다면, 알라딘이 램프를 문지르면 갑자기 나타났다가 임무가 끝나면 온데간데없이 사라지는 램프의 요정 지니와 비교했을 때 충실한 배경이 얼마나 고무적이며 이치에 맞는지 생각해보라.

그리스 신화에는 무섭고 비합리적인 것이 설 자리가 없다. 그리스 이전에는 그렇게 강력했던 마법이 거의 존재하지 않는다. 무섭고 초자연적 힘을 지닌 남자는 없으며, 오로지 두 명의 여인이 있을 뿐이다. 최근까지도 유럽과 아메리카에 자주 등장한 사악한 마법사나 끔찍한 늙은 마녀도 그리스 신화 속에서는 아무런 역할을 하지 못한다. 키르케와 메데이아는 마녀이긴 해도 젊고 아름다우며 무서운 존재가 아닌 매혹적인 인물이다. 고대 바빌론 시대부터 오늘날에 이르기까지 발달해온 점성술이 고대 그리스에는 전혀 존재하지 않는다. 별에 관한 수많은 이야기가 있기는 하지만, 인간의 삶에 영향을 미치는 지식을 찾아내기 위한 것은 아니었다. 그리스적 사고(思考)가 별과 관련해 최종적으로 만들어낸 것은 바로 천문학이었다. 마술로 신들을 이기거나 그들의 관심을 다른 데로 돌리는 방법을 알고 있기 때문에 경외의 대상이 되는 신비한 사제는 전혀 등장하지 않는다. 『오디세이아』(Odyssey)에서 사제와 시인이 오디세우스 앞에 무릎을 꿇고 살려달라고 애원했을 때 오디세우스는 생각할 여지도 없이 사제는 죽이고 시인은 살려준다. 신들에게서 신의 예술을 전수받은 시인을 죽인다는 것에 두려움을 느낀다고 호메로스는 말한다. 다른 지역에서는 두려움의 대상이며 중차대한 역할을 하는 유령도 그리스 신화에서는 결코 땅 위에 모습을 드러내지 않는다. 그리스인들은 죽은 자를 전혀 두려워하지 않았다. 오디세우스는 그들을 '애처로운 사자(死者)'라고 부르고 있다.

그리스 신화에 등장하는 세계는 인간의 마음에 공포심을 불러일으키는 곳이 아니다. 그리스 신들이 혼란스러울 정도로 변덕스러운 것은 사실이다. 제우스의 벼락이 어디에 떨어질지 아무도 모른다. 그럼에도 중요하지 않은 몇몇 신을 제외한 모든 신은 인간미를 갖추었으며 황홀할 만큼 아름다웠다. 인간적 아름다움을 갖춘 것은 전혀 공포의 대상이 아니었다.

고대 그리스의 신화 작가들은 공포가 가득한 세상을 아름다움이 가득한 세상으로 바꾸어놓았다.

하지만 밝은 모습 속에도 군데군데 어두운 면이 남아 있었다. 변화는 매우 완만하게 진행되었고 결코 완성될 수 없었기 때문이다. 신들의 의 인화는 오랜 기간 조금씩 개선되며 진행되었다. 신들은 비길 데 없이 사랑스럽고 강력하며 영원불멸한 존재였다. 그러나 이런 신들이 인간보다 못한 행동을 할 때가 많았다. 『일리아스』에서 헥토르는 그 어떤 신보다도 고귀하며, 안드로마케는 아테나나 아프로디테보다도 훨씬 뛰어난 모습을 갖추고 있다. 헤라는 처음부터 끝까지 저열한 인간성을 보여주는 여신으로 등장한다. 거의 모든 신이 잔인하거나 비열하게 행동한다. 호메로스가 표현한 신들의 세계에서는 옳고 그름에 관한 극히 제한된 분별력이 있을 뿐이다.

다른 어두운 면도 눈에 띈다. 바로 동물 신을 숭배하던 시대의 흔적이 남아 있다는 것이다. 사티로스는 염소 인간이며, 켄타우로스는 반인반마(半人半馬)였다. 헤라는 자주 '암소의 얼굴을 한' 모습으로 묘사되었는데, 이 수식어는 마치 헤라의 모습이 암소 신에서 천상의 여왕으로 변화되는 과정을 설명해주는 듯하다. 인간을 제물로 바치던 시기로 거슬러 올라가는 이야기들도 있다. 그러나 야만적 숭배의 잔재가 여기저기에 남아 있다는 사실이 놀라운 것은 아니다. 오히려 그 흔적이 찾아볼 수 없을 정도로 적다는 점이 특이하다.

물론 신화에는 무시무시한 고르곤, 히드라, 키마이라 등 다양한 괴물이 등장하지만 단지 영웅에게 빛나는 승리를 안겨주기 위해 존재할 뿐이다. 만일 괴물이 없다면 영웅이 세상에서 무슨 할 일이 있겠는가? 괴물들은 언제나 영웅에 의해 제압당한다. 그리스 신화의 위대한 영웅 헤라클레스는 그리스 자체를 상징하는 것으로 볼 수도 있다. 그리스가 인간 위에 비인간적으로 군림하는 기괴한 사상으로부터 세상을 해방시켰듯이 헤라클레스는 괴물들로부터 세상을 구원했다.

그리스 신화는 여러 남신들과 여신들에 대한 이야기로 구성되어 있지만, 그리스 종교를 설명하는 일종의 경전으로 이해해서는 안 된다. 최근 이론에 따르면, 실제 신화는 종교와 아무 상관이 없다. 신화는 단지 자연에 존재하는 어떤 사물에 대한 설명일 뿐이다. 예를 들면, 우주 속 삼라만상이나 어떤 특정 사물이 어떻게 존재하게 되었는지 설명하는 것이다. 물론 여기에는 인간, 동물, 다양한 나무와 꽃, 태양, 달, 별, 폭풍, 화산 폭발, 지진 등 존재하는 모든 것과 발생하는 모든 일이 포함된다. 천둥과 번개는 제우스가 벼락을 내리칠 때 일어나는 일이며, 화산 폭발은 거대한 산에 갇혀 있는 괴물이 탈출하려고 애쓸 때 일어나는 현상이다. 큰곰자리로 불리기도 하는 북두칠성은 화가 난 어느 여신이 바다 아래로 가라앉지 말라고 명령했기 때문에 수평선 아래로 지는 법이 없다.

말하자면 신화는 고대 과학인 셈이며, 인간이 주변 존재들을 설명하고자 최초로 시도한 결과라 할 수 있다. 물론 아무것도 설명해주지 않는 신화들도 있다. 긴긴 겨울밤을 보내며 사람들이 서로 주고받는 단순히 오락적인 이야기일 수도 있다. 피그말리온과 갈라테이아 이야기가 대표적인 예다. 이 이야기는 자연에 존재하는 사건과 전혀 관련이 없다. 황금 양털을 찾아 나서는 모험이나 오르페우스와 에우리디케 이야기도 마찬가지로 자연 현상과 아무런 연관이 없다. 지금은 이 사실이 일반적으로 받아들여지고 있다. 우리는 신화에 등장하는 모든 여주인공에게서 달이나 새벽을, 모든 영웅의 삶에서 태양 신화를 찾으려 애쓸 필요가 없다. 그런 이야기들을 고대 과학뿐 아니라 고대 문학으로 받아들이면 되는 것이다.

물론 종교도 존재한다. 분명히 배경 정도이기는 하지만 뚜렷이 알아볼 수 있다. 호메로스로부터 비극 작가들을 거쳐 그 이후 작가들에 이르기까지 그리스 작가들은 인간이 무엇을 필요로 하며, 신들에게서 무엇을 얻고자 했는지 깊이 인식하고 있었다.

제우스가 벼락을 내리는 신이라는 점은 이전에 그가 비의 신이었음을 의미한다. 제우스는 심지어 태양신보다 우세했는데, 바위투성이 그리스 땅에서는 태양보다 비가 더 절실했기 때문이다. 그 결과 숭배자들에게 귀중한 생명수를 제공하는 신이 바로 신들 중 왕이 될 수밖에 없었다. 그러나 호메로스의 제우스는 자연의 실재를 띠고 있지는 않다. 그는 이제 막 문명이 형성된 세계에 살고 있으며, 선과 악의 기준을 지니고 있다. 그 기준은 그리 고상하지 않으며 자신보다는 주로 다른 사람들에게 적용시키는 것처럼 보인다. 그는 거짓말하거나 맹세를 어기는 이들을 벌했다. 죽은 자들을 부당하게 대우하면 노여워했다. 그래서 늙은 프리아모스 왕을 동정해 그가 아킬레우스에게 아들 헥토르의 시신을 돌려달라고 탄원하러 갈 때 도와주었던 것이다.

『오디세이아』에서는 좀 더 높은 수준에 이른 것을 볼 수 있다. 오디세우스의 돼지치기는, 도움이 필요한 사람들이나 이방인들은 제우스가 보냈기 때문에 그들을 도와주지 않는 자는 제우스의 뜻에 거스르는 것이라고 말한다. 『오디세이아』가 쓰인 시기로부터 그리 먼 후대 사람이 아닌 헤시오도스는 탄원하는 사람들과 나그네, 부모를 잃은 아이들에게 악행을 일삼는 사람은 "제우스의 분노를 사게" 된다고 언급한다.

이제 정의의 여신은 제우스 편이 되었다. 이는 새로운 사상이었다. 『일리아스』에서 약탈을 일삼던 족장들은 정의를 원하지 않았다. 그들은 강자 편을 들어주는 신을 좋아했다. 원하는 것은 무엇이든지 갖고 싶었다. 반면, 빈한한 사람들의 세상에서 살았던 농부 헤시오도스는 가난한 자들에게는 정의의 신이 있어야 한다는 것을 알았다. 헤시오도스는 "물고기와 짐승과 공중의 새는 서로 잡아먹는 약육강식의 세계다. 그러나 인간에게는 제우스가 정의라는 것을 주었다. 제우스의 권좌 옆에는 정의의 여신이 함께하고 있다"라고 말했다. 의지할 데 없는 약자들의 크나큰 어려움이 하늘에 닿음으로써 강자의 신을 약자의 보호자로 바꾸고 있음을 보여준다.

사람들이 점차 삶의 요구가 무엇인지, 자신들이 경배하는 신들에게 요구하는 바가 무엇인지 의식해가면서 여자를 밝히는 제우스, 비겁한 제우스, 우스꽝스러운 제우스 이야기 이면에는 또 다른 제우스의 모습이 나타난다. 이러한 제우스의 모습이 점차 이전 제우스를 대체하기 시작하면서 전체 성격을 형성하게 된다. 마침내 제우스는, 기원후 2세기 저술가 디오 크리소스토모스(Dio Chrysostom) 말을 빌리자면, "우리의 제우스시여, 모든 훌륭한 선물을 주시는 분이자 모든 이의 아버지시자 인류의 보호자이자 구원자"가 된다.

『오디세이아』는 '모든 인간이 갈망하는 신'을 언급했고, 몇백 년 뒤 아리스토텔레스(Aristotle)는 "인간이 고심 끝에 만들어낸 탁월한 신"에 대해 썼다. 고대 신화 작가들 이후로 그리스인들은 신성한 것과 탁월한 것을 분명히 자각하고 있었다. 신성과 탁월함에 대한 엄청난 갈망으로 그리스인들은 그것을 분명히 이해할 때까지 끝까지 노력했고, 마침내 천둥과 번개의 신을 온 우주의 아버지로 바꾸어놓았다.

신화를 쓴 그리스와 로마의 작가들

고전 신화를 다루는 대부분의 저서는 아우구스투스 치세 동안 작품 활동을 한 로마 시인 오비디우스에 많이 의존하고 있다. 오비디우스는 신화를 집대성했다. 그에게 필적할 만한 고대 작가는 아무도 없다. 오비디우스는 거의 모든 이야기를 다루었으며 상세하게 서술하기까지 했다. 문학이나 예술 작품에서 접한 친숙한 이야기들 중에는 오직 오비디우스만 다루는 경우도 있다.

그런데 본서에서는 가급적 오비디우스가 쓴 이야기를 인용하는 것을 피했다. 물론 의심할 여지 없이 오비디우스는 훌륭한 시인이자 이야기꾼이기에 어떤 소재가 뛰어난 이야기로 탈바꿈할 수 있는지 충분히 식별하는 능력이 있었다. 그러나 오비디우스의 관점은 오늘날 우리보다도 신화와 너무 동떨어져 있었다. 그가 보기에 신화들은 터무니없는 이야기에 지나지 않았다. 이에 대해 오비디우스는 구체적으로 이렇게 쓰고 있다.

예나 지금이나 사람의 눈으로는 결코 본 적 없는,
고대 시인들의 어마어마한 거짓말을 나는 이야기한다네.

오비디우스는 사실상 독자들에게 "그 이야기들이 사실과 얼마나 다른지 신경 쓰지 마라. 내가 여러분 구미에 맞도록 근사하게 윤색하겠다"라고 말한다. 그리고 실제로 그렇게 했고, 정말 그럴싸하게 윤색해놓은 이야기도 많다. 고대 그리스 시인인 헤시오도스나 핀다로스에게는 사실이자 엄숙한 진실이었고, 그리스 비극 작가들에게는 심오한 종교적 진리를 전하는 수단이었던 이야기들이, 오비디우스의 손을 거치면서 때로는 기지 넘치는 즐거운 것이 되기도 하지만 대개는 지독할 정도로 수사학적이고 감상적인 이야기가 되고 말았다.

신화를 우리에게까지 전해준 중요한 작가들은 소수에 불과하다. 그중에서도 첫 번째로 호메로스를 꼽을 수 있다. 『일리아스』와 『오디세이아』는 현존하는 가장 오래된 그리스 작품이다. 그런데 이 두 작품의 연대가 정확히 언제인지 추정할 길이 없다. 학자마다 의견이 분분하며 사정은 앞으로도 마찬가지일 것이다. 어쨌든 두 작품 중 더 이른 작품으로 꼽히는 『일리아스』의 경우 기원전 1000년 무렵으로 추정하는 것이 무난하다.

이에 의거해 앞으로 나올 연대는 별다른 언급이 없는 경우 기원전을 의미하는 것으로 알아주기 바란다.

호메로스 다음으로 꼽을 수 있는 작가 헤시오도스는 9세기, 또는 8세기에 활동한 것으로 추정된다. 헤시오도스는 힘들고 가난한 삶을 살았던 농부다. 혹독한 세상에서 어떻게 하면 훌륭하게 살 수 있는지 알려주고자 애쓴 그의 작품 『일과 나날』(Works and Days)과 『일리아스』와 『오디세이아』의 귀족적 찬란함 사이의 대조는 다른 곳에서는 찾아보기 힘들 정도로 극명하다. 그러나 헤시오도스는 신들에 관해 할 말이 많았고, 대개 그의 두 번째 작품으로 인정되는 『신들의 계보』(*Theogony*)는 전적으로 신화만 다루고 있다. 헤시오도스가 정말 이 작품을 쓴 게 맞다면, 당시 그리스에서 세상, 하늘, 신, 인류가 어떻게 생겨난 것인지 의문을 품고 해답을 생각해낸 최초의 사람은 도시에서 멀리 떨어져 한적한 시골에 살았던 비천한 농부인 셈이다. 호메로스는 아무것도 궁금해하지 않았다. 『신들의 계보』는 우주 창조와 신들의 세대에 관한 이야기이므로 신화로서 대단히 중요하다.

다음으로는 여러 신들에게 바쳐진 시 『호메로스 찬가』(*Homeric Hymns*)를 들 수 있다. 이 찬가 역시 정확한 탄생 연대를 알 수 없지만, 가장 초기의 것은 8세기 말 7세기 초에 속하는 것으로 학자들은 추정한다. 총 33편의 시 중에서 중요한 마지막 작품은 5세기 혹은 4세기 아테네에서 쓰인 것으로 보인다.

그리스 최고의 서정시인 핀다로스는 6세기 말 무렵부터 작품을 쓰기 시작했다. 그는 그리스의 대규모 국가 축제의 경기 우승자들을 찬양하는 송가(Ode)를 썼는데, 모든 시에는 신화가 언급되거나 암시되어 있다. 신화에서 핀다로스는 헤시오도스만큼이나 중요한 위치를 차지한다.

그리스 3대 비극 작가 중 가장 초기에 활동한 아이스킬로스는 핀다로스와 동시대 사람이다. 나머지 두 사람인 소포클레스와 에우리피데스는 약간 이후의 사람들이다. 가장 늦게 활동한 에우리피데스는 5세기 말에 죽었다. 살라미스 해전에서 페르시아를 제압한 그리스의 승리를 기념하여 쓴 아이스킬로스의 『페르시아 사람들』(*Persians*)을 제외하고는 비극 작가들이 쓴 모든 희곡이 신화적 소재를 다루고 있다. 호메로스의 작품들과 함께 이들 희곡은 그리스 신화에 대한 지식을 얻는 중요한 원전이다.

5세기 말과 4세기 초에 살았던 위대한 희극 작가 아리스토파네스도 자주 신화를 언급했다. 서양 역사학의 아버지 헤로도토스와 그로부터 한 세대 이후에 살았던 위대한 철학자 플라톤 역시 신화를 많이 언급했다.

알렉산드리아의 시인들은 기원전 250년경에 살았다. 그들을 그렇게 부르는 이유는 작품 활동을 하던 시기에 그리스 문학의 중심지가 그리스에서 이집트의 알렉산드리아로 옮겨졌기 때문이다. 로도스의 아폴로니우스는 황금 양털을 찾는 모험을 상세히 적었으며, 신화에 관한 수많은 이야기를 언급했다. 아폴로니우스와, 신화에 대해 쓴 또 다른 세 명의 알렉산드리아 시인으로 목가 시인이기도 한, 테오크리토스(Theocritus), 비온(Bion), 모스코스(Moschus)에게서는 헤시오도스와 핀다로스가 신들에 대해 품었던 순수한 믿음은 찾아볼 수 없고, 비극 시인들의 깊은 종교관과 진지함과도 거리가 멀었지만, 적어도 오비디우스처럼 경박하지는 않았다.

기원후 2세기에 활동한 후기 작가 중 로마 사람인 아풀레이우스와 그리스 사람인 루키아노스는 신화에 중요한 기여를 했다. 유명한 큐피드와 프시케 이야기를 유일하게 다룬 아풀레이우스의 문체는 오비디우스와 매우 흡사하다. 그러나 루키아노스는 누구와도 닮지 않은 독특한 방식으로 글을 썼다. 그는 신들을 풍자했다. 그의 시대에 신들은 조롱거리가 되었다. 그럼에도 루키아노스는 신들에 관한 많은 정보를 주고 있다.

그리스 작가 아폴로도로스는 오비디우스 이후 가장 방대한 분량의 신화 작품을 썼지만 오비디우스와는 달리 매우 사실적이며 무미건조하다. 그의 활동 시기는 기원전 1세기에서 기원후 9세기까지 다양하게 추정되지만 영국 학자인 프레이저 경(Sir J. G. Frazer)은 아폴로도로스가 기원후 1세기나 2세기에 활동한 것으로 생각한다.

열정적인 여행가로 최초의 여행 안내서를 쓴 그리스의 파우사니아스(Pausanias)는 자신이 방문한 지역에서 일어난 것으로 알려진 신화를 많이 썼다. 기원후 2세기 무렵에 살았지만, 그 어떤 이야기에도 의문을 품지 않고 진지한 태도로 자신이 들은 바를 적어놓았다.

로마 작가로는 베르길리우스를 최고로 꼽는다. 그는 자신과 동시대인인 오비디우스처럼 더 이상 신을 믿지는 않았지만 신들 속에서 인간의 본성을 발견하고 신화 속 인물을 생생하게 되살려냈는데, 그리스 비극 작가들 이후로 아무도 하지 못했던 일이다.

다른 로마 시인들도 신화를 썼다. 카툴루스(Catullus)는 몇몇 이야기를 언급했으며, 호라티우스도 자주 신화를 암시했지만 두 사람 모두 그리 중요한 위치에 있지는 않다. 모든 로마인에게 그리스 신화 이야기는 멀리 떨어진 아득한 그림자에 불과했다. 그리스 신화를 가장 잘 전달해준 안내자는 바로 자신들이 쓰고 있는 바를 확실히 믿었던 그리스 작가들이다.

제1부

신들, 세상의 창조, 초기의 영웅들

제1장

신들

기묘한 구름처럼 흩어진 고대 영광의 단상(斷想)들,

신들에 대해 마지막으로 생각한 사람들,

자신들이 생겨난 그 먼 세계와,

잃어버린 천상의 세계와 올림포스의 공기를 호흡한다네.

그리스인은 신들이 우주를 창조했다고 믿지 않았다. 오히려 반대로 우주가 신들을 창조했다고 생각했다. 신들이 존재하기 이전에 먼저 하늘과 대지가 형성되었다. 그것이 최초의 부모였다. 티탄(Titan) 족이 하늘과 대지의 자식이었으며 신들은 그들의 손자였다.

티탄 족과 올림포스의 열두 신

흔히 구신(舊神, Elder Gods)으로도 불리는 티탄 족은 무수히 긴 세월

동안 우주에 군림했다. 그들의 크기는 어마어마했고 힘도 믿을 수 없을 정도로 강했다. 그 수는 많았지만 신화 속에는 오로지 몇몇만 등장할 뿐이다. 그중에서 가장 중요한 신은 라틴어로는 사투르누스(Saturn)라 불리는 크로노스(Cronus)였다. 크로노스는 아들인 제우스가 자신을 권좌에서 몰아내고 권력을 잡기 전까지 다른 티탄 족들을 지배했다. 로마인들의 말에 따르면, 그리스의 제우스에 해당하는 유피테르(Jupiter)가 권좌에 오르자 사투르누스는 이탈리아로 도망쳤는데, 사투르누스가 이탈리아를 통치하는 동안 완전한 평화와 행복의 황금시대가 지속되었다고 한다.

다른 유명한 티탄 족으로는 대지를 에워싸고 있는 강의 신 오케아노스(Ocean), 그의 아내 테티스(Tethys), 태양과 달, 새벽의 아버지 히페리온(Hyperion), 기억을 의미하는 므네모시네(Mnemosyne), 보통 정의로 번역되는 테미스(Themis), 어깨로 세상을 떠받치고 있는 아틀라스(Atlas)와 인류의 구원자 프로메테우스(Prometheus)라는 유명한 두 아들을 둔 이아페토스(Iapetus) 등이 있다. 이들은 제우스가 패권을 잡은 뒤에도 구신들 중에서 쫓겨나지 않고 지위만 격하된 신들이다.

올림포스의 열두 신은 티탄 족을 계승한 신들 중에서도 가장 뛰어났다. 올림포스에 살았으므로 올림포스 신들이라 불린다. 그런데 올림포스가 무엇인지 정의하기는 쉽지 않다. 처음에는 산 정상을 가리켰고, 그 산은 그리스 가장 북쪽 지방인 테살리아(Thessaly)에 위치한 그리스 최고(最高)의 올림포스 산과 대체적으로 동일시되었다. 그러나 그리스 최초의 시 『일리아스』에서조차 올림포스는 지상의 모든 산보다 훨씬 위에 존재하는 신비스러운 영역으로 점차 바뀌고 있다.

『일리아스』의 한 구절에서 제우스가 "수많은 봉우리가 융기한 올림포스의 가장 높은 봉우리에서" 신들과 대화하는데, 이때는 분명히 산을 지칭한다. 그런데 시가 좀 더 진행되면 제우스는 마음만 먹으면 대지와 바다를 올림포스의 정상에 매달 수 있다고 소리친다. 이때는 더 이상 산이 아니다. 그렇다고 해서 하늘도 아니다. 호메로스는 포세이돈(Poseidon)

이 바다를, 하데스(Hades)가 죽은 자들을, 제우스는 하늘을 다스리지만 올림포스는 그 세 신이 함께 공유하는 곳이라고 말했다.

올림포스가 어느 곳이 되었든지 입구에는 구름으로 이루어진 거대한 문이 있어 계절의 여신들이 늘 지키고 있다. 그 안에서 신들은 암브로시아(ambrosia)와 넥타르(nectar)를 먹고 마시고 아폴론의 리라 소리에 귀기울이며 지낸다. 그곳은 완전한 행복이 존재하는 곳이다. 호메로스 말에 따르면, 고요한 평화를 뒤흔드는 그 어떤 바람도 올림포스에서는 불지 않는다. 비나 눈도 내리지 않는다. 구름 한 점 없는 창공이 올림포스 주위 산지사방으로 뻗어 있으며 하얀 햇살의 영광이 벽면 가득 퍼진다.

올림포스 열두 명의 신들은 다음과 같다.

(1) 제우스(유피테르), 최고신. (2) 포세이돈[넵투누스(Neptune)]과 (3) 플루톤(Pluto)이라고도 하는 하데스, 이 두 신은 제우스의 형제다. (4) 헤스티아(Hestia)[베스타(Vesta)], 제우스 형제의 여동생. (5) 헤라[유노(Juno)], 제우스의 아내. (6) 아레스(Ares)[마르스(Mars)], 제우스와 헤라의 아들. 그리고 이하는 제우스의 자식들 (7) 아테나[미네르바(Minerva)] (8) 아폴론 (9) 아프로디테[베누스(Venus)] (10) 헤르메스[메르쿠리우스(Mercury)] (11) 아르테미스(Artemis)[디아나(Diana)] (12) 헤파이스토스(Hephaestus)[불카누스(Vulcan)], 헤라의 아들, 때로는 제우스의 아들이라고도 한다.

제우스(유피테르)

제우스와 그의 형제들이 우주를 놓고 제비를 뽑았다. 바다는 포세이돈에게, 지하 세계는 하데스에게 각각 떨어졌고, 제우스는 만물의 최고 통치자가 되었다. 그는 하늘의 주인이자 우신(雨神)인 동시에 구름을 모아들이는 신으로 무시무시한 벼락을 휘둘렀다. 제우스의 힘은 다른 모든 신의 힘을 합한 것보다도 훨씬 강했다. 『일리아스』에서 제우스는 올림포

〈제우스와 테티스〉, 장 오귀스트 앵그르, 1811년

스 신들에게 이렇게 말한다. "나는 모든 신 중에서 가장 강하다. 이를 알고 싶다면 시험해보라. 황금 밧줄을 하늘에 매달고 모든 남신과 여신이 함께 잡아당겨보라. 너희는 나를 끌어내릴 수 없을 것이다. 하지만 나는 마음만 먹으면 너희를 다 끌어내릴 수 있다. 올림포스 꼭대기에 줄을 매어 너희를 모두 허공에 매달 수 있다. 대지와 바다도 전부."

그럼에도 제우스는 전지전능하지 못하다. 저항을 받기도 하고 속아 넘어가기도 한다. 『일리아스』에 보면, 제우스는 포세이돈에게 속고 헤라에게도 속는다. 때로는 신비로운 운명(Fate)의 힘이 제우스보다 더 강하다. 호메로스는 헤라의 입을 통해, 이미 죽을 운명에 놓인 사람도 죽음을 피하도록 할 수 있는지 제우스에게 조롱하듯 물어본다.

제우스는 여인들과 끊임없이 사랑에 빠지며, 아내에게 자신의 부정을 들키지 않으려고 온갖 파렴치한 속임수를 동원한다. 최고의 위엄을 갖춘 신이 왜 그런 행동을 하게 되었을까. 학자들의 설명에 따르면, 여러 신들이 한데 융합되어 제우스에 대한 노래와 이야기가 형성되었기 때문이다. 이미 지배 신이 존재하고 있던 도시에 제우스 숭배가 퍼지면서 두 신은 서서히 하나로 융합되었다. 그리고 기존에 존재하던 신의 아내는 제우스에게 양도되었다. 하지만 그 결과는 불행했고 후대 그리스인들은 제우스의 끝없는 연애 행각을 별로 좋아하지 않았다.

그러나 초기 기록에서도 제우스는 이미 위엄을 갖추고 있었다. 『일리아스』에서 아가멤논(Agamemnon)은 이렇게 기도를 올린다. "제우스시여, 가장 영예롭고 가장 위대하며 하늘을 주재하시는 폭풍우의 신이시여." 제우스는 인간에게 제물뿐 아니라 올바른 행동을 요구한다. 트로이(Troy)에 주둔하던 그리스 군대는 이런 말을 들었다. "아버지 제우스는 거짓말쟁이나 맹세를 깨뜨리는 자들을 절대 도와주지 않는다." 이처럼 천박한 제우스와 고귀한 제우스는 오랫동안 나란히 공존해왔다.

제우스의 흉갑은 보는 것만으로도 소름끼치는 아이기스(aegis: 방패)였으며, 그의 새는 독수리, 나무는 참나무였다. 제우스의 신탁소는 참나

〈아프로디테, 데메테르, 헤라〉, 라파엘로, 15세기

무가 가득한 땅인 도도나(Dodona)였고, 참나무 잎이 살랑거리는 소리로 드러나는 제우스의 뜻을 사제가 풀이해주었다.

헤라(유노)

헤라는 제우스의 여동생이자 아내다. 티탄 족인 오케아노스와 테티스의 손에서 양육되었다. 헤라는 결혼의 수호신으로 특별히 결혼한 여인을 보살핀다. 시인들이 묘사한 헤라의 모습에는 그다지 매력적인 면이 없다. 다만 초기 시에 나타난 헤라는 다음과 같다.

> 황금 왕좌에 앉은 헤라, 신들의 여왕.
> 아름답고 영예로운 여신들 중에서도 제일 으뜸이라네.
> 저 높은 올림포스에 사는 모든 행복한 신들로부터,
> 천둥의 신 제우스만큼 추앙받네.

하지만 헤라에 대해 상세하게 전해 내려오는 이야기에는 대체적으로 제우스가 사랑한 여인들을 벌주는 모습만 끊임없이 부각되고 있다. 심지어 제우스가 강요하고 속여 어쩔 수 없이 굴복한 여인들조차도 여지없이 혼내고 있다. 여인들이 제우스의 사랑을 받아들이는 것을 얼마나 꺼려 했는지, 또 얼마나 순진했는지는 헤라에게 크게 중요하지 않았다. 헤라는 모두를 똑같이 취급했다. 헤라의 식을 줄 모르는 분노는 여인들뿐 아니라 그들의 자녀들에게도 영향을 미쳤다. 그녀는 자신이 받은 수모를 절대 잊는 법이 없었다. 헤라보다 다른 여신이 더 아름답다고 판결한 트로이 사람들에 대한 그녀의 증오만 아니었다면, 트로이 전쟁은 쌍방 모두 정복당하지 않은 채 명예로운 평화로 끝맺었을 것이다. 자신의 아름다움을 무시당한 모욕감은 트로이가 폐허로 변할 때까지 헤라의 마음속에서 지워지

〈바다의 신 포세이돈〉, C.A. 아담, 18세기

지 않았다.

황금 양털을 찾아 나선 모험 이야기에서 헤라는 영웅들의 영예로운 수호신으로 그들의 영웅적 행동에 용기를 북돋우지만 다른 이야기에서는 전혀 그렇지 않다. 그럼에도 헤라는 결혼한 여인들이 의지하는 여신이었기에 모든 가정에서 숭배되었다. 출산을 돕는 여신 에일레이티아(Ilithyia, 또는 Eileithyia)는 바로 헤라의 딸이었다.

헤라에게 바쳐진 동물은 암소와 공작새였고, 그녀가 가장 좋아하는 도시는 아르고스(Argos)였다.

포세이돈(넵투누스)

바다의 신으로 제우스의 동생이며 서열상 제우스 다음이다. 에게해(Aegean Sea) 양쪽 해안에 살던 그리스인들은 모두 뱃사람이었으므로 그들에게 바다의 신은 매우 중요했다. 포세이돈의 아내인 암피트리테(Amphitrite)는 오케아노스의 손녀였다. 바다 밑에 찬란한 궁전이 있었지만 포세이돈은 올림포스에 있는 모습이 더 자주 눈에 띈다.

포세이돈은 바다의 신뿐 아니라 인간에게 최초로 말(馬)을 제공한 신으로도 높이 경배받았다.

포세이돈 신,
우리의 자랑인 강하고
혈기왕성한 말을 보내주셨고,
당신은 또한 깊은 곳을
다스리는 분이시니.

폭풍을 일으키고 잠재우는 것 역시 그의 소관이었다.

〈하데스〉, 작자 미상, 2세기 중반

포세이돈이 명령하면 폭풍이 몰아치고
바다에는 큰 파도가 솟구친다네.

하지만 포세이돈이 바닷물 위로 황금 마차를 몰고 나타나면 어느새 파도의 격랑은 잠잠해지고 부드럽게 굴러가는 황금 마차 바퀴 뒤로 고요한 평화가 뒤따랐다.

포세이돈은 보통 '대지를 흔드는 자'로 불리며, 원할 때면 언제든지 바닷물을 휘몰아치게 하는 삼지창을 지닌 모습으로 나타났다. 그는 말뿐 아니라 황소와도 관련 있지만, 황소는 다른 많은 신들과도 관련 있다.

하데스(플루톤)

올림포스 삼 형제 중 세 번째 서열인 하데스는 자신의 몫으로 지하 세계를 선택해 거기서 죽은 자들을 다스린다. 하데스는 부(富)의 신인 플루톤으로 불리기도 하는데 땅속에 귀중한 보석이 많이 묻혀 있기 때문이다. 그리스인들처럼 로마인들도 하데스라는 이름으로 불렀지만, 때로는 라틴어에서 부(富)를 뜻하는 디스(Dis)로 번역해 부르기도 했다. 하데스는 누구든 쓰기만 하면 보이지 않게 해주는 유명한 모자를 가지고 있었다. 자신의 암흑 영역을 떠나 올림포스나 지상을 방문하는 경우는 드물었고, 그렇게 하도록 권하는 신도 없었다. 하데스는 그리 환영받는 손님이 아니었던 것이다. 냉혹하고 무자비하지만 공정했으며, 무섭기는 하지만 사악한 신은 아니었다.

그의 아내 페르세포네[Persephone, 프로세르피나(Proserpine)]는 하데스가 지상에서 납치해 하계의 여왕으로 만들었다.

하데스는 죽은 자들의 왕이었지만 죽음 그 자체의 신은 아니었다. 그리스인들은 죽음의 신을 타나토스(Thanatos)로, 로마인들은 오르쿠스

〈옷 입는 아테나〉, 라비니아 폰타나, 16세기

(Orcus)로 불렀다.

팔라스 아테나(미네르바)

아테나는 제우스 혼자 낳은 딸로 어머니가 없다. 완전무장을 하고 다 자란 상태로 제우스의 머리에서 튀어나왔다. 『일리아스』에 소개된 아테나의 초기 기록에는 사납고 무자비한 전쟁의 여신으로 묘사되지만, 다른 이야기에서는 외부의 적으로부터 국가와 가정을 방어하는 경우에만 호전적이다. 아테나는 훌륭한 도시의 수호신이며, 문명 생활과 수공예, 농업의 수호자였다. 인간이 말을 쓸 수 있도록 최초로 굴레를 만들어 말을 길들여준 신이기도 하다.

아테나는 제우스가 가장 총애하는 자식이었다. 제우스는 보는 것만으로도 몸서리가 쳐지는 방패 아이기스와 파괴적인 무기인 벼락을 아테나에게 맡길 정도로 그녀를 신뢰했다.

아테나를 묘사할 때 자주 언급되는 말이 "회색빛 눈을 지닌"인데 때로는 "번쩍이는 눈을 지닌"으로 번역되기도 한다. 처녀 신 세 명 중에서 아테나는 제일 으뜸이었으므로 처녀를 의미하는 파르테노스(Parthenos)로 불렸고, 그녀의 신전은 파르테논(Parthenon)으로 불렸다. 후기 시에서 아테나는 지혜, 이성, 순결의 화신으로 나타난다.

아테나가 총애하는 도시는 아테네였다. 아테나가 창조한 올리브는 그녀에게 바쳐진 나무가 되었고, 아테나의 새는 올빼미였다.

포이보스 아폴론

제우스와 레토(Leto, Latona)의 아들로 델로스(Delos)라는 작은 섬에서

〈아폴론〉, 작자 미상, 15세기

태어났다. 아폴론은 '모든 신 중에서 가장 그리스다운 신'으로 불렸다. 그리스 시(詩)에서 아폴론은 아름다운 인물로 묘사되며 훌륭한 황금 리라 연주로 올림포스의 모든 신을 즐겁게 해준 음악의 명인이기도 하다. 또한 은으로 만든 활의 주인으로 먼 곳까지 화살을 쏠 수 있는 궁술의 신이었다. 인간에게 의술을 가르쳐준 치유의 신이기도 했다. 이처럼 선한 성품과 뛰어난 자질을 가졌을 뿐만 아니라 어두운 면이란 일체 없는 빛의 신이자 진실의 신이기도 했다. 아폴론의 입에서는 절대 거짓말이 흘러나오는 법이 없었다.

> 오 포이보스, 진리의 권좌로부터,
> 세상의 중심에 있는 당신의 신전에서
> 인간에게 선포하시나니.
> 제우스의 섭리에 의해 그곳에는 어떠한 허위도 있을 수 없으며,
> 진실을 덮을 어떤 의혹의 그림자도 발붙일 수 없나니.
> 영원한 정의로 제우스가 아폴론의 신의를 확고히 했나니
> 아폴론이 내려주는 말은 모두 확고한
> 신념으로 믿어도 좋을지니.

우뚝 솟은 파르나소스(Parnassus) 산 아래 있는 델포이(Delphi)는 아폴론의 신탁이 행해지는 곳으로 신화에서 매우 중요한 역할을 한다. 카스탈리아(Castalia)는 델포이의 성스러운 샘이며 케피소스(Cephissus)는 강이다. 그곳은 세상의 중심으로 여겨져 그리스뿐 아니라 외국에서도 많은 순례객이 찾아왔다. 델포이에 필적할 만한 신전은 없었다. 진실을 알고자 갈망하는 참배객들이 질문을 하면 신전의 무녀가 무아지경에 빠져 답을 듣고 이를 사람들에게 말로 전달한다. 이 무아지경은 무녀가 앉은 자리, 다리가 셋 달린 삼각대가 놓인 바위 깊은 틈새에서 솟아오른 수증기 때문이라고 생각되었다.

아폴론은 자신이 태어난 섬 델로스에서 델리안(Delian)으로도 불렸고, 파르나소스 산 동굴에 사는 뱀 피톤(Python)을 죽였다고 해서 피티안(Pythian)으로 불리기도 했다. 피톤은 끔찍한 괴물이었는데 그 둘의 싸움은 무척 치열했지만 결국 절대 빗나가지 않는 아폴론의 화살이 승리를 안겨주었다. 아폴론에게 자주 주어진 별칭으로 '리키안(the Lycian)'이 있는데, 이는 늑대-신, 빛의 신, 리키아(Lycia)의 신 등 다양한 의미로 해석된다. 『일리아스』에서는 아폴론을 쥐의 신 '스민티안(Sminthian)'으로 부른다. 그가 쥐를 보호했기 때문인지 쥐를 파괴했기 때문인지는 알 수 없다. 아폴론은 자주 태양신으로 등장하기도 한다. 포이보스라는 이름은 '밝은' 또는 '빛나는'을 뜻한다. 그러나 정확히 말하자면, 태양신은 티탄 족 히페리온의 아들인 헬리오스(Helios)였다.

델포이에서 아폴론은 순전히 자비로운 힘을 지닌 신으로 신과 인간을 직접 연결해주는 역할을 한다. 인간이 신의 뜻을 알도록 이끌어주고, 신과 평화롭게 지내는 방법도 알려준다. 친족의 피를 흘리게 한 사람들조차 깨끗이 순환시키는 정화자 역할도 한다. 그렇지만 무자비하고 잔인한 모습을 보여주는 이야기도 나온다. 다른 모든 신과 마찬가지로 아폴론 안에서도 상반된 두 개의 관념이 싸웠다. 원시적이고 미숙한 관념과 아름답고 시적인 관념이 투쟁을 벌인 것이다. 하지만 아폴론에게 원시적인 모습은 조금밖에 남아 있지 않다.

아폴론의 나무는 월계수다. 그에게 바쳐진 동물은 많은데, 그중에서 으뜸은 돌고래와 까마귀다.

아르테미스(디아나)

아르테미스는 출생지인 델로스 섬의 킨토스(Cynthus) 산을 본떠 킨티아(Cynthia)라고도 불렸다. 제우스와 레토의 딸로 아폴론의 쌍둥이 누이이자 올림포스의 처녀 신 세 명 중 한 명이기도 하다.

> 사랑으로 모든 피조물의 마음을 뒤흔드는 금발의 아프로디테도
> 세 처녀 신의 마음만은 바꾸거나 유혹할 수 없었나니, 순결한 처
> 녀 베스타,
> 전쟁과 장인의 기술 외에는 아무 관심 없는 회색 눈빛의 아테나,
> 숲을 사랑하고 산 위로 들짐승을 사냥하는 아르테미스였다네.

아르테미스는 들짐승의 여신이며 여성에게는 좀 이상한 직분이지
만 모든 신 중에서도 최고의 사냥꾼이었다. 훌륭한 사냥꾼이 그렇듯 아르
테미스도 새끼를 보호하는 데 관심을 기울였다. 아르테미스는 어디에서
든지 '이슬 같은 청춘'의 수호 여신이었다. 반면 신화에도 흔히 등장하는
깜짝 놀랄 만한 모순 중 하나를 보면, 아르테미스는 자신에게 처녀를 산
제물로 바칠 때까지 그리스 함대가 트로이로 출항하지 못하도록 억류하
기도 했다. 다른 여러 이야기에서 아르테미스는 사납고 복수심에 불타는
모습으로도 등장한다. 한편 여인들이 아무런 고통 없이 즉사하면 아르테
미스의 은 화살에 죽은 것으로 여겼다.

포이보스가 태양이라면 아르테미스는 달이므로 둘은 각각 포이베
(Phoebe)와 셀레네(Selene)[라틴어로는 루나(Luna)]로 불렸다. 그러나 셀레네
는 원래 아르테미스의 이름이 아니었다. 포이베는 구신인 티탄 족 중 하
나였다. 달의 신이던 셀레네도 티탄 족이었지만 아폴론과는 아무 상관이
없었다. 셀레네는 아폴론과 하나로 융합된 태양신 헬리오스의 여동생이
었다.

후대의 시에서 아르테미스는 헤카테(Hecate)와 동일시된다. 그럼으
로써 아르테미스는 '세 형태를 지닌 여신'이 되는데, 하늘에서는 셀레네,
지상에서는 아르테미스, 지하 세계에서와 세상이 암흑으로 뒤덮일 때는
헤카테였다. 헤카테는 달의 어둠, 즉 달이 나타나지 않는 어두운 밤의 여

〈사냥의 신 아르테미스〉, 기욤 세냑, 19세기 말~20세기 초

신이었다. 헤카테는 어둠 속에서 이루어지는 행위와 관련되며 사악한 마법이 일어나는 무서운 장소로 여겨진 교차로의 여신이기도 했다.

> 지옥의 여신 헤카테,
> 모든 강한 것을 파괴할 만큼 강하다네.
> 컹! 컹! 그녀의 사냥개들이 온 도시가 울리도록 울부짖는다네.
> 세 갈래 길이 만나는 그곳에 헤카테가 서 있다네.

이러한 헤카테의 모습은 숲을 밝히는 사랑스러운 사냥꾼, 빛으로 모든 것을 아름답게 만드는 달, 순결한 처녀 신의 모습과는 어울리지 않는 기묘한 변형이다.

> 완전 순결한 영혼을 지닌 사람이라면 누구나
> 나뭇잎과 과일, 꽃을 모을 수 있다네.
> 순결하지 못한 사람은 결코 그럴 수 없다네.

아르테미스는 모든 신에게서 보이는 선과 악 사이의 불명확함이 가장 생생하게 드러난다.

아르테미스에게 바쳐진 나무는 사이프러스이며, 모든 들짐승이 그녀에게 신성했지만 그중에서도 특히 아르테미스의 동물은 사슴이었다.

아프로디테(베누스)

사랑과 미의 여신으로 신과 인간 모두를 똑같이 현혹했다. 웃음을 사랑하는 여신 아프로디테는 자신의 책략으로 정복한 사람들을 부드럽게 조롱하듯 비웃었다. 아무리 현명한 사람이라도 넋이 빠지게 만드는 저항

〈아프로디테의 탄생〉, 보티첼리, 15세기

할 수 없는 사랑의 여신이다.

『일리아스』에 보면 아프로디테는 제우스와 디오네(Dione)의 딸이지만, 나중에 등장한 시에서는 바다의 거품에서 솟아났다고 전해진다. 그래서 이름도 '거품에서 솟아오른'의 뜻으로 설명된다. 그리스어로 거품은 아프로스(aphros)이기 때문이다. 바다에서 태어난 아프로디테의 출생지는 키테라 근처였으며, 그곳에서 키프로스(Cyprus)로 표류해 갔다고 한다. 이후 두 섬 모두 아프로디테에게 바쳐졌으므로, 아프로디테라는 고유의 이름보다도 키테레아(Cytherea)나 키프리안(Cyprian)으로 자주 불렸다.

『호메로스 찬가』 중 하나는 아프로디테를 '아름다운 금발의 여신'으로 부르며 다음과 같이 노래한다.

> 섬세한 거품에서 솟아오른 아프로디테를,
> 일렁이는 바닷물 위로
> 서풍의 숨결이
> 그녀의 섬인 둥그런 물결 모양의 키프로스로 실어 갔다네.
> 황금 화관을 쓴 시간의 여신들이
> 기쁘게 맞아주었네.
> 그리고 아프로디테에게 불멸의 옷을 입혀
> 신들에게로 데려갔네.
> 제비꽃 화관을 쓴 키테레아를 바라보는 신들은
> 모두가 경이감에 사로잡혔네.

로마인들도 아프로디테에 대해 같은 이야기를 하고 있다. 아프로디테 하면 우선 아름다움이 제일 먼저 떠오른다. 아프로디테 앞에서는 바람이 도망가고 폭풍우도 마찬가지다. 향기로운 꽃들은 대지를 수놓으며 바다의 물결은 웃음 짓는다. 아프로디테는 찬란한 빛을 발한다. 그녀가 없는 곳은 그 어디에도 기쁨과 아름다움이 존재하지 않는다. 이것이 바로 시인들이 가장 즐겨 묘사한 아프로디테의 모습이었다.

아프로디테에게는 다른 면도 있다. 『일리아스』에서 아프로디테는 나약한 모습으로 등장하는데, 이 작품의 주제가 영웅들의 전쟁이었기에 어쩌면 당연한 것이다. 거기에서 인간들은 연약한 아프로디테를 공격할 때 전혀 두려움을 느끼지 않는다. 이후의 시에서 아프로디테는 대체적으로 인간에게 치명적이고 파괴적인 힘을 휘두르는 신뢰할 수 없고 심술궂은 모습으로 나온다.

대부분의 이야기에서 아프로디테는 절름발이에 못생긴 대장장이신 헤파이스토스(불카누스)의 아내로 나온다.

아프로디테의 나무는 은매화이며, 그녀의 새는 비둘기다. 때로는 참새나 백조일 경우도 있다.

헤르메스(메르쿠리우스)

제우스가 아버지이고, 아틀라스의 딸인 마이아(Maia)가 어머니다. 인기 있는 조각상 덕분에 다른 어떤 신보다도 친근하게 느껴진다. 헤르메스는 준수한 용모에 동작이 민첩했다. 날개 달린 샌들을 신고 챙 낮은 모자를 쓴 그는, 역시 날개 달린 마법 지팡이 카두케우스(Caduceus)를 지니고 다녔다. 헤르메스는 제우스의 전령으로 "명령을 전하기 위해 생각만큼 빨리 날아갈 수 있었다".

신들 중에서도 헤르메스가 가장 영리하고 약삭빨랐다. 사실 그는 도둑의 신이기도 했는데, 이 호칭은 태어난 지 불과 하루도 안 돼서 얻었다.

동틀 무렵 태어난 아기,
출생일 저녁이 채 저물기도 전에
아폴론의 소 떼를 훔쳤다네.

〈헤르메스〉, 티에폴로, 18세기

제우스의 명령에 따라 헤르메스는 훔친 소 떼를 돌려주고 거북의 등 껍질로 방금 만든 리라를 선사해 아폴론의 용서를 받았다. 헤르메스에 관한 초기 이야기와 그가 상업과 시장의 신으로 상인들의 수호신이었다는 사실은 어떤 연관성이 있을 것이다.

기묘하게도 이러한 이미지와는 대조적으로, 헤르메스는 죽은 자들을 인도하는 엄숙한 길잡이로서 영혼을 마지막 안식처인 저승으로 인도하는 신이기도 했다.

헤르메스는 다른 어떤 신보다도 여러 신화에 자주 등장한다.

아레스(마르스)

전쟁의 신으로 제우스와 헤라의 아들이었으나, 호메로스에 따르면

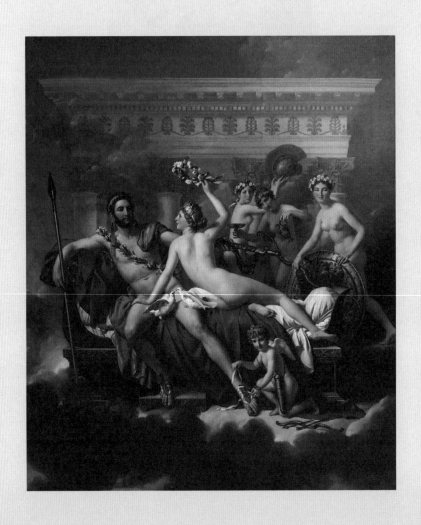

〈아프로디테와 삼미신에 의해 무장 해제되는 아레스〉, 자크 루이 다비드, 1506년

둘 다 아레스를 싫어했다고 한다. 전쟁에 관한 시『일리아스』에서조차 아레스는 내내 혐오스러운 모습으로 등장한다. 영웅들은 "아레스의 전쟁의 즐거움 속에서 환호할" 때도 있었지만, 그보다는 "무자비한 신의 분노에서" 벗어난 것을 더 좋아했다. 호메로스는 아레스가 살생을 즐기고 피 보기를 좋아하며 재앙을 불러오는 화신이라고 말한다. 이상하게도 아레스에게는 비겁한 면이 있어 부상을 당하면 고통에 울부짖으며 도망치곤 한다. 그럼에도 전쟁터에서 아레스 곁에는 수행원이 많이 있었는데, 그들은 사람들이 전의에 불타도록 부추겼다. 불화(Discord)를 의미하는 여동생 에리스(Eris)와 그녀의 아들 투쟁(Strife)도 전쟁터에 함께 있었다. 라틴어로 벨로나(Bellona)인 전쟁의 여신 에니오(Enyo)는 아레스 옆에서 걸었으며, 그녀 옆에는 두려움(Terror), 전율(Trembling), 공포(Panic)가 함께했다. 그들이 움직일 때마다 그 뒤로 신음 소리가 퍼지고 땅은 피로 흥건히 젖어들었다.

그리스인들이 아레스를 좋아한 것 이상으로 로마인들은 마르스를 좋아했다. 로마인들에게 마르스는『일리아스』에 등장하는 비열한 겁쟁이 신이 아닌, 빛나는 갑옷을 걸친 승리의 신이었다. 위대한 로마 영웅시『아이네이스』(Aeneid)의 전사들은 마르스로부터 도망치기는커녕 "마르스의 영예로운 전쟁터"에서 쓰러질 운명임을 알고 오히려 기뻐한다. 그들은 "영광스러운 죽음을 향해 돌진하며", "전쟁터에서 죽는 것이 즐거운 일"이라고 생각했다.

아레스는 신화에 많이 나오지 않는다. 한 이야기에서는 아프로디테의 애인으로 등장해 아프로디테의 남편인 헤파이스토스에게 조롱당하고 올림포스 신들의 비웃음을 산다. 그러나 아레스는 전쟁의 상징 그 이상은 아니므로 헤르메스나 헤라, 아폴론처럼 뚜렷한 개성을 지니고 있지는 못하다.

아레스는 숭배받는 도시도 없었다. 그리스인들은 아레스가 그리스의 가장 북쪽 지역에 사는 야만적이고 난폭한 사람들의 고향인 트라키아

〈제우스의 번개창을 만드는 헤파이스토스〉, 페테르 파울 루벤스, 1638년

(Thrace)에서 왔다고 막연히 언급하고 있다.

아레스에 어울리게도 그의 새는 독수리다. 개는 아레스의 동물로 선택되었다는 이유로 부당한 대우를 받았다.

헤파이스토스(불카누스, 또는 물키베르)

불의 신으로 제우스와 헤라의 아들이라는 말도 있고, 제우스가 아테나를 낳은 데 대한 보복으로 헤라가 혼자 낳은 아들이라는 말도 있다. 완벽하게 아름다운 신들 중 헤파이스토스만이 유일하게 못생겼으며 절름발이다. 『일리아스』의 한 대목에서, 헤파이스토스는 자신의 염치없는 어머니 헤라가 자신이 기형아로 태어난 것을 알고는 하늘에서 집어던졌다고 말한다. 또 다른 대목에서는 자신이 어머니 헤라를 두둔하자 화가 난 제우스가 자신을 집어던져 그렇게 된 것이라고도 한다. 후자가 더 많이 알려져 있는데, 이는 친숙한 밀턴(Milton)의 몇 구절 때문이다.

> 화난 제우스에 의해 던져진 물키베르,
> 수정 벽을 타고 가파르게 떨어졌네.
> 아침부터 정오까지, 정오부터 이슬 맺힌 밤까지,
> 여름날, 가라앉는 해와 함께
> 유성처럼 천공에서 떨어져,
> 에게해 위 렘노스 섬에 떨어졌네.

그러나 이러한 사건은 까마득한 과거일 뿐이다. 호메로스 대에 이르러 헤파이스토스는 더 이상 올림포스에서 쫓겨날 위험에 시달리지 않았다. 신들의 장인으로 존경받으며, 신들에게 무기뿐 아니라 궁전과 가구를 만들어주는 대장장이였기 때문이다. 헤파이스토스가 금을 녹여내면 그

〈처녀 신 헤스티아〉, 앙겔리카 카우프만, 1780년대

것을 옮기고 작업을 도와주는 하녀들도 있었다.

이후 시에서는 여기저기 위치한 화산 바로 아래 헤파이스토스의 용광로가 있어 폭발을 일으키는 원인이 됐다고 한다.

『일리아스』에서는 헤파이스토스의 아내가 삼미신(三美神, The Three Graces) 중 한 여신으로, 헤시오도스의 시에서는 아글라이아(Aglaia)로, 『오디세이아』에서는 아프로디테로 나온다.

친절하고 평화를 사랑하는 신 헤파이스토스는 하늘뿐 아니라 지상에서도 인기가 있었다. 아테나와 함께 헤파이스토스는 도시 생활에 매우 중요한 존재였다. 두 신은 농업과 함께 문명을 지탱하는 기술을 가진 장인들의 수호신이었다. 아테나가 직조공의 수호신이라면 헤파이스토스는 대장장이의 수호신이었다. 아이들이 정식으로 도시 조직에 가입하게될 때, 그 의식의 신은 바로 헤파이스토스였다.

헤스티아(베스타)

제우스의 누이이며 아테나와 아르테미스처럼 처녀 신이다. 뚜렷한 개성이 없고, 신화에서 특별한 역할을 하지 못한다. 헤스티아는 가정의 상징인 화로의 여신이므로, 그리스인들은 신생아를 가족 구성원으로 받아들여지기 전에 먼저 화로 근처에 놓아두어야 했다. 모든 식사의 시작과 끝은 헤스티아에게 바치는 봉헌으로 이루어졌다.

> 헤스티아, 모든 인간들과 신들의 집에서
> 최고의 영예는 당신 것이니, 연회에서 달콤한 포도주는
> 처음과 마지막에 당신에게 봉헌되어 풍요롭게 부어지네.
> 당신 없이는 결코 신들과 인간들이 연회를 열 수 없나니.

각 도시에 헤스티아에게 바친 공공 화로가 있어, 이곳은 불이 꺼지지 않고 계속 타오른다. 만일 새로 식민지를 개척하면, 식민지 개척자들은 새 도시의 화로에 불을 붙이기 위해 모도시(母都市) 화로에서 석탄을 가져갔다.

로마에서 베스탈(Vestal)이라 명명한 여섯 명의 처녀 사제들이 헤스티아의 불꽃을 지켰다.

올림포스의 하위 신들

하늘에는 올림포스의 열두 신 외에 다른 신들도 있었다. 그들 중 가장 중요한 신은 사랑의 신 에로스(Eros)[라틴어로 큐피드(Cupid)]였다. 호메로스는 에로스에 관해 아는 것이 전혀 없었으나, 헤시오도스에게 에로스는

불멸의 신들 중에서 가장 아름다운 신이었다.

초기 이야기에서 에로스는 인간에게 좋은 선물을 주는 아름답고 진지한 젊은 신으로 자주 등장한다. 그리스인들이 에로스에 대해 품고 있던 이런 생각은 시인이 아닌 철학자 플라톤이 다음과 같이 잘 요약했다. "사랑 곧 에로스는 인간의 마음속에 머물지만, 모든 이의 마음속에 다 있는 것은 아니다. 무정한 마음에서는 에로스가 떠나기 때문이다. 에로스의 가장 영광스러운 면은 그가 절대 잘못을 범하지도 않고 허용하지도 않는다는 것이다. 폭력은 결코 에로스 가까이에 올 수 없다. 모든 사람은 자발적으로 에로스를 섬기기 때문에 사랑이 머문 사람은 어둠 속을 걷지 않는다."

초기 이야기에서 에로스는 아프로디테의 아들이 아니라 가끔씩 단순한 동반자로 등장했다. 후대 시인들에 이르러서야 아프로디테의 아들

로 표현되고, 항상 장난 심한 개구쟁이나 못된 소년으로 등장한다.

> 그의 마음은 못되었으나, 그의 혀는 꿀처럼 달콤하다네.
> 악동인 그에게 진실이란 없으며 장난치는 그는 잔인하다네.
> 그의 손은 작으나 그의 화살은 죽음만큼 멀리 날아간다네.
> 그의 화살은 작으나 하늘 저 높이 날아간다네.
> 그의 믿을 수 없는 선물을 만지지 말지니,
> 그것은 바로 불 속에 담근 것이라네.

에로스는 눈을 속이는 것으로 자주 묘사된다. 사랑도 흔히 맹목적이기 때문이다. 에로스를 섬기는 안테로스(Anteros)가 때로는 사랑을 경시하는 자, 때로는 사랑에 반대하는 자들에게 복수했다고 한다. 그밖에 에로스를 섬기는 신으로는 히메로스(Himeros), 열망(Longing), 결혼 축하연의 신인 히멘(Hymen) 등이 있다.

헤베(Hebe)는 젊음의 여신으로 제우스와 헤라의 딸이다. 때때로 신들의 술 시중을 드는 모습으로 나타난다. 신들의 술 시중을 드는 일은 가니메데스(Ganymede)의 직분이기도 했는데, 그는 트로이의 잘생긴 젊은 왕자로 제우스가 보낸 독수리에게 잡혀 하늘로 끌려갔다. 헤라클레스와 결혼했다는 사실 외에 헤베에 대한 특별한 이야기는 없다.

이리스(Iris)는 무지개의 여신으로 『일리아스』에서는 신들의 유일한 전령으로 등장한다. 헤르메스는 『오디세이아』에서 처음에 전령의 직분을 맡은 것으로 나오지만 이리스의 자리를 대신 차지한 것은 아니다. 두 신은 전령이라는 직분을 공유하며 때에 따라 신들에게 불려 다녔다.

올림포스에는 사랑스러운 두 무리의 자매가 있었는데, 바로 뮤즈들(Muses)과 삼미신들이었다.

삼미신은 아글라이아(Aglaia, 광휘), 에우프로시네(Euphrosyne, 환희), 탈레이아(Thalia, 쾌활) 세 명이다. 그들은 제우스와 오케아노스의 딸인 에우

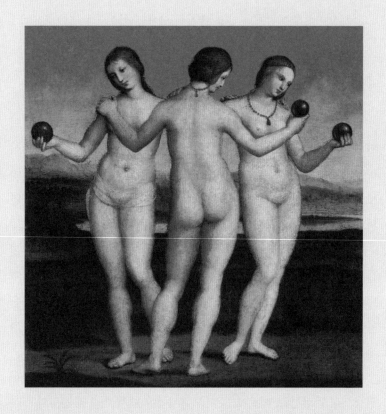

〈삼미신〉, 라파엘로, 15세기

리노메(Eurynome)의 딸들이었다. 아글라이아가 헤파이스토스와 결혼했다는 호메로스와 헤시오도스의 이야기를 제외하고는, 이들은 특별히 분리된 개체가 아닌 아름다움과 우아함을 구현한 삼미신으로 늘 함께 등장한다. 삼미신이 아폴론의 리라 소리에 맞춰 황홀하게 춤을 추면 신들은 그 모습에서 기쁨을 느끼고 인간들은 행복해했다. 삼미신은 말 그대로 "삶을 꽃피웠다". 동료인 뮤즈들과 함께 '노래의 여신'이었으며, 삼미신이 빠진 연회는 아무런 재미도 없었다.

뮤즈들은 모두 아홉 명으로 제우스와 기억의 여신 므네모시네의 딸들이었다. 처음에는 그들도 삼미신처럼 각기 개별적으로 독립된 신성을 지니고 있지 않았다. 헤시오도스의 표현에 따르면, "그들은 모두 한마음을 지녔고, 그들의 마음은 늘 노래와 함께했으며, 영혼은 모든 근심에서 자유로웠다. 뮤즈들의 사랑을 받는 사람은 행복했으니, 그 이유는 아무리 슬픔과 고통을 당한 사람이라도 뮤즈들의 하인들이 부르는 노래를 들으면 당장 음울한 생각과 괴로운 문제를 모두 잊어버렸기 때문이다. 뮤즈들이 인간에게 내려주는 거룩한 선물이 바로 그런 것이었다".

그러나 후대에 이르면 뮤즈들은 각자 특별한 직분을 맡게 된다. 클레이오(Clio)는 역사, 우라니아(Urania)는 천문학, 메르포메네(Melpomene)는 비극, 탈레이아(Thalia)는 희극, 테르프시콜라(Terpsichore)는 춤, 칼리오페(Calliope)는 서사시, 에라토(Erato)는 연시(戀詩), 폴림니아(Polyhymnia)는 신에게 바치는 찬가, 에우테르페(Euterpe)는 서정시의 뮤즈였다.

뮤즈들의 산으로는 그들이 태어난 곳인 피에리아(Pieria)에 있는 피에로스(Pierus)와 파르나소스, 올림포스, 헬리콘(Helicon) 등이 있다. 헤시오도스는 그중 헬리콘 가까이 살았다. 어느 날 아홉 명의 뮤즈들이 헤시오도스 앞에 나타나 말한다. "우리는 거짓을 진실처럼 말하는 방법을 알고 있지만, 마음만 먹으면 진실을 말하는 법도 알고 있다." 그들은 진리의 신인 아폴론의 동반자였으며, 삼미신의 동료이기도 했다. 핀다로스는 리라가 아폴론뿐 아니라 뮤즈들의 것이라고 주장했다. "춤출 때 귀 기울여 듣

〈파르나소스 산 위의 뮤즈들〉, 만테냐, 15세기

는 황금 리라는 아폴론의 소유이며 동시에 제비꽃 화관을 두른 뮤즈들의 것이기도 했다." 그들이 영감을 불어넣어준 사람은 그 어떤 사제보다도 신성한 존재였다.

제우스에 대한 관념이 더욱 숭고해지자 올림포스에서 제우스 옆에는 존엄한 두 신이 자리하게 된다. 두 신은 정의 또는 신의 공정을 의미하는 테미스와, 인간의 정의를 의미하는 디케(Dike)였다. 그러나 그들은 실제 의인화된 형태를 갖추지는 못했다. 호메로스와 헤시오도스가 모든 감정 중 가장 고귀하다고 평가한, 보통 정의로운 분노로 번역되는 네메시스(Nemesis), 그리고 번역이 까다롭지만 흔히 그리스인들 사이에서 통용되는 아이도스(Aidos) 역시 의인화되지 못했다. 아이도스는 인간이 부정한 행동에서 물러나게 만드는 경외심이나 체면을 의미하지만, 부유한 사람들이 불행한 이들 앞에서 마땅히 갖추어야 하는 감정을 뜻하기도 한다. 이는 단순한 동정심이 아닌 자신과 불행을 겪는 비참한 사람 사이의 차이점을 당연한 것으로 받아들이지 않는 분별력을 말한다.

그런데 신들에게는 네메시스나 아이도스가 해당되지 않는 것 같다. 헤시오도스의 말에 따르면, 결국 인간들이 매우 사악해질 때 흰옷으로 얼굴을 가린 네메시스와 아이도스가 광활한 지상을 떠나 신들이 있는 곳으로 가버릴 것이라고 한다.

때로는 극소수의 인간들이 올림포스로 승천하는 경우도 있었지만 일단 하늘로 올라가고 나면 그들은 곧 문학에서 사라지고 말았다. 그들에 대한 구체적인 이야기는 나중에 언급하겠다.

물의 신들

포세이돈(넵투누스)은 바다(지중해)와 친근한 바다[지금의 흑해인 에우크시네(Euxine)]의 주인이자 지배자였다. 지하 세계의 강들도 역시 포세이돈의 지배하에 있었다.

티탄 족인 오케아노스는 지구를 감싸고 있는 위대한 오케아노스 강의 주인이었다. 오케아노스의 아내는 티탄 족인 테티스였다. 이 커다란 강의 님프인 오케아니스들(Oceanids)이 딸들이었고 대지에 존재하는 모든 강의 신들이 바로 아들들이었다.

네레우스(Nereus)는 지중해 사람들 사이에서 '바다의 노인'이라 불렸으며, 헤시오도스는 그를 "바르고 호의적인 사고를 지닌, 절대 거짓말하지 않고 신뢰할 만한 너그러운 신"이라고 했다. 그의 아내는 오케아노스의 딸인 도리스(Doris)였다. 그는 딸이 50명이었는데 바다의 님프로 아버지의 이름을 따서 네레이스들(Nereids)이라고 했다. 그중 한 명이 바로 아킬레우스의 어머니인 테티스(Thetis)였고 포세이돈의 아내인 암피트리테 역시 네레이스였다.

트리톤은 바다의 나팔수로 그가 부는 나팔은 커다란 소라였다. 포세이돈과 암피트리테의 아들이었다.

프로테우스는 포세이돈의 아들로 불리기도 하고 때로 시종으로 불리기도 한다. 미래를 예견하는 능력과 자신의 모습을 마음대로 바꿀 수 있는 재주를 지녔다.

나이아스들은 역시 물의 님프였다. 시냇물이나 실개천, 샘에 살았다.

레우코테아(Leucothea)와 아들 팔라이몬(Palaemon)은 인간이었으나 바다의 신이 되었고, 글라우코스(Glaucus)도 마찬가지였으나 세 신은 그리 중요하지 않았다.

지하 세계

죽은 자들의 왕국은 올림포스의 열두 신 중 하나인 하데스(혹은 플루톤)와 그의 왕비 페르세포네가 다스렸다. 저승은 지배자의 이름을 따라 하데스라 부르기도 했다. 『일리아스』에 따르면, 그곳은 지상의 어느 비밀스러운 지점 아래에 있었다. 『오디세이아』에서는 하데스로 가는 길이 오케아노스 건너 세상 끝에 있다고 했다. 후대 시인들은 동굴이나 깊은 호수 근처에 지상에서 하데스까지 연결된 입구가 많이 있다고 언급한다.

지하 세계를 간혹 타르타로스(Tartarus)와 에레보스(Erebus) 두 영역으로 구분하는 경우가 있는데, 타르타로스가 더 깊은 곳이며 가이아(대지)의 아들들이 이곳에 갇혔다. 반면 에레보스는 사람이 죽자마자 통과하는 곳이다. 그러나 타르타로스와 에레보스를 구분하지 않고 혼용하는 경우가 잦으며 특히 지하 세계 전체를 지칭할 때는 타르타로스가 쓰였다.

호메로스의 시에서 지하 세계는 어둠만 존재하는 희미하고 음울한 곳이다. 그곳에 실제 존재하는 것은 아무것도 없다. 말하자면 유령의 존재는 비참한 꿈같은 것이었다. 후기 시인들은 저승 세계가 악한 자는 벌을 받고 선한 자는 보상을 받는 곳이라고 명확하게 정의했다. 로마 시인 베르길리우스는 이런 생각을 다른 어떤 그리스 시인들보다도 상세하게 묘사했다. 악한 사람이 받는 고통과 선한 사람이 누리는 기쁨을 자세히 표현했다. 베르길리우스는 지하 세계로 이어지는 지형을 소상히 그린 유일한 시인이기도 하다. 그곳으로 내려가는 길은 비애의 강 아케론(Acheron)이 통곡의 강 코키토스(Cocytus)로 흘러들어가는 곳과 연결된다. 카론(Charon)이라는 나이든 뱃사공은 죽은 자의 영혼을 타르타로스의 견고한 문이 서 있는 반대편 기슭으로 태워다준다. 죽을 때 뱃삯으로 입술에 동전을 물고 제대로 장례를 치른 사람만 카론이 자기 배에 태워준다.

타르타로스 입구는 머리가 셋에 용의 꼬리를 가진 개 케르베로스(Cerberus)가 지키고 있다. 모든 영혼이 그곳으로 들어가는 것은 허락하지만 되돌아 나오는 것은 허용하지 않는다. 이곳에 도착한 죽은 영혼은 세 명의 심판관 라다만티스(Rhadamathys), 미노스(Minos), 아이아코스(Aeacus) 앞에 서게 되며, 이 심판관들은 악한 자에게는 영원한 형벌을, 선한 자에게는 엘리시온 들판(Elysian Field)이라 불리는 축복의 땅으로 갈 것을 판결

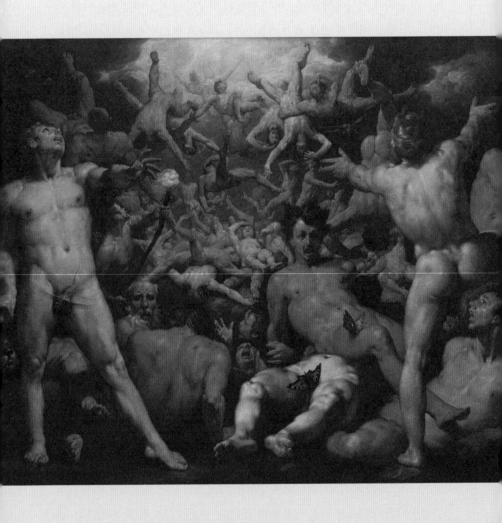

〈티탄 족들의 추락〉, 코르넬리스 판 하를럼, 1588년경

한다.

아케론과 코키토스 외에 다른 세 강은 지상 세계로부터 지하 세계를 갈라놓는다. 불의 강 플레게톤(Phlegethon), 신들이 파기할 수 없는 언약을 맹세하는 강 스틱스(Styx), 망각의 강 레테(Lethe)가 바로 그 세 강이다.

광활한 지역 어디쯤엔가 플루톤의 궁전이 있지만, 그곳에 문이 많고 헤아릴 수 없이 많은 손님으로 북적인다는 말 외에 더 세세하게 언급하는 작가는 한 명도 없다. 그 주변은 황량하게 버려진 추운 벌판으로 낯설고 창백한 유령 같은 수선화 꽃이 수북하다. 하데스에 대해 그 이상 알 수는 없다. 시인들은 이처럼 음울하고 어두운 곳에서 머물고 싶은 생각이 별로 없었기 때문이다.

베르길리우스가 지하 세계에 배치한 분노의 여신 에리니스들 (Erinyes)은 악한 자를 징벌한다. 에리니스들이 지상에서 죄지은 자들을 집요하게 쫓아다닌다고 그리스 시인들은 생각했다. 그들은 냉혹하지만 공정하다. 헤라클레이토스(Heraclitus)는 "심지어 태양이 궤도에서 벗어나도 정의의 집행자인 에리니스들이 태양을 따라잡을 수 있다"라고 말했다. 대부분은 티시포네(Tisiphone), 메가라(Megaera), 알렉토(Allecto) 셋으로 묘사된다.

두 형제인 잠과 죽음은 지하 세계에 살고 있다. 꿈 역시 그곳에서 인간 세계로 올라왔다. 그들은 두 개의 문을 통해 드나드는데, 하나는 진실한 꿈의 통로인 뿔의 문(gate of horn)이고, 다른 하나는 거짓된 환영만 내보내는 상아의 문(gate of ivory)이다.

지상의 보통 신들

대지는 만물의 어머니라 불렸지만 실제로 신은 아니었다. 대지는 땅과 분리되거나 의인화된 적이 없다. 크로노스와 레아(Rhea)의 딸인 곡식의 여신 데메테르(Demeter)[케레스(Ceres)]와, 바쿠스(Bacchus)라고도 하는 포도주의 신 디오니소스(Dionysus)는 지상 최고의 신으로 그리스 로마 신화에서는 매우 중요했다. 두 신은 다음 장에서 다룰 것이다. 지상에 살고 있는 다른 신들은 상대적으로 중요하지 않았다.

나머지 신 중에서 으뜸으로 꼽는 판(Pan)은 헤르메스의 아들이었다. 판을 찬양하는 『호메로스 찬가』에서는 시끄럽고 즐거운 신으로 묘사된다. 그러나 신체 일부는 동물이어서 염소 뿔과 염소 발굽을 지니고 있었다. 판은 염소치기와 양치기의 신이었고, 숲속 님프들이 춤출 때면 즐겁게 어울렸다. 모든 들판과 덤불과 숲과 산이 전부 판의 안식처였지만 이 중에서 그가 제일 좋아한 장소는 자신이 태어난 아르카디아(Arcady)였다. 판은 훌륭한 음악가로 갈대 피리로 나이팅게일의 노래만큼 달콤한 가락을 연주했다. 판은 늘 님프들을 사랑해 쫓아다녔지만, 못난 외모 탓에 매번 퇴짜를 맞았다.

어두운 밤 들녘에서 나그네들을 오싹하게 만드는, 판이 내는 것이라 추정되는 소리에서 '패닉(panic)'이라는 표현이 어떻게 생겨났는지 쉽게 짐작할 수 있다.

실레노스(Silenus)는 때로는 판의 아들이라고도 하고, 때로는 헤르메스의 아들이면서 판의 형제라고도 한다. 실레노스는 너무 취해서 걸을 수 없기 때문에 늘 나귀를 타고 다니는 통통하고 유쾌한 노인이었다. 실레노스는 판뿐 아니라 바쿠스와도 관련이 많다. 주신(酒神)인 바쿠스가 젊었을 때 그를 가르쳤으며, 늘 취한 모습으로 등장하는 것에서 알 수 있듯이 바쿠스의 스승이 된 이후로 그의 열렬한 추종자가 되었다.

이러한 지상의 신들 외에도 유명하고 인기 있는 카스토르(Castor)와 폴리데우케스(Polydeuces, Pollux) 형제가 있는데, 이들은 대부분의 이야기에서 일생 동안 반은 지상에서 살고 반은 하늘에서 살았다고 전해진다.

카스토르 형제는 레다(Leda)의 아들로 태어나 신이 된 것으로 묘사되는데, 특히 선원들의 특별한 수호신이었다고 한다.

폭풍우가 혹독한 바다 위로 부풀어 오를 때면
재빠르게 나아가는 배의 구원자.

카스토르 형제는 전투에서 병사들을 구원하는 데 강력한 힘을 발휘해 특히 로마에서 존경을 받고 숭배되었다.

모든 도리아(Doria)인이 추앙하는 위대한 쌍둥이 형제.

그러나 이들 형제에 관한 이야기는 내용이 정반대다. 때로는 폴리데우케스만 신이고 카스토르는 폴리데우케스의 사랑 덕분에 일종의 반(半)불멸성을 얻은 인간에 불과한 것으로 여겨지기도 했다.

레다는 스파르타(Sparta)의 왕인 틴다레오스(Tyndareus)의 아내였는데, 통상적인 이야기에 따르면 남편에게는 카스토르와, 아가멤논의 아내가 된 클리타임네스트라(Clytemnestra) 즉 두 명의 인간 자녀를 낳아주었다. 백조 모습으로 변신해 정을 통한 제우스에게는 두 명의 신인 폴리데우케스와 트로이 전쟁의 여주인공 헬레네(Helen)를 낳아주었다고 한다. 하지만 형제 카스토르와 폴리데우케스는 둘 다 '제우스의 아들'로 불리기도 한다. 사실 그들은 '제우스의 자식들'을 의미하는 디오스쿠로이(Dioscouri)라는 그리스 이름으로 잘 알려져 있다. 반면 '틴다레오스의 아들들'이라는 의미의 틴다리다이(Tyndaridae)로 불리기도 했다.

형제는 트로이 전쟁이 막 일어나기 전인 테세우스(Theseus)와 이아손(Jason), 아탈란테(Atalanta)와 같은 시기를 살았던 것으로 묘사된다. 칼리도니아(Calydonia)의 멧돼지 사냥에도 참가했고 황금 양털을 찾는 모험에도 동행했다. 테세우스가 어린 누이 헬레네를 납치하자 다시 구출해왔다. 카스토르의 죽음에 얽힌 이야기를 제외하고는 다른 이야기에서는 그리 중요한 역할을 하고 있지 않다. 카스토르가 죽자 폴리데우케스는 진한 형제애를 보여주었다.

〈레다와 백조로 둔갑한 제우스〉, 레오나르도 다빈치, 15세기

확실한 이유는 알 수 없지만 두 형제는 어떤 가축 떼를 소유하고 있던 이다스(Idas)와 린케오스(Lynceus)가 살던 나라로 갔다고 한다. 핀다로스의 말에 따르면, 자기 소유의 황소에게 생긴 어떤 일로 화가 난 이다스가 카스토르를 칼로 찔러 죽였다고 한다. 다른 작가들 말로는 분쟁의 원인이 그 나라 왕 레우키포스(Leucippus)의 두 딸이었다고 한다. 폴리데우케스가 카스토르의 원수를 갚으려고 린케오스를 찌르자 제우스가 벼락으로 이다스를 내리쳤다. 그러나 이미 카스토르는 죽은 뒤였고 폴리데우케스의 마음은 슬픔으로 가득 찼다. 폴리데우케스는 자신도 죽게 해달라고 기도했지만, 제우스는 그를 동정해 형제인 카스토르와 함께 생명을 나누어 살도록 허락해주었다.

> 그대 생애의 반은 땅 아래 저승에서 그리고
> 나머지 반은 천상의 황금 안식처에서.

이 이야기에 따르면, 그 뒤로 형제는 헤어지지 않았다고 한다. 둘은 하루씩 하데스와 올림포스를 번갈아 가며 살았다.

후기 그리스 작가인 루키아노스는 다른 변형 본을 제시했는데, 그 이야기에 따르면 형제가 사는 곳은 천상과 지상이었다고 한다. 폴리데우케스가 한 곳으로 가면 카스토르는 다른 곳으로 갔으므로 두 형제는 결코 함께 있을 수 없었다. 루키아노스의 짧은 풍자 속에서 아폴론은 헤르메스에게 이렇게 묻는다. "그런데 왜 우리는 카스토르와 폴리데우케스를 동시에 볼 수 없는 거지?"

"그야, 그들이 서로 좋아하는데 한 사람은 죽고 나머지 한 사람만 신이 될 운명이 되자 서로 공평하게 불멸성을 나누기로 결정한 거죠."

"헤르메스, 그건 별로 현명한 생각이 아닌데. 이런 식으로 하면 그들이 무슨 일을 제대로 할 수 있지? 나는 미래를 예견하고, 아스클레피오스(Aesculapius)는 병을 치료하고, 너는 훌륭한 전령이야. 그런데 이 형제는

〈아테나와 켄타우로스〉, 보티첼리, 1482년

매일 할 일 없이 빈둥거려야 한다는 말인가?"

"아니오, 그렇지 않습니다. 두 사람은 포세이돈을 섬기고 있습니다. 그들의 역할은 곤궁에 빠진 배를 구하는 것이지요."

"이제야 뭔가 말이 되는군. 형제에게 그처럼 훌륭한 역할이 있다니 기쁘구만."

별자리 중 쌍둥이자리인 제미니(Gemini)는 바로 그들의 별이라고 여겨졌다.

그들은 항상 빛나는 하얀 말을 타고 다니는 것으로 묘사되지만, 호메로스는 승마술에서 카스토르가 폴리데우케스보다 한 수 위라 생각하고 다음과 같이 말했다.

> 카스토르는 말을 길들이는 데 명수이고, 폴리데우케스는 훌륭한 권투 선수라네.

실레노스들(Sileni)은 반인반마의 존재였다. 그들은 네 다리가 아닌 두 다리로 걷긴 하지만 발 대신 말굽을, 때로 말의 귀와 꼬리를 지닌 모습으로 등장했다. 그들에 관한 이야기는 특별히 적혀 있지는 않지만 그리스의 도자기에 자주 나타난다.

사티로스들(Satyrs)은 판처럼 염소 인간이며 대지의 황무지가 그들의 거처였다.

이렇듯 비인간적이고 못생긴 신들과는 대조적으로 숲의 여신들은 모두 사랑스러운 처녀의 형상이었는데, 산의 요정인 오레이아스들(Oreads), 때로는 하마드리아데스(Hamadyads)라 불린 나무의 님프 드리아스들(Dryads)이 있으며, 그들의 삶은 각자 자신의 나무와 같은 운명이었다.

바람의 왕 아이올로스(Aeolus)도 지상에 살고 있었으며 아이올리아(Aeolia) 섬이 바로 그의 집이었다. 정확히 말하면, 그는 단지 신들을 대신해 바람을 다스릴 뿐이었다. 중요한 바람 넷은 라틴어로는 아퀼로(Aquilo)

인 보레아스(Boreas), 라틴어로 파보니우스(Favonius)인 서풍 제피로스(Zephyr), 라틴어로 아우스테르(Auster)라 불린 남풍 노토스(Notus), 그리스어나 라틴어나 똑같은 동풍 에우로스(Eurus)이다.

지상에 함께 살고 있으면서 인간도 신도 아닌 어떤 존재가 있었다. 그중 가장 유명한 것은 다음과 같다.

우선 켄타우로스(Centaur) 족이다. 반인반마였고 대부분 야만적인 존재로 인간이라기보다는 짐승에 가까웠다. 그러나 그들 중 하나인 케이론(Chiron)은 선량함과 지혜로 모든 곳에 이름을 떨쳤다.

고르곤 역시 지상에 살았다. 모두 세 자매였는데 한 명을 제외한 두 자매는 영원히 죽지 않았다. 날개 달린 용처럼 생긴 그들을 쳐다보는 자들은 모두 그 자리에서 돌로 변하고 말았다. 바다와 대지의 아들 포르키스(Phorcys)가 그들의 아버지였다.

고르곤의 자매들인 그라이아이(Graiae)는 안색이 창백한 세 명의 여인이며 셋이서 눈 하나를 공유하고 있었다. 그들은 오케아노스의 먼 언덕에 살았다.

세이렌(Siren)들은 바다 위 어느 섬에 살았다. 그들은 매혹적인 음성을 지니고 있으며 노래로 선원들을 유혹해 죽음에 이르게 한다. 그들을 본 사람 중 살아 돌아온 이는 아무도 없기 때문에 세이렌이 어떻게 생겼는지는 알려져 있지 않다.

매우 중요하지만 천상이나 지상 어느 곳에도 일정한 거처를 가지고 있지 않은 신으로 운명의 여신들이 있다. 그리스어로는 모이라이(Moirae), 라틴어로는 파르카이(Parcae)인 이들은 헤시오도스 말에 따르면, 인간이 태어날 때 각각 좋은 운명과 나쁜 운명을 부여한다. 운명의 여신도 모두 세 명인데, 생명의 실을 자아냄으로 수명을 결정하는 클로토(Clotho), 각 사람에게 운명을 할당하는 라케시스(Lachesis), '소름 끼칠 만큼 무서운 가위'를 들고 다니며 죽음의 순간에 생명 실을 끊어버리는 아트로포스(Atropos)가 있다.

로마 신들

앞서 언급한 올림포스의 열두 신은 전부 로마의 신으로 변했다. 로마에 미친 그리스 예술과 문학의 영향력은 강력해 고대 로마 신들은 그리스 신들과 유사하게 바뀌거나 동일하게 생각되었다. 그럼에도 대부분 신들이 로마에서는 로마식 이름을 지녔다. 그 신들을 열거해보면, 유피테르(제우스), 유노(헤라), 넵투누스(포세이돈), 베스타(헤스티아), 마르스(아레스), 미네르바(아테나), 베누스(아프로디테), 메르쿠리우스(헤르메스), 디아나(아르테미스), 불카누스 또는 물키베르(헤파이스토스), 케레스(데메테르) 등이다.

아폴론과 플루톤 두 신은 그리스 이름을 그대로 간직하고 있다. 그러나 플루톤은 그리스에서 일반적으로 사용된 하데스로는 결코 불리지 않았다. 디오니소스로는 결코 불리지 않고 바쿠스로만 불린 주신(酒神)은 라틴식 이름 리베르(Liber)로도 불렸다.

로마인들에게는 그들만의 의인화된 신이 없었기 때문에 그리스 신을 그대로 수용하는 것이 어렵지 않았다. 로마인들은 종교성이 깊은 민족이기는 했지만 상상력은 빈약했으므로 각각 독특하고 개성이 뚜렷한 올림포스 신들 같은 존재를 창조해낼 수 없었다. 그리스로부터 신을 받아들이기 전 로마의 신은 모호하고 "그저 하늘 저 높은 곳에 있는 존재" 수준을 벗어나지 못했다. 로마의 신은 힘 또는 의지, 의지력을 의미하는 누미나(Numina)였다.

그리스의 문학과 예술이 이탈리아에 도입되기 전까지 로마인들은 아름답고 시적인 신들의 필요성을 전혀 느끼지 못했다. 로마인들은 실용적인 민족이었으므로 "노래의 영감을 불어넣는 보랏빛 머리를 땋은 뮤즈들"이나 "황금 리라로 달콤한 선율을 연주하는 서정적인 아폴론" 같은 신에게 전혀 관심이 없었다. 그들은 실제적이고 쓸모 있는 신을 원했다. 예를 들면, 요람을 지키는 중요한 세력(신)이 있었다. 또는 어린아이들의 음식을 주관하는 세력이 있었다. 누미나에 대해 언급하는 이야기는 하나도 없다. 로마 신들은 대부분 여성인지 남성인지조차 구별되지 않았다. 그러나 일상생활의 단순한 행위는 로마 신들과 밀접하게 관련되어 있었고, 거기에서 신성을 획득한 데메테르나 디오니소스를 제외하고는 어떤 그리스 신에게서도 그런 경우를 찾아볼 수 없었다.

로마 신들 중에서 가장 유명하고 많은 사람에게 숭배받은 신은 라레스(Lares)와 페나테스(Penates)였다. 모든 로마 가정에는 조상신인 라르(Lar)와 화로의 신이자 금고의 수호자인 페나테(Penate)가 있었다. 각 가정에만 속하는 그들만의 신이었고 가족 구성원 전체를 지키고 보호해주는 수호신으로 중요한 역할을 했다. 신전은 없고 오로지 집에서만 숭배되었으며 각 가정에서는 매끼 식사 때마다 신들에게 음식을 봉헌했다. 가정처럼 도시를 지키는 공적인 라레스와 페나테스도 있었다.

또한 가족의 일상과 관련된 많은 누미나가 있었다. 국경선을 지키는 수호신 테르미누스(Terminus), 풍요를 가져다주는 프리아푸스(Priapus), 가축을 튼튼하게 해주는 팔레스(Pales), 농부와 나무꾼을 돕는 실바누스(Sylvanus) 등이다. 이런 신은 무척 많았다. 농경지에 관한 중요한 모든 것은 어떤 구체적 형태를 지녔다고 여겨지지 않은 너그러운 세력의 보살핌을 받았다.

사투르누스는 원래 누미나 중 하나인 씨 뿌리는 사람들과 씨앗의 수호자였으며, 마찬가지로 아내인 오프스(Ops)는 수확을 돕는 신이었다. 후대에 이르러 그리스의 크로노스와 마찬가지로 로마의 제우스인 유피테르의 아버지로 여겨졌다. 이런 식으로 사투르누스는 인성을 갖춘 신이 되었으며 그에 대한 이야기가 많이 생겨났다. 사투르누스가 이탈리아를 통치하던 황금시대를 기념해 매년 겨울이면 사투르누스 대축제(Saturnalia)가 열렸다. 축제가 지속되는 동안 황금시대가 되돌아온다고 믿는 것이 이 축제의 취지였다. 축제 기간에는 어떠한 전쟁도 선포할 수 없었고, 노예와 주인이 한 식탁에 앉아 식사했다. 사형은 연기되었으며 서로에게 선물을 베푸는 시기이기도 했다. 축제 기간 동안에는 모든 사람의 마음속에

평등사상이 살아 있었다.

야누스(Janus) 역시 원래 누미나 중 하나로, '좋은 시작의 신'이었는데 어느 정도 의인화되었다. 로마에서 야누스 신의 주요 신전에는 하루해가 뜨고 지는 방향을 의미하는 동쪽과 서쪽에 문 두 개가 배치되어 있었다. 이 문들 사이에 한쪽 얼굴은 젊고 한쪽 얼굴은 늙은 두 얼굴의 야누스 조각상이 서 있었다. 이 두 문은 로마가 평화로운 시기에는 닫혀 있었다. 로마가 도시국가이던 첫 700년 동안 이 문은 세 번 닫히게 되는데, 성군 누마(Numa) 왕의 재위 기간과, 카르타고가 기원전 241년 패배한 제1차 포에니 전쟁 후, 그리고 아우구스투스의 치세 동안이었다. 밀턴은 특히 아우구스투스 치세 기간을 이렇게 노래하고 있다.

세상 주위에는
아무런 전쟁과 싸움의 소리도 들리지 않았네.

야누스의 달인 1월(January)은 새로운 해의 시작이었다.

파우누스(Faunus)는 사투르누스의 손자로 그리스의 판에 해당하는 목신이었다. 또한 예언자이기도 해서 사람들 꿈속에 나타나 미래를 예시하기도 했다.

파운(Faun)들은 로마의 사티로스들이었다.

퀴리누스(Quirinus)는 로마의 설립자인 로물루스(Romulus)의 신격화된 이름이다.

마네스(Manes)는 하데스에서 선량한 사자(死者)들의 영혼이었다. 그들은 때로 신으로 여겨져 숭배되었다.

레무레스(Remures) 혹은 라르바이(Larvae)는 사악한 사자(死者)들의 영혼으로 몹시 두려운 대상이었다.

카메나(Camena)들은 처음에는 우물과 샘을 돌보고 질병을 치료하며 미래를 예언하는 실용적인 여신들이었다. 그러나 그리스 신들이 로마에

도입되자 카메나들은 오로지 예술과 과학만 주관하던 비실용적 뮤즈들과 동일시되었다. 누마 왕을 가르친 에제리아(Egeria)도 카메나 중 하나였다고 한다.

루키나(Lucina)는 출산의 여신인 로마의 에일레이티아로 여겨질 때도 있지만 대개는 유노와 디아나의 별명으로 쓰였다.

포모나(Pomona)와 베르툼누스(Vertumnus)는 처음에는 누미나로 과수원과 정원을 보호하는 힘이었다. 그러나 이후에 의인화되어 어떻게 해서 서로 사랑에 빠졌는지에 관한 이야기가 생겨났다.

제2장

지상의 위대한 두 신

대부분의 신은 인간에게 그다지 유용한 존재가 아니었고, 오히려 그 반대인 경우가 허다했다. 제우스는 여인들에게 위험한 연인이었으며 무서운 벼락을 언제 휘두를지 전혀 예측할 수 없었다. 아레스는 전쟁과 역병을 불러일으켰다. 끊임없는 질투심에 사로잡힌 헤라에게는 옳고 그름에 대한 인식이 전혀 없었다. 아테나 역시 전쟁의 여신으로 제우스만큼 강력하게 빛으로 된 날카로운 창을 휘둘렀다. 아프로디테는 사람들을 함정에 빠뜨리거나 속이기 위해 미인계를 주로 이용했다. 신들은 분명 아름답고 빛났으며 그들이 벌이는 여러 모험은 뛰어난 이야기가 되었다. 그러나 꼭 해를 끼치지는 않더라도 신들은 변덕스럽고 신뢰할 수 없는 존재였고, 대개 인간은 신들이 없어야 잘 지낼 수 있었다.

하지만 대부분의 신들과 다르게 참으로 인류의 가장 좋은 친구라 할 수 있는 두 신이 있었다. 바로 크로노스와 레아의 딸로 라틴어로 케레스라고 불린 곡물의 여신 데메테르와, 바쿠스라고 불리기도 했던 포도주의 신 디오니소스였다. 두 신 중에 당연히 데메테르가 더 오래된 신이었다.

포도주가 재배되기 오래전부터 이미 곡식이 경작되었기 때문이다. 최초로 곡식을 심은 밭이 바로 토지에 정착한 생활의 시초였다. 포도밭은 그 이후에 생겨났다. 곡식을 생산하는 신성한 힘을 지닌 신이 남신이 아니라 여신으로 여겨진 것도 당연했다. 남자의 일이 수렵이나 싸움이었을 때 경작지를 돌보는 일은 여인들이 맡았고, 여인들은 밭 갈고 씨 뿌리며 수확하는 동안 자신들의 일을 이해하고 도와주는 것이 여신이라고 생각하게 되었다. 남자들이 피의 제물을 바치며 좋아했던 남신들과 달리 농지에 결실을 맺게 해주는 소박한 행위를 베푸는 여신을 가장 잘 이해하고 숭배하는 것 역시 여인들이었다. 곡식이 열리는 들판은 대지의 여신을 통해 신성해졌다. '데메테르의 위대한 곡식' 탈곡장도 데메테르의 보호 아래 있었다. 두 곳은 언제든지 데메테르가 나타날 수 있는 신전이었다. "신성한 탈곡장에서, 그들이 키질을 할 때면 옥수수 낟알 같은 황금빛 금발의 데메테르 여신이 나타나 낟알을 고르고 왕겨는 바람에 불어 보내 낟알 더미만 하얗게 쌓였다."

곡식을 거두어들이는 사람들은 기도를 올린다. "데메테르 여신이 곡식 다발과 양귀비를 손에 들고 웃으며 서 있는 동안, 여신의 신전 옆 거대한 키질 풍구로 퍼내는 여신의 낟알 더미가 제 것이 되게 하소서."

물론 데메테르를 기리는 중요한 축제는 수확기에 열렸다. 초기에 축제는 햇곡식으로 구운 첫 빵을 잘라내 인간 생활에 가장 훌륭하고 필요한 선물인 음식을 내려준 여신에게 감사 기도를 드리며 먹는 정도로 단순한 추수감사제였다. 시간이 흘러 소박한 축제는 점차 신비스러운 숭배 의식으로 발전했는데, 우리는 이에 관해 아는 바가 거의 없다. 5년마다 열린 9월 대축제는 한번 열리면 아흐레 동안 지속되었다. 이 축제는 가장 성스러운 날들이어서 이 기간에는 일상생활이 잠시 중단되었다. 행진이 거행되고 춤과 노래에 곁들여 제물을 바쳤으며 모두 즐거워했다. 이 모든 것은 이미 공적으로 알려진 지식으로 많은 작가가 언급한 내용이다. 그러나 신전 경내에서 거행된 의식 가운데 매우 중요한 부분은 결코 묘사된 적이 없다. 그 의식을 지켜본 사람들은 침묵의 맹세에 따라 철저히 비밀을 지켰으므로 우리가 알 수 있는 것은 오로지 단편적인 정보 정도다.

데메테르 여신의 위대한 신전은 아테네 근처 작은 소읍인 엘레우시스(Eleusis)에 있었고, 데메테르에 대한 숭배 의식은 엘레우시스 신비 의식(Eleusinian Mysteries)이라 불렀다. 그리스 세계와 로마 세계를 통틀어 이 의식은 특별하게 여겨졌다. 그리스도(Christ) 이전에 활동한 키케로(Cicero)는 이렇게 말했다. "이 신비 의식보다 더 숭고한 것은 없다. 의식은 우리의 인격을 순화하고 우리의 관습을 온화하게 만들었다. 의식을 통해 우리는 야만적인 상태에서 벗어나 진정한 인간애를 품게 되었다. 그 의식은 즐겁게 사는 방법뿐 아니라 더 좋은 희망을 간직한 채 죽는 방법까지 알려주었다."

설사 의식이 성스럽고 장엄한 것이라 해도 그것은 원래 생겨났을 때의 흔적을 지니고 있었다. 우리가 알고 있는 몇 안 되는 정보 중 하나는 장엄한 순간에 숭배자들이 "침묵 속에서 수확된 곡식의 이삭"을 보게 된다는 사실이다.

한편, 어떻게 또는 언제부터인지 뚜렷이 알 수 없지만, 포도주의 신 디오니소스는 엘레우시스에서 열리는 이 의식에서 데메테르 옆에 나란히 자리하게 되었다.

심벌즈 소리가 요란하게 울리면 데메테르 옆에는
머리채를 늘어뜨린 디오니소스가 권좌에 앉아 있네.

이 두 신이 함께 숭배된 것은 당연할 수밖에 없었다. 두 신 모두 대지의 훌륭한 선물이자 생명의 양식인 빵을 먹고 술을 마시는 행위와 관련 있기 때문이다. 수확기에 디오니소스 축제도 열렸으며 이 시기는 바야흐로 포도가 포도주로 변하는 때이기도 했다.

〈디오니소스와 데메테르〉, 한스 폰 아헨, 1600년

환희의 신 디오니소스,
결실의 순간에 환히 빛나는 순수한 별과 같은 존재라네.

그러나 디오니소스가 항상 즐겁기만 한 것은 아니었고, 데메테르 역시 여름 동안은 행복하지 않았다. 두 신 모두 환희만큼이나 고통이 무엇인지 알았다. 그런 식으로 고통받는 신이라는 점에서 비슷했다. 다른 신들은 지속되는 고통을 겪지 않았다. "바람 한 점 불지 않고 비 한 방울, 눈한 송이 내리지 않는 올림포스에서 살며 그들은 하루하루 즐겁게 보냈다. 넥타르와 암브로시아를 향유하고, 영광스러운 아폴론이 은 리라를 뜯으면 그에 맞춰 뮤즈들이 노래를 부르고, 삼미신이 헤베와 아프로디테와 춤추고 그들 주위에 밝은 빛이 감돌면 신들은 모두 기쁨에 넘쳤다." 그러나 지상의 두 신은 가슴을 쥐어뜯는 슬픔이 무엇인지 잘 알고 있었다.

곡식을 거둬들이고 포도를 수확한 뒤 들판에 어린 새싹들을 죽이며 검은 서리가 내려앉을 때, 곡식 줄기와 풍성했던 포도덩굴에 어떤 일이 일어나는가? 이것이 바로 눈앞에서 늘 나타나는 변화, 즉 낮과 밤, 계절, 별의 움직임을 설명하기 위해 당시 사람들이 이야기를 지어내며 자문했던 것이다. 데메테르와 디오니소스가 추수기에는 행복한 신이지만 겨울 동안에는 사정이 전혀 달랐다. 그들은 비탄에 잠기고 대지도 슬퍼했다. 오래전 옛사람들은 왜 이런 일이 일어나는지 궁금해했고, 그 이유를 설명하기 위해 이야기를 지어냈다.

데메테르(케레스)

이 이야기는 기원전 8세기 혹은 7세기 초 무렵에 지어진 『호메로스 찬가』 중 가장 오래된 초기 시에만 언급되어 있다. 원전에는 초기 그리스 시의 특징인 간결함과 솔직함, 아름다운 세상에 대한 기쁨 등이 나타나 있다.

〈페르세포네의 납치〉, 렘브란트, 1631년경

데메테르에게는 페르세포네(라틴어로는 프로세르피나)라는 외동딸이 있었는데 봄의 처녀였다. 딸을 잃고 커다란 슬픔에 잠긴 데메테르가 땅에게 베푼 모든 선물을 거두어들이자 대지는 얼어붙은 황무지로 변해버렸다. 페르세포네가 사라지자 꽃이 만발하던 푸르른 대지는 꽁꽁 언 죽음의 땅으로 변했다. 함께 꽃을 따던 일행과 멀리 떨어지게 된 페르세포네를 죽은 자들의 왕, 암흑 지하 세계의 주인인 하데스가 아름다운 수선화 꽃으로 유인해 납치한 것이다. 숯처럼 새까만 준마들이 끄는 마차를 타고 땅의 틈새로 솟구쳐 오른 하데스는 페르세포네의 손목을 잡아 자기 옆에 앉혔다. 그러고는 울부짖는 페르세포네를 데리고 지하로 사라졌다. 높은 산들과 바닷속 심연 사이로 페르세포네의 비명이 울려 퍼져 어머니인 데메테르에게까지 들렸다. 데메테르는 마치 한 마리 새처럼 바다와 땅을 가로지르며 딸을 찾으며 날아다녔다. 하지만 아무도 진상을 아는 존재가 없었다. "인간이나 신들은 물론, 새들의 전령조차 페르세포네의 행방을 알 수 없었다." 아흐레 동안 데메테르는 딸을 찾아 헤맸고, 그동안은 암브로시아도 달콤한 넥타르도 전혀 입에 대지 않았다. 마침내 태양을 찾아간 데메테르는 사건의 전말을 들을 수 있었다. 페르세포네가 지하 세계로 납치되어 암울한 죽은 자들 틈에 있다는 것이었다.

그러자 데메테르 가슴에 더욱 큰 슬픔이 밀려왔다. 데메테르는 올림포스를 떠나 지상으로 내려가 지냈다. 매우 교묘하게 변장한 데메테르를 아무도 알아보지 못했고 신들조차 인간들 틈에 끼여 있는 그녀를 쉽사리 식별해낼 수 없었다. 쓸쓸히 헤매고 다니다 엘레우시스까지 오게 된 데메테르는 길 옆 우물가에 잠시 앉았다. 데메테르는 큰 저택에서 아이를 돌보거나 광을 지키는 노파처럼 보였다. 그때 물을 길러 온 자매 네 명이 데메테르를 보며 거기서 뭘 하고 있는지 동정 어린 눈길로 물었다. 데메테르는 자신을 노예로 팔아넘기려던 해적들에게서 도망쳐 와서 이 낯선 땅에서 도움을 청할 만한 사람이 아무도 없다고 대답했다. 그 말에 소녀들은 마을 어느 집에서든 데메테르를 환영해줄 테지만 자신들이 어머니에게 물어보고 올 동안 기다려준다면 그들 집으로 함께 가는 것이 가장 좋겠다고 말했다.

데메테르가 찬성의 뜻으로 고개를 끄덕이자 소녀들은 양동이에 물을 가득 채우고선 서둘러 돌아갔다. 소녀들의 어머니인 메타네이라(Metaneira)는 딸들의 말을 듣고 당장 우물가로 돌아가 노파를 데려오라고 일렀다. 소녀들이 우물가로 되돌아 가보니 데메테르가 베일을 쓰고 호리호리한 발목까지 온몸을 검은 옷으로 덮은 채 앉아 있었다. 소녀들을 따라간 데메테르가 거실 문턱을 넘어설 때 신성한 빛이 현관을 가득 채우자 어린 아기를 안고 있던 메타네이라는 경외감을 느꼈다.

메타네이라가 데메테르에게 벌꿀 술을 권했지만 데메테르는 손댈 생각도 하지 않았다. 대신 추수기에 일꾼들이 마시는 시원한 박하 향 보리차와 엘레우시스에서 경배자들에게 주는 성스러운 잔을 달라고 했다. 기운을 차린 데메테르가 메타네이라의 아기를 받아 가슴에 끌어안자 메타네이라가 기뻐했다. 메타네이라와 현명한 켈레오스(Celeus) 사이에서 태어난 아들 데모폰(Demophon)은 그렇게 데메테르의 손에서 무럭무럭 자라났다. 데메테르가 매일 아기에게 암브로시아를 발라주고 밤마다 붉은 불길 속에 두었으므로 아기는 젊은 신처럼 자라났다. 데메테르가 그렇게 한 이유는 아기에게 영원한 청춘을 주기 위해서였다.

그러나 아기 어머니인 메타네이라는 왠지 모를 불안감을 느꼈다. 그래서 어느 날 밤 몰래 엿보다가 아기를 불속에 던지는 상황을 목격하고는 공포에 떨며 비명을 질렀다. 이에 화가 난 데메테르가 불속에서 아기를 꺼내 바닥으로 내던졌다. 늙음과 죽음으로부터 아기를 자유롭게 해주려던 여신의 의도가 소용없게 돼버렸다. 그럼에도 아기는 데메테르의 무릎에 앉아 그 품에서 잠들곤 했으므로 평생 영예를 누리게 될 것이다.

데메테르는 이제 여신이라는 자신의 정체를 드러냈다. 아름다움과 향기로운 향내가 데메테르를 휘감고 밝은 빛이 쏟아져 그 큰 집이 광휘로 가득 찼다. 그녀는 놀라움에 떠는 여인들에게 자신이 데메테르임을 밝혔다. 나를 위해 마을 근처에 커다란 신전을 지어야 자신의 호의를 되찾을 수 있을 것이라고 했다.

말을 마친 데메테르가 떠나자 너무 놀란 메타네이라는 말문이 막혀 쓰러졌고 그곳에 있던 다른 모든 사람도 공포로 전율했다. 아침이 되자 메타네이라와 딸들은 간밤에 일어난 일을 켈레오스에게 말했다. 켈레오스는 사람들을 모두 불러 모은 뒤 여신의 명령을 전달했다. 사람들은 기꺼이 여신을 위해 신전 짓는 일에 동참했고 신전이 완성되자 데메테르가 그곳에 들어와 앉았다. 데메테르는 올림포스의 모든 신과는 멀리 떨어진 채, 잃어버린 딸을 그리워하며 점점 수척해졌다.

그해는 지상에 있는 모든 인간에게 가장 혹독하고 잔인한 해였다. 땅에서 아무것도 자라지 않았다. 씨앗은 싹을 틔우지 않았고 밭이랑 사이로 황소가 쟁기질을 열심히 해보아도 헛수고였다. 온 인류가 기근으로 곧 멸망할 것 같았다. 결국 제우스는 자신이 나서야 한다는 것을 깨달았다. 제우스가 차례로 신들을 보내며 데메테르의 노여움을 풀기 위해 노력했으나 데메테르는 그 누구의 말도 듣지 않았다. 데메테르는 딸을 다시 만나기 전까지는 땅에 결실이 맺히지 않게 할 작정이었다. 그러자 제우스는 자기 형제인 하데스가 양보해야만 사태가 수습되리라는 것을 깨달았다. 제우스는 헤르메스를 시켜 지하 세계로 가서 하데스에게 페르세포네를 데메테르에게 되돌려 보낼 것을 명령했다.

헤르메스가 지하 세계에 도착했을 때 페르세포네는 하데스와 함께 있었다. 어머니를 그리워하는 페르세포네는 마지못해 움츠린 채 하데스 곁에 앉아 있었다. 헤르메스의 말에 페르세포네는 당장에라도 가고 싶은 마음에 펄쩍 뛰며 기뻐했다. 페르세포네의 남편인 하데스는 제우스의 명령에 복종해 페르세포네를 지상으로 돌려보내야 한다는 것을 알고 있었지만, 페르세포네가 떠나려 하자 자신을 잊지 말고, 그녀가 한때 신들 중에서도 위대한 하데스의 아내였다는 사실에 너무 슬퍼하지 말라고 간청했다. 그리고 페르세포네에게 석류 씨를 먹게 했다. 그것을 먹으면 자신에게 되돌아올 수밖에 없다는 사실을 알고 있었기 때문이다.

하데스는 황금마차를 준비시켰고, 헤르메스는 말고삐를 잡고 데메테르가 기다리고 있는 신전으로 곧장 검은 말을 몰았다. 마이나스 (Maenad: 디오니소스 의식을 행하는 여자_옮긴이)가 산턱을 뛰어 내려가는 것처럼 데메테르는 재빨리 딸을 맞으러 달려 나왔다. 페르세포네는 어머니 품에 덥석 안겼고 두 사람은 끌어안은 채 한참을 서 있었다. 모녀가 하루 종일 그동안 겪은 일을 이야기하던 중 페르세포네가 석류 씨를 먹었다는 말을 듣고 데메테르는 딸이 늘 자신과 함께 있지 못할 운명임을 깨닫고 슬퍼했다.

그때 제우스가 또 다른 전령으로, 지체 높은 신분이자 신들 중 제일 연장자인 어머니 레아를 보냈다. 올림포스 정상에서 풀 한 포기 나지 않는 황량한 땅으로 급히 내려온 레아는 신전 입구에 서서 데메테르에게 말했다.

> 어서 가자, 내 딸아. 멀리까지 내다보고
> 벼락을 내리는 제우스가 네게
> 명령했으니.
> 어서 다시 신들이 있는 궁전으로 가자.
> 그곳에서 너는 존경받으며,
> 네 슬픔을 위로받기 위해 네 소망인 딸과 함께 지내게 될 것이다.
> 해마다 날은 꽉 들어차고 겨울은 끝나게 마련이다.
> 일 년 중 삼분의 일만 암흑의 왕국이 네 딸을 잡고 있을 것이고,
> 나머지 기간 동안 너와 행복한 신들이 네 딸과 함께 있을 것이다.
> 이제 평화의 시기다. 오로지 네 선물에서만 나오는 생명을
> 이제 인간들에게 베풀거라.

데메테르는 매년 넉 달 동안은 페르세포네를 잃어버리고 사랑스러

운 딸이 죽은 자들의 세계로 내려가는 것을 지켜봐야 한다는 사실이 불만스러웠지만 그 제의를 거절하지 않았다. 데메테르는 인자했으므로 사람들은 항상 '훌륭한 여신'이라고 불렀다. 데메테르는 자신이 초래한 비참함을 보고 마음 아팠다. 그래서 다시 한번 들판을 풍요로운 결실로 가득 채우자 세상은 온갖 꽃과 푸른 잎으로 밝아졌다. 데메테르는 자신에게 신전을 지어준 엘레우시스 왕가를 찾아가 그들 중에서 인간들에게 보내는 사절로 트리프톨레모스(Triptolemus)를 선택해 곡식 재배법을 알려주었다. 트리프톨레모스와 켈레오스 그리고 다른 사람들에게 성스러운 의식을 알려주었다. "그 신비 의식은 깊은 경외심 속에서 침묵하게 되므로 아무도 발설할 수 없을 것이다. 의식을 지켜본 자는 축복받으리니 앞으로 맞이하게 될 내세에서 그의 운명은 행복할 것이다."

> 향기로운 엘레우시스의 여신이여,
> 대지에 훌륭한 선물을 내려주시는 이,
> 오 데메테르여, 당신의 은총을 제게 내려주소서.
> 모든 사랑스러운 소녀 중에서도 가장 아름다운
> 페르세포네여, 당신의 은혜에 감사하여
> 찬가를 바치나이다.

두 여신 데메테르와 페르세포네 이야기에서 가장 주요한 주제는 비애의 관념이다. 추수기 풍요로움의 여신인 데메테르는 해마다 자신의 딸이 죽는 것을 지켜봐야 하는 비통한 어머니다. 페르세포네는 봄과 여름의 빛나는 처녀로, 메마르고 건조한 언덕 위로 그녀의 빛이 발을 들여놓기만 해도 모든 것을 싱그럽게 바꿔 꽃을 피우기에 충분했다. 사포(Sappo)는 이렇게 표현했다.

> 나는 꽃의 발걸음이 튀어 오르는 소리를 듣네….

〈페르세포네의 귀환〉, 프레데릭 레이튼, 1891년

그것은 페르세포네의 발걸음이었다. 페르세포네는 그 아름다움이 얼마나 짧은지 알고 있었다. 과실, 꽃, 잎사귀, 대지에서 자라나는 모든 생명은 추위가 다가올 때 모두 종말을 맞이할 것이며 자신처럼 죽음의 힘에 지배받게 될 터였다. 암흑세계의 주인이 자신을 납치한 이후로 페르세포네는 꽃이 만발한 들판에서 아무런 근심 걱정 없이 즐겁게 뛰노는 처녀로 되돌아갈 수 없었다. 해마다 봄이 되면 죽은 자들의 세상에서 다시 솟아나는 것도 사실이지만, 페르세포네는 전에 있던 곳의 기억도 함께 가지고 돌아왔다. 그녀의 밝은 아름다움에도 불구하고 페르세포네 주위에는 기묘하고 장엄한 그 무언가가 있었다. 페르세포네는 "그 이름을 발설하면 안 되는 처녀"로 불릴 때가 자주 있다.

올림포스의 신들은 죽을 운명을 타고난 불행한 인간과는 동떨어진 '결코 죽지 않는' 행복한 신들이었다. 그러나 비탄에 빠지거나 죽음의 순간이 다가올 때 인간은 슬픔을 경험했던 여신 데메테르와 죽음을 경험한 여신 페르세포네의 자비에 기댈 수 있었다.

디오니소스 또는 바쿠스

이 이야기는 데메테르 이야기와는 사뭇 다르다. 디오니소스는 올림포스에 등장한 마지막 신이었다. 호메로스는 디오니소스를 인정하지 않았다. 기원전 8세기 혹은 9세기에 활동한 헤시오도스가 짤막하게 암시한 문구를 제외하면 디오니소스를 언급하는 초기 출처는 거의 없다. 기원전 4세기로 추정되는 후기 『호메로스 찬가』 한 편만이 해적선에 관해 언급할 뿐이며, 펜테우스(Pentheus)의 운명은 기원전 5세기에 모든 그리스 시인 중에서 가장 근대적인 에우리피데스의 마지막 희곡의 소재였다.

테바이는 제우스와 그곳 공주인 세멜레(Semele)의 아들로 태어난 디오니소스의 고향이었다. 디오니소스는 부모 중 한쪽이 신이 아닌 유일한 신이었다.

> 테바이에서 유일하게 인간 여인이 불멸의
> 신을 잉태했나니.

세멜레는 제우스가 사랑한 여인 중에서 가장 불행한 여인으로, 그렇게 된 이유는 역시 헤라 때문이었다. 제우스는 세멜레를 몹시 사랑해 그녀가 원하는 것이라면 뭐든 다 들어주겠노라고 말했다. 제우스는 이 말을 신들의 왕인 자신조차도 한번 맹세하면 절대 깨뜨릴 수 없는 스틱스 강에 대고 서약했다. 그러자 세멜레는 자신이 가장 원하는 것은 천상의 왕이자 번개의 주인인 제우스의 찬란한 모습을 직접 보는 것이라고 대답했다. 세멜레 마음속에 그런 생각을 주입한 이는 바로 헤라였다. 제우스는 자신의 실제 모습을 본 인간은 그 누구도 견뎌낼 재간이 없다는 것을 알고 있었지만, 이미 스틱스 강에 대고 맹세한 뒤였기 때문에 달리 손쓸 방법이 없었다. 제우스는 세멜레가 요구한 대로 자신의 본 모습으로 나타났고, 그 불타는 후광 앞에서 세멜레는 결국 불에 타 죽고 말았다. 그러나 제우스는 거의 출산이 임박해 있던 세멜레의 아이를 잡아채 자신의 옆구리에 숨겼다. 아이가 태어날 때까지 헤라의 눈을 피하기 위해서였다. 얼마 후 아이가 태어나자 헤르메스는 아기를 니사(Nysa) 산에 있는 님프들에게 데려가 키우도록 했다. 니사 산은 지상의 산골짜기 중 가장 아름다운 곳이지만 산을 본 사람도, 어디 있는지 아는 사람도 없었다. 디오니소스를 키운 님프들이 히아스들(Hyades)이라고 말하는 이들도 있다. 그 보답으로 제우스는 훗날 히아스들을 하늘의 별이 되게 해주었다. 별들이 지평선 가까이 내려올 때면 비가 온다고 한다.

이렇게 포도주의 신 디오니소스가 불에서 태어나 물의 님프들 손에 양육된 것처럼 포도를 잘 익게 하는 것은 뜨거운 태양의 열기이며, 식물이 잘 살도록 유지해주는 것은 수분이었다.

점차 어엿한 청년으로 자란 디오니소스는 낯선 곳을 찾아 멀리 배회했다.

> 황금이 풍부한 땅 리디아와 프리기아,
> 태양 빛이 내리쬐는 땅 페르시아,
> 위대한 성벽이 서 있는 땅 박트리아,
> 폭풍우가 휩쓸고 지나는 땅 메데스,
> 축복의 땅 아라비아까지.

디오니소스는 가는 곳마다 사람들에게 포도 재배법과 자신을 숭배하는 신비 의식을 가르쳐주었고, 사람들은 그를 신으로 받아들였다. 그리고 어느덧 디오니소스는 고향에 다다랐다.

어느 날 그리스 근처 바다 위로 해적선 한 척이 항해하고 있었다. 선원들은 해안 근처 커다란 곳에 서 있는 아름다운 청년을 보았다. 청년의 풍부한 흑발이 튼튼한 어깨를 감싸고 있는 자주색 망토 위로 흘러내렸다. 몸값을 많이 받아낼 수 있는 왕의 아들인 듯했다. 해적들은 기쁨의 환호성을 지르며 배를 뭍에 대고 청년을 사로잡았다. 배에 올라온 해적들은 무자비하게 청년을 묶으려 했으나 이상하게도 묶을 수가 없었다. 청년의 손과 발에 닿기만 하면 밧줄이 저절로 풀렸다. 청년은 검은 눈으로 미소를 지으며 해적들을 바라볼 뿐이었다.

그러자 해적 중에서 유일하게 키잡이만 상황을 간파하고 그 청년은 신이 틀림없으니 당장 풀어줘야 한다고 외쳤다. 그렇지 않으면 엄청난 해악이 닥칠 것을 눈치 챘다. 그러나 선장은 키잡이를 멍청이라고 조롱하며 선원들에게 돛을 올리라고 명령했다. 바람이 돛을 가득 채우자 선원들이 돛을 팽팽히 잡아당겼다. 하지만 배는 꼼짝도 하지 않았다. 그리고 이해할 수 없는 일이 꼬리에 꼬리를 물고 일어났다. 갑판 위로 향기로운 포도

〈디오니소스〉, 카라바조, 1598년경

주 비가 쏟아져 내리고, 돛 위로는 송이가 주렁주렁 매달린 포도 덩굴이 뻗어 나갔다. 수많은 꽃송이와 감미로운 과실이 매달린 검푸른 덩굴이 돛 대를 화관처럼 휘감았다. 그러자 공포에 사로잡힌 해적이 키잡이에게 배를 뭍에 대라고 명령했다.

그러나 때는 이미 늦었다. 그사이에 선장은 이미 사자로 변해 무섭게 으르렁대며 포효하고 있었다. 청년이 신(神)이라는 것을 알아보았던 선량한 키잡이를 제외하고 나머지 선원들은 모두 놀라서 바다로 뛰어들었고 그 즉시 돌고래로 변해버렸다. 키잡이에게만은 디오니소스가 자비를 베풀었다. 키잡이는 용기를 내어 바다로 뛰어들지 않았던 것이다. 그 청년이 세멜레가 제우스와 결합해 낳은 디오니소스 신이 분명하다면 자신에게 은총을 베풀 것이라 믿었기 때문이다.

그리스를 향해 가던 중 트라키아를 지나게 된 디오니소스는 그곳 왕들 중 한 명인 리쿠르고스(Lycurgus)에게 모욕을 당했다. 리쿠르고스는 이 새로운 숭배에 극렬히 반대했다. 디오니소스는 일단 리쿠르고스 면전에서 물러나 바다 깊숙이 도망치기까지 했다. 그러나 얼마 후 되돌아와 리쿠르고스를 제압하고 자신을 모욕한 사악함에 대해, 가벼운 처벌에 그쳤지만 어쨌든 벌을 주었다.

리쿠르고스를 바위 동굴에 가둬놓음으로써,
처음 자신의 미친 듯이 불타던 분노가 점차 가라앉을수록
자신이 조롱한 사람이 신이라는
사실을 마침내 깨닫도록 했네.

그러나 다른 신들은 디오니소스처럼 그리 온순하지 않았다. 제우스는 번개를 내리쳐 리쿠르고스의 눈을 멀게 했고, 머지않아 리쿠르고스는 죽었다. 신에게 대항하는 인간은 결코 오래 살아남을 수 없었다.

한편 여기저기 유랑하던 디오니소스는 우연히 크레타(Crete)의 공주

아리아드네(Ariadne)를 만나게 된다. 그때 아리아드네는 자신이 목숨을 구해주었던 아테네의 왕자 테세우스로부터 낙소스(Naxos) 섬에 버려져 몹시 상심하고 있던 터였다. 디오니소스는 아리아드네를 구해주고 마침내 그녀를 사랑하게 되었다. 나중에 아리아드네가 죽자 디오니소스는 그녀에게 주었던 왕관을 하늘로 올려 별들 가운데 자리 잡게 했다.

디오니소스는 한 번도 본 적 없는 어머니를 결코 잊지 않았다. 어머니를 몹시도 그리워한 나머지 결국에는 어머니를 찾으러 지하 세계로 내려갔다. 세멜레를 찾아낸 디오니소스는 어머니를 죽음으로부터 되찾기 위해 죽음의 힘과 싸웠다. 결국 죽음이 무릎을 꿇었다. 디오니소스는 지하 세계에서 어머니를 데리고 나올 수는 있었지만 지상으로는 갈 수 없었다. 디오니소스는 세멜레를 올림포스로 데려갔고, 신들은 그녀가 인간이기는 해도 신의 어머니로 신들과 함께 살기에 적합하다고 여겨 자신들의 일원으로 받아들이는 데 찬성했다.

포도주의 신 디오니소스는 인자하며 은혜를 베풀 줄도 알았다. 그러나 동시에 잔인해질 수도 있었고 인간들이 끔찍한 짓을 하도록 내몰 수도 있었다. 디오니소스는 인간들을 미치게 만들 때도 자주 나타났다. 마이나스들 또는 바쿠스 신도들(Bacchantes)은 이름에서 알 수 있듯이 포도주에 취해 이성을 잃은 광포한 여인들을 일컫는 말이다. 그들은 날카롭게 비명을 지르며 숲속으로, 산 위로 솔방울이 매달린 지팡이를 휘두르며 격렬한 황홀경에 사로잡혀 휩쓸고 다녔다. 아무도 그들을 제지할 수 없었다. 그들은 산에서 마주친 들짐승을 갈가리 찢어 피가 흐르는 살점을 먹기도 했다. 그리고 이런 노래를 불렀다.

> 산 위에서 춤추고 노래하며,
> 미친 듯이 내달리는 것이
> 아 얼마나 달콤한지.
> 사냥하여 잡은 야생 염소를

땅바닥에 쓰러뜨리는 것이 얼마나 즐거운지.

오, 붉은 피와 그 피가 흐르는 날고기를 맛보는 즐거움이란!

올림포스의 신들은 제사 의식이나 신전에서 질서와 아름다움을 좋아했다. 그런데 미친 여인들인 마이나스들에게는 신전이 없었다. 그들은 마치 인류가 신을 위해 집 지을 생각을 하기 이전 태곳적 관습을 따르기라도 하듯 디오니소스를 숭배하기 위해 황야로, 거친 산속으로, 깊은 숲속으로 들어갔다. 그들은 먼지투성이의 혼잡한 도시를 벗어나 인적이 닿지 않은 자연의 순수함을 찾아 들어갔다. 그곳에서 디오니소스가 그들에게 먹을 것과 마실 것을 주었다. 약초와 산딸기, 야생 염소의 젖이 그들의 먹거리였다. 그들의 잠자리는 가느다란 소나무 잎이 해마다 떨어져 두툼하게 쌓인 나무 아래 부드러운 풀밭이었다. 그들은 천상의 평화로움과 상쾌함 속에서 잠을 깨고 맑은 시냇가에서 몸을 씻었다. 확 트인 하늘 밑 세상의 아름다움이 가져다주는 황홀한 기쁨 아래서 이루어지는 디오니소스에 대한 숭배는 이토록 즐겁고 훌륭하며 자유로웠다. 물론 그 와중에도 무시무시한 피의 축제는 늘 벌어졌다.

디오니소스에 대한 숭배는 자유롭고 황홀한 기쁨 그리고 야만적인 난폭성이라는 매우 상반된 두 개념으로 집중된다. 디오니소스는 이야기에서 때로는 인간에게 축복을 주는 존재로 때로는 완전히 파멸을 가져오는 존재로 나타난다. 그의 무서운 행위 중 최악은 바로 어머니의 고향인 테바이에서 일어난 일이다.

디오니소스는 자신에 대한 숭배를 확립시키려고 테바이까지 오게 되었다. 디오니소스는 늘 그랬듯이 외투 위에 새끼 사슴 가죽을 걸치고 덩굴로 휘감은 지팡이를 휘두르며 기쁨의 노래와 춤을 즐기는 한 무리의 여인들과 함께 나타났다. 기쁨에 겨워 미친 것처럼 보인 여인들은 이렇게 노래했다.

오 디오니소스 신도들이여 오라,

오, 어서 오라.

디오니소스 신을 찬양하라,

깊게 울리는 탬버린 소리에

맞추어 노래하라.

기쁘게 디오니소스를 찬양하라,

그가 환희를 내려주었으니.

거룩하도다, 모든 것이 거룩하도다

음악도 그렇게 노래하는구나.

산골짜기로, 산골짜기로,

날듯이 뛰어가세, 오 디오니소스 신도들이여

발걸음을 재촉하세.

오, 계속 앞으로, 즐거운 마음으로 어서 나아가세.

테바이의 왕인 펜테우스는 세멜레의 자매의 아들이기는 했지만, 흥분에 들떠 이상한 행동을 하며 돌아다니는 이 무리의 지도자가 바로 자신의 사촌일 줄은 꿈에도 생각하지 못했다. 펜테우스는 세멜레가 죽을 때 제우스가 그녀의 아이를 구했다는 사실을 알지 못했다. 이 낯선 이방인들이 보여주는 거친 춤과 흥분된 노래와 기묘한 행태에 펜테우스는 심한 반감을 느껴 당장 중지시켜야 한다고 생각했다. 펜테우스는 부하들에게 이 방인들을, 특히 "리디아에서 온 사기꾼 마법사, 포도주에 취해 얼굴이 불그레한" 우두머리를 잡아 투옥하라고 명령했다. 그러나 펜테우스가 이 말을 내뱉는 동안 뒤에서 엄숙한 경고를 들었다. "당신이 지금 거부한 그 사람은 새로운 신입니다. 세멜레의 아들이며 제우스가 구해낸 자입니다. 데메테르 여신과 더불어 지상에서 가장 위대한 신입니다." 이 말을 한 사람은 눈먼 늙은 예언자 테이레시아스(Teiresias)였다. 그는 신들의 뜻을 유일하게 알 수 있는 성스러운 사람이었다. 펜테우스가 대답하려고 테이레시아스에게로 돌아섰을 때 그 노인도 이미 거친 디오니소스 여신도들처럼 속아 넘어갔다는 것을 알았다. 테이레시아스의 백발 위로 덩굴 화관이 씌어져 있고 늙은 어깨는 새끼 사슴 가죽으로 뒤덮였으며, 떨리는 손에는 괴상한 솔방울 지팡이가 쥐어져 있었다. 테이레시아스의 모습을 꼼꼼히 훑어본 펜테우스는 한껏 비웃으며 당장 눈앞에서 사라지라고 경멸조로 명령했다. 그렇게 펜테우스는 자신의 비운을 자초했다. 그는 신들의 경고를 들으려 하지 않았다.

한편 펜테우스가 보낸 병사들 손에 디오니소스가 잡혀 왔다. 병사들은 디오니소스가 도망치거나 저항하기는커녕 순순히 포박에 응했기 때문에 그를 잡는 것은 식은 죽 먹기였다고 말했다. 순순히 잡히는 디오니소스에게 머쓱해진 병사들은 자신들도 제 의지가 아닌 명령 때문이었다고 변명했다. 그리고 병사들은 한번 잡아 가둔 여인들이 모두 산속으로 도망쳤다고 말했다. 족쇄는 꽉 조여지지 않았고, 문 빗장이 저절로 풀렸다는 것이다. 그러면서 병사들은 덧붙였다. "이 사람은 테바이에 놀라운 이적을 많이 몰고 왔습니다."

완전히 이성을 잃은 펜테우스는 분노와 경멸만 가득할 뿐 눈에 뵈는 게 없었다. 그는 디오니소스를 무례하게 대했다. 그러나 디오니소스는 자신의 실체를 알려 펜테우스가 지금 마주하고 있는 존재가 신이라는 사실을 깨닫게 해주려고 부드럽게 대답했다. 그는 펜테우스에게 자신을 감옥에 가둘 수 없을 것이라고 말했다. 그 이유는 "신이 곧 풀어줄 것이기 때문이오".

"신이라고?" 펜테우스가 비웃으며 되물었다.

"그렇소. 신은 이곳에 있으며 내 고통을 다 지켜보고 있소."

"내 눈에는 아무것도 보이지 않는데."

"그 신은 바로 내 안에 있소. 그대는 순수하지 못하기 때문에 볼 수 없을 뿐이지."

화가 난 펜테우스가 병사들에게 디오니소스를 묶어 감옥에 처넣으

〈디오니소스에게 바치는 희생제〉, 마시모 스탄치오네, 1634년경

라고 명령했다. 디오니소스는 나가면서 한마디 했다. "그대가 내게 범하고 있는 모든 잘못은 곧 신들에게 행하는 것이오."

그러나 디오니소스를 감옥에 가둘 수 없었다. 디오니소스는 다시 펜테우스 앞에 나타나 이 모든 이적이 신의 행위임을 깨닫고 새롭고 위대한 신을 섬기는 숭배를 받아들이라고 설득했다. 그러나 펜테우스는 들은 척도 하지 않은 채 끝없이 욕설과 위협적인 말을 쏟아낼 뿐이었다. 결국 디오니소스는 펜테우스를 자신의 운명에 내맡겼다. 그 운명은 일어날 수 있는 일 중 가장 끔찍한 것이었다.

펜테우스는 디오니소스 신의 추종자들을 따라 여인들이 감옥에서 도망쳐 올라간 산골짜기로 갔다. 테바이의 많은 여인들이 그들과 합류해 있었고 펜테우스의 어머니와 이모들도 함께 있었다. 그곳에서 디오니소스는 자신의 가장 무서운 모습을 드러냈다. 모인 사람들을 모두 미치게 만든 것이다. 여인들은 펜테우스가 들짐승인 사자라고 생각하여 그를 없애려고 달려들었고, 그중에서도 펜테우스의 어머니가 앞장섰다. 미친 여인들이 덮치자 그제야 펜테우스는 자신이 신에 대항했고 결국 목숨으로 죗값을 치르게 되었음을 깨달았다. 여인들은 펜테우스의 사지를 갈가리 찢어 모든 일이 끝난 후에야 의식이 되돌아왔다. 펜테우스의 어머니는 자신이 한 짓을 깨달았다. 극심한 고통에 몸부림치는 펜테우스의 어머니를 바라보며 정신을 차린 여인들이 춤추고 노래 부르고 거칠게 지팡이를 휘두르며 서로 말을 주고받았다.

> 신들은 인간이 알 수 없는 기묘한 방법으로 다가온다네.
> 신들은 가망 없는 많은 일을 이루고,
> 기대하던 것은 빗나가게 만든다네.
> 결코 우리가 생각지 못한 길을 신은 우리에게 열어주었네.
> 그래서 이 모든 것이 일어나게 된 것이라네.

여러 편의 이야기에 나타난 디오니소스의 관념은 얼핏 보면 모순적이다. 어떤 이야기에서 그는 환희의 신으로 등장한다.

> 황금빛 금발에,
> 불그레한 혈색의 디오니소스,
> 환희의 불꽃이 강렬하게 타오르는
> 마이나스들의 동료라네.

다른 이야기에서는 인정사정없는 무자비하고 난폭한 신으로 등장한다.

> 자신을 비웃는 자는 누구나
> 자신의 먹잇감으로 만든다네.
> 디오니소스 신도들과 함께
> 유인하여 죽음의 올가미를 씌운다네.

하지만 이 두 관념은 디오니소스가 포도주의 신이라는 점에서 단순하고 합리적으로 생겨난 사실이다. 술은 좋기도 하고 나쁘기도 하다. 술은 인간의 마음을 따뜻하게 해주고 기분 좋게 해준다. 그러면서도 사람을 취하게 만들 수도 있다. 그리스 사람들은 바로 이러한 사실을 냉철하게 깨달은 민족이었다. 그들은 술에 취해 추해지고 창피스러운 모습은 외면한 채 오로지 밝은 면만 볼 수는 없었다. 디오니소스는 포도주의 신이었다. 그러므로 인간들이 소름끼치는 잔인한 범죄를 저지르도록 만드는 힘이었던 것이다. 아무도 디오니소스로부터 달아날 수 없었다. 아무도 펜테우스가 당한 운명을 옹호하려 들지 않았다. 그리스 사람들은 말한다. 그러한 일들은 인간이 술에 취해 흉포해지면 정말로 일어날 수 있다고. 그렇다고 그리스인들이 다른 진실을 간과하지는 않는다. 술은 마음을 가볍게 해주고 편안함과 즐거움과 유쾌함을 가져다준다는 점 말이다.

> 디오니소스의 술로,
> 인간들의 무거운 근심은
> 마음에서 떠나간다네.
> 우리는 이제껏 존재하지 않은 세계로 발을 들여놓는다네.
> 가난한 자는 부유해지고, 부유한 자는 마음이 풍요로워진다네.
> 포도주로 만든 화살이 모든 것을 정복한다네.

디오니소스가 각각의 경우에서 그렇게 다른 모습을 보이는 것은 술이 지닌 이중성 때문이며, 그가 술의 신이기 때문이다. 그는 인간을 이롭게 하는 동시에 파괴하는 존재였다.

인자한 면에서 보면 디오니소스는 인간을 즐겁게 해주는 신일 뿐 아니라, 그의 잔은

> 생명을 주며 모든 질병을 치유해주었다.

술을 마심으로 디오니소스의 영향 아래 놓이게 되면, 한순간이기는 하지만 용기가 생기고 두려움이 사라진다. 디오니소스는 자신을 숭배하는 사람들을 높이 들어올렸다. 디오니소스는 사람들이 전에는 할 수 없다고 여기던 일을 할 수 있다고 느끼게 만들었다. 물론 이 모든 행복한 해방감과 자신감은 사람들이 술에서 깨든 술에 취해 있든 곧 사라지지만, 그 느낌이 지속되는 동안 사람들은 자신보다 더 큰 힘에 사로잡혀 있는 것처럼 느낀다. 그래서 사람들은 디오니소스를 다른 신들과는 조금 다르게 여겼다. 즉, 디오니소스는 사람들 외부에 존재하는 동시에 내부에 존재하기도 했다. 디오니소스에 의해 사람들은 그를 닮은 모습으로 변화될 수 있었다. 술 취한 느낌이 주는 즐거운 힘의 순간적인 감각은 내부에 자신이

알고 있는 그 이상의 것을 보여주는 유일한 징조였다. "사람들은 자신이 신이 될 수도 있다"고 느꼈다.

이런 식으로 생각하는 것은 즐거워지거나 근심을 잊기 위해 또는 취하려고 술을 마심으로 디오니소스 신을 숭배하는 옛 관념과는 아주 동떨어진 것이다. 디오니소스 추종자 중에는 술을 전혀 입에 대지 않는 사람들조차 생겨났다. 인간을 잠시 동안 취하게 함으로써 자유롭게 만드는 신에서, 영감을 통해 인간을 자유롭게 만드는 신으로 디오니소스를 격상시키는 위대한 변화가 언제 일어난 것인지는 알 수 없다. 하지만 뚜렷한 결과 중 하나는 후대 사람들에게 디오니소스가 그리스 신들 중에서도 가장 중요한 신이 되었다는 것이다.

주로 데메테르에게 바쳐지던 엘레우시스 신비 의식은 늘 중요했었다. 그 이유는 키케로가 지적했듯이, 그 의식이 "생전에는 즐겁게 살고, 죽을 때는 희망을 품고 죽을 수 있도록" 인간들을 도와주었기 때문이다. 하지만 그 의식의 영향력은 오래 지속되지 못했는데, 아무도 그 사상을 공공연하게 가르치거나 기록하는 일이 용납되지 않았으므로 자명한 결과였다. 결국 그 의식은 희미한 기억으로만 남게 되었다. 그러나 디오니소스의 경우에는 사정이 달랐다. 그의 위대한 축제에서 행해지는 모든 일은 전 세계에 알려졌고 오늘날까지도 그 영향력이 살아 있다. 그리스에서 열리는 다른 축제는 디오니소스 축제에 필적할 만한 것이 전혀 없다.

디오니소스 축제는 포도나무 덩굴이 가지를 내뻗기 시작하는 봄에 시작되어 닷새 동안 지속된다. 이 시기에는 완전한 평화와 즐거움만 있다. 일상의 모든 일이 중단된다. 아무도 감옥에 갇히지 않았으며, 심지어 갇혀 있던 죄수들조차 모든 사람이 즐기는 기쁨을 함께 누리도록 풀어주었다. 사람들이 디오니소스 신을 경배하기 위해 모여드는 곳은 이야기에 등장하는 것처럼 야만스런 행위와 피의 향연이 벌어지는 끔찍한 숲속이 아니었다. 그렇다고 질서정연한 제물 의식이 벌어지는 신전 경내도 아니었다.

사람들이 모여 신을 경배하는 곳은 바로 극장이었고, 연극 상연이 바로 신을 섬기는 의식이었다. 그리스의 위대한 시들은, 그리고 세계사에서 길이 빛나는 명작들도 디오니소스를 위해 쓰였다. 희곡을 쓴 작가들과 그 연극에 참여한 배우들과 가수들은 모두 디오니소스 신의 종으로 여겨졌다. 그들이 무대에 올리는 연극은 성스러운 것이었다. 작가와 연기자들뿐 아니라 관객도 함께 경배 의식에 참여했다. 사람들은 디오니소스가 자신들과 함께하고 있다고 생각했으며 그의 사제들은 영예로운 자리를 차지하고 앉았다.

디오니소스가 사람들에게 성스러운 영감을 내려주어 영예로운 작품을 쓰고 연기할 수 있다는 관념이, 디오니소스의 초기 관념보다 더 중요해진 것이 분명했다. 이 시기에 생겨난 작품 중 셰익스피어 외에는 필적한 만한 작품이 없는 초기 비극들은 바로 디오니소스 극장에서 창작되었다. 물론 희극도 창작되기는 했지만 비극의 작품 수가 훨씬 압도적이었는데 그럴 만한 이유가 있었다.

낯선 신이면서 즐거움을 주는 동시에 잔인한 사냥꾼이며 숭고한 영감을 불어넣기도 하는 디오니소스는 몸소 고통을 체험한 신이기도 했다. 데메테르가 그랬듯이 그도 괴로움을 맛보았는데, 데메테르처럼 다른 사람 때문이 아니라 자신의 고통 때문이었다. 디오니소스는 포도나무로서 결실을 잘 맺기 위해 늘 가지치기를 당해야 하는 신세였다. 가지는 전부 잘리고 오로지 본줄기만 남게 된다. 추운 겨울 동안 겉으로 보기에 포도나무는 죽은 듯하고 옹이진 늙은 그루터기는 영영 잎새를 틔우지 못할 것 같다. 페르세포네처럼 디오니소스도 추위가 다가오면 죽는다. 그런데 페르세포네와는 달리 디오니소스의 죽음은 매우 끔찍했다.

어느 이야기에서 디오니소스는 티탄 족에 의해, 또 다른 이야기에서는 헤라의 명령에 따라 다른 신들에 의해 갈기갈기 찢겨 죽는 것으로 나온다. 그러나 디오니소스는 늘 다시 생명을 되찾는다. 죽었다가 부활하는 것이다. 사람들이 극장에서 축하하는 것은 디오니소스의 부활이지만, 그에게 가해진 끔찍한 행위와 그의 영향에 사로잡힌 사람들이 저지른 끔찍한 짓들은 잊히지 않는다. 디오니소스는 고통받는 신 그 이상이다. 그는 어느 신도 따라올 수 없는 비극의 신이다.

디오니소스는 또 다른 면모를 지니고 있다. 죽음은 전혀 끝이 아니라는 확신을 보여준다. 디오니소스를 숭배하는 사람들은 그의 죽음과 부활이 육체가 죽고 난 뒤에도 영혼은 영원히 산다는 사실을 보여준다고 믿었다. 이러한 믿음은 엘레우시스 신비 의식에서 드러났다. 처음에 그 의식은 매년 봄이면 죽은 자들 가운데서 부활한 페르세포네에게 집중되었다. 그러나 검은 지하 세계의 여왕으로서 페르세포네는 밝은 지상 세계에서도 뭔가 알 수 없는 기묘하고 경외스러운 모습을 간직하고 있었다. 늘 죽음의 기억을 함께 지니고 사는 페르세포네가 어떻게 죽음을 정복한 진정한 부활을 상징할 수 있겠는가? 반면 디오니소스는 죽은 자들의 왕국에 존재하는 힘을 지니지 않는다고 여겨졌다. 지하 세계의 페르세포네에 관한 이야기는 많다. 그러나 디오니소스와 지하 세계에 관한 이야기는 오직 하나, 어머니를 구하러 내려갔을 때밖에 없다. 부활을 통해 디오니소스는 죽음보다도 강한 생명을 구현한다. 그래서 불멸을 믿는 신앙의 대상은 페르세포네가 아니라 디오니소스가 되었다.

기원후 80년 무렵 그리스의 작가 플루타르코스(Plutarch)는 집에서 멀리 떨어져 있을 때 어린 딸이 죽었다는 소식을 전해 들었다. 그의 말로는 매우 온순한 아이였다. 플루타르코스는 아내에게 이렇게 편지를 써 보냈다. "여보, 영혼이 일단 육체를 떠나면 사라져 아무것도 느끼지 못한다는 말을 당신이 믿지 않으리라는 것을 알고 있소. 우리가 디오니소스의 신비 의식에서 받은 거룩하고 충실한 약속 때문에 말이오. 우리 영혼은 결코 썩지 않으며 영원히 죽지 않는다고 믿고 있소. 우리는 죽은 사람들이 더 행복하고 좋은 곳으로 갔다고 생각하면 되오. 우리도 더욱 정화되고 현명해지고 썩지 않도록 삶의 질서를 지키며 살아가도록 합시다."

제3장

세상과 인류는 어떻게 창조되었는가

기원전 5세기 아이스킬로스가 언급한 프로메테우스의 형벌 이야기만 제외하면 본 장의 소재는 주로 아이스킬로스보다 300년 앞서 살았던 헤시오도스를 인용했다. 헤시오도스는 만물의 시작에 관한 신화를 다룬 가장 권위 있는 작가라고 할 수 있다. 크로노스 이야기에서 드러나는 원색성과 판도라(Pandora) 이야기에서 보이는 소박함이 그의 특징이라 하겠다.

> 태초에 끝을 알 수 없는 광활한 심연 카오스(혼돈)가 있었고,
> 바다처럼 난폭하고 어둡고 황량하며 아무것도 살지 않았네.

이는 밀턴이 한 말이지만, 그리스인들이 만물 시초의 배경에 무엇이 있다고 생각했는지 정확히 표현하고 있다. 아직 신들이 출현하기 전 헤아릴 수도 없이 까마득한 오래전에는 끝없는 어둠에 둘러싸인 형체 없는 카오스만 유일하게 존재했다. 그 누구도 설명하려 애쓰지 않았지만, 마침

내 이 형체 없는 무(無)에서 두 아이가 태어났다. 밤과 에레보스가 바로 카오스의 자식들이었는데, 에레보스는 죽음이 살고 있는, 깊이를 헤아릴 수 없는 심연이었다. 온 우주에 그 외에는 아무것도 없었다. 모든 것이 암흑이었고 텅 비었으며 고요하고 끝이 없었다.

그러다가 경이로운 기적이 일어났다. 어떤 신비한 방법으로 이 무한히 텅 빈 공간으로부터 만물 중에서도 가장 좋은 것들이 생겨났다. 위대한 극작가이자 희극 시인 아리스토파네스는 다가오는 창조의 순간을 자주 인용되는 다음의 몇 마디 말로 묘사했다.

> …검은 날개 달린 밤이
> 어둡고 깊은 에레보스의 품으로 날아들어
> 바람에 실려 가는 알을 하나 낳아, 계절이 흐르자
> 황금 날개를 달고 오랫동안 갈망해온 빛나는
> 사랑이 튀어나왔네.

어둠과 죽음으로부터 사랑이 태어났고, 사랑의 탄생과 함께 질서와 아름다움이 암흑의 혼돈을 몰아내기 시작했다. 사랑은 빛과 함께, 빛의 동반자인 밝은 낮을 만들어냈다.

그다음 일어난 일은 대지의 생성이었으나 이것 역시 아무도 설명하려 들지 않았다. 사랑과 빛의 출현과 함께 대지가 생겨나게 된 것은 자연스러웠다. 어떻게 해서 만물이 존재하게 되었는지 설명하려고 노력한 최초의 그리스 시인 헤시오도스는 다음과 같이 썼다.

> 넓은 가슴을 지닌 아름다운 대지는 일어섰네,
> 대지는 만물의 굳건한 발판이라네.
> 아름다운 대지는 자신과 맞먹는, 별들로 가득한
> 하늘을 제일 먼저 낳았네.

하늘은 대지의 온 사방을 뒤덮고
축복받은 신들을 위한 영원한 거처가 되리라.

　태초에 대한 이러한 모든 생각 속에는 아직 공간과 존재가 명확한 구분을 이루지 않았다. 대지는 굳건한 토대이면서 막연하게나마 인격을 띠고 있었다. 하늘은 저 높은 곳에 있는 푸른 창공이었지만 어떤 면에서는 인간처럼 행동하고 있었다. 이 이야기를 들려준 사람들에게 온 우주는 그들이 알고 있는 것과 같은 종류의 생명체로 존재했다. 만물은 개별적인 인성을 지니고 있었으므로 움직이고 변화하는 모든 것, 생명의 뚜렷한 특징을 이루는 모든 것을 의인화했다. 겨울과 여름의 대지, 움직이는 별로 가득 찬 하늘, 쉴 새 없이 움직이는 바다가 모두 의인화되었다. 그런데 아직은 어렴풋하게 의인화되었으므로 자연은 움직임으로써 변화를 가져오고, 그럼으로써 살아 있는 거대하고 막연한 어떤 것이었다.

　초기 이야기 작가들은 사랑과 빛의 출현을 말하면서, 인류 등장에 대한 배경을 마련했으며 자연을 더욱 정확하게 의인화하기 시작했다. 작가들은 자연의 힘에 독특한 형체를 부여했다. 작가들은 자연의 힘을 인간의 선구자로 여기고 하늘이나 땅보다도 더욱 분명하게 각각 인격으로 정의했다. 작가들은 자연의 힘이 마치 인간이 행동하는 것처럼 묘사했다. 예를 들면, 대지와 하늘은 분명 그러지 않지만 자연의 힘은 사람처럼 걷거나 먹기도 했다. 하늘과 대지, 이 둘은 분리되어 있었다. 만일 그 둘이 살아 있다면 그들만이 갖는 매우 독특한 방식으로 존재했을 것이다.

　생명의 모습을 지니고 처음으로 나타난 창조물은 어머니 대지(Gaea, 가이아)와 아버지 하늘(Ouranos, 우라노스)의 자식들이었다. 그들은 모두 괴물이었다. 한때 지상에는 괴상하게 생긴 거대한 생물들이 살았다고 우리가 믿는 것처럼 그리스인들도 그렇게 믿었다. 그러나 그리스인들은 그 괴물들을 거대한 도마뱀이나 맘모스로 상상한 것이 아니라 어떤 면에서는 인간과 비슷하고 그러면서도 비인간적인 모습일 거라 여겼다. 그 괴물들

〈키클로프스〉, 오딜롱 르동, 1914년

은 다름 아닌 산산이 때려 부수고 파괴하는 지진이나 태풍, 화산 활동이었다. 이야기에서 그 괴물들은 정말로 살아 있는 것 같아 보이지는 않는다. 아직 진정한 생명체는 없이 산을 들어 올리고 바닷물을 퍼내는 저항할 수 없는 거대한 힘으로 존재한다고 봐야 할 것이다. 그리스인들이 겉으로 보기에는 그렇게 느껴졌다. 이야기 속에서 비록 이러한 존재들을 살아 있는 것으로 묘사하기는 하지만 인간에게 알려진 그 어떤 생명의 형태와는 다르게 형상화했기 때문이다.

그 괴물 중 셋은 괴기스러울 정도로 크고 강했으며 각각 백 개의 팔과 오십 개의 머리를 가지고 있었다. 또 다른 세 괴물에게는 키클로프스(Cyclops, the Wheel-eyed)라는 이름을 붙였는데, 바퀴처럼 크고 둥그런 눈이 앞이마 한가운데 하나만 박혀 있었기 때문이다. 키클로프스도 거대한 산봉우리처럼 우뚝하고 그의 힘은 모든 것을 압도했다. 제일 마지막으로 등장한 거인들은 티탄 족이었다. 티탄 족은 수도 많았고 크기와 힘에 있어서도 결코 다른 괴물들에 뒤지지 않았지만 그렇게 파괴적이지는 않았다. 티탄 족 중 몇몇은 친절하기까지 했다. 그들 중 한 명은 실제로 멸망으로부터 인류를 구하기도 했다.

이와 같이 세상이 아직 생겨난 지 얼마 되지 않았을 때 어머니 대지가 어두운 심연으로부터 무서운 피조물들을 자식으로 낳았다고 생각하는 것은 자연스러웠다. 하지만 이 피조물이 하늘의 자식이기도 하다는 점은 매우 이상해 보인다. 고대 그리스인들은 그렇게 말했으며 하늘을 매우 형편없는 아버지로 만들어놓았다. 하늘은 비록 자신의 아들이기는 하지만 팔이 백 개고 머리가 오십 개나 되는 괴물들을 끔찍이 싫어해 자식들이 태어나기 무섭게 대지 안의 비밀스러운 곳에 가두었다. 키클로프스와 티탄 족은 그대로 놔두었다. 그러자 대지는 하늘이 자기 아이들을 학대하는 것에 몹시 분노해 다른 자식들에게 자기를 도와달라고 호소했다. 자식 중에서는 유일하게 티탄 족인 크로노스만이 어머니의 청을 받아들일 만큼 대담했다. 그는 숨어서 아버지를 기다렸다가 마침내 심한 상처를 입혔다.

〈크로노스〉, 페테르 파울 루벤스, 1636~1638년

그리고 우라노스가 흘린 피에서 네 번째 괴물 족인 기간테스들 (Giants)이 생겨났다. 또한 이 피로부터 에리니스들도 태어났다. 그들의 일은 죄인을 추적해 징벌하는 것이었다. 에리니스들은 '어둠 속을 걷는 여신들'이라 불렸는데, 뱀이 머리카락처럼 달려 있고 눈에서 핏물을 흘리는 매우 끔찍한 용모를 지녔다. 다른 괴물들은 결국 지상에서 모두 사라지지만 에리니스들은 살아남았다. 세상에 죄악이 존재하는 한 그들은 사라질 수 없을 것이다.

그로부터 무수히 시간이 흐른 뒤, 로마인들이 사투르누스라고 부르던 크로노스가 여동생이자 아내인 레아(라틴어로는 오프스)와 함께 우주의 지배자가 되었다. 그런데 결국에는 그의 아들 중 하나이자 천상과 지상의 지배자, 그리스어로는 제우스, 라틴어로는 유피테르가 크로노스에게 반란을 일으킨다. 제우스에게는 그럴 만한 충분한 이유가 있었으니, 크로노스는 자기 자녀 중 하나가 언젠가는 자신을 권좌에서 몰아낼 운명임을 알고 자식들이 태어나는 족족 하나씩 전부 삼킴으로써 그 운명에 저항하려고 했던 것이다.

그러나 레아는 여섯 번째 자식인 제우스를 낳은 후 아기를 몰래 크레타로 보내는 데 성공하고 대신 남편에게는 강보에 싼 커다란 돌을 주었다. 돌이 갓 태어난 아기라고 생각한 크로노스는 그 자리에서 꿀꺽 삼켜 버렸다. 장성한 제우스는 할머니인 대지의 도움을 얻어 아버지가 이전에 삼켰던 돌과 다섯 아이들을 모두 토해내게 했다. 그로부터 영겁의 세월이 흐른 뒤 기원후 180년 무렵 파우사니아스라는 이름의 위대한 여행가가 자신이 델포이에서 크로노스가 토해낸 그 돌을 보았노라고 기록했다. "그 돌은 그리 크지 않으며 델포이의 사제가 매일 기름을 바른다."

얼마 후 형제인 티탄 족의 도움을 받는 크로노스와, 다섯 형제와 누이들의 도움을 받는 제우스 간에 커다란 전쟁이 벌어진다. 그 전쟁은 온 우주를 파괴할 만큼 무시무시했다.

무시무시한 소리는 끝없는 바다를 뒤흔들고
온 대지는 거대한 굉음을 토해냈네.
드넓은 하늘이 울리며 신음했네.
불멸의 신들의 맹렬한 공격 아래
멀리 떨어진 올림포스도 기초부터 휘청거리고,
어두운 타르타로스에게는 전율이 엄습했네.

티탄 족은 드디어 제압되었다. 부분적으로는 제우스가 백 개의 팔을 가진 괴물들을 풀어주어 그들의 막강한 무기인 천둥, 번개, 지진이 자신을 위해 싸우도록 만들었기 때문이고, 티탄 족 이아페토스의 아들 중 하나인 현명한 프로메테우스가 제우스 편을 들었기 때문이다.

제우스는 정복한 적들을 엄격하게 처벌했다. 그들은,

드넓은 길이 난 땅 아래 가혹한 족쇄에 묶여 있네,
땅 위로 높이 솟아 있는 하늘만큼
땅 아래 깊고 깊은 곳에 타르타로스가 있다네.
하늘에서 청동 모루 떨어지면 아흐레를 달려
열흘째 땅에 닿는다네.
다시 아흐레 밤낮을 떨어져
청동 담으로 둘러싸인 타르타로스에 닿는다네.

프로메테우스의 형제인 아틀라스는 더욱 지독한 운명을 겪었다. 그는 다음과 같이 선고받았다.

잔인한 힘으로 으스러뜨릴 듯
내리누르는 세상과 하늘의 천공을,
영원히 등에 짊어졌네.

양 어깨에는 대지와 하늘을 가르는

지탱하기 어려운 짐,

거대한 기둥을 짊어졌네.

프로메테우스는 이 짐을 떠받치고 밤과 낮이 가까워지고 서로 인사하는 구름과 암흑에 싸인 곳 앞에 영원히 서 있다. 밤과 낮은 결코 한 집에 같이 머문 적이 없고, 하나가 떠나 지상을 방문하는 동안 다른 하나는 집에 남아 자신의 여행 차례를 기다렸다. 낮은 온 지상을 비추며 멀리까지 보는 빛을 대동하고, 밤은 죽음의 형제인 잠을 두 손에 지니고 다녔다.

티탄 족의 반란을 평정하고 그들을 모두 내쫓았지만 제우스가 아직 완전한 승리를 거둔 것은 아니었다. 대지는 마지막으로 가장 무시무시한 자식을 낳았는데, 전에 모두 사라진 그 어떤 것보다 끔찍한 괴물로 이름은 티폰(Typhon)이었다.

백 개의 머리를 지닌 불을 뿜는 괴물,

모든 신에게 반기를 들었네.

무시무시한 턱에서는 죽음의 소리 들려오고,

눈은 이글거리는 불로 번뜩였네.

하지만 제우스는 이제 천둥과 번개를 자신의 지배하에 두었다. 이제 다른 누구도 사용할 수 없는 제우스만의 무기가 되었다. 제우스는 티폰을 내리쳤다.

결코 잠들지 않는 번개로,

불길을 내뿜는 천둥으로.

티폰의 심장은 불길로 타 들어가고,

그의 강인한 힘은 잿더미로 변했네.

이제는 아이트나(Aetna) 옆에 누워 있는

무용지물. 때로는 아이트나에서 뜨겁고 붉은

용암 분출하여, 그 불타는 턱으로

시칠리아(Sicily)의 너른 평원,

아름다운 결실을 집어삼킨다네.

그것은 바로 티폰의 분노가 들끓는 것,

불타는 숨결을 토해내는 것이라네.

이후로도 한 번 더 제우스를 권좌에서 몰아내려는 시도가 있었다. 기간테스가 반란을 일으킨 것이다. 그러나 이번에는 신들이 매우 강력했으며 제우스의 아들인 천하무적 헤라클레스의 도움도 받았다. 기간테스는 모두 섬멸되어 타르타로스로 내던져졌다. 드디어 잔혹한 대지의 힘에 맞서 하늘의 빛나는 힘이 승리했다. 이후로 제우스와 그의 형제들과 누이들은 당연히 만물의 군주로 군림했다.

아직 인간은 존재하지 않았다. 이제 모든 괴물이 제거된 세상은 인류를 맞을 준비가 되어 있었다. 지상은 언제 티탄이나 기간테스가 불쑥 튀어나올까 두려워할 일 없이 안락하고 안전한 곳이 되었다. 지구는 커다란 둥근 원반 같은 것으로, 그리스인들이 바다라 부르는 것(지금 우리가 지중해로 알고 있는)과 우리가 흑해라 부르는 것에 의해 똑같이 두 지역으로 나뉘었다고 여겨졌다(처음에 그리스인들은 흑해를 불순한 바다를 의미하는 'Axine'라고 부르다가 차차 익숙해져서인지 온화한 바다를 의미하는 'Euxine'라고 불렀다. 그 바다를 우호적으로 여기고 싶어서 이렇게 이름을 붙이게 됐다는 의견도 있다).

지구 주위로는 바람이나 폭풍에 동요하지 않는 커다란 강 오케아노스가 흐르고 있었다. 오케아노스의 먼 강둑 위로는 신비로운 부족이 살고 있었는데, 지구상에서 그들에게 이르는 길을 발견한 사람은 거의 없다. 키메르족(Cimmerians)이 그곳에 살고 있었지만 동쪽인지 서쪽인지 북쪽인지 남쪽인지 아무도 알 수 없었다. 구름과 안개에 휩싸여 낮의 빛이라고는 보이지 않았다. 새벽 무렵 별빛 가득한 하늘로 솟아올라 밤이 되면 다시 대지로 내려앉을 때도 태양은 그 찬란함을 전혀 드러낼 수 없었다. 늘 끝없는 밤이 음울한 사람들 위를 뒤덮고 있었다.

이 한 곳만 제외하고는 오케아노스 건너에 살고 있는 모든 사람은 무척 운이 좋았다. 가장 먼 최북단에는 북방 정토의 주민들(Hyperboreans)이 살고 있었다. 오직 극소수 이방인과 위대한 영웅들만이 그곳을 찾아갔다. 해로로도 육로로도 북방 정토의 사람들을 만날 길을 찾을 수 없었다. 그곳에서 그리 멀지 않은 곳에 살고 있는 뮤즈들을 찾아가는 길도 그리 쉽지 않았다. 뮤즈들의 세상에서는 어디를 가든지 처녀들이 춤추고 리라의 맑은 음색과 피리 소리가 울려 퍼졌다. 뮤즈들은 황금 월계관으로 머리를 묶고 즐겁게 뛰어 놀았다. 그 신성한 시간 속에는 질병이나 죽음을 드리우는 노년이 자리할 곳이 없었다. 먼 남쪽에는 에티오피아(Ethiopia)인들이 사는 나라가 있었다. 우리가 그들에 대해 유일하게 아는 바는 신들이 총애해 그들의 홀에서 함께 연회를 즐기곤 했다는 것이다.

오케아노스의 강독 위에는 축복받은 사자(死者)들의 거처도 있었다. 그 땅에는 눈 한 송이 내리지 않았으며 겨울도 길지 않고 폭풍우 한 번 내리지 않았다. 하지만 인간의 영혼을 회복시키는 부드러운 바람이 오케아노스로부터 불어왔다. 이곳은 지상의 삶을 마감할 때 죄악에 물들지 않은 순수한 사람만 올 수 있는 곳이었다.

> 그들이 받는 은총은 노고에서 영원히 해방된 삶.
> 풍족하지 못한 양식을 위해
> 억센 손으로
> 땅이나 바다에서 힘겨운 노동은 이제 그만.
> 대신 신들의 영예를 받은 이들과 함께
> 더 이상 눈물 없는 행복한 삶을 영위하네.
> 그 축복받은 섬 주위에는 부드러운 바닷바람이 불어오고,

〈불을 전하는 프로메테우스〉, 하인리히 퓌거, 1790년 또는 1871년

나무에는 황금 꽃이 반짝이고,
물 위에는 황금 물결 일렁이네.

이제야 인류가 출현하기 위한 만반의 준비가 끝났다. 심지어 선한 사람들과 악한 사람들이 죽은 다음 가게 될 곳까지 마련되었다. 이제 인간이 창조될 시간이었다. 어떻게 해서 인간이 창조되었는지에 관해서는 한 가지 이상의 설이 있다. 제우스가 티탄 족과 벌인 전쟁에서 제우스 편을 들어준 티탄 족 프로메테우스와 그의 동생 에피메테우스(Epimetheus)에게 위임했다고 말하는 사람이 있다. 이름 자체가 선견의 의미를 지닌 프로메테우스는 매우 영리해 신들보다도 현명했지만, 뒤늦은 생각을 의미하는 에피메테우스는 늘 충동에 따라 행동한 뒤 나중에 후회하는 멍청이였다. 이번 일도 예외는 아니었다. 인간을 만들기 이전에 그는 동물들에게 힘, 민첩함, 용기, 꾀, 모피나 깃털, 날개나 단단한 껍데기 등 좋은 선물을 전부 주는 바람에 인간에는 쓸 만한 것이 아무것도 남지 않았다. 몸을 보호할 껍질도 짐승과 맞서 싸울 만한 자질도 없었다. 항상 그랬듯이 뒤늦게 잘못을 깨달은 에피메테우스는 형에게 도움을 청했다.

그제야 프로메테우스가 창조 작업을 떠맡아 다른 동물들보다 인간을 더 우월하게 만들기 위해 궁리에 궁리를 거듭했다. 우선 프로메테우스는 인간을 동물보다 더 고귀한 형체로, 신처럼 똑바로 걷도록 했다. 그다음 태양이 있는 하늘로 올라가 횃불에 불을 붙여 가지고 내려왔다. 불은 모피나 깃털, 힘이나 민첩함, 다른 어떤 것보다도 인간을 훨씬 잘 보호해 줄 수단이었다.

그래서 이제, 비록 연약하고 수명이 짧지만,
인류는 타오르는 불을 지니게 되었고 그로부터
많은 기술을 익히게 되었네.

또 다른 이야기에 따르면, 신들이 직접 인간을 창조했다고도 한다. 신들은 제일 먼저 황금 종족을 만들었다. 이 종족은 비록 유한한 생명을 지니긴 했지만 고생이나 고통을 모르고 아무런 슬픔도 없이 신들처럼 살았다. 들판에 심은 곡식은 저절로 결실을 풍성하게 맺었다. 가축도 넉넉했고 신들의 사랑도 받았다. 죽어서 무덤의 흙이 덮이면 그들은 순수하고 자비로운 영혼이 되어 인류의 수호자가 되었다.

이 창조설에서는 신들이 다양한 종류의 금속 실험에 열심이었는데, 희한하게도 가장 좋은 금속에서 점점 나쁜 금속으로 퇴락한다. 신들은 황금을 시험한 후에 은(銀)을 시험한다. 이 두 번째 은 종족은 처음의 황금 종족보다 훨씬 열등했다. 그들은 아둔하여 끊임없이 서로 상처를 입히며 싸웠다. 그들 역시 죽지만 황금 종족과 달리 그 뒤에 영혼이 살아남지 못한다. 그다음은 황동(黃銅) 종족이었다. 매우 무서운 사람들로 힘이 세고 전쟁과 폭력에 열광한 탓에 자기들 손에 스스로 파멸하고 말았다. 이것은 오히려 잘된 일이었으니, 그들 다음에 훌륭한 종족이 나타났기 때문이다. 새로 등장한 종족은 전쟁에서 빛나는 영광을 쌓고 모든 후세대가 이야기하고 노래하는 위대한 모험들을 감행한 신과 같은 영웅들이었다. 결국 그들은 축복의 섬으로 가서 완벽한 행복을 누리며 영원히 살았다.

다섯 번째 종족은 현재 지상에 살고 있는 철(鐵) 종족이다. 이들은 악한 시대에 살았으며 본성도 악했으므로 고통과 슬픔이 한시도 떨어지지 않았다. 세대가 지날수록 더욱 사악해졌다. 아들 세대는 아버지 세대보다 늘 열등했다. 언젠가는 그들이 극도로 사악해져 힘을 숭배하는 순간이 올 것이다. 그들에게는 힘이 곧 정의이며, 선량한 사람들을 더 이상 존경하지 않게 될 것이다. 결국에는 모든 사람이 범죄 앞에서 분노하지 않거나 가엾은 사람을 보고도 전혀 수치심을 느끼지 않게 되어 제우스가 그들을 파괴할 날이 올 것이다. 만일 평민들이 일어나 자신들을 억압하던 압제자를 쓰러뜨리기만 한다면 그때는 무슨 조치가 있으리라.

* * *

인간 창조에 관한 두 가지 이야기, 즉 다섯 종족 이야기와 프로메테 우스와 에피메테우스 이야기는 서로 다르긴 해도 한 가지 점에서는 일치 한다. 꽤 오랫동안 행복했던 황금시대 동안 지상에는 남자만 있고 여자는 존재하지 않았다는 점이다. 프로메테우스가 인간을 너무 돌보는 것에 화 가 난 제우스가 여자를 만들었다. 프로메테우스는 인간을 위해 불을 훔치 는 데 그치지 않았다.

프로메테우스는 신들에게 바쳐진 짐승의 좋은 부분은 인간에게, 나 쁜 부분은 신들에게 주었다. 그는 커다란 황소를 잡아서 먹기 좋은 부분은 가죽으로 싸고 그 위에 창자를 올려놓아 감쪽같이 위장했다. 이 옆에 뼈다 귀만 모아 윤기 나는 기름기로 교묘하게 뒤덮은 무더기를 놓은 뒤 제우스 에게 둘 중 하나를 고르라고 했다. 하얀 기름 덩어리를 고른 제우스는 간 교하게 포장된 뼈다귀에 속은 것이 몹시 화가 났다. 그러나 이미 선택했으 므로 따를 수밖에 없었다. 이후로 제단에서 신들에게 바치는 것은 오로지 기름과 뼈뿐이었고, 인간은 육질이 좋은 부분을 취하게 된 것이다.

하지만 인간들과 신들의 아버지 제우스는 이런 대우를 참을 수 없었 다. 먼저 인류에게, 그다음에는 인류의 친구인 프로메테우스에게 복수하 겠노라고 맹세했다. 제우스는 남자에게 치명적 해악인, 어여쁘고 사랑스 러우며 수줍음 타는 처녀의 형상을 만들었다. 모든 신은 그 처녀에게 각 기 선물을 베풀었다. 은으로 만든 경이로운 옷과 수놓은 베일, 꽃으로 엮 은 찬란한 화관과 눈부시게 아름다운 황금 왕관을 주었다. 신들은 그 처 녀를 '모든 선물'을 의미하는 판도라라고 불렀다. 이 아름다운 재앙을 다 만든 후 제우스가 밖으로 데리고 나오자 그 처녀를 바라보는 신들과 인간 들은 경이로움에 사로잡혔다. 바로 최초의 여인 판도라로부터 여인 종족 이 생겨나게 되었고, 여인들은 악을 행하는 천성을 타고나 남자들에게는 불길한 존재가 되었다.

〈상자를 들고 있는 판도라〉, 단테 가브리엘 로세티, 1871년

판도라에 관한 다른 이야기에서는 모든 불행의 근원이 그녀의 사악한 본성 때문이 아니라 단지 그녀의 호기심 때문이라고 말한다. 신들은 상자 하나에 각자 해로운 것을 넣어 판도라에게 주며 절대 열어보지 말라고 한다. 그런 다음 판도라를 에피메테우스에게 보냈다. 제우스가 보낸 선물은 결코 아무것도 받지 말라고 프로메테우스가 경고했음에도 불구하고 에피메테우스는 기쁘게 판도라를 맞이한다. 판도라를 아내로 삼은 그는 위험한 여인이 자신의 것이 되고 난 뒤에야 형의 충고가 옳았음을 뼈저리게 깨닫는다. 모든 여인들처럼 판도라 역시 격렬한 호기심에 사로잡혔기 때문이다.

그녀는 상자 안에 무엇이 들어 있는지 알아야만 직성이 풀렸다. 어느 날 결국 판도라는 상자를 열어보고야 만다. 그러자 헤아릴 수 없이 많은 인류에게 해로운 질병과 비애, 해악이 뛰쳐나왔다. 겁에 질린 판도라가 재빨리 상자 뚜껑을 닫았지만 이미 때는 늦었다. 하지만 한 가지 좋은 것, 즉 희망만이 상자 속에 그대로 남아 있었다. 희망은 상자 속에 많은 악한 것들 틈에 있던 유일하게 좋은 것이었다. 그래서 오늘날까지도 불행 속에서 희망만이 사람들의 유일한 위안이 되는 것이다. 그 일 이후로 인간들은 제우스를 이기거나 속이는 것이 불가능하다는 사실을 깨달았다. 인간에게 동정적이던 현명한 프로메테우스도 그 사실을 깨닫게 되었다.

제우스는 여인을 주는 것으로 인간을 징벌하고 나자, 대역 죄인 프로메테우스에게 시선을 돌렸다. 우주의 새로운 지배자 제우스는 다른 티탄족을 제압할 때 프로메테우스에게 신세를 많이 졌지만 그 빚을 잊어버렸다. 제우스는 자기 부하인 힘과 폭력에게 명령을 내려 프로메테우스를 카우카소스(Caucasus) 산으로 데려가라고 했다. 그들은 그 산에 프로메테우스를 묶었다.

하늘을 찌를 듯 드높이 솟아 있는 바위에
아무도 풀 수 없는 사슬로 매어놓았네.

〈결박당한 프로메테우스〉, 페테르 파울 루벤스, 1618년

그리고 그들은 프로메테우스에게 말한다.

　　견딜 수 없는 현재가 영원히 그대를 짓밟을 것이네.
　　그대를 풀어줄 사람은 아직 태어나지 않았네.
　　인간을 너무 사랑한 그대가 스스로 자초한 결과지.
　　그대도 신이라 위대한 신 제우스의 분노를 두려워하지 않고,
　　인간들에게는 어울리지도 않는 영예를 주었는가.
　　그 죄로 그대는 이 쓸쓸한 바위를 지켜야만 한다네.
　　휴식과 수면은커녕, 잠깐 한숨 돌릴 시간도 없다네.
　　신음이 그대의 말이 되고, 입에서는 탄식만 흘러나올 테지.

　　프로메테우스에게 이러한 형벌을 가한 이유는 단순히 벌을 주기 위해서뿐만 아니라 그가 올림포스의 지배자에게 중요한 비밀을 털어놓도록 하기 위해서였다. 제우스는 절대로 피할 수 없는 운명으로 언젠가 자신을 권좌에서 몰아내고 천상에서 신들을 쫓아낼 아들이 태어나리라는 것을 알고 있었지만 그 아들을 낳아줄 여인이 누구인지는 오직 프로메테우스만 알고 있었다. 프로메테우스가 격통 속에서 바위에 묶여 있는 동안 제우스는 전령인 헤르메스를 보내 그 비밀을 털어놓으라고 명령했다. 그러나 프로메테우스는 일언지하에 거절한다.

　　가서 바다의 파도에게 물결치지 말라고 설득하시지.
　　날 설득하기보다는 차라리 그 편이 쉬울 테니.

　　헤르메스는 프로메테우스가 계속 완고하게 입을 다문다면 더 끔찍한 고통을 당할 것이라고 경고한다.

　　그대의 연회에 초대받지 않은 불청객인

온통 피로 붉게 물든 독수리가 나타나
매일 그대의 온몸을 넝마처럼 갈기갈기 찢고,
그대의 검붉은 간으로 실컷 향연을 벌이리니.

그러나 어떠한 협박과 고문으로도 프로메테우스의 입을 열게 할 수
없었다. 육신은 매여 있지만 정신은 자유로웠다. 프로메테우스는 제우스
의 잔학성과 학정에 복종하기를 거부했다. 자신이 제우스를 충실히 섬겼
다는 것과 의지할 데 없이 나약한 인간들을 불쌍히 여긴 행위는 하나도
그르지 않다는 것을 잘 알고 있었다. 프로메테우스가 받는 형벌은 완전히
부당했으며 어떤 희생을 치르더라도 난폭한 권력 앞에 절대 무릎 꿇지 않
을 터였다. 프로메테우스는 헤르메스에게 자신의 뜻을 전했다.

아무리 완력을 써도 내 입을 열 수는 없을 거요.
어디 제우스에게 눈처럼 흰 날개를 달고
천둥과 지진과 함께 불타는 번개를 휘둘러
온 세상을 뒤집어보라고 하시지.
모든 것을 동원해도 결코 내 뜻을 꺾지는 못하리라.

그러자 헤르메스는 소리친다.

지금 무슨 헛소리를 하는가. 제정신이 아닌가 보군.

그러고는 프로메테우스가 그대로 고통당하도록 버려두고 떠난다.
몇 세대 후에 프로메테우스가 결박으로부터 풀려났다는 것은 알고 있지
만 어떤 이유에서, 어떻게 풀려났는지 어디에도 분명하게 언급된 바가 없
다. 단지 켄타우로스인 케이론은 불멸이었지만 기꺼이 프로메테우스를
대신해 죽기를 원했으므로 그렇게 하도록 허락받았다는 이상한 이야기

만 있을 뿐이다. 제우스에게 복종할 것을 종용하며 헤르메스가 다음과 같이 언급했지만 이는 좀 믿기 어려운 희생으로 보인다.

어떤 신이 그대를 위하여 대신
고통을 짊어지고,
태양이 암흑으로 변하는 죽음의 검은 심연 속으로
내려가겠다고 나서기 전에
이 고통이 끝나기를 기대하지 말지니.

케이론은 기꺼이 고통을 짊어졌고 제우스는 그가 프로메테우스를 대신하는 것을 용인했다. 헤라클레스가 프로메테우스의 간을 파먹던 독수리를 죽이고 그를 속박에서 풀어주었는데 제우스가 그렇게 하도록 묵인했다는 이야기도 있다. 그러나 왜 제우스가 마음을 바꾸었는지, 프로메테우스가 풀려나면서 제우스에게 비밀을 말했는지는 알 수 없다. 다만 한 가지는 확실하다. 프로메테우스와 제우스가 어떤 식으로 화해했든지 간에 굴복한 쪽은 프로메테우스가 아니라는 점이다. 프로메테우스의 이름은 고대 그리스 시대부터 현재 우리 시대에 이르기까지 불의와 권력에 맞서는 위대한 저항의 상징으로 수천 년 동안 굳건하게 서 있다.

* * *

인류 창조에 관한 또 다른 이야기가 있다. 앞서 다섯 종족 이야기에서 인간은 철의 종족으로부터 생겨났다. 프로메테우스 이야기에서는 그가 멸망에서 구해낸 인간들이 철의 종족에 속했는지 황동 종족에 속했는지 분명하지 않다. 불은 두 종족 모두에게 필수적인 것이었다. 이 세 번째 이야기에 따르면 인류는 돌 종족에서 생겨났다. 이 이야기는 홍수 신화로부터 시작된다.

〈데우칼리온과 피라〉, 안드레아 델 밍가, 16세기

지상에 살던 사람들이 매우 사악해지자 결국 제우스는 그들을 파괴하기로 마음먹었다.

인간에게 완전한 종말을 초래하기 위해
끝없는 대지에 폭풍우와 태풍을 한데 뒤섞으리라.

제우스는 홍수를 내보냈다. 우선 자신을 도와주도록 형제인 바다의 신 포세이돈을 불러, 함께 하늘에서 쏟아져 내리는 폭우로 지상의 강물을 범람하게 만들고 온 땅이 물에 잠기게 했다. 물의 힘은 어두운 대지를 뒤덮고 높은 산꼭대기까지 차올랐다. 오직 높이 솟은 파르나소스만 완전히 잠기지 않아서, 제일 높은 봉우리에 남아 있던 약간의 땅만이 인류가 멸망으로부터 벗어날 수 있는 수단이 되었다. 아흐레 낮과 밤 동안 쉴새 없이 비가 내린 뒤 커다란 나무 상자처럼 생긴 물건이 물에 잠기지 않은 그 봉우리까지 표류해 갔는데, 그 상자 속에는 한 남자와 한 여자, 두 명의 생존자가 들어 있었다. 그들은 프로메테우스의 아들인 데우칼리온(Deucalion)과 에피메테우스와 판도라의 딸인 피라(Pyrrha)였다. 온 우주에서 제일 현명한 존재였던 프로메테우스는 자신의 가족을 보호하기 위해 이미 모든 준비를 해놓았다. 곧 대홍수가 일어나리라는 것을 예상하고 아들 데우칼리온에게 커다란 상자를 만들어 그 안에 먹을 것을 저장한 후 아내인 피라와 함께 들어가라고 일러놓았다.

다행스럽게도 제우스는 두 사람이 살아남은 것에 분노하지 않았는데, 데우칼리온과 피라는 신들을 성실하게 섬겼기 때문이다. 상자가 땅 위에 닿자 그들은 밖으로 나왔다. 두 사람이 광활하고 거친 물살 외에는 아무런 생명의 흔적을 찾을 수 없자, 제우스는 그들을 불쌍히 여겨 물을 다 거두어갔다. 썰물처럼 강과 바다에서는 점차 물이 빠지기 시작했고 대지는 다시 마른땅이 되었다. 피라와 데우칼리온이 파르나소스 산에서 내려오니 죽은 세상에 두 사람만이 유일하게 살아남은 생명체였다. 두 사람은 진흙투성이에 이끼가 자라고 있긴 했지만 완전히 무너지지는 않은 신전을 발견하고는 그곳에서 살아남은 것에 대해 신들에게 감사드리고 두려운 적막 속에서 도움을 청하는 기도를 올렸다.

그러자 어떤 음성이 들려왔다. "머리에 베일을 쓰고 너희 어머니의 뼈를 등 뒤로 던지라." 명령을 받은 두 사람은 겁에 질렸다. 피라가 말했다. "우리는 감히 그런 짓을 할 수 없어요." 데우칼리온도 아내 말이 옳다고 수긍했지만, 그 명령 뒤에 감춰진 의미가 무엇인지 골똘히 생각한 끝에 돌연 깨달았다.

"대지는 모든 것의 어머니이므로 어머니의 뼈란 바로 돌멩이를 말하는 거요. 이 돌멩이를 뒤로 던지면 결코 아무 잘못도 저지르지 않고 그 명령을 따를 수 있을 거요." 그들이 그대로 하자 땅에 떨어진 돌멩이들이 인간의 형상을 갖추었다. 따라서 데우칼리온과 피라에게서 생겨난 사람들을 돌 종족이라 부르게 되었다. 그들은 굳건하며 인내심 많은 종족이었는데, 그도 그럴 것이 홍수로 피폐해진 대지를 구하기 위해서는 그럴 수밖에 없었기 때문이다.

제4장

초기 영웅들

프로메테우스와 이오

이 이야기의 소재는 그리스의 아이스킬로스와 로마의 오비디우스 두 시인에게서 인용했다. 두 사람 사이에는 시간상 450년이라는 간극이 존재할 뿐 아니라 재능이나 기질 면에서도 확연히 달랐지만, 이야기와 관련해서는 훌륭한 보고(寶庫)를 제공한다. 두 사람이 각자 언급한 부분을 가려내는 것은 쉬운 일이다. 아이스킬로스는 진지하고 직설적인 데 반해 오비디우스는 가볍고 유쾌하다. 연인들의 거짓말에 대한 일필(一筆)이 오비디우스의 특징이며 시린크스(Syrinx)에 대한 짧은 서사 역시 그렇다.

프로메테우스가 인류에게 불을 준 죄로 카우카소스 산 바위 봉우리에 묶인 지 얼마 되지 않았을 때 한 낯선 방문객이 찾아온다. 누군가에게 쫓기기라도 하듯 미친 짐승이 힘겹게 절벽을 기어올라 프로메테우스가 누워 있는 봉우리로 다가왔다. 생긴 모양은 암소지만 희한하게도 불행 때문에 미친 소녀처럼 말을 하는 것이었다. 프로메테우스를 보자 암소는 잠시 멈추었다가 울부짖었다.

지금 내가 보고 있는 이분은
비바람을 맞으며
바위에 묶여 있는 형상이네.
잘못한 일이 있으신가요?
그래서 이렇게 벌을 받는 건가요?
지금 이곳이 어디죠?
제발 이 비참한 방랑자에게 말해주세요.
제가 받은 고통은 이것으로 충분해요,
전 이미 오랫동안 헤매고 다닐 만큼 다녔으니까요.
그런데도 이 불행에서 벗어날 수 있는 곳을
아직 찾지 못했답니다.
당신에게 이렇게 말하고 있는 저는 원래 소녀였지만,
지금 제 머리에는 뿔이 나 있군요.

프로메테우스는 그 소녀가 누구인지 알아보았다. 소녀에 관한 이야기를 알고 있던 그는 소녀의 이름을 말했다.

나는 그대가 누구인지 알고 있소,
바로 이나코스(Inachus)의 딸 이오(Io)지.
그대는 제우스의 가슴을 사랑으로 뜨겁게 달궜고
그래서 헤라의 분노를 샀지. 이토록 끝나지 않을 방랑으로
그대를 내몬 것은 바로 헤라라네.

몹시 놀란 이오는 광기가 잠시 멈칫했다. 이처럼 기묘하고 외진 곳에

서 이렇게 이상하게 생긴 존재로부터 자신의 이름을 듣다니 말이다! 이
오는 묻는다.

이렇게 고통스러운 제게
진실을 알려주는 수난자 당신은 누구신가요?

그러자 프로메테우스가 대답했다.

그대는 인류에게 불을 전해준 프로메테우스를 보고 있노라.

이오는 프로메테우스에 관한 이야기를 알고 있었다.

당신이 온 인류를 멸망으로부터 구해준 그분이란 말인가요?
당신이 대담하고 인내심 많은 그 프로메테우스란 말인가요?

두 사람은 서로 마음을 터놓고 대화했다. 프로메테우스는 제우스가
자신에게 어떻게 했는지 말했고, 이오는 한때 공주이자 행복한 소녀였던
자신이 지금의 모습으로 변한 이유가 제우스 때문이라고 말했다.

지금 내 모습은 굶주린 짐승,
꼴사납게 이리저리 미쳐 날뛰는.
오, 부끄럽기 그지없어라….

제우스의 질투심 많은 아내 헤라가 바로 이오를 불행에 빠뜨린 직접
적 원인이지만 배후에는 언제나 제우스가 있었다. 제우스가 이오를 사랑
했던 것이다.

〈구름으로 변해 이오를 덮치는 제우스〉, 코레조, 16세기

내 방으로

밤의 환영을 보내어

다정한 말로 나를 유혹했네.

"오 행복한 처녀여,

그대는 왜 그리 오랫동안 처녀로 남아 있는가?

욕망의 화살이 제우스에게 날아들어

지금 그는 그대를 향한 열정에 휩싸여 있네.

몹시도 그대와 함께 사랑을 잡고 싶어 한다네."

매일 밤 늘 그런 꿈이 날 괴롭혔네.

제우스는 이오를 사랑하는 마음보다 헤라의 질투심을 더 두려워했다. 하지만 제우스는 신들과 인간들의 아버지로서는 어울리지 않는 지혜롭지 못한 행동으로 제 욕망을 채우려 했다. 땅 위를 어두운 구름으로 짙게 감싸고 갑자기 밀어닥친 밤이 밝은 대낮의 빛을 전부 몰아낸 듯 보이게 하여 자신과 이오의 모습을 감추려 애썼다. 헤라는 이런 갑작스러운 이상 현상이 일어난 까닭이 있을 것이라 짐작하고 남편을 의심했다. 천상 어느 곳에서도 남편을 찾을 수 없자 헤라는 당장 지상으로 내려가 구름에게 걷힐 것을 명령했다. 그러나 제우스 역시 재빨랐다. 헤라 눈에 띄게 되었을 때는 제우스도 이미 사랑스러운 흰 암소 옆에 서 있었다. 물론 그 암소가 이오였음은 두말할 필요도 없다. 제우스는 자신도 처음 본 그 암소가 방금 막 대지에서 새로 태어난 거라며 시치미를 뗐다.

오비디우스의 말에 따르면, 이 장면은 연인들이 하는 거짓말은 신들의 노여움을 사지 않는다는 사실을 보여준다. 동시에 그 같은 거짓말은 아무 소용없음을 드러내기도 하는데, 헤라는 제우스의 말을 눈곱만큼도 믿지 않았기 때문이다. 헤라는 암소가 무척 귀엽다며 저에게 선물로 주면 좋겠다고 제우스를 졸랐다. 제우스는 안타깝기는 했지만 만일 거절하면 모든 일을 그르칠 것이라 생각했다. 무슨 변명을 둘러대겠는가? 대수롭지 않은 암소 한 마리일 뿐인데 말이다. 제우스는 마지못해 이오를 아내에게 넘겨주었고 헤라는 그 암소를 남편에게서 멀리 떼어놓아야 한다는 사실을 잘 알았다.

헤라는 암소로 변한 이오를 아르고스(Argus)에게 감시하라고 맡겨두었는데, 아르고스는 헤라의 목적에 더할 나위 없이 잘 들어맞았다. 그는 눈이 백 개나 있었기 때문이다. 눈 백 개 중 일부가 잠들어도 나머지 눈이 부릅뜨고 지키는 파수꾼 앞에서는 제우스도 속수무책이었다. 제우스는 짐승으로 변한 채 집으로도 돌아가지 못하는 불쌍한 이오의 불행을 지켜보았다. 그러다가 결국 제우스는 자신의 아들이자 신들의 전령인 헤르메스를 찾아가 아르고스를 죽일 방도를 찾아보라고 명령했다. 헤르메스보다 더 영리한 신은 없었다. 천상에서 지상으로 내려가기 무섭게 헤르메스는 자신이 신처럼 보일 만한 흔적을 모두 없애고, 목동인 것처럼 갈대 피리를 은은하게 불며 아르고스에게 다가갔다. 아르고스는 피리 소리가 마음에 들었는지 헤르메스에게 가까이 다가오라고 했다. "자, 여기 내 옆 바위에 앉아도 좋다. 보다시피 이곳은 그늘이 져서 목동이 앉기에 그만이거든." 모든 것이 헤르메스의 계획대로 착착 맞아떨어졌다. 하지만 아직 아무 일도 일어나지는 않았다. 헤르메스는 최대한 졸음이 오도록 단조롭게 피리를 불며 이야기했다. 백 개의 눈 중 일부는 잠들었지만 일부는 여전히 깨어 있었다. 그래도 결국 마지막 이야기를 전하자 잠이 들게 하는 데 성공했다.

그 이야기는 시린크스라는 님프를 사랑한 목신 판의 사연이었다. 시린크스가 판에게서 도망치다가 거의 붙잡히게 되자 언니들에 의해 갈대 덤불로 변하고 말았다. 그러자 판은 "그래도 당신은 내 것이 될 거요"라고 말하며 그 갈대를 꺾어 피리를 만들었다.

갈대를 밀랍으로 연결하여 만든
목동의 피리.

그 짧은 이야기가 특별히 지루하지는 않았지만 아르고스에게는 지루했던 모양이다. 어느새 그의 눈들은 모두 잠이 들었고 곧 헤르메스가 아르고스를 죽여버렸다. 헤라는 아르고스의 눈을 빼내어 자신이 가장 좋아하는 공작새의 꼬리에 꽂아 넣었다.

아르고스가 죽었으니 이오도 자유의 몸이 될 것 같았지만 사정은 그렇지 않다. 헤라의 집요함이 다시 이오에게 향했다. 헤라는 이오를 괴롭히도록 쇠파리를 보냈다. 그 쇠파리가 이오를 쉴 새 없이 찔러 미치게 했다. 이오는 프로메테우스에게 이렇게 말했다.

쇠파리가 바닷가를 따라 나를 계속 몰아댔어요.
나는 허기진 배를 채우고 물을 마시느라 잠시도 쉴 수 없었어요.
그것은 나를 재우지도 않을 거예요.

프로메테우스가 이오를 위로하려고 애썼지만, 단지 그가 해줄 수 있는 말은 먼 미래에나 그녀가 자유의 몸이 된다는 것이었다. 지금 당장 이오 앞에는 당분간 무서운 땅에서 지속될 방랑이 기다리고 있었다. 이오가 미쳐 날뛰며 처음으로 건너게 될 바다는 그녀의 이름을 따서 이오니아 해(Ionian)로 불릴 것이고, 소의 여울이라는 의미의 보스포루스(Bosphorus) 해협은 이오가 그곳을 건너갔다는 흔적을 간직하게 될 것이다. 그러나 이오의 진정한 휴식은 한참이 지난 뒤 나일 강(Nile)에 닿아서야 가능할 것이다. 그곳에 이르러야 제우스가 비로소 이오를 사람 모습으로 되돌려놓을 것이기 때문이다. 이오는 에파포스(Epaphus)라는 이름의 제우스 아들을 낳을 것이며, 그 후로는 영원히 행복하고 영예롭게 살 것이다.

이 사실을 명심하라, 그대의 후손으로부터
활과 담대한 용기로 빛나는 자가 태어날 것이니
그가 바로 나를 풀어줄 것이니라.

이오의 후손이 바로 헤라클레스, 신들도 필적할 자가 없을 만큼 위대한 영웅 중 영웅이었다. 프로메테우스는 헤라클레스 덕분에 자유의 몸이 될 것이다.

에우로페

르네상스 시대의 사상만큼이나 환상적이고 섬세한 묘사와 밝은 색채로 가득한 이 이야기는 기원전 3세기 알렉산드리아의 시인 모스코스의 시에서 인용했다. 그가 에우로페 이야기를 가장 잘 설명하고 있기 때문이다.

제우스의 연인이 되어 지명에 이름을 남긴 여인으로 이오가 유일하지는 않다. 이오보다도 널리 알려진 또 다른 여인이 있으니 바로 시돈(Sidon) 왕의 딸 에우로페(Europa)다. 이오가 그러한 영예를 얻기 위해 상응하는 혹독히 대가를 치러야 했던 반면 에우로페는 운이 매우 좋았다. 황소 등에 업혀 바다를 건너고 있는 자신을 발견하고 잠깐 겁에 질렸던 것 말고는 전혀 고통을 겪지 않았다. 그 시간 동안 헤라가 뭘 했는지 이야기에는 드러나지 않지만 그녀가 감시를 소홀히 했으며 그 틈에 제우스는 자유롭게 자기가 하고 싶은 대로 한 것이 분명하다.

어느 봄날 아침, 천상에서 한가로이 지상을 내려다보던 제우스는 갑자기 근사한 광경을 보았다. 이오가 꿈에 시달렸던 것처럼 에우로페 역시 뒤숭숭하여 일찍 잠에서 깼는데, 이번에는 이오처럼 그녀를 사랑한 신에게 시달린 게 아니라 여인 형상을 하고서 에우로페를 차지하려고 서로 다투는 두 대륙의 꿈이었다. 아시아는 에우로페가 아시아에서 태어났으니 자기가 그녀를 차지해야 한다고 말하고, 아직 이름이 없던 또 다른 대륙은 제우스가 에우로페를 자기에게 줄 것이라고 주장했다.

흔히 진실한 꿈이 인간을 찾아가는 새벽녘에 이 이상한 꿈을 꾸다가 깬 에우로페는 다시 잠을 청할 마음이 없었다. 대신 자신과 동갑내기인 귀족 처녀들에게 바다 근처 꽃이 만발한 들판으로 나가자고 불렀다. 그곳은 처녀들이 춤추거나 강가에서 아름다운 몸을 씻거나 꽃을 따기에 더할 나위 없이 좋은 장소였다.

꽃이 한창 흐드러지게 만발했을 때여서 처녀들이 모두 바구니를 준비해 갔다. 에우로페의 바구니는 황금으로 만든 것인데 기묘하게도 이오의 이야기가 정교하게 새겨져 있었다. 암소로 변해 끝없이 방랑하는 이오의 모습, 아르고스의 죽음, 제우스가 신성한 손으로 가볍게 건드리자 암소에서 다시 여인 형상으로 돌아온 이오 등이 자세히 표현되어 있었다. 그 바구니는 누구나 곰곰이 들여다보게 할 만큼 놀라운 작품이었고, 그것을 만든 장인은 다름 아닌 올림포스의 일꾼 헤파이스토스였다.

근사한 바구니에 채우는 꽃 역시 아름다웠다. 향긋한 수선화, 히아신스, 제비꽃, 노란 크로커스 그리고 모든 꽃 중에서 가장 찬란한 진홍색 들장미가 있었다. 소녀들은 들판 여기저기를 헤매며 즐겁게 꽃을 꺾고, 각자 최상의 아름다움을 자랑했다. 하지만 사랑의 여신인 삼미신 자매를 능가할 만큼 아름답게 돋보인 사람은 단연 에우로페였다. 그리고 바로 다음에 일어난 일을 초래한 존재가 그 사랑의 여신이었다. 제우스가 천상에서 에우로페 일행이 노니는 모습을 보는 동안 아들인 장난꾸러기 큐피드와 함께 유일하게 제우스를 정복할 수 있었던 사랑의 여신 아프로디테가 제우스의 가슴에 화살을 하나 쏘았다. 그 순간 제우스는 에우로페를 미칠 듯이 사랑하게 되었다. 마침 헤라가 멀리 나가고 없었지만 제우스는 그래도 조심하는 것이 좋겠다고 생각해 에우로페 앞에 나타나기 전에 황소로 둔갑했다. 외양간이나 들판에서 풀을 뜯고 있는 흔한 황소가 아니라, 이제껏 존재한 어느 것보다도 훨씬 근사하게 생긴 황소였다. 밝은 갈색에 앞이마에는 은빛 동그라미 무늬가 있고, 뿔은 초승달 같았다. 사랑스럽게 생긴 만큼 성질도 온순해 보였으므로 소녀들은 황소가 다가와도 겁내지 않고 오히려 주위에 몰려들어 쓰다듬었다. 꽃이 만발한 들판의 향내보다

〈에우로페의 납치〉, 티치아노, 16세기

도 더욱 향긋한 황소가 풍기는 천상의 향기를 들이마셨다. 황소가 에우로페에게 가까이 다가가자 에우로페가 부드럽게 쓰다듬었고 황소는 그 어떤 피리보다도 훌륭하고 아름다운 소리를 내며 울었다.

황소는 에우로페 발밑에 엎드려 자신의 넓은 등에 타라고 재촉하는 듯했다. 에우로페는 다른 소녀들에게 같이 타자고 소리쳤다.

이 황소는 틀림없이 우리를 등에 태워줄 거야,
보기에도 온순하고 귀엽고 부드럽게 생겼잖아.
말을 못한다는 점만 빼면
황소가 아니라 선량하고 진실한 남자 같아.

에우로페가 미소 지으며 황소 등에 올라탄 뒤 다른 처녀들도 에우로페를 뒤따르려고 서둘렀지만 소용없었다. 에우로페만 태운 황소는 벌떡 일어나더니 해안을 향해 전속력으로 내달렸고, 바다에 이르자 물속이 아닌 드넓은 물살 위로 건너기 시작했다. 황소가 앞으로 나가는 동안 앞의 물살은 잔잔해졌고 깊은 곳에서 기다란 행렬이 솟아나더니 황소 옆에서 함께 동행했다. 신비한 바다의 신들, 돌고래를 타고 있는 네레이스들, 뿔나팔을 부는 트리톤들, 제우스의 형제이자 바다의 위대한 주인인 포세이돈까지 합류했다.

옆으로 보이는 놀라운 생물들과 사방을 감싸는 물살 때문에 겁에 질린 에우로페는 한 손으로는 황소의 커다란 뿔을 꼭 쥐고 다른 한 손으로는 자주색 옷자락이 물에 젖지 않도록 잡았다. 그리고 바람은

배 위에 있던 돛을 팽팽히 부풀려 펼치듯이
깊은 자락을 서리서리 풀어내어
그녀를 둥실둥실 실어 날랐네.

에우로페는 이런 일을 할 수 있는 것을 보니 황소가 아니라 신이 분명하다고 생각했다. 에우로페는 그에게 자신을 불쌍히 여겨 낯선 곳에 혼자 내버려두지 말 것을 간청했다. 제우스는 그러겠다고 말하며 자신을 신으로 여긴 에우로페의 추측이 옳았음을 알려주었다. 아무것도 두려워하지 말라고 제우스가 말했다. 자신은 신들 중에서도 가장 위대한 신 제우스이며, 지금 이렇게 하는 것은 에우로페의 사랑을 얻기 위해서라고 했다. 제우스는 에우로페를 자신의 섬인 크레타로 데려가는 중이었다. 크레타는 어머니가 제우스를 낳자 크로노스로부터 숨긴 곳으로 에우로페 역시 이곳에서 제우스의 아이를 낳게 될 것이었다.

지상의 모든 사람들 위로
왕의 권표를 휘두르게 될 자랑스러운 아들들을.

과연 모든 일이 제우스가 말한 대로 실현됐다. 곧 크레타가 보였고 그들은 섬에 내렸다. 올림포스의 문지기인 계절의 여신들이 에우로페의 결혼식을 준비해주었다. 에우로페가 낳은 아들들은 이 세상뿐 아니라 저승에서도 유명한 존재가 되었다. 두 아들은 미노스와 라다만티스로 이 세상에서 베푼 정의에 대한 보답으로 저승에서는 죽은 자들의 심판관이 되었다. 에우로페의 이름은 모든 사람이 가장 잘 알게 된 대륙 유럽(Europe)으로 남게 되었다.

키클로프스 폴리페모스

이 이야기의 첫 부분은 『오디세이아』까지 거슬러 올라간다. 두 번째 부분은 알렉산드리아의 시인 테오크리토스만 언급하고 있다. 마지막 부분은 기원후 2세기의 풍자가인 루키아노스가 쓴 게 분명하다. 첫 부분부터 마지막 부분까지 시간적으로 최소 1,000년이나 떨어져 있는 셈이다. 호메로스의 박력과 이야기 전개 능력, 테오크리토스의 아름다운 환상, 루키아노스의 날카로운 풍자는 그리스 문학의 흐름을 어느 정도 보여준다고 할 수 있다.

팔이 백 개 달린 괴물들이나 기간테스 같이 최초로 창조된 기괴한 생명체들은 제우스에게 패배한 뒤 모두 지상에서 추방됐지만 유일하게 예외가 있었으니 바로 키클로프스들이다. 그들은 돌아와도 좋다는 허락을 받았고 마침내 제우스의 큰 총애도 받게 되었다. 키클로프스들은 제우스의 무기인 벼락을 만들어낸 뛰어난 일꾼들이었기 때문이다. 처음에 키클로프스의 수는 셋에 불과했으나 이후에는 더 많아졌다. 제우스는 밭을 갈거나 씨를 뿌리지 않아도 열매가 풍성하게 맺히는 포도원과 행운 가득한 밭을 키클로프스들이 살 곳으로 내주었다. 키클로프스들은 수많은 양 떼와 염소 떼까지 소유해 편하게 살았다. 하지만 그들의 흉포와 야만적인 기질은 조금도 누그러들지 않았다. 법과 정의는 찾아볼 수 없었으며 단지 각자 원하는 대로 행동할 뿐이었다. 그곳은 이방인이 찾아갈 만한 곳이 못 되었다.

프로메테우스가 형벌을 받은 후 몇 세대가 흐르자 그가 도와주었던 인류의 후손은 문명화되어 원거리 항해까지 가능한 배를 건조하는 법을 알게 되었다. 그리고 그리스의 한 왕이 배를 타고 이 위험천만한 키클로프스의 땅에 도착했다. 왕의 이름은 바로 오디세우스[라틴어로는 율리세스(Ulysses)]로, 트로이 함락 후 고향으로 돌아가는 중이었다. 오디세우스는 트로이인들과의 처절한 전투에서도 키클로프스의 섬에서 당한 만큼 죽을 뻔한 적은 없었다.

오디세우스의 선원들이 배를 빠르게 몰아간 지점에서 그리 멀지 않은 곳에 바다 방향으로 열려 있는 높다란 동굴이 하나 있었다. 마치 아무도 살지 않는 것처럼 보였다. 들어가는 입구부터 울타리가 단단히 쳐져 있을 뿐이었다. 오디세우스는 부하 열두 명을 데리고 그곳을 둘러보러 갔다. 양식이 필요했던 그들은 동굴에 누가 살든지 자신들에게 환대를 베푼다면 보답으로 주려고 염소 가죽에 독하면서도 잘 익은 포도주를 한 가득 채워 갔다. 울타리에 있는 문이 닫혀 있지 않아 오디세우스 일행은 동굴 속으로 들어갈 수 있었다. 동굴 안에는 아무도 없었지만 부유한 사람이 살고 있는 것이 분명했다. 동굴 벽면을 따라 설치된 우리 안에는 새끼 양과 새끼 염소들이 빽빽이 들어차 있었다. 선반에는 치즈와 우유가 넘칠 정도로 꽉 찬 통이 즐비했다. 허기진 오디세우스 일행은 주인을 기다리는 동안 배불리 먹고 마셨다.

마침내 동굴 주인이 나타났는데 소름끼치도록 무섭게 생기고 커다란 산봉우리만큼 덩치가 컸다. 가축 떼를 몰며 동굴 안으로 들어온 그는 거대한 바위 덩어리로 동굴 입구를 막았다. 그러고 나서 동굴 안을 둘러보다 낯선 이방인들을 발견하고는 동굴이 쩌렁쩌렁 울리게 무시무시한 소리로 외쳤다. "폴리페모스(Polyphemus) 집에 허락도 없이 마음대로 들어온 너희는 대체 누구냐? 상인이냐 아니면 도적질을 일삼는 해적이냐?"

주인의 덩치와 음성에 모두들 벌벌 떨며 꼼짝 못했지만 오디세우스만큼은 재빠르고 단호하게 대답했다. "우리는 트로이에서 오다가 난파당한 사람들이오. 도움이 필요한 자들의 수호신인 제우스의 보호하에 그대에게 도움을 청하는 바요."

하지만 폴리페모스는 제우스 따위는 전혀 신경 쓰지 않는다고 소리질렀다. 사실 그는 어떤 신보다도 컸으므로 신들 중 누구도 두려워하지 않았다. 말이 끝나기 무섭게 육중한 팔을 내뻗은 폴리페모스는 양손에 한 사람씩 붙잡아 땅바닥에 패대기쳤다. 그러고는 그들을 마지막 한 조각까지 천천히 먹어 치운 뒤 포만감에 젖어 동굴 바닥에 큰 대자로 누워 곯아떨어졌다. 폴리페모스는 아무런 위험을 느끼지 않았다. 오직 폴리페모스만이 출구를 막아둔 커다란 바위를 굴릴 수 있으므로 만일 겁에 질린 오디세우스 일행이 용기와 힘을 짜내 그를 죽인다 해도 오히려 동굴 안에 영영 갇히는 신세가 될 것이다.

길고도 끔찍한 그날 밤 오디세우스는 탈출 방법을 생각해내지 않으면 살아남은 자들도 모두 오늘 죽은 부하들과 똑같은 신세가 되리라는 것을 깨달았다. 그러나 먼동이 트고 동굴 입구에 모여든 가축들이 폴리페모스를 깨울 때까지 오디세우스에게는 전혀 묘안이 떠오르지 않았다. 오디세우스는 바로 눈앞에서 일행 두 명이 또 죽는 것을 지켜봐야만 했다. 폴리페모스가 전날 저녁에 먹은 것처럼 오늘 아침에도 사람을 잡아먹었기 때문이다. 식사를 마친 폴리페모스는 출구를 막아둔 바위를 치운 뒤 가축을 밖으로 내몰고 마치 화살통 뚜껑을 손쉽게 여닫듯 힘 하나 안 들이고 다시 바위로 입구를 막아버렸다.

하루 종일 동굴에 갇힌 채 오디세우스는 생각에 생각을 거듭했다. 벌써 부하 네 명이 끔찍하게 당했다. 나머지 사람들도 모두 저승길을 가야 한단 말인가? 그러다 마침내 한 가지 계획이 떠올랐다. 울타리 가까이에는 커다란 나무 기둥이 하나 있었는데 노잡이가 스무 명이나 되는 배의 돛대만큼 길고 두툼했다. 이 기둥에서 가장 좋은 부분을 잘라낸 오디세우스와 부하들은 그것을 뾰족하게 깎아 불 속에 넣고 이리저리 굴려 끝을 단단하게 만들었다. 작업을 끝낸 뒤 폴리페모스가 돌아올 무렵이 되자 나무를 숨겨놓았다.

다시 끔찍한 식사가 이어졌다. 폴리페모스의 식사가 끝나자 오디세우스는 자신이 가져왔던 포도주를 잔에 가득 따라 폴리페모스에게 마셔보라고 내밀었다. 흔쾌히 술잔을 비운 폴리페모스는 더 달라고 요구했고 오디세우스는 계속 잔을 채웠다. 마침내 폴리페모스가 만취해 곯아떨어졌다. 그 틈에 오디세우스와 부하들은 재빨리 숨겨놓은 기둥을 꺼내 그 끝을 불에 넣고 뜨겁게 달구었다. 천상에서 온 어떤 힘이 그들에게 강렬한 용기를 불어넣자 그들은 벌겋게 데워진 나무 기둥을 폴리페모스 눈에 박아 넣었다. 불시에 기습을 받은 폴리페모스는 끔찍한 비명을 지르며 벌떡 일어나 나무 기둥을 비틀어 빼내버렸다. 그러고는 자신을 습격한 오디

〈폴리페모스〉, 귀도 레니, 1639~1640년

세우스 일행을 잡으려고 마구잡이로 동굴을 휘저었다. 하지만 앞이 보이지 않아 요리조리 피해 다니는 그들을 잡을 방도는 없었다.

결국 폴리페모스는 출구 바위를 한쪽으로 밀어낸 뒤 오디세우스 일행이 밖으로 도망치려 할 때 잡으려고 손을 앞으로 내민 채 버티고 앉았다. 그러나 오디세우스 역시 대책을 미리 세워둔 상태였다. 부하들에게 각자 양털이 제일 수북하게 난 양을 세 마리씩 골라 질기면서도 휘기 쉬운 나무껍질 끈으로 묶으라고 했다. 그런 다음 가축을 풀밭으로 내보낼 아침까지 기다렸다. 마침내 먼동이 텄고, 출구에서 웅성거리던 양들이 동굴 밖으로 나갈 때 폴리페모스는 아무도 양 등에 타고 나가지 못하도록 하나하나 일일이 더듬었다. 그러나 미처 배 아래쪽까지는 생각지 못했다. 오디세우스 일행은 세 마리씩 묶은 양 중 가운데 양 아래쪽 폭신한 양털을 움켜쥔 채 숨어서 출구를 빠져나갔다.

무시무시한 곳을 일단 벗어난 그들은 급히 배에 올라탔다. 그리고 배를 띄워 바다로 나아갔다. 하지만 오디세우스는 너무 화가 나서 그냥 조용히 떠나기가 억울했다. 그는 동굴 입구에 서 있는 눈먼 거인에게 크게 고함쳤다.

"그래, 키클로프스, 보잘것없는 우리를 다 잡아먹지도 못할 만큼 그렇게 힘이 없나? 너는 네 집에 찾아온 손님에게 그렇게 못된 짓만 일삼았으니 벌 받아도 싸다!"

오디세우스의 말은 폴리페모스를 자극했다. 벌떡 일어난 폴리페모스는 산에서 커다란 바위를 들어 배를 향해 내던졌다. 그가 던진 바위는 간발의 차로 뱃머리를 비켜 갔고 그 여파로 배가 자꾸 뭍 쪽으로 다가갔다. 선원들이 사력을 다해 노를 저어 배는 간신히 바다로 향할 수 있었다. 이제 충분히 안전거리가 확보됐다고 여긴 오디세우스는 다시 조롱하며 소리쳤다. "이봐, 키클로프스! 네 눈을 멀게 한 나는 도시들을 파괴한 오디세우스다! 누가 물으면 그렇게 말해주라고." 그들은 이미 멀리 떨어져 있었으므로 폴리페모스는 어찌할 도리가 없었다. 그저 눈먼 채로 바닷가에 앉아 있었다.

　이것이 꽤 오랫동안 폴리페모스에 관한 유일한 이야기였다. 수백 년이 지난 뒤에도 여전히 그는 흉측하고 거대한 눈먼 괴물로 남아 있었다. 그러나 추하고 사악한 것도 시간이 지남에 따라 변하고 온화해지게 마련인 듯 결국에는 폴리페모스도 변했다. 어쩌면 어떤 작가가 오디세우스가 남겨두고 떠난 의지할 데 없이 고통스러워하는 폴리페모스를 가엾게 여긴 것인지도 모른다. 어쨌든 폴리페모스의 다음 이야기에서는 무섭기는커녕 가련하게도 잘 속아 넘어가고 우스꽝스러운 괴물로 나온다. 그는 자신이 얼마나 흉측하고 투박하며 혐오감을 불러일으키는지 잘 알고 있었다. 불행한 폴리페모스는 매혹적이고 흉내를 잘 내는 바다의 님프 갈라테이아를 미친 듯이 사랑하게 되었다.

　이 이야기에서 폴리페모스가 사는 곳은 시칠리아였는데, 그는 어찌어찌해서 눈을 되찾았다. 아마도 그의 아버지로 등장하는 위대한 바다의 신 포세이돈의 기적으로 그렇게 된 것 같다. 사랑에 번민하는 이 거인은 갈라테이아가 절대 자신을 받아주지 않을 것임을 알고 있었다. 그에게는 아무런 희망도 없었다. 그런데 사랑의 고통 때문에 갈라테이아에 대한 마음이 냉담해진 폴리페모스가 "양젖이나 짜자. 나 싫다고 피하는 여자를 쫓아다녀 뭐해?" 하고 마음을 다잡을 때마다 그 말괄량이 님프 갈라테이아는 소리도 없이 살금살금 그의 옆으로 다가오곤 했다. 그러고는 갑자기 폴리페모스의 가축들에게 사과를 집어던지며 사랑에 빠진 느림보라고 폴리페모스 귓전에 대고 놀렸다. 거인이 벌떡 일어나 쫓아가면 갈라테이아는 재빨리 달아났다. 폴리페모스가 자신을 잡으려고 애쓰는 동안 그녀는 그의 굼뜬 동작을 조롱했다. 그가 할 수 있는 일이라고는 비참하고 무력하게 다시 바닷가에 앉아 있는 것이 전부였다. 이번에는 화가 나서 사람들을 해치려 하지 않고 갈라테이아의 마음을 달래기 위해 애처로운 사랑 노래를 부를 뿐이었다.

　그로부터 한참 뒤에 나온 이야기에서는 갈라테이아가 다정해졌는데, 그 이유는 폴리페모스의 노래에서 우아하고 섬세하며 젖빛처럼 하얀 처녀로 묘사된 그녀가 눈이 하나뿐인(이 이야기에서도 그는 시력을 회복했다) 흉측하게 생긴 이 괴물과 사랑에 빠졌기 때문이 아니라, 그가 바다의 군주 포세이돈의 사랑받는 아들이라는 사실을 신중히 고려해 함부로 대할 수 없다고 생각했기 때문이다. 갈라테이아가 자매인 도리스(Doris)에게 그 이야기를 털어놓자, 도리스는 자신이 폴리페모스를 유혹하고 싶어 비꼬는 투로 말을 꺼낸다. "그 시칠리아의 목동이 네 애인이 되었다며! 모두 그렇게 말하던데?"

갈라테이아: 제발 그렇게 뻐기지 마. 그는 바로 포세이돈의 아들이라고, 알아?

도리스: 제우스의 아들이라면 또 모를까. 이것 한 가지는 확실해. 그가 흉측하고 무례한 야수라는 것 말이야.

갈라테이아: 도리스, 내 말 좀 들어봐. 그에게도 인간적인 면이 있단 말이야. 외눈박이인 것은 사실이지만 멀쩡한 사람 못지않게 잘 본다고.

도리스: 마치 그를 사랑하기라도 하는 것처럼 들리는데?

갈라테이아: 내가 폴리페모스를 사랑한다고? 절대 아니야. 하지만 네가 왜 이런 말을 하는지 짐작할 수 있어. 폴리페모스가 너는 거들떠보지도 않고 나만 좋아하는 것을 잘 알고 있기 때문이지.

도리스: 넌 지금 외눈박이 목동이 멋있다고 생각하는 거니! 꽤나 자랑스럽겠다. 어쨌든 넌 그를 위해 요리할 필요는 없겠네. 나그네들을 붙잡아 맛있게 잡아먹는다며.

폴리페모스는 끝내 갈라테이아를 얻지 못했다. 갈라테이아는 아키스(Acis)라는 젊고 잘생긴 왕자를 사랑하게 되었고 폴리페모스는 불같은 질투심에 사로잡혀 왕자를 죽이고 말았다. 하지만 아키스가 강의 신으로 변하는 것으로 이야기는 잘 마무리되었다. 그러나 폴리페모스가 갈라테이아 외에 다른 여인을 사랑했다거나 어떤 여인이 그를 사랑했다는 이야기는 듣지 못했다.

꽃에 얽힌 전설들 : 나르키소스, 히아킨토스, 아도니스

수선화가 생겨난 첫 번째 이야기는 기원전 7세기 혹은 8세기 『호메로스 찬가』에 언급되었고, 두 번째 이야기는 오비디우스의 것을 가져왔다. 이 두 시인 사이에는 큰 차이점이 있는데, 시기적으로 600~700년이라는 간극으로 떨어져 있기도 하지만 그리스인과 로마인이라는 근본적 차이가 있다. 『호메로스 찬가』는 감정적인 면을 배제한 채 객관적이고 단순하게 쓰였다. 반면 오비디우스는 늘 독자를 의식했다. 하지만 그는 이 이야기를 잘 전하고 있다. 죽음의 강에서 자신을 들여다보려고 애쓰는 유령에 관한 짧막한 장면은 어느 그리스 작가에게서도 찾아볼 수 없는 오비디우스만의 독특하고 절묘한 필치다. 히아킨토스(Hyacinthus)의 축제를 가장 잘 설명하고 있고, 아폴로도로스와 오비디우스도 모두 그에 관해 언급하고 있다. 내가 이야기를 풀어나가는 중에 생생한 표현이 있다면 그것은 분명 오비디우스의 특징일 것이다. 아폴로도로스는 결코 그런 식으로 이야기를 풀어나가지 않는다. 아도니스(Adonis)에 관한 내용은 3세기의 두 시인인 테오크리토스와 비온의 것에서 가져왔다. 아도니스 이야기는 전형적인 알렉산드리아 시인들의 것으로 감수성이 풍부하고 부드러우면서도 언제나 정교한 맛이 있다.

그리스에는 아름다운 야생화가 많다. 꽃들은 어디에서나 아름답지만, 그리스는 꽃이 흐드러지게 피는 넓은 초원이나 과실이 주렁주렁 열리는 들판이 많은 비옥하고 풍요로운 땅이 아니었다. 바위투성이 길과 돌무덤 언덕, 울퉁불퉁한 바위산이 가득한 곳이었고 그런 틈에 정교하고 생생한 야생화들이 피어났다.

수많은 환희여,
유쾌하고 놀랄 만큼 화사한 꽃들이여.

들꽃들은 놀라울 만큼 예기치 않게 피어났다. 황량한 고지가 찬란한 빛깔로 뒤덮이기도 했고 바위산 갈라진 틈새 사이로 꽃이 피어났다. 깎아지른 엄숙한 주변 장관과 유쾌하고 화려한 야생화가 이루는 아름다운 대조는 사람들의 시선을 강하게 끌었다. 다른 나라에서는 야생화가 주목받지 못했지만 그리스에서는 결코 그렇지 않았다.

그것은 예나 지금이나 변함없는 진실이다. 그리스 신화가 형성되던 옛 시대 사람들은 그리스 봄의 찬란한 꽃을 경이로움과 기쁨으로 여겼다. 지금 우리와 수천 년의 세월이 떨어져 있고 거의 알려진 바 없는 당시 사람들도 언덕 위에 걸려 있는 무지개처럼 땅을 뒤덮은 사랑스러운 꽃들 앞에서 지금 우리가 느끼는 것과 똑같은 아름다움을 느꼈다. 그리스의 이야기 작가들은 꽃들을 거듭 언급했다. 어떻게 생겨났고 왜 그토록 아름다운지 말이다.

꽃들은 신과 연결하기에 가장 자연스러운 것이었다. 천상과 지상의 모든 사물은 신의 힘과 신비하게 얽혀 있지만 그중 대부분이 아름다운 것들이다. 특히 매우 아름다운 꽃들은 신이 목적을 갖고 직접 창조한 것으로 생각되었다. 수선화도 마찬가지였는데 지금 우리가 아는 수선화가 아닌, 작열하는 자주색과 은색의 사랑스러운 꽃이었다. 지하 세계의 왕 하데스가 데메테르의 딸 페르세포네를 사랑하게 되어 납치하길 원했을 때, 제우스는 그 꽃에게 자신의 동생 하데스를 도와주도록 명령했다. 페르세포네는 엔나(Enna) 계곡의 부드러운 풀밭과 장미와 크로커스, 사랑스러운 제비꽃, 붓꽃, 히아신스가 어울려 피어 있는 들판에서 친구들과 꽃을 따고 있었다. 그때 갑자기 페르세포네는 여태껏 본 어떤 꽃보다도 아름다운 새로운 꽃을 보았다. 인간에게나 신들에게나 놀랍고 기묘할 만큼 아름다운 꽃이었다. 뿌리에서 백 개나 되는 꽃송이가 솟아나 있고 향기는 향긋했다. 저 높이 펼쳐진 하늘과 온 대지와 바다의 짠 소금물조차 그 꽃을 보고 웃는 것 같았다.

그런데 처녀들 중 유일하게 페르세포네만이 그 꽃을 보았다. 다른 처녀들은 모두 들판 저편에 있었다. 페르세포네는 꽃에 살금살금 다가가면서도 저 혼자 동떨어져 있다는 사실이 두려웠지만, 그 꽃으로 바구니를 채우고 싶은 욕망을 억누를 수 없었다. 제우스는 페르세포네가 그렇게 행동할 것을 이미 예상하고 있었다. 감탄하며 꽃을 꺾으려고 페르세포네가 손을 뻗었지만 꽃을 채 만지기도 전에 갑자기 대지가 갈라졌고 그 틈새로 거무스름한 빛을 띤 당당하면서도 근사하고 무서운 용모의 한 남자와 그가 탄 마차를 끄는 검은 말들이 솟아올랐다. 페르세포네를 낚아챈 남자는 그녀를 단단히 붙잡았다. 다음 순간 페르세포네는 봄이 한창인 대지의 광채로부터 죽은 자들의 세계로, 그곳을 지배하는 왕에 의해 이끌려 갔다.

이것이 수선화에 관한 유일한 이야기는 아니다. 매우 색다르고도 신비로운 이야기가 또 있다. 그 이야기의 주인공은 나르키소스(Narcissus)라는 이름의 멋진 청년이었다. 나르키소스는 무척 아름다워 그를 한번이라도 본 소녀들은 모두 그의 연인이 되기를 갈망했지만 나르키소스는 그 누구도 거들떠보지 않았다. 아무리 예쁜 여인이 관심을 받으려고 갖은 애를 써도 그는 무심히 지나칠 뿐이었다. 애끓는 처녀들의 심정을 나르키소스는 알 바 아니었다. 심지어 님프 중에서 가장 아름다운 에코(Echo)마저도 그의 마음을 움직일 수 없었다. 하지만 나름의 사정이 있었다. 에코는 숲과 들짐승의 여신 아르테미스가 가장 총애하는 님프였지만, 아르테미스보다 더 강력한 여신 헤라의 미움을 사게 되었다. 헤라는 마침 항상 그렇듯 제우스가 뭘 하고 있는지 알아내려 하고 있었다. 제우스가 님프 중에 한 명을 사랑하고 있다고 의심해 그 님프가 누구인지 밝혀내려고 하나하나 살폈다.

그러나 헤라는 에코의 재잘거리는 소리에 정신이 없어 제대로 조사할 수 없었다. 에코의 유쾌한 이야기를 듣고 있는 동안 다른 님프들은 모두 슬그머니 도망가버렸기 때문에 헤라는 결국 제우스의 바람기가 이번에는 누구를 표적으로 삼았는지 아무런 결론도 내릴 수 없었다. 그리고 늘 그랬듯이 이번에도 불똥은 에코에게 튀었다. 에코는 헤라가 벌을 준 또 다른 불행한 처녀가 되고 말았다. 헤라는 에코에게 자신이 들은 말을 흉내 내는 것 외에는 절대 혀를 놀릴 수 없다고 선고했다. "너는 항상 네가 들은 말의 마지막 부분밖에 말할 수 없고, 먼저 말을 거는 능력은 잃어버리게 될 것이다."

참으로 가혹한 형벌이었다. 하지만 실연의 아픔에 시달리는 다른 모든 처녀들처럼 에코 역시 나르키소스를 사랑하게 되자 상황은 더욱 가혹해졌다. 에코는 나르키소스를 따라다닐 수는 있었지만 말을 걸 수는 없었다. 사정이 이러한데 자신을 보지도 못하는 청년에게 어떻게 관심을 얻을 수 있단 말인가? 그러던 어느 날 에코에게도 드디어 기회가 온 것 같았다. 나르키소스가 동료들을 부르고 있었던 것이다. "누구 있소, 여기?" 그러자 에코는 기쁨에 들떠 나르키소스의 끝말을 되풀이했다. "여기, 여기" 에코는 여전히 나무 뒤에 숨어 있었으므로 나르키소스는 아무도 볼 수 없자 소리쳤다. "그렇다면 이리 나와!" 그것이야말로 에코가 나르키소스에게 하고 싶은 말이었다. 에코는 기쁘게 "이리 나와!" 대답하고는 두 팔 벌려 앞으로 뛰어나갔다.

하지만 나르키소스는 화를 내며 몹시 불쾌하다는 듯 외면했다. "이러지 마. 죽어버리겠어, 네가 나를 지배하면." 에코가 비굴하게 애원조로 할 수 있는 말은 나르키소스의 끝말, "나를 지배해"가 전부였지만 나르키소스는 이미 가버리고 없었다. 에코는 쓸쓸한 동굴 속에 숨어 자신의 수치와 치욕을 다른 사람들에게 감추었으므로 누구에게서도 위안받을 수 없었다. 에코는 아직도 그렇게 동굴에서 살고 있는데, 나르키소스를 향한 열망으로 점점 야위어간 끝에 결국 목소리만 남았다고 한다.

에코에게 상처를 준 이후로도 나르키소스는 여전히 잔인하게 사랑을 조롱하며 지냈다. 하지만 나르키소스에게 상처받은 여인들 중 한 사람이 신들에게 기도를 올렸고 그 기도는 응답받았다. "다른 사람은 거들떠보지도 않는 나르키소스가 자기 자신을 사랑하게 만들어주소서!" 정의로운 분노를 의미하는 위대한 여신 네메시스가 기도를 들어주기로 했다.

〈나르키소스와 에코〉, 존 윌리엄 워터하우스, 1880년

어느 날 나르키소스는 목을 축이려고 맑은 연못 위로 몸을 숙이다가 물 위에 반사된 자신의 모습을 보자 일순간 사랑에 빠지고 말았다. "아, 이제야 알겠어. 다른 사람들이 나 때문에 그렇게 고통스러워한 이유를. 나 자신조차도 이렇게 사랑으로 불타오르니. 단지 물 위에 비치기만 할 뿐인데 저 형상에 어떻게 다가갈 수 있단 말인가? 하지만 단념할 수 없어. 오로지 죽음만이 나를 자유롭게 해주겠지."

그리고 실제로 그렇게 되었다. 나르키소스는 늘 연못 위로 몸을 구부린 채 한곳을 응시하며 점점 야위어갔다. 에코는 나르키소스 옆을 지켰지만 할 수 있는 일이 아무것도 없었다. 다만 죽어가는 나르키소스가 물 위에 투영된 자기 그림자에게 "안녕" 하고 말할 때 에코도 나르키소스에게 작별 인사로 "안녕, 안녕"만 되풀이할 수 있을 뿐이었다.

한편 죽은 자들의 세계를 둘러싼 강을 건널 때 나르키소스의 영혼은 물 위에 비친 자신의 모습을 마지막으로 한 번이라도 더 보려고 배 난간 위로 몸을 구부렸다고 한다.

나르키소스가 생전에 무시했던 님프들은 그가 죽은 후에도 여전히 친절해 나르키소스의 장례를 치러주려 했으나 시신은 온데간데없이 사라졌다. 나르키소스의 시신이 있던 자리에는 처음 보는 아름다운 꽃이 피어났는데 사람들은 그의 이름을 따서 수선화(narcissus)라고 불렀다.

* * *

아름다운 청년의 죽음에서 생겨난 또 하나의 꽃으로 히아킨토스(hyacinth)가 있는데, 지금 우리가 그 이름(히아신스)으로 부르는 생김새와 달리 백합 모양의 짙은 자줏빛 또는 찬란한 진홍빛 꽃이었다고 한다. 히아킨토스의 죽음 역시 비극적이었으며 해마다 기념되었다.

고요한 밤 내내,

〈히아킨토스의 죽음〉, 티에폴로, 1752~1753년

히아킨토스의 축제가 이어지네.

아폴론과 겨루다가

죽어갔네.

둘이 벌인 시합은 원반던지기,

아폴론이 던진 원반은

겨눈 과녁을 벗어나,

히아킨토스 이마를 정통으로 맞혀 치명상을 입혔다. 히아킨토스는 아폴론의 가장 친한 친구였다. 누가 원반을 멀리 던지나 내기했을 때 둘 사이에는 아무런 경쟁심도 없었다. 다만 재미로 시합을 하고 있었던 것이다. 아폴론은 히아킨토스의 상처에서 피가 솟구치는 것을 보고 소스라치게 놀랐고 히아킨토스는 백지장처럼 창백해져 땅에 쓰러졌다. 히아킨토스만큼이나 창백하게 질린 아폴론은 친구를 팔에 안고 상처를 지혈하려고 애썼다. 하지만 이미 너무 늦었다. 아폴론이 안고 있는 동안 히아킨토스의 머리는 꽃의 줄기가 꺾이듯 힘없이 툭 떨어졌다. 히아킨토스가 죽은 것이다. 아폴론은 시신 옆에 무릎을 꿇고 그토록 젊고 아름다운 히아킨토스의 시신을 붙들고 통곡했다. 고의는 아니었지만 아폴론 자신이 히아킨토스를 죽인 것이다.

아폴론은 울부짖었다. "오, 그대 대신 내 목숨을 바칠 수만 있다면, 아니 그대와 함께 죽을 수만 있다면." 아폴론이 이렇게 울부짖는 동안 피 묻은 풀이 갑자기 녹색으로 변하더니 그 자리에서 히아킨토스의 이름을 영원히 유명하게 만든 놀라운 꽃이 피어났다. 아폴론은 손수 그 꽃잎에 글자를 새겨 넣었는데, 히아킨토스의 첫 글자를 썼다는 설도 있고, "아, 슬프도다"를 의미하는 그리스 낱말 두 글자를 썼다는 설도 있다. 어느 글자를 썼든 아폴론의 커다란 슬픔을 기념하는 것이 되었다.

또 다른 이야기에 따르면, 히아킨토스를 죽게 한 것은 아폴론이 아니고 서풍 제피로스라는 말도 있다. 제피로스 역시 청년들 중 제일 뛰어난 미남인 히아킨토스를 좋아했는데, 히아킨토스가 자기보다 아폴론을 더 사랑하는 것에 질투가 나서 원반이 히아킨토스에게 명중되도록 바람을 분 것이라고 한다.

* * *

봄에 죽었으므로 당연히 봄꽃으로 다시 태어난 아름다운 젊은이들에 관한 매력적인 이야기 뒤에는 아무래도 어두운 배경을 깔려 있는 듯하다. 이 이야기들은 아득히 먼 과거에 행해진 잔인한 행위를 암시한다. 그리스에는 이야기꾼이나 시인이 등장하기 이전부터 이야기로 회자되거나 노래로 불리며 전해오는 시들이 있었는데, 마을 주변 들판이 비옥하지 않거나 곡식이 예상만큼 수확되지 않을 때 남자든 여자든 마을 사람 중 한 명을 죽여 그 피를 척박한 땅에 뿌렸을지도 모른다는 암시가 시 속에 은연중 드러나 있다. 혐오스러운 인육 제사를 싫어했을지 모르는 올림포스 신들에 관해서도 아직은 뚜렷한 개념이 성립되지 않았던 시기였다.

인류는 자신들의 생명이 파종기와 수확기에 좌우된다는 것을 알았으므로 자신들과 땅 사이에 깊은 관계가 있고, 곡식으로 자양분을 공급받는 자신들의 피가 반대로 위기에 몰린 땅을 비옥하게 할 수 있으리라는 막연한 생각을 갖고 있었다. 아름다운 청년을 이처럼 죽였다면 나중에 그 땅에 수선화나 히아신스가 피어났을 때 죽은 청년이 꽃으로 다시 살아났다고 생각하는 것보다 더 자연스러운 일이 어디 있겠는가? 사람들은 잔인한 죽음이 덜 잔인해 보이도록 아름다운 기적이 일어났다고 서로 말했을 것이다.

오랜 세월이 흘러 대지를 비옥하게 하는 데 사람의 피가 필요하다는 것을 더 이상 믿지 않게 되자 이야기 속에서 잔인한 부분은 마침내 잊히게 되었다. 아무도 예전에 그런 끔찍한 일이 일어났다는 것을 기억하려 들지 않았다. 그래서 히아킨토스는 대지를 비옥하게 하려고 친족의 손에 살해된 것이 아니라 뼈아픈 실수 때문에 죽은 것이라고 전해졌다.

* * *

　죽음에서 꽃으로 부활한 이야기 중에 가장 유명한 것은 아도니스의 이야기다. 해마다 그리스 처녀들은 아도니스의 죽음을 애도하고, 아도니스의 꽃인 피처럼 붉은 아네모네, 일명 바람꽃이 다시 피어나는 것을 보고 기뻐했다. 아도니스를 사랑한 것은 아프로디테였다. 신들과 인간들의 심장을 자신의 화살로 꿰뚫던 사랑의 여신 아프로디테는 자신도 똑같이 쓰라린 아픔을 당하는 운명을 맞이한다.

　아프로디테는 아도니스가 태어날 때부터 그를 사랑해 자기 사람으로 만들려고 마음먹었다. 그래서 자기 대신 아도니스를 키워달라고 페르세포네에게 맡겼다. 그런데 페르세포네 역시 아도니스를 사랑하게 되어, 아프로디테가 아도니스를 되찾으러 저승까지 찾아갔어도 돌려주려 하지 않았다. 두 여신 모두 전혀 양보하지 않자 제우스가 몸소 두 여신 사이에 끼어 판결해야만 했다. 제우스는 아도니스에게 일 년을 반씩 나누어, 가을과 겨울에는 죽은 자들의 여왕인 페르세포네와 함께, 봄과 여름에는 사랑과 미의 여신과 함께 지내도록 결정했다.

　아도니스와 함께 지내는 시간이 돌아오면 아프로디테는 그 기간 내내 오로지 아도니스만 즐겁게 해주려고 애썼다. 아도니스는 사냥을 무척 좋아했는데, 가끔은 아프로디테도 창공을 자유롭게 미끄러지듯 날아다니는 백조가 끄는 마차를 놔두고, 사냥꾼 옷차림을 한 채 거친 숲길로 아도니스를 따라다녔다. 그러던 어느 날 아프로디테가 사냥을 나선 아도니스와 동행하지 못했는데, 마침 아도니스는 거대한 멧돼지를 뒤쫓고 있었다. 사냥개들과 함께 멧돼지를 궁지로 몰아넣은 아도니스가 창을 던졌지만 멧돼지를 죽이지는 못하고 상처만 입혔다. 상처에 미친 듯 흥분한 멧돼지가 아도니스를 향해 돌진했고 큰 송곳니로 그의 몸을 찔렀다. 한편

〈아도니스의 죽음을 슬퍼하는 아프로디테〉, 벤저민 웨스트, 19세기

하늘 높은 곳에서 백조가 끄는 마차를 타고 있던 아프로디테는 아도니스의 신음소리를 듣고 당장에 내려왔다.

고요히 마지막 숨을 몰아쉬던 아도니스의 새하얀 살결 위로 검붉은 피가 흘러내렸다. 그의 눈은 점점 무거워지고 몽롱해졌다. 아프로디테가 고개 숙여 아도니스에게 입을 맞추었지만 죽어가는 아도니스는 아프로디테가 입 맞추는 것도 알지 못했다. 아도니스의 상처는 처참했지만 아프로디테의 마음속 상처는 그보다 더 깊었다. 아도니스가 자신의 말을 듣지 못한다는 것을 알면서도 아프로디테는 아도니스에게 다정히 말했다.

> 오 사라졌구나, 무척이나 소중한 그대,
> 내 소망도 꿈처럼 날아가버렸네.
> 내 아름다움의 비결도 그대와 더불어 사라져버렸네.
> 하지만 여신인 나 자신은 죽을 수 없기에
> 그대를 따라갈 수 없네.
> 한 번만 더 입 맞춰주오, 마지막 긴 이별의 입맞춤을.
> 내 입술로 그대의 영혼 빨아들여
> 그대의 사랑 전부 들이키도록.
> 산도 온통 외치고 참나무도 화답하네.
> 오 슬프도다, 아도니스를 위해 우노라. 그는 죽었다네.
> 에코도 대꾸해 외치네. 오 슬프도다, 아도니스를 위해 우노라.
> 사랑의 신들도 뮤즈들도 모두 아도니스를 애도한다네.

어두운 지하 세계에서 아도니스는 자신을 위해 우는 그들의 소리를 들을 수도, 자신의 핏방울이 적신 곳마다 피어오른 진홍빛 꽃도 볼 수 없었다.

제2부

사랑과 모험 이야기

제5장

큐피드와 프시케

이 이야기는 기원후 2세기 로마 작가인 아풀레이우스만 유일하게 언급하고 있다. 그래서 신들도 라틴 이름으로 쓰였다. 이 책에서는 오비디우스의 문체를 모방해 썼다. 작가는 자기가 쓴 내용을 스스로도 즐기고 있으나 그 내용이 사실이라고는 실제로 믿지 않는다.

옛날에 딸만 셋인 왕이 있었다. 딸 셋이 모두 사랑스러웠지만 그중에서도 막내딸 프시케는 언니들보다 훨씬 아름다워 언니들 옆에 서 있으면 마치 평범한 인간들과 어울리고 있는 여신처럼 보였다. 프시케의 아름다움에 대한 명성은 온 세상에 널리 퍼져 방방곡곡에서 사람들이 프시케를 보기 위해 먼 길을 마다 않고 찾아왔고, 경이로움과 동경심에 사로잡혀 그녀가 실제 여신이기라도 하듯 경의를 표했다. 사람들은 미의 여신 베누스조차도 프시케의 아름다움을 능가하지 못할 것이라고 말했다. 프시케의 아름다움을 숭배하는 사람들이 점차 늘어나자 아무도 베누스 여신을 신경 쓰지 않았다. 베누스 여신의 신전은 방치되었고 제단은 싸늘하게 식은 잿더미로 더럽혀졌다. 베누스가 가장 좋아하던 도시들은 황폐해지고 폐허로 몰락해갔다. 베누스에게 바쳐지던 모든 영예가 언젠가는 죽을 운명인 하찮은 소녀에게로 전부 쏠렸다.

베누스 여신이 이러한 대우를 참았을 리 없다. 곤궁에 처할 때면 늘 그랬듯이 베누스는 이번에도 아들에게 도움을 청했다. 베누스의 아들은 큐피드라 불리기도 하고 사랑이라 불리기도 한 근사한 날개를 가진 청년이었는데, 그가 지닌 화살 앞에서는 천상의 신이나 지상의 인간이나 모두 속수무책이었다. 베누스가 아들에게 자신이 받은 모욕을 하소연하자 언제나 그랬듯이 큐피드는 어머니의 요청을 들어줄 준비가 되어 있었다. "네가 가진 힘을 써서 그 못된 것을 세상에서 가장 비열하고 천한 남자와 사랑에 빠지도록 만들거라."

불타는 질투심에 사로잡힌 베누스가 자신의 아들인 사랑의 신 큐피드도 프시케의 아름다움에 빠질 수 있다는 점을 감안하고 아들에게 프시케를 미리 보여주지만 않았더라면 아들은 분명 어머니가 시키는 대로 했을 것이다. 그러나 프시케를 본 순간 큐피드는 마치 자신이 화살에 맞은 것 같았다. 그는 어머니에게 아무 말도 하지 않았고 실제로 말할 기운조차 없었다. 베누스는 아무것도 모른 채 아들이 곧 프시케를 몰락시킬 것이라 확신하며 아들 곁을 떠났다.

하지만 베누스가 기대한 대로 일이 진행되지 않았다. 프시케는 비열하고 천한 남자는 물론 그 누구도 사랑하지 않았다. 더욱 이상한 점은 아무도 프시케를 사랑하지 않는다는 것이었다. 남자들은 단지 프시케를 바라보며 경탄하고 숭배할 뿐이었다. 그러고는 그냥 다른 여자와 결혼했다. 미모가 프시케보다 훨씬 못한 두 언니는 각자 왕과 근사한 결혼식을 올렸지만 아름다움 그 자체인 프시케는 서글프게도 사랑은 받지 못하고 단지 숭배만 받을 뿐이었다. 어떤 남자도 프시케를 원하지 않는 것 같았다.

두말할 것도 없이 이 일에 가장 상심한 사람은 그녀의 부모였다. 결국 프시케의 아버지는 어떻게 하면 프시케를 시집보낼 수 있을지 묻기 위해 아폴론의 신탁소를 찾아갔다. 그 전에 이미 큐피드가 아폴론을 찾아가 모든 이야기를 털어놓고 도움을 청했었다. 그래서 아폴론은 프시케의 아버지에게 다음과 같은 신탁을 내렸다. 프시케에게 정식으로 상복을 입혀 바위산 정상에 홀로 두고 내려와야 한다는 것이다. 그러면 신들보다도 힘이 센 날개 달린 무서운 뱀이 나타나 프시케를 아내로 삼을 것이라고 했다.

프시케의 아버지가 이 슬픈 소식을 가지고 돌아왔을 때 사람들이 모두 얼마나 슬퍼했을지 짐작할 수 있다. 사람들은 프시케에게 죽을 때나 입는 상복을 입혀 산꼭대기로 데려갔다. 마치 그녀가 죽어 장사 지내는 것처럼 슬퍼했다. 하지만 프시케는 용기를 잃지 않고 사람들에게 말했다. "신들의 질투를 불러일으킨 아름다움이 문제였다면 나를 위해 전에 울었어야죠. 이젠 차라리 모든 것이 끝나 제 마음도 홀가분해요. 그러니 걱정 마시고 그만 돌아가세요." 사람들은 절망과 슬픔에 사로잡혀 아름답고 불쌍한 프시케가 혼자 운명을 맞도록 내버려둔 채 돌아간 뒤에도 궁전에 틀어박혀 내내 프시케를 생각하며 슬퍼했다.

한편 프시케는 짙은 어둠 속 높은 산꼭대기에 앉아 어떠한 공포가 다가올지도 모른 채 막연히 기다렸다. 그곳에서 울면서 떨고 있는데 갑자기 부드러운 바람이 고요하게 불어왔다. 바람 중에서도 제일 상쾌하고 순한 서풍 제피로스의 숨결이었다. 프시케는 제피로스가 자신을 들어 올리는 것을 느꼈다. 프시케는 바위산 꼭대기에서 둥실 떠올랐다가 아래로 이끌려 침대처럼 폭신하고 온갖 꽃들로 향기로운 풀밭에 사뿐히 내려졌다. 아름다운 그곳에서 프시케는 곧 모든 근심을 잊고 잠이 들었다. 얼마 후 잠에서 깨어서 보니 밝은 강가였다.

강둑에는 마치 신을 위해 지어진 듯한 웅장하고 아름다운 대저택이 서 있었다. 기둥은 금으로 벽은 은으로 만들어졌고, 바닥에는 보석이 박힌 호화로운 집이었다. 그런데 아무 소리도 들리지 않았다. 집에는 아무도 살지 않는 것 같았지만 그 웅장한 아름다움에 압도되어 프시케는 가까이 다가갔다.

〈제피로스에게 실려 가는 프시케〉, 프뤼동, 1808년

프시케가 문간에서 머뭇거리자 어디선가 들리는 음성이 귓전을 울렸다. 아무도 보이지 않았지만 프시케는 무슨 말인지 또렷이 들을 수 있었다. 그 집은 프시케를 위해 준비된 것이니 두려워 말고 집으로 들어가 몸을 씻고 쉬라는 말이었다. 또한 훌륭한 만찬이 프시케를 위해 준비될 것이라고 했다. 그 음성은 이렇게 말했다. "저희들은 당신이 원하는 것이라면 무엇이든 해드릴 준비가 되어 있는 당신의 하인들이랍니다."

목욕은 최고로 훌륭했고 음식은 이제껏 맛본 것 중 가장 맛있었다. 프시케가 식사하는 동안 감미로운 음악이 주위에서 울려 퍼졌다. 웅장한 합창대가 하프 반주에 맞춰 노래하는 것 같았으나 프시케는 그들을 볼 수 없고 단지 들을 수만 있었다. 음성만 존재하는 이상한 동반자들을 제외하고는 그날 하루 종일 혼자 있었지만, 프시케는 점차 밤이 다가올수록 자신의 남편이 나타날 것임을 육감적으로 느꼈다. 정말 프시케의 예상대로였다. 남편이 옆에 있다고 느낀 순간 프시케의 귓가에 부드럽게 속삭이는 그의 음성이 들려오자 프시케의 모든 근심이 사라졌다. 비록 그 모습은 볼 수 없지만 지금 자신 옆에 있는 사람은 괴물이나 무섭게 생긴 존재가 아니라 자신이 오랫동안 열망하고 기다려온 연인이자 남편이라는 것을 알았다.

음성만 듣고 모습은 볼 수 없는 어정쩡한 관계에 프시케는 완전히 만족할 수는 없었다. 그러나 어쨌든 프시케는 행복했고 시간도 빨리 흘러갔다. 그러던 어느 날 밤, 보이지 않는 다정한 남편이 진지한 어조로 프시케에게 위험이 닥치고 있는데, 그 위험은 다름 아닌 언니들이라고 경고했다. "언니들은 당신이 사라진 산꼭대기로 당신을 추모하러 올라오고 있소. 그들에게 당신의 모습을 드러내면 안 되오. 그러면 내게는 커다란 슬픔을, 당신에게는 파멸을 초래할 거요."

프시케는 절대 그러지 않겠다고 남편에게 약속했지만, 다음날 언니들과 자신의 처지를 생각하며 하루 종일 울었다. 밤이 되어 남편이 찾아왔을 때도 프시케는 여전히 눈물을 글썽거렸고 남편의 다정한 애무로도 슬픔은 가라앉지 않았다. 하는 수 없이 남편이 프시케의 간절한 소망에 지고 말았다. "좋소, 당신이 원하는 대로 하시오. 하지만 당신은 지금 스스로 무덤을 파고 있는 것이오."

남편은 언니들이 아무리 남편을 보라고 설득해도 넘어가지 말라고 프시케에게 경고했다. 그렇게 되면 자신과 영원히 이별하는 아픔을 겪게 될 것이라고 했다. 프시케는 절대 그럴 리 없다고 소리쳤다. 프시케는 남편 없이 사느니 차라리 백 번 죽는 편이 낫다고 생각했다. "하지만 언니들을 만나 수 있는 기쁨만은 허락해주세요." 남편은 슬펐지만 마지못해 그렇게 하라고 약속했다.

다음 날 아침 두 언니는 제피로스에 의해 산꼭대기에서 실려 왔다. 행복하고 흥분된 마음으로 프시케는 언니들을 기다렸고 세 사람은 곧 만났다. 프시케 자매는 재회의 기쁨을 달리 표현할 수 없어 눈물을 흘리며 서로 부둥켜안았다. 결국에는 함께 궁전 안으로 들어갔고 언니들은 엄청난 보물을 보게 되었다. 호화로운 연회장에 앉아 경이로운 음악을 듣자 언니들은 격렬한 질투심에 사로잡혔다. 이 화려한 저택의 주인이자 동생의 남편이 누구인지 억누를 수 없는 호기심에 시달렸다.

그러나 프시케는 남편과의 약속을 잊지 않았다. 그녀는 남편이 평범한 청년이며 지금 사냥을 나가고 없다고만 말했다. 언니들 손에 황금과 보석을 쥐어준 뒤 제피로스에게 부탁해 그들을 다시 산꼭대기로 데려다주게 했다. 언니들은 기꺼이 돌아갔지만 마음속에서는 질투심이 활활 불타올랐다. 자신들이 가진 모든 부와 행운이 프시케의 것에 비하면 하찮아 보였다. 결국 질투에 눈이 먼 두 사람은 프시케를 파멸할 음모를 꾸미게 된다.

바로 그날 밤, 프시케의 남편도 다시 한번 경고했다. 남편이 다시는 언니들을 집 안에 들이지 말라고 애원했지만 프시케는 들으려 하지 않았다. 자신은 남편을 볼 수 없지 않느냐고 상기시켰다. 그렇다고 해서 마찬가지로 다른 사람들도 전부 봐서는 안 된단 말인가? 자신에게 가장 소중한 언니들까지 말이다. 결국 남편은 전처럼 프시케에게 지고 말았고, 곧 두 언니는 다시 찾아와 자신들이 꾸민 음모를 착착 진행했다.

프시케에게 남편이 어떻게 생겼는지 물어볼 때마다 프시케가 당황하며 매번 엇갈린 대답을 했으므로 언니들은 프시케가 아직 남편을 한 번도 보지 못했기 때문에 어떻게 생겼는지 정확히 모른다는 사실을 알아차렸다. 그 말은 입 밖에도 내지 않은 채 언니들에게조차 그런 끔찍한 상황을 숨겼다며 프시케를 힐난했다. 그러고는 프시케의 남편은 사람이 아니라 아폴론의 신탁이 알려준 무서운 뱀일 거라고 말했다. 지금은 다정하지만 언젠가는 분명히 프시케를 잡아먹을 것이라고 겁을 주었다.

깜짝 놀란 프시케의 마음은 사랑 대신 눈물로 가득 차 두려움에 벌벌 떨었다. 사실 자신도 왜 남편이 모습을 보여주지 않는지 궁금했다. 필시 무엇인가 무서운 이유가 있을 것이다. 자신이 남편에 대해 알고 있는 것은 과연 무엇인가? 남편이 그렇게 끔찍하지 않다면 자신에게 모습을 보이지 않는 것은 잔인한 짓이었다. 격심한 고통에 사로잡힌 프시케가 흐느끼며 말을 더듬자 언니들은 프시케가 자신들의 말을 부인하지 못한다는 사실을 알아차렸다. 실제로 남편과는 늘 어둠 속에서만 같이 있었기 때문이다. "그이가 낮의 빛을 피하는 데는 뭔가 분명히 곤란한 이유가 있을 거야." 프시케는 이렇게 말하고 언니들에게 충고를 구했다.

그러자 언니들은 미리 철저히 준비한 충고를 해주었다. 그날 밤 프시케는 예리한 칼과 램프를 침대 머리맡에 숨겨두어야 했다. 그래서 남편이 깊이 잠들면 침대에서 일어나 램프에 불을 켜고 칼을 집어들어야 한다. 불빛에 남편 모습이 선명히 보일 테니 마음을 단단히 먹고 그 끔찍한 괴물의 몸 한가운데로 재빨리 칼을 찔러 넣어야 한다는 것이었다. "우리는 가까운 곳에 있다가 괴물이 죽으면 너를 데리고 갈게."

그렇게 언니들은 프시케가 의심에 시달리면서 어떻게 하면 좋을지 몰라 혼란스러워 하게 내버려둔 채 떠났다. 프시케는 남편을 사랑했다. 그는 자신의 소중한 남편이다. 아니다. 그는 끔찍한 괴물이고 자신은 그를 혐오한다. 그녀는 그를 죽일 것이다. 아니, 그럴 수 없다. 그녀는 확신을 가져야만 했다. 아니, 그런 확신 따위는 원치 않는다. 이렇게 하루 종일 프시케의 생각은 머릿속에서 쉴 새 없이 싸웠다. 점차 날이 저물자 프시케는 갈등을 멈췄다. 그리고 한 가지만은 꼭 하기로 결심했다. 어떻게든 남편 모습은 보고 말리라.

마침내 남편이 깊이 잠들자 프시케는 모든 용기를 짜내 램프에 불을 붙였다. 침대 곁으로 살그머니 다가가 램프를 위로 높이 쳐들고 누워 있는 사람을 응시했다. 오, 이럴 수가! 안도감과 환희가 가슴속으로 물밀듯이 밀려왔다. 그 모습은 괴물이 아니라 아주 잘생기고 멋진 남자로 램프 불빛보다 더 밝게 빛나는 듯했다. 처음에는 자신의 어리석음과 불신을 부끄러워하며 무릎을 꿇었다. 덜덜 떨리는 손에서 칼이 떨어지지만 않았다면 프시케는 아마 자신의 가슴을 찔렀을 것이다. 목숨을 구해준 불안한 프시케의 손은 동시에 그녀를 배반하기도 했다. 아름다운 남편의 모습을 바라보는 기쁨을 거부하지 못하고 행복감에 취해 프시케가 몸을 구부렸을 때 들고 있던 램프에서 뜨거운 기름 몇 방울이 잠들어 있는 남편 어깨 위로 떨어졌다. 그는 곧 깨어났고 불빛을 보고 단번에 프시케가 약속을 저버렸다는 것을 깨닫고는 한마디 말도 없이 달아났다.

프시케는 남편을 쫓아 어둠 속으로 달려 나갔다. 남편의 모습을 볼 수는 없었지만 자신에게 말하는 음성은 들을 수 있었다. 그는 자신이 누구인지 밝히고 슬프게 작별을 고했다. "사랑은 믿음이 없는 곳에서는 살 수 없다오." 그러고는 날아가버렸다.

프시케는 생각했다. '사랑의 신이라고! 그가 내 남편이었다니. 아, 그런데도 나는 바보같이 그와의 약속을 지키지 못하다니. 그이가 내게서 영원히 떠나가버린 것일까?' 프시케는 용기를 내며 스스로에게 말했다. "내 남은 평생 동안 그이를 찾는 데 바치겠어. 그이가 더 이상 나를 사랑하지 않는다 해도. 적어도 내가 그이를 얼마나 사랑하는지 알려줄 수는 있을 테니 말이야."

프시케는 여정을 떠났다. 하지만 어디로 가야 할지 뾰족한 수가 있는 것도 아니었다. 단지 남편을 찾는 일을 결코 포기할 수 없다는 것만 알고 있을 뿐이었다.

한편 큐피드는 상처를 치료받기 위해 어머니 집을 찾아갔지만 베누스는 그동안의 이야기를 들은 뒤 아들이 선택한 여인이 프시케였다는 사실에 화가 나서 큐피드를 고통 속에 내버려둔 채 자신을 질투심에 불타오르게 만든 장본인을 찾으러 나섰다. 베누스는 여신의 분노를 사면 어떤 일을 당하는지 프시케에게 본때를 보여줄 작정이었다.

가엾은 프시케는 필사적으로 돌아다니며 신들의 호의를 얻으려고 애썼다. 쉬지 않고 신들에게 열렬히 기도를 올렸지만 신들은 베누스의 적이 되는 짓은 하고 싶지 않았다. 결국 프시케는 지상에서나 천상에서나 아무런 희망이 없다는 것을 깨닫고 목숨을 건 결심을 했다. 베누스를 직접 찾아가려고 한 것이다. 자신을 베누스의 하녀로 바침으로써 여신의 노여움을 조금이라고 풀고자 했다. "그리고 그이가 자기 어머니 집에 있을지 누가 알아?" 그렇게 생각한 프시케는 자신을 찾아 사방을 뒤지고 있는 베누스를 찾으러 떠났다.

마침내 프시케가 베누스 앞에 나타나자, 베누스는 큰 소리로 비웃으며 남편을 찾고 있느냐고 멸시조로 물었다. 큐피드는 프시케가 입힌, 불에 덴 상처 때문에 거의 죽을지도 모르므로 프시케와는 아무런 관계가 없어질 수도 있었기 때문이다. "하지만 정말로 넌 그렇게 비천하고 못났으니 힘들여 근면하게 일하지 않고는 결코 연인을 얻을 수 없을 걸. 그래도 내가 호의를 보여 너를 훈련시켜주마."

그 말과 함께 베누스는 밀과 양귀비, 기장 등 작은 씨로만 고른 엄청난 곡식 낟알을 한데 뒤섞어놓았다. "밤이 될 때까지 이것을 종류별로 구분해놓아라. 이게 다 널 위한 것인 줄 알거라." 그러고는 베누스는 볼일을 보러 나갔다.

홀로 남겨진 프시케는 꼼짝 않고 앉아서 낟알 더미를 바라보았다. 그 잔인한 명령에 프시케의 마음은 어리둥절해 어찌해야 좋을지 몰랐다. 겉보기에도 불가능한 일은 시작해봐야 아무 소용이 없었다. 그러나 이 비참한 순간에 신으로부터도 인간으로부터도 아무런 동정심을 얻지 못한 프시케를 들판의 가장 작은 생물인 개미들조차 불쌍하게 여겼다. 그들이 서로 외쳤다. "어서들 이리 와, 이 불쌍한 아가씨를 가엾이 여겨 어서 열심히 도와주자." 그들은 당장 구름 떼처럼 몰려들었고 각자 분담해 일을 시작했다. 결국 산더미처럼 쌓여 있던 낱알 더미는 각각 종류별로 깨끗이 분류되었다.

베누스가 돌아와 보니 모든 것이 말끔히 정리되어 있었고, 그것을 보자 베누스는 더 화가 났다. "네 일은 다 끝난 것이 절대 아니야." 베누스는 말라빠진 빵 한 조각을 프시케에게 던져주고, 자신은 푹신하고 향기로운 침상으로 자러 가면서 프시케는 딱딱한 바닥에서 자라고 했다. 베누스가 계속 온갖 궂은일을 시키고 반쯤 굶주리게 만들면 프시케의 그 증오스러운 아름다움도 곧 시들어버리고 말 것이 분명했다. 그때까지 베누스는 여전히 상처 때문에 고통스러워하고 있는 아들이 자신의 방에서 나오지 못하도록 감시만 하면 되었다. 베누스는 모든 일이 자신이 원하는 대로 되어가자 흐뭇했다.

다음날 아침 베누스는 프시케에게 줄 또 다른 일거리를 궁리해냈는데 이번에는 위험한 일이었다. "저기 근처 강둑으로 내려가면 덤불이 빽빽하게 우거진 곳에 황금 양털을 가진 양 떼가 있다. 그 빛나는 양털을 내게 조금만 가져오너라." 수척해진 프시케는 고요하게 흐르는 강에 도착하자 강물 속으로 풍덩 뛰어들어 모든 고통과 절망을 끝내고 싶다는 열망에 사로잡혔다.

프시케가 강물 위로 몸을 굽히는 순간 발치 가까운 곳에서 가느다란 음성이 들려왔다. 소리 나는 쪽을 내려다보니 푸른 갈대였다. 갈대는 프시케에게 물에 빠져 죽으면 안 된다고 말했다. 상황이 그렇게 나쁘기만 한 것은 아니라고 했다. 양들이 매우 사납기는 하지만 저녁 무렵 양들이 쉬려고 강가 옆 덤불 밖으로 나올 때까지만 기다리면 덤불 속에서 날카로운 찔레에 걸려 있는 황금 양털을 찾을 수 있을 것이라고 말했다.

친절하고 상냥한 갈대의 말을 따른 덕분에 프시케는 잔인한 주인 베누스에게 황금 양털을 넉넉히 안고 돌아갈 수 있었다. 베누스는 사악한 웃음을 지으며 양털을 받아 들고는 날카롭게 말했다. "누군가가 도와주었나 보네. 혼자서는 절대로 못했을 텐데. 하지만 네가 보여준 신중함과 굳센 마음을 정말로 지니고 있는지 입증할 기회를 다시 한번 주겠다. 저기 언덕에서 떨어지는 검은 물 보이지? 증오라고 불리는 무서운 스틱스 강의 발원지다. 이 물병을 가지고 가서 그 물을 가득 길어 와라."

폭포 가까이 다가갈수록 프시케는 그것이 어려운 일임을 깨달았다. 너무 험준하고 사방이 바위라 미끄러워 오직 날개 달린 짐승만 닿을 수 있었다. 급격히 쏟아지는 폭포수도 무서웠다. 이쯤 되면 이 이야기를 읽는 독자는 (아마 마음속 깊은 곳에서 프시케 자신에게도 명백해 보였을 것이다) 매번 프시케가 떠맡는 일이 불가능할 만큼 어렵다 해도 꼭 해결할 수 있는 길이 생긴다는 사실을 알 것이다. 이번에 프시케를 구해준 것은 독수리였다. 프시케 옆에 커다란 날개를 접고 사뿐히 내려앉은 독수리는 부리로 프시케의 물병을 낚아채더니 검은 물을 가득 채워다주었다.

그러나 베누스도 포기하지 않았다. 어리석다고 비난할 사람이 있을지 모르겠다. 이제껏 일어난 모든 일의 결과에 약이 오른 베누스는 또 다른 일거리를 찾아냈다. 이번에는 작은 상자를 하나 주며 지하 세계로 가서 프로세르피나의 아름다움을 상자에 담아 가져오라고 했다. 아픈 아들을 돌보느라 베누스 자신이 수척해졌으므로 그것이 정말로 필요하다고 프로세르피나에게 전하라고 명령했다.

늘 그랬듯이 이번에도 프시케는 명령에 복종해 하데스로 가는 길을 찾아 나섰다. 길을 가던 중 프시케는 어떤 탑에서 하데스에 이르는 길을 안내받았다. 탑은 어떻게 하면 프로세르피나의 궁전을 찾아갈 수 있는지 자세히 알려주었다. 먼저 땅에 난 커다란 구멍을 통과하고 죽음의 강으

〈황금 상자를 여는 프시케〉, 존 윌리엄 워터하우스, 1903년

로 내려간 후 뱃사공인 카론에게 강을 건널 삯을 지불해야 했다. 강을 건너면 곧장 궁전으로 가는 길로 이어지는데 문 앞에 머리가 셋 달린 케르베로스가 지키고 있지만 빵 한 조각만 던져주면 그 개는 온순해져서 그냥 지나가게 해줄 것이었다.

물론 탑이 미리 알려준 그대로 모든 일이 이뤄졌다. 프로세르피나는 기꺼이 아름다움을 나눠주었다. 용기가 생긴 프시케는 하데스로 내려갈 때보다 더욱 재빠르게 상자를 품고 지상으로 돌아갔다.

그다음 통과해야 할 것은 프시케의 호기심과 허영심 시험이었다. 프시케는 상자 속 아름다움의 매력이 무엇인지 한번 봐야겠다고, 어쩌면 저 자신을 위해 조금은 사용해도 되지 않을까 생각했다. 그동안 겪은 고생 때문에 자신의 외모가 많이 망가졌다는 것을 베누스만큼이나 잘 알고 있었고, 언제 어디서 큐피드와 마주치게 될지 모른다는 생각이 마음 한편에 늘 자리하고 있었다. 남편을 위해 자신을 좀 더 아름답게 가꿀 수만 있다면! 결국 프시케는 유혹을 견디지 못하고 상자를 열었다. 그런데 실망스럽게도 상자 안에는 아무것도 없었다. 텅 빈 것 같았다. 프시케는 곧 죽음과도 같은 무기력에 사로잡히게 되고 깊은 잠에 빠져들었다.

그 긴박한 순간에 사랑의 신 큐피드가 나타났다. 상처가 다 아문 큐피드는 프시케를 애타게 그리워했다. 사랑의 신을 가둔다는 것은 쉬운 일이 아니었다. 베누스가 방에 자물쇠를 채워놓았지만 큐피드에게는 창문이 있었다. 큐피드는 그저 창문으로 날아가 프시케를 찾기만 하면 되었다. 프시케가 궁전 가까이에 쓰러져 있었기 때문에 큐피드는 금세 그녀를 발견했다. 큐피드는 곧 프시케의 눈에서 잠을 빼내 도로 상자 안에 집어넣었다. 자신의 화살 하나로 살짝 찔러 프시케를 깨우고는 쓸데없는 호기심으로 행동한 것을 조금 꾸짖었다. 그리고 프로세르피나의 상자를 어머니 베누스에게 가져다주라고 하면서 앞으로는 모든 일이 다 잘될 것이라고 안심시켰다.

기쁨에 넘친 프시케가 베누스 여신에게 급히 돌아가는 동안 큐피드

〈큐피드와 프시케〉, 피코, 19세기

는 올림포스로 날아갔다. 큐피드는 어머니 베누스가 자신과 프시케를 더 이상 괴롭히지 않기를 바랐으므로 유피테르를 곧장 찾아갔다. 모든 신들과 인간들의 아버지인 유피테르는 큐피드가 부탁하는 것을 그 자리에서 승낙했다. "비록 네가 과거에 나를 황소나 백조 등으로 변하게 해 내 명예와 위엄을 깎아내리긴 했지만, 어쨌든 네 요청을 거절할 수는 없구나."

유피테르는 신들을 전원 소집해 베누스를 포함한 모든 신에게 큐피드와 프시케가 정식으로 결혼했음을 선포하고 프시케에게 영원한 생명을 줄 것을 제안했다. 메르쿠리우스가 프시케를 신들의 궁전으로 데려오자, 프시케를 불멸의 신으로 변화시켜줄 암브로시아를 맛보도록 유피테르가 몸소 내주었다. 이렇게 되자 상황은 완전히 바뀌었다. 베누스는 이제 인간이 아닌 여신을 며느리로 맞는 데 반대할 수가 없었다. 큐피드와 프시케 두 신은 그야말로 환상적으로 잘 어울렸다. 게다가 베누스는 프시케가 하늘에서 남편과 아이들을 돌보며 함께 산다면 지상 사람들의 정신을 산란하게 할 수도 없으니 그러면 자신이 받아야 할 숭배를 방해할 일도 없을 것이라 계산했다.

그야말로 모두에게 행복한 결말이었다. 사랑과 영혼(프시케는 정신을 의미한다)은 서로 찾아 헤매다가 쓰라린 시련을 겪은 후에야 상대방을 찾았으니 이제 영원히 깨질 수 없는 굳건한 결합을 맺은 것이다.

제6장

연인들에 대한 짤막한 이야기 여덟 편

피라모스와 티스베

이 이야기는 오비디우스만 유일하게 언급하고 있는데, 그의 특징이 잘 드러난다. 유창한 이야기 솜씨, 웅변적 독백, 중간에 삽입된 사랑에 대한 짧은 단상(斷想) 등이 바로 오비디우스만의 특징이라고 하겠다.

옛날에 뽕나무의 진홍색 오디는 지금과는 달리 눈처럼 순백색이었다. 그런데 지금처럼 진홍색으로 바뀐 데는 기묘하고도 슬픈 사연이 얽혀 있다. 젊은 두 연인의 죽음으로 그렇게 된 것이다.

동방에서 제일가는 수려한 용모의 피라모스(Pyramus)와 천하절색의 미녀 티스베(Thisbe)는 세미라미스(Semiramis) 여왕이 다스리는 도시 바빌론에서 벽 하나를 사이에 둔 바로 옆집에 살고 있었다. 서로 옆집에서 자라다 보니 자연스럽게 둘 사이에 사랑이 싹트게 되었다. 두 사람은 결혼을 간절히 바랐지만 양가 부모는 모두 반대했다. 하지만 사랑까지 금지할 방도는 없었다. 사랑의 불길이란 막으면 막을수록 맹렬히 타오르는 법이니까. 또한 사랑은 언제나 빠져나갈 길을 찾아낸다. 이처럼 뜨거운 열정으로 타오르는 두 사람을 따로 떨어뜨려 놓는다는 것은 불가능했다.

양쪽 집 벽 사이에는 작은 틈이 있었다. 아무도 그 틈을 눈치 채지 못했지만 연인의 눈에는 스쳐 지나가는 법이 없었다. 틈새를 발견한 두 사람은 그곳을 통해 달콤한 사랑의 밀어를 속삭였다. 티스베는 이쪽 벽에서, 피라모스는 저쪽 벽에서. 두 사람을 갈라놓고 있던 원망스러운 벽이 오히려 서로에게 다가갈 수 있는 수단이 되었던 것이다. 두 사람은 가끔 벽에 대고 말했다. "아, 벽 너만 없다면 우리는 서로 체온을 나누고 입맞춤도 할 수 있을 텐데. 하지만 그래도 네 덕분에 이렇게 서로 말할 수 있구나. 너는 연인에게 사랑의 밀어를 속삭일 수 있는 통로가 되어주는구나. 우리가 네 고마움을 모르는 것은 아니란다." 두 사람은 그렇게 이야기를 나누다가 밤이 되어 헤어질 때면 벽에 대고 상대방 입술에는 절대 닿지 못할 입맞춤을 했다.

터오는 먼동에 별빛이 희미해지고 아침 햇살에 풀밭 위 투명한 서리가 사라질 때면 두 사람은 살금살금 벽 틈새로 다가가 애끓는 사랑의 밀어를 나누고, 자신들의 쓰라린 운명을 탄식했지만 그나마도 나지막이 속삭여야만 했다. 결국 그 상태로는 더 이상 견딜 수 없게 되었다. 피라모스와 티스베는 밤에 몰래 도시를 벗어나 둘이 자유롭게 만날 수 있는 들판으로 가기로 결정했다. 잘 알려진 장소인 니누스(Ninus) 무덤이 있는 곳, 시원하게 솟아오르는 샘물 옆에 눈처럼 하얀 열매가 주렁주렁 달린 키 큰 오디나무 아래서 만나기로 약속했다. 마음이 한껏 부푼 두 사람은 하루가 영원히 저물지 않고 더디 가는 것처럼 느껴졌다.

마침내 태양이 바다 밑으로 가라앉고 밤이 솟아올랐다. 어둠 속에서 티스베는 살금살금 기어 나와 몰래 무덤으로 향했다. 피라모스는 아직 오지 않았다. 하지만 사랑의 힘으로 담대해진 티스베는 두려워하지 않고 연인을 기다렸다. 그런데 갑자기 암사자의 모습이 달빛에 드러났다. 그 사

〈피라모스와 티스베〉, 피에르-클로드 고트로, 1799년

나운 짐승은 방금 전 사냥감을 먹었는지 턱이 온통 피에 젖어 목을 축이러 샘으로 다가오고 있었다. 아직 거리가 좀 있었으므로 티스베는 안전하게 도망칠 수 있었지만 달아나면서 외투를 떨어뜨리고 말았다. 자신의 은신처로 되돌아가던 중 티스베의 외투를 발견한 암사자는 입으로 외투를 갈가리 찢어놓은 뒤 숲으로 사라졌다. 얼마 뒤 나타난 피라모스는 갈가리 찢긴 티스베의 외투를 발견했다. 피 묻은 외투 조각들이 여기저기 널려 있고 흙먼지 속에 사자 발자국이 선명하게 드러나 있었다. 안 봐도 뻔한 상황이었다. 눈앞에 펼쳐진 광경은 의심할 수 없을 만큼 명백했다. 티스베가 죽은 것이다. 피라모스는 연약한 처녀를 그토록 위험천만한 곳에 홀로 내버려둔 채 구하러 오지도 못한 것이다. "당신을 죽인 것은 바로 나요." 피라모스는 울부짖으며 흙바닥에서 짓뭉개진 외투 조각을 집어 들고 몇 번이고 입 맞춘 뒤 오디나무 옆으로 가져갔다. "자, 이제 내 피도 마셔라." 그는 자신이 차고 있던 칼로 옆구리를 찔렀다. 피라모스 몸에서 분출한 피는 오디나무 위로 튀어 검붉은 색으로 물들였다.

한편 숨어 있던 티스베는 비록 사자가 무섭긴 했지만 자신의 연인을 실망시키는 것이 더 두려웠다. 그래서 용기 내어 빛나는 흰 과실이 달린 오디나무로 되돌아갔다. 그런데 나무를 찾을 수 없었다. 나무 한 그루가 있기는 했지만 어둠 속에서 희미하게 빛나던 하얀 열매는 보이지 않았다. 의아해하며 나무를 바라보니 나무 아래에서 무언가가 움직였다. 깜짝 놀란 티스베는 움찔하며 물러섰다. 어둠 속을 뚫어져라 응시하던 티스베는 그것이 무엇인지 곧 알아챘다. 다름 아닌 피투성이가 되어 죽어가는 피라모스였다. 티스베는 당장에 달려가 피라모스를 끌어안았다. 피라모스의 싸늘하게 식은 입술에 입 맞추며 무슨 말이라도 해보라고 애원했다. "저예요, 당신의 소중한 티스베예요." 절규하는 티스베의 목소리에 피라모스의 무거운 눈꺼풀이 일순간 떠졌다. 하지만 잠시 후 죽음이 영원히 그의 눈을 감게 했다.

티스베는 피라모스가 떨군 칼과 그 옆에 피로 얼룩져 찢겨진 자신의 외투를 발견하고서야 모든 상황을 이해했다. "당신은 저에 대한 사랑으로 스스로 목숨을 끊으셨군요. 저도 당신처럼 용감할 수 있어요. 저도 당신만큼 사랑하고요. 오직 죽음만이 우리를 갈라놓을 수 있겠지요. 하지만 이젠 그렇지 못할 거예요." 티스베는 아직 피라모스의 피가 다 마르지도 않은 칼을 집어 들어 제 가슴을 찔렀다.

신들은 두 사람의 죽음을 불쌍히 여겼다. 두 연인의 부모들도 마찬가지였다. 검붉은 자주색 오디나무 열매는 진실한 사랑을 영원히 기념하게 되었고, 죽음도 갈라놓을 수 없었던 두 사람의 유골은 한 단지에 담겨 영원히 함께하게 되었다.

오르페우스와 에우리디케

오르페우스 이야기와 아르고 호의 용사들(Argonauts: 아르고 호를 타고 황금 양털을 찾아 나섰던 영웅들_옮긴이) 이야기는 기원전 3세기 그리스 시인 로도스의 아폴로니우스가 유일하게 언급했다. 이 이야기의 나머지 부분은 로마 시인 베르길리우스와 오비디우스가 이야기한 것이 가장 뛰어난데, 두 사람은 문체가 매우 흡사하다. 그래서 신들도 라틴 이름이 사용되었다. 아폴로니우스는 베르길리우스에게 영향을 많이 미쳤다. 세 작가 중 한 사람이 이 이야기 전체를 썼더라도 비슷했을 것이다.

태곳적 음악가들은 신들이었다. 아테나는 그 명단에 끼지는 못했지만 피리를 발명했다. 헤르메스는 리라를 만들어 아폴론에게 주었고, 아폴론이 리라로 아름다운 선율을 뽑아내면 올림포스 신들은 다른 것은 모두 잊어버렸다. 헤르메스도 자신이 쓸 악기로 목동의 피리를 만들어 매혹적인 소리로 연주했다. 판은 봄에 나이팅게일처럼 달콤하게 노래하는 갈대피리를 만들었다. 뮤즈들은 특별히 소유한 악기는 없었지만 그들의 음성은 비할 데 없이 맑고 고왔다.

그 후로 몇몇 뛰어난 사람들이 나타나 신들과 맞먹는 출중한 기량을 선보였다. 이들 중 가장 위대한 사람은 오르페우스였다. 어머니 쪽 혈통을 보면 평범한 인간 이상이었다. 그는 뮤즈 중 한 명과 트라키아의 왕 사이에서 태어난 아들이었다. 오르페우스의 어머니는 그에게 음악적 재능을 물려주었고 그가 자란 뒤 트라키아는 자질을 더욱 키워주었다. 트라키아인들은 그리스 전체를 통틀어 음악적 소양이 가장 뛰어난 부족이었다. 그러나 트라키아에서도 신들을 제외하고는 오르페우스의 경쟁 상대가 없었다. 그가 노래하고 연주할 때면 무한한 힘이 솟아났다. 그 누구도 그 무엇도 오르페우스를 막을 수 없었다.

> 트라키아의 깊은 산 고요한 숲속에서
> 오르페우스가 리라로 아름다운 선율을 연주하면 나무들과,
> 황야의 거친 들짐승들조차 그 뒤를 따라간다네.

살아 움직이는 생물이나 움직이지 않는 무생물이나 모두 오르페우스를 따랐다. 그는 언덕 위 바위도 움직이게 할 수 있었고 강의 흐름을 바꿔놓을 수도 있었다.

그런데 음악에 대한 명성보다도 오르페우스를 더욱 유명하게 만든 것은 불행하게 끝나버린 결혼이었다. 결혼 전 삶에 관해서는 알려진 바가 거의 없지만, 오르페우스는 황금 양털을 찾는 유명한 모험에 참가했고 자신이 그 일행에서 매우 유용한 일원이라는 것을 입증했다. 오르페우스는 이아손과 함께 아르고(Argo) 호에 승선해 영웅들이 지치거나 노 젓기가 어려울 때면 리라를 연주했다. 그러면 선원들은 다시 기운을 차려 열심히 노를 저었고 노는 가락에 맞추어 힘차게 수면을 때렸다. 또는 싸움이 일어날 것 같은 급박한 상황에서 부드럽고 차분한 곡조를 연주해 아무리 사나운 사람이라도 냉정을 되찾고 분노를 잊어버리게 해주었다.

세이렌에게서 영웅들을 구한 것도 오르페우스였다. 바다 저 멀리 매혹적이고 달콤한 노랫소리가 들려오자 더 듣고 싶다는 절박한 갈망 외에 머릿속이 새하얘진 영웅들은 세이렌이 있는 쪽으로 급히 뱃머리를 돌렸다. 바로 이때 오르페우스가 리라를 들어 세이렌의 매혹적이면서도 치명적인 음성을 완전히 잠재울 만큼 맑게 울려 퍼지는 선율을 연주했다. 배는 가던 길을 멈췄고 바람은 위험한 곳에서 벗어날 수 있도록 해주었다. 만일 오르페우스가 아르고 호의 선원으로 배에 타지 않았다면 영웅들은 세이렌의 섬에 뼈를 묻어야만 했을 것이다.

오르페우스가 사랑한 여인 에우리디케를 어디서 만나 어떻게 구혼했는지 알려지지 않았지만, 그가 원한다면 어떤 여인도 노래의 힘에 저항할 수 없었던 것은 분명하다. 두 사람은 결국 결혼했지만 기쁨은 너무도 짧았다. 결혼식 직후 신부는 들러리들과 함께 풀밭을 걷다가 독사에게 물려 그 자리에서 죽고 말았다. 신부를 잃은 오르페우스는 이루 말할 수 없이 슬펐다. 슬픔을 견딜 수 없던 오르페우스는 결국 저승으로 내려가 에우리디케를 데리고 돌아오기로 결심한다.

내 노랫소리로
저승의 여왕, 데메테르의 딸을 매혹시키고,
저승의 왕 하데스를 매혹시킬 것이라네,
그들의 마음을 아름다운 선율로 감동시키리.
에우리디케를 저승에서 데려오리라.

오르페우스는 사랑을 위해 이제껏 어떤 남자도 감히 해보지 않은 일을 하려고 했다. 저승으로 가는 무서운 여행을 감행한 것이다. 저승에 이르자 오르페우스는 리라를 연주했고 아름다운 선율에 매혹된 저승의 수많은 존재가 모두 숨을 죽였다. 저승 입구를 지키는 파수꾼 케르베로스도 경계를 늦추고 익시온(Ixion)을 굴리던 바퀴도 멈춰 섰다. 시시포스

(Sisiphus)도 굴리던 바위 위에 앉아 잠시 쉬었다. 탄탈로스(Tantalus)는 갈증을 잊었다. 무서운 분노의 여신들의 얼굴도 처음으로 눈물에 젖었다. 저승의 왕 역시 왕비인 페르세포네와 함께 오르페우스의 연주를 듣기 위해 가까이 다가왔다. 그러자 오르페우스는 이렇게 노래했다.

오, 암흑과 침묵의 세계를 다스리는 저승의 신이여,
여인에게서 태어난 모든 인간은 모두 당신께로 와야만 하죠.
아름다운 모든 것 역시 결국에는 당신에게로 내려와야만 하고요.
우리는 모두 당신께 생명을 저당 잡힌 몸이죠.
잠시 동안 지상에서 머물고 나면
그 후로는 영원히 당신의 것이 되고 말지요.
하지만 저는 방금 당신께 온 한 여인을 찾아왔습니다.
그 여인은 꽃을 피우기도 전에 봉오리가 꺾였답니다.
저는 그 상실을 견디려 노력했으나 그럴 수 없었답니다.
사랑 역시 매우 강력한 신이기 때문이죠.
오 저승의 왕이여, 당신도 늙은 이야기꾼이 들려주는 이야기가
사실이라는 것을 알고 계시겠죠, 예전에
당신이 프로세르피나를 납치한 것을 꽃들이 지켜보았다는 것을.
그러니 어여쁜 에우리디케를 위해 운명의 베틀에서 너무 빨리
끊어져버린 생명의 천을 다시 짜주세요.
보세요, 제가 청하는 것은 미미한 것이랍니다.
에우리디케를 달라는 것이 아니라 잠시 빌려달라는 것입니다.
수명이 다하는 날 그녀는 다시 당신의 것이 될 테니 말입니다.

오르페우스의 아름다운 노래의 마법에 빠진 사람은 그 누구도 그의 부탁을 거절할 수 없었다. 오르페우스는

〈에우리디케의 죽음을 슬퍼하는 오르페우스〉, 아리 쉐퍼, 1814년

플루톤의 얼굴에서 쇠 눈물을 흘러내리게 만들었고,
결국 사랑이 찾던 것을 들어주게 했다.

그들은 에우리디케를 불러 오르페우스에게 내주었으나 한 가지 조건을 달았다. 두 사람이 지상에 닿을 때까지 에우리디케가 뒤를 따라오는 동안 오르페우스는 결코 뒤를 돌아봐서는 안 된다는 조건이었다. 두 사람은 하데스의 커다란 문들을 통과해 암흑 밖으로 이어진 길을 따라 계속 위로 올라갔다. 오르페우스는 에우리디케가 제 뒤에 있다는 것을 분명 느꼈지만 그 사실을 확인하기 위해 딱 한 번만 돌아봤으면 하고 간절히 바랐다. 거의 지상에 도착할 무렵 암흑은 회색으로 바뀌고 있었다. 이제 오르페우스는 기쁘게 지상의 빛 속으로 발을 막 들여놓았다. 그 순간 에우리디케를 돌아보았다. 하지만 너무 성급했다. 에우리디케는 아직 암흑의 동굴을 벗어나지 못했던 것이다. 오르페우스는 희미한 빛 속에 서 있는 에우리디케를 보았고 아내를 잡으려 팔을 뻗었다. 그 순간 에우리디케는 사라졌다. 그녀는 다시 어둠 속으로 미끄러져 돌아가고 만 것이다. 오르페우스가 들은 것은 희미한 단 한마디였다. "안녕."

오르페우스가 필사적으로 에우리디케를 뒤쫓아 지하로 내려가려 했지만 허락되지 않았다. 신들은 아직 살아 있는 몸으로 오르페우스가 두 번씩이나 저승에 발을 들여놓는 것을 허락하지 않았다. 비참하게도 오르페우스는 홀로 지상으로 되돌아오는 수밖에 없었다. 이후로 오르페우스는 사람들과 만남을 피했다. 그는 트라키아의 쓸쓸한 황야를 헤매며 오직 리라를 연주하는 것으로 위안 삼았다. 오르페우스는 늘 리라를 연주하며 다녔고 유일한 동반자인 바위와 강과 나무 들만이 오르페우스의 연주를 들었다.

그러다가 오르페우스는 마이나스 무리와 마주쳤다. 이 무리는 펜테우스를 끔찍하게 찢어 죽였던 그 무리만큼이나 흉포했다. 그들은 결국 온화한 음악가 오르페우스의 사지를 갈가리 찢어 죽였고 잘린 머리는 헤브로스(Hebrus) 강의 빠른 물살 위로 던져버렸다. 오르페우스의 머리는 레스보스(Lesbos) 섬 연안에 이르는 강 입구를 따라 떠내려갔다. 뮤즈들이 발견할 때까지 오르페우스 머리는 거친 바다를 지나면서도 온전했고 뮤즈들이 레스보스 섬 신전에 잘 묻어주었다. 나머지 사지들도 잘 모아 올림포스 산 아래 무덤에 묻어주었다. 그래서 오늘날까지도 그곳에서 우는 나이팅게일의 소리가 다른 어느 곳의 새보다도 가장 아름답다고 한다.

케익스와 알키오네

이 이야기의 가장 훌륭한 출전은 오비디우스다. 과장된 폭풍은 전형적인 로마식 표현이다. 매혹적일 정도로 상세하게 묘사된 잠의 거처는 오비디우스의 묘사 능력을 보여준다. 당연히 신들은 로마 이름으로 쓰였다.

테살리아에 살고 있던 케익스(Ceyx) 왕은 낮에 뜨는 별이자 빛의 운반자 루키페르(Lucifer)의 아들로, 아버지의 밝은 환희가 그의 얼굴 속에 모두 들어 있었다. 케익스의 아내 알키오네(Alcyone)도 고귀한 가문 태생으로 바람의 왕 아이올로스의 딸이었다. 두 사람은 서로 헌신적으로 사랑했으며 결코 떨어지려 하지 않았다. 그럼에도 케익스는 아내를 떠나 바다 건너 기나긴 여행을 해야겠다고 결심하게 되었다. 골치 아픈 일이 연이어 일어났기 때문에 케익스는 어려움에 처한 사람들의 의지가 되던 신탁에 물어보고 싶었다.

알키오네는 눈물을 흘리며 흐느끼듯 말했다. 바다에서 바람의 힘에 대항할 수 있는 사람은 없다고. 어렸을 때부터 그녀는 아버지의 궁전에서 폭풍우와 바람이 불러 모으는 검은 구름과 거칠게 타오르는 번개를 지켜봤다. "난파된 배의 널빤지 조각들이 해변으로 밀려오는 것도 자주 봤어요. 오, 그러니 제발 가지 말아요. 만약 제 말을 듣지 않고 꼭 가시겠다면 저도 데려가세요. 무슨 일이 닥친다 해도 당신과 함께라면 견딜 수 있어요."

아내의 간절한 사랑에 케익스는 깊이 감동받았지만 그의 목적은 너무도 확고했다. 신탁을 묻기 위해 꼭 가야 한다고 생각했고 기꺼이 항해의 위험을 함께 나누겠다는 아내의 말은 들으려 하지 않았다. 결국 알키오네는 포기할 수밖에 없었고 남편을 따라나서지 않았다. 남편과 작별할 때 그녀는 앞으로 닥칠 일을 예견이라도 한 듯 마음이 무척 무거웠다. 알키오네는 바닷가에 서서 배가 시야에서 사라질 때까지 하염없이 바라보았다.

바로 그날 밤 엄청난 폭풍우가 바다를 휩쓸었다. 바람이 사방에서 들이닥쳐 미친 듯 날뛰는 태풍을 이루고 집채만 한 파도가 거세게 일었다. 마치 온 하늘이 바닷속으로 떨어져 내릴 것 같이 폭우가 퍼붓고 바다는 하늘로 치솟을 듯했다. 심하게 흔들리며 요동치는 배 위에서 사람들은 모두 공포로 미쳐갔지만, 케익스는 알키오네만 생각하며 그녀가 안전하다는 생각에 기뻐했다. 배가 가라앉으며 물살이 제 몸을 뒤덮는 마지막 순간까지도 케익스는 알키오네의 이름을 불렀다.

알키오네는 남편이 돌아올 날을 손꼽아 기다렸다. 돌아온 남편에게 입히기 위해, 또 남편이 돌아왔을 때 자신도 예쁘게 보이기 위해 두 벌의 옷을 짜느라 분주히 움직였다. 하루에도 몇 번씩 남편을 위해 신들에게, 특히 유노 여신에게 기도를 드렸다. 유노는 이미 오래전 죽은 남편을 위해 알키오네가 지성으로 드리는 기도에 마음이 움직였다. 그래서 자신의 전령인 이리스(Iris)를 불러 잠의 신 솜누스(Somnus) 집으로 찾아가 알키오네에게 케익스의 진실을 알려주는 꿈을 보내라고 명령했다.

한편 잠의 집은 키메르족(Cimmerians)이 살던 암흑의 나라 가까이 있었다. 햇빛이 전혀 비추지 않고 어슴푸레한 여명이 모든 것을 감싸고 있었다. 첫 새벽을 알리는 수탉의 울음소리도 없으며 집 지키는 개가 침묵을 깨뜨리고 짖는 일도 없었다. 미풍에 살랑거리는 가지도 없고 평온을

〈케익스와 알키오네〉, 리처드 윌슨, 1768년

깨는 말소리도 들리지 않았다. 거기서 들리는 유일한 소리는 망각의 강 레테에서 부드럽게 흐르는 물소리뿐이었다. 물살은 잠을 부르듯 낮게 일 렁였다. 문 옆에는 양귀비와 잠을 부르는 풀들이 피어 있었다. 집 안에는 잠의 신이 솜털처럼 부드러운 검은 안락의자에 누워 있었다.

하늘을 가로질러 무지개 곡선을 길게 나부끼며 다채로운 빛깔의 외 투를 걸친 이리스가 나타나자 어두운 잠의 집은 그가 입은 옷의 광채로 환히 밝아졌다. 그럼에도 이리스는 잠의 신 솜누스의 무거운 눈꺼풀을 열 게 하고 그가 해야 할 일을 납득시키는 것이 쉽지 않았다. 마침내 잠의 신 이 완전히 깨어나 심부름을 마쳤다고 확신한 이리스는 자신마저 잠 속으 로 영원히 가라앉을 것 같은 두려움에 재빨리 그곳을 빠져나왔다.

늙은 잠의 신은 어떤 인간의 형태로든지 능수능란하게 잘 변하는 아 들 모르페우스(Morpheus)를 깨워 유노의 명령을 전달했다. 어둠 속을 뚫 고 조용히 날아간 모르페우스는 알키오네의 침대 가까이에 섰다. 그는 이미 물에 빠져 죽은 케익스의 모습을 하고 있었다. 벌거벗은 채 물이 뚝 뚝 흐르는 모습으로 모르페우스는 알키오네의 침상 위로 몸을 구부렸다. "불쌍한 내 사람, 날 봐요. 당신의 남편이오. 나를 알아보겠소? 아니면 죽 은 내 모습이 변하였소? 알키오네, 나는 죽었다오. 파도가 덮치는 마지막 순간에도 나는 당신의 이름을 불렀다오. 내게는 이제 아무런 희망이 없 소. 하지만 날 위해 울어주오. 슬퍼해주는 사람 하나 없이 지하 저승으로 내려가지 않게 해주오."

꿈속에서 알키오네는 신음하며 남편을 끌어안기 위해 팔을 뻗었다. 그녀는 큰 소리로 외쳤다. "기다려줘요. 나도 함께 가겠어요." 알키오네 는 자신의 비명 소리에 놀라 깼다. 남편이 죽었다는 확신과 함께 잠이 깼 지만 알키오네가 본 것은 꿈이 아니라 진짜 남편의 모습이라는 생각이 들 었다. "나는 분명히 그이를 보았어. 그이는 너무 애처로워 보였어. 그이가 죽은 것이 확실하다면 나도 곧 죽을 거야. 그이의 소중한 육신이 파도에 휩쓸려 다니는데 내가 어떻게 이곳에 머물 수 있겠어? 여보, 전 결코 당신을 떠나지 않겠어요. 살려고 애쓰지 않을 거예요."

　첫 여명이 밝자마자 알키오네는 남편이 떠나는 모습을 지켜보았던 그 바닷가로 달려갔다. 먼 바다 쪽을 응시하던 알키오네는 저 멀리 물살 위로 뭔가 떠도는 것을 보았다. 파도가 해변으로 밀릴 때마다 그 물체도 점점 가까워졌는데 자세히 보니 사람의 시신이었다. 알키오네는 연민과 공포 속에서 서서히 밀려오는 시신을 지켜보았다. 시신은 곶 옆에 서 있는 알키오네 곁에 다다랐다. 바로 남편 케익스의 시신인 것을 알아챈 알키오네는 울부짖으며 물속으로 뛰어들었다. "오, 여보!"

　바로 그때 알키오네는 물속으로 가라앉는 대신 물살 위로 날아올랐다. 알키오네 몸에서 어느새 날개가 돋아나고 온몸은 깃털로 뒤덮였다. 알키오네가 새로 변한 것이다. 신들이 자비를 베풀어 케익스도 똑같이 새로 변하게 해주었다. 알키오네가 케익스의 시신 위로 날아가자, 시신은 온데간데없이 사라져버리고 알키오네처럼 새로 변한 케익스가 그녀와 함께했다. 새로 변했지만 두 사람의 사랑만은 변하지 않았다. 날아다니거나 물살 위로 질주하거나 늘 함께 있는 그들의 모습이 눈에 띄었다.

　해마다 이레 동안 바다가 쭉 고요하고 잠잠할 때가 있다. 어떤 바람의 숨결도 물살을 출렁이지 않는다. 이때는 알키오네가 바다 위에 떠 있는 자신의 둥지 위에 알을 낳는 시기다. 어린 새들이 알에서 깨어나면 마법은 곧 풀린다. 매해 겨울이면 완전한 평온의 시기가 어김없이 찾아온다. 이 시기는 알키오네의 이름을 따서 '알키온(Alcyon)', 또는 더 일반적으로 '할키온 날들(Halcyon Days)'이라 부른다.

　　평온의 새들이 마법으로 고요해진 파도 위에
　　알을 낳기 위해 내려앉는 시기.

피그말리온과 갈라테이아

이 이야기는 오비디우스만 언급했기 때문에 사랑의 여신 이름이 베누스로 나온다. 앞부분 소개에서도 말했듯이 오비디우스가 신화를 윤색한 방식을 가장 잘 보여주는 예다.

키프로스의 재능 있는 한 젊은 조각가 피그말리온은 지독한 여성 혐오자였다.

자연이 여성에게 준 지극히 많은
결점들을 혐오하며,

피그말리온은 결코 결혼하지 않기로 결심했다. 자신에게는 예술 하나만으로도 충분하다고 생각했다. 그런데 피그말리온이 자신의 모든 재능으로 혼신을 바쳐 빚어낸 것은 여인의 조각상이었다. 어쩌면 피그말리온은 별로 달가워하지 않던 것을 마음속에서처럼 제 삶에서도 그리 쉽게 떨쳐버릴 수 없었거나, 혹은 완벽한 여인을 만들어 남자들에게 참고 함께 살아야 하는 여인들의 결점을 보여주고 싶었는지도 모른다.

이유가 어찌됐든, 피그말리온은 오랫동안 혼신을 다해 최고의 조각상을 만들어냈다. 그러나 조각상이 아무리 멋있어도 만족할 수 없었다. 피그말리온은 계속 조각상을 다듬었고 그의 능숙한 손길 아래서 조각상은 매일 더욱 아름다워졌다. 세상에 태어난 어떤 여인도, 세상의 어떤 조각상도 피그말리온의 조각상에 결코 미치지 못했다. 조각상에 더 이상 어떠한 완벽함도 보탤 수 없을 지경이 되자 그 창조자에게 기묘한 운명이 내려졌다. 피그말리온은 자신이 만든 피조물을 열렬히 사랑하게 된 것이다. 피그말리온이 만든 조각상은 단순한 조각상으로 보이지 않았다. 누구나 그것을 대리석이 아닌, 잠시 동작을 멈춘 인간의 육신이라고 생각했

〈피그말리온과 갈라테이아〉, 장 제롬, 19세기

다. 이 거만한 젊은 피그말리온의 예술적 재능은 그토록 놀라웠다. 예술 중에서도 최상의 예술인 감추는 기술이 바로 그의 장기였던 것이다.

그러나 바로 이때부터 피그말리온이 경멸해 마지않던 여성은 복수를 시작한 셈이다. 살아 있는 여인을 사랑하는 남자들 중에서 아무리 가망 없는 남자라도 피그말리온처럼 절망적으로 불행하지는 않았다. 피그말리온은 조각상의 고혹적인 입술에 입을 맞추었다. 하지만 그 입술은 입맞춤을 되돌려주지 않았다. 손과 얼굴을 어루만져도 아무 응답이 없기는 마찬가지였다. 조각상의 몸을 끌어안아보기도 했다. 여전히 차갑고 아무런 반응이 없었다. 한동안 피그말리온은 아이가 장난감을 대하듯 조각상을 살아 있는 여인처럼 대하려 했다. 이 빛깔 저 빛깔 아름다운 옷을 번갈아 갈아입히고는 조각상이 기뻐한다고 상상했다. 진짜 살아 있는 여인들이 좋아하는 작은 새나 귀여운 꽃, 파에톤(Phaethon)의 누이들이 흘린 눈물인 빛나는 호박 보석 같은 선물을 가져다주고는 조각상이 열렬한 애정으로 자신에게 감사하는 상상을 했다. 밤이면 조각상을 침대에 눕히고는 어린 소녀들이 인형에게 하듯 부드럽고 따뜻하게 이불로 감싸주었다. 그러나 피그말리온은 어린아이가 아니었다. 더 이상 조각상이 살아 있는 체할 수 없었다. 결국에는 포기하고 말았다. 피그말리온은 생명이 없는 사물을 사랑하게 되었으니 아무런 희망도 없는 비참한 신세가 되었다.

이 보답 없는 일방적 열정은 정열적인 사랑의 여신을 오래 속일 수 없었다. 베누스는 좀처럼 자신을 찾아오지 않는 이 새로운 종류의 사랑으로 열병을 앓는 남자에게 관심을 갖게 되었고, 매우 독특한 사랑에 빠진 청년을 도와주기로 마음먹었다.

베누스 축제일은 특별히 키프로스에서 거행되었다. 베누스가 거품에서 솟아오른 뒤 제일 처음으로 받아들인 섬이 키프로스였으니 당연한 일이었다. 뿔을 금빛으로 입힌 눈처럼 하얀 많은 암소들이 베누스 여신에게 바쳐졌다. 하늘의 향기 같은 향내가 베누스의 많은 제단으로부터 온 섬으로 퍼져 나갔고 수많은 인파가 신전으로 몰려들었다. 불행한 연인들은 모두 제물을 들고 찾아와 자신의 사랑이 이루어지게 해달라고 기도했다. 물론 피그말리온도 끼어 있었다. 피그말리온은 대담하게도 베누스에게 자신의 조각상 같은 여인을 찾게 해달라고 기도를 올렸다. 베누스는 피그말리온이 정말로 원하는 게 무엇인지 알고 있었으므로 그의 기도에 응답하겠다는 징조로 제단 위 불을 허공으로 세 번이나 타오르게 했다.

이 좋은 징조를 곰곰이 생각한 피그말리온은 집으로 돌아가 자신이 창조하고 마음까지 준 사랑스러운 연인을 찾았다. 조각상은 받침대 위에 매혹적이고도 아름다운 모습으로 서 있었다. 피그말리온은 조각상을 쓰다듬다가 움찔하며 뒤로 물러났다. 자신의 망상에 불과했을까, 아니면 정말로 그녀가 자신의 애무에 따뜻해졌다고 느낀 것일까? 피그말리온은 조각상의 입술에 미련이 남아 긴 입맞춤을 했고, 제 입술 아래에서 조각상의 입술도 점차 부드러워지는 것을 느꼈다. 그는 조각상의 팔과 어깨를 감싸 안았다. 조각상의 단단함은 이미 사라진 뒤였다. 마치 햇빛에 부드러워진 밀랍을 보는 것 같았다. 피그말리온은 조각상의 손목을 쥐었다. 그랬더니 맥박이 뛰고 있었다. '베누스야.' 그는 생각했다. 이것은 분명 베누스 여신이 내려준 은총이었다. 뭐라 말로 표현할 수 없는 감사와 환희로 피그말리온은 자신의 연인을 꼭 끌어안고 이제 사람으로 변한 여인의 미소와 홍조를 보았다.

베누스는 몸소 두 사람의 결혼식에 참석해 축복해주었지만, 피그말리온이 아내에게 갈라테이아라는 이름을 지어주었고, 베누스가 가장 총애하는 도시가 두 사람의 아들인 파포스(Paphos)의 이름을 따서 지어졌다는 사실 외에 후일담은 전해지지 않는다.

바우키스와 필레몬

오비디우스만 이 내용을 언급한다. 이 이야기는 특히 오비디우스가 동화를 사실처럼 보이려고 할 때 즐겨 사용하는 능숙한 기교와 세부 묘사가 잘 드러난다. 신들은 라틴 이름으로 쓰였다.

프리기아(Phrygia)의 산야 지방에는 근방뿐 아니라 먼 고장 농부들에게까지 커다란 이적으로 알려진 나무가 두 그루 있었다. 그도 그럴 것이 각기 다른 참나무와 보리수나무였는데도 두 나무는 한 줄기에서 자라고 있었기 때문이다. 이런 일이 벌어지게 된 사연은 신들의 무한한 놀라운 능력과, 신은 겸손하고 경건한 사람에게 복을 내려준다는 사실을 보여주는 증거이기도 하다.

유피테르(제우스)는 때때로 올림포스에서 암브로시아와 넥타르에 질리고, 아폴론의 리라 연주와 삼미신의 춤조차 싫증이 날 때면 인간으로 변장하고 모험을 찾아 지상으로 내려갔다. 유피테르가 여행 동반자로 제일 선호하는 신은 바로 모든 신 중에서 가장 재미있고 영리하고 기지가 넘치는 메르쿠리우스(헤르메스)였다. 이 특별한 여정에서 유피테르는 프리기아 사람들이 얼마나 인심이 좋은지 알아보기로 했다. 당연하게도 유피테르에게 인심은 매우 중요했는데 낯선 땅에서 쉴 곳을 찾는 모든 나그네가 바로 그의 특별한 보호 아래 있었기 때문이다.

두 신은 초라한 나그네 행색을 하고선 온 나라를 떠돌며 비천한 오두막이든 대저택이든 가는 곳마다 먹을 것과 쉬어갈 곳을 청했다. 그러나 아무도 그들을 받아주려 하지 않았다. 번번이 두 신은 쫓겨났고 코앞에서 문이 닫히는 수모를 겪었다. 유피테르와 메르쿠리우스는 수백 번이나 시도했지만 한결같았다. 그러다가 두 신은 남루하기 짝이 없는 작은 오두막 앞에 이르게 되었다. 이제껏 본 집들보다 찢어지게 가난해 보였고 지붕은 갈대로 겨우 이었을 뿐이다. 하지만 문을 두드리자 문이 활짝 열리며 어서 들어오라는 주인의 유쾌한 음성이 들렸다. 두 신은 낮은 현관을 지나느라 고개를 숙여야 했지만 일단 안으로 들어가자 아담하고 정갈한 방이 나왔다. 방에는 상냥한 얼굴의 노부부가 두 신을 따뜻하게 맞이하며 편안하게 해주려고 분주히 움직였다.

노인은 불 옆에 안락의자를 가져다놓으며 두 신에게 그 위에 누워 지친 몸을 편히 쉬라고 권했고, 안주인은 의자 위에 부드러운 깔개를 덮었다. 두 나그네에게 할머니는 자신의 이름은 바우키스(Baucis)고 남편은 필레몬(Philemon)이라고 알려주었다. 자신들은 결혼한 이래 쭉 그 오두막에서 살아왔으며 내내 행복했노라고 했다. "우리는 가난하지만 가난도 기꺼이 인정하면 그리 나쁘기만 한 것은 아니라오. 그리고 정신적으로 만족하는 것도 큰 도움이 된다오."

바우키스 할머니는 말하는 동안에도 내내 나그네들에게 대접할 음식을 준비하느라 바삐 움직였다. 시커먼 화로 속 석탄에 불꽃이 다시 활활 붙을 때까지 바우키스는 계속 부채질을 해댔다. 불이 붙자 바우키스는 화로 위에 물이 가득 찬 작은 냄비를 걸고, 물이 끓기 시작하자 필레몬이 앞마당에서 방금 딴 신선한 양배추를 들고 왔다. 바우키스는 양배추와 함께 대들보에 걸려 있던 돼지고기를 한 조각 떼어내 냄비 속에 집어넣었다. 냄비에 든 음식이 조리되는 동안 바우키스는 떨리는 노쇠한 손으로 식탁을 차렸다. 식탁 다리 하나가 다른 것보다 짧아서 기우뚱거렸지만 깨진 접시 조각을 괴어 수평을 잡았다. 식탁 위에 올리브와 무, 그리고 재 속에 넣어 구운 계란을 몇 개 올려놓았다. 드디어 양배추와 베이컨이 다 끓자 필레몬은 삐걱거리는 의자 두 개를 식탁에 놓고 두 손님에게 음식을 들라고 권했다.

밤나무로 만든 잔과 초처럼 시어 물로 희석한 포도주가 담긴 오지그릇을 내왔다. 필레몬은 저녁 식사에 성찬을 곁들일 수 있다는 것이 분명히 자랑스럽고 행복했으므로 유심히 보고 있다가 잔이 비워지기 무섭게 다시 채웠다. 노부부는 나그네에게 베푼 환대가 성공적이라는 데 몹시 기쁘고 흥분해 이상한 일이 일어나고 있다는 것도 한참 후에야 깨달을 수 있었다. 술이 담겨 있던 오지그릇이 조금도 줄지 않은 채 가득 차 있었다. 아무리 여러 잔을 따랐어도 포도주는 오지그릇 맨 윗부분까지 넘칠 만큼

찰랑찰랑 차는 것이었다. 기이한 현상에 두 노인은 놀라서 서로 바라보다가 눈을 아래로 떨구며 조용히 기도드렸다. 떨리는 음성으로 두 손님에게 대접이 너무 빈약한 것을 용서해달라고 간절히 빌었다. 필레몬이 재빨리 말했다. "저희에겐 거위가 한 마리 있습죠. 진작 그것을 두 분께 드렸어야 했는데. 잠시만 기다려주신다면 냉큼 가서 준비해 오겠습니다." 거위를 잡는 일은 두 노인에게 쉽지 않았다. 거위 뒤꽁무니를 열심히 쫓아다녔지만 결국 잡지도 못한 채 기진맥진해버렸고, 그동안 유피테르와 메르쿠리우스는 흐뭇하게 노부부의 모습을 지켜보았다.

필레몬과 바우키스가 숨을 헐떡이며 지쳐서 거위 잡는 것을 포기하자 신들은 행동을 취할 때가 왔다고 생각했다. 신들은 자애롭게 말했다. "너희가 신들에게 환대를 베풀었으니 합당한 보답을 받게 될 것이다. 가난한 나그네를 멸시한 이 사악한 마을은 심한 처벌을 받게 될 테지만 너희 두 사람만 예외니라." 말을 마친 후 신들은 노부부를 오두막 밖으로 데리고 나가 주위를 둘러보라고 했다. 놀랍게도 그들 눈에 보이는 것은 온통 물뿐이었다. 모든 풍경이 사라져버렸다. 오직 커다란 호수만 그들을 에워싸고 있었다. 이웃들은 노부부를 푸대접했지만, 노부부는 그곳에 서서 이웃들을 위해 슬피 울었다. 갑자기 눈앞에서 벌어지는 놀라운 광경에 두 사람은 일시에 눈물을 그쳤다. 오랫동안 자신들의 집이었던 남루한 오두막이 황금 지붕에 위풍당당한 기둥의 새하얀 대리석으로 만든 신전으로 변한 것이다.

놀란 노부부에게 유피테르가 말했다. "너희는 선량한 사람들이니 원하는 것은 무엇이든 말하라. 다 들어주겠다." 노부부가 재빨리 귓속말을 주고받더니 필레몬이 말했다. "당신을 위해 이 신전을 지키는 사제가 되게 해주십시오. 하나 더 있습니다. 저희는 오랜 세월 함께 살아왔으니, 앞으로도 한 사람만 홀로 살아가는 일은 없게 해주십시오. 함께 죽을 수 있게 해주십시오."

신들은 흔쾌히 노부부의 소망 두 가지를 들어주겠노라고 약속했다.

〈바우키스와 필레몬과 함께하는 제우스와 헤르메스〉, 페테르 파울 루벤스, 1620~1625년

그 후로 오랫동안 노부부는 웅장한 신전의 사제가 되어 신들을 섬겼는데, 그들이 유쾌한 화로가 있던 예전 아늑한 방을 그리워했는지는 이야기에 드러나 있지 않다. 그러던 어느 날 두 사람은 대리석과 황금으로 지어진 웅장한 신전 앞에서 예전 생활이 비록 고단하긴 했어도 무척 행복했다는 이야기를 나누게 되었다. 이제 두 사람의 나이는 헤아릴 수 없을 정도로 많았다. 옛 추억을 회상하던 중 두 사람은 갑자기 상대방에게서 잎이 뻗어 나오는 것을 보았다. 그러더니 나무껍질이 그들을 에워싸며 자랐다. 단 한마디를 외칠 정도의 시간 여유만 간신히 남아 있었다. "내 소중한 사람이여, 안녕!" 마지막 말이 입술에서 떨어지자마자 노부부는 곧 나무로 완전히 변해버렸지만 여전히 함께였다. 한 줄기에서 보리수나무와 참나무로 함께 변한 것이다.

근방과 멀리에서 사람들이 이적을 찬양하러 왔고 경건하고 충실한 노부부를 기리기 위해 가지에는 꽃다발이 끊일 날 없이 걸려 있었다.

엔디미온

이 이야기는 기원전 3세기의 시인 테오크리토스에게서 인용했다. 그는 그리스 특유의 단순하고 신중한 문체로 이 이야기를 전하고 있다.

이름은 매우 유명하지만 사실 이 청년에 관한 이야기는 짧다. 엔디미온(Endymion)이 왕이었다고 하는 사람도 있고, 사냥꾼이었다고 하는 사람도 있지만 대부분은 그가 목동이었다고 말한다. 빼어난 외모를 지닌 청년이었다는 점과 바로 그것이 특이한 운명의 원인이 되었다는 의견에는 모든 사람이 일치했다.

양치기 엔디미온, 양 떼를 돌보던 중,

달의 여신 셀레네

그를 보고 사랑에 빠져 쫓아다녔네.

하늘에서 라트모스의

빈 공터로 내려와

엔디미온에게 입 맞추고 그 옆에 누웠네.

그의 운명 복되어라.

이제 영원히 잠자리에서

뒤척이지 않고 달게 잘 수 있나니,

바로 양치기 엔디미온이라네.

엔디미온은 잠에서 깨어 자신을 굽어보고 있는 은빛으로 빛나는 형체를 결코 보지 못했다. 모든 이야기에서 엔디미온은 불멸인 채로 영원히 잠을 자지만 그 사실을 인식하지는 못한다. 산허리에 놀라울 정도로 아름

〈엔디미온의 잠〉, 지로데 트리오종, 1793년

다운 모습으로 죽은 듯 미동도 없이 누워 있지만 체온은 따뜻하게 살아 있었으며 밤이면 밤마다 달이 그를 찾아와 입맞춤으로 뒤덮었다. 엔디미온이 마법의 잠에 빠진 것은 달이 한 짓이라고 한다. 달이 원할 때마다 엔디미온을 찾아와 애무하려고 잠에 빠지게 한 것이다. 그러나 달의 열정이 수많은 한숨으로 가득 찬 고통만 안겨주었다고도 한다.

다프네

이 이야기는 오비디우스만 유일하게 언급했다. 오직 로마인만 쓰는 것이 가능했을 것이다. 그리스인들은 숲속 님프에게 우아한 옷을 입히고 아름답게 장식할 생각은 꿈도 꾸지 못했기 때문이다.

다프네(Daphne)는 신화에서 흔히 볼 수 있는 독립적이고 사랑과 결혼을 경멸하는 젊은 여자 사냥꾼이었다. 다프네는 아폴론의 첫 사랑이었다고 전해진다. 그녀가 아폴론에게서 달아난 것은 이상한 일이 아니다. 신들의 사랑을 받은 여인들은 은밀하게 자신의 아이를 죽이거나 스스로 목숨을 끊어야 했기 때문이다. 최선의 경우로 추방당하는 것을 기대할 수 있지만 많은 여인들은 그것을 죽음보다 더 나쁘다고 여겼다. 카우카소스산에 묶여 있던 프로메테우스를 방문한 바다의 님프들은 그를 설득하려 했을 때 지극히 평범한 상식선에서 말했다.

오, 제발 신과 한 침상에 있는
나를 절대 보게 되지 말기를.
천상에 살고 있는 그 어떤 신도
절대 내게 가까이 오지 않기를.
절대 그들의 눈으로부터는 숨을 수 없는,

저 높은 하늘의 신들이 알고 있는 그런 사랑이
제발 내게는 일어나지 않기를.
신의 사랑을 받게 되면 그들과 다투는 것은 투쟁이 아니라네,
그것은 바로 절망이라네.

다프네도 이 의견에 전적으로 공감했을 것이다. 하지만 그녀는 인간
애인조차도 원치 않았다. 다프네의 아버지인 강의 신 페네이오스(Peneus)
는 딸에게 청혼하는 유망하고 잘생긴 청년들을 다프네가 번번이 거절하
자 지칠 대로 지쳤다. 페네이오스는 딸을 은근히 비난하며 탄식했다. "이
제 손주 녀석을 안아보기는 글렀나?" 하지만 그때마다 다프네는 아버지
를 끌어안으며 알랑거렸다. "아버지, 제발 저를 디아나처럼 되게 해주세
요." 그러면 페네이오스는 어쩔 수 없이 딸에게 졌고 다프네는 마음껏 자
유를 즐기며 깊은 숲속으로 달려갔다.

〈아폴론과 다프네〉, 니콜라 푸생, 1627년

하지만 다프네는 아폴론 눈에 띄면서 이제 모든 것이 끝났다. 다프네는 무릎까지 오는 짧은 치마를 입고 팔은 드러낸 채 머리는 풀어헤치고 사냥을 하고 있었다. 그럼에도 다프네의 모습은 매혹적이고 아름다웠다. 아폴론은 다프네를 보며 생각했다. "저 아가씨에게 옷을 잘 갖춰 입히고 머리를 근사하게 매만져주면 어떤 모습이 될까?" 아폴론의 이런 생각은 열정으로 온통 달궈졌고 결국 다프네를 쫓기 시작했다. 다프네는 곧장 도망쳤다. 사냥꾼인 만큼 그녀는 달리기를 아주 잘했다. 제아무리 아폴론이라 해도 한동안은 다프네를 쉽사리 따라잡지 못했다. 하지만 아폴론은 점점 거리를 좁혀갔다. 달리면서 아폴론은 다프네를 설득하고 안심시키려 했다. "두려워하지 말고 멈춰 서서 내가 누군지 잘 보시오. 나는 투박한 시골뜨기나 양치기가 아니라오. 나는 델포이의 군주 아폴론이오. 나는 그대를 사랑하오."

다프네는 그 소리에 멈추기는커녕 더욱 겁에 질려 필사적으로 도망쳤다. 그녀를 뒤쫓는 자가 아폴론이었으니 별 희망이 없어 보였지만 어쨌든 마지막 순간까지 도망치기로 결심했다. 결국 마지막 순간이 찾아왔다. 다프네는 숨이 턱까지 차오르는 것을 느꼈지만 바로 앞에는 나무들이 펼쳐져 있었고 아버지의 강도 보였다. 다프네는 소리쳤다. "도와주세요! 아버지, 제발 도와주세요!" 그 말에 점차 엄습해오는 졸음과 함께 다프네의 발은 대지에 뿌리를 내리고 재빨리 퍼져나갔다. 나무껍질이 다프네를 감싸고 잎사귀가 돋아나왔다. 다프네는 바로 월계수로 변한 것이다.

아폴론은 다프네가 변하는 모습에 낙담하며 슬프게 지켜보다가 탄식했다. "오, 여인 중에서 가장 아름답던 그대여, 내 그대를 잃어버리고 말았구려. 하지만 그대는 이제부터라도 내 나무가 될 것이오. 앞으로 나의 승리자들은 머리에 그대의 잎으로 만든 월계관을 쓰게 될 것이오. 내가 거두는 모든 승리에 그대도 일부분이 되는 것이오. 노랫소리가 울려 퍼지고 이야기가 전해지는 한 아폴론과 월계관은 영원히 함께할 거요."

아름답게 반짝이는 잎새로 뒤덮인 월계수도 마치 그 말에 동의하듯

〈알페이오스와 아레투사〉, 파올로 드 마티스, 1710년

행복하게 고개를 끄덕이는 것처럼 보였다.

알페이오스와 아레투사

오비디우스만이 이 이야기의 전체를 언급한다. 그런데 그가 다룬 이야기는 그다지 주목할 만한 것이 없다. 마지막 부분의 운문은 알렉산드리아의 시인 모스코스에게서 발췌했다.

시칠리아에서 가장 큰 도시인 시라쿠사 지방의 오르티기아(Ortygia) 섬에는 아레투사(Arethusa)라 불린 성스러운 샘이 있었다. 그러나 예전에 아레투사는 아름답고 젊은 여자 사냥꾼으로 아르테미스의 추종자였다. 자신의 주인처럼 아레투사도 남자들에게는 아무 관심이 없었고 사냥과 숲의 자유를 즐겼다.

어느 날 사냥을 하느라 덥고 지친 아레투사는 은빛 버드나무 가지로 시원하게 그늘진 수정처럼 맑은 강가에 이르게 되었다. 땀에 절은 몸을 씻기에는 그보다 좋은 곳이 없었다. 아레투사는 옷을 벗고 시원한 물속으로 미끄러져 들어갔다. 잠시간 아레투사는 한가롭게 이리저리 헤엄쳤다. 그런데 갑자기 수심 깊은 곳에서 뭔가 움직이는 게 느껴졌다. 깜짝 놀란 아레투사는 강둑으로 뛰어 올라갔다. 그때 뒤에서 어떤 음성이 들렸다. "왜 그렇게 도망가나, 아름다운 아가씨?"

아레투사는 뒤도 돌아보지 않고 강을 벗어나 숲속으로 도망쳤다. 아레투사보다 빠르지는 않지만 힘이 세고 열정적인 누군가가 맹렬하게 추격해왔다. 미지의 남자는 아레투사에게 도망가지 말라고 애원했다. 그는 자신이 강의 신 알페이오스(Alpheus)라고 밝히며 아레투사를 사랑하기 때문에 쫓아왔다고 고백했다.

하지만 아레투사는 그를 전혀 원하지 않았다. 오로지 도망가야겠다는 생각밖에 없었다. 둘 사이에서 쫓고 쫓기는 경주가 지속됐지만 결과는 불 보듯 뻔했다. 알페이오스는 아레투사보다 지구력이 훨씬 강했다. 마침내 지칠 대로 지친 아레투사가 자신이 섬기는 여신 아르테미스를 불렀고 그 소망은 헛되지 않았다. 아르테미스는 아레투사를 샘으로 변신시켜 그리스에서 시칠리아까지 바다 아래 터널이 되어 흐를 수 있게 땅속으로 스며들게 해주었다. 아레투사는 땅속으로 뛰어들었고 오르티기아에서 샘으로 솟아 나왔다. 이렇게 아레투사의 샘이 부글부글 솟아올랐던 오르티기아는 아르테미스에게 바쳐진 성스러운 땅이 된 것이다.

그러나 아레투사는 알페이오스로부터 자유롭지는 못했다고 전해진다. 전하는 바에 따르면, 강의 신 알페이오스 역시 강으로 변해 아레투사를 쫓아갔고 터널을 통과해 그 샘에서 아레투사의 물과 한데 섞였다고 한다. 그래서 그리스의 꽃들은 땅바닥에서부터 올라오는 것이 자주 눈에 띄고, 만일 그리스에 있는 알페이오스 강에 나무 잔을 던지면 그것이 시칠리아에 있는 아레투사의 샘에서 다시 나타날 것이라고 한다.

> 알페이오스는 자신의 물을 이끌고
> 깊은 바닥 아래로 먼 여정을 시작하여
> 신부에게 줄 선물과 아름다운 잎새와 꽃들을 가지고
> 아레투사를 찾아간다네.
> 그 이상한 방법을 알려준 이는 장난을 일삼는 개구쟁이 소년,
> 사랑이었다네.
> 마법의 주문으로 알페이오스에게 강으로 뛰어들라 가르쳐준 것
> 이라네.

제7장

황금 양털을 찾아서

이것은 기원전 3세기 시인 로도스의 아폴로니우스가 쓴, 고대에 매우 인기 많았던 장시(長詩)의 제목이다. 아폴로니우스는 이아손과 펠리아스 (Pelias) 부분을 제외하고는 모험의 전 과정을 다 언급했는데, 그가 누락한 이아손과 펠리아스 부분은 핀다로스에게서 발췌했다. 그것은 핀다로스가 기원전 5세기 전반기에 쓴 가장 유명한 송시 중 하나였다. 아폴로니우스는 영웅들이 그리스에 귀환하는 것으로 시를 끝맺는다. 이아손과 메데이아가 그리스에서 한 일에 관한 이야기는 기원전 5세기의 비극 작가 에우리피데스에게서 인용했는데, 에우리피데스는 이것을 가장 훌륭한 비극 중 한 작품의 주제로 다루었다.

세 작가는 서로 매우 다르다. 아마도 생생한 세부 묘사에 능한 핀다로스의 뛰어난 표현력만이 그 어떤 산문보다도 그의 생각을 제대로 전달해줄 것이다. 『아이네이스』를 읽은 독자는 아폴로니우스를 보고 베르길리우스를 떠올릴 것이다. 에우리피데스의 메데이아와 아폴로니우스의 메데이아 그리고 베르길리우스의 디도(Dido) 사이의 차이점은 그리스 비극의 본질을 어느 정도 파악할 수 있는 척도가 된다.

유럽에서 위대한 여정을 완수해낸 최초의 영웅은 바로 황금 양털을 찾아 나선 원정대의 대장이었다. 그는 『오디세이아』의 영웅이자 그리스의 가장 유명한 방랑자 오디세우스보다 한 세대 이전에 살았던 것으로 추정된다. 그 여정은 물론 해로를 통한 여행이었다. 강, 호수, 바다가 당시 유일한 고속도로였다. 육로는 없었다. 여행자들은 물 위에서뿐 아니라 육지에서도 동일하게 위험한 상황에 맞닥뜨릴 수밖에 없었다. 배는 밤에 항해할 수 없었으므로 폭풍우나 난파보다 치명적인 해를 끼치는 괴물이나 마법사가 살고 있다 해도 일단 선원들은 배를 정박하기 위해 상륙해야 했다. 그래서 여행을 하려면 대단한 용기가 필요했는데, 그리스 외곽으로 여행할 경우 특히 더 그랬다.

황금 양털을 찾기 위해 아르고 호를 타고 항해한 영웅들의 경험담만큼 이런 사실을 더 잘 입증하는 것은 없다. 사연을 듣고 있노라면 원정대가 수많은 위험과 맞서야 했던 항해가 실제 있었는지 의심하는 마음이 들 수도 있기 때문이다. 하지만 모두 명성이 자자했던 영웅들로 몇몇은 그리스에서 최고라는 평을 받으며 그 모험만큼이나 유명했다.

황금 양털 이야기는 그리스의 아타마스(Athamas)라는 왕에서부터 시작된다. 그는 싫증 난 아내를 버리고, 이노(Ino)라는 공주와 재혼했다. 첫 번째 아내 네펠레(Nephele)는 자신의 두 아이, 그중에서도 아들 프릭소스(Phrixus)를 매우 걱정했다. 네펠레는 후처인 이노가 제 소생의 아이가 왕국을 물려받을 수 있게 하려고 프릭소스를 죽일지도 모른다고 생각했는데, 네펠레의 우려는 정확히 맞아떨어졌다. 두 번째 왕비 이노 역시 위대한 가문 출신으로 아버지는 테바이의 훌륭한 카드모스(Cadmus) 왕이었다. 이노의 어머니와 세 자매도 고결한 삶을 살았다. 그러나 이노만은 전처의 어린 소생을 죽이려 결심하고 실행에 옮기기 위해 교묘한 계략을 꾸몄다. 온갖 수단을 써서 이노는 곡식의 모든 종자를 손에 넣었고 사람들이 씨로 뿌리기 전 그것을 모두 볶아버렸다. 사정이 이렇다 보니 당연히 추수 때가 되어도 수확할 것이 전혀 없었다. 왕은 사람을 시켜 이 무서운 재앙을 맞아 자신이 무엇을 해야 할지 신탁을 물으러 보냈다. 이노는 그 사절을 매수해 전처소생의 어린 왕자를 제물로 바치지 않으면 다시는 곡식이 자라지 않을 것이라는 거짓 신탁을 전하게 했다.

아사 직전에 처한 사람들은 왕에게 어린 아들의 죽음을 허락하라고 요구했다. 그런데 후대 그리스인들은 사람 제물을 바친다는 것을 지금의 우리만큼이나 끔찍하게 여겼기 때문에 인신 제사가 등장할 때면 이야기는 덜 충격적인 쪽으로 바뀌었다. 이 이야기도 그런 식으로 바뀌어 전해진다. 마침내 소년이 제물이 되기 위해 제단에 끌려갔을 때 순금 양털을 지닌 놀라운 숫양 한 마리가 갑자기 나타나 프릭소스와 그의 여동생을 잡아채 등에 싣고 하늘로 날아가버린다. 그 양은 아이들 어머니의 간절한 기도에 응답한 헤르메스가 보내준 양이었다.

남매가 아시아와 유럽을 가르는 해협을 건널 무렵, 이름이 헬레(Helle)인 여동생이 그만 물에 떨어져 익사한다. 그래서 그 해협은 소녀 이름을 따서 헬레의 바다, 즉 헬레스폰트(Hellespont)라 부르게 되었다. 동생은 잃었지만 프릭소스는 불순한 바다(흑해를 의미하는 것으로 그때까지도 사람들은 흑해에 우호적이지 않았다) 주변에 위치한 콜키스(Colchis)라는 지역에 무사히 착륙했다. 콜키스인들은 매우 사나운 민족이었지만 프릭소스에게는 친절했고 그들의 왕인 아이에테스(Aeetes)는 제 딸 중 한 명과 프릭소스를 결혼시켰다. 그런데 프릭소스가 무사히 살아난 보답으로 자신을 구해준 숫양을 제우스에게 제물로 바친 것은 좀 의아하다. 어쨌든 프릭소스는 그렇게 했고, 숫양의 귀중한 황금 양털은 아이에테스 왕에게 바쳤다.

한편 프릭소스에게는 그리스의 적법한 왕인 아저씨가 한 명 있었지만, 펠리아스라는 조카에게 왕국을 빼앗기고 만다. 왕의 어린 아들이자 왕국의 정당한 계승자인 이아손은 아무도 모르게 안전한 장소로 보내졌다. 이아손은 장성한 후 대담하게 사악한 사촌을 찾아가 왕국을 되돌려달

〈이아손을 만난 펠리아스〉, 작자 미상, 프레스코화, 기원후 1세기

라고 요구했다.

한편 왕위를 찬탈했던 펠리아스는 친족 손에 죽게 될 것이며 자신을 죽일 장본인은 신발을 한 짝만 신고 나타나므로 이런 자를 조심하라는 신탁을 듣는다. 그런데 정말 얼마 지나지 않아 그런 사람이 시내에 나타났다. 다른 부분은 훌륭하게 차려 입었는데 유독 한쪽 발만 맨발인 청년이었다. 청년은 늠름한 사지에 잘 맞는 옷에 어깨 위로는 소나기를 피하기 위해 표범 가죽을 걸치고 있었다. 빛나는 머리칼은 깎지 않은 채 뒤로 넘겨 찰랑거렸다. 그는 곧장 시내로 들어가 겁도 없이 시장에 들어섰는데 마침 그날 시장은 수많은 사람들로 꽉 차 있었다.

청년을 알아보는 이는 아무도 없었지만, 사람들은 청년을 바라보며 서로 말했다. "저 청년은 아폴론인가? 아니면 아프로디테의 남편인가? 포세이돈의 용감한 아들도 아닐 텐데. 이미 죽었으니 말이야." 사람들은 수군대며 서로 묻기만 했다. 하지만 소식을 들은 펠리아스가 황급히 나타나 청년의 한쪽 신발만 보자 두려움에 사로잡혔다. 펠리아스는 공포를 느꼈지만 아무렇지 않은 척 낯선 청년에게 물었다. "그대 부친의 고향은 어디인가? 절대 거짓말하거나 숨기려 들지 말고 바른 대로 말해보게."

청년은 차분한 어조로 대답했다. "저는 가문의 옛 영광을 되찾기 위해 고향에 온 것입니다. 이 땅은 더 이상 정당하게 통치되고 있지 않습니다. 이곳은 제우스께서 제 아버지에게 주신 땅이기 때문입니다. 저는 당신의 사촌이며 사람들은 저를 이아손이라 부릅니다. 당신과 저는 무력에 의지하지 말고 정의로운 법에 따라 문제를 해결해야만 합니다. 가축 떼와 소와 농토 등 당신이 소유한 재산은 모두 그대로 가지십시오. 하지만 군주의 주권과 왕관만은 제게 양도해주십시오. 그래야 거친 분쟁이 일어나지 않을 것입니다."

펠리아스는 이아손에게 부드럽게 대답했다. "그렇게 하도록 하지. 하지만 그 전에 먼저 해야 할 일이 한 가지 있네. 죽은 프릭소스는 우리에게 황금 양털을 되찾아오라고 명령했다네. 그래야만 자신의 영혼이 이곳 고향으로 돌아올 수 있다고. 신탁이 그렇게 말했다네. 나는 이미 나이가 들었지만 자네는 이제 막 청춘의 꽃이 만발하는 절정에 있지 않은가. 그러니 자네가 이 원정을 맡아주지 않겠나. 그러면 나는 제우스를 증인으로 왕국과 통치권을 자네에게 넘겨주겠다고 맹세하겠네." 펠리아스는 그렇게 말했지만 내심 그 일을 제대로 완수해낼 수 없을 뿐더러 살아서 돌아오지도 못할 것이라 믿었다.

한편 위대한 모험을 한다는 생각에 이아손은 가슴이 부풀었다. 이아손은 그 자리에서 펠리아스의 제안을 받아들이고 정말로 이 항해를 할 것이라고 방방곡곡에 알렸다. 그러자 그리스의 청년들이 기꺼이 그 도전에 응했다. 가장 뛰어나고 고귀한 이들이 원정대에 참여하기 위해 몰려들었다. 그중에는 위대한 헤라클레스도 있었고, 음악의 달인 오르페우스, 형제인 폴리데우케스와 함께 온 카스토르, 아킬레우스의 아버지 펠레우스(Peleus)를 비롯해 다른 많은 영웅도 참가했다. 이아손을 돕는 신은 헤라로 모든 영웅의 가슴속에, 어머니 옆에 편히 머물며 아무 모험도 없이 사느니 죽음의 대가를 치르더라도 동료들과 함께 용맹의 비할 데 없는 영약을 들이키고 싶은 열망이 활활 타오르도록 불을 지폈다. 그들은 아르고라는 배를 타고 항해를 시작했다. 이아손은 두 손에 커다란 황금 잔을 들고 바다 신들에게 바치는 제주를 쏟아부으며 제우스의 창인 번개가 원정대의 길이 곧게 펼쳐지도록 인도해달라고 빌었다.

그들 앞에는 커다란 위험이 놓여 있었다. 선원 중 일부는 비할 데 없는 용맹의 잔을 들이키려다 그 대가로 목숨을 지불하기도 했다. 원정대는 가장 먼저 여인들만 살고 있는 이상한 렘노스 섬에 도착했다. 그 여인들은 남자들에 대항해 반란을 일으켜 늙은 왕 한 명을 제외한 남자들을 모두 죽여버렸다. 늙은 왕의 딸이며 여인들의 지도자인 힙시필레(Hypsipyle)는 아버지만은 살려주어 커다란 빈 통에 태워 바다로 띄워 보냈고 상자 안에 타고 있던 노왕은 안전하게 육지에 닿았다. 그런데 이 무시무시한 여인들이 아르고 호의 선원들만은 환영했다. 그들이 다시 떠나기 전에 음식과 포도주, 옷가지 등 훌륭한 선물로 그들을 도왔다.

렘노스를 떠난 지 얼마 되지 않아 아르고 호의 선원들은 일행 중에서 헤라클레스를 잃어버렸다. 그의 술 시중을 들던 힐라스(Hylas)라는 청년이 샘가로 물을 길러 갔는데, 양동이에 물을 퍼 담는 순간 장미꽃 홍조를 띤 그의 아름다움에 반한 물의 님프가 입 맞추려고 그를 물 아래로 끌어당겼다. 님프가 힐라스 목에 팔을 두르고 깊은 곳으로 끌어내렸기 때문에 물 위에서 힐라스의 모습은 보이지 않았다. 헤라클레스는 청년의 이름을 부르며 해변부터 숲속 깊은 곳까지 미친 듯이 뒤지며 뛰어다녔다. 헤라클레스는 황금 양털이고 아르고 호 동료들이고 간에 힐라스가 아닌 것은 깡그리 잊어버렸다. 헤라클레스가 돌아오지 않자 결국 배는 그를 남겨둔 채 출발해야만 했다.

아르고 호 일행이 겪은 다음 모험은 하르피아(Harpies)들과 마주친 것이었다. 하르피아는 갈고리 같은 부리와 발톱을 지닌 무시무시한 새로, 떠나면서 다른 생물들에게 구역질을 일으키는 지독한 오물을 남겨놓았다. 아르고 호 선원들이 밤에 배를 정박한 곳에는 혼자 쓸쓸하고 비참하게 사는 노인 한 명이 있었는데, 진실만 말하는 아폴론이 한때 그 노인에게 예언의 재능을 주었다. 그는 무슨 일이 일어날지 한 번도 어긋나는 법 없이 정확히 예견했고, 이는 항상 자신이 하려는 모든 일을 수수께끼로 포장하기 좋아했던 제우스의 심기를 불편하게 했다. 제우스가 제 일을 모두 감추기 바랐던 이유는 아마도 모든 것을 알고 싶어 하는 헤라를 의식해서였을 것이다.

따라서 제우스는 노인에게 무서운 징벌을 내렸다. 노인이 뭐든 먹으려 하면, 이른바 '제우스의 사냥개들'이라 부르는 하르피아들이 쏜살같이 내려와 음식 위에 오물을 뿌려 아무도 그 음식을 먹기는커녕 악취도 견딜 수 없게 만들어놓았다. 아르고 호 선원들이 가엾은 노인 피네우스(Phineus)를 보았을 때 그는 기운 없이 벌벌 떨며 오그라든 발로 기다시피 걷고 뼈 위에 앙상한 살가죽만 남아 있었다. 피네우스는 아르고 호 일행을 반갑게 맞이하며 제발 자신을 도와달라고 애걸했다. 그는 예지력으로 아르고 호 일행에 참가한 두 사람, 북풍인 보레아스의 아들들에 의해서만 하르피아들에게서 벗어날 수 있다는 것을 알았기 때문이다. 모든 선원은 노인을 동정하며 그의 말에 귀 기울였고 보레아스의 두 아들을 도와주겠다고 흔쾌히 약속했다.

일행의 다른 사람들이 노인을 위해 먹을 것을 찾으러 나간 동안 보레아스의 두 아들이 칼을 뽑아 든 채 노인 곁을 지켰다. 노인이 먹을 것을 입으로 가져가는 순간 끔찍한 괴물들이 하늘에서 쏜살같이 내려오더니 순식간에 먹을 것을 다 먹어치운 뒤 참을 수 없는 악취만 남겨놓고 다시 날아갔다. 이번에는 북풍의 바람처럼 빠른 아들들이 하르피아들을 뒤쫓아갔다. 곧 새들을 따라잡아 칼로 내리쳤다. 만일 신들의 무지개 전령인 이리스가 하늘에서 내려와 말리지 않았다면 그들은 분명 새들을 산산조각 내버렸을 것이다. 이리스는 제우스의 사냥개들을 죽이면 안 된다며, 대신 한 번 맹세를 하면 절대 깰 수 없는 스틱스 강에 대고 새들이 다시는 피네우스를 괴롭히지 못하게 하겠다고 맹세했다. 두 사람은 기쁘게 돌아와 노인을 안심시켰고 그 소식을 전해들은 노인도 기쁨에 겨워 밤새 영웅들과 잔치를 벌였다.

피네우스는 아르고 호 일행 앞에 놓인 위험에 관해 현명한 충고를 해주었다. 그중에서도 특히 주위를 에워싼 바다가 들끓듯 파도쳐 오를 때 바위 두 개가 끝없이 서로 충돌하는 심플레가데스(Symplegades)를 알려주었다. 피네우스는 그 사이를 통과하는 방법은 우선 비둘기로 시험해보는 것이라고 했다. 비둘기가 무사히 빠져나가면 그들도 통과할 기회를 얻지만 비둘기가 빠져나가지 못하고 바위 사이에 부딪힌다면 황금 양털을 얻을 모든 희망은 포기하고 돌아와야만 한다는 것이었다.

다음 날 아침 비둘기 한 마리를 가지고 출발한 아르고 호 일행은 곧 서로 부딪치고 있는 커다란 두 바위를 만났다. 그곳을 통과하는 것은 불가능해 보였지만 일단 비둘기를 놓아주고 빠져나가는지 지켜보았다. 다행히도 비둘기는 그 사이로 날아가더니 무사히 통과했다. 단지 꽁지 깃털 끝부분만 바위가 다시 부딪칠 때 끼여 떨어져 나갔을 뿐이었다. 영웅들은 비둘기 뒤를 쫓아 최대한 빨리 바위 사이를 빠져나갔다. 바위가 벌어지자 노잡이들은 젖 먹던 힘까지 짜내 앞으로 나아갔고 안전하게 통과할 수 있었다. 하지만 아슬아슬하게도 바위들이 다시 충돌할 때 배 후미의 장식 끝부분이 잘려 나갔다. 간발의 차로 죽음을 모면할 수 있었다. 그들이 통과한 이후로 바위들은 서로 단단히 붙어버려 더 이상은 뱃사람들에게 아무런 해도 끼치지 않게 되었다.

그리 멀지 않은 곳에 여전사들인 아마존(Amazon) 족의 나라가 있었다. 기묘하게도 가장 평화를 사랑하는 님프인 상냥한 하르모니아(Harmony)의 딸들이었다. 여인들의 아버지는 바로 전쟁의 신 아레스였는데, 그들은 모친이 아닌 부친의 혈통을 이어받았다. 영웅들은 기꺼이 가던 길을 멈추고 그들과 전투를 벌이려 했다. 아마존들은 그리 만만한 적수가 아니었으므로 유혈극을 면치 못했을 것이다. 그러나 마침 순풍이 불어 영웅들은 그곳을 재빨리 벗어났다. 빠르게 지나가면서 아르고 호 선원들은 카우카소스 산과 저 높이 바위에 묶여 있는 프로메테우스를 흘깃 보았고 독수리가 프로메테우스의 간으로 피의 향연을 벌이려고 커다란 날개를 퍼덕거리며 내려오는 소리도 들었다. 그들은 쉬지 않고 항해해 해가 질 무렵에 황금 양털이 있는 나라 콜키스에 도착할 수 있었다.

영웅들은 어느 곳에서도 도움을 얻을 수 없을 것이라 생각했고 무슨 일이 닥칠지 모르는 상황에서 그 밤을 보냈다. 저 위 올림포스에서도 아르고 호 일행에 대한 회의가 열렸다. 한편 그들이 처한 위험을 걱정한 헤라는 아프로디테에게 도움을 청하러 갔다. 헤라는 아프로디테의 친구가 아니었으므로 갑작스런 방문에 무척 놀랐다. 그렇지만 올림포스의 위대한 왕비가 도움을 요청하자 경외심에 사로잡힌 아프로디테는 자신이 할 수 있는 모든 일을 해주겠다고 약속했다. 두 여신은 함께 아프로디테의 아들인 큐피드를 시켜 콜키스 왕의 딸이 이아손을 사랑하게 만들도록 계획을 짰다. 이아손에게 그보다 좋은 계획은 없었다. 그도 그럴 것이, 이름이 메데이아인 그 공주는 강력한 마술을 부리는 자였다. 그녀가 어둠의 마법을 아르고 호 선원들을 위해 사용한다면 의심할 여지 없이 그들을 구할 수 있기 때문이다. 아프로디테는 큐피드를 찾아가서 귀여운 장난감인 빛나는 황금색과 짙푸른 에나멜 공을 줄 테니 자신이 원하는 대로 해달라고 청했다. 몹시 기뻐한 큐피드는 활과 화살 통을 들고 올림포스에서 내려와 광활한 허공을 가로질러 콜키스로 갔다.

그동안 영웅들은 콜키스의 왕에게 황금 양털을 달라고 요청하기 위해 도시로 출발했다. 궁전에 도착할 때까지 사람들 눈에 띄지 않도록 헤라가 짙은 안개로 에워쌌기 때문에 도중에 골치 아픈 일을 당하지 않고 무사히 궁전까지 갈 수 있었다. 영웅들이 궁전 입구에 도착하자 안개가 감쪽같이 사라졌다. 문지기는 눈부신 젊은 이방인 무리를 금세 알아보고 공손하게 안내했고 왕에게 방문을 알렸다.

왕은 갑자기 방문한 영웅들에게 환영의 인사말을 전했다. 시종들은 불을 지펴 목욕물을 데우고 음식을 준비하는 등 손님맞이로 분주했다. 이렇게 바삐 움직이는 광경을 몰래 지켜보던 메데이아 공주는 손님들을 보고 싶은 호기심이 일었다. 메데이아의 시선이 이아손을 향하자 큐피드는 재빨리 활을 당겨 그녀의 가슴 깊이 화살을 박아 넣었다. 화살은 곧 가슴 속에서 활활 타올랐고 메데이아의 영혼은 달콤한 고통으로 녹아내렸다. 메데이아의 얼굴이 백지장처럼 창백해졌다가 붉어지기를 반복했다. 놀라고 부끄러워 메데이아는 자신의 방으로 숨어들었다.

영웅들이 몸을 씻고 맛있는 식사와 술로 원기를 되찾은 후에야 비로소 아이에테스 왕은 그들이 누구이며 이곳에 오게 된 연유가 무엇인지 물어보았다. 손님의 욕구를 채우기 전에 무엇인가 물어보는 것은 대단한 실례로 여겼다. 이아손이 자신들은 모두 신들의 아들이거나 손자로 아이에테스 왕이 원하는 일을 해주는 대가로 황금 양털을 돌려받을 수 있으리라는 희망을 품고 그리스에서부터 항해해 왔다고 대답했다. 그들은 아이에테스 왕을 위해 무엇이든 하겠다고 했다.

이야기를 듣는 순간 아이에테스 왕은 분노가 크게 일었다. 그리스인들처럼 아이에테스 왕도 이방인을 싫어했다. 속으로 그는 저들을 자신의 나라에서 멀리 내쫓아버리면 좋겠다고 중얼거렸다. "이놈들이 내 식탁에서 식사만 하지 않았더라도 죽여버렸을 텐데." 왕은 어떻게 하면 좋을지 곰곰이 생각하다가 마침내 한 가지 묘안을 떠올렸다.

아이에테스 왕은 이아손에게 자신은 용감한 사람들에게는 아무런 원한도 품은 적이 없다며 만일 그들이 용감하다는 사실을 입증한다면 기꺼이 황금 양털을 주겠다고 했다. "그대들의 용기를 시험하는 방법은 오직 나 자신이 했던 방법으로 해야만 하오." 그 시험이란 바로 왕이 소유하고 있는, 발은 청동이며 타오르는 불길을 내뿜는 황소 두 마리에게 멍에를 씌워 그 황소로 밭을 갈아야 한다는 것이다. 그다음 용의 이빨을 씨앗처럼 밭고랑에 뿌려야 한다. 그런데 그 이빨들은 곧바로 무장한 병사들로 변할 것이었다. 그들이 공격하려고 다가서면 모조리 없애야만 했기에 끔찍한 추수라고 할 수 있었다. "나는 이 모든 일을 나 혼자 해냈고, 나만큼 용감한 사람이 있다면 그에게 황금 양털을 주겠소."

잠시 이아손은 아무 말 없이 앉아 있었다. 제아무리 힘센 자라도 그 시험을 통과하는 것은 불가능해 보였다. 마침내 이아손은 대답했다. "비록 제가 죽을 운명일지라도, 그 시험이 아무리 어렵다 하더라도 한 번 해보겠습니다." 그 말과 함께 이아손은 벌떡 일어서서 밤을 나기 위해 동료들을 이끌고 배로 돌아갔다. 메데이아의 마음도 이아손의 뒤를 따라갔다. 이아손이 궁전을 떠나 있는 긴긴 밤 동안 메데이아는 아름답고 우아한 이아손의 모습이 눈에 아른거렸고 그의 속삭임이 귓전에 들리는 것 같았다. 메데이아의 가슴은 이아손에 대한 걱정으로 괴로웠다. 그녀는 아버지가 무슨 계략을 짜고 있는지 추측해보았다.

한편 배로 돌아간 영웅들은 회의를 열고, 각자 자신이 시험을 떠맡게 해달라고 이아손을 설득했다. 그러나 소용없었다. 이아손은 누구에게도

〈이아손과 메데이아〉, 귀스타브 모로, 1865년

양보하지 않았다. 그런데 그들이 대화하는 동안 아이에테스 왕의 손자 중전에 이아손이 목숨을 구해주었던 사람이 나타나 메데이아가 지니고 있는 마법의 힘에 관해 말했다. 그의 말에 따르면 메데이아가 못하는 일은 아무것도 없으며 별과 달까지도 멈출 수 있다고 했다. 메데이아를 설득할 수 있다면 그녀는 이아손이 황소들을 정복하고 용의 이빨에서 생겨난 용사들을 처치하도록 도와줄 수 있다. 그것만이 희망이 보이는 유일한 계획이므로 영웅들은 이미 사랑의 신 큐피드가 해놓은 일은 모른 채 이아손에게 궁전으로 되돌아가 메데이아의 도움을 얻어보라고 재촉했다.

메데이아는 방에 홀로 앉아 낯선 이방인을 너무도 좋아해 아버지를 배신하면 영원히 수치스러울 것이라고 중얼거리며 울고 있었다. "그럴 바에야 차라리 죽는 편이 나아." 메데이아는 독초가 담긴 병을 들었지만 잠시 세상에 존재하는 즐거운 모든 일과 생명을 생각했다. 그러고 보니 태양도 어느 때보다 감미롭게 느껴졌다. 메데이아는 약병을 치웠다. 더 이상 주저하지 않고 자신이 사랑하는 남자를 위해 마법의 힘을 쓰기로 결심했다. 메데이아에게는 온몸에 바르면 하루 동안은 안전하게 지켜주는 마법의 연고가 있었다. 그것을 바르기만 하면 어떤 해도 입지 않았다. 연고는 프로메테우스의 피가 대지에 떨어졌을 때 처음으로 피어난 식물로 만든 것이었다.

메데이아는 연고를 가슴 안쪽에 품고 이아손이 목숨을 구해주었던 왕자인 조카를 찾아갔다. 메데이아가 이미 결심한 줄도 모르고, 그 부탁을 하기 위해 자신을 찾아온 조카를 만났다. 그녀는 당장 조카의 요청을 들어주기로 동의했다. 조카를 배로 보내 더 이상 지체하지 말고 약속 장소에서 자신과 만나자는 말을 이아손에게 전했다. 소식을 전해들은 이아손은 당장 배에서 출발했다. 이아손이 메데이아를 만나러 가는 길에 헤라는 빛나는 광채를 뿌려주어 그를 보는 사람이라면 누구든지 그 모습에 놀라도록 만들었다. 이아손이 도착했을 때 메데이아는 마치 심장이 자신을 떠나 그에게로 가버린 것 같았다. 어둑한 안개가 눈을 가린 듯 움직일 기운조차 없었다. 바람 한 점 없이 고요한 가운데 우뚝 서 있는 소나무들처럼 두 사람은 말없이 서로 얼굴만 응시했다. 그러다 바람이 뒤흔들면 소나무 잎사귀가 살랑살랑 흔들리는 소리가 났다. 그렇게 두 사람도 사랑의 숨결에 동요되어 서로에게 모든 이야기를 털어놓을 운명이었다.

이아손이 먼저 말을 꺼내 인정을 베풀어달라고 간청했다. 이아손은 한 가닥 희망을 품지 않을 수 없다고 말했다. 아름다운 메데이아를 보면 분명 마음까지도 너그러울 것이 분명하기 때문이라는 것이다. 메데이아는 이아손에게 뭐라고 말하면 좋을지 몰랐다. 메데이아는 자신의 감정을 당장이라도 모두 쏟아놓고 싶었다. 그러나 아무 말 없이 품에서 마법의 연고가 든 상자를 꺼내 이아손에게 주었다. 이아손이 요구했다면 메데이아는 자신의 영혼까지도 내주었을 것이다. 이제 두 사람은 무안해 땅으로 시선을 떨군 채 서 있다가 사랑의 욕망에 웃음 지으며 다시 눈길을 주고받았다.

마침내 메데이아는 마법을 쓰는 방법을 알려주었다. 마법의 연고를 이아손의 무기에도 발라놓으면 자신뿐 아니라 무기들도 그날 하루만큼은 강력해진다고 했다. 만일 이아손을 공격하려 덤벼드는, 용의 이빨에서 나온 용사들이 너무 많을 경우 그들 한가운데로 커다란 바위를 집어던져야 했다. 그러면 용사들은 이아손에서 바위로 관심을 돌려 바위를 차지하려고 서로 전부 죽일 때까지 다투게 될 것이다.

"이제 저는 그만 궁전으로 되돌아가야겠어요. 하지만 당신이 일단 무사히 고향에 도착하게 되면 저 메데이아를 잊지 마세요. 저도 영원히 당신을 기억할 테니까요."

이아손도 열정적으로 대답했다. "밤이든 낮이든 결코 당신을 잊지 않겠소. 당신이 만일 그리스로 온다면 당신은 우리에게 베풀어준 호의로 추앙받을 것이며 죽음 외에는 아무것도 당신과 나 사이를 갈라놓지 못할 것이오."

두 사람은 그렇게 헤어졌다. 메데이아는 궁전으로 돌아가 아버지를 배신한 자신을 생각하며 눈물을 흘렸고, 이아손은 배로 돌아가 동료 두 명을 보내 용의 이빨을 가져오게 했다. 그동안 이아손은 메데이아에게서 받은 연고를 시험해보았다. 연고에 손을 대자 억누를 수 없는 강인한 힘이 몸속으로 들어오는 것이 느껴졌고, 그 모습을 지켜보는 영웅들 모두 환호성을 질렀다. 그럼에도 아이에테스 왕과 콜키스인들이 기다리고 있던 들판에 이아손 일행이 도착했을 때 우리에서 뛰쳐나와 불꽃을 뿜어대는 황소들을 보자 영웅들에게 공포가 엄습해왔다. 이아손은 마치 바다 한가운데 떠 있는 커다란 바위가 파도에 맞서듯 무시무시한 황소들과 맞섰다. 이아손이 먼저 한 마리를, 그다음 다른 한 마리도 제압해 무릎을 꿇리고 멍에를 씌워 꽉 조이자 그 모습을 지켜본 사람들은 대단한 용맹에 매우 놀랐다.

이아손은 쟁기를 땅속 깊숙이 박아 넣으며 소들을 밭 위로 몰았고 밭고랑 사이로는 용의 이빨을 뿌렸다. 씨뿌리기가 거의 끝나갈 무렵 벌써 수확물이 맺히기 시작해, 완전무장한 용사들이 이아손을 공격하려고 달려 나왔다. 이아손은 메데이아의 말을 기억하며 그들 한가운데로 커다란 바위를 던졌다. 그러자 용사들이 갑자기 방향을 바꾸어 바위를 차지하려고 서로 죽이며 창 아래로 한 명씩 쓰러지자 밭고랑은 피범벅이 되었다. 이아손의 싸움은 승리로 끝났고 아이에테스 왕은 속이 쓰렸다.

한편 왕은 궁전으로 돌아오며 영웅들을 배반할 음모를 꾸미며 결코 황금 양털을 내주지 않겠다고 맹세했다. 그러나 이미 헤라도 영웅들을 도와줄 만반의 준비를 하고 있었다. 헤라는 이아손을 향한 사랑과 아버지에 대한 갈등으로 갈피를 못 잡고 있는 메데이아를 부추겨 이아손과 함께 도망칠 결심을 하게 만들었다. 그날 밤 메데이아는 집을 몰래 빠져나와 배로 갔다. 한편 배에서는 승리에 취한 영웅들이 다가오는 위험은 꿈에도 모른 채 자신들의 행운을 기뻐하고 있었다. 메데이아는 그들 앞에 무릎을 꿇고 자신도 데려가달라고 간청했다. 또한 지금 당장 황금 양털을 손에 넣고 도망치지 않으면 모두 죽게 될 것이라고 말해주었다. 끔찍한 뱀 한 마리가 양털을 지키고 있긴 하지만 자신이 그 뱀을 잠들도록 어를 수 있으니 아무런 해도 끼치지 않을 것이라고 덧붙였다. 메데이아는 고통스럽게 말을 이어갔지만 기쁨에 찬 이아손은 메데이아를 상냥하게 일으켜 세워 꼭 끌어안고는 그리스로 돌아가면 메데이아를 자신의 아내로 맞아들이겠다고 약속했다.

이아손은 메데이아를 배에 태우고 그녀가 지시하는 방향으로 가서 황금 양털이 걸려 있는 신성한 작은 숲에 이르렀다. 양털을 지키고 있는 뱀은 무시무시했지만 메데이아가 겁 없이 성큼 뱀에게 다가가 달콤한 마법의 노래로 잠재웠다. 그러자 이아손은 나무에 걸려 있던 황금 양털을 재빨리 걷어냈다. 두 사람은 돌아가는 길을 재촉해 먼동이 틀 무렵 배에 당도할 수 있었다. 선원 중에서도 가장 힘 센 사람들을 노잡이로 배치했다. 그들은 강을 따라 내려가 바다에 도착할 무렵까지 힘껏 노를 저었다.

이미 그 소식은 왕의 귀에도 들어갔다. 왕은 제 아들, 메데이아의 동생인 압시르토스(Apsyrtus)에게 이아손을 뒤쫓으라고 명령했다. 압시르토스의 군사는 대규모였기 때문에 아르고 호에 승선한 소수의 영웅 일행으로서는 그들을 물리치거나 도망치는 것 자체가 불가능해 보였다. 하지만 메데이아가 그들을 다시 구해주었는데, 이번에는 매우 끔찍한 짓을 저지르고 말았다. 메데이아가 제 동생을 죽인 것이다. 어떤 사람들 말에 따르면, 메데이아가 동생에게 자신은 고향으로 돌아가고 싶으니 약속 장소에서 밤에 자신을 만나준다면 양털을 가지고 나가겠다고 유인했다고 한다. 아무 의심 없이 나타난 압시르토스를 숨어 있던 이아손이 내려쳤고, 움찔 물러서는 누이 메데이아의 은빛 옷자락에는 어느새 동생의 검붉은 피가 붉게 물들었다고 한다. 그렇게 대장이 죽자 아르고 호를 뒤쫓던 군사들은 혼란에 휩싸여 뿔뿔이 흩어졌고 영웅들에게는 바다로 나가는 길이 활짝 열리게 되었다.

혹은 그 이유는 정확히 알 수 없지만 압시르토스는 메데이아와 함께 아르고 호를 타고 떠났고, 그들 일행을 뒤쫓은 사람은 아이에테스 왕이었다고 말하는 이들도 있다. 왕의 배가 그들을 거의 따라왔을 때 메데이아가 직접 동생을 쳐서 죽인 뒤 사지를 잘라 바다에 던졌다. 그러자 왕은 아들의 시신을 수습하기 위해 멈추었고 덕분에 아르고 호가 무사히 빠져나갔다고 한다.

그 무렵 아르고 호 선원들이 겪은 모험도 거의 끝나가고 있었다. 이들이 겪은 모험 중 끔찍했던 것은 스킬라(Scylla)의 부드러우면서도 가파른 바위와, 바닷물이 영원히 포효하며 솟구쳐 오르고 성난 파도가 하늘을 찌를 듯 높이 치솟는 카리브디스(Charybdis)의 소용돌이를 지나는 것이었다. 하지만 헤라가 굽어보고 있었으므로 바다의 님프들은 재빨리 아르고 호 일행을 안내해야 했고 배를 무사히 돌려보냈다.

다음으로는 크레타에서 어려운 모험을 겪었다. 메데이아가 없었다면 일행은 그곳에 착륙했을 것이다. 메데이아는 그곳에 고대 청동족의 마지막 사람인 탈로스(Talus)가 살고 있다고 말해주었다. 탈로스는 발목을 제외한 모든 곳이 청동으로 이루어져 있기 때문에 발목이 유일한 약점이라고 했다. 메데이아가 그 말을 하는 동안 어느새 나타난 탈로스는 보기만 해도 끔찍했다. 더 가까이 다가오면 바위로 배를 산산조각 내겠다고 협박했다. 일행이 노를 놓고 잠시 쉬는 사이 메데이아는 무릎을 꿇고 하데스의 사냥개들에게 어서 와서 탈로스를 없애달라고 기도드렸다. 그러자 무서운 악의 힘이 메데이아의 소리를 들었다. 청동 인간이 아르고 호에 던지려고 끝이 뾰족한 산봉우리를 들어 올리던 중 발목을 살짝 긁히자 갑자기 상처에서 피가 분출하더니 마침내 쓰러져 죽어갔다. 탈로스가 완전히 죽자 영웅들은 비로소 뭍에 내릴 수 있었고 아직 남은 항해를 위해 그곳에서 휴식을 취하며 원기를 회복했다.

드디어 그리스에 도착했다. 일행은 모두 흩어져 각자 집으로 돌아가고 이아손은 메데이아와 함께 황금 양털을 가지고 펠리아스에게 갔다. 그러나 이미 끔찍한 일이 벌어지고 난 뒤였다. 펠리아스는 이아손의 아버지가 자살하게끔 만들었고 이아손의 어머니는 남편의 죽음에 상심하다가

〈황금 양털을 가져가는 이아손〉, 에라스무스 켈리누스 2세, 1630년

죽었다. 펠리아스의 사악함을 꼭 갚아주고 말겠노라고 결심한 이아손은 자신을 한 번도 실망시키지 않았던 메데이아에게 또 한 번 도움을 청했다. 메데이아는 교묘한 책략을 써서 펠리아스를 죽였다. 펠리아스의 딸들에게 메데이아는 노인을 다시 회춘하게 하는 비밀을 알고 있다고 말했다. 그 말을 입증하듯 딸들 앞에서 나이를 먹어 쇠잔한 숫양을 토막 내 끓는 물에 넣었다. 주문을 외니 금세 물속에서 숫양의 사지가 솟아나와 힘차게 뛰어다녔다. 그 광경을 본 펠리아스의 딸들은 메데이아의 말을 신뢰하게 됐다. 메데이아는 펠리아스에게 강력한 수면제를 주고 딸들에게 아버지를 토막 내라고 시켰다. 그동안 아버지를 다시 젊게 만들려고 온갖 노력을 했었지만 아무리 그래도 그런 짓만은 선뜻 하기가 어려웠다. 그렇지만 마침내 딸들은 끔찍한 일을 해내고야 만다. 아버지의 동강난 토막들을 물속에 넣고 다시 젊어진 아버지로 바꾸는 마법의 주문을 외울 메데이아를 찾았다. 그러나 메데이아는 가버리고 없었다. 궁전에서도 도시에서도 이미 빠져나가고 없었다. 그제야 딸들은 끔찍하게도 제 손으로 아버지를 죽였다는 사실을 깨달았다. 이아손은 비로소 부모에 대한 원수를 갚았다.

메데이아가 이아손의 아버지에게 생명을 되찾아주고 다시 젊어지게 한 후 영원한 젊음의 비밀을 이아손에게 알려주었다는 이야기도 있다. 이제껏 좋은 짓이든 사악한 짓이든 오로지 이아손을 위해 행한 것인데, 그 결과 메데이아가 얻은 보답은 이아손의 배신이었다.

펠리아스가 죽은 후 이아손과 메데이아는 코린토스로 갔다. 두 사람 사이에는 아들도 둘이나 태어났지만 쫓겨 다니던 메데이아에게는 모든 유배 생활이 늘 쓸쓸했다. 그러나 이아손을 향한 불타는 사랑 덕분에 메데이아는 가족과 조국을 잃은 것을 하찮게 여길 수 있었다. 이아손은 겉보기에는 훌륭한 영웅이었지만, 이후 그가 보여준 것은 내면에 잠재돼 있는 비열한 태도였다. 다름이 아니라 이아손이 코린토스 왕의 딸과 결혼한 것이다. 결혼식은 화려했다. 이아손은 메데이아의 사랑이나 그에 대한 보답은 생각지 않고 오로지 야망만 불태웠다. 이아손의 배신에 터질 듯한 고통에 사로잡힌 메데이아가 쏟아낸 말을 듣고, 코린토스의 왕은 그녀가 자신의 딸을 해칠까 두려웠다. 이전까지는 그런 생각을 전혀 못 했던 것으로 봐서는 왕은 유난히 남을 의심하지 않는 사람이었던 것 같다. 어쨌든 왕은 당장 메데이아에게 아들들을 데리고 떠나라고 명령했다. 메데이아에게 죽음만큼이나 끔찍한 상황이었다. 어린 두 아이들을 데리고 추방당한 여인은 저 자신도 아이들도 보호할 수 없었다.

메데이아는 자기가 당한 치욕과 비참한 상황 앞에서 어떤 행동을 취해야 할지 깊이 생각했다. 견디기 힘든 고통의 삶을 끝내버릴까도 생각하고, 눈물 흘리며 아버지와 고향을 떠올리기도 하고, 자기 손으로 죽인 동생과 펠리아스의 피는 무엇으로도 씻을 수 없는 오점이라는 것에 전율하기도 했다. 자신을 이 모양 이 꼴로 비참하게 만든 이아손에 대해 무모하리만치 열정적이었던 헌신을 사무치게 후회하고 있을 때 이아손이 나타났다. 메데이아는 말없이 바라보기만 했다. 이아손은 지금 메데이아 곁에 있었지만, 이미 헌신짝처럼 버림받아 이아손에게서 멀리 떨어져 있었다.

이아손은 자기 잘못이 아니라고 여기며 잠자코 있었다. 이아손은 메데이아의 기질이 얼마나 통제하기가 어려운지 진작부터 알았다며 냉담하게 말했다. 자기 신부에 대해 메데이아가 어리석게도 독설을 퍼붓지만 않았더라면 코린토스에서 편히 지낼 수 있었을 것이라고 했다. 하지만 자신은 메데이아를 위해 최선을 다했노라고 했다. 메데이아가 죽임을 당하지 않고 추방으로 그친 것도 다 자신이 애쓴 결과라고 했다. 이아손은 왕을 설득하기가 무척 어려웠지만 수고를 아끼지 않았다. 이아손은 자신이 친구를 저버리는 사람이 아니기 때문에 지금 메데이아를 찾아온 것이며 넉넉한 황금과 여행에 필요한 것을 모두 마련해주겠다고 했다.

그것으로 충분했다. 메데이아의 상처받은 분노가 일시에 폭발했다.

당신이 내게 온 것이라고요?
남자라는 모든 족속 중에서 내게 온 것이란 말인가요?

그래요, 잘 오셨군요.

당신의 비열함을 다 밝힐 수만 있다면

내 마음의 고통도 덜 수 있을 테니까요.

제가 당신을 구해주었죠. 그리스의 모든 사람이 다 아는 사실.

황소들, 용의 이빨에서 나온 용사들, 황금 양털의 파수꾼 뱀,

그 모든 것을 제가 다 처치해주었죠.

당신에게 승리를 안겨준 것은 바로 저라고요.

당신을 구해준 은총은 다 내가 마련한 것이라고요.

아버지와 고향, 나는 이 모든 것을 낯선 나라를 위해

저버렸지요.

당신의 적수는 제가 쓰러뜨렸죠,

펠리아스에게는 가장 끔찍한 죽음을 안겨주었고.

그런데 이제 당신은 날 버렸군요.

내가 어디로 갈 수 있단 말인가요? 아버지의 집으로?

아니면 펠리아스의 딸들에게로 돌아갈까요?

나는 기꺼이 당신을 위해 모든 사람의 적이 되었죠.

나 자신은 사실 그들에게 아무런 악의도 없었는데.

오, 내가 당신을 왕가의 남편으로 만들어

모든 이의 존경을 받게 하다니.

그런데 나는 추방된 신세라니, 오 신이여, 오 신이시여.

이제 누구에게 의지해야 하나요. 전 완전히 혼자랍니다.

　　그러자 이아손은 자신의 목숨을 구해준 것은 메데이아가 아니라 그녀가 자신을 사랑하도록 만든 아프로디테이며, 문명화된 나라인 그리스로 데려와준 것에 오히려 메데이아가 자신에게 고마워해야 한다고 말했다. 또한 자신은 메데이아를 위해 그녀가 아르고 호 선원들을 어떻게 도와주었는지 사람들에게 열심히 알려서 사람들에게 칭송받을 수 있게 해

준 것이라고 했다. 만일 메데이아가 상식이 있는 여인이라면 오히려 자신의 결혼식을 기뻐해야 할 일이었다. 코린토스 왕가와의 결연은 메데이아뿐 아니라 그녀의 아이들에게도 유리할 것이기 때문이다. 그러므로 메데이아가 추방되는 것은 오로지 그녀 자신의 과실이라고 몰아붙였다.

비록 어떠한 결점이 있다 하더라도 메데이아는 총명했다. 메데이아는 이아손이 주는 금을 받지 않겠다는 말 외에는 단 한마디도 덧붙이지 않았다. 메데이아가 이아손에게서 아무 도움도 받지 않겠다고 하자 그는 화가 나서 휙 나가버리며 한마디 남겼다. "당신의 그 알량한 자존심이란."

당신에게 친절하려는 모든 사람을 다 쫓아내는구려.
하지만 언젠가는 크게 후회할 날이 있을 테요.

바로 그 순간부터 메데이아는 복수를 결심했고, 물론 어떻게 할지 방법도 알고 있었다.

죽음으로써, 오 죽음으로써 삶의 모든 갈등이 끝맺을 테니,
인생의 그 짧은 날도 끝나리니.

메데이아는 이아손의 신부를 죽이기로 결심했다. 그리고 그다음에는? 그다음에는 어찌해야 할까? 메데이아는 지금 자기 눈앞에서 벌어지는 일 외에 다른 것은 생각하지 않기로 했다. "공주를 죽이는 것이 가장 먼저 해야 할 일이야."

메데이아는 장롱에서 매우 아름다운 드레스를 한 벌 꺼냈다. 그 옷에 치명적인 독약을 바르고 상자에 담은 뒤 아들들에게 그것을 새 신부에게 가져다주라고 보냈다. 새 신부가 그 옷을 당장 입는 것으로 자신의 선물을 받아들인다는 표시를 보여달라고 요청했다. 공주는 선물을 감사히 받고 메데이아의 제의에 찬성했다. 공주가 옷을 입자마자 끔찍하게 타는 듯

한 불길이 그녀를 감쌌다. 그 자리에서 쓰러진 공주의 살점은 모두 녹아 버렸다.

한편 메데이아는 자신의 계획이 달성된 뒤 끔찍한 일을 하나 더 저지르기로 마음먹는다. 자기 아이들은 어디를 가도 보호받을 수 없으며 아무런 도움도 기대할 수 없다. 고작해야 노예로 사는 게 전부였다. 메데이아는 생각했다. '저 불쌍한 것들을 낯선 이방인 밑에서 학대당하며 살게 할 수는 없어.'

다른 사람의 손에 죽게 놔두는 것은
내 손으로 죽이는 것보다 더 잔인한 짓.
아니, 그럴 순 없어. 그들에게 생명을 주었으니
다시 거두어 가는 것도 내 몫.
오, 이제 더 이상 비겁해지지 말자, 그것들이 얼마나 어린지,
처음 태어났을 때 내게 얼마나 소중한 존재였는지
더 이상 생각하지 말자.
한순간, 단 한순간만 그 아이들이 내 자식이라는 것을 잊자.
아, 하지만 그 후론 영원한 슬픔이 있겠지.

메데이아가 자기 신부에게 한 짓에 미칠 듯 분노한 이아손이 메데이아를 죽이려고 찾아왔지만 자신의 두 아들은 이미 죽어 있고 메데이아는 지붕 위로 기어 올라가 용들이 끄는 마차에 타고 있었다. 이제껏 일어난 모든 일에 대해 이아손이 제 탓은 하지 않은 채 메데이아에게만 욕설을 퍼붓는 동안 메데이아를 태운 마차는 허공으로 날아가 곧 시야에서 사라졌다.

제8장

네 개의 위대한 모험

파에톤

오비디우스의 최고 걸작 중 하나로, 세부 묘사가 단순한 장식이 아니라
이야기 전달 효과를 높이기 위해 사용되어 이야기는 더욱 생동감 넘친다.

태양의 궁전은 찬란하게 빛나는 곳이었다. 황금빛은 환히 빛나고, 상
아는 은은한 빛을 발했으며, 군데군데 박힌 보석이 반짝였다. 궁전 안팎
의 모든 것이 빛을 발하며 반짝거렸다. 그곳은 항상 한낮이었다. 그늘진
황혼이 결코 밝은 빛을 가리는 법이 없었다. 암흑과 밤이라는 것을 알지
못했다. 인간들 중에는 변함없이 항상 밝은 빛을 오랫동안 견뎌낼 수 있
는 자가 없었다. 하지만 그곳으로 가는 길을 찾은 사람도 거의 없었다.

그런데 어느 날, 인간을 어머니로 둔 한 청년이 감히 그곳으로 다가
갔다. 중간에 멈춰 서서 눈부신 빛에 흐릿해진 눈을 비비지 않을 수 없었
지만 사명감이 절박했으므로 청년은 마음을 다잡으며 궁전으로 가는 길

을 재촉했다. 드디어 반들반들 윤이 나는 문들을 지나 눈을 멀게 할 만큼 환히 타오르는 빛에 둘러싸여 태양신이 권좌에 앉아 있는 방까지 갔다. 그곳에서 청년은 멈춰서야만 했다. 더 이상 견딜 수가 없었던 것이다.

태양의 눈을 피해 가는 것은 아무것도 없었다. 청년은 즉시 태양신 눈에 띄었고 신은 다정하게 청년을 바라보았다. "그래, 이곳에는 무슨 일로 왔는가?" 태양신의 물음에 청년은 대담하게 대답했다. "저는 당신이 제 아버지가 맞는지 확인하러 왔습니다. 어머니는 당신이 제 아버지라고 말씀하셨지만 친구들은 제가 당신의 아들이라는 말만 하면 저를 비웃습니다. 그들은 제 말을 믿지 않아요."

태양신은 빙그레 웃으면서 청년이 자신을 별 어려움 없이 볼 수 있도록 불타는 빛의 왕관을 벗었다. "이리 오너라, 파에톤. 넌 내 아들이 맞다. 클리메네(Clymene)가 네게 해준 말은 진실이니라. 네가 내 말도 못 믿을 것으로 생각하지는 않는다. 하지만 네게 증거를 보여주겠다. 네가 나에게 원하는 것은 무엇이든 들어주겠다. 내 약속에 대한 증인으로 신들의 서약의 강인 스틱스 강을 부르마."

이전에 파에톤은 천상으로 미끄러져 가는 태양을 바라보며 반은 경외심에 반은 흥분에 사로잡혀 혼자 중얼거리곤 했다. "저기 위에 있는 저 분이 우리 아버지야." 그리고 하늘에서 마차를 타고 현기증이 날 정도로 아찔한 길을 따라 말들을 몰며 세상에 빛을 비추는 기분은 어떨지 궁금해졌다. 이제 아버지의 말을 들으니 드디어 그 꿈을 이룰 수 있게 되었다. 파에톤은 즉시 소리쳤다. "저는 아버지의 자리를 대신하는 쪽을 택하겠어요. 그것이 바로 제가 바라는 유일한 소원이에요. 하루만, 딱 하루만 아버지의 마차를 몰 수 있게 해주세요."

아들의 말을 듣자 태양신은 자신의 어리석음을 깨달았다. 왜 그리도 치명적인 맹세를 하여 성급한 젊은이의 머릿속에 떠오르는 것은 뭐든 들어주겠다고 한 것인가? "애야, 그 일만은 내가 들어주기를 거절하고 싶은 유일한 것이다. 나는 이미 스틱스 강에 대고 맹세했으므로 물론 네 요청을 거절할 수 없다는 것을 알고 있다. 네가 계속 고집을 부린다면 양보하는 수밖에 없지. 하지만 네가 그러지 않을 것이라 믿는다. 네가 원하는 그 일이 무엇인지 말해줄 테니 잘 듣거라. 너는 내 아들인 동시에 클리메네의 아들이기도 하다. 그러므로 너는 인간이고 인간은 누구도 내 마차를 몰 수 없단다. 아니 실은 신이라고 해도 나를 제외한 어떤 신도 그 일을 대신 할 수는 없지. 신들의 왕도 못한단다. 거쳐 가야 할 길을 생각해보렴. 그 길은 바다에서 매우 가파르게 상승하기 때문에 제아무리 이른 아침에 원기가 넘친다 해도 말들조차도 오르기 힘들지. 천상의 한가운데는 또 어떠냐. 너무 높아서 나조차도 아래를 굽어보기가 겁난단다. 가장 무서운 것은 하강할 때지. 너무도 급경사로 떨어지기 때문에 바다의 신들이 나를 받으려고 기다리면서 어떻게 내가 거꾸로 곤두박질치는 것을 피할 수 있는지 늘 궁금해한단다. 말을 모는 것도 끊임없이 신경 써야 하는 싸움이지. 맹렬하게 날뛰는 녀석들은 길을 오를 때는 더욱 사나워져서 나도 통제하기가 무척 힘들거든. 하물며 네가 몬다면 어떻겠느냐?

너는 저 위에 아름다운 것들로 가득 찬 신들의 도시나 온갖 종류의 놀라운 것이 있으리라 생각하느냐? 거기에는 아무것도 없느니라. 서로 잡아먹으려고 달려드는 사나운 맹수들을 지나야 하는데 네가 보게 될 것은 그게 전부다. 황소자리, 사자자리, 전갈자리, 게자리 이 모든 것이 제각각 너를 해치려고 덤빌 것이다. 그러니 제발 내 말을 듣거라. 네 주위를 둘러보거라. 세상의 온갖 물건이 다 있다. 네 마음에 드는 것을 마음대로 고르거라. 모두 네 소유가 될 것이다. 네가 원하는 바가 내 아들이라는 사실을 입증하는 것이라면 너에 대한 나의 염려가 바로 내가 네 아버지임을 보여주는 증거로 충분하지 않느냐.”

그러나 이 모든 현명한 충고가 청년의 귀에는 들리지 않았다. 그의 눈앞에는 영광스러운 장관이 펼쳐져 있었다. 파에톤은 자신이 근사한 마차에 자랑스럽게 서서 신들의 왕인 제우스조차 몰지 못한다는 그 말들을 두 손으로 의기양양하게 몰고 있는 자신의 모습을 보았다. 아버지가 상세하게 경고한 위험에는 눈곱만큼도 생각이 미치지 않았다. 공포의 전율도 느낄 수 없었고 자신의 힘을 추호도 의심하지 않았다. 마침내 태양신은 아들을 말리려는 시도를 포기했다. 그것은 쓸데없는 일이었다. 게다가 이 제는 시간도 없었다. 출발 순간이 코앞에 닥쳐 있었던 것이다. 벌써 동쪽 의 문들은 자줏빛으로 달아올랐고, 새벽은 장밋빛으로 가득 찬 자신의 궁 전을 모두 열었다. 별들은 벌써 하늘을 떠나고 있었다. 심지어 제일 늦게 까지 머뭇거리던 샛별도 희미해졌다.

서두를 필요가 있긴 했지만 모든 것은 이미 준비가 끝났다. 올림포스 의 파수꾼인 계절들은 문들을 활짝 열어젖히기를 기다리며 서 있었다. 말 들에게 재갈을 물리고 마차에 매었다. 자만심과 기쁨에 가득 찬 파에톤이 마차에 올라 출발했다. 스스로 선택한 길이었다. 무슨 일이 닥치더라도 이제는 되돌릴 수 없었다. 그런데 마차는 파에톤이 원하던 것처럼 허공을 가르며 상쾌하게 질주하지 않았다. 너무 빨리 달려 나갔기 때문에 동풍을 앞질러 가서 한참 거리를 둘 정도였다. 말들의 나는 발은 바다 위 흐릿한 안개뿐 아니라 바다 근처 낮게 깔린 구름을 통과해 맑은 하늘로 높이 치 솟아 올랐다. 그 짧고 황홀한 순간에 파에톤은 자신이 마치 하늘의 군주 가 된 것처럼 짜릿했다.

그러나 갑자기 상황이 돌변했다. 마차가 심하게 흔들렸고 속도는 더 욱 빨라지기 시작한 것이다. 이제 파에톤은 통제력을 상실했다. 파에톤이 아니라 말들이 길을 이끌고 있었다. 마차에 탄 자의 가벼운 체중과 고삐 를 붙든 연약한 손힘으로 말을 모는 자가 제 주인이 아닌 것을 말들이 알 아챘다. 이제 말들이 주인이 되었다. 아무도 그들에게 명령할 수 없었다. 말들은 길을 벗어나 좌우상하 제멋대로 날뛰었다. 마차는 전갈자리에 부 딪칠 뻔했다. 너무 가까이 다가가 게자리와도 충돌할 뻔했다. 사정이 이 쯤 되자 가엾은 파에톤은 두려움 속에서 거의 반 실신 상태가 되어 고삐 를 떨어뜨리고 말았다.

말들은 더욱 무모하게 미친 듯이 달리기 시작했다. 하늘 꼭대기까지

〈파에톤의 추락〉, 페테르 파울 루벤스, 1604년경

치솟았다가 다시 아래로 곤두박질쳐 땅에 불을 붙였다. 높이 솟은 산부터 타오르기 시작해 이다(Ida) 산과 뮤즈들이 살고 있던 헬리콘 산, 파르나소스 산, 하늘을 찌를 듯이 우뚝 솟은 올림포스를 차례로 불태웠다. 산의 경사면을 타고 불길은 낮은 계곡과 빽빽이 들어찬 삼림 지대로 번져 갔고 결국에는 모든 것이 불길에 휩싸였다. 샘물은 증기로 변했고 강들은 오그라들었다. 나일 강이 도망쳐 머리를 숨긴 것도 바로 그때이며, 그래서 아직까지도 발원지를 찾을 수 없게 된 것이라고 한다.

한편 제대로 붙어 있기조차 힘들었던 마차에서 파에톤은 자욱한 연기와 이글거리는 용광로에서 나오는 것 같은 열기에 휩싸였다. 단지 이 고통과 공포를 끝낼 수 있다면 다른 것은 하나도 원하지 않았다. 파에톤은 기꺼이 죽음이라도 환영했을 것이다. 대지의 어머니도 더 이상은 참을 수 없었다. 대지가 내는 커다란 신음 소리가 천상의 신들에게까지 미쳤다. 올림포스에서 내려다보던 신들은 세상을 구하려면 신속하게 무슨 조치든 취해야만 한다는 것을 알았다. 제우스는 벼락을 잡아서, 제 행동을 뼈저리게 후회하고 있는 파에톤을 향해 집어던졌다. 벼락에 맞은 파에톤은 그 자리에서 즉사했고, 마차는 산산이 부서졌으며, 미쳐 날뛰던 말들은 바닷속으로 추락했다.

온몸에 불이 붙어 타오르던 파에톤은 마차에서 떨어져 허공을 가르며 땅에 떨어졌다. 인간의 눈에는 결코 보이지 않는 신비의 강 에리다노스(Eridanus)가 파에톤을 받아들여 불을 끄고 시신을 식혀주었다. 죽기에는 너무 대담하고 젊었던 그를 불쌍히 여겨 나이아스들은 장례를 치르고 무덤가에 다음과 같은 묘비를 새겼다.

여기 태양신의 마차를 몬 파에톤 누워 있다.
커다란 실패를 겪었지만 매우 용감했노라.

태양신 헬리오스의 딸들로 파에톤의 누이들이었던 헬리아스들

(Helliades)은 동생을 애도하기 위해 그의 무덤을 찾아왔다. 에리다노스 강 둑에서 그들은 포플라 나무로 변했다.

슬퍼하며 흘린 눈물 영원히 시냇물로 흘러들었네.
각각의 눈물방울 물속으로 떨어져
빛나는 호박 방울로 변했다네.

페가수스와 벨레로폰

이 이야기에 등장하는 두 에피소드는 초기 시인들에게서 인용했다. 기원 전 8, 9세기에 헤시오도스는 키마이라에 대해 언급하고 있으며, 안테이 아(Anteia)의 사랑과 벨레로폰(Bellerophon)의 슬픈 결말은 『일리아스』에 소개되어 있다. 이야기의 나머지 부분은 기원전 5세기 전반의 핀다로스 가 최초로, 그리고 가장 잘 표현하고 있다.

나중에 코린토스로 불린 도시 에피레(Ephyre)에서는 글라우코스가 왕이었다. 글라우코스는, 제우스의 비밀을 누설한 적이 있다는 이유로 하 데스에서 영원히 언덕으로 돌을 굴려 올려야 했던 시시포스의 아들이었 다. 그런데 글라우코스 역시 아버지처럼 신들의 노여움을 사게 되었다. 그는 위대한 기수였는데, 전투에서 말들이 더욱 사나워지도록 심지어 인 육을 먹이기까지 했다. 이런 끔찍한 행위는 언제나 신들을 분노케 했으며 신들은 글라우코스가 다른 이들에게 한 그대로 갚아주었다. 글라우코스 는 자기 마차에서 떨어졌고, 바로 제 말들이 그를 갈기갈기 찢어 먹어치 웠던 것이다.

도시에서는 벨레로폰이라 불리는 용감하고 준수하게 생긴 젊은이 가 글라우코스의 아들이라 여겨지고 있었다. 한편 벨레로폰은 더욱 강력한 아버지, 즉 바다의 주인 포세이돈의 아들이라는 소문도 있었다. 벨레로폰의 탁월한 육체와 정신적 재능은 태생이 신의 핏줄이라는 설명의 근거가 되었다. 더구나 그의 어머니인 에우리노메는 인간이기는 하지만 지혜와 총명이 신들과 맞먹을 정도로 아테나의 가르침을 받았다. 벨레로폰이 거두는 모든 성공을 두고 그가 사람보다는 신에 가깝다고 여길 만했다. 이런 부류의 사람은 모험에 이끌리기 마련이며 그 어떤 위험도 뒤로 물러서게 할 수 없었다. 그럼에도 벨레로폰을 유명하게 만든 행위는 용기나 노력 등이 전혀 필요하지 않았다. 그것은 다음과 같은 사실을 정말로 입증해주었다.

> 이루어질 수 없는 것이라고, 바라지도 말라고
> 인간이 맹세할 수 있는 것을 저 높은 천상의 위대한 힘이
> 아주 손쉽게 그의 손에 쥐어주었네.

벨레로폰은 지상의 다른 모든 것을 제쳐두고 페르세우스(Perseus)가 고르곤을 죽였을 때 그 고르곤의 피에서 생겨난 놀라운 말인 페가수스를 원했다. 페가수스는,

> 아무리 날아도 지치지 않는 날개 달린 준마라네,
> 일진광풍보다 재빠르게 허공을 가르며 날아간다네.

기적과도 같은 일들이 페가수스를 따라다녔다. 뮤즈들의 산인 헬리콘에 있는, 시인들이 아끼는 히포크레네(Hippocrene) 샘은 페가수스가 발굽으로 대지를 찬 곳에서 솟아났다. 그러니 그런 말을 누가 잡아서 길들일 수 있단 말인가? 벨레로폰은 이루어질 가망이 없는 열망으로 고통스러웠다.

벨레로폰이 에피레(코린토스)의 현명한 예언자 폴리이도스(Polyidus)

에게 이 절박한 욕망을 털어놓자 폴리이도스는 아테나의 신전으로 가서 잠을 청하라고 충고했다. 신들은 자주 인간 꿈속에 나타나 이야기해주는 법이 있으니 말이다. 벨레로폰은 거룩한 신전으로 갔다. 제단 옆에 누워 깊은 잠에 빠져 있는데 손에 황금으로 된 물건을 들고 자기 앞에 서 있는 여신을 본 것 같았다. 여신이 벨레로폰에게 말했다. "자느냐? 안 된다, 어서 일어나라. 자, 여기 네가 탐내는 그 말에게 마법을 걸 수 있는 물건을 받아라." 벨레로폰은 잠에서 깨어 벌떡 일어났다. 여신은 없었지만 놀라운 물건이 놓여 있었다. 한 번도 본 적 없는 순금으로 된 고삐였다.

놀라운 물건을 손에 넣고 희망에 부푼 벨레로폰은 당장 페가수스를 찾기 위해 들녘으로 뛰어나갔다. 벨레로폰은 코린토스 멀리까지 유명한 페이레네(Pirene) 샘에서 목을 축이고 있는 페가수스를 발견하고는 살살 다가갔다. 말은 놀라거나 두려워하지 않은 채 조용히 벨레로폰을 쳐다보았다. 벨레로폰이 힘 하나 안 들이고 수월하게 굴레를 씌울 때까지 가만 있었다. 아테나의 마법이 통한 것이다. 드디어 벨레로폰은 영광스러운 말의 주인이 되었다.

청동 갑옷으로 완전무장을 한 벨레로폰은 페가수스 등에 뛰어올라서는 말이 달리도록 몰아쳤다. 페가수스는 벨레로폰만큼이나 그 놀이를 즐기는 것 같았다. 이제 자신이 원하는 곳은 어디든 날아갈 수 있는 공중의 왕 벨레로폰은 모든 사람의 부러움을 샀다. 이후 여러 사건에서 드러나듯이 페가수스는 즐거움을 주는 존재일 뿐 아니라 필요한 순간 도움이 되기도 했다. 벨레로폰 앞에는 힘든 시련이 기다리고 있었기 때문이다.

순전히 사고였다는 사실 외에 사정을 정확히 알 수 없지만 어쨌든 벨레로폰은 자기 형제를 죽였다. 그러고는 프로테우스가 왕으로 다스리는 아르고스로 가서 면죄받았다. 바로 거기서부터 벨레로폰의 시련과 위대한 행위가 시작된다. 프로테우스의 아내인 안테이아가 벨레로폰을 사랑하게 되었는데, 벨레로폰이 그녀를 멀리하고 아무 관계도 맺으려 하지 않자 안테이아는 몹시 화가 났다. 그래서 벨레로폰이 자신에게 나쁜 짓을 범했으니 죽여 마땅하다고 남편에게 일렀다. 프로테우스 역시 분노했지만 그렇다고 벨레로폰을 죽일 수는 없었다. 벨레로폰은 이미 자신의 식탁에서 함께 식사한 손님이었으므로 자신이 직접 폭력을 쓸 수 없는 노릇이었다. 하지만 프로테우스 왕은 똑같은 결과를 초래할 수 있는 음모를 꽜다. 프로테우스는 벨레로폰에게 아시아에 있는 리키아의 왕에게 편지를 하나 전해달라고 부탁했고 벨레로폰은 흔쾌히 승낙했다. 페가수스를 타고 가는 한, 아무리 긴 여정도 벨레로폰에게 아무것도 아니었다. 리키아의 왕은 격식을 갖춰 벨레로폰을 환대했고 편지를 보여달라고 요구하기 전 아흐레 동안 호사스럽게 접대했다. 그러고 나서 편지를 읽으니 프로테우스가 그 젊은이를 죽이기 원한다는 내용이었다.

리키아의 왕도 프로테우스가 꺼려한 동일한 이유로 그렇게 하고 싶은 마음이 없었다. 주인과 손님 사이의 유대 관계를 깨는 자들에게 제우스가 대단한 적의를 보인다는 것이 널리 알려져 있었기 때문이다. 하지만 그 이방인이 날개 달린 말과 함께 어떤 모험을 하도록 내보내는 데는 반대할 이유가 없었다. 왕은 벨레로폰이 절대로 살아 돌아오지 못할 것을 확신하며, 가서 키마이라를 처치해줄 것을 부탁했다. 키마이라는 절대 난공불락으로 여겨지고 있었기 때문이다. 아주 특이하게 생긴 괴물로, 앞은 사자 모습, 꼬리는 뱀, 몸통은 염소의 모습을 하고 있었다.

무척 크고 강하고 빠른 발을 지닌 끔찍한 존재,
그 숨결은 꺼지지 않는 불꽃과도 같다네.

페가수스를 타고 있던 벨레로폰은 불을 내뿜는 괴물 가까이 다가갈 필요가 전혀 없었다. 벨레로폰은 괴물 위로 높이 솟아올라 아무런 위험이 미치지 않는 곳에서 괴물을 향해 화살을 쏘았다.

괴물을 무사히 처치한 벨레로폰이 프로테우스 왕에게 돌아가자, 왕은 그를 없애려고 다른 계략을 고안해야만 했다. 왕은 벨레로폰에게 강력

〈키마이라를 죽이는 벨레로폰〉, 조반니 바티스타 티에폴로, 18세기

한 전사들인 솔리모이인(Solymi)을 정벌하러 원정을 떠나게 했다. 벨레로폰이 그들을 정복하는 데 성공하자 그다음에는 아마존족을 정복하게 했지만 그 일도 무사히 끝마쳤다. 결국 프로테우스 왕은 벨레로폰의 용기와 행운에 두 손을 들고 말았다. 왕은 벨레로폰과 가까이 지내며 자기 딸과 결혼을 시켰던 것이다.

벨레로폰은 오랫동안 행복하게 살았다. 그런데 어쩌다 신의 분노를 사게 되었다. 자신이 거둔 대단한 성공과 불타는 야망으로 벨레로폰은 "인간으로서는 심히 대단한 계획"을 세우고야 말았는데 신들은 모두 그 계획을 못마땅해했다. 벨레로폰이 페가수스를 타고 올림포스로 올라가려고 한 것이다. 그는 스스로 신들 사이에 낄 수 있다고 생각했다. 그러나 말이 주인보다 더 영리했다. 페가수스는 하늘로 날아오르지 않고 제 주인을 떨어뜨렸다. 그 후로 벨레로폰은 모든 신의 미움을 사게 되어 자기 영혼을 갉아먹으며 죽을 때까지 사람들을 피해 쓸쓸히 떠돌아다녔다.

페가수스는 제우스의 말들을 돌보는 올림포스 천상의 마구간에서 안식처를 찾았다. 제우스의 여러 준마 중에서도 페가수스가 으뜸이었다. 시인들이 전해주는 특별한 사실에서 입증되는데, 제우스가 벼락을 쓰려고 할 때 천둥과 번개를 가져다준 것이 바로 페가수스였다고 한다.

오토스와 에피알테스

이 이야기는 『오디세이아』와 『아이네이스』에서 약간 언급되지만 전체적으로 상세하게 말한 사람은 아폴로도로스가 유일하다. 그는 기원후 1세기에 작품을 쓴 것으로 보인다. 아폴로도로스는 단조로운 작가지만 이 이야기는 그의 다른 작품들보다는 덜 단조롭다.

이들 쌍둥이 형제는 기간테스였지만 예전 괴물들처럼 생기지는 않았다. 그들은 곧은 형태에 준수한 용모를 지녔다. 호메로스는 쌍둥이 형제를 이렇게 묘사한다.

> 영원히 양식을 주는 대지에서 태어난
> 모든 생명체 중에서 가장 크고,
> 비길 데 없었던 오리온(Orion) 이후로 빼어난 용모를 자랑했다.

그런데 베르길리우스는 쌍둥이 형제의 정신 나간 야망에 대해 주로 이야기했다.

> 자신들의 손으로 직접 저 높은 천상을 파괴하려
> 애쓴 거대한 몸체의 쌍둥이라네,
> 하늘의 왕국으로부터 유피테르를 몰아내려고 애썼다네.

그들이 이피메데이아(Iphimedia)의 아들이라고 말하는 사람도 있고, 카나케(Canace)의 아들이라고 말하는 사람도 있다. 어쨌든 어머니가 누구였든, 비록 어머니의 남편인 알로에우스(Aloeus)의 아들이라는 의미에서 알로아다이(Aloadae)라는 이름으로 보통 불리기는 했지만, 그들의 아버지는 분명히 포세이돈이었다.

오토스(Otus)와 에피알테스(Ephialtes)는 스스로 신들보다도 뛰어나다는 사실을 입증하려고 시작했을 때는 아직 너무 어렸다. 그들은 아레스를 잡아 청동 사슬로 묶어 가두어놓았다. 올림포스 신들은 힘으로 아레스를 풀어주기를 꺼려 했다. 대신 꾀 많은 헤르메스를 보내 아레스를 도와주도록 했는데, 헤르메스는 밤을 틈타 몰래 접근해 아레스를 감옥에서 꺼내주었다. 그러자 오만한 두 젊은이는 더 대담한 짓을 했다. 그들은 예전에 기간테스들이 펠리온(Pelion) 산 위에 오사(Ossa) 산을 쌓았듯이 자신들도 오사 산 위에 펠리온 산을 쌓아 신들이 살고 있는 천상까지 오르겠고 협박한 것이다. 그들의 말에 신들의 인내심도 폭발했고 제우스는 벼락으로 내려칠 준비를 했다. 제우스가 벼락을 던지기 전에 포세이돈이 찾아와 그들을 살려달라고 애원하며 자신이 알아듣도록 잘 타이르겠다고 약속했다. 제우스는 동의했고 포세이돈은 약속을 지켰다. 쌍둥이는 하늘에 대고 협박하는 짓을 멈추었고 포세이돈도 안도감을 느꼈지만, 사실 쌍둥이는 더 흥미로운 계획을 진행하고 있었다.

오토스는 헤라를 납치하는 것이 근사한 모험이 되리라 생각했다. 에피알테스는 자기가 아르테미스를 사랑했거나 사랑한다고 생각했다. 사실 형제는 서로를 끔찍이 아꼈고 서로에게는 대단히 헌신적이었다. 그들은 누가 먼저 여신을 붙잡을지 제비 뽑았는데 행운은 에피알테스에게 떨어졌다. 그들은 아르테미스를 찾아 모든 언덕과 숲을 뒤지고 다니다가, 드디어 바닷가에서 아르테미스를 발견하고는 곧장 바다로 향했다. 사악한 목적이 무엇인지 알고 있던 아르테미스는 그들을 어떻게 징벌하면 좋을지도 이미 알고 있었다. 그들이 뒤쫓아 왔지만 아르테미스는 바다 위로 계속 나아갔다. 포세이돈의 아들들은 모두 같은 힘을 지니고 있었다. 땅위에서처럼 바다 위에서도 물에 젖지 않은 채 달릴 수 있었기에 두 사람은 힘들이지 않고 아르테미스를 쫓아갔다.

아르테미스는 숲이 가득한 낙소스 섬으로 그들을 유인했고 그들이 거의 따라잡았을 무렵 홀연히 사라졌다. 대신 그들은 숲에서 뛰어나오는 우유처럼 하얗고 사랑스러운 암사슴을 발견했다. 그 사슴을 본 순간 아르테미스는 까맣게 잊어버리고 아름다운 동물을 뒤쫓기 시작했다. 깊은 숲속에서 사슴을 놓치자 형제는 잡을 가능성을 두 배로 높이기 위해 서로 떨어져서 찾아보기로 했다. 마침내 헤어진 두 사람은 공터에서 귀를 쫑긋 세운 채 서 있는 사슴을 동시에 보았지만, 그 사슴 건너 나무들 뒤쪽에 자기 형제가 있다는 사실은 알아채지 못했다. 그들은 각자 사슴을 향해 투창을 날렸지만 사슴은 사라져버리고 말았다. 서로 던진 창은 허공을 가로질러 숲을 향했고 바로 그곳에서 표적을 발견했다. 젊은 사냥꾼의 거대한

〈다이달로스와 이카로스〉, 찰스 랜던, 1799년

몸집은 각자 상대방 창에 찔린 채 땅바닥에 쓰러졌다. 자신이 가장 사랑한 상대방 손에 서로 죽임을 당한 것이다.

그들에게 그렇게 복수한 여신은 다름 아닌 아르테미스였다.

다이달로스

이 이야기는 오비디우스와 아폴로도로스 둘 다 언급했다. 아폴로도로스는 오비디우스보다 100여 년 뒤에 태어난 것으로 추정된다. 아폴로도로스가 평범한 작가였던 반면 오비디우스는 정반대였다. 하지만 이 이야기는 아폴로도로스의 것을 인용했다. 오비디우스의 이야기는 감상적이고 영탄조여서 그의 작품 중 최악이기 때문이다.

다이달로스(Daedalus)는 크레타의 미노타우로스(Minotaur)를 가두기 위한 미궁을 고안한 건축가로, 테세우스가 그곳에서 탈출할 수 있는 방법을 아리아드네에게 가르쳐주었다. 제물로 바쳐질 아테네의 젊은이들이 미궁에서 빠져나갔다는 사실을 안 미노스 왕은 다이달로스의 도움 없이는 불가능했을 거라고 확신했다. 그래서 왕은 미궁을 만든 장본인조차도 도표 없이는 출구를 찾아내기 어려울 만큼 뛰어나게 고안된 미궁에 다이달로스와 그의 아들 이카로스(Icarus)를 가두었다. 그러나 미궁을 만든 장본인 다이달로스는 전혀 당황하지 않았다. 그는 아들에게 말했다. "물이나 육로를 통해 탈출하면 붙잡힐 테지만 허공을 가르며 저곳 하늘로 탈출하면 아무런 제지를 받지 않을 것이다."

다이달로스는 자신과 아들을 위해 날개를 두 쌍 만들었다. 드디어 완성된 날개를 달고 비행을 시작하기 전에 다이달로스는 이카로스에게 바다 위 중간 높이에서 날아야 한다고 주의를 주었다. 너무 높이 날면 태양에 접착제가 녹아서 날개가 떨어져 나가기 때문이었다. 하지만 이야기에서 흔히 볼 수 있듯이 이카로스는 나이든 아버지의 충고를 무시했다. 두 사람이 가볍게 날아올라 별 어려움 없이 크레타를 벗어나자 소년은 새롭고 신기한 비행에서 즐거움을 만끽했다. 이카로스는 아버지의 걱정스러운 명령에 아무런 주의도 기울이지 않고 미칠 듯이 기뻐하며 자꾸만 위로 솟구쳐 올라갔다. 그러다 갑자기 떨어지기 시작했다. 날개가 녹아서 모두 떨어진 것이다. 이카로스는 바닷속으로 추락했고 물살이 그를 집어삼켰다. 아들을 잃고 상심한 다이달로스는 시칠리아로 안전하게 날아가 왕의 친절한 영접을 받았다.

한편 다이달로스가 탈출한 것에 격분한 미노스 왕은 그를 찾기로 결심하고 간교한 계략을 생각해냈다. 미노스 왕은 복잡한 나선형 소라껍질에 실이 통과하게 할 수 있는 사람에게는 후한 상을 내리겠다고 온 지역에 선포했다. 그러자 다이달로스는 시칠리아의 왕에게 자신이 할 수 있다고 말했다. 다이달로스는 소라껍질의 막힌 끝에 조그만 구멍을 뚫고 실에 묶인 개미가 구멍 속으로 들어가게 한 뒤 끝을 막아버렸다. 개미가 마침내 다른 쪽 끝으로 나오자 개미에게 묶여 있던 실도 조가비의 나선을 모두 돌아 나온 것이 분명했다. 이런 아이디어는 오직 다이달로스만 생각해낼 수 있다고 말한 미노스는 그를 잡기 위해 시칠리아로 갔다. 그러나 시칠리아의 왕은 다이달로스를 내주기를 거절했고, 결국 전투 중 미노스 왕이 죽고 말았다.

제3부

트로이 전쟁 이전의 위대한 영웅들

제9장

페르세우스

이 이야기는 동화와 비슷한 수준이다. 헤르메스와 아테나는 신데렐라에 등장하는 요정 대모(代母) 같은 역할을 한다. 마법의 자루와 모자는 어디서나 흔히 찾아볼 수 있는 동화의 특징이다. 이 이야기는 마법이 결정적인 역할을 하는 유일한 신화이며, 그리스에서 사랑을 많이 받았던 것으로 보인다. 이 이야기를 언급하고 있는 시인들이 많기 때문이다. 나무 상자에 갇힌 다나에(Danae)에 대한 묘사는 기원전 6세기에 살았던 위대한 서정시인 케오스(Ceos)의 시모니데스(Simonides)의 유명한 시 중에서도 가장 유명한 구절이었다. 오비디우스와 아폴로도로스 두 사람은 이야기를 완전하게 전부 언급했다. 오비디우스보다 100년 후에 살았던 아폴로도로스는 이 이야기만큼은 오비디우스보다 뛰어났다. 아폴로도로스의 이야기는 단순하면서도 직설적이다. 오비디우스는 너무 장황하다. 한 예로 그는 바다 괴물을 죽이는 데 장장 100행에 걸쳐 묘사한다. 그래서 아폴로도로스의 이야기를 인용했지만, 시모니데스로부터도 몇몇 구절을 첨가했고 다른 시인들로부터도 단편적으로 발췌했는데, 주로 헤시오도스와 핀다로스의 것이 많다.

아르고스(Argos)의 아크리시오스(Acrisius) 왕에게는 무남독녀 다나에
가 있었다. 다나에는 지상에서 가장 아름다웠지만 왕에게는 아들이 없었
으므로 딸이 아름답다고 해서 그리 큰 위안이 되지는 않았다. 왕은 언젠
가는 아들을 얻을 희망이 있는지 신탁을 받기 위해 델포이를 찾아갔다.
그러나 델포이의 여 사제는 왕에게 아들을 얻을 희망은 전혀 없다고 말하
며 더욱 안 좋은 소식까지 덧붙였다. 언젠가는 딸이 왕 자신을 죽일 아이
를 낳을 것이라는 내용이었다.

이 운명에서 벗어나는 유일하면서도 확실한 방법은 왕이 자신의 딸
다나에를 즉시 죽이는 것이었다. 딸이 자신을 죽일 아들을 낳을 가능성
을 차단하고, 자신은 운명으로부터 벗어날 수 있었다. 그러나 아크리시오
스는 차마 그럴 수 없었다. 여러 사건을 보면 알 수 있듯이 딸에 대한 아크
리시오스의 부정(父情)은 그리 강하지 않았지만 신들에 대한 두려움은 컸
다. 신들은 친족의 피를 뿌린 자들에게는 끔찍한 징벌을 내렸기 때문이
다. 아크리시오스는 딸을 감히 직접 죽일 수는 없었다. 대신 지하에 청동
으로 온통 에워싼 집을 한 채 짓고 천장 한 부분만 빛과 공기가 통하도록
조금 열어두었다. 아크리시오스는 바로 그곳에 다나에를 가두고 아무도
접근하지 못하게 감시했다.

그리하여 아름다운 다나에는
청동 벽에 일광이 변화하는 모습을 참고 지켜보았네,
무덤처럼 외진 방에서
포로처럼 살아야 했네. 그러나 결국 다나에에게
황금 비로 변한 제우스가 찾아왔네.

오랜 세월 그곳에 갇혀 앉아서 오로지 머리 위로 떠가는 구름만 바라

보던 다나에에게 갑자기 신비스러운 일이 일어났다. 황금으로 된 소나기가 하늘에서 떨어지더니 다나에가 갇혀 있던 방을 온통 채운 것이다. 그러한 형상을 하고 자신을 찾아온 것이 제우스라는 사실을 다나에가 어떻게 알아챘는지는 모르겠지만, 아무튼 다나에는 자신이 낳은 아이가 제우스의 아들이라는 사실만은 알고 있었다.

한동안 다나에는 아들의 출산을 아버지에게 비밀로 했지만 청동 집의 좁은 방에서 두 사람이 지내기는 점점 어려워졌기에 이름이 페르세우스였던 어린아이는 결국 할아버지에게 발각되고 말았다. 아크리시오스는 노발대발 소리쳤다. "어떤 놈이 아이 아버지냐?" 다나에가 자랑스럽게 "제우스"라고 답하자 왕은 딸의 말을 믿을 수 없었다. 단 한 가지 왕이 유일하게 확신하는 것이 있다면 그 아이가 자신의 생명에 매우 위협적인 존재라는 사실이었다. 아크리시오스는 전에 딸을 죽이지 못한 것과 똑같은 이유, 즉 제우스와 친족 살해를 저지른 자들을 쫓아다니는 분노의 여신이 두려워 아이를 죽이기가 겁났다. 그러나 당장 죽일 수는 없어도 분명 죽게 만들 방법이 있긴 했다. 왕은 커다란 상자를 만들어 두 사람을 집어넣었다. 그런 다음 상자를 바다에 던졌다.

그 이상한 상자 안에 다나에는 어린 아들과 앉아 있었다. 햇빛은 점차 사라졌고 모자(母子)는 망망대해에 홀로 떠 있었다.

> 그 상자 안에서 바람과 파도가
> 가슴을 칠 듯이 무섭게 밀려들자 다나에는 울지 않고
> 페르세우스 주위로 부드럽게 팔을 감싸 안고 말했다.
> "오 아가야, 내가 어떤 슬픔을 느끼더라도
> 너만은 살며시 잠들렴, 귀여운 아가야,
> 비록 청동으로 만든 상자에 불과하지만
> 이 쓸쓸한 집 안에서 편히 쉬려무나.
> 이토록 분명히 보이는 어두운 밤과,

〈황금 소나기를 맞는 다나에〉, 티치아노, 1560~1565년

격한 물결이 네 보드라운 머리를 가까이 스치고 지나도,

귀청을 찢는 바람 소리에도 전혀 신경 쓰지 말고,

너의 빨간 포대기에 앙증맞은 얼굴을 묻고 편히 쉬려무나."

밤새 이리저리 흔들리는 상자에 갇혀 다나에는 당장이라도 자신들을 덮칠 것 같은 파도 소리를 들었다. 새벽이 되었지만 아무것도 볼 수 없는 다나에에게는 아무 위안도 되지 못했다. 자신들 주위로 많은 섬이 바다 높이 솟아 있는 것도 다나에는 볼 수 없었다. 물살이 그들을 들어 올려 재빨리 앞으로 실어갔다가 뭔가 딱딱하고 움직이지 않는 곳 위에 올려놓고 사라졌다는 것만 알았다. 다나에 모자는 드디어 뭍에 착륙해 바다로부터는 안전해졌지만 나갈 방법을 찾지 못한 채 여전히 상자 속에 갇혀 있었다.

운명이 그렇게 예정되었거나, 혹은 자신의 연인과 아이를 위해 여태껏 별로 한 일이 없는 제우스가 그랬는지는 모르지만, 어쨌든 두 사람은 딕티스(Dictys)라는 선량한 어부에게 발견되었다. 어부는 우연히 커다란 상자를 발견하고는 부수고 안을 보았다. 안에 들어 있던 불쌍한 모자를 불쌍히 여겨 자신만큼이나 선량한 아내에게 데려갔다. 마침 딕티스 부부에게는 아이가 없었으므로 부부는 마치 친자식인양 다나에와 페르세우스를 돌봐주었다. 두 사람은 오랫동안 어부 부부와 함께 살았고 다나에는 위험을 벗어나 페르세우스가 소박한 일이기는 하지만 어부 일을 뒤따라 하는 데 만족했다.

딕티스의 형제로 그 작은 섬의 통치자였던 폴리덱테스(Polydectes)는 잔인하고 무자비한 사람이었다. 그는 오랫동안 페르세우스 모자에게 별 관심을 보이지 않았지만 결국 다나에에게 끌리게 되었다. 이 무렵 페르세우스는 어엿한 성인으로 자라났지만 세월이 지나도 다나에의 아름다움은 조금도 퇴색하지 않았기에 폴리덱테스는 다나에의 미모에 반하게 된 것이다. 폴리덱테스는 다나에를 원했지만 그녀의 아들 페르세우스는 원

치 않았으므로 그를 제거할 방법을 궁리하기 시작했다.

근처에는 매우 치명적인 힘으로 악명 높은 괴물 고르곤의 섬이 있었다. 폴리덱테스는 페르세우스에게 괴물들에 관해 말했다. 아마도 괴물들 중 하나의 머리를 이 세상 무엇보다도 원한다고 말했을 것이다. 사실상 페르세우스를 죽이기 위한 계략이 분명했다. 폴리덱테스는 자신이 곧 결혼할 것이라 발표하고 축하연에 친구들을 불렀다. 초대 손님 중에는 페르세우스도 있었다. 관습대로 손님들은 각자 신붓감에게 선물을 가져왔으나 페르세우스만 빈손으로 왔다. 페르세우스는 선물할 수 있는 게 아무것도 없었다. 젊고 자존심 강한 페르세우스는 모든 사람 앞에 나서서 그곳에 있는 어떤 선물보다도 뛰어난 선물을 폴리덱테스 왕에게 선사하겠다고 선언했다. 바로 왕이 바라마지 않던 것이었다. 페르세우스는 곧 출발해 메두사(Medusa)의 머리를 왕의 선물로 가져오겠다고 했다. 왕은 더 이상 바랄 것이 없었다. 정신이 제대로인 사람이라면 결코 그런 무모한 제안을 하지 않을 것이다. 메두사는 고르곤들 중 하나였다.

고르곤들은 모두 셋으로, 각기 날개를 지니고 있으며,
머리카락은 인간이 보기에도 끔찍한 뱀이라네.
어떤 인간도 쳐다보거나 다시는 가까이 갈 수 없으니,
생명의 숨결로 말미암아,

그들을 쳐다보는 사람은 그 자리에서 돌로 변해버렸다. 페르세우스가 그렇게 실없는 허풍을 떤 것은 상처 입은 자존심 때문이었던 것 같다. 어떤 특별한 도움을 받지 않고는 누구도 메두사를 죽일 수 없었다.

그러나 페르세우스는 자신이 범한 어리석음에서 구원받았다. 위대한 두 신이 그를 지켜보고 있었던 것이다. 페르세우스는 왕의 연회장을 나오자마자 어머니에게 자신이 무엇을 할 것인지 말할 엄두도 내지 못한 채, 어디 가면 그 괴물들을 찾을 수 있는지 알기 위해 배를 타고 그리스로 갔다. 페르세우스는 델포이로 갔지만, 여 사제들이 알려준 것은 데메테르의 황금 곡식이 아니라 오로지 도토리만 먹고사는 사람들이 있는 땅으로 가라는 명령이었다. 그래서 참나무의 나라에 있는 도도나로 가서 말하는 참나무들이 제우스의 뜻을 전해 들었다. 그곳에는 도토리로 만든 빵을 먹고사는 셸리(Selli)인이 있었다. 하지만 그들도 페르세우스가 신들의 비호를 받고 있다는 사실 외에 더 이상은 알려주지 못했다. 고르곤들이 어디에 사는지 몰랐던 것이다.

언제 어떻게 헤르메스와 아테나가 그를 도와주었는지는 어느 이야기에도 언급되어 있지 않지만, 그들이 도와주기 전에 페르세우스는 분명 절망이 무엇인지 깊이 맛보았을 것이다. 헤매고 다니던 페르세우스는 결국 기묘하면서도 아름다운 사람을 만난다. 우리는 많은 시를 통해 그 사람이 어떤 모습인지 알 수 있다. 청춘이 가장 꽃 피웠을 때 보이는 홍조가 두 볼에 떠오른 청년으로 한쪽 끝에 날개 달린 황금 지팡이를 지니고 날개 달린 모자와 날개 달린 신발을 신고 있었다. 그 청년을 보자 페르세우스 마음속에 희망이 솟아올랐다. 행운을 가져다주는 헤르메스라는 사실을 알고 있었기 때문이다.

찬란하게 빛나는 청년은 페르세우스에게 메두사를 공격하기 전에 먼저 적절한 장비를 갖춰야 한다는 것과 페르세우스가 필요한 장비는 북쪽 님프들이 지니고 있다고 말해주었다. 님프들이 살고 있는 곳을 찾기 위해 그 길을 유일하게 알고 있는 백발 노파들을 찾아가야 했다. 노파들은 모든 것이 희미하고 여명에 둘러싸여 있는 나라에 살고 있었다. 햇빛도 비치지 않았으며 밤에는 달빛도 비추지 않았다. 회색빛 고장에 세 여인들이 살고 있었는데, 그들 역시 모두 회색으로 나이가 매우 많은 듯 늙어 꼬부라졌다. 정말 기묘한 존재였는데, 그중에서도 세 사람이 눈 하나만 공유하고 있다는 점이 가장 기이했다. 세 사람은 각기 한 사람씩 이마에서 눈을 빼내 다른 사람에게 건네주고, 그러면 잠시 눈을 끼고 있던 사람이 또 눈을 빼내 다른 사람에게 건네주는 것이 습관이었다.

이 모든 사실을 헤르메스는 페르세우스에게 알려준 뒤, 자신의 계획을 털어놓았다. 헤르메스는 직접 페르세우스를 그들에게 안내해줄 예정이었다. 일단 그곳에 도착하면 페르세우스는 숨어 있다가 백발 노파 중 한 사람이 이마에서 눈을 빼내는 것을 지켜봐야 한다. 그리고 바로 다음 순간, 세 사람이 다 앞을 보지 못하는 그때를 틈타 달려들어 눈을 빼앗은 뒤 눈을 되돌려 받고 싶으면 북쪽 님프들에게 가는 길을 알려달라고 말하는 것이다.

헤르메스는 고르곤의 비늘이 단단하다고 하나 그 비늘에 결코 부러지거나 휘지 않고 메두사를 공격할 수 있는 칼을 직접 페르세우스에게 주겠다고 했다. 이 선물이 요긴하다는 사실은 말할 것도 없지만, 만일 페르세우스가 메두사를 공격할 수 있는 거리까지 접근하기 전에 돌로 변해버린다면 그 칼이 무슨 소용인가? 그때 또 다른 위대한 신이 페르세우스를 도와주러 나타났다. 팔라스 아테나가 어느새 페르세우스 곁에 서 있었던 것이다. 아테나는 제 앞가슴을 뒤덮고 있던 반짝반짝 빛나는 청동 방패를 벗어 페르세우스에게 주며 말했다. "고르곤을 공격할 때 이 방패를 들여다보며 움직여라. 거울처럼 메두사를 볼 수 있으니 괴물의 치명적인 힘을 피할 수 있을 것이다."

페르세우스는 이제야 희망을 품을 충분한 이유가 있었다. 여명의 나라로 가는 여정은 길었고 바다 물살을 건너 키메르족이 사는 암흑의 고장을 지나야 했지만 헤르메스가 안내해주기 때문에 페르세우스는 길을 잃지 않았다. 마침내 흔들리는 빛 속에서 회색 새처럼 보이는 백발 노파들을 찾아냈다. 그들이 백조의 모습을 하고 있었기 때문이다. 인간의 머리 형상을 하고 있고 날개 아래로 팔과 손도 있었다. 페르세우스는 헤르메스가 일러준 대로 숨어 있다가 한 사람이 이마에서 눈을 빼낼 때를 기다렸다. 그리고 눈을 빼낸 노파가 다른 노파에게 주기 전 페르세우스가 눈을 낚아챘다.

잠시 후 세 사람은 눈을 잃어버렸다는 사실을 알아챘다. 처음에는 서로가 눈을 가지고 있다고 생각했다. 그러나 페르세우스가 자신에게 눈이 있다고 밝히며 북쪽 님프들을 찾아가는 길을 알려줘야만 되돌려 주겠다고 했다. 즉시 세 노파는 가는 길을 소상히 알려주었다. 눈을 되돌려 받기 위해서라면 더한 일도 기꺼이 했을 것이다.

　　페르세우스는 노파들에게 눈을 되돌려 주고 그들이 알려준 길을 따라갔다. 비록 페르세우스는 알지 못했지만 북풍 뒤쪽 북방 정토 사람들이 살고 있는 축복받은 나라로 향하고 있었다. 사람들은 이렇게 말한다. "해로로도 육로로도 북방 정토 사람들이 모이는 곳에 이르는 놀라운 길은 아무도 찾을 수 없다." 그러나 페르세우스는 헤르메스와 함께했고 자신에게는 길이 활짝 열려 있었으므로 항상 연회를 즐기며 유쾌한 시간을 보내는 행복한 사람들에게 다가갈 수 있었다. 그들은 페르세우스에게 친절을 베풀며 향연에 초대했고 피리와 리라 소리에 맞춰 춤추던 여인들은 페르세우스가 찾는 선물을 주기 위해 잠시 쉬었다. 선물은 모두 세 개였다. 날개 달린 신발, 무엇을 안에 넣어 운반하든 내용물 크기에 꼭 들어맞게 되는 마법의 자루, 그리고 착용한 사람을 보이지 않게 해주는 마법의 모자였다. 이 선물들과 아테나의 방패, 헤르메스의 칼을 갖춘 페르세우스는 고르곤들과 맞설 준비가 되었다. 헤르메스는 행복한 나라를 떠나 페르세우스와 함께 오케아노스와 바다를 건너 무서운 자매들의 섬으로 갔다.

　　페르세우스가 그들을 발견했을 때 다행스럽게도 모두 잠들어 있었다. 페르세우스는 밝게 빛나는 방패에 반사된 고르곤들의 모습을 분명히 볼 수 있었다. 커다란 날개에 몸체는 황금 비늘로 덮여 있고 머리칼은 뱀들이었다. 이제 헤르메스와 함께 아테나도 페르세우스 곁에 있었다. 두 신은 고르곤들 중 누가 메두사인지 알려주었다. 그것은 매우 중요한 일이었다. 세 자매 중 유일하게 죽일 수 있는 것은 메두사이고 나머지 두 고르곤은 불멸이기 때문이다. 날개 달린 신발을 신고 있던 페르세우스는 오로지 방패를 통해서만 바라보며 그들 머리 위로 높이 솟아올랐다. 그러고는 메두사의 목을 곧장 겨냥했고 아테나는 페르세우스의 손을 이끌어주었다.

〈메두사의 머리를 든 페르세우스〉, 안토니오 카노바, 1800년경

단 한 번의 공격에 페르세우스는 메두사의 목을 잘라버렸으며 눈은 여전히 메두사를 보지 않고 방패에만 고정한 채 떨어지는 머리를 잡기 위해 낮게 내려앉았다. 메두사의 머리를 자루 속으로 떨어뜨리자 자루는 머리를 감싸며 꼭 닫혔다. 페르세우스는 더 이상 무서워할 것이 없었다. 그러나 잠에서 깨어나 자기 자매가 죽은 광경을 목격한 두 고르곤이 범인을 뒤쫓으려 했다. 하지만 페르세우스는 안전했다. 보이지 않게 해주는 모자를 쓴 페르세우스를 발견할 수 없었다.

머리채가 풍성한 아름다운 다나에의 아들, 페르세우스는
그렇게 바다 위로 날개 달린 신발을 신고,
생각처럼 빠르게 날아간다네.
은으로 된 마법의 자루 속에는
보기에도 끔찍한
괴물의 머리가 들어 있다네,
마이아의 아들이자 제우스의 전령인
헤르메스도 내내
페르세우스 곁을 지켜주었네.

집으로 돌아가는 길에 페르세우스는 에티오피아에 잠시 착륙했다. 헤르메스는 이미 천상으로 돌아간 뒤였다. 헤라클레스처럼 페르세우스도 끔찍한 바다 괴물에게 잡아먹히도록 바쳐진 사랑스러운 처녀를 발견했다. 처녀 이름은 안드로메다(Andromeda)로 어리석게도 자만심이 강한 여인의 딸이었다.

유명한 에티오피아의 왕비,
딸의 외모가 바다의 님프들보다도
뛰어나다고 자랑하여 그들의 노여움을 샀네.

〈안드로메다를 구출하는 페르세우스〉, 요아킴 위웨일, 1630년

왕비는 안드로메다가 바다의 신 네레우스의 딸들보다 더 아름답다고 자랑했다. 당시 불운을 끌어들이는 가장 확실한 방법은 어느 신보다 우월하다고 주장하는 것이었다. 사람들은 끊임없이 그런 짓을 되풀이했다. 이번에는 신들이 혐오한 자만에 대한 징벌이 카시오페이아(Cassiopeia) 왕비 자신이 아니라 딸인 안드로메다에게 떨어졌다. 많은 에티오피아인이 바다뱀에게 잡아먹혔다. 신탁을 통해 안드로메다를 제물로 바쳐야만 괴물에게서 벗어날 수 있음을 알게 된 사람들은 안드로메다의 아버지 케페우스(Cepheus) 왕에게 동의할 것을 종용했다. 그리하여 페르세우스가 도착했을 때 안드로메다는 바닷가 바위 벼랑에 묶인 채 괴물이 나타나기만을 기다리고 있었다. 안드로메다를 본 페르세우스는 첫눈에 사랑에 빠지고 말았다. 페르세우스는 안드로메다 옆에서 그 거대한 괴물이 먹이를 향해 오기만을 기다렸다. 괴물이 나타나자 고르곤 머리를 베었던 것처럼 단칼에 괴물의 머리를 베었다. 머리를 잃은 괴물의 몸뚱이는 맥없이 바닷물 속으로 가라앉았다. 안드로메다를 부모에게 데려다준 페르세우스는 그녀를 아내로 달라고 요청했고, 왕 부부도 흔쾌히 허락했다.

페르세우스는 안드로메다와 함께 어머니가 있는 섬으로 갔지만 자신이 오랫동안 살았던 집에는 아무도 없었다. 어부 딕티스의 아내는 오래전에 죽었고, 페르세우스에게 아버지와 진배없던 딕티스와 다나에는 그녀의 청혼 거절에 분노한 폴리덱테스에게서 도망쳐 숨어 지내야만 했다. 페르세우스는 그들이 어느 신전에 숨어 있다고 전해들었다. 또한 왕이 궁전에서 연회를 열고 있는데 그를 좋아하는 모든 사람이 함께 모여 있다는 소식도 들었다. 이때가 기회임을 깨달은 페르세우스는 곧장 연회장으로 날아갔다.

가슴에는 아테나의 빛나는 둥근 방패를 들고 옆구리에는 은으로 된 자루를 맨 채 페르세우스가 입구에 들어서자 모든 이의 눈길이 그에게 쏠렸다. 페르세우스는 사람들의 시선이 다른 곳으로 향하기 전 재빨리 고르곤의 머리를 높이 쳐들었다. 그러자 메두사의 머리를 본 사람들은 전부,

왕을 비롯해 비굴한 신하들까지 모두 돌로 변하고 말았다. 페르세우스를 처음 보았을 때 놀라 뻣뻣해진 자세 그대로 각자 긴 조각상의 행렬을 이루며 앉아 있었다.

폭군의 학정으로부터 해방된 것을 섬 주민들이 알게 되자 페르세우스는 다나에와 딕티스를 찾기가 수월했다. 페르세우스는 딕티스를 섬의 왕으로 즉위시켰지만, 자신과 어머니는 안드로메다와 함께 그리스로 돌아가 아크리시오스 왕과 화해하는 것이 좋겠다고 생각했다. 왕이 그들을 상자 안에 가둬 바다에 버린 뒤로 꽤 많은 시간이 흘렀으니 그동안 딸과 외손자를 받아들이는 것을 기쁘게 여길 만큼 누그러졌는지 알아보기로 했다. 하지만 아르고스에 도착해보니 아크리시오스는 이미 도시에서 쫓겨나 아무도 행방을 모르는 상황이었다. 그들이 도착한 지 얼마 되지 않아 북쪽 라리사(Larissa)의 왕이 대규모 운동 경기를 연다는 소식을 듣게 되었다. 페르세우스도 참가하기 위해 그곳으로 갔다. 원반던지기 종목에서 페르세우스가 육중한 원반을 던졌는데 그만 빗나가는 바람에 관중들 틈에 떨어지고 말았다. 때마침 아크리시오스도 왕을 방문하기 위해 자리에 참석해 있었는데 공교롭게도 원반이 그를 맞히고 말았다. 아크리시오스는 그 자리에서 즉사했다.

이렇게 아폴론의 신탁은 꼭 들어맞는다는 사실이 또다시 입증되었다. 페르세우스는 일말의 슬픔을 느꼈지만, 어쨌든 그는 외할아버지가 자신과 어머니를 죽이기 위해 최선을 다했다는 사실을 알고 있었다. 이제 외할아버지가 죽음으로 그들 모자의 고난도 끝이 났다. 페르세우스와 안드로메다는 영원히 행복하게 살았다. 두 사람의 아들인 엘렉트리온(Electryon)은 헤라클레스의 할아버지였다.

한편 메두사 머리는 아테나가 차지했는데, 아테나는 제우스를 위해 항상 들고 다니던 제우스의 방패 위에 그것을 늘 달고 다녔다.

제10장

테세우스

영웅 중에서도 아테네인들에게 가장 사랑받은 테세우스는 많은 작가들의 관심을 끌었다. 아우구스투스 시대에 살았던 오비디우스는 테세우스의 일생을 상세히 서술했으며 기원후 1, 2세기에 살았던 아폴로도로스도 마찬가지였다. 또한 기원후 1세기 말에 살았던 플루타르코스 역시 테세우스를 자세히 언급하고 있다. 테세우스는 에우리피데스의 세 비극과 소포클레스의 한 작품에도 등장하는 중요한 인물이다. 시인들뿐 아니라 산문 작가들도 테세우스를 많이 언급하고 있다. 전체적으로는 아폴로도로스의 이야기를 따랐지만 아드라스토스(Adrastus)의 애원과 헤라클레스의 발광, 히폴리토스(Hippolytus)의 운명 이야기는 에우리피데스 이야기에서 덧붙였다. 테세우스가 오이디푸스 왕에게 친절하게 대한 부분은 소포클레스로부터 인용했고, 아폴로도로스가 오직 한 문장으로 묘사한 테세우스의 죽음에 얽힌 이야기는 플루타르코스로부터 인용했다.

아테네의 위대한 영웅은 다름 아닌 테세우스였다. 온갖 모험을 하고

〈테세우스와 시니스의 싸움〉, 작자 미상, 기원전 5세기

위대한 일에 수없이 참여했기에 아테네에서는 이런 말이 생겨날 정도였다. "테세우스 없이는 아무것도 할 수 없다."

테세우스는 아테네의 왕 아이게우스(Aegeus)의 아들이었지만 어린 시절을 어머니의 고향인 남부 그리스의 어느 도시에서 보냈다. 아이게우스는 아이가 태어나기도 전에 아테네로 돌아갔다. 이때 구멍 속에 칼 한 자루와 신발을 넣고 커다란 바위로 덮어놓았다. 아이게우스는 자신이 한 일을 아내에게 알려주며 만일 사내아이가 태어나 바위를 치우고 그 아래 물건을 꺼낼 수 있을 만큼 튼튼하게 자라면 언제든지 자신의 자식임을 주장하도록 아테네로 보내도 좋다고 말했다. 태어난 아이는 사내아이였고 다른 아이들을 능가할 정도로 강하게 자라났다. 어머니가 바위 있는 곳으로 데려가자 테세우스는 힘 하나 안 들이고 가볍게 바위를 들어올렸다. 어머니는 테세우스에게 이제 아버지를 찾아 떠날 때가 되었다고 말해주었다. 외할아버지가 배를 마련해주었지만 테세우스는 해로로 가기를 거절했다. 배로 가는 항해는 안전하고 수월했기 때문이다. 테세우스는 가능한 한 빨리 위대한 영웅이 되고 싶었는데, 손쉽고 안전한 길은 영웅이 되기 위한 지름길이 아니었다. 그리스의 모든 영웅 중에서 가장 뛰어난 존재인 헤라클레스를 생각하며, 자신도 그렇게 훌륭해져야겠다는 결심이 늘 마음속에 자리 잡고 있었다. 두 사람은 사촌지간이었으므로 아주 당연한 일이었다.

테세우스는 어머니와 외할아버지에게 항해는 위험으로부터 비열하게 도망치는 것이라고 말하며 그들이 권유한 배를 완강히 거절하고 걸어서 아테네를 향해 출발했다. 아테네로 가는 여정은 길을 막고 덤벼드는 강도들 때문에 매우 위험했다. 하지만 테세우스는 강도들을 만나는 족족 모두 죽여버렸다. 미래의 나그네들을 괴롭히지 못하도록 한 사람도 살려두지 않았다. 정의를 실현하는 테세우스의 생각은 단순하지만 효과적이었다. 강도들 각자가 한 짓을 테세우스가 고스란히 갚아주는 것이었다. 예를 들어, 스키론(Sciron)은 잡아온 나그네들에게 자기 발을 씻기게 하고, 그들이 무릎을 꿇으면 발로 차 바닷속으로 던져 넣었는데 테세우스도 똑같은 방법으로 그를 낭떠러지 아래로 던져버렸다. 땅까지 잡아 늘인 소나무 두 그루에 사람들을 묶고 소나무를 다시 놓아서 죽였던 시니스(Sinis)도 똑같은 방법으로 테세우스에게 죽임을 당했다. 사람들을 철제 침대에 눕히고 침대 길이에 맞춰 키가 작은 사람은 억지로 잡아 늘이고 키가 큰 사람은 긴 부분만큼 잘라냈던 프로크루스테스(Procrustes)가 바로 그 침대에 눕는 신세가 되었다. 프로크루스테스의 경우 늘이거나 자르는 방법 중 어느 쪽이 쓰였는지 이야기는 밝히지 않고 있지만 어쨌든 두 방법 중 하나로 그의 목숨도 끝이 났다.

나그네들에게 커다란 골칫거리였던 강도들을 깨끗이 소탕한 청년에게 그리스 전역에서 얼마나 칭찬이 자자했을지 상상할 수 있을 것이다. 아테네에 도착하자 테세우스는 이미 누구나 인정하는 영웅이 되어 왕의 연회에 초청받았다. 물론 왕은 테세우스가 자기 아들이라는 사실을 몰랐다. 사실 청년의 치솟는 인기를 두려워한 아이게우스 왕은 사람들이 자신을 제치고 청년을 왕으로 추대할지도 모른다는 생각에 독살하려고 초대한 것이었다. 그런데 음모는 왕의 생각이 아니었다. 황금 양털 원정의 여주인공이었던 메데이아가 마법으로 테세우스가 누구인지 알아낸 뒤 꾸민 계략이었다. 날개 달린 마차를 타고 코린토스를 떠났던 메데이아는 아테네로 도망쳤다. 그녀는 곧 아이게우스 왕에게 대단한 영향력을 행사하게 되었는데, 이제 와서 왕의 아들에게 방해받고 싶지 않았던 것이다. 그러나 메데이아가 독이 든 잔을 건네줄 때 테세우스는 당장이라도 아버지에게 자신의 존재를 알리고 싶은 열망에 칼을 뽑았다. 그 칼을 알아본 왕은 테세우스가 마시려던 잔을 쳐서 떨어뜨렸다. 메데이아는 늘 그랬듯이 그 길로 도망쳐 아시아로 무사히 건너갔다.

아이게우스는 테세우스가 자신의 아들이자 상속자라고 온 나라에 선포했다. 이 새로운 상속자는 곧 모든 아테네인에게 사랑받을 기회를 얻게 되었다.

테세우스가 아테네에 도착하기 몇 년 전 도시에는 끔찍한 불행이 발생했다. 크레타의 강력한 통치자 미노스 왕의 유일한 아들 안드로게오스(Androgeus)가 아테네 왕을 방문한 상황에서 갑자기 죽게 되었다. 아이게우스 왕은 주인으로서 하면 안 되는 일을 저질렀는데 자기 손님을 위험천만한 원정에 내보낸 것이다. 무시무시한 황소를 죽이는 그 원정에서 오히려 황소가 안드로게오스를 죽이고 말았다. 몹시 분노한 미노스 왕은 아테네로 쳐들어와 사람들을 포로로 잡고 9년마다 청년과 처녀를 각각 일곱 명씩 공물로 보내지 않으면 도시를 쑥대밭으로 만들어버리겠다고 선언했다. 일곱 청년과 일곱 처녀에게는 크레타에 도착하자마자 미노타우로스(Minotaur)의 먹이가 되는 끔찍한 운명이 기다리고 있었다.

반은 황소이고 반은 인간인 괴물 미노타우로스는, 미노스 왕의 아내 파시파에(Pasiphae)와 근사하게 생긴 황소 사이에서 태어났다. 포세이돈이 제물로 바치라고 미노스 왕에게 준 황소가 몹시 아름다웠으므로 미노스가 죽이지 않고 자신이 가져버렸다. 이에 화가 난 포세이돈이 미노스를 벌하려고 그의 아내 파시파에가 황소를 사랑하도록 만들었다.

그렇게 해서 태어난 미노타우로스를 미노스 왕은 죽이지 않았다. 대신 위대한 건축가이자 발명가인 다이달로스에게 미노타우로스를 가두어 절대 빠져나올 수 없는 곳을 만들도록 했다. 다이달로스는 세상에서 가장 유명한 미궁 라비린토스를 만들었다. 일단 들어가면 누구도 출구를 찾지 못한 채 구불구불한 길을 따라 끝없이 헤매게 된다. 바로 이곳에 젊은 아테네인들이 매번 강제로 들어가 미노타우로스에게 희생되었다. 빠져 나올 길은 전혀 없었다. 어느 방향으로 달려가도 곧장 미노타우로스에게 향하게 되어 있었다. 움직이지 않고 한 자리에 가만히 서 있어도 언젠가는 미궁 속에서 미노타우로스와 마주치게 되어 있었다. 테세우스가 아테네에 도착하고 며칠 후, 일곱 청년과 일곱 처녀가 그런 운명을 기다리고 있었다. 다음 공물을 바칠 시간이 돌아왔기 때문이다.

테세우스는 자신이 희생물 중 한 사람으로 가겠다고 자처했다. 사람들은 모두 테세우스의 선한 품성과 고귀함을 존경했지만 테세우스가 미노타우로스를 죽이려 할 줄은 꿈에도 생각하지 못했다. 하지만 테세우스는 아버지에게, 만일 성공하면 자신이 무사하다는 것을 알아볼 수 있도록 시체처럼 불행한 짐을 나를 때 다는 검은 돛을 흰 돛으로 바꿔 달고 돌아오겠다고 약속했다.

드디어 크레타에 도착한 젊은 희생양들은 라비린토스로 가는 도중 수많은 사람들의 구경거리가 되었다. 미노스의 딸 아리아드네(Ariadne)는 구경꾼 틈에 끼어 있다가 지나가는 테세우스를 보고 첫눈에 반해버렸다. 아리아드네는 다이달로스에게 사람을 보내 라비린토스에서 빠져나올 방법을 알려달라고 했다. 테세우스에게는 만일 자신을 아테네로 데려가 아내로 맞아준다면 미궁에서 탈출할 방법을 알려주겠다고 제안했다. 예상대로 테세우스는 제안을 받아들였고 아리아드네는 다이달로스에게서 들은 해결책을 알려주었다. 실 뭉치 한쪽 끝을 문 안쪽에 묶은 다음 실타

〈테세우스와 미노타우로스〉, 안토니오 카노바, 1781~1783년

래를 계속 풀며 앞으로 나아가는 방법이었다. 테세우스는 아리아드네가 알려준 대로 하며 미노타우로스를 찾아 대담하게 미궁 속으로 걸어 들어 갔다. 잠들어 있던 미노타우로스와 마주친 테세우스는 꼼짝 못하게 위에 서 내리눌렀다. 다른 무기가 없어 맨주먹으로 괴물을 죽여버렸다.

참나무가 산중턱에 쓰러지며
밑에 깔린 것은 모두 부서뜨리듯
테세우스도 그렇게 했네. 야수의 거친 생명을
힘차게 내리누르자 이제 죽어서 누워 있네,
머리만 천천히 흔들렸지만 그 뿔 아무 소용없네.

무시무시한 격투 끝에 테세우스가 몸을 일으켰다. 실타래는 그가 떨어뜨렸던 곳에 그대로 있었다. 실타래만 있으면 출구는 확실히 찾을 수 있었다. 다른 청년들과 처녀들도 테세우스 뒤를 따랐다. 테세우스 일행은 아리아드네를 데리고 아테네를 향해 배를 몰았다.

아테네를 가던 도중 테세우스 일행은 낙소스 섬에 잠시 머물렀다. 그 섬에서 일어난 일에 관해서는 서로 다른 설이 있는데, 그중 한 이야기에 따르면 테세우스가 아리아드네를 버렸다고 한다. 아리아드네가 잠든 사이 테세우스는 그녀를 떼어놓은 채 배를 타고 떠나버렸지만, 디오니소스가 아리아드네를 발견하고 위로해주었다고 한다. 다른 이야기는 테세우스에게 좀 더 호의적이다. 아리아드네가 심하게 뱃멀미를 했으므로 기운을 차리도록 잠시 해안에 내려놓고 그사이 테세우스는 처리할 일이 있어 배로 돌아갔다. 그런데 갑자기 격랑이 일어 배가 바다로 밀려나가는 바람에 테세우스는 오랫동안 해안가로 돌아오지 못했다. 다시 돌아왔을 때는 이미 아리아드네가 죽어 있는 바람에 테세우스가 깊이 상심했다고 한다.

두 이야기 모두 테세우스가 아테네 가까이 다가왔을 무렵 흰 돛으로 바꾸는 걸 잊었다는 내용은 일치하고 있다. 성공적으로 항해를 마쳤다

는 즐거움에 취해 다른 일은 깡그리 잊어버렸거나 아리아드네를 잃어 슬
펐기 때문일 수도 있다. 어쨌든 며칠 동안 눈을 크게 뜬 채 아크로폴리스
(Acropolis)에서 바다를 응시하던 아버지 아이게우스 왕의 눈에는 검은 돛
대가 보였다. 그것은 아들이 죽었다는 의미였으므로 아이게우스 왕은 높
은 해안 절벽에서 바다로 몸을 던지고 말았다. 아이게우스가 몸을 던진
바다는 그의 이름을 따서 에게해(Aegean)라고 불리게 되었다.

아버지가 죽고 아들인 테세우스가 아테네의 왕이 되었다. 그는 현명
하면서도 공정한 왕이었다. 테세우스는 백성 위에 군림하기를 원하지 않
는다고 선언했다. 모든 사람이 평등한 민중의 정부를 원했다. 그래서 왕
권을 포기하고 시민들이 모여 투표할 수 있는 장소로 의회를 짓고 공화
국을 결성했다. 테세우스가 맡은 유일한 관직은 총사령관이었다. 그 결과
전 세계 모든 도시 중에서 아테네가 가장 행복하고 번영하는 도시가 되었
고 진정한 자유의 본고장이자 국민이 스스로를 통치하는 세계 유일의 국
가가 되었다. 일곱 장군이 테바이를 공격하며 일으킨 대규모 전쟁에서 테
바이인들이 승리를 거둔 뒤 죽은 적들을 매장해주는 것을 거절했다. 그러
자 패배한 사람들은 테세우스 같은 지도자와 함께하는 자유민들이라면
죽은 자들이 부당한 대우를 받는 것을 그냥 두지는 않을 것이라고 믿으며
아테네를 찾아와 도움을 구했다. 그들의 믿음은 헛되지 않았다. 테세우스
는 군대를 이끌고 테바이로 가서 정복한 후 죽은 자들의 시신을 모두 묻
어주게 했다. 그러나 승리를 거두었다고 해서 테바이인들이 행한 사악한
짓에 대해 다시 악행으로 갚지는 않았다. 테세우스는 스스로 완벽한 기사
임을 보여주었다. 자신의 군대가 도시에 들어가 약탈하지 못하게 했던 것
이다. 테세우스는 테바이인들을 벌하기 위해 온 것이 아니라 죽은 아르고
스인들을 묻어주기 위해 온 것이므로 그 임무가 끝나자 곧장 병사들을 이
끌고 아테네로 돌아갔다.

다른 많은 이야기에서도 테세우스는 동일한 모습을 보여준다. 테세
우스는 모든 사람이 저버린 나이든 오이디푸스를 받아들였다. 오이디푸

스가 죽을 때는 곁에서 위로하며 지켜주었다. 의지할 데 없는 오이디푸스의 두 딸을 보호해주고 아버지가 죽은 뒤에는 고향으로 무사히 돌려보냈다. 헤라클레스가 미쳐서 아내와 자식들을 죽인 후 다시 제정신으로 돌아와 자살하려고 할 때도 테세우스만이 홀로 곁을 지켜주었다. 헤라클레스의 다른 친구들은 끔찍한 짓을 저지른 사람 곁에 있다가는 명예가 실추될지도 모른다고 두려워하며 모두 도망쳤지만 테세우스는 친구에게 손을 내밀어 용기를 북돋워주고, 죽는 것은 비겁한 자나 하는 짓이라며 아테네로 데려갔다.

그러나 국가의 중대사나 괴롭힘을 받는 나약한 사람들을 보호하기 위한 기사 수련이 모험 자체를 즐기는 테세우스의 열정을 누를 수 없었다. 테세우스는 여전사들의 아마존족 나라로 가서 그중 한 여인을 데리고 왔다. 헤라클레스와 함께 갔다고 말하는 사람도 있고, 홀로 갔다고 말하는 사람도 있다. 데려온 여인의 이름이 안티오페(Antiope)라는 설도 있고, 히폴리테(Hippolyta)라는 설도 있다. 하지만 그 여인과 테세우스 사이에 태어난 아들의 이름이 히폴리토스라는 것과, 아이가 태어난 후 아마존족은 그녀를 구하기 위해 아테네 변방인 아티카(Attica)를 공격하여 아테네 시까지 쳐들어왔다는 것은 분명한 사실이다. 아마존족은 결국 패배했고 이후로 테세우스가 살아 있는 한 어떤 적도 아티카로 다시는 쳐들어오지 못했다.

테세우스는 여기서 그치지 않고 다른 모험도 많이 감행했다. 그는 황금 양털을 찾기 위해 아르고 호에 승선한 원정대원 중 한 명이었다. 여기서 칼리돈(Calydon)의 왕이 제 나라를 쑥대밭으로 만든 무시무시한 멧돼지를 죽이도록 도와달라고 그리스의 위대한 영웅들을 불렀을 때 사냥에도 참가했었다. 사냥을 하는 동안 테세우스는 전에도 수차례 그랬듯이 성급한 친구 페이리토오스(Pirithous)의 목숨을 구해주었다. 페이리토오스는 테세우스만큼이나 모험을 좋아했지만 테세우스처럼 성공을 거두지는 못했기 때문에 끊임없이 곤경에 빠졌다. 테세우스는 그런 친구를 헌신

〈테세우스와 아마존족의 싸움〉, 페테르 파울 루벤스, 1600년

적으로 도와주었다. 둘의 우정도 페이리토오스의 성급한 행동 덕분에 이루어진 것이었다.

페이리토오스는 듣던 대로 테세우스가 위대한 영웅인지 직접 알아봐야겠다는 생각이 들어 그 길로 곧장 아티카로 가서 테세우스의 가축을 몇 마리 훔쳤다. 테세우스가 자신을 뒤쫓고 있다는 말을 듣자 페이리토오스는 달아나기는커녕 당장이라도 누가 더 훌륭한 사람인지 가리려고 테세우스를 만나러 갔다. 두 사람이 서로 마주치자 언제나 그랬듯이 충동적인 페이리토오스는 갑자기 마음속으로 동경하던 모든 것을 다 잊어버리고 말았다. 테세우스에게 손을 내밀며 외쳤다. "나는 그대가 내리는 벌은 무엇이든 달게 받겠소. 그대가 심판하시오." 이 다정한 행동에 기뻐하며 테세우스는 즉각 대답했다. "내가 원하는 모든 것은 그대가 내 친구가 되어 의형제를 맺는 것이오." 그들은 엄숙하게 우정의 서약을 맺었다.

라피테스(Lapithae)족의 왕인 페이리토오스가 결혼할 때 당연히 테세우스도 하객으로 참석했는데, 그 자리에서도 매우 유용한 존재가 되었다. 결혼식 피로연은 이제껏 일어난 사건 중 가장 불행한 일이 되어버렸다. 말의 몸체에 가슴과 얼굴은 인간 형상을 한 켄타우로스 족이 신부 측 하객으로 결혼식에 참석했다. 술을 퍼마시고 취해버린 그들은 여인들을 잡으러 달려들었다. 테세우스는 신부를 보호하기 위해 뛰어들었고 그녀를 납치해 가려던 켄타우로스 한 명을 내리쳤다. 그러자 끔찍한 싸움이 뒤따랐지만 라피테스 족은 켄타우로스 족을 완전히 제압하고 모두 그 나라에서 내쫓아버렸다. 이때 테세우스는 끝까지 그들을 도와주었다.

두 사람이 벌인 마지막 모험에서는 테세우스도 친구를 구하지 못했다. 켄타우로스들과 끔찍한 싸움을 치른 결혼식의 주인공인 그 신부가 죽은 후 특이하게도 페이리토오스는 두 번째 신부로 온 우주에서 가장 삼엄하게 보호받고 있는 여인, 즉 페르세포네를 데려오기로 결정한 것이다. 이번에도 테세우스는 친구를 도와주기로 동의했지만 친구의 위험한 모험에 자극을 받았는지 당시 아직 어린아이였던 미래 트로이 전쟁의 여주

〈테세우스의 원정 이야기가 그려진 모자이크〉, 작자 미상, 기원후 200년경

인공 헬레네를 먼저 데려오겠다고 했다. 헬레네가 다 자라면 결혼할 심산이었다. 이 계획은 페르세포네를 유괴하는 것보다는 덜 위험했지만 야심만만했던 테세우스를 만족시키고 남을 만큼 충분히 위험한 모험이었다. 헬레네의 두 오빠 카스토르와 폴리데우케스는 단순한 인간 영웅 이상이었다. 테세우스는 어린 소녀를 납치하는 데 성공하지만 헬레네의 두 오빠가 동생을 다시 데려가버렸다. 다행히 카스토르 형제는 그곳에서 테세우스를 찾지 못했다. 테세우스는 페이리토오스와 함께 페르세포네를 데리러 지하 세계로 떠난 뒤였기 때문이다.

테세우스와 페이리토오스 두 사람이 지하 세계까지 도착한 과정은 상세하게 알려져 있지 않다. 하지만 저승의 왕 하데스는 두 사람의 의도를 완벽히 꿰뚫어보고 색다른 방법으로 그들의 계획을 좌절시킴으로써 즐거워했다. 두 사람은 이미 죽음의 왕국에 들어와 있었으므로 하데스는 그들을 죽이지 않았다. 대신 환영의 뜻으로 자기 앞에 앉으라고 권했다. 두 사람은 하데스가 가리키는 자리에 앉았다. 그 순간 두 사람은 그곳에 계속 머무를 수밖에 없게 되었다. 자리에서 일어날 수 없었던 것이다. 그들은 망각의 의자에 앉았다. 그 의자에 앉는 사람은 모든 것을 잊게 된다. 정신은 백지 상태가 되어 움직일 수조차 없게 된다. 페이리토오스는 영원히 앉아 있게 되지만 테세우스는 사촌인 헤라클레스의 도움으로 풀려난다. 헤라클레스가 지하 세계에 왔을 때 테세우스를 그 의자에서 들어 올려 다시 지상으로 데려간 것이다. 헤라클레스는 페이리토오스도 구해주려고 했으나 뜻대로 되지 않았다. 저승의 왕은 페르세포네를 납치하려고 계획을 꾸민 사람이 페이리토오스라는 사실을 알고 있었으므로 그만은 단단히 붙들어놓았다.

말년에 테세우스는 아리아드네의 동생인 파이드라(Phaedra)와 결혼했는데, 그로 인해 자신과 아내 파이드라, 아마존 여인이 낳은 아들 히폴리토스 세 사람 모두에게 끔찍한 불행이 닥치게 된다. 테세우스는 자신이 유년기를 보낸 남쪽 도시에서 어린 아들을 양육하기 위해 히폴리토스를 멀리 보냈다. 소년은 뛰어난 운동선수이자 사냥꾼으로 성장했고, 호화롭게 사는 사람들과 사랑에 빠질 만큼 유순하고 어리석은 사람들을 경멸했다. 히폴리토스는 아프로디테를 비웃으며 사냥과 축제의 여신 아르테미스만을 숭배했다. 테세우스가 파이드라를 데리고 그의 옛 고향으로 돌아왔을 당시 사정은 그랬다. 아버지와 아들 사이에는 금세 진한 혈육의 정이 솟았고 부자는 함께 있게 되어 기뻐했다.

그런데 의붓아들인 히폴리토스가 파이드라에게는 아무런 관심을 보이지 않았다. 히폴리토스는 한 번도 여자에게 주목해본 적이 없었다. 그러나 파이드라 쪽은 사정이 전혀 달랐다. 파이드라는 걷잡을 수 없이 히폴리토스를 사랑하게 되었고, 그런 사랑에 수치심을 느끼면서도 억누를 수가 없었다. 이 불행한 불륜의 사랑 뒤에는 바로 아프로디테가 있었다. 아프로디테는 히폴리토스가 자신을 무시한 데 화가 나 그를 최대한 벌주기로 결심한 것이다.

어디에서도 도움의 손길을 찾지 못한 채 번민과 절망에 빠져 있던 파이드라는 다른 사람들 모르게 죽을 결심을 했다. 테세우스는 마침 먼 곳으로 출타 중이었고, 파이드라에게 무조건 헌신적이었던 유모가 이 모든 사실을 눈치 챘다. 자신의 주인이 은밀한 사랑에 빠졌으며 절망감에 사로잡혀 자살하려고 마음먹었다는 사실까지 모두 알아버린 것이다. 유모는 마음속으로 오로지 한 가지 생각, 제 주인을 구해야겠다는 일념에 곧장 히폴리토스를 찾아갔다.

"마님은 당신을 향한 사랑 때문에 죽어가고 있어요. 그러니 살려주세요. 당신도 우리 마님을 사랑해주세요."

히폴리토스는 혐오감을 드러내며 유모에게서 떨어졌다. 여인의 사랑이라면 늘 히폴리토스를 불쾌하게 만들었지만 이 불륜은 특히 더 두렵고 구역질났다. 히폴리토스는 안뜰로 뛰쳐나갔고 유모는 따라가며 계속 애원했다. 파이드라도 마침 그곳에 있었지만 히폴리토스는 파이드라를 보지 못했다. 히폴리토스는 유모에게 맹렬하게 분통을 터트리며 말했다.

"천하에 못된 것 같으니라고. 나더러 아버지를 배반하게 만들 작정이냐. 나는 그런 말을 듣는 것만으로도 더럽혀진 느낌이다. 오, 여인들이란 하나같이 사악한 존재로구나. 나는 아버지가 집에 계실 때 외에는 다시는 이 집에 발을 들여놓지 않겠다."

그 길로 히폴리토스는 뛰쳐나갔고 유모는 발길을 돌리다 파이드라와 마주쳤다. 자리에서 일어난 파이드라는 유모를 겁에 질리게 할 만큼 비장한 표정을 짓고 있었다.

"무슨 일이 있어도 주인마님을 돕겠어요." 유모가 더듬거리며 말을 했다.

"그만. 내 일은 내가 알아서 해결해." 그 말과 함께 파이드라는 집 안으로 들어갔다. 유모도 덜덜 떨면서 뒤를 살피며 따라갔다.

잠시 후 돌아온 주인을 맞이하는 남자들의 목소리가 들려왔다. 그리고 곧 테세우스가 안뜰로 들어섰다. 그곳에서 흐느끼는 여인들이 테세우스를 맞으며 파이드라의 자살 소식을 전해주었다. 그들도 이제 막 죽은 파이드라를 발견했고 그녀 손에는 남편에게 쓴 편지가 쥐어져 있었다고 했다.

"오 소중한 사람이여, 당신의 마지막 소망을 이 편지에 쓴 것이오? 이것은 분명 그대의 봉인이구려. 이제 다시는 내게 웃어주지 못할 그대의 것이구려."

편지를 뜯은 테세우스는 편지를 읽고 또 읽었다. 그러더니 안뜰에 가득 채우고 있던 하인들을 향했다.

"이 편지는 크게 절규하고 있다. 낱말들이 말을 하고 혀도 달려 있구나. 내 아들이 아내를 범했다는 사실을 너희 모두 알아두어라. 오 포세이돈 신이여, 제가 아들을 저주하는 동안 제 말을 들으시고 그 저주가 이루어지도록 하소서."

그런데 급하게 달려오는 발걸음 소리 때문에 침묵은 곧 깨지고 말았다. 히폴리토스가 들어온 것이다.

〈절망에 빠진 파이드라〉, 알렉상드르 카바넬, 1880년

"무슨 일입니까? 어머니가 어떻게 돌아가셨죠? 아버지, 직접 말씀해주세요. 슬픔을 숨기지 말고 다 말씀해주세요."

"누가 믿을 만한지 아닌지 알기 위해 효심을 치수로 젤 만한 자라도 있어야겠다. 자, 여기 내 아들을 보라. 죽은 내 아내의 손에 의해 비열함이 입증되었으니 말이다. 네 녀석은 내 아내를 범했다. 네가 할 수 있는 어떤 말보다도 파이드라의 편지가 진실을 말해주고 있다. 가거라. 너를 이 땅에서 추방하노라. 지금 당장 사라져라."

그러자 히폴리토스가 대답했다. "아버지, 저는 언변이 뛰어나지도 못하고 제 결백을 입증해줄 만한 증인도 없습니다. 유일한 증인인 어머니 본인은 이미 돌아가셨고요. 제가 할 수 있는 것은 그저 위에 계신 제우스를 두고 결코 어머니를 범하지도, 그러기를 바란 적도 없음을 맹세하는 것이 전부입니다. 제게 죄가 있다면 비참하게 죽을 것입니다."

"파이드라는 이미 죽음으로 자신의 진실을 입증했다. 가라. 너를 이 땅에서 쫓아내노라."

히폴리토스는 떠났지만 유배당하지는 않았다. 죽음이 너무도 가까이서 기다리고 있었기 때문이다. 영원히 떠나게 될 집에서 나와 바닷가 근처를 따라 걷던 중, 아버지 테세우스가 내린 저주가 실현되었다. 갑자기 바다에서 괴물이 나타나자 히폴리토스가 고삐를 단단히 쥐고 있었음에도 몹시 놀란 말이 도망치고 말았다. 그 바람에 마차는 산산이 부서지고 히폴리토스는 치명상을 입었다.

테세우스 역시 벌을 받았다. 아르테미스가 나타나 진실을 알려준 것이다.

나는 그대를 도와주기 위해서가 아니라 그대의 아들이
훌륭했다는 사실을 알려줌으로써 고통을 주기 위해 왔노라.
죄인은 히폴리토스를 미치도록 사랑한 네 아내다.
자신의 열정과 싸우다가 스스로 죽은 것이지.

그러니 파이드라가 쓴 편지는 모두 거짓이다.

이 엄청난 사건의 전말에 압도된 테세우스가 그 말을 듣고 있는 사이 아직 숨이 붙어 있던 히폴리토스가 실려 왔다.

히폴리토스는 헐떡이며 외쳤다. "저는 아무 죄가 없어요. 아르테미스, 당신이신가요? 오 여신이여, 당신의 사냥꾼이 죽어가고 있습니다."

그 말에 아르테미스는 대답했다. "그 누구도 네 자리를 대신할 수 없다. 인간들 중 내게 가장 소중했던 너를 말이다."

히폴리토스는 여신의 빛나는 광채로부터 상심한 테세우스에게로 고개를 돌렸다.

"아버지, 소중한 아버지, 아버지는 아무 잘못 없으십니다."

"아, 내가 너 대신 죽을 수만 있다면!"

바로 그때 고요하면서도 부드러운 여신의 음성이 고통에 휩싸인 두 사람 사이에 끼어들었다. "테세우스, 그대의 아들을 품에 안아라. 그 아이를 죽인 것은 그대가 아니다. 바로 아프로디테였다. 그대의 아들은 결코 잊히지 않을 것이라는 사실을 알아두어라. 노래와 이야기로 사람들은 영원히 그를 기억할 것이다."

아르테미스 여신은 홀연히 사라졌고, 히폴리토스 역시 숨을 거두었다. 히폴리토스는 벌써 죽음의 왕국으로 내려가는 길로 출발했다.

테세우스의 죽음 역시 비참했다. 그는 친구인 리코메데스(Lycomedes) 왕의 궁전에 있었는데, 그곳은 그로부터 몇 년 후 아킬레우스가 소녀로 변장하고 숨은 장소다. 아테네인들이 추방했기 때문에 테세우스가 간 것이라고 말하는 사람들도 있다. 어쨌든 테세우스의 친구이자 왕인 리코메데스에게 죽임을 당했는데, 그 이유는 전해지지 않는다.

설령 아테네인들이 정말로 테세우스를 추방한 것이라고 해도 그가 죽자 아테네인들은 다른 누구보다 그를 높이 추앙했다. 테세우스를 위해 성대한 무덤을 세우고, 일생 동안 힘없는 사람들의 수호자가 되었던 그를 기념해 그의 무덤은 노예와 가난한 사람과 의지할 데 없는 이들을 위한 영원한 은신처가 될 것이라고 선포했다.

제11장

헤라클레스

오비디우스가 헤라클레스의 일생을 언급하긴 하지만 평상시와는 다르게 짤막하게만 말한다. 오비디우스는 영웅의 업적에는 별 관심이 없고 감상적인 이야기를 좋아했다. 언뜻 보기에는 헤라클레스가 아내와 아이들을 죽인 부분을 오비디우스가 간과하고 넘어간 것이 이상해 보이지만 어쨌든 기원전 5세기 시인인 에우리피데스가 서술하고 있다. 오비디우스가 그 부분을 말하지 않은 것은 어쩌면 자신의 총명함 때문이 아닐까 싶다. 이미 그리스 비극 작가들이 쓴 신화에 대해서는 별로 할 말이 없었던 것이다. 오비디우스는 헤라클레스의 유명한 이야기 중 하나인, 어떻게 알케스티스(Alcestis)를 죽음에서 구해냈는지도 그냥 건너뛰고 있다. 이 부분은 에우리피데스의 또 다른 희극 작품의 주제가 되었다. 에우리피데스와 동시대를 살았던 소포클레스는 헤라클레스가 어떻게 죽었는지 자세히 묘사하고 있다. 한편 헤라클레스가 갓난아기였을 때 뱀들과 싸운 일화는 기원전 5세기 핀다로스와 기원전 3세기 테오크리토스가 언급하고 있다. 헤라클레스에 관한 이야기로는 두 비극 작가인 에우리피데스와 소포클레스의 이야기를 따랐고, 핀다로스보다는 테오크리토스를 인용했는데 그는 번역하기 어려운 시인 중 한 명이다. 나머지 부분은 기원후 1, 2세기 산문 작가로 오비디우스를 제외하고는 헤라클레스 일생을 전체적으로 서술한 아폴로도로스를 인용했다. 오비디우스보다는 아폴로도로스의 표현법이 더 마음에 드는데, 이 경우에 있어서만은 유일하게 아폴로도로스의 것이 더욱 상세하기 때문이다.

그리스의 위대한 영웅 헤라클레스는 아테네의 위대한 영웅 테세우스와는 혈통이 전혀 다르다. 헤라클레스는 아테네인들을 제외한 모든 그리스인이 최고로 숭배하는 영웅이었다. 아테네인들은 다른 그리스인들과는 조금 달랐으므로 영웅도 당연히 다를 수밖에 없었다. 테세우스도 물론 다른 모든 영웅처럼 용감했지만 다른 영웅들과는 달리 인정이 많고 지성도 뛰어난 인물이었다. 아테네인들은 그리스의 다른 지역 사람들과는 달리 생각하는 힘을 높이 평가했으므로 그와 같은 영웅을 숭배하는 것은 당연했다. 테세우스를 통해 아테네인들의 이상이 실현되었던 것이다. 반면 헤라클레스는 그리스의 나머지 지역 사람들이 가장 소중히 여기던 것을 구현하고 있다. 헤라클레스의 자질은 일반적으로 그리스인들이 존경하고 숭배하던 것들이었다. 불굴의 용기를 제외하면, 헤라클레스의 자질은 테세우스를 돋보이게 한 자질과는 달랐다.

헤라클레스는 지상에서 가장 힘이 센 사람이었으므로 대단한 자신감을 지니고 있었다. 헤라클레스는 스스로 신들과 동일하다고 생각했는데 지나친 억지 주장은 아니었다. 신들이 기간테스 족을 제압하기 위해 헤라클레스의 도움을 필요로 했기 때문이다. 야만적이고 무서운 자손인 기간테스 족에게 올림포스 신들이 마침내 승리를 거둔 데는 헤라클레스의 화살이 중요한 역할을 했다. 헤라클레스는 그에 알맞게 신들을 대우했다.

한번은 델포이에서 여 사제가 신탁에 관해 아무 말도 하지 않자 헤라클레스는 여 사제가 앉아 있던 삼각대를 빼앗고 앞으로는 자기가 직접 자

〈헤라클레스〉, 작자 미상, 기원전 200년경

신의 신탁을 내리겠다고 선언했다. 이를 본 아폴론은 당연히 참을 수 없었지만 헤라클레스도 아폴론과 싸울 태세를 완벽히 갖추었으므로 제우스가 중재하지 않을 수 없었다. 하지만 그 싸움은 쉽게 해결되었다. 헤라클레스는 품성이 착했다. 아폴론과 다투기를 원하지 않았고 단지 그의 신탁만 듣길 원했다. 만일 아폴론이 신탁을 주었더라면 그 선에서 문제가 해결되었을 것이다. 아폴론 쪽에서도 그의 대담함에 존경심을 느껴 여 사제에게 응답을 내려주게 했다.

일생 동안 헤라클레스는 대항하는 사람들과 맞붙었을 때 결코 패배하지 않는다는 완벽한 자신감을 지니고 있었고 여러 사실이 이를 입증하고 있다. 언제, 누구와 싸우든 결과는 불 보듯 뻔했다. 헤라클레스를 정복하기 위해서는 오직 초자연적인 힘이 필요했다. 헤라클레스는 헤라의 마법으로 결국 죽지만, 하늘과 바다, 육지에 사는 그 어느 것도 헤라클레스를 이겨본 적이 없다.

대체적으로 헤라클레스가 한 일에는 지성이 드러나지 않으며 어떤 때는 아예 지성이 없는 것으로 의심되는 짓도 자주 했다. 한번은 날이 너무 뜨겁자 화살로 태양을 겨냥하고는 쏘아 맞추겠다고 협박했다. 또 언젠가는 타고 있던 배가 파도에 휩쓸려 이리저리 요동치자 파도에게 잠잠해지지 않으면 혼내주겠다고 소리치기도 했다. 헤라클레스는 지혜롭지 못했고 매우 감정적이었다. 성질이 급해 쉽게 이성을 상실하는 경향도 있었다. 그래서 자신이 아끼던 시종 힐라스를 잃은 슬픔에 절망해 아르고 호를 떠날 때도 황금 양털을 찾는 모험이나 동료들에 대한 생각은 깡그리 잊어버렸다.

이토록 힘이 대단한 사람이 감정이 예민하다는 것은 기묘하게도 사람 마음을 끄는 데가 있지만 동시에 주변에 악영향을 미치기도 했다. 헤라클레스가 갑자기 맹렬한 분노를 터트리면 때로 아무 죄 없는 대상에게 치명타가 되기도 했다. 미칠 듯한 분노가 가라앉으면 헤라클레스는 곧 이성을 되찾고 깊이 참회하며 어떠한 벌이라도 달게 받아들이려 했다. 누구도 헤라클레스를 벌할 수 없었음에도 그는 너무도 많은 형벌을 감내했다. 일생 중 긴 세월을 자신의 불행한 행위를 끊임없이 속죄하는 데 보냈고 자신에게 부과된 불가능한 요구를 한 번도 거역하지 않았다. 때로는 다른 사람들이 용서해주려 하는데도 스스로 자신을 벌한 적도 있다.

만일 헤라클레스에게 테세우스가 다스리던 나라를 맡겼다면 매우 우스꽝스러웠을 것이다. 헤라클레스는 자기 스스로를 다스리는 것만으로도 벅찼기 때문이다. 헤라클레스는 아테네의 영웅 테세우스가 품었던 새롭고 위대한 생각을 결코 떠올리지 못했을 것이다. 헤라클레스에게 생각이란 기껏해야 자신을 죽이려고 위협하는 괴물을 처치하는 방법을 궁리하는 정도였다. 그럼에도 헤라클레스는 진정 위대했다. 단지 완벽한 용기 때문이 아니라 잘못된 행위에 대한 참회와 속죄의 의미로 무엇이든 기꺼이 하려는 고귀한 정신을 보여주었기 때문이다. 만일 헤라클레스가 합리적인 지성까지 갖췄더라면, 그야말로 완벽한 영웅이 되었을 것이다.

테바이에서 태어난 헤라클레스는 오랫동안 탁월한 장군 암피트리온(Amphitryon)의 아들이라 여겨졌다. 고대에는 알키데스(Alcides) 또는 암피트리온의 아버지였던 알카이오스(Alcaeus) 후손으로 불리기도 했다. 그러나 사실 헤라클레스는 제우스의 아들로, 암피트리온이 원정을 떠난 틈에 제우스가 암피트리온 형상을 하고 그의 아내 알크메네(Alcmena)를 찾아가서 낳은 자식이다. 알크메네는 아들 둘을 낳았는데, 제우스와의 사이에서는 헤라클레스를, 암피트리온과는 이피클레스(Iphicles)를 낳았다. 두 소년이 가진 혈통의 차이점은 돌도 되기 전에 닥친 커다란 위험에서 각기 어떻게 대처했는지 그 행동에서 뚜렷이 드러난다. 늘 그렇듯이 헤라는 남편이 바람피운 것을 알고 불타는 분노심에 사로잡혀 헤라클레스를 죽이기로 결심했다.

어느 날 저녁, 알크메네는 두 아이를 목욕시키고 젖을 한껏 먹인 후 요람에 누이며 말했다. "잘 자거라, 내 귀여운 아가들아. 곤히 자고 기분 좋게 일어나렴." 요람을 흔들어주자 아기들은 곧 꿈나라로 갔다. 집 안 모든 사람이 고요히 잠든 한밤중에 커다란 뱀 두 마리가 아기들 방으로 스르륵 기어들어왔다. 등불이 하나 켜 있던 방에서 두 마리 뱀이 몸을 흔들고 혀를 날름거리며 요람 위로 머리를 곧추 세웠을 때 아기들도 잠에서 깼다. 이피클레스가 비명을 지르며 침대에서 빠져나가려 하자 헤라클레스가 벌떡 일어나 흉측한 뱀의 목을 움켜쥐었다. 뱀들이 헤라클레스의 몸을 칭칭 감으려 했지만 헤라클레스가 뱀을 잡은 손에 단단히 힘을 주었다. 한편 이피클레스의 비명 소리에 어머니는 남편을 부르며 아기들 방으로 뛰어갔다. 방에 들어가 보니 놀랍게도 축 늘어진 뱀 몸뚱어리를 양손에 쥔 채 헤라클레스가 웃고 있었다. 어머니를 보자 헤라클레스는 기뻐하며 건네주었다. 뱀들은 이미 죽어 있었다. 그제야 사람들은 모두 그 아이가 큰일을 해내고야 말 것이라 생각했다. 앞 못 보는 테바이의 예언자 테이레시아스(Teiresias)가 알크메네에게 말했다. "수많은 그리스 여인이 황혼 무렵 양털을 뽑으며 당신의 아이와 아이를 낳은 당신을 노래하게 되리라 예언합니다. 아이는 모든 이의 영웅이 될 것입니다."

이후로 헤라클레스의 교육에 관심을 쏟았지만 그가 배우고 싶어 하지 않는 것을 가르치는 일은 위험했다. 헤라클레스는 그리스 소년의 교육 과정 중 중요한 부분인 음악을 좋아하지 않았거나 음악 선생을 싫어했던 것 같다. 선생에게 화가 난 헤라클레스는 류트로 선생의 머리를 내리쳤다. 이 사건이 헤라클레스가 사람들에게 치명타를 날린 첫 번째 사건이 되었다. 헤라클레스는 불쌍한 음악 선생을 죽일 의도는 전혀 없었다. 단지 제 힘이 얼마나 위력적인지 깨닫지 못하고 별 생각 없이 한순간의 흥분을 참지 못하며 주먹을 휘두른 것이다. 헤라클레스는 후회하고 또 후회했지만 자제하지 못하고 똑같은 실수를 되풀이했다.

음악 외에 배운 과목은 펜싱, 레슬링, 전차 운전 등이었고, 헤라클레스도 이번에는 특별히 조심했으므로 이 과목의 선생들은 모두 살아남았다. 완전히 성장해 열여덟 살이 되었을 무렵 헤라클레스는 이웃나라 테스피아이의 키타이론 숲에 살고 있던 커다란 사자를 혼자서 때려잡았다. 그

후로 헤라클레스는 사자 머리 부분을 두건처럼 머리에 걸친 사자가죽을 입고 다녔다.

헤라클레스의 다음 공적은 테바이인들에게 무거운 공물을 바치게 했던 미니아스인들(Mynians)을 정복한 것이었다. 시민들이 보답으로 헤라클레스에게 메가라의 공주를 아내로 주었다. 헤라클레스는 아내와 아이들에게 헌신적이었지만 이 결혼으로 어느 누구도 겪지 못할 시련과 위험은 물론이고 전무후무한 일생일대의 슬픔을 맛보게 된다. 메가라가 아들 셋을 낳은 이후 헤라클레스가 미쳐버린 것이다. 결코 원한을 잊는 법이 없는 헤라의 짓이었다. 미친 헤라클레스는 아이들을 죽이고 어린 자식들을 보호하려 애쓰던 메가라까지 죽였다.

그러고 나서야 헤라클레스는 제정신으로 돌아왔다. 그는 피투성이가 된 방에 서 있는 자신을 발견했고, 옆에는 세 아들과 아내의 시신이 있었다. 헤라클레스는 어째서 그들이 죽게 되었는지, 무슨 일이 일어난 것인지 전혀 알 수 없었다. 불과 몇 분 전까지만 해도 서로 대화를 나누고 있었던 기억만 있다. 완전히 당황한 채 헤라클레스가 우두커니 서 있자 멀리서 지켜보며 겁에 질려 있던 사람들은 헤라클레스의 발작이 끝났음을 알아챘고 암피트리온이 용기 내어 다가왔다. 헤라클레스에게 진실을 숨길 수는 없었다. 헤라클레스는 이 끔찍한 상황이 어떻게 일어난 것인지 알아야만 했고 암피트리온이 모든 내용을 털어놓았다. 헤라클레스는 암피트리온의 이야기를 듣고 나서 말했다.

"그러니까 제 손으로 소중한 혈육을 죽인 거로군요."

암피트리온이 떨면서 대답했다. "그래. 하지만 너는 제정신이 아니었다."

헤라클레스는 그 변명에는 아무 관심을 기울이지 않았다. "그렇다고 제가 구차하게 목숨을 부지해야 되겠습니까? 저 스스로 가족의 죽음에 복수하겠습니다."

헤라클레스가 밖으로 뛰쳐나가 스스로 목숨을 끊으려는 찰나, 그의 절망적인 목적이 바뀌어 목숨을 건지게 되었다. 격앙된 감정과 극단적 행동을 바꾸고 침착한 이성과 슬픔을 용인하도록 만들어 헤라클레스를 살린 기적은 하늘에서 내려온 신에 의해 이루어진 게 아니었다. 헤라클레스를 막아서며 피 묻은 손을 마주 잡아준 이는 바로 테세우스였다. 당시 그리스인의 상식에 따르면 그런 행위는 테세우스 자신에게도 수치스러운 일이며 헤라클레스의 죄 일부분을 나누어 가지게 되는 일이었다.

테세우스는 주위 시선을 아랑곳하지 않고 헤라클레스에게 말했다. "회피하지 말게. 자네의 모든 고통을 함께 나누고 싶네. 자네와 함께 나누는 불행은 내겐 불행이 아니라네. 그러니 제발 내 말 듣게. 위대한 영혼을 지닌 사람들은 하늘이 아무리 큰 불행을 내려도 결코 회피하지 않고 견뎌낸다네."

"자네는 내가 한 짓을 알고도 그런 말을 할 수 있는가?"

"물론 알고 말고. 자네의 슬픔은 저 하늘에 닿을 만큼 크지 않은가?"

"그러니 나는 죽는 수밖에 없네."

"영웅은 결코 그런 소리를 하지 않네."

그러자 헤라클레스는 절규했다. "내가 죽지 않고 어떻게 견딜 수 있단 말인가? 이 세상에 살아남는다고? 모든 사람이 나만 보면 '저 사람 좀 봐. 아내와 자식을 죽인 자야!'라고 수군거릴 텐데 그렇게 낙인찍힌 채로 살란 말인가. 어딜 가나 날카로운 전갈 같은 독설을 퍼붓는 사람들이 나를 에워쌀 텐데 말이야!"

"그렇더라도 참고 견디며 강인해지게. 나와 함께 아테네로 가서 내 집과 내가 가진 모든 것을 함께 나누세. 그러면 우리가 자네를 도왔다는 영예로 자네도 나와 아테네에 커다란 보답을 하는 셈이네."

긴 침묵이 이어졌다. 마침내 헤라클레스는 천천히 무겁게 말했다. "좋네, 그렇게 하세. 강인해져 죽음을 기다리겠네."

그렇게 해서 두 사람은 아테네로 갔지만 헤라클레스는 오래 머무르지 않았다. 합리적인 사색가인 테세우스는, 무슨 짓을 하는지 본인도 모

〈네메아의 사자와 싸우는 헤라클레스〉, 페테르 파울 루벤스, 1639년

르는 상태에서 저지른 살인이 죄가 되지 않는다고, 그런 사람을 도와주는 행위가 치욕이 되지 않는다고 생각했다. 아테네인들도 동의해 불쌍한 영웅을 따뜻이 맞아들였다. 그러나 헤라클레스 자신만은 납득할 수 없었다. 아예 아무것도 생각할 수 없었다. 단지 느낄 수 있을 뿐이었다. 자신은 사랑하는 가족을 죽였으므로 당연히 더럽혀졌으며 다른 사람들까지 더럽힐 수 있었다. 사람들이 모두 자신을 혐오하며 외면하는 것은 당연했다.

신탁을 물으러 간 델포이에서 여 사제는 헤라클레스와 똑같이 사태를 보았다. 헤라클레스는 정화될 필요가 있으며 오로지 뼈를 깎는 참회만으로 가능하다고 말했다. 여 사제는 헤라클레스에게 미케네(어떤 이야기에서는 티린스라고도 한다)의 왕이며 헤라클레스의 사촌인 에우리스테우스를 찾아가 그가 요구하는 것에 무조건 복종하라고 했다. 자신을 다시 정화시킬 수만 있다면 뭐든 할 준비가 된 헤라클레스는 흔쾌히 그곳으로 갔다. 나머지 이야기를 보아 여 사제는 에우리스테우스가 헤라클레스를 완전히 정화시켜줄 것이라고 철석같이 믿었던 것이 분명하다.

에우리스테우스는 어리석기는커녕 수시로 마음을 바꿀 만큼 교활했고, 세상에서 제일 힘센 사람이 황송하게도 자신의 노예가 되려고 찾아오자 어려움과 위험의 관점에서 보자면 더 이상 바랄 게 없을 만큼 힘든 고행을 생각해냈다. 하지만 에우리스테우스는 아마도 헤라의 도움을 받았을 것이다. 헤라클레스가 최후를 맞이하는 순간까지도 헤라는 단지 제우스의 아들이라는 사실 때문에 그를 용서하지 않았다. 에우리스테우스가 헤라클레스에게 시킨 과업을 '헤라클레스의 과업(the Labors of Hercules)'이라고 불린다. 전부 열두 가지로 모든 과업은 사실상 불가능한 일이었다.

첫 번째 과업은 어떤 무기로도 상처를 입힐 수 없는 짐승인 네메아(Nemea)의 사자를 죽이는 일이었다. 어떤 무기도 통하지 않았던 사자를 헤라클레스는 목을 졸라 질식시켜 죽였다. 그런 다음 사자의 거대한 시체를 등에 업고 미케네로 가져갔다. 그러자 매우 조심성 많은 에우리스테우스는 헤라클레스를 도시 안으로 들여놓지 않았다. 멀리 떨어진 채로 다음 명령을 내렸다.

두 번째 과업은 레르네(Lerna)로 가서 습지에 살고 있는 머리 아홉 달린 괴물 히드라를 처치하는 일이었다. 이 일은 매우 어려웠다. 아홉 개의 머리 중 하나는 불멸이었고 나머지 머리들도 상황은 거의 마찬가지였다. 하나를 베어버리기 무섭게 그 자리에서 두 개가 생겨났기 때문이다. 헤라클레스는 조카인 이올라오스(Iolaus)의 도움을 받았다. 이올라오스는 불붙은 나무토막을 들고 있다가 헤라클레스가 괴물의 목을 하나씩 벨 때마다 그 자리에서 다시 머리가 자라나지 못하도록 불로 지졌다. 드디어 헤라클레스는 아홉 개의 목을 전부 벤 뒤 불멸의 머리 하나는 커다란 바위 아래 안전하게 파묻어 모든 일을 마무리했다.

세 번째 과업은 아르테미스 여신에게 바쳐진 황금 뿔이 달린 수사슴을 생포해 데려오는 것이었는데, 그 수사슴은 케리니티아(Cerynitia) 숲에 살고 있었다. 헤라클레스가 사슴을 죽이는 것쯤이야 식은 죽 먹기였지만 산 채로 잡는 것은 쉬운 일이 아니어서 꼬박 일 년이 지나서야 사슴을 잡는 데 성공할 수 있었다.

네 번째 과업은 에리만토스(Erymanthus) 산 소굴에 있는 커다란 멧돼지를 잡는 것이었다. 헤라클레스는 멧돼지가 지칠 때까지 쉬지 않고 추격했다. 그런 다음 멧돼지를 깊은 눈 속으로 몰아 덫으로 잡았다.

다섯 번째 과업은 아우게이아스(Augeas)의 외양간을 단 하루만에 말끔히 청소하는 것이었다. 아우게이아스에게는 가축이 수천 마리 있었는데 몇 년 동안 외양간을 한 번도 치우지 않았다. 헤라클레스는 두 강의 흐름을 바꾸어 그 물줄기가 가축우리 사이로 지나가도록 해 단번에 오물을 모두 씻어냈다.

여섯 번째 과업은 스팀팔로스(Stymphalus)의 괴조(怪鳥)들을 쫓아내는 것이었다. 괴조들은 어마어마한 마릿수 때문에 스팀팔로스 사람들에게 커다란 골칫거리였다. 헤라클레스는 아테나 여신의 도움을 받아 새들을 모두 은신처에서 몰아낸 뒤 날아오르면 화살을 쏘았다.

일곱 번째 과업은 크레타로 가서 포세이돈이 미노스 왕에게 주었던 근사하면서도 난폭한 황소를 데려오는 것이었다. 헤라클레스는 결국 그 황소도 길들여 배에 태운 뒤 에우리스테우스에게 데리고 갔다.

여덟 번째 과업은 트라키아 디오메데스(Diomedes) 왕의 식인마(食人馬)들을 잡는 것이었다. 헤라클레스는 먼저 디오메데스 왕을 죽인 뒤 힘들이지 않고 말들을 몰아냈다.

아홉 번째 과업은 아마존의 여왕 히폴리테의 허리띠를 얻어오는 것이었다. 헤라클레스가 도착하자 히폴리테는 친절히 맞아들이며 허리띠를 주겠다고 말했다. 그러나 헤라가 중간에 끼어들어 아마존 여인들의 생각을 교란시켰다. 헤라클레스가 여왕을 납치하려는 것이라고 착각한 아마존 여인들이 헤라클레스의 배를 공격했다. 헤라클레스는 히폴리테 여왕이 자신에게 얼마나 친절했는지는 떠올리지 않고, 그 자리에서 여왕을 죽여버렸다. 아마존 여인들의 공격이 당연히 여왕의 책임일 거라 생각했다. 나머지 여전사들도 물리칠 수 있었고 결국 여왕의 허리띠를 가지고 떠났다.

열 번째 과업은 게리온(Geryon)의 소들을 데려오는 것이었다. 게리온은 서쪽에 있는 에리테이아(Erythia) 섬에 사는 몸체가 셋인 괴물이었다. 그곳으로 가는 도중 헤라클레스는 지중해 끝에 위치한 섬에 도착하자 자신의 여행을 기념하는 의미에서 헤라클레스의 기둥(the pillars of Hercules)이라 불리는 거대한 바위 두 개(지금의 지브롤터와 세우타)를 세웠다. 그런 다음 황소를 잡아 미케네로 데려갔다.

열한 번째는 이제까지 한 일 중에서 가장 어려운 과업이었다. 바로 헤스페리스들(Hesperides)의 황금 사과를 가져오는 것이었는데 헤라클레스는 그것이 어디에 있는지 몰랐다. 제 어깨로 무거운 천공을 떠받치고 있는 아틀라스(Atlas)가 헤스페리스들의 아버지였으므로 헤라클레스는 그에게 가서 사과를 가져다달라고 부탁했다. 아틀라스가 자리를 비우는

〈황금 사과를 지키는 헤스페리스들〉, 에드워드 번 존스, 19세기

동안은 자신이 대신 하늘을 떠받치고 있겠다고 했다. 힘겨운 노역에서 영원히 해방될 기회임을 알아챈 아틀라스는 흔쾌히 동의했다. 아틀라스는 황금 사과를 가지고 돌아왔지만 헤라클레스에게 주지 않았다. 대신 자신이 직접 에우리스테우스에게 사과를 가져다줄 테니 헤라클레스는 계속 하늘을 떠받치고 있으라고 말했다. 이 상황에서 헤라클레스는 유일하게 기지를 발휘한다. 헤라클레스는 무거운 하늘의 무게를 지탱하는 데 온힘을 쏟아야만 했다. 물론 위기에서 빠져나오는 데 성공하긴 했지만 헤라클레스가 영리해서라기보다는 아틀라스가 더 어리석었기 때문이다. 헤라클레스는 아틀라스의 의견에 동의하는 척하면서 하늘의 무거운 하중을 잘 견딜 수 있게 어깨에 어깨 받이를 댈 수 있도록 잠시만 하늘을 받아달라고 했다. 어리석은 아틀라스는 결국 속아 넘어갔고, 헤라클레스는 사과를 집어들고 유유히 사라졌다.

열두 번째 과업은 최악이었다. 이 과업 때문에 헤라클레스는 저승으로 내려갔는데, 테세우스를 망각의 의자에서 구해준 것도 바로 이때였다. 이번 임무는 저승 입구를 지키는 머리가 셋 달린 개 케르베로스를 하데스에서 끌고 나오는 일이었다. 저승의 왕 플루톤은 만일 무기를 사용하지 않고 개를 제압할 수 있다면 데려가도 좋다고 허락했다. 헤라클레스는 오로지 두 손만 쓸 수 있었다. 사정이 그렇긴 해도 결국 헤라클레스는 무시무시한 개를 굴복시키고 말았다. 개를 번쩍 들어 올린 헤라클레스는 그대로 지상으로 올라가 미케네까지 갔다. 에우리스테우스는 케르베로스가 무서웠으므로 헤라클레스에게 하데스로 도로 가져가라고 했다. 이것이 헤라클레스의 마지막 과업이었다.

드디어 모든 과업을 마치고 아내와 아이들을 죽인 데 대한 속죄가 끝나자, 헤라클레스는 이제 조용하고 편하게 여생을 보낼 수 있을 것이라 여겼다. 그러나 사정은 그렇지 못했다. 헤라클레스는 결코 안온하고 평화로울 수 없었다. 이제껏 해낸 모든 과업만큼이나 어려운 업적은 안타이오스(Antaeus)라는 거인을 정복하는 것이었다. 그 거인은 자신이 이기면 나그네들을 죽이는 조건으로 만나는 나그네들에게 싸움을 강요했는데, 힘이 대단한 장사였다. 안타이오스는 그동안 자신이 죽인 나그네들의 해골로 신전 지붕을 덮고 있었다. 땅을 짚을 수 있는 한 안타이오스는 천하무적이었다. 땅에 쓰러지면 안타이오스는 땅과 접촉해 새롭게 힘을 받고 벌떡 일어났다. 그래서 헤라클레스는 안타이오스를 높이 들어 올려 허공에서 목 졸라 죽였다.

이처럼 헤라클레스가 벌인 모험 이야기는 꼬리에 꼬리를 물고 이어진다. 헤라클레스는 자신이 결혼하고 싶어 하는 처녀를 강의 신 아켈로오스(Achelous)가 사랑하자 그와도 싸움을 벌인다. 이런 경우 대부분 그렇듯 아켈로오스도 헤라클레스와 싸우고 싶은 마음이 전혀 없었으므로 이성적으로 해결하려고 했다. 하지만 헤라클레스에게는 통할 리 없었다. 헤라클레스는 더욱 화가 나서 외쳤다. "내 손은 내 혀보다도 더 훌륭하지. 나는 싸워서 이길 테니 당신은 어디 말로 이겨보라고." 아켈로오스는 하는 수 없이 황소로 변해 헤라클레스를 맹렬히 공격했지만 헤라클레스는 황소를 쓰러뜨리는 데 이미 이골이 나 있었다. 헤라클레스는 황소를 제압해 뿔 하나를 부러뜨렸다. 싸움의 결과로 데이아네이라(Deianira)라는 이름의 젊은 공주는 헤라클레스의 아내가 되었다.

그 후로도 헤라클레스는 여러 나라를 돌아다니며 많은 위업을 달성했다. 트로이에서는 안드로메다와 똑같은 위험에 처해 있던 처녀를 구해 주었다. 그 처녀 역시 다른 방법으로는 달랠 길 없는 바다 괴물에게 제물로 잡아먹힐 신세가 되어 바닷가에서 기다리고 있었다. 처녀는 라오메돈(Laomedon) 왕의 딸이었다. 왕은 제우스의 명령에 따라 아폴론과 포세이돈이 트로이의 성벽을 쌓아준 데 대한 보수를 제대로 갚지 않고 속였다. 그래서 아폴론은 흑사병을 보냈고 포세이돈은 바다 괴물을 보냈던 것이다. 헤라클레스는 제우스가 라오메돈 왕의 할아버지에게 주었던 말들을 자신에게 주는 조건으로 공주를 구하는 것에 동의했다. 그런데 라오메돈 왕은 막상 헤라클레스가 괴물을 처치하자 약속을 지키지 않았다. 화가 난 헤라클레스는 도시를 점령하고 왕을 죽인 후 공주는 자신을 도와주었던 친구 살라미스의 텔라몬에게 넘겨버렸다.

황금 사과를 물어보기 위해 아틀라스를 가던 도중 카우카소스 산을 지나던 헤라클레스는 프로메테우스의 간을 쪼아 먹고 있던 독수리를 죽이고 결박당한 프로메테우스를 해방시켰다.

헤라클레스는 그닥 명예롭지 못한 행동도 했다. 연회 전에 자기 손에 물을 부어주던 청년을 부주의하게 팔로 밀쳐 죽였다. 우연한 사고였고 청년 아버지는 헤라클레스를 용서했지만 헤라클레스는 스스로를 용서할 수 없었기에 한동안 유배를 떠났다. 더욱 비열한 행위는 에우리토스 왕의 모욕을 갚으려고 자기의 친한 친구이기도 한, 왕의 아들을 고의로 죽인 것이다. 이 때문에 제우스는 헤라클레스에게 벌을 내렸다. 제우스는 헤라클레스를 리디아로 보내 여왕인 옴팔레(Omphale)를 섬기게 했는데 그 기간이 일 년이라는 설도 있고 삼 년이라는 설도 있다. 여왕은 때로 헤라클레스에게 여장을 하고 여인들처럼 실 잣는 일이나 천 짜는 일을 시키며 골려먹었다. 헤라클레스는 인내심을 갖고 참았지만 심한 굴욕감을 느끼자 터무니없게도 그 탓을 에우리토스에게 돌리며 자유의 몸이 되면 원수를 철저히 갚아주겠다고 맹세했다.

헤라클레스 이야기들은 모두 특색이 있지만 그중에서도 헤라클레스의 모습을 확연히 드러내는 것은 열두 가지 과업 중 디오메데스의 식인마를 데리러 가던 길에 한 친구를 방문한 이야기다. 헤라클레스가 밤을 보내려고 작정하고 찾아간 곳은 테살리아의 왕 아드메토스(Admetus)의 궁전이었다. 헤라클레스가 도착했을 때 이유는 알 수 없지만 아드메토스는 큰 슬픔에 빠져 있었다. 매우 특이한 방식으로 아내를 잃었던 것이다.

아드메토스의 아내가 죽은 원인은 먼 과거로 거슬러 올라간다. 아폴론은 제우스가 자신의 아들 아스클레피오스를 죽인 것에 화가 나서, 제우스의 일꾼인 키클로프스들을 죽였다. 아폴론은 그 벌로 지상에 내려가 일 년 동안 노예로 일해야만 했는데 섬겨야 할 주인으로 아폴론이 직접 선택

〈헤라클레스와 옴팔레〉, 프랑수아 르무안, 18세기

했거나 제우스가 선택해준 사람이 바로 아드메토스였다. 노역 기간 동안 아폴론은 그 집안사람들과 친구가 되었는데 특히 주인인 아드메토스와 그의 아내 알케스티스와 친했다. 그 우정이 얼마나 끈끈한지 입증할 기회가 찾아왔을 때 아폴론은 기꺼이 그렇게 했다. 아폴론은 운명의 세 여신이 아드메토스의 수명 실을 모두 뽑아내고 그것을 막 끊으려는 참인 것을 알았다. 그는 여신들에게서 잠시 유예를 얻어냈다. 만일 누군가가 아드메토스를 대신해 죽는다면 아드메토스는 살 수 있었다.

아폴론은 이 소식을 아드메토스에게 전했고 아드메토스는 당장 자신을 대신해 죽을 사람을 찾기 시작했다. 아드메토스는 제일 먼저 부모님에게 큰 기대를 걸었다. 부모님은 이미 늙은 데다 자식에게 헌신적이었기 때문이다. 양친 중 한 사람은 아들 대신 저승으로 가겠다고 동의할 것이라고 생각했다. 하지만 실망스럽게도 부모님은 모두 거절했다. "신이 내려주는 햇살은 늙은이들에게도 달콤하단다. 우리는 너에게 대신 죽어달라고 부탁하지 않겠다. 그러니 우리 역시 너를 위해 대신 죽을 수는 없다." "죽음의 문턱에서 꼼짝 못하고 서 있으면서도 죽기를 두려워하는군요!" 아드메토스의 분노에 찬 경멸에도 부모님은 결코 마음을 돌리지 않았다.

아드메토스는 포기하지 않았다. 친구들을 차례로 찾아가 대신 죽어달라고 부탁했다. 아드메토스는 자신의 생명이 무척 소중하므로 누군가가 분명히 어떤 값비싼 희생을 치르더라도 구해줄 것이라고 생각했다. 그러나 사람들은 한결같이 그의 부탁을 거절했다. 절망에 빠져 집으로 돌아간 아드메토스는 집에서 자신을 대신할 사람을 발견했다. 아내 알케스티스가 남편 대신 죽겠다고 자청한 것이다. 지금까지 읽은 독자라면 아드메토스가 그 제의를 당연히 받아들였다는 말을 굳이 들을 필요도 없을 것이다. 아드메토스는 죽어가는 아내 옆에서 슬피 울며 서 있었다. 마침내 알케스티스가 이승을 뜨자 아드메토스는 큰 슬픔에 잠겨 가장 성대한 장례식을 치르도록 명령했다.

북쪽 디오메데스에게 가는 여정 중에 친구 집에서 하룻밤 쉬며 회포나 풀려고 헤라클레스가 찾아온 때가 바로 그 시점이었다. 아드메토스가 헤라클레스에게 베푼 환대는 주인이 손님에게 베풀 것으로 기대되는 친절의 수준이 얼마나 높은지 다른 어떤 이야기보다 명백히 보여준다.

헤라클레스가 도착했다는 말을 듣자 아드메토스는 상복 입은 것 외에는 슬픈 기색을 전혀 보이지 않고 반갑게 친구를 환영했다. 누가 죽었는지 묻는 헤라클레스의 질문에 친척은 아니고 집안 식솔의 여인이 그날 장례를 치른다고만 조용히 대답했다. 헤라클레스는 번거롭게 폐를 끼치고 싶지 않다고 했지만 아드메토스는 헤라클레스가 다른 곳으로 가지 못하도록 끈질기게 붙들었다. "자네를 다른 집 지붕 아래서 자게 할 수는 없네."

하인들에게 곡소리가 들리지 않는 외따로 떨어진 방으로 손님을 안내하고 식사와 잠자리를 제공하도록 명령했다. 아무도 무슨 일이 일어났는지 손님에게 알려서는 안 되었다.

헤라클레스는 혼자 식사를 했지만 아드메토스가 예의상 장례식에 참석해야 하는 것이라고 이해하자 먹고 마시는 데 아무런 장애가 되지 않았다. 헤라클레스의 시중을 들기 위해 남아 있던 하인들은 그의 엄청난 식욕을 채우느라, 한 술 더 떠 포도주 잔을 채우느라 분주했다. 헤라클레스는 술에 얼근히 취해 기분이 매우 좋았고 점점 언성이 높아졌다. 목청껏 노래를 불러댔는데, 개중에는 아주 불쾌한 것도 있었다. 장례식이 거행되는 시간에 헤라클레스가 한 짓은 꼴불견이었다. 하인들이 못마땅한 얼굴로 쳐다보자 헤라클레스는 우울한 모습을 하지 말라고 소리 질렀다. 그들이 좋은 친구처럼 웃어줄 수도 있잖은가? 하인들의 우울한 얼굴 때문에 헤라클레스는 식욕이 싹 가져버리자 이렇게 외쳤다. "이리 와 나랑 한잔하자고, 아니 실컷 마셔보자고."

그러자 하인 중 한 사람이 쭈뼛거리며 지금은 웃고 마실 때가 아니라고 대답했다.

"무슨 소리야? 잘 알지도 못하는 여인이 죽었는데 말이야." 헤라클레스는 쩌렁쩌렁 울리는 음성으로 되물었다.

"잘 알지도 못하는 여인이라고요?"

하인은 말을 더듬으며 되뇌었다.

"그래, 아드메토스가 그러더군. 설마 나한테 거짓말을 했을 거라 생각지 않아." 헤라클레스는 화가 나서 대답했다.

"아, 아니요. 그럴 리가요. 단지 주인님은 너무 친절하시니까. 하지만 손님이나 더 드십시오. 저희만 괴로워하면 되니까요."

하인이 포도주 잔을 채우려고 고개를 돌렸지만 헤라클레스가 그를 꽉 잡았다. 아무도 그렇게 무서운 힘을 무시할 수는 없었다.

"뭔가 수상해. 무슨 일이 있는 거지?" 헤라클레스는 겁에 질린 하인에게 물었다.

"손님께서도 이미 저희가 슬퍼하고 있는 것을 보고 계시잖아요."

다른 하인이 대답하고 나섰다.

"왜지? 도대체 왜 그러는 거야? 아드메토스가 나를 놀리기라도 했단 말이냐? 도대체 누가 죽은 거야?"

"왕비이신 알케스티스입니다." 하인이 귀에 대고 속삭였다.

긴 침묵이 흘렀다. 한참 후 헤라클레스는 잔을 집어던졌다. "아, 멍청하게도. 미리 알아챘어야 하는 건데. 아드메토스가 울었다는 것을 보고도 모르다니. 그 친구 눈은 붉게 충혈되어 있었지. 하지만 죽은 사람이 잘 모르는 사람이라고 맹세하며 나에게 들어오라고 했어. 오, 훌륭한 친구면서 친절한 주인이로군. 그런데도 나는 이 초상집에서 술이나 마시고 야단법석을 피웠다니. 아, 아드메토스는 나에게 그 사실을 알려줬어야 했어."

그러고는 늘 그랬듯이 헤라클레스는 모든 것을 자기 탓으로 돌렸다. 좋아하는 친구가 슬픔에 짓눌려 있을 때 자기는 술 취한 바보처럼 행동했다. 그렇지만 또 늘 그랬던 것처럼 헤라클레스는 자신이 저지른 실수를 보상할 방법을 재빨리 생각하기 시작했다. 잘못을 바로잡기 위해 뭘 할 수 있을까? 헤라클레스가 할 수 없는 일은 아무것도 없었다. 이 사실을 완벽히 확신하고 있었지만 그래도 생각했다. 친구를 위해 해줄 수 있는 일이 뭐가 있을까?

그때 갑자기 서광이 비쳤다. 헤라클레스는 혼자 중얼거렸다. "그래, 바로 그거야. 알케스티스를 저승에서 도로 데려오는 거야. 그것보다 확실한 것은 없지. 죽음을 찾아내고야 말겠어. 그 녀석은 분명 알케스티스의 무덤 근처에 있을 테니 한바탕 붙어야지. 그 녀석을 두 팔로 꼭 움켜쥐고 알케스티스를 내놓을 때까지 찌부러뜨려야지. 무덤가에 없으면 죽음을 쫓아 하데스까지라도 내려가겠어. 오, 나에게 그렇게 친절한 친구에게 은혜를 갚을 수만 있다면." 헤라클레스는 죽음과의 대단한 싸움을 상상하며 혼자 즐거움에 들떠 뛰쳐나갔다.

얼마 후, 장례식에 갔던 아드메토스가 쓸쓸히 집으로 돌아오자 헤라클레스가 맞이했다. 그런데 옆에 한 여인이 있었다. "아드메토스, 이 여인을 보게나. 자네가 아는 여인 같지 않나?" 그 말에 아드메토스가 소리쳤다. "오, 저것은 유령이야! 신들이 나를 놀리기 위한 속임수인가?" "아닐세, 이 여인은 바로 자네 아내일세. 내가 죽음과 싸워서 알케스티스를 되찾아온 것이라네."

이 이야기처럼 그리스인들이 생각하는 헤라클레스의 특징을 명료하게 보여주는 이야기도 없다. 실수를 저지르기 쉬운 어리석음, 누군가가 죽은 초상집에서 고성방가를 못 참는 단순무식함, 재빠른 참회와 어떤 희생을 치르더라도 잘못을 바로잡으려는 욕구, 심지어 죽음조차도 적수가 못 된다고 생각하는 완벽한 자신감 등이 헤라클레스의 특징이다. 사실 격분한 헤라클레스가 우울한 얼굴을 하고 제 성미를 건드린 하인 한 명을 죽이는 모습을 보였더라면 그의 성격을 더 정확히 나타내는 것일 테지만 지금 이 이야기를 인용한 시인 에우리피데스는 알케스티스의 죽음과 부활에 직접적 관련이 없는 요소는 모두 없애버렸다. 헤라클레스가 나타나기만 하면 사람 한둘쯤 죽이는 것이야 자연스러운 일이었지만 여기서도 그랬다면 작가가 묘사하고자 한 헤라클레스의 모습을 크게 망쳐놓았을 것이다.

노예로 옴팔레를 섬기는 동안 맹세했듯이 헤라클레스는 자유의 몸이 되자마자 에우리토스 왕을 처벌했다. 에우리토스 왕의 아들을 죽임으로 자신이 제우스의 벌을 받았다고 생각했기 때문이다. 헤라클레스는 군대를 소집하여 왕의 도시를 점령한 뒤 왕을 죽였다. 그러나 에우리토스 왕 역시 이후에 그 원한을 갚게 되는데, 헤라클레스가 그와의 싸움에서 거둔 승리가 결국은 헤라클레스 자신의 죽음을 불러왔기 때문이다.

도시를 완전히 굴복시키기 전 헤라클레스는 리디아의 옴팔레에게서 자신이 돌아오기만 학수고대하고 있는 헌신적인 아내 데이아네이라에게 노예로 생포한 처녀들을 보냈다. 처녀들 중에서 특히 에우리토스 왕의 딸 이올레(Iole)가 가장 아름다웠다. 이들을 데이아네이라에게 데려다준 남자는 헤라클레스가 이 공주를 미친 듯이 사랑한다고 귀띔해주었다. 데이아네이라는 이 소식이 생각보다 괴롭지는 않았다. 남편이 자기보다 더 좋아하는 여인을 데리고 나타나는 불행에 대비해 몇 년 동안 간직해온 강력한 사랑의 묘약이 있다고 믿었기 때문이다.

결혼식 직후 헤라클레스가 데이아네이라를 그녀의 집으로 데려가던 중 켄타우로스 족 네소스(Nessus)가 뱃사공처럼 나그네들을 건네주는 강에 다다랐었다. 그런데 데이아네이라를 등에 업고 강을 건너던 네소스가 강 한가운데서 그녀를 욕보이려 했다. 이미 반대편 강둑에 도착한 헤라클레스는 아내의 비명 소리를 듣자 독 묻은 화살을 네소스에게 쏘았다. 화살에 맞은 네소스는 죽기 전에 자신의 피를 가져가 만일 헤라클레스가 다른 여인에게 한눈을 팔거든 마법의 묘약으로 쓰라고 말했다. 마침내 이올레 이야기를 들은 데이아네이라는 그 약을 쓸 기회라고 생각하며 화려한 의복에 약을 바른 뒤 사신을 통해 헤라클레스에게 보냈다.

헤라클레스가 그 옷을 입자 이아손과 결혼한 신부에게 메데이아가 보냈던 의상과 똑같은 효과가 나타났다. 마치 활활 타오르는 불 속에 있

〈데이아네이라의 납치〉, 귀도 레니, 1621년

는 것처럼 헤라클레스는 극심한 격통에 휩싸였다. 처음에 고통이 온몸을 휩쓸자 헤라클레스는 아무 죄도 없는 사신을 붙잡아 바닷속으로 던져버렸다. 여전히 다른 사람들을 죽일 수는 있었지만 헤라클레스 자신은 죽지 않을 것 같았다. 격심한 고통이 그를 조금도 약하게 만들지 못했다. 코린토스의 젊은 공주를 단번에 죽였던 독이 헤라클레스를 죽이진 못한 것이다. 헤라클레스는 몹시 괴로워했지만 여전히 살아 있었고 사람들은 그를 집으로 데려갔다. 곧 데이아네이라는 자신의 선물이 남편을 그 지경으로 만들었다는 것을 알자 스스로 목숨을 끊고 말았다.

결국에는 헤라클레스도 아내와 같은 길을 걷는다. 죽음이 그에게 다가오려 하지 않았기 때문에 그가 직접 죽음에게 가야만 했다. 헤라클레스는 자신을 에워싸고 있던 사람들에게 오이테(Oeta) 산에 커다란 화장대를 세운 뒤 그곳에 데려가달라고 명령했다. 마침내 그곳에 도착한 헤라클레스는 이제야 자신이 죽을 수 있다는 것에 기뻤다.

"이제 편히 쉴 수 있겠군. 이제 모든 것이 끝이야."

사람들이 자신을 화장대 위로 들어 올리자 헤라클레스는 연회석 안락의자에 편히 눕는 것처럼 화장대 위에 누웠다. 헤라클레스는 젊은 부하인 필로크테테스(Philoctetes)에게 화장대에 불을 놓을 횃불을 집으라고 말했다. 그리고 트로이에서도 명성이 자자했던 자신의 활과 화살을 주었다. 불꽃이 확 치솟자 헤라클레스는 더 이상 지상에서 찾아볼 수 없게 되었다. 그는 하늘로 승천하여 헤라와 화해하고 헤라의 딸 헤베(Hebe)와 결혼했다.

> 대단한 노역 끝에 비로소 안식을 찾았네.
> 축복의 안식처에서
> 최고의 보상인 영원한 평화를 누리게 되었네.

그러나 헤라클레스가 완전히 만족하여 안식과 평화를 즐긴다거나,

신들이 헤라클레스를 그대로 내버려두었다거나 하는 모습을 상상하기
는 쉽지 않다.

제12장

아탈란테

아탈란테 이야기는 고대 작가들 중 후기에 속하는 오비디우스와 아폴로도로스가 유일하게 전체를 언급하고 있지만 이야기 자체는 오래되었다. 헤시오도스의 시로 추정되는 작품에서는 달리기 시합과 황금 사과를 묘사하고, 『일리아스』에서는 칼리돈의 멧돼지 사냥 이야기가 나온다. 여기서는 기원후 1, 2세기 작품으로 보이는 아폴로도로스의 이야기를 대체적으로 따랐다. 오비디우스의 이야기는 부분적으로만 좋다. 오비디우스는 사냥꾼들 틈에 있는 아탈란테를 매혹적인 모습을 그렸는데 그 부분은 여기에 추가했다. 하지만 멧돼지 묘사에서 알 수 있듯이 그는 종종 과장이 심하고 냉소적이기까지 하다. 아폴로도로스의 표현은 생생한 맛은 없지만 결코 터무니없지는 않다.

아탈란테라는 이름의 영웅이 두 명 있었다고 한다. 이아소스(Iasus)와 스코이네우스(Schoenius)라는 두 남자가 각각 아탈란테의 아버지라 불렸지만 오래된 이야기에서 그다지 중요하지 않은 인물에게 각기 다른 이름을 붙인 것은 흔한 일이다. 만일 아탈란테가 두 명이었다면 두 사람 모두 아르고 호에 승선하기를 원했고, 칼리돈의 멧돼지를 사냥하는 데 참가했으며, 달리기 시합에서 자신을 이긴 남자와 결혼했고, 결국에는 둘 다 암사자로 변했다는 것은 매우 드문 일일지 모른다. 각 이야기가 나머지 다른 이야기와 실질적으로 같으므로 사실은 아탈란테가 한 사람이었다고 생각하는 편이 훨씬 간단하다. 아무리 신화 속 이야기라고 하지만, 가장 담대한 영웅만큼이나 모험을 좋아하고 활쏘기와 달리기, 격투에서 남자를 능가하는 두 여인이 동시대에 살았다는 것은 개연성이 높지 않아 보인다.

아무튼 그 이름이 무엇이었든지 간에 아탈란테의 아버지는 아들이 아니라 딸이 태어나자 무척 실망했다. 아탈란테의 아버지는 딸은 키울 가치도 없다고 생각해 추위와 굶주림으로 죽도록 황량한 산에 불쌍한 어린 딸을 내다버렸다. 이야기에서 흔히 일어나듯 여기서도 짐승이 인간보다 인정 많다는 사실이 입증되었다. 암곰이 어린 아탈란테를 데려다 따뜻하게 보살폈고 아이는 활동적이고 겁 없는 소녀로 자라게 된다. 인정 많은 사냥꾼들이 소녀 아탈란테를 발견하고는 집에 데리고 가서 함께 살았다. 아탈란테는 사냥꾼들을 능가할 만큼 모든 힘든 일을 해냈다. 한번은 인간보다 훨씬 빠르고 힘센 두 켄타우로스가 혼자 있던 아탈란테를 발견하고 쫓아왔지만 아탈란테는 도망치지 않았다. 아탈란테는 꼼짝 않고 서서 화살을 조준하여 쏘았다. 연달아 두 번째 화살까지 날아갔고 두 켄타우로스는 치명상을 입고 그 자리에 쓰러졌다.

이제 그 유명한 칼리돈의 멧돼지 사냥 차례가 되었다. 수확기에 오이네우스(Oeneus) 왕은 신들에게 첫 열매를 바칠 때 아르테미스 여신을 잊어버렸다. 화가 난 여신이 오이네우스 왕을 벌할 심산으로 칼리돈 고장을 휩쓸고 다닐 끔찍한 짐승을 보낸 것이다. 멧돼지는 땅을 온통 엉망으로 만들고 가축과 사람을 해쳤다. 결국 오이네우스 왕은 그리스에서 가장 용감한 사람들에게 도움을 요청했고 젊은 영웅들이 한데 모여들었다. 여기서 많은 이가 훗날 아르고 호에 승선하여 모험을 떠나게 된다. '아르카디아 숲의 자존심'이었던 아탈란테도 그 자리에 왔다. 남자들 틈에 끼어 걸어가는 아탈란테의 모습이 어떠했을지 잠시 살펴보기로 하자. "목 언저리에서 빛나는 버클이 아탈란테의 옷을 조이고 있었다. 머리는 간단하게 빗어 넘겨 뒤에서 하나로 묶었다. 왼쪽 어깨에는 상아빛 화살 통이 매달려 있고 손에 활을 쥐고 있었다. 얼굴은 소년이라고 하기에는 소녀 같고 소녀라고 하기에는 너무 소년 같아 보였다."

그곳에 있던 한 남자에게 아탈란테는 이제껏 본 어느 여인보다도 사랑스럽고 매력적으로 보였다. 그 청년은 오이네우스 왕의 아들 멜레아그로스(Meleager)였는데, 첫눈에 아탈란테를 사랑하게 된다. 그러나 아탈란테는 그를 장래 연인이 아니라 좋은 동료쯤으로 대했을 것이다. 아탈란테는 함께 사냥하는 남자들을 동료 이상으로는 전혀 좋아하지 않았고 절대 결혼하지 않기로 마음먹었으니 말이다.

영웅 중에는 아탈란테가 참가하는 것을 못마땅하게 여기고 여인을 데리고 사냥하는 것이 체면을 깎는 일이라 생각한 사람도 있었지만, 멜레아그로스가 강력하게 고집하자 결국 그의 뜻에 따랐다. 그렇게 한 것이 자신들을 위해서도 잘한 일이었다는 것이 머지않아 증명되었다. 포위된 성난 멧돼지가 하도 재빨리 돌진하는 바람에 미처 손을 쓰기도 전에 두 사람이 멧돼지에게 죽었고, 안타깝게도 잘못 던진 투창에 맞아 세 번째 사람이 쓰러졌다. 사람들이 죽어가고 무기가 거칠게 날아다니는 혼잡한 상황에서도 동요하지 않고 침착했던 아탈란테가 멧돼지에게 상처를 입혔다. 아탈란테가 쏜 화살이 처음으로 멧돼지를 맞힌 것이다. 그러자 멜레아그로스가 달려들어 멧돼지의 가슴을 찔러 죽였다. 멧돼지를 죽인 사람은 멜레아그로스였지만 사냥의 영예는 아탈란테에게 돌아갔고, 멜레아그로스는 그런 의미에서 가죽을 그녀에게 줘야 한다고 주장했다.

그런데 이것 때문에 멜레아그로스는 죽게 된다. 멜레아그로스가 갓 생후 일주일을 넘겼을 때 운명의 여신들이 아기 어머니인 알타이아

〈멜레아그로스와 아탈렌테의 사냥〉, 페테르 파울 루벤스, 1616~1620년

(Althaea)에게 나타나 방에서 불타고 있던 화로 속으로 장작을 하나 던져 넣었다. 그러더니 언제나 그러하듯이 운명의 실을 물렛가락에 빙빙 돌려 실을 자으며 노래를 불렀다.

> 오 새로 태어난 아기, 그대에게 선물을 하나 주노라,
> 이 장작이 재로 변할 때까지 살게 될지니.

그러자 알타이아는 불 속에서 장작을 꺼내 장롱 속에 숨겨두었다. 알 타이아의 남동생들도 멧돼지 사냥 무리에 끼여 있었다. 그들은 한낱 소녀 에게 상을 주는 것에 심한 모욕감을 느껴 불같이 화를 냈다. 다른 사람들 도 마찬가지였는데 특히 멜레아그로스의 외삼촌들은 조카에게 격식을 차릴 필요가 없었다. 외삼촌들은 아탈란테에게 가죽을 주어서는 안 되며, 마찬가지로 다른 사람에게도 마음대로 멧돼지 가죽을 줄 권리는 없다고 말했다. 결국 멜레아그로스는 외삼촌들을 불시에 기습하여 둘 다 죽여버 렸다.

이 소식은 곧 알타이아에게 알려졌다. 남자들과 어울려 사냥이나 다 니며 부끄러움도 모르는 말괄량이에게 푹 빠진 아들이 자신의 사랑하는 두 남동생을 죽였다는 소식을 듣고 알타이아는 타오르는 분노심에 사로 잡혔다. 알타이아는 당장 장롱을 열고 숨겨뒀던 장작을 꺼내 불 속에 집 어넣었다. 장작에 불이 붙어 다시 활활 타오르자 멜레아그로스는 죽어가 며 땅에 쓰러졌고 장작이 다 탈 무렵 그의 영혼도 육체에서 빠져나가고 말았다. 자신이 한 짓을 깨닫고 공포에 사로잡힌 알타이아도 목을 매 자 살했다고 한다. 칼리돈의 멧돼지 사냥은 그렇게 비극으로 끝나고 말았다.

하지만 아탈란테에게 그것은 모험의 시작에 불과했다. 아탈란테가 아르고 호 원정대와 함께 항해했다고 말하는 사람도 있고, 이아손이 단념 하도록 그녀를 설득했다고 말하는 사람도 있다. 그런데 아르고 호 원정대 가 거둔 공적에는 아탈란테가 전혀 언급되고 있지 않다. 또 그녀는 대담

〈히포메네스와 아탈란테〉, 귀도 레니, 1618~1619년

한 행동을 해야 할 때 뒤로 물러서는 사람이 아니었으므로 아마도 아르고 호 원정에는 참가하지 않은 것으로 보인다. 다음으로 아탈란테에 대해 언급된 것은 아르고 호 원정대가 귀환한 뒤 메데이아가 이아손의 삼촌 펠리아스를 회춘시켜주겠다는 감언이설로 죽였을 때였다. 펠리아스를 추모하여 열린 장례식 경기에 아탈란테가 선수로 모습을 드러냈고, 격투 시합에서 장차 아킬레우스의 아버지가 될 위대한 영웅 펠레우스를 물리쳤다.

아탈란테가 자신의 친부모를 알아내고 함께 살게 된 것은 바로 이 공적을 거둔 뒤였다. 아버지는 아들에 필적할 만한 딸을 가졌다는 사실에 만족한 것이 분명하다. 아탈란테가 사냥을 하고 활을 쏘고 격투를 할 수 있다는 점 때문에 그녀와 결혼하길 원한 남자가 무척 많았다는 것이 좀 이상해 보이긴 하지만 실제로 그러했다. 아탈란테에게 수많은 구혼자가 몰려들었다. 그 많은 남자를 손쉽고 기분 좋게 물리치는 방법 중 하나로, 아탈란테는 누구든 달리기 시합에서 자신을 이기는 사람과 결혼하겠다고 발표했다. 아탈란테는 즐거운 시간을 보냈다. 발이 빠르다고 자부하는 청년들이 늘 아탈란테와 시합을 벌이려고 찾아왔지만 번번이 아탈란테에게 지고 말았다.

그러다가 발만큼 머리를 잘 쓸 줄 아는 한 청년이 나타났다. 그는 자신이 아탈란테만큼 빠르지 않다는 것을 알고 있었지만 한 가지 묘안이 있었다. 멜라니온(Melanion, Milanion) 또는 히포메네스(Hippomenes)라 이름하는 이 영리한 청년은 사랑을 깔보는 젊고 거친 처자를 제압하기 위해 아프로디테의 지원을 등에 업고, 헤스페리스 동산에서 자란 것만큼이나 아름다운 순금 사과 세 개를 손에 넣었다. 살아 있는 누구도 그 사과를 본 자는 없었고, 한 번 본 이상 탐내지 않을 사람도 없었다.

제대로 옷을 갖춰 입을 때보다 간편한 차림일 때 백배 더 매력적인 아탈란테가 달리기 경기장 출발점에 자리 잡고 선 채 날카롭게 주위를 둘러보자 그녀를 바라보던 사람들은 모두 경이로운 아름다움에 매료되었다. 그중에서도 가장 강렬하게 매료된 사람은 다름 아닌 시합을 벌이려고

서 있던 청년이었다. 하지만 멜라니온은 침착하게 황금 사과를 손에 단단히 쥐었다. 드디어 두 사람이 출발했다. 화살처럼 날아가는 아탈란테의 머리칼이 하얀 어깨 뒤로 찰랑거렸고 아름다운 그녀의 몸이 홍조로 물들었다. 아탈란테가 자신을 앞서 나가자 멜라니온은 아탈란테 앞쪽으로 황금 사과를 하나 굴렸다. 아탈란테가 그 사과를 집어들려고 멈춰 선 짧은 순간에 멜라니온은 아탈란테를 따라잡을 수 있었다.

잠시 후 멜라니온은 두 번째 사과를 좀 더 옆으로 비껴나게 던졌다. 아탈란테는 사과를 줍느라 길에서 벗어났고 덕분에 멜라니온이 그녀를 앞설 수 있었다. 그럼에도 눈 깜짝할 사이에 아탈란테가 멜라니온을 따라잡았고 이제 눈앞에 결승점이 있었다. 바로 그때 세 번째 사과가 멜라니온 앞에서 반짝거리며 길 옆 들판으로 굴러갔다. 들판에서 반짝반짝 빛나는 사과를 본 아탈란테는 유혹에 저항할 수 없었다. 아탈란테가 사과를 집어드는 순간 멜라니온이 숨을 헐떡이며 거의 결승점에 다다랐다. 아탈란테는 이제 멜라니온의 것이 되었다. 숲속에서 홀로 지내던 자유로운 날들과 운동 시합의 빛나는 승리는 모두 끝이 났다.

그런데 두 사람은 제우스 또는 아프로디테에게 불경한 죄를 저지른 이유로 사자로 변했다고 한다. 사자로 변하기 직전 아탈란테는 아들 파르테노파이오스(Parthenopaeus)를 낳았는데, 그는 훗날 테바이로 향한 일곱 장군 중 한 사람이 되었다.

제4부

트로이 전쟁의 영웅들

제13장

트로이 전쟁

이 이야기는 거의 대부분 호메로스로부터 인용했다. 『일리아스』는 그리스 군대가 트로이에 도착한 뒤 아폴론이 그들에게 역병을 보내는 부분부터 시작된다. 『일리아스』에는 이피게네이아(Iphigenia)가 제물로 바쳐진 내용은 나오지 않으며 파리스의 심판은 모호하게 언급되고 있을 뿐이다. 그래서 누락된 부분은 다른 여러 작가의 작품에서 인용하여 덧붙였다. 이피게네이아 이야기는 기원전 5세기 비극 작가인 아이스킬로스의 비극 『아가멤논』(Agamemnon)에서, 파리스의 심판 부분은 아이스킬로스와 동시대 작가인 에우리피데스의 『트로이의 여인들』(Trojan Women)에서 인용했고 오이노네(Oenone) 이야기 같은 세부 묘사는 기원후 1, 2세기의 산문 작가 아폴로도로스로부터 인용해 덧붙였다. 아폴로도로스는 보통 재미없는 작가지만 위대한 주제를 다루어서 그런지 그의 다른 작품보다 덜 단조롭다.

기원전 1000년 이전에 지중해 동쪽 끝 부근에 지상에서 둘째가라면

⟨파리스의 심판⟩, 페테르 파울 루벤스, 1606년

서러울 만큼 부유하고 강력한 대도시가 있었다. 도시 이름은 트로이로 오늘날까지도 그보다 유명한 도시는 없을 것이다. 유구한 명성을 얻은 이유는 가장 위대한 시 중 하나인 『일리아스』에서 언급된 전쟁 때문이다. 질투심 많은 세 여신 사이에서 일어난 다툼이 전쟁의 발단이 되었다.

발단: 파리스의 심판

사악한 불화의 여신 에리스는 당연하게도 올림포스에서 환영받지 못했다. 신들이 연회를 열 때면 그녀를 쏙 빼놓기 일쑤였다. 이에 앙심을 품고 있던 에리스는 문제를 일으켜 앙갚음하기로 결심했고 자신이 의도한 대로 성공했다. 펠레우스 왕과 바다의 님프 테티스의 중요한 결혼식에 유독 에리스만 초대받지 못하자 그녀는 연회장에 나타나 '가장 아름다운 여신에게'라는 글귀가 적힌 황금 사과를 던졌다. 당연히 모든 여신이 그 사과를 갖고 싶어 했지만 결국 선택권은 아프로디테, 헤라, 팔라스 아테나 세 여신으로 좁혀졌다. 세 여신은 제우스에게 누가 가장 아름다운지 심판해달라고 했다. 현명하게도 제우스는 그 일에 휘말리고 싶지 않아 여신들에게 트로이 근처 이다 산으로 가보라고 했다. 그곳에는 파리스라고도 하고 알렉산드로스라고도 하는 젊은 왕자가 자기 아버지의 양을 돌보고 있다고 했다. 제우스는 여신들에게 그 청년이야말로 아름다움을 판별하는 뛰어난 심판관이라고 말해주었다.

파리스는 비록 왕가의 자식이지만, 아버지 프리아모스 왕은 파리스가 언젠가 자신의 나라를 망하게 할 것이라는 경고를 받았기 때문에 그곳으로 보내어 양치기 일을 시킨 것이다. 파리스는 오이노네라는 이름의 사랑스러운 님프와 함께 살고 있었다.

갑자기 눈앞에 위대한 세 여신이 모습을 드러냈을 때 파리스가 얼마나 놀랐을지 쉽게 상상할 수 있을 것이다. 하지만 파리스는 자신이 보기

〈제우스와 레다의 딸 헬레네〉, 레이턴 경, 19세기

에 세 여신 중 누가 가장 아름다운지 선택하는 게 아니라, 각 여신이 제공한 뇌물을 따져보고 어떤 것이 가장 가질 만한 가치가 있는지 선택하도록 요청받았다. 그 선택조차 쉽지 않았다. 세 여신은 각자 인간이 가장 좋아하는 것을 파리스 앞에 내밀었다. 헤라는 파리스에게 유럽과 아시아의 군주로 만들어주겠다고 약속했고, 아테나는 트로이 군대를 이끌고 승리를 거두어 그리스를 폐허로 만들도록 해주겠다고 약속했고, 아프로디테는 세상에서 가장 아름다운 여인을 아내로 맞이하게 해주겠다고 약속했다. 훗날의 사건들에서 볼 수 있듯이 나약하고 겁이 많던 파리스는 결국 마지막 뇌물을 선택했다. 아프로디테에게 황금 사과를 건네준 것이다.

이것이 트로이 전쟁이 발발하게 된 진짜 이유로 널리 알려진 '파리스의 심판'이다.

트로이 전쟁

세상에서 가장 아름다운 여인은 제우스와 레다의 딸이자 카스토르와 폴리데우케스의 여동생인 헬레네였다. 헬레네의 미모가 어떠했는지는 그리스에 있는 젊은 왕자 중 그녀와 결혼하길 원하지 않은 사람이 없었다는 것만으로도 짐작할 수 있다. 헬레네에게 정식으로 청혼하기 위해 모여든 구혼자들은 모두 유력한 집안의 자제들이었고 그 수도 엄청나게 많았다. 헬레네의 아버지 틴다레오스 왕은 그들 중 한 명을 택하면 나머지 사람들이 결속해 반란을 일으킬까 두려웠다.

그래서 우선 남편이 누가 되든지 간에 행여 헬레네와의 결혼생활 중 어떤 불의가 닥친다면 나머지 구혼자들이 모두 그 남편의 대의를 위해 싸울 것을 엄숙히 맹세하도록 시켰다. 결국 모든 사람이 헬레네의 남편으로 선택될 가능성이 있었기에 그렇게 맹세하는 것이 각자에게 유리했다. 모든 구혼자는 헬레네를 빼앗아 가는 자는 누구든지 철저히 응징하기로 서약했다. 그제야 틴다레오스 왕은 아가멤논의 동생인 메넬라오스(Menelaus)를 사위로 택했고, 동시에 그를 스파르타의 왕으로 임명했다.

파리스가 아프로디테에게 황금 사과를 준 때가 바로 이즈음이었다. 사랑과 미의 여신 아프로디테는 지상 어디에 가야 가장 아름다운 여인을 찾을 수 있는지 너무나도 잘 알고 있었다. 아프로디테는 쓸쓸히 버려진 오이노네는 전혀 신경 쓰지 않는 젊은 양치기 파리스를 곧장 스파르타로 데려갔고 메넬라오스와 헬레네는 그를 손님으로 정중히 맞이했다. 당시 주인과 손님의 유대 관계는 매우 강해서 서로 도와주며 상대방에게 해를 입히지 않는 것이 불문율이었다. 하지만 파리스는 성스러운 결속을 깨뜨렸다. 메넬라오스가 파리스를 전적으로 신뢰하여 그를 집에 남겨둔 채 크레타로 갔을 때,

> 친절히 맞아준
> 친구의 집에 들어온 파리스,
> 친구의 여인을 훔쳐냄으로
> 자신에게 먹을 것을 주고 환대해준 그 손을 모욕했다네.

집에 돌아와 헬레네가 사라진 것을 알게 된 메넬라오스는 그리스 전역에 자신을 도와달라고 요청했다. 그리스 각지의 족장들은 이미 맹세한 대로 그 요청을 수락했다. 족장들은 바다 건너 강력한 트로이를 잿더미로 만들겠다는 원대한 꿈에 부풀어 모여들었다. 그러나 가장 으뜸 가문의 두 장수가 빠져 있었다. 이타케 섬의 왕 오디세우스와, 펠레우스와 테티스의 아들 아킬레우스였다. 그리스에서 가장 영리하고 분별력 있는 오디세우스는 부정한 여인을 되찾기 위해 집과 가족을 떠나 바다를 건너는 낭만적 모험에 몸을 싣고 싶지 않았다. 그래서 그리스 군대에서 사신을 보냈을 때 일부러 미친 척 밭을 갈며 씨 대신 소금을 뿌렸다. 그러나 사신 역시 꾀가 많았다. 사신은 오디세우스의 어린 아들을 쟁기질하는 밭 한가운데 데

려다놓았다. 그러자 오디세우스가 재빨리 쟁기를 옆으로 돌렸고, 결국 제정신인 것이 들통나고 말았다. 결국 오디세우스는 군대에 합류할 수밖에 없었다.

아킬레우스는 어머니가 전쟁에 참가하지 말라며 말렸다. 바다의 님프였던 테티스는 아들이 트로이에 간다면 죽을 운명임을 알고 있었다. 그래서 테세우스를 배반해 죽였던 왕 리코메데스의 궁으로 아들을 보냈고 여장을 시켜 처녀들 틈에 있게 했다. 아킬레우스를 찾아올 사신으로 오디세우스가 파견되었다. 오디세우스는 방물장수로 변장해 짐 꾸러미에 여인들이 좋아할 장신구와 근사한 무기를 채워 아킬레우스가 숨어 있는 궁전으로 갔다. 처녀들은 장신구 주위에 모여들었지만 아킬레우스는 칼과 단검들을 만지작거렸다. 오디세우스는 그가 아킬레우스라는 것을 단번에 알아보고, 힘들이지 않고 아킬레우스가 어머니의 충고를 무시하고 자신과 함께 그리스 군대가 모여 있는 진영으로 가도록 만들었다.

이렇게 함대는 모든 준비를 끝마쳤다. 수천 척의 함대가 그리스 군대를 실어 날랐다. 강풍과 위험한 파도가 몰아치는 아울리스에 도착했고 북풍이 부는 한 벗어날 수 없었다. 북풍은 매일매일 몰아쳤다.

북풍은 사람들의 마음도 부수고,
배도 닻줄도 가차 없었네.
점점 지체되는 시간은
곱절은 더디 갔네.

군대는 절망적이었다. 마침내 예언자 칼카스(Calchas)가 신들이 신탁을 내려주었다고 선언했다. 아르테미스 여신이 화가 났다는 내용이었다. 이유인즉, 아르테미스가 가장 사랑하는 들짐승인 토끼를 새끼와 함께 그리스 군이 죽였기 때문이다. 바람을 잠재우고 트로이까지 안전하게 항해할 수 있는 유일한 방법은 총사령관 아가멤논의 첫째 딸인 이피게네이아

〈아킬레우스를 알아본 오디세우스〉, 루이 고피에, 1791년

를 아르테미스 여신에게 제물로 바치는 것이었다. 모두에게 끔찍한 일이었지만, 특히 이피게네이아의 아버지 아가멤논은 참을 수 없었다.

> 우리 집안의 기쁨인 내 딸을
> 죽여야만 한다면.
> 제단 앞에서 살해된
> 딸에게서 흘러내리는
> 검은 피로 그 아비의
> 손은 더럽혀지리.

그럼에도 아가멤논은 사사로운 감정을 접었다. 군대에서 자신의 평판이 이미 위험했기에 트로이를 정복해 그리스를 고양시키려는 야망이 크게 발동했다.

> 아가멤논은 전쟁에 도움이 되기 위해 제 혈육을 죽이는
> 그런 짓을 하고야 말았네.

아가멤논은 집에 있는 아내에게 편지를 썼다. 가장 위대하고 훌륭한 장수로 정평 난 아킬레우스와 성대한 결혼식을 준비해놓았으니 이피게네이아를 보내라는 내용이었다. 그러나 웨딩드레스를 입고 나타난 이피게네이아는 제물로 바쳐지기 위해 제단으로 옮겨졌다.

> 아버지, 아버지를 외치며 절규하는
> 이피게네이아의 모든 기도와
> 처녀로서의 인생이
> 전쟁에 미친 야만스러운 전사들에게는
> 하찮은 것으로 여겨졌네.

결국 이피게네이아의 죽음으로 북풍이 잠잠해졌고 그리스 함대는 고요해진 바다로 나갔지만, 그들이 저지른 사악한 죄의 대가는 언젠가 재난이 되어 되돌아오게 될 터였다.

그리스 군이 트로이의 시모이스 강어귀에 도착했을 때 제일 먼저 상륙한 사람은 프로테실라오스(Protesilaus)였다. 그것은 죽음을 무릅쓴 용감한 행동이었다. 가장 먼저 상륙한 사람이 가장 먼저 죽게 될 것이라는 신탁 예언이 있었기 때문이다. 결국 프로테실라오스는 트로이 병사가 던진 창에 맞아 죽었다. 그리스 병사들은 마치 그가 신이라도 된 것처럼 경의를 표하고 신들 역시 그를 높여주었다. 신들은 헤르메스에게 명하여, 프로테실라오스를 죽은 자들의 세계에서 데려와 슬픔에 잠겨 있는 아내 라오다미아(Laodamia)에게 마지막으로 한 번 더 보여주라고 했다. 그러나 라오다미아는 두 번 다시 남편을 포기하지 않았다. 남편이 저승에서 잠시 돌아오자 그녀도 따라나섰다. 스스로 목숨을 끊은 것이다.

수천 척의 함대에 거대한 전사 무리를 싣고 온 그리스 군대는 매우 강력했다. 그렇지만 트로이도 만만치 않았다. 프리아모스 왕과 헤카베(Hecuba) 왕비에게는 공격을 이끌고 성벽을 수비할 용감한 아들이 많이 있었는데, 그중에서도 단연 으뜸은 헥토르였다. 그리스 군의 위대한 전사 아킬레우스를 제외한다면 헥토르보다 고귀하고 용감한 이는 없었다. 아킬레우스와 헥토르는 각자 트로이 함락 전에 자신들이 죽게 될 것을 알고 있었다. 아킬레우스는 어머니에게서 들어서 알고 있었다. "네 수명은 매우 짧다. 네가 이 눈물과 고통에서 자유로워질 수만 있다면. 애야, 넌 누구보다도 명이 짧고 측은히 여겨질 거다."

헥토르는 자신이 죽을 운명임을 말해준 신이 없었지만 분명 알고 있었다. 헥토르는 아내 안드로마케에게 말했다. "내 마음과 영혼은 잘 알고 있소. 언젠가는 거룩한 트로이가 유린당하고 프리아모스 왕과 백성이 모두 그리스 군에게 짓밟힐 것이라는 것을." 두 영웅은 여실히 드리워진 죽음의 그늘 아래서 그렇게 싸웠다.

9년 동안 승리는 이쪽과 저쪽으로 엎치락뒤치락할 뿐 어느 한 쪽도 결정적인 우세를 얻지 못하고 있었다. 그러다가 아킬레우스와 아가멤논, 두 그리스 대장 사이에 다툼이 일어난 틈에 일순간 트로이 군이 승세를 탔다. 이번에도 다툼의 이유는 여자였는데, 아폴론 사제의 딸 크리세이스(Chryseis)가 장본인이었다. 크리세이스는 그리스 군에게 잡혀 아가멤논에게 전리품으로 주어졌다. 크리세이스의 아버지가 찾아와 딸을 풀어달라고 애원했지만 아가멤논은 들어주지 않았다. 그러자 사제는 자신이 섬기는 강력한 신에게 기도를 올렸고, 포이보스 아폴론이 그 기도를 들어주었다. 아폴론이 태양 마차에서 그리스 군대에게 불화살을 쏘아대자 사람들이 모두 병에 걸려 죽어갔다. 그 바람에 화장대에서는 끊임없이 불이 타올랐다.

마침내 아킬레우스가 족장 회의를 소집했다. 아킬레우스는 족장들에게 더 이상 트로이 군대와 역병을 동시에 상대할 수 없으니 아폴론을 달랠 방법을 찾든지 아니면 고향으로 돌아가는 수밖에 없다고 말했다. 그때 예언자 칼카스가 일어났다. 자신은 아폴론이 왜 진노했는지 알고 있지만, 아킬레우스가 자신의 안전을 보장해주지 않으면 두려워서 말할 수 없다고 했다. 그러자 아킬레우스가 대답했다. "비록 그대가 총사령관 아가멤논을 비난한다고 해도 내가 지켜줄 테니 말해보시오." 그곳에 있던 모든 사람이 그 말의 뜻을 이해했다. 아폴론의 사제가 어떤 대접을 받았는지 이미 알고 있었기 때문이다. 칼카스가 크리세이스를 아버지에게 돌려보내야 한다고 주장하자 아킬레우스와 그 수하의 모든 족장이 동조했다. 단단히 화가 난 아가멤논조차 동의할 수밖에 없었다. 다만 아가멤논도 지지 않고 아킬레우스에게 말했다. "하지만 내 영예에 대한 보답으로 받은 크리세이스를 내놓아야만 한다면 대신 다른 여인을 갖겠소."

아가멤논은 크리세이스를 아버지에게로 돌려보낸 뒤 자신의 종 두 명을 아킬레우스 막사로 보내 아킬레우스가 전리품으로 받은 처자 브리세이스(Briseis)를 데려오라고 했다. 두 종은 내키지 않았지만 아킬레우스

〈아가멤논의 전령을 맞는 아킬레우스〉, 장 오귀스트 앵그르, 1801년

막사로 가서 무거운 침묵 속에 서 있었다. 그러나 아킬레우스는 잘못을 범하고 있는 사람은 종들이 아니라고 말해주었다. 게다가 벌받을까 봐 떨고 있는 종들에게 브리세이스를 데려가라고 했다. 다만 데려가기 전 아가멤논이 저지른 행위의 대가를 분명히 치르게 할 것이라고 신과 인간들 앞에서 맹세하는 것을 듣도록 했다.

그날 밤 아킬레우스의 어머니이자 은빛 발을 지닌 바다의 님프 테티스가 아들을 찾아왔다. 테티스는 아들만큼이나 화가 나 있었다. 아들에게 이제 그리스 군에는 전혀 신경 쓰지 말라고 하고는, 그 길로 하늘로 올라가 제우스에게 트로이 군이 승리하게 해달라고 부탁했다. 제우스는 대답하지 못하고 머뭇거렸다. 이제 그 전쟁은 올림포스에도 영향을 미치고 있었다. 신들 역시 양쪽 진영으로 갈렸던 것이다. 아프로디테는 당연히 파리스 편을 들었다. 마찬가지로 헤라와 아테나는 파리스의 반대편이었다. 전쟁의 신 아레스는 항상 아프로디테 편을 들었다. 반면 바다의 신 포세이돈은 해상 민족인 그리스인들을 좋아했다. 아폴론은 헥토르를 좋아했으므로 그를 위해 트로이 군을 돕고 있었고 아폴론의 여동생 아르테미스도 같은 편이었다. 제우스는 대체적으로 트로이 군을 더 좋아했지만 아내 헤라를 공공연히 반대할 수 없어 중립을 지키길 원했다. 그러나 제우스는 테티스의 부탁을 거절하지 못했다. 늘 그랬듯이 제우스는 남편이 또 뭔가 꾸미고 있다고 의심하는 헤라에게 시달렸다. 제우스는 결국 헤라가 입을 다물지 않으면 가만두지 않겠다고 으름장을 놓았다. 그 말에 헤라는 조용해졌지만 머릿속으로는 어떻게 제우스의 눈을 피해 그리스 군을 도울지 궁리하느라 바빴다.

제우스가 세운 계획은 간단했다. 아킬레우스가 없으면 그리스 군이 트로이 군에게 밀린다는 사실을 알고 있었으므로 아가멤논이 지금 공격을 시작하면 승리를 보장해준다는 거짓 꿈을 보냈다. 아킬레우스가 막사에 머무르고 있는 동안 이제껏 치른 싸움 중에서 가장 힘든 격전이 뒤따랐다.

트로이 성벽 위에서는 노왕 프리아모스와, 전쟁에 이력이 난 현명한 다른 노인들이 앉아서 전투를 지켜보고 있었다. 이 모든 고통과 죽음의 원인인 헬레네가 다가왔지만 그들은 아무런 비난도 하지 않고 서로 중얼거렸다. "저런 미녀를 위해서라면 싸울 만도 하지. 헬레네 얼굴은 마치 불멸의 영혼을 지닌 것처럼 보이잖아."

헬레네는 노인들 옆에 서서 이 사람 저 사람 가리키며 그리스 영웅들의 이름을 알려주었다. 그런데 놀랍게도 갑자기 전투가 중단되었다. 양측은 뒤로 물러났고 가운데 빈 공간에 파리스와 메넬라오스가 마주보고 섰다. 싸움의 두 당사자가 일대일로 싸우게 하려는 것이 분명했다.

파리스가 창을 먼저 던졌지만 메넬라오스는 재빨리 방패로 막은 뒤 자신의 창을 던졌다. 그 창에 파리스의 겉옷이 찢어졌으나 상처를 입지는 않았다. 메넬라오스는 이제 유일한 무기인 칼을 빼들었는데 칼은 부러진 채 손에서 떨어지고 말았다. 더 이상 무기가 없는 메넬라오스는 대담하게 파리스에게 덤벼들었고 투구의 머리 장식을 쥐고는 발이 땅에서 떨어지도록 흔들어댔다. 만일 중간에 아프로디테가 끼어들지만 않았다면 메넬라오스는 의기양양하게 그리스 군이 있는 곳까지 파리스를 질질 끌고 갔을 것이다. 아프로디테는 투구의 연결 끈을 잘라버려 메넬라오스 손에서 떨어지게 했다. 그러고는 변변히 싸워보지도 못한 파리스를 구름으로 가려 트로이로 데려다주었다.

몹시 분개한 메넬라오스는 트로이 군사들을 헤치며 파리스를 찾아다녔다. 그곳에 있던 사람들 모두 파리스를 싫어했으므로 기꺼이 메넬라오스를 도와주려 했지만 파리스가 어디로 어떻게 사라졌는지 아무도 알 수 없었다. 결국 아가멤논은 양쪽 군대에게 메넬라오스가 이긴 것이라고 선언하며 트로이 군에게 헬레네를 돌려줄 것을 요구했다. 그 요구는 정당했으므로 만일 헤라의 교사를 받은 아테나가 방해하지만 않았더라면 트로이 사람들은 아가멤논의 제의에 따랐을 것이다. 헤라는 트로이가 완전히 망할 때까지 결코 전쟁이 끝나게 해서는 안 된다고 결심했다.

전쟁터로 잽싸게 날아 내려간 아테나는 어리석은 트로이 병사 판다로스에게 휴전 협정을 깨뜨리도록 부추겨 메넬라오스를 향해 화살을 쏘게 했다. 판다로스는 실제로 화살을 쏘았고 메넬라오스를 향해 경미한 부상만 입혔지만 약속을 어긴 행위에 분노한 그리스 병사들이 트로이 군에 달려들었고 전투는 다시 시작되었다. 잔혹한 전쟁의 신 아레스의 친구들인 공포와 파괴와 투쟁 역시 그곳에 나타나 사람들의 마음속에 서로 학살을 일삼도록 선동하고 다녔다. 신음 소리와 적을 죽인 자의 승리의 외침과 죽어가는 사람들의 단말마가 여기저기서 들려왔고 땅은 온통 피로 물들었다.

아킬레우스가 빠진 그리스 진영에서 가장 위대한 용사는 아이아스(Ajax)와 디오메데스였다. 그날 두 사람은 눈부시게 싸웠으며, 많은 트로이 병사들이 두 사람 앞에서 얼굴을 땅에 묻고 쓰러져갔다. 헥토르 다음으로 용감하고 훌륭한 아이네이아스(Aeneas) 왕자는 디오메데스 손에 거의 죽을 뻔했다. 그런데 아이네이아스는 왕가의 혈통 이상이었다. 그의 어머니인 아프로디테는 디오메데스가 아이네이아스를 다치게 하자 아들을 구하기 위해 재빨리 전쟁터로 내려갔다. 아프로디테가 부드러운 팔로 아들을 안아 올리던 순간, 그녀가 아테나처럼 전장에서 싸우는 뛰어난 투사가 아닌 겁쟁이 여신인 것을 알고 있던 디오메데스가 달려들어 그녀 손에 상처를 입혔다. 아프로디테는 비명을 지르며 아이네이아스를 떨어뜨리고는 고통 속에 울면서 올림포스로 돌아갔다. 올림포스에서 웃음을 사랑하는 여신 아프로디테가 눈물을 흘리며 돌아오는 모습을 빙긋 웃으며 지켜본 제우스는 아프로디테에게 전쟁터에서 멀리 떨어져 있으라 명령하고 그녀의 임무는 전쟁이 아니라 사랑이라는 것을 상기시켰다. 비록 어머니가 구해내는 데는 실패했지만 아이네이아스는 죽지 않았다. 아폴론이 그를 구름으로 싸서 트로이의 성소(聖所)인 신성한 페르가모스(Pergamos)로 데려갔고 아르테미스가 상처를 치료해주었다.

여전히 맹위를 떨치며 트로이 병사들을 추풍낙엽처럼 때려 부수던 디오메데스는 결국 헥토르와 맞붙게 되었다. 그런데 놀랍게도 디오메데스는 그곳에서 아레스도 보았다. 피로 얼룩진 잔혹한 전쟁의 신이 헥토르를 위해 싸우고 있었던 것이다. 이 광경을 본 디오메데스는 벌벌 떨며 그리스 군에게 서서히, 그러나 얼굴은 트로이 군을 보며 후퇴하라고 외쳤다. 화가 난 헤라가 올림포스로 급히 말을 몰고 갔다. 자신이 인간에게 재앙을 일으키고 있는 아레스를 전쟁터에서 몰아낼 수 있게 해달라고 제우스에게 요구했다. 아레스가 제우스와 헤라의 아들이었음에도 불구하고 헤라만큼이나 아레스를 좋아하지 않는 제우스는 기꺼이 아내의 요구를 들어주었다.

헤라는 급히 지상으로 내려가 디오메데스 옆에 서서 두려워할 것 없이 무서운 전쟁의 신을 내리치라고 다그쳤다. 그러자 디오메데스의 마음은 기쁨으로 가득 찼다. 디오메데스는 아레스에게 돌진하며 창을 던졌다. 아테나는 그 창을 아레스 몸에 정통으로 꽂히게 했다. 창에 맞은 전쟁의 신 아레스는 전쟁터가 떠나가라 비명을 질렀고 무시무시한 소리는 그리스 군과 트로이 군을 모두 떨게 했다.

실제로도 무뢰한이었던 아레스는 그동안 수없이 많은 사람들에게 가했던 고통을 이제 자기가 당하게 되자 참을 수 없었다. 그는 올림포스에 있는 제우스에게 도망가 아테나의 난폭함을 심하게 욕했다. 하지만 제우스는 엄한 눈길로 아레스를 쳐다보며 헤라만큼이나 참을성이 없다며 당장 우는 소리를 그만 하라고 명령했다. 아레스가 떠나고 나자 트로이 군은 뒤로 밀릴 수밖에 없었다. 이 위기 상황에서 신의 뜻을 알아내는 데 현명했던 헥토르의 동생은 헥토르에게 어서 도시로 들어가서 어머니인 왕비에게 가장 아름다운 옷을 아테나에게 제물로 바치고 자비를 베풀어 달라는 기도를 올리게 하라고 말했다. 헥토르는 그 충고가 옳다고 생각하고는 궁전으로 이르는 문을 잽싸게 통과해 어머니가 있는 곳으로 달려갔다. 왕비는 아들이 시키는 대로 했다. 헤카베는 별처럼 빛나는 귀중한 옷을 골라 여신의 제단 아래 펼쳐놓고 기원했다. "아테나 여신이여, 이 도시와 트로이 여인들과 어린 자식들을 구해주소서." 하지만 팔라스 아테나는 그 기도를 거절했다.

헥토르는 전쟁터로 다시 돌아가면서 어쩌면 마지막이 될지도 몰라 사랑스러운 아내 안드로마케와 아들 아스티아낙스(Astyanax)를 다시 한 번 만났다. 안드로마케는 트로이 군이 퇴각한다는 소식을 듣자 겁에 질려 싸움을 지켜보려고 성벽으로 나왔다가 남편을 만났다. 안드로마케 옆에는 하녀가 어린 소년을 안고 서 있었다. 헥토르가 웃으며 말없이 그들을 바라보자 안드로마케는 남편의 손을 잡고 눈물을 흘렸다. "여보. 제게는 남편인 동시에 아버지이자 어머니요 오빠나 다름없는 당신. 가지 말고 우리와 함께 여기 있어 주세요. 저를 미망인으로, 당신의 아이를 고아로 만들지 마세요."

헥토르는 점잖게 아내의 청을 거절하며 항상 선봉에서 싸워야 할 자신이 겁쟁이가 될 수는 없다고 대답했다. 그럼에도 안드로마케는 남편이 언제 죽을지 모른다는 사실에 자신이 괴로워한다는 것을 남편도 인지하고 있다는 것을 알 수 있었다. 실은 바로 그 점이 다른 어떤 걱정거리보다 헥토르를 괴롭혔다. 헥토르는 떠나기 전 잠시 아들을 품에 안았다. 겁에 질린 아이는 투구와 무섭게 펄럭이는 장식이 무서워 뒤로 움츠렸다. 그 모습에 헥토르는 웃으며 빛나는 투구를 머리에서 벗었다. 그러고는 아이를 두 팔로 꼭 끌어안고 다정히 쓰다듬으며 기도를 올렸다. "오, 제우스시여. 몇 년이 흘러 이 아이가 전쟁터에서 돌아오면 사람들이 '그는 아버지보다 더 위대하도다'라고 말하게 해주옵소서."

헥토르가 아들을 안드로마케의 품에 다시 안겨주자 안드로마케는 여전히 눈물을 글썽이며 남편을 꼭 끌어안았다. 안드로마케가 안쓰러워 헥토르는 부드럽게 쓰다듬으며 말했다. "여보, 그렇게 슬퍼하지 마시오. 예정된 운명은 어차피 오게 마련이지만 내 운명을 거역한다면 그 어떤 사람도 날 죽일 수 없을 거요." 헥토르는 다시 투구를 머리에 쓰고 떠나갔고, 안드로마케는 슬피 울며 남편의 뒷모습을 지켜보았다.

다시 전쟁터로 돌아온 헥토르는 싸움의 열의로 가득 찼고 한동안은 행운이 따라주었다. 이 무렵 제우스가 아킬레우스의 모욕을 갚아주겠다고 테티스에게 했던 약속을 떠올렸기 때문이다. 제우스는 다른 모든 신에게 꼼짝 말고 올림포스에 남아 있으라고 명령하고는 자신이 직접 트로이 군을 도우러 지상으로 내려갔다. 그러자 이제 그리스 군이 궁지에 몰리기 시작했다. 그리스의 위대한 전사 아킬레우스는 멀리 떨어져 있었다. 아킬레우스는 막사에 홀로 앉아 자신이 당한 모욕을 되씹고 있었다. 트로이 군의 위대한 전사 헥토르는 이제껏 보여준 적 없던 용맹함과 화려한 무예를 선보였다. 그를 대항할 자는 없었다. 트로이인들은 헥토르를 '말을 길들이는 명인(Tamer of horses)'이라 불렀다. 호칭에 걸맞게 헥토르는 말과 일심동체라도 된 듯 그리스 군사들 사이로 거침없이 마차를 몰고 가 휩쓸었다. 헥토르의 빛나는 투구는 동에 번쩍 서에 번쩍했고, 당당한 전사들이 그의 무시무시한 청동 창 아래 차례로 쓰러져갔다. 저녁 무렵 전투가 끝났을 때 트로이 군이 그리스 군을 거의 배가 있는 곳까지 몰아부쳤다.

그날 밤 트로이 군은 환희에 휩싸였고 그리스 진영은 비탄과 절망에 빠졌다. 아가멤논은 모든 것을 포기하고 그리스로 되돌아가려고 했다. 그러나 족장 중에서 가장 나이가 많고 오디세우스보다도 현명한 네스토르(Nestor)가 과감히 나섰다. 아가멤논에게 만일 아킬레우스를 화나게 하지 않더라면 그리스 군은 패배하지 않았을 것이라고 말했다. "치욕스럽게 고향으로 돌아갈 생각 대신 어떻게든 그를 달래볼 방법을 찾아보시오." 네스토르의 충고에 모든 사람이 박수갈채를 보냈고 아가멤논은 자신이 어리석게 행동했음을 반성했다. 아가멤논은 브리세이스를 아킬레우스에게 돌려보내겠다고 약속했고, 브리세이스와 함께 다른 좋은 선물도 많이 보내면서 오디세우스 편으로 자신의 화해 제의를 아킬레우스에게 전해달라고 부탁했다.

오디세우스와 그의 동반자로 선택된 족장 두 명은 아킬레우스가 친구 파트로클로스(Patroclus)와 함께 있는 것을 보았다. 파트로클로스는 지상에서 누구보다 아킬레우스에게 소중한 친구였다. 아킬레우스는 오디세우스 일행을 정중히 환영하며 음식과 음료를 대접했다. 하지만 오디세우스 일행은 찾아온 이유를 밝히며 아킬레우스가 양보해준다면 모든 선물이 다 그의 것이라고, 심히 고통받고 있는 조국의 병사들을 불쌍히 여겨달라고 애원했다. 그러나 아킬레우스는 단호하게 거절하고 이집트의 모든 보물로도 자신을 살 수 없을 것이라고 딱 잘라 말했다. 그러면서 자신은 배를 타고 집으로 돌아갈 것이며 그들도 그렇게 하는 게 현명할 것이라고 충고했다.

하지만 오디세우스가 아킬레우스의 답신을 갖고 돌아왔을 때 사람들은 그 충고를 거부했다. 다음 날 그들은 임전무퇴 정신으로 전투에 임했다. 그렇지만 또다시 뒤로 밀렸고 결국 배를 끌어 올려둔 해안에서 싸워야 했다. 다행히 도움의 손길이 가까이 있었다. 헤라가 자신의 계획을 실행한 것이다. 헤라는 이다 산에 앉아 트로이 군이 승리하는 모습을 관망하는 제우스를 바라보며 자신이 얼마나 남편을 혐오하는지 상기했다. 물론 제우스를 이기는 방법은 한 가지밖에 없다는 것을 잘 알고 있었다. 헤라는 매혹적인 모습으로 제우스 앞에 나타나 자신에게 저항하지 못하도록 해야만 했다. 제우스가 자신을 끌어안으면 헤라는 그에게 달콤한 잠을 쏟아부어 트로이 군을 잊도록 만들 작정이었다. 헤라는 계획대로 움직였다. 방으로 간 헤라는 모든 기술을 총동원해 비길 데 없이 아름답게 치장했다. 마지막으로 헤라는 아프로디테의 모든 매력이 담겨 있는 허리띠까지 빌렸고 완벽한 모습으로 제우스 앞에 섰다. 헤라를 보자 제우스의 마음은 아름다움에 압도되어 테티스에게 했던 약속은 깡그리 잊어버렸다.

전세는 역전되어 그리스 군에게 유리하게 전개되었다. 아이아스가 헥토르를 땅에 내리꽂았다. 하지만 아이네이아스가 헥토르를 일으켜서 업고 가는 바람에 부상을 입히지는 못했다. 헥토르가 떠나자 그리스 군은 트로이 군을 배에서 몰아낼 수 있었다. 만일 제우스가 깨어나지 않았더라면 트로이는 그날로 함락되고 말았을 것이다. 벌떡 일어난 제우스는 도망치는 트로이 군과 들판에 누워 헐떡이는 헥토르를 보았다. 모든 것이 선명해진 제우스는 헤라에게 분통을 터뜨렸다. 제우스는 이것이 헤라의 간교하고 부정한 짓이라고 말하며 그 자리에서 당장 헤라와 한판 붙을 작정이었다.

헤라는 이런 종류의 싸움에서 자신이 불리하다는 것을 잘 알고 있었다. 그래서 자신은 트로이 군의 패배와는 아무 상관이 없으며, 이 모든 것은 포세이돈이 한 짓이라고 말했다. 실제로 바다의 신 포세이돈이 제우스의 명령에 반하여 그리스 군을 돕고 있었다. 하지만 그것은 헤라가 부탁했기 때문이었다. 어쨌든 제우스는 헤라에게 따끔한 맛을 보여주지 않아도 될 충분한 구실이 생겨서 기뻤다. 제우스는 헤라를 올림포스로 돌려보내고 신들의 전령인 무지개 신 이리스를 불러 포세이돈에게 당장 전쟁터에서 떠나라는 명령을 전하게 했다. 포세이돈이 뿌루퉁하여 그 명령에 복종하자 전투의 형세는 다시 그리스 군에게 불리하게 전개됐다.

아폴론은 의식이 혼미한 헥토르를 소생시켜 다시 강력한 힘을 불어넣어주었다. 아폴론 신과 영웅 헥토르 앞에서 그리스 군은 사자에게 쫓기는 양 떼 같았다. 그리스군은 혼비백산하며 배로 도망쳤지만 그들이 세워둔 방어벽은 아이들이 장난삼아 쌓은 모래성처럼 무너져 내렸다. 트로이 군은 배에 불을 지를 수 있을 만큼 가까이 다가와 있었다. 아무 희망이 없던 그리스 군은 오로지 용감하게 싸우다 죽을 생각 외에는 다른 방도가 없었다.

한편 아킬레우스의 소중한 친구 파트로클로스는 공포에 질려 이리저리 날뛰는 아군을 보았다. 아무리 아킬레우스를 위해서라고는 하지만 더 이상 전쟁터에서 떨어져 있을 수는 없었다. 파트로클로스가 아킬레우스에게 소리쳤다. "동포가 죽어가는 동안 자네는 계속 화만 내고 있게. 하지만 나는 그럴 수 없네. 내게 자네의 갑옷을 주게. 사람들이 나를 자네로 착각한다면 트로이 군은 잠시 주춤할 테고 그러면 지칠 대로 지친 그리스 군도 잠시 숨 돌릴 틈이 생길 걸세. 자네와 나는 그동안 충분히 쉬었으니 힘이 넘치지 않는가. 우리는 아직 적을 몰아낼 수 있단 말이네. 하지만 자네가 그렇게 앉아서 분을 삭이지 못하겠다면 최소한 자네의 갑옷이나 빌려주게나."

파트로클로스가 말하는 사이 그리스 함대 한 척이 불길에 휩싸였다. 그러자 아킬레우스가 말했다. "그렇게 해서 우리 군대의 퇴각을 막을 수만 있다면 가게나. 내 갑옷을 가져가고 내 부하들도 데려가게나. 가서 배들을 방어하게. 하지만 나는 갈 수 없네. 나는 치욕을 당한 사람이네. 만일 전투가 가까운 곳에서 벌어지면 내 배들을 지키기 위해 그때는 싸우겠네. 하지만 나를 모욕한 사람들을 위해서는 결코 싸울 수 없네."

파트로클로스는 모든 트로이인들이 두려워하던 아킬레우스의 찬란한 갑옷을 걸치고 아킬레우스의 부하인 미르미돈인들을 이끌고 전투에 참가했다. 새로운 전사 무리의 공격에 트로이 군은 동요했다. 아킬레우스가 전사들을 이끈다고 생각했다. 한동안 파트로클로스는 아킬레우스만큼이나 훌륭하게 잘 싸웠다.

결국 파트로클로스는 헥토르와 일대일로 맞붙었고 그의 운명은 사자를 만난 멧돼지와도 같았다. 헥토르의 창이 파트로클로스에게 치명적인 상처를 입혔고 그의 영혼은 육신을 떠나 하데스의 집으로 내려갔다. 헥토르는 파트로클로스가 입고 있던 갑옷을 벗겨 자신이 그것을 입었다. 마치 아킬레우스의 힘까지 헥토르가 가져간 것처럼 그 앞을 가로막을 그리스 군은 아무도 없었다.

날이 저물어 그날의 전투도 끝이 났다. 아킬레우스는 막사에 앉아 파트로클로스가 돌아오기만을 기다렸다. 기다리던 파트로클로스는 돌아오지 않고 대신 늙은 네스토르의 발 빠른 아들 안틸로코스가 달려오는 것을 보았다. 안틸로코스는 뜨거운 눈물을 흘리며 아킬레우스를 보자마자 외쳤다. "슬픈 소식입니다! 파트로클로스가 죽었어요! 그가 입고 있던 갑옷은 헥토르가 가져갔고요." 그 말에 아킬레우스는 무거운 비탄에 잠겼다. 너무도 암울한 아킬레우스의 모습에 주위 사람들은 그의 생명이 염려

〈파트로클로스의 죽음을 슬퍼하는 아킬레우스〉, 개빈 해밀턴, 1760~1763년

될 정도였다.

한편 바다 깊은 동굴에 있던 아킬레우스의 어머니가 아들의 슬픔을 듣고는 위로하려고 찾아왔다. 아킬레우스는 어머니에게 말했다. "죽은 파트로클로스를 위해 헥토르에게도 동일하게 죽음으로 빚을 갚지 않는 한 저는 이 세상에서 살아갈 이유가 없어요." 그러자 테티스는 울면서 아킬레우스 역시 헥토르 뒤를 따라 곧 죽게 될 운명임을 일깨워주었다. 그 말에 아킬레우스가 대답했다. "그렇다 할지라도 전 가장 친한 친구가 저를 제일 필요로 하는 순간에 도와주지 못했어요. 전 파트로클로스를 죽인 원수를 꼭 제 손으로 죽이고야 말겠어요. 죽음이 온다면 기꺼이 받아들이겠어요."

테티스는 더 이상 아들을 말리지 않았다. "그렇다면 아침까지만 기다려주렴. 무장도 하지 않고 전쟁터로 나갈 수는 없지 않느냐. 헤파이스토스 신이 신들을 위해 만든 갑옷을 가져다주마."

테티스가 가져온 갑옷은 지상에서 어느 누구도 입어본 적 없는, 그것을 만든 장인만큼이나 가치 있는 놀라운 갑옷이었다. 미르미돈인들은 경외심에 사로잡혀 갑옷을 바라보았고 갑옷을 걸치는 동안 아킬레우스의 눈에서는 격렬한 기쁨의 불길이 솟아올랐다. 드디어 아킬레우스는 오랫동안 지키고 있던 막사를 떠나 그리스 군이 모여 있는 곳으로 내려갔다. 그리스 군은 그야말로 비참한 상태였다. 디오메데스는 심한 부상을 입었고, 오디세우스와 아가멤논을 비롯해 많은 사람이 다쳤다. 사람들 앞에서 아킬레우스는 부끄러움을 느끼며 하찮은 여인 하나 때문에 다른 모든 것을 잊을 만큼 자신이 지나치게 어리석었음을 시인했다. 그러나 이제 모든 것이 끝났다. 아킬레우스는 전처럼 군대를 이끌 준비가 되었다. 병사들을 당장 싸움터에 나갈 태세를 갖추게 했다. 족장들은 기쁘게 박수를 보냈지만 오디세우스는 모든 사람을 위해 한마디 했다. 굶주린 병사들은 제대로 싸울 수 없으니 먼저 음식과 술로 배를 채워야 한다는 것이었다. 그러나 아킬레우스는 냉소적으로 대답했다. "우리 전우들은 죽어서 들판에 저렇

게 누워 있는데 먹을 것 타령이라니요. 죽은 제 친구의 원수를 갚기 전에
는 제 목으로 물 한 모금도 넘기지 않을 겁니다." 그러고는 혼자 중얼거렸
다. "내 가장 소중한 친구여. 그대가 없는 나는 먹을 수도 마실 수도 없다
네."

　다른 사람들이 모두 허기를 채우자 아킬레우스는 공격을 개시했다.
모든 신이 알고 있었듯이 이것이 바로 위대한 두 전사의 마지막 전투였
다. 신들은 결과가 어떻게 될지 모두 알고 있었다. 신들의 아버지 제우스
는 자신의 황금 저울을 매달아놓고 한쪽에는 헥토르의 죽음을, 다른 한쪽
에는 아킬레우스의 죽음을 올려놓았다. 그러자 헥토르의 죽음 쪽이 내려
앉았다. 헥토르가 죽을 운명이었다.

　그럼에도 승리는 오랫동안 불투명해 보였다. 헥토르의 지휘를 받는
트로이 군은 제 집 성벽 앞에서 싸우는 사람들처럼 용감했다. 심지어 신
들은 크산토스(Xanthus)라 부르고 인간들은 스카만드로스(Scamander)라
고 부르는 트로이의 커다란 강조차도 아킬레우스가 그 물살을 건널 때 빠
뜨려 죽이려고 애썼다. 하지만 앞길을 가로막는 것은 뭐든 거침없이 베어
버리며 헥토르를 찾는 아킬레우스를 누구도 저지할 수 없었다.

　이 무렵 신들도 패가 갈려 인간들처럼 격렬하게 싸우고 있었다. 제우
스는 따로 떨어져 올림포스에 앉아 그런 신들의 모습이 재미난 듯 웃으며
지켜보고 있었다. 아테나는 아레스를 메다 꽂고 있었고 헤라는 빼앗은 아
르테미스의 활로 아르테미스의 따귀를 이리저리 갈기고 있었다. 포세이
돈은 아폴론에게 어디 먼저 쳐보라며 약을 올리고 있었다. 그러나 태양의
신 아폴론은 포세이돈의 도전을 거절했다. 이제 헥토르를 위해 싸워봤자
아무 소용이 없다는 사실을 알고 있었기 때문이다.

　이 무렵 트로이의 위대한 스카이아이(Scaea) 성문들이 활짝 열렸고
마침내 트로이 군이 줄행랑치며 성안으로 몰려 들어갔다. 오로지 헥토르
만이 성벽 앞에서 꼼짝도 않고 서 있었다. 성문에서 늙은 아버지 프리아
모스 왕과 어머니 헤카베 왕비가 어서 들어와 목숨을 부지하라고 외쳤지

만 헥토르는 전혀 신경 쓰지 않았다. 그는 생각했다. '나는 트로이 군을 이끌었다. 그들의 패배는 내 잘못이다. 그런데도 내가 목숨을 부지해야 하는가? 내가 방패와 창을 내려놓고 아킬레우스에게 가서 헬레네를 도로 내주고 트로이 보물의 반을 함께 준다고 말하면 어찌 될까? 아니야, 부질없는 짓이지. 그는 무장도 하지 않은 나를 여인처럼 죽일 거야. 비록 지금 죽는다 해도 차라리 맞서 싸우는 것이 나아.'

드디어 떠오르는 태양처럼 찬란히 아킬레우스가 나타났다. 아킬레우스 옆에는 아테나가 있었지만 헥토르는 혼자였다. 아폴론은 이미 헥토르를 운명에 맡겨둔 채 떠나버렸다. 아킬레우스와 아테나가 다가오자 헥토르는 뒤돌아서서 도망쳤다. 트로이 성벽 주위를 세 바퀴나 돌며 쫓고 쫓기는 자의 추격전이 벌어졌다. 그러다 갑자기 헥토르를 멈춰 서게 한 것은 아테나였다. 아테나는 헥토르 곁에 그의 동생인 데이포보스(Deiphobus)의 모습으로 나타나 헥토르가 그 정도의 원군이면 아킬레우스와 맞설 수 있다고 생각하게 했다.

헥토르는 용기를 얻어 아킬레우스에게 외쳤다. "내가 그대를 죽이면 시신은 그대의 친구들에게 돌려줄 테니 그대도 똑같이 해주길 바라네." 아킬레우스는 차갑게 대답했다. "헛소리하지 마라. 양과 늑대 사이에는 서약이 있을 수 없듯이 그대와 나 사이에도 서약 같은 것은 존재할 수 없다." 그렇게 답하며 아킬레우스는 창을 던졌다. 창은 표적에서 비껴갔지만 아테나가 되돌려주었다. 헥토르의 창은 아킬레우스의 방패 한가운데에 정확히 꽂혔다. 그러나 정확히 맞히는 게 무슨 소용인가? 아킬레우스의 갑옷과 무기는 모두 마법의 힘을 지니고 있어 절대 뚫을 수 없었다. 헥토르는 재빨리 창을 달라며 데이포보스를 돌아보았으나 아무도 없었다. 그제야 헥토르는 진실을 깨달았다. 아테나가 자신을 속였고 이제 달아날 길은 없었다. 헥토르는 생각했다. '신들이 나를 죽게 할 작정이었군. 하지만 싸워보지도 않은 채 죽지는 않겠다. 앞으로 태어날 사람들에게 본이 될 위대한 무예를 보여주고 죽을 테다.'

〈아킬레우스의 승리〉, 프란츠 마치, 1892년

헥토르는 이제 유일한 무기인 칼을 뽑아 들고 적을 향해 돌진했다. 아킬레우스에게는 아테나가 도로 가져다준 창이 있었다. 헥토르가 입고 있는 갑옷이 죽은 친구 파트로클로스가 입었던 갑옷임을 잘 알고 있는 아킬레우스는 목 부근의 벌어진 틈을 향해 창을 날렸다. 정통으로 창에 맞은 헥토르는 결국 쓰러져 죽어갔다. 마지막 숨을 몰아쉬며 헥토르는 애원했다. "내 시신은 제발 부모님에게 돌려주게."

그러나 아킬레우스는 싸늘하게 대답했다. "이 개 같은 자여. 그대의 애원은 나에게 통하지 않는다. 그대가 한 짓을 생각하면 그대의 살점을 날것으로 먹어치워도 모자랄 판이다." 헥토르의 영혼은 육신으로부터 빠져나와 자신의 운명을 애통해하며 하데스로 사라져버렸다.

죽어서 쓰러져 있는 헥토르 쪽으로 그리스 군이 그의 키와 용모가 궁금해 다가오는 동안, 아킬레우스는 피 묻은 시신에서 갑옷을 벗겨냈다. 그러나 아킬레우스는 헥토르의 모습을 보려고 그렇게 한 게 아니었다. 아킬레우스는 죽은 자의 발에 구멍을 뚫어 끈을 꿴 후 머리가 끌리도록 마차 뒤에 매달았다. 그런 다음 말에 채찍질을 가해 성벽 주위로 마차를 몰며 헥토르의 시신을 질질 끌었다.

마침내 어느 정도 앙갚음이 끝나자 아킬레우스는 파트로클로스의 시신 옆에 서서 말했다. "비록 저승 하데스의 집에서나마 내 말을 듣게. 나는 헥토르를 마차 뒤에 매달아 돌아다녔네. 자네의 장례식이 거행되는 동안 헥토르의 시신은 개가 먹어 치우도록 던져주겠네."

한편, 천상의 올림포스에서도 의견이 엇갈렸다. 시신을 이토록 모독하는 짓은 헤라, 아테나, 포세이돈을 제외한 모든 신을 불쾌하게 했다. 특히 제우스는 아주 불쾌했다. 그래서 제우스는 이리스를 보내 프리아모스 왕에게 아무 걱정 말고 보상금을 많이 들고 헥토르의 시신을 돌려받으러 아킬레우스를 찾아가라고 명령했다. 이리스는 프리아모스에게 아킬레우스는 본성이 악한 사람이 아니니 간청하는 사람에게는 예의 바르게 대해줄 것이라고 말했다.

그러자 늙은 프리아모스 왕은 트로이에서 가장 진귀한 보물을 잔뜩 싣고 평원을 가로질러 그리스 진영으로 갔다. 헤르메스가 그리스 청년의 모습을 하고 나타나 프리아모스 왕에게 아킬레우스의 막사까지 안내해주겠다고 제의했다. 프리아모스 왕은 헤르메스의 안내를 받으며 그리스군의 수비대를 무사히 통과했고, 아들을 죽이고 시신을 학대한 장본인의 면전에 들어섰다. 왕은 아킬레우스의 무릎을 잡고 그의 손에 입을 맞추었다. 그러자 아킬레우스를 비롯해 모든 사람이 서로 기묘하게 쳐다보며 경외심에 사로잡혔다.

프리아모스 왕이 말했다. "아킬레우스, 자네 아버님을 생각해보게나. 그분도 나처럼 오랜 세월 아들이 그리워 얼마나 괴로우셨겠나. 하지만 더욱 불쌍한 사람은 내가 아니겠는가. 내 아들을 죽인 사람에게 손을 내밀러 이렇게 찾아왔으니 그 누구도 감히 하지 않던 위험한 일을 자처하고 나서지 않았는가."

이 말을 듣는 순간 아킬레우스 마음속에 슬픔이 물결쳤다. 그는 조심스럽게 노왕을 일으켜 세웠다. "제 옆에 앉으셔서 잠시 슬픔을 달래시죠. 불행은 어쩔 수 없는 인간의 운명이지만 그래도 용기를 내시죠." 그런 다음 아킬레우스는 하인들에게 헥토르의 시신을 깨끗이 닦고 기름을 바른 후 부드러운 옷으로 감싸도록 하인들에게 시켰다. 섬뜩할 정도로 엉망이 된 시신을 보고 프리아모스 왕이 분노를 참을 수 없을까 봐 두려워서였다. 만일 프리아모스 왕이 자신을 성나게 하면 아킬레우스 자신도 자제력을 잃을 것이 겁났다. "아드님의 장례식으로 며칠이나 원하십니까? 그 기간 동안은 그리스 군도 싸움을 중단하겠습니다."

이렇게 프리아모스 왕은 헥토르의 시신을 집으로 데려갔다. 트로이 사람들은 모두 전에는 그렇게 울어본 적이 없을 정도로 슬피 울었다. 심지어 헬레네조차도 통곡했다. "다른 트로이 사람들은 저를 신랄하게 비난했지만 당신은 언제나 상냥한 말로 저를 위로해주셨지요. 당신이야말로 저의 유일한 친구셨는데…."

아흐레 동안 사람들은 헥토르를 애도한 후 높이 쌓은 화장대 위에 시신을 누이고 불을 붙였다. 모든 것이 불탄 뒤에 사람들은 포도주로 불을 끄고 뼈를 모아 부드러운 자주색 천으로 감싼 후 황금 납골 단지에 넣었다. 납골 단지를 움푹한 묘혈에 넣고 그 위에 커다란 돌을 쌓아올렸다.

이것이 말들을 길들이는 명인 헥토르의 장례식이었다.

헥토르의 장례식과 함께 『일리아스』도 대단원의 막을 내린다.

제14장

트로이 함락

이 이야기는 대부분 베르길리우스로부터 인용했다. 트로이 함락은 『아이네이스』 제2권의 주제이며, 베르길리우스가 서술한 이야기 중에서 단연 최고라고 할 수 있는 것으로 간결하고 날카로우며 생생하다. 여기에 언급한 이야기의 처음과 끝은 베르길리우스 작품에서 인용한 것이 아니다. 필로크테테스와 아이아스의 죽음에 얽힌 이야기는 기원전 5세기의 비극 작가 소포클레스의 두 비극에서 발췌했다. 이야기 마지막 부분에 트로이 멸망 후 트로이 여인들에게 발생한 사건은 소포클레스의 동료 작가 에우리피데스의 희곡에서 인용했다. 이것은 『아이네이스』의 호전적인 정신과는 묘한 대조를 이룬다. 모든 로마 시인과 마찬가지로 베르길리우스도 전쟁이 인간 행위 중에서 가장 고귀하고 영예로운 것이라 여겼다. 그러나 베르길리우스보다 400년 전에 등장한 어느 그리스 시인은 아주 다르게 보았다. 그리도 유명했던 전쟁의 끝이 무엇이란 말인가? 에우리피데스는 이렇게 묻고 있는 듯하다. 여기서 보듯이 폐허가 된 도시, 죽은 어린아이, 살아남은 극소수의 비참한 여인들 이런 것 아니겠는가.

어머니가 말한 것처럼 아킬레우스는 헥토르의 죽음과 마찬가지로 자신의 죽음도 멀지 않았음을 감지했다. 아킬레우스는 자신의 싸움이 영원히 끝맺기 전에 다시 한번 훌륭한 무예로 공적을 쌓게 된다. 새벽 여신의 아들인 에티오피아의 멤논(Memnon) 왕이 대군을 이끌고 트로이 군을 도우러 달려왔으므로 비록 헥토르가 없었지만 한동안 그리스 군은 고전을 면치 못했고 늙은 네스토르의 발 빠른 아들 안틸로코스를 비롯해 훌륭한 전사들을 많이 잃었다. 결국 아킬레우스는 자신의 마지막 싸움이 된 빛나는 전투에서 멤논을 죽이는 데 성공했다. 그리고 아킬레우스는 스카이아이 문 옆으로 뛰어내렸다. 아킬레우스는 자기 앞에 있던 트로이 군을 트로이 성벽까지 몰아갔다. 이때 성벽 위에 있던 파리스가 아킬레우스를 향해 화살을 쏘았고 아폴론이 아킬레우스의 유일한 약점인 발꿈치에 맞도록 이끌었다. 아킬레우스의 어머니 테티스는 아킬레우스가 태어났을 때 신처럼 불멸의 존재로 만들기 위해 스틱스 강물에 담갔는데, 부주의하게도 자신이 잡고 있던 아기의 발목 부분은 강물에 닿지 않았다는 것을 미처 깨닫지 못했다. 결국 발꿈치를 맞은 아킬레우스는 쓰러졌고 오디세우스가 트로이 군을 막고 있는 동안 아이아스가 시신을 옮겨 갔다. 아킬레우스의 시신은 화장대에서 불태워진 뒤 뼈는 친구인 파트로클로스의 유골이 담긴 납골 단지에 함께 안치되었다고 한다.

아이아스가 죽게 된 원인은 바로 테티스가 헤파이스토스에게서 얻어다준 아킬레우스의 갑옷 때문이었다. 모든 사람 앞에서 아킬레우스의 갑옷을 가질 자격이 있는 영웅은 아이아스와 오디세우스로 결정되었다. 둘 사이에서 누구로 결정할지 비밀 투표가 실시되었고 그 결과 오디세우스가 갑옷을 차지하게 되었다. 당시에는 매우 심각한 사안이었다. 상을 획득한 사람이 명예로워지는 데서 그치는 게 아니라 상을 놓친 사람에게는 심각한 불명예가 되었다.

아이아스는 자신이 수치를 당했다는 것을 알고 미칠 듯한 분노심에 사로잡혀 아가멤논과 메넬라오스를 죽이려고 결심했다. 아이아스는 그

〈죽어가는 아킬레우스〉, 크리스토퍼 베이리에, 17세기

들이 자신에게 찬성표를 던지지 않았다고 생각했는데, 그 추측이 터무니없는 것은 아니었다. 밤이 되자 아이아스는 두 사람을 찾으러 나섰다. 그런데 아이아스가 그들 막사에 이르렀을 때 아테나가 아이아스에게 광기를 불어넣었다. 아이아스는 그리스 군의 가축 떼를 보고 그리스 군대라고 착각했다. 지금 닥치는 대로 족장들을 죽이는 것이라 생각하면서 가축 떼를 도살했다. 마지막으로 아이아스는 여전히 미친 상태로 오디세우스라고 착각한 커다란 숫양 한 마리를 막사로 질질 끌고 가서 막사 기둥에 묶어놓고 포악하게 때렸다. 그러고 나서야 광기가 사라졌다. 제정신으로 돌아온 아이아스는 조금 전 자신이 자초한 수치에 비하면 갑옷을 얻지 못한 치욕은 단지 티끌에 불과하다는 것을 깨달았다. 격분, 어리석음, 광기는 모든 사람에게 명백히 드러날 것이다. 자신에게 학살당한 가축 떼가 들판에 널려 있었다.

그 광경을 보며 아이아스는 중얼거렸다. "불쌍한 짐승들, 내 손으로 아무 목적도 없이 죽이다니. 이제 나는 이곳에 홀로 서서 신과 인간들 모두에게서 미움받는 존재가 되었구나. 이런 상황에서는 오로지 겁쟁이나 삶에 연연하지. 고귀하게 살 수 없다면 고귀하게 죽기라도 해야겠다." 결국 아이아스는 칼을 뽑아 스스로 목숨을 끊고 말았다. 그리스 군은 그의 시신을 화장하지 않고 매장했다. 자살한 사람은 화장되어 납골 단지에 묻히는 명예를 누릴 자격이 없다고 생각했다.

아킬레우스의 죽음과 연이은 아이아스의 죽음으로 그리스 군은 사기가 바닥으로 떨어졌다. 승리는 여전히 요원해 보였다. 그리스 군의 예언자 칼카스는 자신은 더 이상 신들의 신탁을 들을 수 없지만 트로이인 중에 미래를 알고 있는 예언자 헬레노스가 있다고 말했다. 그리스 군이 그를 사로잡는다면 앞으로 어떻게 하면 좋을지 알아낼 수 있었다. 결국 오디세우스가 헬레노스를 잡아오는 데 성공했다. 헬레노스는 누군가가 헤라클레스의 활과 화살을 가지고 트로이인들과 맞서 싸우지 않으면 결코 트로이는 함락되지 않을 것이라고 그리스인들에게 말했다.

헤라클레스는 죽을 때 화장대에 불을 붙여준 필로크테테스 왕에게 자신의 활과 화살을 주었다. 필로크테테스는 그리스 군이 트로이로 항해할 때 뒤늦게 합류했다. 항해 도중 그리스 군이 신에게 제물을 바치기 위해 어느 섬에 잠깐 들렀는데, 그곳에서 필로크테테스는 뱀에게 물려 심한 상처를 입었고 쉽사리 낫지 않았다. 이 상태로 필로크테테스를 트로이까지 데려가는 것은 불가능했다. 그렇다고 군대가 지체할 수도 없었다. 결국 그리스 군은 필로크테테스를 렘노스 섬에 남겨놓았다. 황금 양털을 찾아 원정을 떠난 영웅들이 들렀을 때만 해도 그 섬에는 수많은 여인이 있었지만 그리스 군이 도착했을 당시에는 아무도 살지 않는 무인도였다.

의지할 데 없는 중상자를 버리고 가는 것은 잔인한 짓이었지만 그리스 군은 트로이로 가기 위해 필사적이었다. 헤라클레스의 활과 화살이 있는 한 적어도 필로크테테스는 굶주리지는 않을 터였다. 하지만 헬레노스가 예언을 하자 그리스인들은 자신들이 부당하게 처우한 필로크테테스에게 그 귀중한 무기를 달라고 설득하기란 무척 어렵다는 것을 잘 알았다. 그리스 군은 영리한 꾀의 대가(大家) 오디세우스를 보내 필로크테테스를 속여 그 보물을 가져오게 했다. 디오메데스가 오디세우스와 함께 갔다는 말도 있고 피로스(Pyrrhus)라고 불리기도 했던, 아킬레우스의 아들 네오프톨레모스(Neoptolemus)와 함께 갔다는 말도 있다. 두 사람은 활과 화살을 훔치는 데는 성공했지만, 불쌍한 필로크테테스만 버려두고 오자니 차마 그 짓은 할 수 없었다. 결국에는 함께 가자고 필로크테테스를 설득했다.

트로이로 돌아온 필로크테테스를 그리스 군의 유능한 의사가 치료해주었다. 완전히 회복한 필로크테테스가 기쁜 마음으로 다시 전투에 참가했을 때 그의 화살에 처음으로 부상당한 사람은 바로 파리스였다. 헤라클레스의 독화살에 맞고 쓰러진 파리스는 세 여신이 자신을 찾아오기 전 이다 산에서 함께 살았던 님프 오이노네에게 데려다달라고 했다. 예전에 오이노네가 자신은 무슨 병이든 치료할 수 있는 마법의 약을 알고 있다고 말했기 때문이다. 사람들이 파리스를 오이노네에게 데려갔다. 파리스는 자신의 생명을 구해달라고 애걸했지만 오이노네는 단박에 거절했다. 파리스가 자기를 버리고 오랫동안 잊고 지내다가 이제 와서 자신을 필요로 한다고 해서 일순간 용서할 수는 없었다. 오이노네는 파리스가 죽어가는 것을 지켜봤다. 그러고는 저도 뛰쳐나가 스스로 생명을 끊고 말았다.

파리스가 죽었다고 해서 트로이가 함락되지는 않았다. 사실 파리스를 잃은 것은 그다지 큰 손실이 아니었기 때문이다. 마침내 그리스 군은 트로이 성안에 팔라디움(Palladium)이라 불리는, 팔라스 아테나의 성스러운 신상이 있다는 것과 트로이인들이 그 신상을 가지고 있는 한 트로이를 절대 함락시킬 수 없다는 사실을 알아냈다. 그래서 그때까지 살아남아 있는 족장들 중에서 가장 훌륭한 장수 오디세우스와 디오메데스가 신상을 훔치기로 결심했다. 신상을 지고 온 사람은 디오메데스였다. 야음을 틈타 디오메데스가 오디세우스의 도움으로 트로이 성벽을 기어올랐고 팔라디움을 훔쳐내 그리스 진영으로 가지고 왔다. 이 대단한 용기에 고무된 그리스 군은 더 이상 지체하지 않고 이 끝없는 전쟁을 끝낼 방법을 궁리했다.

이제야 그리스 군은 자신들이 트로이 성안에 군대를 들여보내 불시에 기습하지 않는 한 절대로 적을 정복할 수 없다는 것을 확실히 깨달았다. 처음 성을 포위한 때로부터 거의 10년의 세월이 흘렀건만 트로이 성은 변함없이 견고해 보였다. 성벽은 거의 손상되지 않은 채 굳건히 서 있었다. 트로이 군은 사실 공격다운 공격은 한 번도 당하지 않았다. 전투는 대부분 성에서 멀리 떨어진 곳에서 이뤄졌다. 이제 그리스 군은 도시 안으로 몰래 잠입할 방법을 찾아내거나 아니면 패배를 인정해야 했다. 이 새로운 결심과 새로운 시각이 낳은 결과가 바로 목마라는 책략이었다. 누구나 추측할 수 있듯이 오디세우스의 꾀 많은 머리에서 나온 것이다.

오디세우스는 나무를 잘 다루는 능숙한 목수들에게 속이 비고 매우 커서 그 안에 사람 100명을 태울 수 있는 거대한 목마를 만들게 했다. 오디세우스는 자신을 포함해 족장 몇 명이 목마 안에 숨자고 설득하는 것이 가장 어려웠다. 아킬레우스의 아들 네오프톨레모스를 제외한 족장들은 모두 공포에 사로잡혔다. 이 계략은 매우 위험한 일이었기 때문이다. 오디세우스가 생각해낸 묘안은 그리스 군이 겉보기에는 막사를 다 부순 뒤 바다로 나가지만, 실은 트로이인들 눈에 띄지 않는 가장 가까운 섬 뒤에 숨어 있자는 작전이었다. 어떤 일이 일어나도 그들은 안전할 것이다. 만일 일이 잘못될 경우에는 그대로 배를 몰아 고향으로 돌아가면 되는 것이다. 그러나 목마 안에 숨어 있던 사람들은 죽음을 맞을 것이 뻔했다.

쉽게 짐작하겠지만 오디세우스는 이 사실을 간과하지 않았다. 오디세우스의 계획은 트로이인들이 목마 안을 조사하지 않고 도시 안으로 끌고 들어가게끔 미리 이야기를 만들고 그리스 병사 한 명을 버려진 진영에 남겨두는 것이었다. 밤이 되어 어두워지면 목마 안에 숨어 있던 그리스 병사들이 목마에서 내려와 숨어 있던 섬에서 다시 돌아와 성벽 앞에서 기다리고 있던 아군에게 성문을 열어주는 것이었다.

드디어 어두운 밤이 오자 오디세우스의 계획이 실행되었다. 트로이의 마지막 날이 동텄다. 성벽 위에서 트로이 사람들은 두 가지 광경을 보았는데, 모두 깜짝 놀랄 만한 일이었다. 스카이아이의 문 앞에 이제껏 한 번도 본 적 없는 거대한 말의 목상이 서 있었다. 안에서는 아무 소리도 들려오지 않고 움직임도 없었지만 참으로 기이하고 막연히 두려움을 자아내는 유령 같았다. 정말 어디를 둘러봐도 소리나 움직임이 없었다. 시끄럽던 그리스 진영도 너무 잠잠했다. 배들도 가버렸는지 보이지 않았다. 그러자 오로지 한 가지 결론만 가능해 보였다. 그리스 군이 결국 전쟁을 포기한 것이다. 패배를 시인하고 그리스로 돌아간 것이다. 그러자 온 트로이가 환호했다. 지긋지긋한 전쟁이 드디어 끝났고 모든 고난도 안녕이었다.

사람들은 버려진 그리스 진지를 구경하려고 모여들었다. 아킬레우스가 그리 오랫동안 앵돌아져 지낸 곳이로군. 저기에 아가멤논의 막사가

서 있었군. 이것은 꾀보 오디세우스의 막사였고. 텅 빈 그리스 진지를 보며 광희에 들뜬 트로이인들을 이제 두렵게 할 것은 아무것도 없었다. 마침내 트로이인들은 괴물처럼 거대한 목마가 서 있는 곳까지 어슬렁거리며 되돌아오게 되었고 목마 주위에 모여 무엇에 쓰는 물건인지 궁금해했다. 바로 그때 그리스 군이 진지에 남겨두고 간 그리스 병사 한 명이 트로이인들 앞에 모습을 드러냈다. 그의 이름은 시논(Sinnon)이었는데, 정말 그럴싸하게 꾸며대는 놀라운 언변을 지니고 있었다. 트로이 군에 붙잡혀 프리아모스 왕 앞으로 끌려간 시논은 흐느끼며 자신은 더 이상 그리스인이 되고 싶지 않다고 항변했다. 시논이 꾸며낸 이야기는 오디세우스의 걸작 중 하나였다. 시논 말에 의하면, 팔라스 아테나가 팔라디움을 훔친 것에 몹시 노하자 그리스인들이 겁에 질려 어떻게 하면 여신을 달랠 수 있을지 신탁에 물었다는 것이다. 신탁의 대답은 이러했다. "너희 그리스인들이 처음 트로이에 올 때도 한 처녀를 제물로 바쳐 피로 바람을 잠재웠다. 그러니 그 보답 역시 피로 이루어지기를 요구하노라. 그리스인의 목숨으로 속죄하도록 하라." 시논은 프리아모스 왕에게 자신이 바로 그 제물로 선택된 가련한 희생양이라고 말했다. 무서운 의식을 위한 모든 준비가 끝났고, 의식은 그리스 군이 출발하기 직전에 거행되었지만 자신은 밤을 틈타 가까스로 도망쳐 나와 습지에 숨어 있다가 그리스 함대가 떠나가는 것을 보았다고 했다.

시논의 말은 너무도 그럴싸해서 트로이인들은 아무 의심도 할 수 없었다. 시논을 동정하며 이제부터는 자신들과 함께 살아도 좋다고 안심시켰다. 위대한 디오메데스도, 맹렬한 아킬레우스도, 10년 전투로도, 1,000척이나 되는 함대로도 정복할 수 없었던 트로이인들을 교묘한 거짓말과 가짜 눈물로 함락할 수 있게 되었다. 시논은 두 번째 이야기를 잊지 않고 다시 말을 이었다. 목마는 아테나 여신에게 봉헌하기 위한 선물이다. 크기가 거대한 이유는 트로이인들이 도시 안으로 가지고 들어가지 못하게 하려는 것이며, 그리스 군의 의도는 트로이인들이 목마를 파괴해 아

〈라오콘 군상〉, 아게산드로스 외 2명, 기원전 1세기경

테나 여신의 분노를 사도록 하는 것이다. 도시 안으로 끌고 들어갈 경우 아테나 여신의 총애가 그리스 군에게서 벗어나 트로이인들에게 향할 것이라고 했다.

시논이 꾸민 이야기가 너무 완벽해 그 자체만으로도 바라던 효과를 가져왔지만 모든 신 중에서도 트로이를 제일 혐오한 포세이돈이 그 문제를 확실히 매듭지을 만한 일을 생각해냈다. 목마가 처음 발견되었을 때 트로이의 사제 라오콘(Laocoon)은 트로이인들에게 어서 목마를 파괴하라고 다그쳤다. "나는 그리스인들이 아무리 좋은 선물을 준다 해도 그들이 두렵소." 프리아모스의 딸 카산드라(Cassandra) 공주 역시 라오콘의 경고를 반복했지만 아무도 두 사람의 말을 들으려 하지 않자 공주는 시논이 나타나기 전에 궁전으로 돌아가버렸다. 라오콘과 그의 두 아들도 시논의 말을 의심했다. 그곳에 모인 사람들 중에서 라오콘 삼부자만이 유일하게 시논의 말에 의구심을 품었다. 그런데 시논이 말을 끝마치자 갑자기 바다 위로 무시무시한 뱀 두 마리가 나타나더니 헤엄쳐 다가왔다. 뭍에 상륙한 뱀들은 라오콘에게 직행했다. 뱀들은 거대한 몸뚱이로 라오콘과 두 아들 몸을 칭칭 감아 죽이고 말았다. 그러고는 아테나의 신전으로 유유히 사라졌다.

더 이상 망설일 필요가 없었다. 이 광경을 목격하고 겁에 질린 군중이 보기에도 목마를 성안으로 들이자는 의견에 반대한 라오콘이 천벌을 받은 것이 분명했다. 모든 사람이 외쳤다,

> "어서 목마를 안으로 들여가세.
> 제우스의 딸 아테나를 위하여
> 선물로 목마를 가져가세."
> 청년들 중 서둘러 앞으로 나서지 않는 자 있었던가?
> 노인들 중 집에 편안히 앉아 구경만 하고 있는 자 있었던가?
> 노래를 부르고 환호하며 트로이인들은 죽음을 안으로 들여갔네,

〈트로이의 목마〉, 조반니 도메니코 티에폴로, 1760년

반역과 파괴를.

　　트로이인들은 목마를 아테나 성안으로 들인 다음 신전으로 끌고 갔다. 전쟁은 끝났고 아테나 여신의 총애도 다시 받을 수 있다고 믿으며 기뻐했다. 지난 10여 년 동안은 그렇게 하지 못했지만 그날만큼은 편안한 마음으로 집으로 돌아갔다.

　　드디어 한밤중이 되자 목마의 문이 열렸다. 족장들은 한 사람씩 차례로 목마에서 내려왔다. 성문까지 살금살금 다가가서 문을 활짝 열어젖히자 깊이 잠에 빠져 있던 도시 안으로 그리스 군이 물밀듯이 밀려들어왔다. 그리스 군은 처음에는 소리 하나 내지 않고 모든 일을 조용히 처리해 나갔다. 곧 도시 전체에 불이 붙기 시작했다. 잠에서 깨어난 트로이인들이 무슨 일이 벌어졌는지 깨닫기도 전에 본능적으로 무장하려고 애쓰는 사이 트로이 전체가 불길에 휩싸였다. 당황한 사람들은 모두 거리로 뛰쳐나왔다. 그리스 군은 기다리고 있다가 나오는 사람들을 차례로 쓰러뜨렸다. 그것은 전투가 아니라 학살이었다. 수많은 트로이 사람들은 제대로 반격할 기회조차 없이 죽어갔다. 시내 중심에서 조금 멀리 떨어진 곳에서 트로이인들이 점차 모이자 이번에는 그리스 군이 고전을 면치 못하게 되었다. 필사적으로 상대방을 죽이는 트로이인들을 막아내느라 그리스 군은 힘이 들었다. 그리스 군은 정복당할 운명에 처한 사람들이 살아날 수 있는 유일한 희망이 바로 배수진임을 알았다. 배수진의 정신이 전세를 되돌리는 경우가 자주 있었다. 기민한 트로이인들이 죽은 그리스 군의 갑옷을 걸치자 그리스 군은 그들을 아군으로 여겼다. 그들이 적군인 것을 깨달은 순간은 너무 늦었고, 실수의 대가로 생명을 잃었다.

　　건물 지붕 위에서는 사람들이 기왓장을 깨뜨려 집어던지고 그리스 군을 향해 대들보도 내던졌다. 프리아모스 왕 궁전의 지붕 위에 서 있던 탑은 통째로 들어 올려져 밑으로 고꾸라졌다. 성을 방어하던 트로이 군은 무너져 내린 탑이 궁전 문을 강제로 열던 수많은 그리스 군을 전멸시키는 것을 보며 환호했다. 하지만 잠깐의 성공에 불과했다. 또 다른 그리스 군이 커다란 들보를 들고 돌진해왔다. 부서진 탑의 파편과 으스러진 시신들 위로 달려온 그리스 군이 들보로 궁전 문을 부수었다. 성문은 부서져 내렸고 지붕 위에 있던 사람들이 미처 피하기도 전에 그리스 군이 궁전 안으로 밀려들어왔다. 궁전 안뜰 제단 주위에는 여인들과 어린아이들 그리고 단 한 명의 남자인 프리아모스 왕이 모여 있었다. 아킬레우스는 헥토르의 시신을 찾으러 왔던 프리아모스 왕을 살려주었지만 아킬레우스의 아들은 왕의 아내와 딸들이 지켜보는 면전에서 왕을 내리쳤다.

이제 종말이 다가왔다. 싸움은 처음부터 상대가 되지 않았다. 첫 번째 기습 공격 때 너무도 많은 트로이 군이 죽임을 당했다. 어디서도 그리스 군을 막아낼 수 없었다. 저항은 서서히 중단되었다. 아침이 되기 전에 단 한 사람만 제외하고는 트로이의 지도자들은 모두 살해당했다. 아프로디테의 아들 아이네이아스만이 트로이 장수들 가운데 유일하게 탈출에 성공했다. 아이네이아스는 자신과 뜻을 함께할 단 한 명의 트로이인이 살아 있는 한 그리스 군과 싸웠지만, 학살이 광범위하게 자행되고 죽음의 그림자가 임박하자 집에 두고 온 의지할 데 없는 가족이 생각났다. 이제 아이네이아스가 트로이를 위해 할 수 있는 일은 아무것도 없었지만 가족을 위해서는 아직 무엇인가 할 수 있었다. 아이네이아스는 늙은 아버지와 어린 아들과 아내에게로 급히 달려갔고 어머니인 아프로디테가 나타나 화염과 그리스 군을 피해 무사히 집에 돌아갈 수 있도록 이끌어주었다.

아이네이아스는 비록 어머니 아프로디테 여신의 도움을 받긴 했지만 아내만은 구하지 못했다. 아이네이아스가 가족과 함께 집을 나와 성을 빠져나가는 동안 아내는 일행과 헤어졌고 그리스 군에게 죽임을 당했다. 아이네이아스는 아버지를 등에 업고 아들은 손을 쥔 채 무사히 적진을 통과하고 성문을 지나 마침내 트로이를 벗어날 수 있었다. 신이 아니었다면 아무도 아이네이아스 일행을 구해주지 못했을 것이다. 아프로디테 여신만이 그날 트로이 사람을 도와준 유일한 신이었다.

아프로디테는 헬레네도 도와주었다. 헬레네를 도시 밖으로 데리고 나가 메넬라오스에게 데려다준 것이다. 메넬라오스는 헬레네를 반갑게 맞이했고, 헬레네는 메넬라오스를 따라 그리스로 항해해 돌아갔다.

아침이 되자 아시아에서 가장 번영했던 도시는 완전히 잿더미로 변해 있었다. 트로이에 남은 것이라고는 남편은 죽고 어린 자식은 적에게 빼앗긴 채 의지할 데 없는 불쌍한 여인들 무리가 전부였다. 여인들은 주인들이 자신들을 노예로 삼아 바다 건너 데려가기만 기다리고 있었다.

사로잡힌 여인 중 가장 중요한 사람은 늙은 왕비인 헤카베와 그녀의 며느리이자 헥토르의 아내인 안드로마케였다. 헤카베에게는 모든 것이 끝이었다. 땅바닥에 웅크리고 앉은 채 헤카베는 떠날 준비를 하고 있는 그리스 함대와 불타는 도시를 바라보았다. 헤카베는 이렇게 중얼거렸다. "이제 트로이는 더 이상 존재하지 않아. 그리고 나는, 나는 도대체 뭐지? 사람들이 가축처럼 몰아대는 노예에 불과하지. 집도 없는 가련한 노파에 불과해."

이제 내 것이 아닌 저곳에 무슨 슬픔이 있겠는가?
조국과 남편과 아이들도 모두 잃어버렸는데.
우리 가문의 모든 영광은 이제 땅에 떨어졌도다.

그러자 주위에 서 있던 여인들이 대답했다.

저희들의 고통도 가슴을 찌르는군요.
저희 역시 노예 신세인걸요.
아이들이 눈물 흘리고 울부짖으며 저희를 애타게 부르고 있어요.
"어머니, 저는 혼자예요.
사람들이 저를 저 어두운 배로 몰아가요.
이제 어머니의 모습이 안 보여요, 어머니!"

〈포로가 된 안드로마케〉, 페이터 경, 1890년

그런데 한 여인만은 아직 아이를 안고 있었다. 언젠가 아버지 헥토르의 높이 솟은 투구 장식을 보고 놀라 움츠렸던 어린 아들 아스티아낙스를 안드로마케가 팔에 안고 있었다. 안드로마케는 생각했다. '이 아이는 아직 너무 어리니까 내가 데리고 가도록 해주겠지.' 그러나 그리스 진영에서 사자(使者)가 와서 안드로마케에게 더듬거리며 뭐라고 말을 했다. 사자는 자신도 내키지 않는 소식을 가져온 것이므로 자신을 원망해서는 안 된다고 말했다. 그 소식은 안드로마케의 아들을… 안드로마케가 말을 끊었다.

"저와 함께 가는 것이 아니란 말인가요?"

사자가 대답했다.

그 아이는 트로이 성벽의 탑 꼭대기에서 떨어져
죽어야만 될 운명이오.
이제, 이제 그 시간이 되었소.
용감한 여인처럼 굳건히 견디시구려. 생각해보시오. 당신은 이제 혼자요.
그 어디에도 의지할 데 없는 한 사람의 노예에 불과하다오.

안드로마케는 사자가 하는 말이 옳다는 것을 알았다. 이제는 누구에게도 도움을 청할 수 없었다. 안드로마케는 아들에게 작별을 고했다.

아가야, 울고 있느냐? 저기 저곳에서는
무엇이 너를 기다리고 있는지 모를 테지.
어찌 될까? 저 높은 곳에서 추락하여, 산산조각이 된다면.
동정하는 이 하나 없을 테지.
이 어미에게 입 맞춰주렴. 이것이 마지막일 테니.
가까이 오렴, 더 가까이.

너를 낳아준 이 어미의 목에 팔을 둘러주렴.

이제 입 맞추어다오, 네 입술로.

곧 병사들이 아이를 데리고 가버렸다. 그리스 군이 안드로마케의 어린 아들을 성벽 위에서 떨어뜨리기 전에 그들은 아킬레우스의 무덤에서 젊은 처녀, 헤카베의 딸 폴릭세네도 죽였다. 헥토르의 어린 아들의 죽음과 함께 트로이의 마지막 희생도 끝났다. 배를 기다리고 있던 여인들은 그렇게 트로이의 종말을 지켜보았다.

위대한 도시 트로이는 스러져갔네.

이제 그곳에는 붉은 화염만이 살아 있다네.

흙먼지가 뿌옇게 일어 거대한 연기처럼 퍼져 나가며,

모든 것을 가리는구나.

우리는 이제 여기저기 뿔뿔이 흩어진다네.

트로이는 영원히 사라져버렸네.

안녕, 정들었던 도시여.

안녕, 조국이여, 어린 자식들이 살았던 곳이여.

저기 저 아래, 그리스 배가 기다리고 있구나.

제15장

오디세우스의 모험

이 이야기는 포세이돈과 아테나가 그리스 함대를 파괴하기로 협정을 맺은 부분을 제외하고는 『오디세이아』가 유일한 출전이다. 이 부분은 『오디세이아』에는 빠져 있어 에우리피데스의 희곡 『트로이의 여인들』에서 인용했다. 『일리아스』와는 구별되듯이 『오디세이아』의 재미있는 부분은 나우시카(Nausicaä) 이야기나 텔레마코스(Telemachus)가 메넬라오스를 방문하는 이야기에서 나타나는 것과 같은 세부 묘사다. 이것은 독자의 관심을 중요한 문제에서 다른 곳으로 돌리거나 결코 정체되지 않도록 하면서 이야기를 사실처럼 생생하게 만드는 고도의 기술이다.

트로이 함락 이후 승리에 들뜬 그리스 함대가 바다로 출항했을 때, 많은 그리스 족장들은 미처 알아차리지 못했지만 트로이인들에게 가했던 고통에 뒤지지 않을 만큼 쓰라린 고난을 겪었다. 그동안 신들 중에서 아테나와 포세이돈이 그리스 군의 가장 큰 원군이었으나 막상 트로이가 함락되고 나자 모든 것이 변해버렸다. 두 신은 그리스 군에게 가장 가혹한 적이 되어버린 것이다. 그리스 군은 도시로 입성한 그날 밤 승리에 들떠 제정신이 아니었고 마땅히 신들에게 해야 할 의무를 잊어버렸다. 그래서 집으로 돌아가는 동안 톡톡히 벌을 받았다.

프리아모스의 딸 중 하나인 카산드라는 예언자였다. 아폴론이 그녀를 사랑해 미래를 예언할 수 있는 능력을 주었다. 그러나 카산드라가 사랑을 받아주지 않자 아폴론도 그 사랑을 거두지만 이미 제공한 선물을 도로 가져갈 수는 없었다. 신의 선물은 한 번 준 이상 되돌릴 수 없기 때문이었다. 대신 아폴론은 그 능력을 하찮은 것으로 만들어버렸다. 아무도 카산드라의 예언을 믿지 않도록 한 것이다. 카산드라는 무슨 일이 생길 때마다 트로이 사람들에게 예언했지만 아무도 그 말을 들으려 하지 않았다. 카산드라는 목마에 그리스 군이 숨어 있다고 말했다. 그러나 누구도 그녀의 말을 귀담아 듣지 않았다. 다가올 재앙을 늘 알고는 있지만 피할 수 없는 것이 카산드라의 운명이었다.

그리스 군이 도시를 점령했을 때 카산드라는 아테나의 신상에 꼭 매달린 채 여신의 보호를 받으며 신전 안에 있었다. 그리스 군은 신전에 있는 카산드라를 발견하고는 감히 욕보이려 들었다. 이미 죽은 위대한 아이아스는 당연히 아니었고 동명의 시시한 장수가 카산드라를 제단에서 떼어내어 신전 밖으로 질질 끌고 나갔다. 이 신성모독 행위에 대해 어떤 그리스 병사도 항의하는 사람이 없었다. 아테나의 분노는 깊어졌다. 결국 포세이돈을 찾아가 자신이 당한 모욕을 털어놓았다.

"복수하도록 도와줘요. 그리스인들이 집으로 돌아가는 동안 쓰디쓴 고통을 맛보게 해주세요. 항해하는 동안 거친 소용돌이로 바닷물을 뒤흔들어주세요. 죽은 그리스 병사의 시체가 만(灣)을 꽉 메우고 해안과 모래톱에 즐비하게 만들어주세요."

포세이돈은 요구를 들어주었다. 트로이는 지금쯤 완전히 잿더미로 변해 있을 터였다. 포세이돈은 잠시 트로이에 대한 분노를 제쳐둘 수 있었다. 그리스인들을 강타한 무시무시한 폭풍 속에서 아가멤논은 자신의 함대를 거의 다 잃어버렸고, 메넬라오스는 엉뚱하게 이집트로 실려 갔으며, 신성모독을 범한 중죄인 아이아스는 물에 빠져 죽었다. 폭풍우가 절정에 달했을 때 아이아스의 배는 완전히 부서져 가라앉았지만 그는 해안까지 헤엄쳐 나오는 데 성공했다.

아이아스가 만일 자신은 바다가 익사시킬 수 없는 사람이라고 외쳐댈 정도로 어리석지만 않았다면 아마도 살 수 있었을 것이다. 교만은 늘 신의 분노를 사게 마련이다. 포세이돈은 아이아스가 매달려 있던 바위 끝부분을 깨뜨렸다. 아이아스는 다시 물속에 빠졌고 커다란 물살이 덮쳐 죽음에 이르렀다.

오디세우스는 생명을 잃지는 않았다. 다른 사람들처럼 큰 고통을 당하지는 않았다 해도 누구보다 오랜 세월 고생했다. 자신의 땅을 다시 밟기까지 10년에 걸친 긴 세월 동안 유랑해야만 했다. 오디세우스가 집에 도착했을 때는 떠날 당시 아기였던 아들이 청년으로 장성해 있었다. 트로이로 떠난 후 20년의 세월이 흐른 것이다.

오디세우스의 집이 있던 이타케 섬에서는 모든 상황이 더 악화되기만 했다. 이 무렵 오디세우스의 아내 페넬로페(Penelope)와 아들 텔레마코스를 제외한 모든 사람이 오디세우스가 죽은 것을 기정사실로 받아들였다. 두 사람도 거의 포기했지만 완전히는 아니었다. 모든 사람이 페넬로페를 미망인으로 여기며 그녀가 재혼해야 한다고 생각했다. 이타케만이 아니라 주위 섬들에서 많은 사람이 페넬로페에게 구혼하기 위해 오디세우스의 집으로 몰려들었다. 하지만 페넬로페는 거들떠보지도 않았다. 남편이 돌아오리라는 희망은 희박했지만 결코 포기하지 않았다.

더구나 페넬로페는 구혼자들이 혐오스러웠으며, 아들 텔레마코스 역시 그들을 싫어했는데 그럴 만한 이유가 있었다. 구혼자들은 하나같이 무례한 데다 탐욕스럽기까지 했다. 집 안의 커다란 연회장에 앉아 오디세우스의 식량을 축내고, 그의 소와 양과 돼지를 죽이고, 그의 장작을 때고, 그의 하인들을 부려먹으며 매일매일 보내고 있었다. 그들은 페넬로페가

〈페넬로페와 구혼자들〉, 존 윌리엄 워터하우스, 1912년

자신들 중 한 명과 결혼하겠다고 동의하기 전에는 결코 떠나지 않겠다고 선언했다. 게다가 텔레마코스를 애송이 취급하며 아예 주목할 가치조차 없다는 듯 업신여겼다. 페넬로페 모자에게는 참으로 견디기 어려운 상황이었지만, 두 사람에게는 아무 힘이 없었다. 두 사람이 상대하기에 그들은 너무 벅찼으며, 그나마도 한 사람은 여자였으니 말이다.

처음에는 페넬로페가 구혼자들을 지치게 하려고도 해보았다. 구혼자들에게 자신은 죽을 날이 멀지 않은 늙은 시아버지 라에르테스(Laertes)의 수의를 훌륭하게 짜기 전에는 결혼할 수 없다고 대답했다. 그토록 경건한 목적에는 그들도 양보할 수밖에 없었으므로 그 일이 끝날 때까지 기다리기로 동의했다. 하지만 그 일은 결코 끝나지 않았는데, 페넬로페는 낮 동안 짜놓은 것을 밤이 되면 전부 풀어버렸기 때문이다. 마침내 속임수는 발각되고 말았다. 하녀 중 한 사람이 구혼자들에게 일러바치자 그들은 천을 풀고 있던 페넬로페를 현장에서 발견했다. 구혼자들은 당연히 전보다 집요하고 통제하기 힘들어졌다. 여기까지가 오디세우스의 10년에 걸친 방랑 생활이 거의 끝나갈 무렵의 상황이었다.

그리스 군이 카산드라에게 범한 사악한 행동 때문에 아테나는 모든 그리스인에게 무차별적으로 분노했지만, 그전 트로이 전쟁 동안에는 아테나가 오디세우스를 특히 총애했다. 아테나는 오디세우스의 영리함과 현명함을 좋아해 늘 기꺼이 도와주려고 했다. 그러나 트로이가 함락된 후로 아테나는 혐오의 대상에 오디세우스도 포함시켰다. 따라서 항해를 시작한 오디세우스 역시 폭풍우에 시달려 완전히 항로에서 벗어났고 다시는 길을 찾을 수 없었다. 해를 거듭하며 오디세우스는 이리저리 떠돌아다녔고 수도 없이 위험한 고비를 넘겨야 했다.

계속 증오를 품기에 10년이란 세월은 너무 길었다. 이제 신들도 포세이돈을 제외하고는 점차 오디세우스를 동정하는 마음이 커졌는데, 그 중에서도 아테나가 가장 안쓰러워했다. 아테나는 예전에 오디세우스를 총애하던 마음이 다시 생겨났다. 이제 오디세우스가 고난을 끝마치고 집

〈오디세우스와 칼립소가 있는 환상적 동굴〉, 얀 브뤼겔, 1600년경

으로 돌아가게 해줘야겠다고 생각했다. 마음속으로 이런 생각을 하고 있던 중 아테나는 어느 날 포세이돈이 올림포스의 회합에 불참한 것을 알고는 쾌재를 불렀다. 포세이돈이 남쪽 오케아노스 언덕 가장 먼 곳에 살고 있는 에티오피아인들을 방문하러 가서 그들과 즐기느라 한동안 머무를 것이 분명했기 때문이다. 포세이돈이 없는 틈을 타 아테나는 오디세우스의 안타까운 처지를 다른 신들 앞에서 말했다. 아테나는 오디세우스가 지금 칼립소(Calypso)라는 님프가 지배하는 어떤 섬에 갇혀 죄수나 다름없이 지내고 있다고 했다. 오디세우스를 사랑한 칼립소가 절대로 내보내주지 않을 작정이었던 것이다. 칼립소는 자유를 제외하고 다른 모든 것으로 오디세우스에게 온갖 친절을 베풀었다. 칼립소가 소유한 모든 것을 오디세우스 마음대로 사용할 수 있었다. 그러나 오디세우스는 몹시 불행했다. 그는 집과 아내와 아들이 그리웠다. 해변에 나가 수평선 위로 결코 나타나지 않는 배를 찾으며 저 멀리 자신의 고향으로부터 솟아오르는 연기라도 보고픈 열망에 하루하루를 견뎠다.

올림포스의 신들은 아테나의 말에 마음이 움직였다. 신들은 오디세우스에게 좀 더 잘해줘야 한다고 느꼈고 제우스는 모두 머리를 맞대고 오디세우스를 집으로 돌아가게 할 방법을 생각해보자고 했다. 만일 신들이 모두 찬성한다면 포세이돈도 혼자서는 반대하지 못할 것이다. 제우스는 헤르메스를 칼립소에게 보내 오디세우스가 당장 집으로 돌아갈 항해를 시작하도록 명령하겠다고 했다. 아테나는 매우 흡족해하며 올림포스를 떠나 이타케로 내려갔다. 아테나도 이미 나름 계획을 세워놓았다.

아테나는 특히 텔레마코스를 총애했는데, 단지 오디세우스의 아들이어서가 아니라 침착하고 사려 깊고 착실하고 신중하고 믿을 수 있는 청년이었기 때문이다. 아테나는 오디세우스가 집으로 항해해 돌아오는 동안 텔레마코스가 구혼자들의 무례한 행동을 지켜보며 분노를 삭이는 것보다는 여행을 떠나 있는 것이 좋겠다고 생각했다. 그리고 여행의 목적이 아버지에 대한 소식을 알아보기 위해서라면 어디를 가나 사람들에게 효심이 지극한 훌륭한 청년이라는 평판을 받을 테니 그 편이 텔레마코스에게 유리할 것이다.

아테나 여신은 뱃사람으로 변장하고 오디세우스의 집으로 찾아갔다. 텔레마코스는 문 앞에서 기다리고 있는 변장한 아테나를 보고는 손님을 즉시 맞이하지 못한 것에 진심으로 괴로워했다. 그래서 자신이 직접 나가 나그네를 환대하며 그의 창을 받아들고 상석에 앉혔다. 하인들 역시 대저택의 손님을 예우하기 위해 음식과 포도주를 아낌없이 내오느라 바빴다. 그리고 나서야 두 사람은 대화를 나눌 수 있었다. 아테나는 먼저 자신이 지금 우연히 보게 된 주연이 어떤 종류의 것인지 정중하게 물었다. 텔레마코스의 비위를 거스를 생각은 없지만 예의 바른 사람이라면 그들 주위를 둘러싼 사람들이 벌이고 있는 추태를 불쾌해하는 것이 당연했다. 그러자 텔레마코스는 아테나에게 모두 털어놓았다. 자신은 지금쯤 아버지 오디세우스가 죽었을까 봐 두렵다고 했다. 가까운 곳 먼 곳 가릴 것 없이 모든 남자가 어머니에게 청혼하러 찾아왔고, 어머니는 그들을 완전히 거절할 수도 없지만 그렇다고 누구를 선택할 마음은 전혀 없다고 했다. 또한 구혼자들이 재산을 매일 먹어치우며 집안에 큰 해를 끼치고 있다고 하소연했다.

아테나는 몹시 분개하며 말했다. "그들의 작태는 부끄러운 짓이다. 오디세우스만 돌아온다면 그 못된 무리는 짧은 후회와 쓰라린 종말을 맞이할 것이다." 덧붙여 아테나는 아버지의 운명이 어찌되었는지 알아보라고 강하게 충고했다. 아테나가 알려준 바에 따르면, 아버지의 소식을 알려줄 수 있는 가능성이 제일 높은 사람은 네스토르와 메넬라오스였다. 그 충고와 함께 아테나는 텔레마코스가 흔들리며 주저하는 마음에서 벗어나 열의와 결심이 가득 차도록 만들어놓은 채 떠났다. 텔레마코스 스스로도 제 마음이 변한 것에 깜짝 놀라며 그 손님이 신일 것이라고 확신했다.

다음 날 텔레마코스는 회의를 소집했다. 자신이 하려는 일을 구혼자들에게 말하며 잘 건조된 배와 노잡이 스무 명을 요청했다. 그러나 돌아온 대답은 야유와 조소뿐이었다. 구혼자들은 그냥 집에 앉아 새로운 소식이나 기다리라고 했다. 텔레마코스가 항해하지 못하게 하고 그 꼴을 구경하고자 했다. 구혼자들은 텔레마코스를 비웃으며 오디세우스의 궁전을 헤집고 돌아다녔다. 낙담한 텔레마코스는 바닷가를 따라 걸으면서 아테나 여신에게 기도를 올렸다. 아테나 여신이 그 기도를 듣고 나타났다. 아테나는 오디세우스가 이타케 사람 중에서 가장 신뢰했던 멘토르(Mentor)의 모습으로 나타나 위로와 용기의 말을 전했다. 또 자신이 빠르게 갈 수 있는 배를 준비해 함께 항해에 나서겠다고 약속했다. 텔레마코스는 그가 멘토르라는 것 외에는 아무것도 몰랐지만 어쨌든 이제 구혼자들에게 도전할 준비가 되었으니 여행에 필요한 채비를 갖추기 위해 서둘러 집으로 돌아갔다. 텔레마코스는 밤이 될 때까지 신중하게 기다렸다. 집 안 사람들이 모든 잠든 후에야 멘토르(아테나)가 기다리고 있는 배에 올라타 늙은 네스토르의 집이 있는 필로스로 출항했다.

텔레마코스와 멘토르는 해변에서 포세이돈에게 제물을 바치고 있는 네스토르와 그의 아들을 만났다. 네스토르는 두 사람을 진심으로 환영했지만 그들이 찾아온 목적에는 별 도움을 줄 수 없었다. 네스토르는 사실 오디세우스에 관해 아는 게 거의 없었다. 그들이 트로이로 출발할 당시 함께 있지 않았기 때문에 이후에 오디세우스에 대해 들은 소식이 없었다. 네스토르 생각에 그나마 오디세우스의 소식을 알고 있을 가능성이 높은 사람은 메넬라오스일 것 같았는데, 메넬라오스는 집에 돌아오기 전에 폭풍에 떠밀려 이집트까지 다녀왔다. 네스토르는 만일 텔라마코스가 원한다면 마차를 준비해주고 스파르타까지 가는 길을 알고 있는 자기 아들을 함께 보내주겠다고 했다. 육로로 가는 길이 바다로 가는 것보다 훨씬 빨랐기 때문이다. 텔레마코스는 그 제안을 고맙게 받아들였다. 거기까지 함께 왔던 멘토르에게는 배를 지키라고 한 뒤 다음날 네스토르의 아들과 함께 메넬라오스의 집을 향해 출발했다.

텔레마코스와 네스토르의 아들은 이제껏 본 적 없는 화려한 궁전 앞에서 말을 세웠다. 왕실 예우를 갖춘 환대가 그들을 기다리고 있었다. 하녀들이 두 사람을 욕실로 안내했고, 은으로 된 욕조에 몸을 담그고 향기로운 기름으로 문질러주었다. 그다음 근사한 튜닉 위에 따뜻한 자주색 망토를 걸쳐준 뒤 연회장으로 안내했다. 하인이 황금 물병에 물을 담아 오자 하녀들이 은으로 된 그릇에 손을 씻도록 물을 부어주었다. 두 청년 옆으로 훌륭한 식탁이 준비되자 그 위에 갖가지 산해진미로 채워졌고 포도주가 담긴 황금 잔이 그들 앞에 놓였다. 메넬라오스는 두 청년에게 정중히 인사하며 마음껏 들라고 권했다. 두 청년은 기분이 좋으면서도 호화로움에 얼떨떨했다. 텔레마코스는 누가 들을까 두려워 친구의 귀에 나지막이 속삭였다. "올림포스에 있는 제우스 신의 홀도 이럴 것 같아. 나는 숨이 멎을 것 같네." 그러나 잠시 후에는 모든 수줍음을 잊었다. 메넬라오스가 오디세우스에 관한 이야기를 시작했기 때문이다. 오디세우스의 위대함과 기나긴 고난에 대한 이야기였다. 이야기를 듣는 내내 텔레마코스는 눈물을 글썽이며 슬픔을 감추기 위해 외투로 얼굴을 가렸다. 메넬라오스는 그 모습을 유심히 보며 텔레마코스가 누구인지 짐작했다.

바로 그때 모든 사람의 주의를 흐트러뜨리는 일이 일어났다. 천하절색 헬레네가 하녀들을 대동하고 자신의 향기로운 방에서 내려왔던 것이다. 하녀 한 명은 헬레네의 의자를 들고 다른 한 명은 그녀 발밑에 깔 보드라운 카페트를, 나머지 한 명은 보라색 양털이 담긴 은으로 된 반짇고리를 들고 있었다. 헬레네는 아버지를 쏙 빼닮은 텔레마코스를 금세 알아보고 그의 이름을 불렀다. 그러자 네스토르의 아들은 헬레네가 제대로 알아봤다고, 이 친구는 오디세우스의 아들이며 도움과 충고를 얻기 위해 온 것이라고 말했다. 텔레마코스도 오직 아버지가 돌아와야만 해결될 수 있는 집안의 비참한 상황을 말하며 희소식이든 나쁜 소식이든 아버지에 관해 아는 게 있으면 뭐든 말해달라고 메넬라오스에게 부탁했다.

그러자 메넬라오스가 말을 시작했다. "얘기하자면 길지. 하지만 나도 전혀 생각지 못한 곳에서 자네 부친 소식을 들었다네. 내가 오디세우스 소식을 들은 것은 이집트에서였지. 나는 며칠 동안 이집트의 파로스(Pharos)라 불리는 섬에 악천후로 발이 묶여 있었어. 식량도 거의 동이 나서 절망에 빠졌을 때 바다의 여신이 나를 불쌍히 여겼다네. 여신은 나에게 자신의 아버지인 바다의 신 프로테우스를 알려주며 내가 강제로 그의 입을 열게 만들면 지긋지긋한 섬에서 벗어나 안전하게 집으로 돌아갈 수 있는 방법을 말해주겠다고 했지. 그러자면 내가 원하는 사실을 알아낼 때까지 그를 놓지 말고 꼭 붙잡고 있어야 한다는 거야. 여신이 세워준 계획은 훌륭했다네. 프로테우스는 매일 수많은 바다표범을 데리고 바다에서 올라와 늘 같은 장소의 모래사장에 누워 있다고 했어. 그래서 나는 모래사장에 구멍 네 개를 파고 여신이 준 바다표범 가죽을 뒤집어쓴 채 부하 세 사람과 숨어 있었다네. 드디어 프로테우스가 얼마 떨어지지 않은 곳에 누웠을 때 우리 네 사람은 구멍에서 뛰쳐나와 손쉽게 그를 잡을 수 있었지. 하지만 일단 잡은 프로테우스를 계속 붙들고 있는 것은 쉽지 않았다네. 그는 마음대로 모습을 바꿀 능력이 있어 우리 손아귀에서 사자도 되었다가 용으로 변했다가 수많은 동물로 변신을 거듭했고, 결국 높은 가지가 달린 나무로도 변했지. 하지만 우리가 놓치지 않고 계속 붙들고 있자 프로테우스도 마침내 포기하고 말았네. 그리고 내가 알고 싶어 하는 것을 전부 알려주었지. 자네 아버지는 어느 섬에 칼립소라는 님프에게 억류되어 있으며 향수병으로 수척해졌다더군. 10년 전 트로이를 떠난 이후로 오디세우스에 관해 아는 것은 그것이 전부라네."

　메넬라오스가 말을 마치자 침묵이 흘렀다. 사람들은 모두 트로이 전쟁과 그 이후에 벌어진 일들을 떠올리며 눈물을 흘렸다. 텔레마코스는 아버지를 생각하며, 네스토르의 아들은 트로이 성벽 앞에서 죽은 자신의 형제 안틸로코스를 생각하며 눈물지었다. 메넬라오스는 트로이 평원에서 쓰러져간 수많은 전우를 생각했지만, 헬레네의 눈물은 누구를 위해 흘리는지 어찌 알 수 있으랴. 남편의 찬란한 궁전에 앉아 파리스를 생각하고 있었던 것일까?

그날 밤, 두 청년은 스파르타에서 밤을 보냈다. 헬레네는 둘을 위해 하녀들에게 현관 베란다에 침구를 준비시켰다. 두툼한 자주색 담요 위에 보드라운 깔개를 깔고 그 위에 순모 덮개를 덮었다. 손에 횃불을 든 하인이 그곳으로 안내했고 두 사람은 동이 틀 때까지 곤히 잤다.

그동안 헤르메스는 제우스의 명령을 전하러 칼립소를 찾아갔다. 우선 헤르메스는 바다 위로도 땅 위로도 바람처럼 빨리 날 수 있게 해주는 불멸의 황금 샌들을 신었다. 그리고 졸음에 눈이 감기도록 마법을 걸 수 있는 지팡이를 가지고 하늘에서 뛰어내려 해수면으로 내려갔다. 파도의 물마루를 스치듯 날아간 헤르메스는 오디세우스에게 끔찍한 감옥이었던 칼립소의 아름다운 섬에 도착했다. 헤르메스는 혼자 있는 칼립소를 발견했다. 오디세우스는 여느 때와 마찬가지로 모래사장에 앉아 아무것도 보이지 않는 텅 빈 바다를 바라보며 눈물 짓고 있었다. 칼립소는 제우스의 명령을 고깝게 받아들였다. 칼립소 말에 따르면, 오디세우스의 배가 섬 근처에서 난파당했을 때 그의 목숨을 구해주었으며 줄곧 정성껏 보살폈다는 것이다. 물론 제우스의 말에는 모두 복종해야 하지만 그것은 너무 부당하다고 했다. 그리고 칼립소 자신이 어떻게 오디세우스를 다시 항해할 수 있게 한단 말인가? 배도 없고 명령할 선원도 없다고 했다. 헤르메스는 이것은 자신이 관여할 바가 아니라고 생각했다. "어쨌든 제우스를 화나게 하지 않도록 주의하시오." 그 말을 전하고 헤르메스는 날아가버렸다.

칼립소는 침통한 마음으로 필요한 것을 준비하기 시작했다. 칼립소가 오디세우스에게 그 이야기를 했을 때 오디세우스는 칼립소가 자신을 물에 빠뜨리거나 골탕을 먹이려 뭔가 속임수를 쓰는 것이라 생각했다. 하지만 결국 오디세우스는 칼립소의 말을 믿게 되었다. 칼립소는 오디세우스가 튼튼한 뗏목을 만들도록 도와주고 필요한 것을 전부 제공해 뗏목을 타고 떠날 수 있게 해주겠다고 약속했다. 오디세우스는 누구보다 신나게 뗏목을 만들었다. 커다란 나무 스무 그루를 잘라 물에 잘 뜨도록 충분히 건조시켰다. 칼립소는 뗏목에 먹을 것과 마실 것을 충분히 준비하고 오디세우스가 특히 좋아하는 별미도 함께 실었다. 헤르메스가 방문한 지 닷새째 되는 날 아침, 오디세우스는 드디어 잔잔한 물결 위로 순풍을 받으며 바다로 나아갔다.

항해한 지 17일 동안 별다른 날씨의 변화 없이 오디세우스는 한숨도 자지 않고 계속 전진하며 항해했다. 18일째 되던 날 구름에 싸인 산봉우리가 바다 저편에 우뚝 서 있는 것이 보였다. 오디세우스는 마침내 살았다고 생각했다.

하지만 바로 그 순간, 에티오피아에서 돌아오던 포세이돈이 오디세우스를 발견했다. 포세이돈은 신들이 무슨 짓을 했는지 즉각 눈치 채고는 투덜거렸다. "적어도 오디세우스가 집에 닿기 전에 고통스러운 여정을 좀 더 하게 할 수는 있지." 그 말과 함께 포세이돈이 폭풍을 불러 모아 풀어놓자 바다와 육지는 강한 폭풍우로 한 치 앞도 볼 수 없게 되었다. 동풍은 남풍과 싸우고 매섭게 부는 서풍은 북풍과 맞서며 물결은 거세게 일었다. 오디세우스는 죽음이 코앞에 닥치자 속으로 생각했다. '오, 차라리 트로이 평원에서 영광스럽게 쓰러져간 이들이 행복할지어다! 나처럼 이렇게 수치스럽게 죽을 바에야!' 정말 오디세우스가 탈출하기란 불가능해 보였다. 오디세우스가 타고 있던 뗏목은 마치 가을날 들판에서 이리저리 나뒹구는 말라빠진 엉겅퀴처럼 뒤흔들렸다.

하지만 자애로운 여신이 가까이 있었으니, 바로 예전에 테바이의 공주였던 호리호리한 발목을 지닌 이노였다. 오디세우스를 불쌍히 여긴 이노는 바다 갈매기처럼 가볍게 물속에서 솟아오르더니 오디세우스에게 살고 싶으면 뗏목을 버리고 해안까지 헤엄쳐 가라고 말해주었다. 그러고는 자신의 베일을 오디세우스에게 건네주었다. 그 베일을 지니고 있는 한 오디세우스는 바다에서 아무런 해도 입지 않을 것이다. 말을 마친 이노는 파도 아래로 사라져버렸다.

이제 오디세우스에게는 이노의 충고를 따르는 것 외에 다른 선택이 없었다. 포세이돈은 바다의 공포인 파도를 끊임없이 오디세우스에게 보냈다. 마치 광풍이 마른 왕겨 더미를 흩날리듯 파도가 뗏목의 통나무를 산산조각 내고 오디세우스를 거친 물살 속으로 날려버렸다. 하지만 오디세우스는 악화일로를 걷던 나쁜 상황이 그것으로 끝났다고 생각했다. 포세이돈은 그쯤으로 흡족해하며 다른 곳에 또 폭풍을 일으키기 위해 떠났고 이제 자유롭게 활동할 수 있게 된 아테나가 나타나 파도를 잠재웠다. 그럼에도 오디세우스는 이틀 밤낮을 쉬지 않고 헤엄친 뒤에야 육지에 닿을 수 있었다. 그는 완전히 기진맥진한 데다 굶주리고 옷 하나 변변히 걸치지 못한 채 파도 밖으로 걸어 나왔다.

때는 밤이었다. 집 한 채, 개미 한 마리 찾아볼 수 없었다. 하지만 오디세우스는 영웅일 뿐 아니라 어려운 상황에 대처하는 능력도 뛰어난 사람이었다. 오디세우스는 지면 가까운 곳에 습기가 올라오지 않을 만큼 두껍게 자란 나무가 몇 그루 있는 곳을 발견했다. 나무 아래에는 여러 사람이 충분히 덮을 만큼 낙엽이 쌓여 있었다. 오디세우스는 낙엽 더미를 헤쳐 누울 공간을 만들고 나뭇잎을 두꺼운 침대보처럼 자기 몸 위로 쌓아올렸다. 주위가 고요하고 따뜻하고 향긋한 땅의 냄새까지 불어오자 마침내 오디세우스는 곤히 잠들었다.

오디세우스는 지금 자기가 어디에 있는지 전혀 감을 잡을 수 없었지만 아테나가 그를 위해 모든 일을 마련해두었다. 그는 지금 인정 많은 민족이며 뛰어난 뱃사람들인 파이아케스(Phaeaces)인들이 사는 곳에 있었다. 그들의 왕인 선량한 알키노오스(Alcinous)는 자신의 아내 아레테(Arete)가 현명하다는 것을 알고 중요한 사안은 항상 아내가 결정하게 할 만큼 분별력도 있었다. 그들에게는 아직 결혼하지 않은 아름다운 딸이 하나 있었다.

나우시카라고 불린 그 딸은 다음 날 자신이 영웅을 구하는 데 결정적인 역할을 하리라고는 꿈에도 생각지 못했다. 아침에 일어난 나우시카는 평소처럼 가족의 천을 세탁할 일만 생각했다. 나우시카가 공주이긴 했지만, 지체 높은 가문의 여인들은 무엇이든 잘해야 했기 때문에 집안 식구들의 린넨 천도 나우시카의 몫이었다. 당시는 천을 세탁하는 것이 유쾌한 일이었다. 나우시카는 하인들에게 몰기 쉬운 노새 마차를 준비시키고 더러워진 천을 싣게 했다. 어머니인 왕비는 공주를 위해 온갖 종류의 맛있는 음식과 마실 것을 상자 가득 채워주었다. 공주가 하녀들과 목욕할 때 쓰라고 맑은 올리브 기름이 든 황금 병도 주었다. 모든 게 준비되자 나우시카는 마차를 몰고 출발했다. 공주 일행은 오디세우스가 상륙한 바로 그곳으로 향했다. 멋진 강물이 바다로 흘러드는 곳으로 세탁하기에 더없이 훌륭한 물웅덩이가 있었다. 처녀들이 하는 일이라고는 물속에 천을 담그고 때가 씻겨나갈 때까지 천을 밟으며 춤을 추는 것이었다. 웅덩이는 시원했고 그늘져 있었으므로 일하기에는 매우 쾌적했다. 세탁이 끝나자 처녀들은 바닷물로 말끔히 씻긴 해변의 조약돌 위에 린넨 천이 마르도록 부드럽게 펼쳐놓았다.

그러고 나서야 공주 일행은 쉴 수 있었다. 몸을 씻고 매끄러운 기름을 바른 후 점심을 들고 공 던지기를 하거나 춤을 추며 즐거운 시간을 보냈다. 하지만 서산으로 넘어가는 해가 즐거운 그날도 끝났음을 알려주었다. 처녀들은 천을 모두 거둬들이고 노새에 멍에를 멘 뒤 집을 향해 막 출발하려고 했다. 바로 그때 거친 모습의 벌거벗은 남자가 덤불 속에서 걸어 나오는 것이 보였다. 처녀들의 목소리에 오디세우스가 잠에서 깨어난 것이다. 나우시카를 제외한 나머지 처녀들은 모두 혼비백산하며 도망쳤다. 나우시카는 겁도 없이 오디세우스를 똑바로 쳐다봤고 오디세우스는 가능한 말솜씨를 총동원하여 설득력 있게 말했다. "당신의 무릎 아래 엎드려 간절히 비오니 당신이 사람인지 여신인지는 모르겠군요. 당신 같은 분은 이제껏 본 적이 없습니다. 놀라움을 금치 못하겠군요. 제발 제게 자비를 베풀어주십시오. 저는 친구도 없고 의지할 데도 없을 뿐더러 몸을 가릴 모포 한 장 없는 가련한 처지랍니다."

나우시카는 오디세우스에게 상냥하게 대답했다. 지금 오디세우스가 있는 고장 사람들은 불운한 나그네들에게 친절하다는 것을 알려주었

〈오디세우스와 나우시카〉, 살바토르 로사, 1655년

다. 자신의 아버지인 왕은 오디세우스를 정중히 맞이해줄 것이라고 했다.
나우시카는 놀라서 도망친 처녀들을 불러 오디세우스에게 몸을 씻을 기
름과 입을 만한 튜닉과 외투를 주라고 명령했다. 오디세우스가 몸을 씻고
옷을 입는 동안 기다렸다가 함께 도시로 출발했다. 집에 도착하기 전 사
려 깊은 나우시카는 오디세우스에게 뒤로 물러나 자신들 일행과는 따로
가도록 지시했다.

"사람들 입은 참 간사하답니다. 당신처럼 준수한 분이 저와 함께 있
는 것을 본다면 그들은 온갖 억측을 할 거예요. 이제 혼자서도 저희 아버
지의 궁전을 쉽게 찾으실 수 있을 겁니다. 저기 제일 화려한 건물이니까
요. 궁전에 도착하면 당당하게 들어오셔서 화롯가에서 길쌈을 하고 계실

어머니를 곧바로 찾아가세요. 아버지는 어머니가 하자는 대로 하실 거예요."

나우시카의 의견에 오디세우스도 동의했다. 나우시카의 훌륭한 분별력을 믿고 지시대로 정확히 따랐다. 궁전 안으로 들어간 오디세우스는 홀을 지나 화로가 있는 곳으로 성큼성큼 걸어가 왕비 앞에 엎드려 무릎에 매달리며 도와달라고 애원했다. 그러자 왕이 재빨리 오디세우스를 일으켜 세우더니 두려워하지 말고 식탁에 앉아 실컷 음식을 들라고 권했다. 그가 누구이며 어느 고장 출신이든 간에 배 한 척 마련해주겠다는 이야기를 듣고서야 오디세우스는 푹 쉴 수 있었다. 이미 늦은 시간이라 곧 잠자리에 들었고, 아침이 되어야 오디세우스는 자신의 이름과 어떻게 그곳에 오게 되었는지 말할 수 있을 터였다. 밤이 되자 사람들은 모두 잠자리에 들었다. 오디세우스는 칼립소의 섬을 떠난 이후로 한 번도 맛보지 못한 안온하고 푹신한 침상에서 행복하게 잠들 수 있었다.

다음 날 파이아케스의 모든 원로가 모인 앞에서 오디세우스는 10년에 걸친 방랑 생활을 이야기했다. 우선 트로이에서 출항해 폭풍우를 만난 이야기부터 시작했다.

오디세우스의 함대는 아흐레 동안 폭풍우에 시달리며 표류했다. 열흘째 되던 날 일행은 로토스(Lotus: 먹으면 이 세상 괴로움을 잊고 즐거운 꿈을 꾸게 된다고 여긴 상상의 식물_옮긴이)를 먹는 사람들이 사는 땅에 상륙했다. 하지만 아무리 피곤하고 휴식이 필요한 상황이라 해도 오디세우스 일행은 황급히 떠나야만 했다. 그곳에 사는 사람들은 오디세우스 일행을 친절하게 맞아주고 자신들이 먹는 꽃으로 만든 음식도 주었다. 그 수가 적어 다행이기는 했지만 그것을 먹은 사람들은 집에 가고자 하는 갈망을 깡그리 잊어버렸다. 그저 그 땅에 머물기 원할 뿐 이전의 모든 기억은 점점 희미해졌다. 오디세우스는 가지 않으려는 부하들을 질질 끌어 배에 묶어놓아야만 했다. 그들은 꿀처럼 달콤한 꽃을 영원히 맛보며 남아 있고 싶은 욕망이 너무도 강렬했기에 눈물까지 흘렸다.

다음 모험은 키클로프스인 폴리페모스와 관련 있는데, 이 사건은 이미 1부 4장에서 자세히 설명했다. 오디세우스 일행은 폴리페모스에게 동료를 많이 잃은 데다 설상가상으로 그의 아버지 포세이돈의 진노를 샀다. 포세이돈은 아들을 죽인 것에 대한 앙갚음으로 오디세우스가 오랫동안 불행을 당하고 부하를 모두 잃어버린 뒤에야 집에 돌아가게 만들겠다고 맹세했다. 그래서 10년 동안 포세이돈의 분노가 줄곧 오디세우스를 쫓아다녔다.

키클로프스의 섬을 떠난 오디세우스 일행은 아이올로스 왕이 지배하는 바람의 나라에 도착했다. 제우스는 아이올로스 왕을 바람의 관리자로 만들어 바람을 잠재우거나 일깨우도록 했다. 아이올로스는 오디세우스 일행을 후하게 맞아들였고, 떠날 때는 작별 선물로 가죽 자루를 하나 주었다. 그 안에는 아이올로스가 가두어놓은 온갖 강풍이 들어 있었다. 조금만 바람이 새어나와도 배에는 치명적인 위험을 초래할 수 있으므로 자루는 단단히 조여져 있었다. 그러나 폭풍이 모두 자루에 갇히고 순풍만 불어주어 항해하기에 더 없이 좋은 상황에서 오디세우스의 부하들은 거의 죽음 근처까지 가는 고역을 치렀다. 그들은 조심스럽게 싼 자루에 분명 황금이 가득 있을 것이라고 생각했다. 어쨌든 자루 안에 무엇이 들어 있는지 보고 싶었다.

마침내 자루를 열자, 모든 강풍이 일시에 몰아닥쳤고 무시무시한 폭풍우가 그들을 휩쓸었다. 며칠 동안 위험에 시달린 오디세우스 일행은 육지를 발견했다. 그러나 차라리 바다에 머무는 편이 훨씬 나을 뻔했다. 다름 아니라 거대한 몸집을 지니고 사람을 잡아먹는 라이스트리곤(Laestrygon)인들이 사는 곳이었기 때문이다. 이 무시무시한 사람들은 오디세우스가 타고 있던 배를 제외한 다른 배들은 전부 침몰시켰다. 공격이 진행되는 동안 오디세우스의 배만이 항구에 들어가지 않아 불행을 피할 수 있었다.

본격적인 재앙에 비하면 이것은 시작에 불과했다. 살아남은 일행이

다음 섬에 도착했을 때 정말로 절망스러운 상황이 벌어졌기 때문이다. 무엇이 기다리고 있는지 알았더라면 그들은 절대 섬에 상륙하지 않았을 것이다. 오디세우스 일행은 가장 아름답고 가장 위험한 마녀 키르케가 살고 있는 아이아이에(Aeaea)에 도착했다. 키르케에게 가까이 다가간 사람은 모두 짐승으로 변했다. 겉모습만 그렇게 변할 뿐 사람의 이성은 그대로 남아 있어서 자신에게 무슨 일이 닥친 것인지 알았다. 키르케는 오디세우스가 섬을 정탐하라고 보낸 일행을 제 집으로 꾀어 들여 돼지로 변하게 했다. 그러고는 돼지우리에 가둔 뒤 도토리를 먹이로 주었다. 그들은 돼지였으므로 그것을 받아먹었다. 하지만 정신적으로는 사람이었기에 자신의 불행한 처지를 모두 자각하고 있었다. 그럼에도 완전히 키르케의 수중에 있을 수밖에 없었다.

그런데 다행스럽게도 오디세우스의 부하 중 한 사람만은 조심성이 많아 키르케의 집 안에 들어가지 않았다. 동료들에게 무슨 일이 일어났는지 집 밖에서 지켜본 그는 놀라서 배로 도망쳤다. 소식을 들은 오디세우스는 위험하다는 경고를 무시했다. 선원들은 아무도 따라가려 하지 않았기에 오디세우스는 혼자 부하들을 구하러 키르케의 집으로 향했다. 가는 길에 오디세우스는 헤르메스를 만났다. 헤르메스는 가장 아름다운 한창 때의 청년으로 나타났다. 헤르메스는 자신이 키르케의 치명적인 마법에서 오디세우스를 구할 수 있는 약초를 알고 있다고 말했다. 그 약초만 있으면 키르케가 주는 것은 뭘 먹어도 괜찮다고 했다. 또 헤르메스는 키르케가 주는 잔을 다 마시고 나서 부하들을 다시 사람으로 되돌리지 않으면 칼로 협박하라고 알려주었다.

오디세우스는 헤르메스가 주는 약초를 감사히 받아들고는 길을 떠났다. 모든 일이 헤르메스가 예언한 것 이상으로 잘 풀렸다. 이제껏 성공적으로 잘 먹히던 마법을 오디세우스에게도 썼지만 변하지 않은 채 그대로인 것을 보자, 키르케는 제 마법에 걸리지 않고 버티는 오디세우스를 사랑하게 되었다. 키르케는 이미 오디세우스가 요구하는 것은 뭐든 들어

〈오디세우스에게 잔을 건네는 키르케〉, 존 윌리엄 워터하우스, 1891년

줄 준비가 되어 있었으므로 부하들을 다시 사람으로 돌아오게 했다. 그리고 모두가 자기 집에서 호사스럽게 즐기도록 해주었다. 그렇게 일 년 동안 오디세우스 일행은 키르케와 함께 행복하게 지냈다.

마침내 오디세우스 일행이 떠나야 할 때가 되었다고 생각하자 키르케는 그들을 위해 자신이 알고 있는 마법 지식을 총동원했다. 키르케는 그들이 안전하게 집에 도착하기 위해 다음으로 해야 할 일이 무엇인지 알아냈다. 그런데 키르케가 알려준 것은 무서운 일이었다. 그들은 오케아노스 강을 건너 하데스의 어두운 왕국으로 가는 출구가 있는 페르세포네 해안에 배를 대야 한다고 했다.

그런 다음 오디세우스는 저승으로 내려가 테바이의 거룩한 예언자 테이레시아스의 영혼을 찾아야 했다. 테이레시아스가 어떻게 하면 집으로 돌아갈 수 있을지 오디세우스에게 알려줄 것이기 때문이었다. 그런데 테이레시아스의 유령이 오디세우스에게 찾아오도록 유인하는 유일한 방법은 양의 피로 구덩이를 채우는 것이었다. 그러면 모든 유령이 그 피를 마시고 싶은 저항할 수 없는 열망에 사로잡히게 된다. 유령들은 전부 구덩이로 달려오려고 하겠지만 이때 오디세우스가 칼을 뽑아들고 테이레시아스가 말해줄 때까지는 다른 유령이 오지 못하도록 막아야 했다.

좋지 않은 소식을 들은 선원들은 키르케의 섬을 떠나 무서운 페르세포네와 하데스가 통치하는 에레보스를 향해 뱃머리를 돌리며 모두 눈물을 흘렸다. 도랑을 파고 피로 채우자 죽은 사람들의 영혼이 주위로 몰려들었는데 정말로 끔찍했다. 하지만 오디세우스는 용기를 잃지 않고 테이레시아스의 영혼이 나타날 때까지 뾰족한 창으로 유령들을 밀치며 쫓아냈다. 드디어 테이레시아스의 유령이 나타나자 검은 피를 마시게 한 후 질문을 했다. 테이레시아스의 유령은 이미 답을 알고 있었다.

테이레시아스 말에 따르면, 오디세우스 일행을 위협하는 가장 큰 위험은 태양신의 황소들이 살고 있는 섬에 상륙했을 때 그 가축 일부에 해를 입힐지 모른다는 것이었다. 황소들에게 해를 입히는 사람의 운명은 확

〈오디세우스 일행과 세이렌들〉, 허버트 제임스 드레이퍼, 1909년

실했다. 세상에서 가장 아름다운 황소들은 태양신이 매우 소중하게 여기고 있었다. 어쨌든 오디세우스는 집에 돌아갈 것이며 비록 집에서는 골치 아픈 일들이 기다리고 있긴 하지만 결국에는 다 극복해낼 수 있을 거라고 가르쳐주었다.

테이레시아스가 말을 마치자 기다란 사자들의 행렬이 피를 마시기 위해 올라와서는 오디세우스에게 무어라 말하며 지나갔다. 그들 중에는 위대한 영웅도 있고 예전의 미인도 있고 트로이에서 죽어간 전사들도 있었다. 아킬레우스와 아이아스도 나타났는데, 아이아스는 그리스 장수들이 아킬레우스의 갑옷을 자신이 아니라 오디세우스에게 준 것에 아직도 화가 나 있었다. 그 외에도 많은 유령이 나타나 오디세우스에게 말을 걸고 싶어 했다. 엄청나게 모여드는 유령들에게 겁이 난 오디세우스는 황급히 배로 돌아가 부하들에게 떠나자고 명령했다.

오디세우스는 키르케에게 세이렌들의 섬을 지나가야 한다는 것도 들었다. 세이렌들은 사람들이 모든 것을 잊어버리게 만드는 매혹적인 노래를 불렀는데 노래를 듣다 보면 결국 목숨까지 잃게 되었다. 그들이 앉아서 노래하는 곳 주변에는 노래를 듣다가 죽은 사람들의 해골이 즐비하게 쌓여 있었다. 오디세우스는 부하들에게 주의를 주고 그 길을 무사히 지나가는 유일한 방법은 각자 귀를 밀랍으로 틀어막는 것이라고 말했다.

하지만 오디세우스 자신은 세이렌의 노랫소리를 들어보기로 결심하고 아무리 발버둥 쳐도 벗어나지 못하도록 돛대에 자기 몸을 단단히 묶으라고 부하들에게 명령했다. 모든 준비를 마치고 섬 가까이 다가갔는데, 오디세우스를 제외한 모든 선원은 매혹적인 노래를 듣지 못했다. 오디세우스는 세이렌들의 노래를 들었다. 적어도 그리스인에게는 곡조보다는 가사가 더욱 매혹적이었다. 세이렌들은 다가오는 사람에게 원숙한 지혜와 영혼의 활기를 주겠다고 말하고 있었다. "우리는 장차 세상에서 일어날 모든 일을 알고 있다네." 세이렌들이 부르는 노래는 아름다운 운율로 울려 퍼졌고 오디세우스는 더 듣고 싶은 열망으로 고통스러웠다. 그러나 밧줄로 단단히 묶여 있었으므로 위험은 무사히 지나갔다.

그다음 그들을 기다리는 난관은 스킬라와 카리브디스 사이의 좁은 해협을 통과하는 것이었다. 아르고 호를 타고 원정을 떠났던 영웅들도 그곳을 통과했었다. 그 무렵 이탈리아로 항해 중이던 아이네이아스도 한 예언자의 도움으로 그곳을 피해 갈 수 있었다. 아테나 여신의 보살핌을 받는 오디세우스 역시 당연히 통과하는 데 성공했다. 하지만 선원 중 여섯 명이 목숨을 잃고 말았다. 설령 그곳에서 죽지 않았다 해도 그들은 얼마 더 살지 못했을 것이다.

그 이유는 그다음 기착지인 태양신의 섬에서 오디세우스의 부하들이 믿을 수 없을 정도로 어리석게 행동했기 때문이다. 배가 고파서 태양신의 성스러운 황소들을 죽인 것이다. 공교롭게도 오디세우스는 그 자리에 없었다. 신에게 기도드리기 위해 홀로 섬 안으로 들어간 후였다. 돌아와서 부하들이 한 짓을 보고 오디세우스는 절망에 빠졌다. 이미 황소들을 구워 먹은 뒤라 손쓸 수 있는 일이 아무것도 없었다. 태양신의 보복은 즉각 나타났다. 그들이 섬을 떠나자마자 벼락이 내리쳐 배를 산산조각 낸 것이다. 오디세우스를 제외한 모든 부하가 물에 빠져 죽었다.

오디세우스만 간신히 배의 파편에 매달려 폭풍우 속을 헤쳐 나갈 수 있었다. 그렇게 며칠 동안 표류하다가 마침내 칼립소의 섬이 있는 해변으로 떠밀려 왔고 그곳에서 칼립소와 함께 몇 년 동안 살아야 했다. 드디어 집을 향해 떠나게 됐지만 폭풍이 다시 덮쳐 숱한 위험을 거친 후에야 의지할 데 없이 곤궁한 상태로 간신히 파이아케스 땅에 도착한 것이다.

기나긴 이야기는 끝이 났지만 청중은 이야기에 깊이 빠져 침묵을 지킨 채 앉아 있었다. 마침내 왕이 입을 열었다. 이제 오디세우스의 고생은 끝났다고 안심시켜주었다. 바로 그날 오디세우스를 집으로 돌려보낼 것이며, 그 자리에 참석해 있던 모든 사람이 오디세우스를 부자로 만들어주기 위해 작별 선물을 제공할 것이라고 하자 모두 동의했다. 곧 배가 준비되고 선물도 차곡차곡 쌓였다. 오디세우스는 따뜻하게 환대해준 사람들과 감사의 작별 인사를 나눈 뒤 배에 올랐다. 갑판에 길게 몸을 펴고 눕자 달콤한 잠에 취해 스르르 눈이 감겼다. 얼마나 지났을까, 잠에서 깬 오디세우스는 해변의 마른 땅 위에 누워 있는 자신을 발견했다. 선원들은 오디세우스를 해변에 내려놓고 그 옆에는 선물로 받은 물건들을 가지런히 쌓아놓은 뒤 벌써 출발한 뒤였다. 오디세우스는 벌떡 일어나 서서 주위를 둘러보았다. 하지만 자신의 고향을 알아볼 수 없었다.

그때 한 청년이 다가왔다. 오디세우스가 보기에는 양치기 같았지만 왕의 아들처럼 준수하고 기품 있었다. 사실 그 청년은 변장한 아테나 여신이었다. 아테나는 오디세우스가 가장 궁금해하던 것을 알려주었다. 지금 오디세우스가 서 있는 그곳은 이타케였다. 그 말에 매우 기뻐했지만 오디세우스는 경계를 늦추지 않았다. 자신이 누구며 왜 그곳에 오게 되었는지 말했지만 진짜 이야기는 하나도 하지 않았다. 결국 여신이 빙그레 웃으며 오디세우스의 등을 토닥거렸다. 그러고는 크고 아름다운 여신 본래의 자태로 나타났다. "후후, 이 간교한 거짓말쟁이 같으니라고! 그대의 영리함을 따라가려면 아주 빈틈없는 상인이 되어야겠군."

오디세우스가 미칠 듯이 기쁜 마음으로 여신에게 인사했지만 아테나는 아직 해야 할 일이 산더미라고 상기시키며 묘안을 짜내기 위해 머리를 맞댔다. 아테나는 지금 오디세우스의 집에서 벌어지고 있는 상황을 알려주고 구혼자들을 모두 집에서 몰아낼 수 있도록 도와주겠다고 약속했다. 당분간 어디 가든지 신분을 들키지 않도록 오디세우스를 늙은 거지로 바꿔주겠다고 했다.

그날 밤 오디세우스는 충실하고 믿을 만한 사람인 자신의 돼지치기 에우마이오스의 집에서 밤을 보내야 했다. 오디세우스와 아테나 여신은 파이아케스인들에게서 받은 보물을 근처 동굴에 숨긴 뒤 각자 갈 길로 헤어졌다. 아테나는 텔레마코스를 집으로 불러들이기 위해, 오디세우스는 여신의 마법으로 느릿느릿 걷는 거지 노인으로 변신해 돼지치기를 찾아나섰다. 에우마이오스는 불쌍한 나그네를 따뜻하게 맞아들여 먹을 것을 대접했다. 자신의 두툼한 외투를 내어주며 그날 밤 오두막에서 보낼 수 있게 했다.

그동안 팔라스 아테나의 재촉을 받은 텔레마코스는 헬레네와 메넬라오스에게 작별을 고했다. 배에 오르자마자 집에 돌아가고픈 열망에 휩싸여 급히 배를 몰았다. 아테나가 불어넣은 생각이기는 하지만 상륙해 곧장 집으로 가지 않고 집을 비운 사이 무슨 일이 벌어졌는지 알아보기 위해 돼지치기의 집에 먼저 가기로 계획했다. 텔레마코스가 돼지치기 집 문간에 나타났을 때 마침 오디세우스는 아침식사 준비를 돕고 있었다. 텔레마코스를 본 에우마이오스는 기쁨의 눈물을 흘리며 맞이했고 함께 식사하자고 권했다. 하지만 텔레마코스는 먼저 자신의 귀환을 어머니인 페넬로페에게 알리기 위해 에우마이오스를 집으로 보냈다. 그러자 아버지와 아들 두 사람만 남게 되었다.

바로 그때 오디세우스는 아테나 여신이 문 너머에서 자신에게 손짓하는 것을 보았다. 바깥으로 나가니 아테나 여신이 눈 깜짝할 새에 그를 본래 모습으로 바꿔준 뒤 텔레마코스에게 가서 정체를 밝히라고 했다. 텔레마코스는 늙은 거지 대신 위엄 있는 남자가 돌아올 때까지 아무것도 눈치 채지 못했다. 본래의 오디세우스를 본 텔레마코스는 신으로 여겨 깜짝 놀랐다. 오디세우스는 자신이 아버지임을 밝혔고 두 사람은 부둥켜안고 눈물을 흘렸다. 하지만 마냥 그러고 있기에는 시간이 촉박했고 해결해야 할 일이 산적했다.

두 사람은 열띤 대화를 나누었다. 오디세우스는 구혼자들을 강제로 몰아낼 작정이었지만 단 두 사람의 힘으로 큰 무리를 어찌 상대한단 말인가? 두 사람은 다음 날 아침 집에 가기로 결정했다. 오디세우스는 다시 거지로 변장하고, 일단 집에 도착한 후 텔레마코스가 두 사람만 쓸 수 있는 무기를 찾기 쉬운 곳에 두고 나머지는 모두 숨겨두기로 했다. 아테나 역시 재빨리 두 사람을 도와주었다. 에우마이오스가 돌아왔을 때 오디세우스는 늙은 거지로 변해 있었다.

다음 날 텔레마코스는 에우마이오스와 오디세우스를 남겨두고 혼자 먼저 출발했다. 오디세우스와 에우마이오스도 뒤따라 도시에 도착해 궁전으로 갔다. 오디세우스는 마침내 20년이 지나서야 꿈에도 그리던 집에 들어섰다. 문 앞에 누워 있던 늙은 개가 고개를 들고 귀를 쫑긋 세웠다. 오디세우스가 트로이로 떠나기 전에 키우던 개 아르고스였다. 오랜 세월이 지났어도 개는 한순간에 주인을 알아보고 꼬리를 흔들었지만 너무 늙어서 한 발짝도 움직일 힘이 없었다. 오디세우스도 아르고스를 알아보고는 눈물을 훔쳤다. 돼지치기의 의심을 살까 두려워 감히 개에게 다가갈 엄두를 못 냈다. 그런데 오디세우스가 발길을 돌리자마자 늙은 개는 숨을 거두고 말았다.

한편 홀 안에서 식사를 마치고 할 일 없이 빈둥거리던 구혼자들은 방금 들어온 불쌍한 늙은 거지를 보자 놀리고 싶어졌다. 오디세우스는 온갖 조롱을 꾹 참으며 묵묵히 들었다. 그러다가 그들 중에서 성질 고약한 한 남자가 화를 내며 오디세우스를 때렸다. 마땅한 환대를 베풀어달라고 간청하는 나그네를 감히 친 것이다. 소동을 전해들은 페넬로페는 무례를 당한 사람을 직접 만나 이야기해야겠다고 생각했지만, 그 전에 먼저 연회장에 가기로 했다. 페넬로페는 아들 텔레마코스를 만나고 싶었고, 구혼자들에게 자신이 직접 모습을 보이는 것이 현명하다고 생각했다. 페넬로페는 아들 못지않게 사려 깊었다. 만일 오디세우스가 죽었다면 구혼자들 중에서 가장 부유하고 마음이 너그러운 사람과 결혼하는 것이 분명 이롭다. 그러므로 그들을 너무 실망시켜서는 안 되었다.

게다가 페넬로페에게는 그럴싸한 묘안이 하나 있었다. 방을 나온 페넬로페는 시녀 두 명을 거느리고 연회장으로 내려갔다. 베일로 얼굴을 가린 아름다운 모습에 구혼자들은 보는 것만으로도 가슴이 떨렸다. 한 사람씩 차례로 일어나 찬사를 바쳤지만 신중한 페넬로페는 많은 근심과 슬픔으로 현재 미모가 많이 상했다는 것을 잘 알고 있다고 대답했다. 페넬로페가 그들에게 중대한 목표를 전하러 왔다고 말하며, 의심할 여지없이 자신의 남편은 결코 돌아오지 않을 것이라고 했다. 그러므로 그들이 자신에게 값비싼 선물을 주며 정식으로 청혼하지 못할 이유가 있겠는가? 제안은 즉시 효과가 나타났다. 구혼자들은 모두 자기 시종을 시켜 가장 좋은 옷과 보석, 황금 목걸이를 가져오도록 한 것이다. 페넬로페의 시녀들은 선물들을 위층으로 옮겼고, 새침한 모습의 페넬로페는 마음속으로 대단히 흡족해하며 물러갔다.

페넬로페는 구혼자들에게 모욕을 당한 나그네를 불러오도록 했다. 페넬로페는 나그네에게 상냥하게 말을 걸었고, 그는 트로이로 가는 길에 오디세우스를 만났다고 말했다. 그러자 페넬로페는 울음을 주체하지 못했다. 아내를 보며 오디세우스는 연민을 느꼈지만 아직은 자신의 정체를 밝히지 않은 채 쇠처럼 무심한 표정만 지었다. 차츰 페넬로페는 안주인으로서 자신이 해야 할 의무를 기억해냈다. 오디세우스를 어린 시절부터 돌보아왔던 늙은 유모 에우리클레이아를 불러 나그네의 발을 씻겨주도록 했다. 그 말에 오디세우스는 흠칫 놀랐다. 자신의 발 한쪽에는 소년 시절 야생 멧돼지를 사냥하다 생긴 흉터가 있는데 유모가 알아볼 수 있다고 생각했기 때문이다. 오디세우스의 염려대로 유모는 정말 그 흉터를 보고는 깜짝 놀랐다. 그 바람에 씻기고 있던 오디세우스의 발을 떨어뜨리면서 세숫대야가 뒤집혔다.

오디세우스가 유모의 손을 잡고 속삭였다. "유모, 나를 알아보는구려. 하지만 다른 사람에게는 절대 비밀로 하시오." 유모는 그렇게 하겠다고 속삭였고 오디세우스는 방을 나갔다. 연회장 입구에 잠자리를 얻었지만 파렴치한 무리를 어떻게 물리쳐야 할지 걱정되어 도저히 잠을 이룰 수 없었다. 오디세우스는 칼립소의 동굴 상황이 더욱 끔찍했던 것을 떠올리며 아테나의 도움으로 여기서도 모든 일을 잘해내리라 안심하고는 잠이 들었다.

아침이 되자 구혼자들은 다시 몰려들었고 전보다 더욱 무례하게 굴었다. 자신들을 위해 마련된 호화로운 만찬 석상에 앉아, 아테나 여신과 오랜 세월 참아온 오디세우스가 소름끼치는 연회를 준비하고 있다는 사실은 까맣게 모른 채 즐기고 있었다.

아무것도 모르는 페넬로페조차 오디세우스의 계획에 도움이 되었다. 밤새 그녀는 나름대로 계획을 하나 세웠다. 아침이 되자 페넬로페는 보물이 보관되어 있는 방으로 갔다. 보물 중에는 커다란 활과 화살도 있었는데, 오디세우스의 것으로 오직 그의 손만이 활시위를 당기거나 쏠 수 있었다. 페넬로페는 그것을 직접 들고 구혼자들이 모여 있는 곳으로 갔다. "여기 계신 모든 분은 제 말을 들어주세요. 여러분 앞에 내놓은 것은 신처럼 힘이 센 오디세우스의 활입니다. 이 활로 한 줄로 늘어선 열두 개의 고리를 곧바로 통과하도록 화살을 쏘는 분을 제 남편으로 맞아들이겠어요."

텔레마코스는 어머니의 제안이 자신들에게 유리하다는 것을 깨닫고는 재빨리 나서서 어머니를 거들었다. 그는 구혼자들에게 외쳤다. "자, 여러분. 어서들 오십시오! 뒤로 빼거나 변명하는 건 통하지 않습니다. 그대로들 계십시오. 아버지의 무기를 쓸 만한 힘이 있는지 제가 먼저 시도

해보겠습니다." 그 말과 함께 텔레마코스는 고리를 정확히 일직선이 되도록 늘어놓았다. 그런 다음 활을 집어 들고는 온 힘을 다해 활시위를 당겼다. 오디세우스가 중간에 그만두라고 손짓하지 않았다면 텔레마코스는 성공할 수 있었을 것이다. 하지만 중간에 멈춘 텔레마코스는 다음 사람에게 활을 넘겨주었고, 구혼자들은 활을 잡았지만 활은 너무 뻣뻣했다. 힘이 가장 센 사람조차 조금도 구부리지 못했다.

아무도 활을 구부리지 못할 것이라 확신하자 오디세우스는 시합이 벌어지고 있는 곳을 벗어나 돼지치기가 충직한 목동과 담소를 나누고 있는 안뜰로 갔다. 오디세우스는 그들의 도움이 필요했으므로 발의 상처를 보여주며 자신이 누구인지 밝혔다. 상처를 알아본 두 사람은 기쁨의 눈물을 흘렸다. 그러나 오디세우스는 급히 그들의 입을 막았다. "지금 이럴 때가 아니다. 내가 너희에게 원하는 바를 잘 듣게. 에우마이오스, 그대는 내가 활과 화살을 집어들 수 있는 방법을 찾아보게. 그런 다음 여인들 숙소가 아무도 들어갈 수 없도록 잠겨 있는지 확인해보게. 자네 목동은 이곳 안뜰로 향하는 문을 닫고 빗장을 걸어두게."

오디세우스는 연회장으로 돌아갔고 두 사람도 뒤를 따라갔다. 세 사람이 들어섰을 때는 마침 마지막 구혼자가 막 활쏘기 시도에서 실패한 참이었다. 그러자 오디세우스가 한마디 했다. "내게도 활을 한번 주시구려. 예전 힘이 어디 그대로 있는지 봅시다." 그 말에 모두들 떠들썩해졌다. 거지 행색의 이방인에게 활을 만지게 할 수 없다고 외쳤다. 하지만 텔레마코스가 단호하게 말했다. 활을 만지도록 허락할 수 있는 사람은 그들이 아니라 텔레마코스 자신이라고 밝히며 에우마이오스를 시켜 나그네에게 활을 주라고 명령했다.

오디세우스가 활을 받아들고 점검하는 동안 모두 집중하며 쳐다보았다. 오디세우스는 힘 하나 안 들이고 마치 능숙한 음악가가 리라 줄을 맞추듯 활을 굽혀 시위를 당겼다. 그리고 앉은 자리에서 한 발짝도 움직이지 않고 화살이 열두 개 고리를 곧장 통과하도록 쏘았다. 다음 순간 오

〈오디세우스와 페넬로페〉, 프리마티치오, 16세기

디세우스는 한걸음에 문 옆으로 가서 섰고 그 옆에 텔레마코스도 함께했다. 마침내 올 것이 오고야 말았다고 외치며 오디세우스는 화살을 쏘아 과녁을 정확히 맞추었다. 구혼자 중 한 사람이 그 자리에서 즉사해 바닥에 쓰러진 것이다. 사람들이 겁에 질려 일제히 날뛰었다. 무기를, 무기를 어디다 두었던가? 그러나 무기는 하나도 보이지 않았다.

오디세우스는 침착하게 한 발 한 발 화살을 날렸다. 연회장에 화살 날아가는 소리가 날 때마다 한 사람씩 쓰러졌다. 텔레마코스는 구혼자들이 문으로 달려가 도망치거나 오디세우스를 뒤에서 공격하지 못하도록 기다란 창으로 막아섰다. 그들은 한데 모여 있었기에 쉽게 표적이 되었고 방어할 기회조차 얻지 못한 채 속수무책으로 당했다. 화살이 떨어졌어도 그들의 운명은 별로 나아질 것이 없었다. 아테나까지 가세해 오디세우스가 잘못 쏜 것까지 정확히 맞추도록 해주었다. 오디세우스의 번쩍이는 칼은 결코 빗나가는 법이 없었다. 여기저기서 뼈가 부러지는 무시무시한 소리가 들려왔고 바닥은 피범벅이 되었다.

마침내 남의 집에서 주인 행세를 하던 뻔뻔스러운 일당 중 단 두 사람만 살아남고 모두 죽었다. 두 사람은 구혼자들의 사제와 음유 시인이었다. 두 사람 다 살려달라고 애원했다. 특히 사제는 오디세우스의 무릎을 잡고 벌벌 떨며 탄원했지만 아무 소용 없었다. 오디세우스의 칼이 가차 없이 목을 내리쳤고 사제는 기도를 하면서 죽었다. 음유 시인은 운이 좋았다. 오디세우스는 거룩하게 노래하도록 신들에게 가르침 받은 시인을 죽이기를 꺼려 목숨을 살려주었다.

그렇게 학살에 가까운 싸움은 끝이 났다. 늙은 유모 에우리클레이아와 하녀들이 바닥의 피를 닦아내고 모든 것을 원상태로 복구하도록 불려왔다. 하녀들이 오디세우스를 둘러싼 채 울고 웃으며 환영하는 통에 오디세우스까지 울고 싶게끔 뒤흔들어놓았다. 마침내 청소를 시작했지만 에우리클레이아는 안주인의 방으로 가서 페넬로페의 침대 옆에 섰다.

"마님, 일어나세요. 오디세우스 주인님께서 돌아오셨고 구혼자들은 모두 죽었답니다." 그러자 페넬로페가 투덜거렸다. "이런 망할 것 같으니라고. 지금 얼마나 단잠을 자고 있었는데. 냉큼 물러가라. 나를 이렇게 깨운 사람이 따귀를 안 맞은 것을 다행으로 알아."

하지만 에우리클레이아도 물러서지 않았다. "마님, 정말이라니까요. 오디세우스 주인님이 돌아오셨다니까요. 주인님이 직접 흉터를 보여주신걸요. 주인님 흉터가 맞아요."

페넬로페는 도무지 유모의 말을 믿을 수 없었다. 페넬로페는 제 눈으로 직접 확인하려고 급히 연회장으로 달려 내려갔다.

과연 큰 키에 왕족처럼 기품 있는 남자가 불빛이 환한 화롯가에 앉아 있었다. 페넬로페는 오디세우스 맞은편에 앉아 조용히 바라보았다. 혼란스러웠다. 오디세우스를 알아볼 것 같다가도 전혀 낯선 사람처럼 보였다. 그러자 텔레마코스가 외쳤다. "어머니도 참 잔인하시군요! 세상에 어떤 여인이 20년 만에 집에 돌아온 지아비에게 이렇게 냉담할 수 있나요?"

"애야, 나는 움직일 기력조차 없구나. 이 사람이 정말 오디세우스라면 우리는 서로 알아볼 방법이 있단다."

이 말에 오디세우스는 빙그레 웃으며 텔레마코스에게 어머니를 내버려두라고 말했다. "우리는 곧 서로 알아볼 수 있단다."

이제 말끔히 치워진 연회장은 기쁨으로 가득 찼다. 음유 시인은 리라로 달콤한 소리를 내며 모든 사람의 마음에 춤추고 싶은 열망을 불러일으켰다. 멋지게 차려입은 남자들과 여인들은 박자에 맞춰 경쾌하게 춤을 추었고 거대한 저택은 그들의 발 딛는 소리로 크게 울렸다. 길고 긴 방랑 끝에 마침내 오디세우스가 집에 돌아온 덕분에 모든 사람의 가슴은 기쁨으로 가득했다.

제16장

아이네이아스의 모험

라틴 시 『아이네이스』가 이 이야기의 주된 출처다. 『아이네이스』가 쓰인 때는 카이사르(Caesar) 암살 이후 혼란한 로마를 아우구스투스가 집권한 시기다. 아우구스투스의 강력한 집권은 격렬했던 내전을 종식시키고 평화(Pax Augusta)를 가져왔는데, 그 기간은 거의 반세기 동안 지속된다.

베르길리우스의 동시대인들은 모두 새로운 질서를 향한 열망으로 불타올랐고, 『아이네이스』는 대로마제국을 찬양하며, '온 세계를 그 패권 아래 둘 운명을 타고난 민족'의 설립자이자 위대한 영웅을 준비하기 위해 쓰였다. 작품 첫 부분에 등장하는 인간 아이네이아스가 마지막 권에서 인간이 아닌 신격화된 존재로 변화된 것은 베르길리우스의 애국적 목적 때문이다. 그는 다른 모든 영웅은 시시하게 보일 만큼 대단한 로마의 영웅을 창조하려다가 환상에 빠지고 말았다. 과장을 하는 경향은 로마인의 특징이다. 여기서 신들은 당연히 라틴 이름을 썼고, 그리스 이름과 라틴 이름이 둘 다 있는 인물도 라틴 이름을 사용했다. 예를 들면 율리세스(Ulysses)는 오디세우스의 라틴 이름이다.

트로이에서 이탈리아로

베누스의 아들 아이네이아스는 트로이 전쟁에서 싸운 유명한 영웅 중 한 사람이었다. 트로이 진영에서 아이네이아스는 헥토르 다음으로 유명했다. 그리스 군이 트로이를 점령하자 아이네이아스는 어머니 베누스의 도움을 받아 아버지와 어린 아들을 데리고 도시를 탈출해 새로운 안식처를 찾아 떠났다.

바다와 육지에서 숱한 방랑과 시련 끝에 아이네이아스는 마침내 이탈리아에 도착했다. 그곳에서 자신의 입성을 반대하는 사람들을 물리치고 강력한 왕의 딸과 결혼해 새로운 도시를 세웠다. 아이네이아스는 로마의 진정한 건국자로 늘 생각되었는데, 그 이유는 실질적인 창건자 로물루스와 레무스(Remus)가 아이네이아스의 아들이 세운 도시인 알바 롱가(Alba Longa)에서 태어났기 때문이다.

아이네이아스가 트로이에서 출항했을 때 많은 트로이인이 그와 합류했다. 모두 정착할 곳을 갈망했지만 그곳이 어디가 될지는 어느 누구도 알지 못했다. 그들은 몇 번이나 도시를 세우려 했지만 늘 예상치 못한 재난이나 불길한 징조 때문에 다시 바다로 쫓겨나기를 반복했다. 마침내 아이네이아스는 꿈속에서 그들을 위해 예정된 장소가 당시 서쪽 나라를 의미하는 헤스페리아(Hesperia), 즉 이탈리아라는 말을 들었다. 당시 이들 일행은 크레타 섬에 있었는데, 그 약속의 땅이 미지의 바다 건너 먼 곳이었음에도 언젠가는 새로운 고향을 가질 수 있다는 희망에 감사하며 당장 항해를 시작했다. 하지만 안식처에 도착하기까지는 긴 시간이 흘렀고, 미리 알았더라면 열망이 한풀 꺾였을 만한 수많은 사건이 일어났다.

아르고 호 원정대는 그리스로부터 동쪽으로 항해했고 아이네이아스 일행은 크레타로부터 서쪽으로 항해했지만, 아이네이아스 일행 역시 이아손과 그 동료들이 그랬던 것처럼 하르피아들을 만났다. 그리스의 영웅들이 더 용맹스러웠거나 훌륭한 검사(劍士)였던 모양이다. 아르고 호의 영웅들은 이리스가 막아섰을 때 무시무시한 새들을 막 죽이려던 참이었지만, 트로이인들은 새들에게 쫓겨 다시 바다로 도망치는 수밖에 없었다.

다음에 상륙한 곳에서는 놀랍게도 헥토르의 아내 안드로마케를 만났다. 트로이가 멸망하자 안드로마케는 아킬레우스의 아들, 피로스라고도 불렸던 네오프톨레모스에게 주어졌다. 네오프톨레모스는 제단에서 프리아모스 왕을 죽인 장본인이었다. 네오프톨레모스는 헬레네의 딸인 헤르미오네(Hermione)를 위해 곧 안드로마케를 버렸지만 이 결혼 이후 얼마 살지 못하고 죽었다. 네오프톨레모스가 죽은 뒤 안드로마케는 트로이의 예언자 헬레노스와 재혼했다. 현재 아이네이아스 일행이 상륙한 그 지역을 다스리고 있던 두 사람은 당연히 그들을 기쁘게 맞이했다. 두 사람은 아이네이아스 일행을 후하게 환대했다. 헤어지기 전 헬레노스는 앞으로 그들의 항해에 유용한 조언을 해주었다.

이탈리아의 해안 중 가까운 동쪽 해안으로 상륙하면 안 되는데 그 이유는 그리스인이 가득하기 때문이라고 했다. 예정된 안식처는 약간 북쪽으로 올라간 서쪽 해안에 있지만 절대 지름길로 가서는 안 되고 시칠리아와 이탈리아 사이로 올라가야 한다고 했다. 스킬라와 카리브디스가 지키는 가장 위험한 해협으로 아르고 호 원정대는 테티스의 도움으로 통과하는 데 성공했고 그곳에서 율리세스는 부하 여섯을 잃었다. 아르고 호 원정대가 아시아에서 그리스로 가는 도중 어떻게 해서 이탈리아 서쪽 해안을 지나게 되었는지, 그리고 율리세스 역시 어떻게 그곳을 지나게 되었는지는 명확하지 않지만, 어쨌든 헬레노스의 마음속에는 그 해협의 정확한 위치에 대해 추호의 의심도 없었고, 뱃사람들에게 커다란 골칫거리였던 그 위험을 어떻게 피해 갈 수 있는지 조심스럽게 알려주었다. 바로 시칠리아를 남쪽으로 길게 우회하여, 격랑이 이는 카리브디스의 소용돌이와 스킬라가 모든 배를 삼켜버리는 검은 동굴에서 북쪽 멀리 떨어진 곳으로 이탈리아에 도착하는 것이었다.

트로이인들은 두 사람의 환대를 뒤로하고 이탈리아 동쪽 끝을 무사히 돌아 헬레노스의 예언을 철석같이 믿으며 시칠리아 근방으로 남쪽을 향해 계속 항해했다. 하지만 그 모든 신비로운 능력에도 불구하고 헬레노스는 시칠리아가, 적어도 남쪽 부분은 현재 키클로프스들이 점령하고 있다는 사실을 몰랐던 게 분명하다. 트로이인들에게 그곳에 상륙하지 말라는 경고를 하지 않았기 때문이다. 트로이인들은 해가 진 뒤 섬에 도착하자 주저하지 않고 해변에 막사를 세웠다. 다음 날 아침 일찍 그 괴물들이 일어나 움직이기 전에 한 가련한 남자가 아이네이아스가 누워 있던 곳으로 달려오지 않았더라면 아마도 그들은 전부 키클로프스들에게 잡아먹혔을 것이다. 그 남자는 아이네이아스의 발치에 몸을 던졌다. 굶주려 반송장이 된 창백한 안색과 덕지덕지 가시가 붙은 초라한 행색, 귀신처럼 산발이 된 머리, 지저분한 얼굴은 그의 불행한 상황을 보여주기에 충분했다. 그는 율리세스의 부하 중 한 명이었는데, 율리세스가 폴리페모스 동굴에서 탈출할 때 고의는 아니었지만 뒤처지게 되었다고 한다. 그 후로 숲에서 눈에 띄는 것을 닥치는 대로 먹으며 연명했고 키클로프스들의 눈에 발각되지 않을까 늘 두려움에 쫓기며 살아왔다고 했다.

그의 말에 따르면, 섬에는 100여 명이나 되는 키클로프스들이 있는데 폴리페모스처럼 하나같이 키가 크고 무섭다고 했다. 그는 트로이인들을 다그쳤다. "도망쳐요, 어서 배에 올라 전속력으로 도망쳐야 해요. 배를 정박하려고 해안에 늘어뜨린 닻줄을 끊어야 한다고요." 트로이인들은 남자의 말대로 닻줄을 끊고 급히 숨을 몰아쉬며 가능한 한 조용히 움직였다. 배를 막 물에 띄웠을 때 오디세우스에게 찔려 눈이 멀게 된 거인 폴리페모스가 눈이 있던 움푹 패인 자리를 씻기 위해 해변으로 어슬렁어슬렁 걸어왔다. 눈이 찔린 자리에는 아직도 피가 흐르고 있었다. 폴리페모스는 노가 철썩거리는 소리를 듣자 그쪽 바다로 뛰어들었다. 그러나 트로이인들은 이미 출발한 지 꽤 되었으므로 폴리페모스가 아무리 키가 커도 그들에게 닿기에는 수심이 너무 깊었다.

그렇게 트로이인들은 위험에서 벗어났지만 그만큼 크나큰 위험을 또 만났다. 시칠리아 부근을 항해하던 중 전무후무한 폭풍을 만난 것이다. 파도가 어찌나 높게 솟는지 하늘의 별을 홅을 정도였고 파도 사이 소용돌이는 어찌나 깊은지 바다 바닥이 드러날 정도였다. 단순히 치명적인 폭풍 이상이 분명했는데, 사실 배후에는 유노 여신이 있었다.

유노는 당연히 모든 트로이인을 미워했다. 유노는 결코 파리스의 심판을 잊을 수 없었고 전쟁 동안에도 트로이의 가장 맹렬한 적이었지만, 아이네이아스에게는 특별한 증오심을 품고 있었다. 유노는, 비록 아이네이아스로부터 수세대 후의 일이지만 트로이 혈통을 지닌 사람들이 설립할 로마가 언젠가는 카르타고를 정복할 운명이라는 것을 알고 있었다. 카르타고는 유노가 지상 어떤 곳보다도 사랑하는 도시였기 때문이다. 유노가 유피테르조차 거역할 수 없는 운명의 섭리를 자신이 거스를 수 있다고 생각했는지는 알려져 있지 않지만, 아이네이아스를 물에 빠뜨려 죽이기 위해 최선을 다했던 것만은 분명하다. 유노는 율리세스를 도와주려고 한 적이 있는 바람들의 왕 아이올로스에게 가장 아름다운 님프를 아내로 주겠다고 약속하며 트로이인들의 배를 모두 침몰시켜달라고 부탁했다. 그래서 엄청난 폭풍이 일어난 것이었다.

넵투누스만 아니면 모든 일은 틀림없이 유노가 원하던 대로 되었을 것이다. 유노의 동생 넵투누스는 누이의 행동 방식을 훤히 알고 있었고 누이가 자신의 소관인 바다에 간섭하는 것이 마음에 들지 않았다. 하지만 넵투누스 역시 유노를 다루는 데 유피테르만큼이나 늘 조심했다. 넵투누스는 유노에게는 한마디도 하지 않았지만 아이올로스에게 엄준한 질책을 보냄으로써 소기의 목적을 달성했다. 넵투누스의 경고를 받은 아이올로스는 바다를 잠잠케 했고 덕분에 트로이인들은 육지에 상륙할 수 있었다. 아프리카 북쪽 해안이 마침내 그들이 배를 댄 곳이었다. 폭풍에 떠밀려 시칠리아에서 그곳까지 오게 된 것이다. 상륙한 곳은 카르타고에서 가까운 해안이었는데, 유노는 어떻게 하면 이 상륙이 트로이인들에게는 불리하게, 카르타고인들에게는 유리하게 작용하게 만들지 궁리했다.

카르타고는 디도라는 여인이 세웠고 아직도 그녀가 통치하고 있었다. 디도의 치세 아래 카르타고는 크게 번성하는 도시가 되었다. 디도는 아름다웠으며 미망인이었다. 아이네이아스는 트로이를 떠나던 날 밤 아내를 잃었다. 유노의 계획은 두 사람이 서로 사랑에 빠지게 해 아이네이아스의 마음을 이탈리아로부터 돌려 디도와 함께 정착하도록 유인하는 것이었다. 계획은 베누스만 아니었더라면 훌륭하게 성공했을 것이다. 베누스는 유노가 무슨 꿍꿍이인지 의심했고 그것을 막아야겠다고 결심했다. 베누스도 나름 계획을 세웠다. 베누스 역시 디도가 아이네이아스를 사랑하게 되기를 열렬히 바랐는데, 그렇게 되면 아이네이아스가 카르타고에 있는 동안은 아무런 해도 입지 않을 것이기 때문이다. 하지만 디도를 향한 아이네이아스의 감정은 그녀가 주는 것을 기꺼이 받는 마음 이상이어서는 안 되도록 의도했다. 언제든지 아이네이아스가 이탈리아로 떠날 때 디도에 대한 사랑 때문에 방해받아서는 절대 안 되었다.

이 중대한 시점에 베누스는 유피테르를 만나러 올림포스로 올라갔다. 베누스는 유피테르를 원망하며 사랑스러운 두 눈에 눈물이 가득한 채 자신의 소중한 아들 아이네이아스가 거의 죽게 생겼다고 한탄했다. 그러자 신들과 인간들의 제왕인 유피테르는 아이네이아스를 언젠가 온 세상을 지배할 민족의 선조가 되게 해주겠다고 맹세했다. 유피테르는 웃으며 베누스의 눈물을 입맞춤으로 닦아주었다. 그리고 자신의 약속은 꼭 이루어질 것이라고 말했다. 아이네이아스의 후손이 바로 로마인이 될 것이며, 운명은 끝없이 광활한 제국을 로마인들에게 예정해놓았다.

매우 만족한 베누스는 그 자리를 떠났지만, 일을 더욱 확실히 매듭짓기 위해 자기 아들 큐피드에게 도움을 요청했다. 베누스 생각에는 별 도움 없이도 디도가 아이네이아스에게 강한 인상을 받을 것을 확신했지만 아이네이아스를 사랑하게 될지는 불확실했다. 디도는 타인의 영향을 받지 않는 단호한 여인으로 알려져 있었기 때문이다. 근방 모든 나라의 왕들이 디도와 결혼하려고 설득했지만 한 사람도 성공하지 못했다. 그래서 베누스는 큐피드에게 부탁했고, 큐피드는 디도가 아이네이아스를 보자마자 사랑의 불길이 치솟게 해주겠다고 약속했다. 두 사람을 만나게 하는 것은 베누스에게는 아주 간단한 일이었다.

그들이 상륙한 후 아침이 되자 아이네이아스는 충직한 친구 아카테스와 함께 지금 있는 곳이 어디인지 알아보려고 난파된 부하들은 남겨둔 채 떠났다. 출발하기에 앞서 아이네이아스는 부하들에게 격려의 말을 전했다.

> 동료들이여, 그대들과 나는 오랫동안 슬픔을 맛보았지.
> 고난은 우리가 이제껏 겪은 것보다 더욱 심했고.
> 하지만 이것으로 모두 끝일 테니
> 기운을 내게나.
> 우울한 두려움은 모두 흘려보내게.
> 언젠가는 이 고난조차도 행복했다고
> 기억하게 될 날이 있을 테니…

두 사람이 낯선 고장을 탐사하는 동안 여자 사냥꾼으로 변장한 베누스가 그들 앞에 나타났다. 베누스는 그들이 지금 어디 있는지 알려주고 카르타고로 곧장 가라고 말했다. 카르타고의 여왕이 분명 도와줄 것이라고 했다. 그 말에 용기를 얻은 두 사람은 베누스가 알려준 길로 갔다. 두 사람은 깨닫지 못했지만 베누스가 그들을 짙은 안개로 감싸 보호해주었다. 그래서 두 사람은 아무런 간섭도 받지 않고 도시 안으로 들어갈 수 있었고 번잡한 거리를 들키지 않고 활보할 수 있었다. 커다란 궁전 앞에 도착하자 어떻게 여왕을 만날 수 있을지 곰곰이 생각하며 잠시 걸음을 멈추었는데 새로운 희망이 보였다.

화려한 건물에 압도되어 바라보다가 자신들도 직접 참가해 싸웠던 트로이 전쟁 장면이 벽에 새겨져 있는 것을 보고 깜짝 놀랐다. 자신들의

〈아이네이아스와 디도〉, 피에르 나르시스 게랭, 1815년

적과 친구들의 모습을 보았다. 아트레우스의 아들들인 아가멤논과 메넬라오스, 아킬레우스에게 손을 내밀고 있는 늙은 프리아모스 왕, 죽은 헥토르 등이 보였다. "나는 용기를 얻었네. 눈물 흘릴 일은 세상 어디에나 있고, 결국 모든 것은 죽는다는 운명이 마음을 스치는군."

그 순간 디아나 여신처럼 아름다운 디도가 수많은 수행원을 거느리고 다가왔다. 둘러싸고 있던 안개도 일시에 걷혀 아이네이아스는 아폴론처럼 준수한 모습을 드러냈다. 자신이 누구인지 여왕에게 밝히자 디도는 최대한 예우를 갖추어 아이네이아스를 맞이하며 자신의 도시에 온 것을 환영했다. 디도는 집도 없는 이 처량한 사람들이 어떻게 느낄지 잘 알고 있었다. 디도 역시 자신을 살해하려는 오빠를 피해 친구 몇 명과 함께 아프리카로 도망쳐왔기 때문이다. "저는 그 고통이 어떤 것인지 잘 알고 있답니다. 그래서 불행한 사람들을 어떻게 도와야 하는지도 잘 알게 되었죠."

디도는 그날 밤 손님들을 위해 화려한 연회를 준비했고 거기에서 아이네이아스는 트로이 함락부터 시작해 그 후로 이어지는 긴 방랑까지 겪은 일을 이야기해주었다. 아이네이아스는 감동적으로 말했으므로 디도는 신들이 끼어들지 않았어도 영웅적 행동과 아름다운 언어의 마력에 압도당했을 테지만, 어쨌든 큐피드가 참견했으니 디도에게 다른 선택이란 없었다.

한동안 디도는 행복했다. 아이네이아스도 자신을 열렬히 사랑하는 것처럼 보였고 디도는 자신이 가진 모든 것을 아끼지 않고 다 주었다. 디도는 자신의 도시가 아이네이아스의 것이기도 하다고 이해시키려 애썼다. 불쌍한 조난자에 불과한 아이네이아스를 자신과 동등한 영예를 누리도록 해준 것이다. 디도는 카르타고인들에게 아이네이아스 역시 그들의 통치자로 대우하도록 명했다. 아이네이아스의 동료들도 디도의 특별한 호의를 받았다. 디도는 트로이인들에게 더할 나위 없이 잘해주었다. 디도는 오직 베풀기만을 원했고, 아이네이아스의 사랑 외에는 아무것도 요구하지 않았다.

한편 아이네이아스는 디도가 베푸는 모든 것을 대단히 만족스럽게 받아들였다. 자신을 사랑하는 아름다운 여인인 동시에 강력한 여왕인 디도와 함께 편안하게 살았다. 디도는 아이네이아스를 위해 모든 것을 준비해 주었고, 그를 즐겁게 하려고 사냥 모임도 마련했으며, 그가 자신의 모험담을 마음껏 이야기하도록 내버려두었다.

미지의 땅으로 항해를 시작해야 한다는 생각에 아이네이아스가 점점 흥미를 잃어간 것은 하나도 이상할 것이 없었다. 유노는 일이 풀려가는 형세에 매우 만족했지만 베누스도 전혀 동요하지 않았다. 베누스는 유피테르가 아내인 유노보다 훨씬 낫다는 것을 잘 알고 있었다. 결국에는 유피테르가 아이네이아스를 이탈리아로 보낼 것을 확신했고, 디도와 함께 보내는 이 막간이 자기 아들에게 조금도 불리할 게 없다고 생각했다. 베누스의 생각이 옳았다. 유피테르는 일단 정신을 차리면 매우 신속했다. 유피테르는 메르쿠리우스를 카르타고로 보내 아이네이아스에게 긴박한 전갈을 보냈다. 메르쿠리우스는 감탄을 자아내는 의상을 걸친 채 걷고 있는 아이네이아스를 발견했다. 옆구리에는 벽옥이 박힌 근사한 칼을 차고, 양쪽 어깨에는 황금 실로 엮어 짠 멋진 자주색 외투를 걸치고 있었다. 칼과 외투도 디도의 선물이었는데 특히 외투는 디도가 직접 손으로 짜준 것이었다.

갑자기 이 우아한 신사는 할 일 없이 빈둥거리며 만족해하는 자신의 상태에 스스로 깜짝 놀랐다. 준엄한 음성이 아이네이아스 귓전에 울렸다. "얼마나 오랫동안 이곳에서 사치스럽게 빈둥거리며 시간을 낭비할 작정이더냐?" 신랄한 음성이 묻고 있었다. 아이네이아스가 고개를 돌리자 메르쿠리우스가 그 앞에 서 있었다. "하늘의 제왕이신 유피테르께서 직접 나를 보내셨다. 유피테르는 네가 당장 이곳을 떠나 예정된 왕국을 찾으라고 하셨다." 그 말과 함께 메르쿠리우스는 허공으로 흩어지는 안개처럼 사라져버렸다. 아이네이아스는 놀라고 흥분해 그 명령에 복종하기로 굳게 결심했지만 자신이 떠나가면 디도가 얼마나 힘들어할지 뼈저리게 의식했다.

아이네이아스는 부하들을 불러 배를 손보고 당장 출발할 준비를 하되, 모든 것을 비밀리에 진행하라고 명령했다. 그럼에도 디도는 어떻게 그 사실을 알고는 아이네이아스를 불렀다. 처음에는 매우 상냥히 대했다. 디도는 아이네이아스가 정말로 자신을 떠나려 한다는 사실을 믿을 수 없었다. "제게서 도망치려는 건가요? 눈물로 간청하고 두 손으로 붙잡는데도요? 어떤 식으로든 제가 당신을 붙잡을 자격이 있다면, 제가 가진 것이 당신에게 기분 좋은 것이었다면…."

아이네이아스는 결코 디도가 잘 대해준 것을 부인하지 않으며 앞으로 영원히 디도를 잊지 않겠다고 대답했다. 하지만 디도와 결혼한 것이 아니므로 원하면 언제든 떠날 자유가 있다는 것을 상기시켰다. 유피테르가 떠나라고 명령했으므로 이에 복종해야만 한다고 했다. "이제 그만 불평하시오. 우리 두 사람 모두 괴롭기만 할 뿐이니." 아이네이아스는 디도에게 애원했다. 그러자 디도는 자신의 생각을 말했다. 아이네이아스가 완전히 버림받고 굶주린 채로 모든 것이 절박하게 필요한 상황에서 디도에게 왔으며 디도가 자신과 왕국을 어떻게 베풀었는지 말이다. 그러나 아이네이아스의 칼같은 냉정 앞에서 디도의 열정은 아무런 소용이 없었다. 격렬한 말을 토해내던 디도의 음성이 갑자기 뚝 끊겼다. 디도는 아이네이아스에게서 도망쳐 아무도 찾을 수 없는 곳으로 숨었다.

트로이인들은 그날 밤 조심스럽게 출항했다. 여왕의 명령 한마디면 출발은 영원히 불가능했을 것이다. 배에 탄 채 카르타고 성벽을 뒤돌아보던 아이네이아스는 커다란 불길이 솟구치는 것을 보았다. 불꽃이 높이 치솟았다가 점차 사그라드는 것을 지켜보며 아이네이아스는 무슨 이유인지 궁금했다. 아무 영문도 모른 채 아이네이아스는 디도의 화장대에서 타오르는 불꽃을 바라보았다. 아이네이아스가 결국 떠난 것을 알게 된 디도가 스스로 목숨을 끊은 것이다.

저승 세계로 내려감

카르타고에서 이탈리아 서부 해안까지 가는 여정은 전에 비하면 훨씬 수월했다. 하지만 아이네이아스 일행은 해상의 위험이 거의 끝나갈 무렵 충직한 키잡이 팔리누루스가 물에 빠져 죽은 큰 손실을 겪었다.

아이네이아스는 예언자 헬레노스에게 이탈리아 땅에 도착하면 곧바로 쿠마이(Cumae)의 시빌레(Sibyl, 巫女)가 있는 동굴로 찾아가라는 말을 들었다. 지혜가 깊은 여인 시빌레는 미래를 예견할 수 있어 아이네이아스가 무엇을 해야 할지 충고해줄 것이라고 했다. 아이네이아스가 찾아오자 시빌레는 큰 폭풍우를 만나기 전에 죽은 아버지 안키세스(Anchises)로부터 필요한 모든 것을 알아낼 수 있는 저승으로 안내하겠다고 말했다. 그렇지만 결코 쉬운 일이 아니라고 경고했다.

> 안키세스의 아들인 트로이인이여,
> 아베르누스(Avernus)로 내려가기는 쉽다네.
> 매일 밤새 어두운 하데스의 문은 늘 열려 있으니.
> 그러나 내려간 길을 되돌아 하늘의 달콤한 대기로
> 다시 올라오기란 매우 힘든 일이라네.

그럼에도 아이네이아스가 결심이 섰다면 시빌레는 함께 가주겠다고 했다. 먼저 아이네이아스는 숲속 나무에서 자라고 있는 황금 가지를 찾아서 가져와야만 했다. 그 가지가 있어야 저승에 들어가는 것이 가능했기 때문이다. 아이네이아스는 당장 가지를 찾으러 떠났고 변함없이 충실한 아카테스가 그의 곁을 따랐다. 두 사람은 아무 희망도 없이 무언가 찾기 불가능해 보이는 광막한 숲속으로 들어갔다. 그런데 갑자기 베누스의 새인 비둘기 두 마리가 눈에 띄었다. 새들이 천천히 날아가자 두 사람은 비둘기를 쫓아갔고 결국 아베르누스 호수 가까이 이르렀다.

시빌레가 말해준 지하 세계로 내려가는 동굴이 있는 시커먼 호수였다. 비둘기들이 밝은 황금색으로 빛나는 나무 위로 날아올랐다. 바로 황금 가지였다. 아이네이아스는 기쁘게 가지를 꺾어 시빌레에게 가져갔다. 그리고 나서야 시빌레와 아이네이아스는 여행을 시작했다.

아이네이아스 이전에도 다른 영웅들이 저승 세계를 다녀오긴 했지만 특별히 무섭다는 생각은 하지 않았다. 떼를 지어 몰려온 유령들에게 율리세스가 겁을 먹었던 것이 분명하나 테세우스나 헤라클레스, 오르페우스, 폴리데우케스 등은 큰 어려움 없이 그 길을 찾아갔었다. 겁 많은 프시케조차 베누스를 위해 프로세르피나에게 아름다움의 비결을 구하러 홀로 갔던 것이 사실이며, 빵 한 조각으로 쉽게 달랠 수 있었던 머리 셋 달린 케르베로스보다 무서운 것은 보지 못했다. 그러나 로마의 영웅 아이네이아스는 끊임없이 계속되는 공포를 경험했다. 시빌레가 출발지로 적당하다고 생각한 길은 아무리 용감한 사람이라도 공포에 휩싸이고도 남을 만했다. 한밤중 어둑한 호수 둑 위 컴컴한 동굴 앞에서 시빌레는 숯처럼 까만 황소 네 마리를 무서운 밤의 여신 헤카테에게 제물로 바쳤다. 불타는 제단 위에 제물 일부를 올려놓자 발밑에서 땅이 흔들리며 요동쳤고 저 멀리 어둠 속에서 개들의 울부짖는 소리가 들려왔다. "자, 지금이야말로 당신이 가진 모든 용기를 짜낼 때요"라고 외치며 시빌레가 동굴 속으로 뛰어들자 아이네이아스도 대담하게 그 뒤를 따라 들어갔다.

두 사람은 곧 양옆으로 창백한 질병과 복수심에 불타는 걱정, 죄를 짓게 충동질하는 굶주림 등 공포를 일으키는 거대한 무리의 형체가 흐릿하게 보이는 어두운 길 위에 서 있었다. 죽음을 초래하는 전쟁도 그곳에 있었고, 인간에게 끔찍한 저주들이 그곳에 다 있었다. 두 사람은 그 사이로 방해받지 않고 지나쳐 드디어 어느 노인이 드넓은 물 위에 배를 젓고 있는 곳에 당도했다. 그곳에서 시빌레와 아이네이아스는 처참한 광경을 목격했다. 마구 불어대는 겨울 찬바람에 숲에서 나뒹구는 낙엽처럼, 수많은 유령이 강가에서 팔을 내밀며 맞은편 강둑으로 건네달라고 뱃사공에

〈저승 세계로 내려가는 아이네이아스와 시빌레〉, 작자 미상, 1800년

게 애원하는 모습이었다.

음산한 노인은 배에 태울 영혼을 제 마음대로 정했다. 일부 영혼만 배에 태우고 나머지 영혼은 매정하게 밀쳐냈다. 아이네이아스가 의아해하자 시빌레가 지금 그곳은 저승의 큰 두 강인 탄식의 강 코키토스와 아케론이 만나는 합류 지점이라고 말했다. 뱃사공은 카론이며 배에 태우지 않는 영혼들은 정당하게 매장되지 못한 사람들이라고 했다. 영혼들은 편히 쉴 곳을 찾지 못한 채 100년 동안 떠돌게 될 운명이었다.

카론은 아이네이아스와 시빌레가 배로 오자 태우지 않으려 했다. 두 사람에게 멈춰서라며 자신은 오직 죽은 자들만 배에 태울 뿐 살아 있는 사람들은 태울 수 없다고 했다. 하지만 황금 가지를 보자 카론은 곧 양보하고 아이네이아스와 시빌레를 태워주었다. 맞은편 강둑에 내리니 무서운 개 케르베로스가 길을 막아섰지만 두 사람은 프시케의 전례를 따랐다. 시빌레 역시 케르베로스에게 빵을 주자 개는 아무런 해도 끼치지 않고 두 사람을 통과하게 했다. 계속 길을 내려간 두 사람은 에우로페의 아들인 미노스가 죽은 자들을 심판하는 엄숙한 장소에 이르렀다. 미노스는 엄격한 재판관이 되어 자기 앞에 늘어선 영혼들에게 마지막 선고를 내리고 있었다.

냉혹한 현장을 급히 벗어난 두 사람은 비탄의 들판에 이르렀다. 그곳에서는 비참한 운명 때문에 스스로 목숨을 끊을 수밖에 없었던 불행한 연인들이 살고 있었다. 은매화 숲으로 그늘진 슬프면서도 아름다운 장소에서 아이네이아스는 디도를 발견했다. 아이네이아스는 디도를 보며 눈물을 흘렸다. "그대가 죽은 것이 나 때문이었소? 하지만 당신을 떠난 것은 결코 내 본의가 아니었음을 알아주시오." 그러나 디도는 아이네이아스를 쳐다보지도 대꾸하지도 않았다. 차라리 대리석 조각이 디도의 표정보다 덜 냉담했을 것이다. 아이네이아스 마음은 심하게 동요되었고 디도가 사라진 후에도 한참 동안 눈물을 흘렸다.

마침내 아이네이아스와 시빌레는 길이 갈라지는 지점에 이르렀다.

왼쪽 편에서는 무시무시한 소리, 신음 소리, 가차 없이 내리치는 소리, 덜 그럭거리는 쇠사슬 소리가 들려왔다. 아이네이아스는 공포심에 흠칫 멈춰 섰다. 하지만 시빌레는 겁내지 말고 교차로를 마주하고 있는 벽에 대담하게 황금 가지를 묶으라고 지시했다. 왼쪽 지역은 에우로페의 또 다른 아들 라다만티스가 다스리는 곳이었다. 라다만티스는 그곳에서 악행을 저지른 죄인들을 벌하고 있었다. 오른쪽 길은 아이네이아스가 아버지를 발견하게 될 엘리시온 들판이었다.

들판에 이르자 모든 것이 즐거웠다. 부드러운 푸른 초원과 아름다운 작은 숲들, 활기를 띤 상쾌한 공기, 은은한 자주색 햇빛으로 가득 찬 평화와 축복의 땅이었다. 이곳에는 위대하고 선량한 영웅들과 시인들과 사제들을 비롯해 다른 사람을 도와줘서 오래오래 기억된 모든 이들이 살고 있었다. 아이네이아스는 그들 중 아버지 안키세스를 만났고, 안키세스는 기쁜 마음으로 아들을 맞이했다. 죽음의 세계로 내려올 만큼 가족에 대한 정이 강한 산 자와 죽은 자의 만남이라는 희한한 재회에 아버지와 아들은 똑같이 기쁨의 눈물을 흘렸다.

아이네이아스 부자는 할 말이 많았다. 안키세스는 아이네이아스를 망각의 강 레테로 데려갔는데, 지상 세계에 다시 태어나게 될 영혼은 모두 강물을 마셔야 한다고 했다. 물을 마시면 그동안의 모든 일을 오랫동안 망각된다고 했다. 아들에게 후손이 될 사람들도 보여주었다. 그들은 지금 강가에서 강물 마실 차례를 기다리는 중으로 곧 전생에서 겪은 일의 기억을 모두 잃어버리게 될 것이다. 세계를 지배할 미래 로마인이 될 위대한 운명을 타고날 사람들이었다. 안키세스는 한 사람씩 차례로 가리키면서 앞으로 이루게 될 업적을 말해주고, 시간이 지속되는 한 인간들은 영원히 그들의 업적을 기억하게 될 것이라고 했다. 마침내 안키세스는 아들에게 어떻게 하면 이탈리아에 새로운 고향을 세울 수 있는지, 숱한 난관은 어떻게 피하거나 견뎌낼 수 있는지 가르쳐주었다.

두 사람은 곧 작별했지만 헤어져 있는 시간도 잠시뿐임을 알고 있기에 차분히 헤어졌다. 아이네이아스와 시빌레는 지상으로 되돌아왔고 아이네이아스는 배로 돌아갔다. 다음 날 트로이인들은 약속의 새 고향을 찾아 이탈리아 해안으로 항해를 시작했다.

이탈리아에서의 전쟁

작은 방랑자 무리에게 힘든 시련이 기다리고 있었다. 고난의 원인은 이번에도 유노였다. 유노는 그 고장의 강력한 부족인 라틴인들과 루투리인들(Rutulians)이 그곳에 정착하려는 트로이인들을 맹렬히 반대하도록 만들었다. 헤라가 끼어들지 않았더라면 모든 일이 순조롭게 잘 풀렸을 것이다. 사투르누스의 증손자로 도시 라티움(Latium)의 늙은 왕인 라티누스(Latinus)는 아버지 파우누스의 유령으로부터 무남독녀인 라비니아(Lavinia)를 곧 도착하게 될 이방인과 결혼시키라는 계시를 받았었다. 두 사람의 결합으로 온 세계를 지배할 민족이 태어나게 될 것이라고 했다. 그래서 아이네이아스가 해변에서 쉴 수 있는 공간과 숨 쉬고 물을 쓸 자유를 요청하는 사신을 보내오자 라티누스는 커다란 호의로 맞아들였다. 라티누스는 파우누스가 예언한 사윗감이 바로 아이네이아스라고 확신했다. 그래서 사신이 요구한 것 이상으로 자신이 살아 있는 동안, 그들을 모두 친구로 대해 주겠다고 말했다. 그리고 자신에게는 하늘의 명에 따라 이방인과 결혼해야 하는 딸이 하나 있는데, 자기 생각에는 트로이인들의 대장이 이 운명의 남자라고 믿는다는 전갈을 아이네이아스에게 보냈다.

그러나 여기서 유노가 방해했다. 유노는 분노의 여신 중 하나인 알렉토를 하데스에서 불러내 이탈리아 땅에 격렬한 전쟁을 풀어놓으라고 명령했다. 알렉토는 명령에 기쁘게 복종했다. 알렉토는 먼저 라티누스의 아내인 왕비 아마타(Amata)의 마음에 딸과 아이네이아스의 결혼을 맹렬히 반대하도록 부채질했다. 그다음 루투리인의 왕인 투르누스(Turnus)에게로 날아갔다. 투르누스는 그때까지 라비니아와 결혼하기를 바라는 많은 구혼자 중 가장 유력한 후보였다. 트로이인들에게 반기를 들도록 부추기려고 찾아간 알렉토는 실상 그럴 필요도 없었다. 자신이 아닌 다른 남자와 라비니아를 결혼시킨다는 소식은 투르누스를 격분시키기에 충분했다. 라티누스 왕에게 트로이인 사신이 찾아갔다는 말을 전해듣자마자 투르누스는 라틴인들과 이방인들 사이에 어떠한 협정도 맺지 못하도록 막기 위해 당장 군대를 라티움으로 진격시켰다.

알렉토의 세 번째 방해는 매우 교묘했다. 라틴의 한 농부에게 몹시 아끼는 수사슴이 한 마리 있었는데, 무척 아름다운 데다 잘 길들여져 낮에는 자유롭게 쏘다니다가 밤이 되면 주인집 문으로 잘 찾아 들어왔다. 농부의 딸이 사슴을 정성스럽게 돌보고 있었다. 사슴의 털을 빗겨주고 뿔에는 화관을 걸어주었다. 이웃 농부들도 모두 그 사슴을 알고 있었으며 잘 보호해주었다. 누군가 그 사슴을 해치는 날에는 친족이라도 가혹한 처벌을 받게 되어 있었다. 그런데 이방인 한 사람이 감히 그런 행동을 하여 온 나라를 분노로 들끓게 했다. 알렉토의 농간으로 아이네이아스의 어린 아들이 그렇게 한 것이다. 사냥을 하러 나간 아스카니오스(Ascanius)와 사냥개들은 알렉토에 의해 수사슴이 누워 있는 숲속으로 이끌려갔다. 그 사슴이 사람들의 사랑을 받고 있다는 사실을 알 리 없는 아스카니오스는 화살을 쏘았다. 치명적인 부상을 입기는 했지만 사슴은 간신히 집까지 와서 여주인이 보는 앞에서 쓰러져 죽었다. 알렉토는 그 소식이 삽시간에 퍼지도록 부추겼고 바로 싸움이 일어났다. 성난 농민들은 아스카니오스와 그를 보호하는 트로이인들을 죽이려고 혈안이 되었다.

이 소식은 투르누스가 도착한 직후 라티움에 전해졌다. 자기 백성들이 이미 무장을 했다는 사실과 더 불길하게도 루투리의 군대가 성문 앞에 진을 쳤다는 소식은 라티누스 왕이 견디기에는 너무 큰 압박감이었다. 의심할 여지없이, 분노한 왕비 역시 왕이 최종적으로 결정하는 데 한몫했다. 결국 라티누스 왕은 궁전에 틀어박혀 상황이 흘러가는 대로 그냥 내

맡겼다. 만일 아이네이아스가 라비니아와 결혼하려 한다면 아이네이아스는 미래의 장인에게 아무런 도움도 기대할 수 없었다.

그 도시는 전쟁을 하기로 결정되면, 트럼펫 소리가 울려 퍼지고 전사들이 함성을 지르는 가운데 왕이 야누스 신의 신전에 있는, 평화 시에는 늘 닫혀 있는 두 개의 문을 여는 관습이 있었다. 하지만 라티누스 왕은 궁전에 칩거해 있었으므로 신성한 의식이 거행되지 못했다. 시민들이 어찌해야 좋을지 몰라 갈팡질팡하자 유노 자신이 하늘에서 내려와 직접 빗장을 내리쳐 문을 활짝 열어젖혔다. 그러자 온 도시와 온 군대가 기쁨에 휩싸였고 빛나는 무기들, 사기충천한 군마들, 자랑스럽게 펄럭이는 군기들, 사력을 다해 전쟁에 임하려는 사기가 하늘을 찌를 듯했다.

막강한 라틴과 루투리의 군대는 함께 작은 트로이인 무리를 상대하게 되었다. 그들의 지휘관인 투르누스는 용맹하고 유능한 전사였다. 또 한 명의 유능한 동맹자는 탁월한 군인 메젠티우스(Mezentius)였다. 하지만 그는 너무 포악한 탓에 백성인 에트루리아 부족이 반란을 일으켰을 때 투르누스에게로 도망쳐 왔었다. 제삼의 동맹군은 카밀라(Camilla)라는 여전사였는데 아버지에 의해 멀리 떨어진 황야에서 키워졌고, 아기 때부터 고사리 같은 손으로 투석과 활을 지니고 재빨리 날아가는 왜가리나 야생 고니를 떨어뜨리는 법을 익혔다. 카밀라의 발은 새의 날개에 뒤지지 않을 만큼 무척 빨랐다. 전쟁에 관해서는 빠삭한 여장부였으며 활 못지않게 투창이나 양날 도끼를 다루는 데 견줄 사람이 없었다. 카밀라는 결혼을 경멸했고 사냥과 전투, 자유를 만끽했다. 전사 일행이 카밀라를 뒤따라왔는데 그중에는 여전사들도 많았다.

트로이인들에게 매우 불리하고 위급한 상황에 그들 진영 가까이에 흐르던 큰 강의 신 티베리스(Tiber)가 꿈속에서 아이네이아스를 찾아왔다. 티베리스는 지금은 하찮은 작은 도시에 불과하지만 언젠가 탑이 하늘 높이 우뚝 서게 될, 세상에서 가장 자랑스러운 도시가 될 로마의 왕 에반데르(Evander)가 살고 있는 상류로 올라가라고 했다. 티베리스는 그곳

〈아이네이아스와 투르누스의 전투〉, 지아코모 델 포, 1700년

에서 아이네이아스가 도움을 얻을 수 있을 것이라고 약속했다. 동이 트자 아이네이아스는 선발대를 데리고 출발했고 처음으로 티베리스 강 위에 무장한 이들을 태운 배가 띄워졌다.

아이네이아스 일행이 에반데르의 집에 도착하자 왕과 젊은 아들 팔라스(Pallas)가 따뜻하게 맞아주었다. 궁전으로 사용되는 초라한 건물로 손님들을 안내해 근방의 전경을 보여주었다. 거대한 타르페이아(Tarpeia) 바위와 유피테르 신에게 바쳐질 신성한 언덕도 알려주었다. 지금은 들장미만 무성한 덤불 투성이지만 언젠가는 황금빛으로 반짝이는 유피테르의 신전이 우뚝 설 카피톨리움(Capitol) 언덕이 될 곳이었다. 지금은 음매 우는 소들이 가득한 풀밭이지만 언젠가는 전 세계 회합의 장소가 될 로마의 포룸(Forum)이 들어설 자리였다. 에반데르는 아이네이아스 일행에게 말했다.

"예전에 이곳에는 반인반양(半人半羊)의 신들과 님프들 그리고 야만스러운 부족이 살았소. 하지만 자기 아들인 유피테르에게서 도망쳐 갈 데가 없는 사투르누스가 이곳으로 오게 되었소. 그때부터 모든 것이 바뀌었다오. 사람들은 야만적이고 무지막지한 관습을 모두 버렸소. 사투르누스가 정의롭고 평안하게 다스렸으므로 그 시기는 '황금시대'라 불렸소. 그러나 이후에는 또 다른 관습이 유행하게 되었소. 평화와 정의는 황금에 대한 탐욕과 전쟁에 대한 광분 앞에서 흔적도 없이 사라지고 말았다오. 폭군들이 군림하게 된 거요. 그리고 그리스의 아르카디아에서 망명한 나를 운명이 이곳으로 인도하게 된 것이라오."

늙은 에반데르가 이야기를 마치자 일행은 그가 살고 있는 소박한 오두막에 도착했고 아이네이아스는 잎으로 만든 침상에서 곰 가죽을 덮고 밤을 지냈다. 다음 날 새벽 새들의 지저귐에 잠이 깬 사람들은 모두 자리에서 일어났다. 에반데르 왕은 자신의 유일한 수행원이자 호위대인 커다란 개 두 마리를 거느리고 일을 진행했다. 단식을 마치고 나자 왕은 아이네이아스가 얻고자 하는 조언을 해주었다.

에반데르 왕이 자신의 옛 고향 이름을 따서 아르카디아라 명한 새로운 고장은 미약한 나라였으므로 트로이인들에게는 별 도움이 되지 못할 것이라고 말했다. 그러나 강독에는 부유하고 강력한 에트루리아인들이 살고 있는데, 그곳에서 도망친 메젠티우스가 투르누스를 돕고 있다고 했다. 전 통치자에 대한 백성들의 증오심이 매우 크다는 사실만으로도 그 부족은 전쟁에서 아이네이아스 편을 들어줄 것이라고 했다. 메젠티우스는 잔인함의 극치를 보여주었다. 사람들을 괴롭히는 것을 즐거워했고 알려진 어떤 방법보다도 더 끔찍하게 사람을 죽일 방법을 궁리해냈다. 죽은 사람과 산 사람의 손과 얼굴을 맞대어 한데 엮은 뒤 시체에서 나온 독이 산 사람에게 퍼져 서서히 죽게 하는 짓도 서슴지 않았다.

모든 에트루리아인이 결국 메젠티우스에게 항거해 봉기했지만 그는 탈출에 성공했다. 하지만 백성들은 메젠티우스를 어떻게든 붙잡아 마땅한 처벌을 내리기로 결정했다. 아이네이아스에게는 에트루리아인들이 기꺼이 강력한 동맹군이 될 것이라 했다. 에반데르 왕은 자기의 유일한 아들인 팔라스가 아이네이아스 휘하에서 전쟁을 수행하도록 아르카디아 정예 기사단인 일군의 청년들과 함께 보내주겠다고 했다. 그리고 아이네이아스 일행 각자에게 에트루리아 군대에 한시라도 빨리 도착해 도움을 청할 수 있도록 훌륭한 말을 한 필씩 내주었다.

한편 토루(土壘)만으로 방어진지를 구축한 채 지휘관과 가장 뛰어난 전사들이 빠진 트로이 진영은 곤경에 빠져 있었다. 투르누스가 무력으로 공격해온 것이다. 첫날은 절대 선제공격을 하지 말라는 아이네이아스의 지시에 따르며 방어하는 데 성공했다. 하지만 그들은 수적으로 상대가 되지 않았다. 아이네이아스에게 무슨 일이 벌어지고 있는지 알릴 수 없다면 전망은 심히 암울했다. 문제는 요새가 온통 루투리인들에게 포위된 상태였기에 아이네이아스에게 소식을 알리는 것 자체가 가능한지 알 수 없었다. 그 작은 무리 속에서도 성공과 실패의 가능성을 점치는 자체를 비웃는 두 사람이 있었으니 그들은 극도로 위험한 일만 골라서 하는 사람들이었다. 이 두 사람이 야음을 틈타 적진을 뚫고 아이네이아스에게 가기로 결정했다.

두 사람은 니소스(Nisus)와 에우리알로스(Euryalus)로, 니소스는 용맹스럽고 노련한 병사였고 에우리알로스는 풋내기에 불과했으나 니소스 못지않게 용감하고 영웅적인 공적을 쌓고 싶은 열망에 불타고 있었다. 두 사람은 늘 함께 싸우는 것이 습관이었다. 보초를 설 때나 전장에서 싸울 때 한 사람이 있으면 나머지 한 사람도 꼭 함께 눈에 띄었다. 적진을 뚫고 아이네이아스에게 가겠다는 원대한 포부는 니소스가 먼저 생각해냈다. 적진을 굽어보던 중 불빛이 듬성듬성 있고 깊이 잠든 적군 진영에서 침묵만 흐르는 것을 살피고 내린 결심이었다. 니소스는 자신의 계획을 친구인 에우리알로스에게 말했지만, 그가 함께 갈 것이라고는 생각하지 않았다. 그러나 에우리알로스는 계획을 듣자 자신은 결코 뒤에 남지 않을 것이라고 소리쳤다. 그토록 영광스러운 시도를 하다 맞이할 죽음과 비교하면 삶은 하찮은 것이라고 비웃자 당황스러운 니소스는 에우리알로스에게 애원했다. "제발 나 혼자 가게 해주게. 이런 위험한 일은 잘못될 가능성이 무척 높으니, 그럴 때를 대비하여 자네가 내 몸값을 치르거나 장례식을 치러주려면 이곳에 남아 있어야 하지 않겠나. 또 자네는 아직 젊으니 살날이 구만리라는 사실을 기억하게나."

에우리알로스 귀에 그런 말이 들어올 리 만무했다. "무슨 말도 안 되는 소리입니까. 당장 출발하기나 하자고요."

니소스는 에우리알로스를 설득하는 것이 불가능하다는 것을 깨닫고 마음이 무거웠지만 양보하는 수밖에 없었다.

두 사람은 트로이 대장들이 회의하고 있는 것을 보고 자신들의 계획을 털어놓았다. 두 사람의 제안은 즉각 받아들여졌고 원로들은 눈물을 흘리며 울먹이는 소리로 두 사람에게 감사하다며 후한 보상을 약속했다. 그러자 에우리알로스가 대답했다. "저는 이 한 가지만 들어주시면 됩니다. 저희 어머니가 지금 여기 진영에 계십니다. 어머니는 다른 여인들과 함께

〈니소스와 에우리알로스〉, 장 밥티스트 로망, 1827년

뒤에 남지 않고 저를 따라가려고 할 것입니다. 저는 어머니의 전부입니다. 만일 제가 죽는다면…" 그때 아스카니오스가 말을 잘랐다. "그러면 내가 그대의 어머니를 내 어머니로 모시겠다. 트로이에서 마지막 밤에 잃은 내 어머니의 자리를 그대의 어머니가 채우도록 하겠다. 그 점은 내가 그대에게 맹세하노라. 내 칼을 가져가게. 그대를 지켜줄 것이다."

두 사람은 곧 참호를 통과하여 적진을 향해 출발했다. 적진에 들어가 보니 모든 병사가 잠들어 있었다. 니소스가 에우리알로스에게 속삭였다. "나는 앞으로 갈 길을 헤치고 나갈 테니 자네는 망을 보게." 그러면서 니소스는 능숙하게 적군을 한 사람 한 사람 차례로 죽였다. 병사들은 경계를 불러일으킬 신음 소리 한 번 내지 못하고 살해당했다. 에우리알로스도 피비린내 나는 일에 동참했다. 두 사람이 적진 끝에 도착하자 지나온 길은 죽은 시체들만 널린 채 마치 대로처럼 시원하게 뻥 뚫려 있었다. 그러나 너무 지체하는 실수를 저지르고 말았다. 벌써 날이 환히 밝아오고 있었던 것이다. 라티움에서 오고 있던 기마 부대가 에우리알로스의 빛나는 투구를 보자 누군지 물었다. 아무 대답 없이 숲 사이로 숨어버리자 적을 알아본 기마 부대는 그 숲을 에워쌌다. 급히 뛰던 와중에 니소스와 에우리알로스는 서로 떨어졌고 에우리알로스는 잘못된 길로 들어섰다. 친구 걱정에 미칠 것 같던 니소스는 에우리알로스를 찾으러 되돌아갔다. 몸을 숨긴 니소스는 이미 적의 기마 부대에 잡힌 에우리알로스를 보았다. 친구를 어떻게 구할 수 있단 말인가? 니소스는 완전히 혼자였다. 희망은 전혀 없었지만 니소스는 친구를 그대로 내버려두느니 차라리 시도라도 하다가 죽는 편이 낫다고 생각했다. 그래서 니소스 한 사람이 기마 부대 전체와 싸웠다. 니소스가 던진 창은 적병을 차례차례 쓰러뜨렸다.

치명적인 공격이 대체 어느 진지에서 오는지 알 수 없었던 적군 지휘관은 에우리알로스를 향해 소리쳤다. "이 대가는 네가 치르게 하겠다!" 지휘관이 높이 쳐든 칼을 에우리알로스에게 내리치기 직전 니소스가 달려 나오며 외쳤다. "죽일 테면 나를 죽여라, 나를 죽여! 모든 게 다 내가 한 짓이다. 그는 단지 나를 따라왔을 뿐이다."

그러나 말이 미처 끝나기도 전에 지휘관의 칼이 에우리알로스 가슴에 깊이 박혔다. 에우리알로스가 죽으며 쓰러지자 니소스도 친구를 죽인 지휘관을 베어버렸다. 그러자 수많은 화살이 빗발치듯 니소스의 몸을 관통했고 그도 결국 친구 옆에 쓰러지고 말았다.

이제 트로이인들이 겪어야 했던 나머지 고난은 모두 전쟁터에서 벌어졌다. 아이네이아스는 제때 아군 진영을 구하기 위해 대규모의 에트루리아 군대와 함께 돌아왔고 격렬한 전쟁은 절정에 달했다. 그 이후 이야기는 서로 죽이고 죽은 사람들에 대한 기록이 전부다. 연이어 전투가 벌어졌지만 막상막하였다. 헤아릴 수 없이 많은 영웅이 죽어갔고 땅은 그들이 흘린 피로 흠뻑 젖었다. 요란한 트럼펫 소리가 울려 퍼지고, 팽팽하게 휜 활에서 튕겨 나온 화살이 빗발처럼 날아다니고, 길길이 날뛰는 성난 말들의 말굽은 피범벅이 된 채 시체들을 짓밟고 다녔다. 전쟁이 끝나기 이미 오래전에 공포는 더 이상 사람들을 두렵게 하지 못했다. 트로이의 적들도 역시 전부 죽었다. 카밀라는 많은 적군을 해치운 뒤 쓰러졌다. 백 번 천 번 천벌받아 마땅했던 사악한 메젠티우스는 자신을 보호하던 용맹한 젊은 아들이 죽고 난 후에야 종말을 맞이했다. 트로이의 훌륭한 동맹군들 역시 많이 죽었는데 그중에는 에반데르의 아들 팔라스도 있었다.

마침내 투르누스와 아이네이아스가 일대일로 맞붙게 되었다. 이야기 전반부에서는 헥토르나 아킬레우스처럼 인간적이었던 아이네이아스가 이 무렵에는 이상하고도 무서운 존재로 변해 있었다. 아이네이아스는 이제 인간이 아니었다. 물론 전에는 불타는 도시 트로이에서 아버지를 업고 나오며 어린 아들이 옆에서 잘 달리도록 격려하기도 했다. 카르타고에 도착해서는 "여기저기 눈물 흘릴 일이 많은 세상사"는 연민의 정으로 대해야 한다고 느꼈다. 좋은 옷을 입고 디도의 궁전을 어슬렁거리며 돌아다닐 때도 아이네이아스는 매우 인간적이었다.

그러나 라티움의 전쟁터에 선 아이네이아스는 더 이상 연약한 인간이 아닌 신처럼 두려운 존재가 되어 있었다. 아이네이아스는 "아토스 (Athos) 산처럼 광대하고 강대한 참나무들을 흔들며 눈으로 뒤덮인 봉우리를 하늘로 밀어 올릴 때의 아펜니노(Apennine) 산맥처럼 웅대했다".

"백 개의 팔과 백 개의 손에, 오십 개의 입에서 불길을 뿜어내고 오십 개의 단단한 방패를 두드리며 오십 개의 예리한 칼을 휘두르는 아이가이온(Aegaeon: 브리아레오스의 별명_옮긴이)처럼 아이네이아스도 온 들판 위로 승리의 맹위를 떨치고 있었다."

마지막 대결에서 투르누스와 맞섰을 때 결과는 너무도 뻔한 것이었다. 투르누스가 아이네이아스와 싸우는 것은 번개나 지진과 맞서 싸우는 것과 마찬가지였다.

베르길리우스의 시는 투르누스의 죽음과 함께 끝난다. 이미 알려진 대로 아이네이아스는 라비니아와 결혼해 로마 민족을 태동시킨다. 베르길리우스에 의하면, 로마 민족은 "다른 민족들에게 예술과 과학 같은 것을 남겼고, 제국 아래 온 세상 사람들을 복속시켜 겸허한 자들에게는 관용을 베풀고 오만한 자들은 가차 없이 진압하는 민족으로 영원히 기억되었다."

제5부

신화에 등장하는 위대한 가문들

제17장

아트레우스 가문

아트레우스와 그의 후손들 이야기에서 가장 중요한 점은 기원전 5세기 비극 작가인 아이스킬로스가 그의 위대한 드라마 『오레스테이아』(Oresteia)에서 주제로 삼았다는 것이다. 『오레스테이아』는 『아가멤논』, 『신주를 공양하는 여인들』(the Libation Bearers), 『자비의 여신들』(the Eumenides) 세 비극으로 이루어진 3부작이다. 오이디푸스와 그의 자식들을 다룬 소포클레스의 비극 네 편을 제외하면 그리스 비극에서 이 작품에 필적할 만한 것은 없다. 기원전 5세기 초 작가인 핀다로스는 탄탈로스가 신들에게 인육으로 베풀었다는 향연을 언급하면서 그것은 사실이 아니라고 항변한다. 탄탈로스가 받는 형벌은 여러 이야기에 등장하는데, 맨 처음 묘사된 것은 『오디세이아』이며 여기서도 그대로 인용했다. 암피온(Amphion) 이야기와 니오베(Niobe) 이야기는 오비디우스 작품에서 인용했는데, 그가 유일하게 두 사람을 전반적으로 언급했기 때문이다. 마차 경주에서 펠롭스(Pelops)가 승리하는 부분은 기원후 1, 2세기 작가인 아폴로도로스의 것을 인용했는데, 현재 전해오는 이야기를 온전히 서술했기 때문이다. 아트레우스와 티에스테스(Thyestes)가 저지른 죄악과 그 후 벌어지는 모든 일은 아이스킬로스의 『오레스테이아』에서 인용했다.

아트레우스 가문은 신화에서 매우 유명한 가문 중 하나이다. 트로이에 대항해 그리스 군을 이끌었던 아가멤논도 아트레우스 출신이다. 그의 직계 가족인 아내 클리타임네스트라와 자식인 이피게네이아, 오레스테스(Orestes), 엘렉트라(Electra)는 모두 아가멤논만큼 잘 알려진 인물이다. 아가멤논의 동생 메넬라오스는 트로이 전쟁의 목적이었던 헬레네의 남편이었다.

그런데 이 가문은 불운을 타고난 집안이었다. 모든 불행의 원인은 조상인 리디아의 왕 탄탈로스였다. 탄탈로스는 매우 사악한 죄를 저질러 스스로 끔찍한 형벌을 초래하고 말았는데 그것으로 끝이 아니었다. 탄탈로스가 시작한 죄악은 사후에도 계속 이어졌다. 후손들도 사악한 짓을 저지르고 가혹한 형벌을 받은 것이다. 마치 무서운 저주가 그 집안에 내린 것처럼 사람들은 자기 의지에 반하여 죄를 저지르고, 죄를 지은 사람뿐 아니라 죄 없이 순결한 사람들까지 고난과 죽음에 시달려야만 했다.

탄탈로스와 니오베

제우스의 아들인 탄탈로스는 제우스의 모든 인간 자식들과는 비교도 되지 않을 정도로 신들에게 많은 영예를 받았다. 신들은 다른 인간은 한 번도 맛보지 못한 신들의 넥타르와 암브로시아를 먹을 수 있도록 탄탈로스를 그들의 식탁에 불러주기도 했다. 그 이상의 영예도 베풀었다. 탄탈로스의 궁전에서 열리는 연회에 찾아와 황공하게도 인간들의 식탁에서 함께 식사하기도 했던 것이다. 하지만 신들의 은총에도 불구하고 어처구니없게도 탄탈로스는 끔찍한 죄를 저질러 어떤 시인도 그가 한 짓을 설명하려들지 않았다. 탄탈로스는 제 친자식인 펠롭스를 죽여 커다란 솥에 넣고 끓인 후 신들에게 먹으라고 내놓았던 것이다. 신들에게 인육을 먹는 공포감을 맛보게 하려고 기꺼이 자기 아들을 죽일 만큼 탄탈로스는 신들을 증오하는 마음에 사로잡혀 끔찍한 짓을 저지른 것일 수도 있다. 또는 경외와 존경, 숭배의 대상인 신들을 속이는 게 얼마나 쉬운지 가능한 한 놀랍고 충격적인 방법으로 보여주기 위해 그랬을 수도 있다. 신들에 대한 경멸과 엄청난 자만심에 빠진 탄탈로스는 자기 손님인 신들이 앞에 내놓은 음식 종류가 무엇인지 눈치 채리라고는 꿈에도 생각하지 못했다.

　탄탈로스는 어리석기 그지없었다. 올림포스의 신들은 모두 그 사실을 알고 있었으므로 끔찍한 연회에서 모두 물러나 일을 꾸민 범인에게 집중했다. 신들은 훗날 탄탈로스가 당한 벌을 들으면 어떤 인간도 다시는 감히 신들을 모독할 엄두를 내지 못하도록 가혹한 형벌을 내려야 한다고 결정했다. 신들은 중범죄인을 하데스의 한 연못에 빠뜨려놓고, 타는 갈증에 물을 마시려 고개를 숙이면 물에 닿을 수가 없게 만들었다. 탄탈로스가 고개를 숙이는 순간 물은 전부 땅속으로 스며들어 사라져버리는 것이다. 연못 위로는 배와 석류, 탐스러운 붉은 사과와 달콤한 무화과 등 온갖 과일이 주렁주렁 열린 나무들이 있었다. 하지만 과일들을 따려고 팔을 뻗기만 하면 바람이 불어와 잡을 수 없게 날려버렸다. 그래서 탄탈로스는 항상 갈증에 시달리고, 풍요로운 과일 틈에서 굶주림이 늘 채워지지 않은 채 영원히 그렇게 서 있어야만 했다.

　한편 탄탈로스의 아들 펠롭스는 신들이 다시 소생시켰지만 상아로 어깨를 새로 만들어줘야 했다. 데메테르라는 말도 있고 테티스라는 말도 있지만 어쨌든 여신 중 한 명이 그 혐오스러운 인육을 먹어버렸기 때문에 소년의 사지를 다시 짜맞추었을 때 어깨 한쪽이 빠져 있었던 것이다. 이 추악한 이야기는 별로 걸러지지 않은 채 초기의 거친 형태 그대로 전해 내려온 것 같다. 후대 그리스인들은 이 이야기를 싫어해 사실이 아닐 것이라고 항변했다. 시인 핀다로스는 이 이야기를 이렇게 표현했다.

진실한 말에 반대되는 번지르르한 거짓말로 윤색된 이야기.
신성한 신들 사이에서 인육 행위라니,
그런 말은 입 밖에도 내지 못하게 해야 하네.

사정이 그렇기는 했지만 펠롭스의 나머지 일생은 성공적이었다. 펠롭스는 탄탈로스의 자손들 중 불행의 표적이 되지 않은 유일한 사람이었기 때문이다. 펠롭스는 비록 수많은 사람의 죽음을 초래한 장본인인 히포다미아(Hippodamia) 공주와 결혼했지만 결혼 생활은 행복했다. 사실 히포다미아를 위해 많은 사람이 죽었던 것은 공주 본인의 잘못이 아니라 공주의 아버지 때문이었다. 공주의 아버지인 왕은 아레스가 준 훌륭한 말 한 쌍을 가지고 있었는데, 그 말들은 당연히 다른 모든 인간들의 말보다 월등했다. 왕은 딸을 결혼시킬 마음이 없었으므로 딸에게 구혼자가 찾아올 때마다 공주를 놓고 자신과 시합해야 한다고 말했다. 만일 구혼자의 말이 이기면 공주는 그의 차지가 된다. 그러나 왕이 이기면 구혼자는 패배의 대가로 목숨을 내놓아야만 했다. 이런 식으로 수없이 많은 성급한 청년들이 죽어갔다.

그럼에도 펠롭스는 감히 도전했다. 펠롭스에게는 포세이돈이 선물로 준 믿음직한 말들이 있었다. 결국 펠롭스가 시합에서 이겼다. 그런데 포세이돈의 말보다 히포다미아 공주가 승리에 더 공헌했다는 이야기가 있다. 히포다미아가 펠롭스를 사랑해서 그랬을 수도 있고, 그런 종류의 시합을 그만두게 해야 할 때라고 생각해서였을 수도 있다. 공주는 아버지의 마차를 모는 미르틸로스라는 사람을 매수했다. 매수당한 미르틸로스가 왕의 마차 바퀴를 조이는 나사를 빼낸 덕에 펠롭스가 별 어려움 없이 승리하게 된 것이다.

이후 미르틸로스는 펠롭스에게 죽임을 당했는데, 죽어가던 미르틸로스가 펠롭스를 저주했고, 그 후로 그의 집안을 따라다니는 모든 불행의 원인이 바로 이 저주 때문이라고 말하는 사람들도 있다. 하지만 대부분의 작가들은 분명 더 설득력 있는 이유가 있다고 말한다. 바로 탄탈로스의 사악함이 그의 후손들의 운명을 결정한 것이라고 말이다.

후손들 중에서 탄탈로스의 딸 니오베만큼 불운한 운명을 겪은 사람은 없을 것이다. 처음에는 신들도 니오베에게 남동생인 펠롭스처럼 행운을 주려고 했던 것 같다. 니오베는 행복한 결혼 생활을 했다. 남편은 제우스의 아들이자 뛰어난 음악가인 암피온이었다. 암피온과 그의 쌍둥이 형제인 제토스(Zethus)는 테바이 주위로 성벽을 높이 쌓아 테바이를 요새화하는 임무를 맡은 적이 있다. 힘이 장사인 제토스는 암피온이 남자들의 운동은 소홀히 한 채 예술에만 전념한다고 비웃었다. 하지만 성벽을 쌓는 데 필요한 바위들을 가져오는 과중한 일을 맡게 되었을 때 부드러운 음악가 암피온이 강한 운동선수 제토스를 능가하는 일이 벌어졌다. 암피온은 리라의 황홀한 소리로 돌들이 저절로 움직여 테바이까지 자신을 따라오도록 만든 것이다.

테바이에서 니오베는 자기 안에 잠재되어 있는 탄탈로스의 미친 오만을 드러내기 전까지는 부러울 것 하나 없이 흡족하게 암피온과 함께 통치하며 살았다. 그러나 니오베는 자신이 누리는 커다란 행운에 겨워 평범한 인간들이 두려워하고 경외하는 모든 신들보다 자신이 훨씬 뛰어나다고 생각하게 되었다. 니오베는 부유했고 고귀한 가문에서 태어났으며 막강한 권력을 쥐고 있었다. 자신에게서는 용맹하고 아름다운 아들 일곱과, 미인 중에서도 빼어난 미인인 딸 일곱이 있었다. 니오베는 아버지처럼 신들을 속일 수 있을 뿐 아니라 공공연히 신들을 얕볼 수 있을 만큼 자신이 강하다고 생각했다.

니오베는 테바이 사람들에게 자신을 경배하라고 요구하기에 이르렀다. "너희들이 레토에게 향을 피운단 말이지. 나와 비교하면 레토 따위가 뭐냔 말이냐? 자식이라고는 겨우 아폴론과 아르테미스 둘만 낳은 주제에. 나는 그보다 일곱 배나 많은 자식을 두었는데. 그리고 나는 왕비다. 레토는 지상 모든 곳 중에서도 가장 보잘것없는 델로스 섬이 받아들이기

〈아르테미스와 아폴론으로부터 아이들을 지키는 니오베〉, 자크 루이 다비드, 1772년

전까지는 집도 없이 떠돌아다니는 신세에 불과했지. 나는 행복하고 강하고 위대하다. 신도 인간도 내게 해를 입힐 수 없을 만큼 위대하지. 그러니 이제부터 레토 신전에서는 내게 제물을 바치도록 하라. 이제 그 제물들은 레토의 것이 아니라 내 것이다."

너무 오만하여 내뱉은 무례한 말은 항상 하늘의 신들에게 들리는 법이고 그에 따른 벌을 받기 마련이다. 그 말을 들은 아폴론과 아르테미스는 올림포스로부터 테바이로 재빨리 미끄러져 내려왔다. 활의 신인 아폴론과 여자 사냥꾼인 아르테미스는 한 치의 오차도 없이 정확히 화살을 쏘아 니오베의 아들들과 딸들을 모두 죽여버렸다. 표현조차 할 수 없는 큰 고통 속에서 니오베는 자식들이 죽어가는 것을 지켜보았다. 조금 전까지만 해도 그토록 젊고 강인했던 자식들의 시신 옆에서 니오베는 미동도 않은 채 슬픔에 잠겼다. 니오베는 바위처럼 아무 말도 못하고 가슴은 돌처럼 굳어갔다. 오로지 눈물만 하염없이 흘러내릴 뿐 결코 멈출 수 없었다. 결국 니오베는 밤낮으로 영원히 눈물에 젖어 있는 돌로 변하고 말았다.

한편 펠롭스에게서는 아트레우스와 티에스테스 두 아들이 태어났다. 사악한 기질은 최대한 위력을 발휘해 두 사람에게 유전되었다. 티에스테스는 형의 아내를 사랑해 형수가 결혼 서약을 어기도록 만드는 데 성공했다. 아내와 동생의 부정을 알게 된 아트레우스는 어떤 인간도 겪지 못한 대가를 치르게 하겠다고 맹세했다. 아트레우스는 티에스테스의 어린 두 자식을 죽여 토막낸 후 끓여서 그 아비에게 먹도록 내놓았다.

불쌍한 인간, 그 끔찍한 짓을 알게 되자,
커다란 비명을 지르며 뒤로 물러나 자식의 살점
토해내며 그 가문에 저주를 퍼부었네.
참을 수 없는 마음에 연회석 상을 완전히 날려버렸네.

아트레우스는 왕이었지만 티에스테스에게는 아무런 힘도 없었다.

아트레우스가 저지른 잔악한 범죄는 자기 일생 동안에는 앙갚음을 당하지 않았지만 자식들과 손자들이 대신 보복을 당하게 된다.

아가멤논과 그의 자식들

올림포스에서 신들이 모두 모여 회의를 하고 있었다. 처음으로 입을 연 신은 모든 인간과 신의 아버지 제우스였다. 제우스는 인간들이 신들을 향해 끊임없이 비열한 행동을 일삼고 신들은 인간들이 그런 짓을 못하게 억제하는데도 불구하고, 인간들이 사악해 벌어진 일을 두고 신의 힘 탓으로 돌리는 것에 몹시 분개했다.

"여러분 모두 아가멤논의 아들 오레스테스가 죽인 아이기스토스에 대해 알고 있겠지. 아이기스토스가 아가멤논의 아내를 사랑해 아가멤논이 트로이에서 돌아오자마자 어떻게 죽였는지도 말이야. 그 일을 두고 우리 신들을 비난하면 당연히 안 되지. 우리는 헤르메스의 입을 통해 이미 아이기스토스에게 경고했었으니 말이야. '아트레우스의 아들의 죽음은 오레스테스가 원수를 갚을 것이다.' 헤르메스가 분명 그렇게 호의적으로 충고했는데도 아이기스토스는 자신을 억제하지 못했으니 이제 그 마지막 대가를 치르게 된 거지."

『일리아스』에 나타난 이 구절은 아트레우스 가문에 대해 처음으로 언급한 것이다. 『오디세이아』에서는 오디세우스가 파이아케스인의 땅에 도착해 자신이 하데스로 내려가서 만난 유령들에 대해 이야기할 때 모든 유령 중에서도 가장 연민을 느낀 것은 아가멤논 유령이었다고 말하고 있다. 오디세우스가 아가멤논 유령에게 어떻게 죽게 됐는지 말해달라고 청하자 아가멤논 유령은 식사 도중 마치 황소가 도살당하는 것처럼 불명예스럽게 죽었다고 대답해주었다.

"저주받을 내 아내의 도움을 받은 아이기스토스의 짓이었다네. 그자는 나를 자기 집으로 초대해 연회를 베푸는 도중 죽인 것이라네. 내 부하들도 마찬가지로 전부 죽었지. 자네는 일대일 결투나 전투에서 사람들이 죽는 것을 많이 보았을 걸세. 하지만 우리처럼 연회장에서 포도주와 음식이 차려진 식탁에 앉아 진수성찬을 즐기던 중 죽은 경우는 한 번도 보지 못했을 거야. 연회장 바닥은 온통 피범벅이 되었고 죽어가던 카산드라가 지르는 단말마의 비명이 내 귓전에 울렸지. 클리타임네스트라가 내 몸을 밟고 카산드라를 죽였지. 나는 카산드라를 잡아주기 위해 손을 들려 했지만 힘없이 툭 떨어졌지. 나도 죽어가고 있었거든."

이상이 제일 처음으로 언급된 것으로 아가멤논이 아내의 정부에 의해 살해된 매우 추잡한 이야기였다. 이 작품이 얼마나 오랫동안 무대에 올려졌는지 모르겠지만 그다음으로 우리가 접하게 되는 것은 몇 세기가 흐른 뒤인 기원전 450년경 아이스킬로스가 쓴 작품이다. 이것은 이전 이야기와는 매우 다르다. 이제는 무자비한 복수심과 비극적인 열정과 피할 수 없는 불운이 한데 어우러진 훌륭한 이야기로 바뀌었다. 아가멤논이 살해된 동기는 더 이상 한 남자와 한 여자의 부정한 사랑 때문이 아니라 아버지 손에 죽은 딸을 향한 어미의 모성애이며 남편을 죽임으로 그 딸의 원수를 갚으려는 아내의 결심인 것이다. 여기서 아이기스토스의 존재는 미미하여 작품에 거의 등장하지 않는다. 아가멤논의 아내 클리타임네스트라가 시종일관 작품 전면에 등장한다.

아트레우스의 두 아들, 그리스 연합군의 총사령관 아가멤논과 헬레네의 남편인 메넬라오스는 판이하게 인생이 끝난다. 처음에는 형인 아가멤논에 비해 별로 성공적이지 못했던 메넬라오스가 말년에는 모든 일이 잘 풀린다. 한동안 아내 헬레네를 잃긴 했지만 트로이가 멸망한 후 다시 되찾는다. 메넬라오스의 배는 분노한 아테나 여신이 그리스 함대에게 보낸 폭풍우에 떠밀려 이집트까지 가지만 결국에는 무사히 집에 도착하여 그 후로 헬레네와 행복하게 산다. 하지만 메넬라오스의 형인 아가멤논은 전혀 달랐다.

트로이가 함락되고 나자 아가멤논은 승리를 거둔 족장들 중에서도 가장 운이 좋은 사람이었다. 다른 배들은 난파되거나 먼 나라로 떠밀려 간 반면 아가멤논의 배는 폭풍우를 무사히 통과했다. 아가멤논은 단지 육로와 해로의 여러 위험을 무사히 통과했을 뿐 아니라 트로이의 자랑스러운 정복자, 승리의 개선장군이 되어 자신의 도시에 입성했다. 집에서는 모두 아가멤논이 돌아오기만 고대하고 있었다. 드디어 아가멤논이 도착했다는 말이 전해지자 도시 사람들은 그를 성대히 맞이하기 위해 몰려들었다. 누구보다 아가멤논이 가장 찬란한 성공을 거두었고, 빛나는 승리 후에는 다시 한번 평화와 번영이 그 앞에 뻗어 있는 것처럼 보였다.

하지만 아가멤논의 귀국을 감사하며 그를 맞은 군중들 틈에는 근심 어린 표정을 짓는 사람도 있었고, 불길한 예언이 이 사람 입에서 저 사람 입으로 전해졌다. "아가멤논에게는 곧 사악한 일이 닥칠 거야. 예전에는 궁전에 좋은 일만 있었지만 이제는 아니야. 저 집이 말을 할 수 있다면 그 이야기를 해줄 텐데."

한편 궁전 앞에는 도시의 원로들이 왕에게 영예를 표하기 위해 모여 있었다. 그러나 막연히 군중의 가슴을 내리누르는 불안보다 더 무거운 근심과 불길한 예감에 사로잡혀 있는 원로들은 비통한 심정이었다. 왕을 기다리는 동안 원로들은 낮은 음성으로 과거를 회상했다. 그들은 늙었지만, 과거 일이 현재보다도 더 생생하게 느껴졌다. 원로들은 아버지를 철석같이 믿고 있다가 제단과 잔인한 칼과 주위를 에워싼 무자비한 얼굴들과 마주해야 했던 아름답고 순진한 처녀 이피게네이아를 떠올렸다. 원로들에게 그 일은 마치 자기들이 현장에 있었던 것처럼, 이피게네이아가 사랑하는 아버지 아가멤논이 자신을 제단 위에 올려놓으라고 사람들에게 명령한 것을 직접 듣기라도 한 것처럼 생생한 기억이었다. 아가멤논은 자발적으로가 아니라 트로이로 항해하기 위해 순풍을 애타게 기다리던 군대에 떠밀려 딸 이피게네이아를 죽였다. 하지만 단지 그 일로 끝나고 말 단순한 상황은 아니었다. 자신의 가문에 면면히 이어져 내려오는 오랜 사악함이 그가 악행을 저지르도록 부추겼기 때문에 아가멤논은 군대의 요구에 굴복한 것이다. 원로들은 아가멤논의 가문에 드리워져 있는 저주를 알고 있었다.

> …유혈에 대한 갈망이…
> 그들 몸속에 들어 있네. 과거의 상처가
> 치유되기도 전에 또 새로운 피의 참상이 벌어진다네.

　이피게네이아가 죽은 지 십 년이 흘렀지만, 죽음의 결과는 현재까지 영향을 미치고 있다. 원로들은 현명했다. 모든 죄악은 새로운 죄악을 낳는다는 것을 알고 있었다. 모든 잘못은 꼬리에 꼬리를 물고 다른 잘못을 불러온다. 죽은 이피게네이아로부터의 위협이 이 승리의 순간 아버지에게 암운을 드리우고 있는 것이다. 원로들은 당분간은 아무 일도 일어나지 않을 거라고 서로 위로하며 일말의 희망이라도 찾으려 애썼다. 하지만 마음속 깊은 곳에서는 아가멤논을 기다리고 있는 궁전 안에서 이미 이피게네이아의 복수가 진행되고 있음을 알고 있었다. 다만 감히 입 밖으로 소리 내어 말하지 못할 뿐이었다.

　왕비 클리타임네스트라는 자기 딸이 죽는 것을 지켜본 아울리스에서 돌아온 이후로 때를 기다렸다. 클리타임네스트라는 친딸을 죽인 남편에게 더 이상 충실하지 않았다. 그녀에게는 정부가 생겼고 모두가 그 사실을 알고 있었다. 사람들은 아가멤논이 돌아온다는 소식이 당도했을 때도 클리타임네스트라가 정부를 다른 곳으로 보내지 않으리라는 것도 알았다. 정부는 여전히 클리타임네스트라와 함께 있었다. 궁전 문 뒤에서 무슨 음모가 꾸며지고 있었을까? 사람들이 궁금해하며 두려워하고 있는 동안 마차가 구르고 환호성이 울리며 시끌벅적한 소리가 들려왔다. 궁전 안뜰로 왕이 탄 마차가 들어섰고 왕 옆에는 아름답기는 하지만 이상하게 생긴 처녀가 있었다. 수행원들과 도시 사람들이 왕의 일행을 따라왔고 그들이 멈춰 서자 거대한 궁전 문들이 활짝 열리더니 왕비가 나타났다.

아가멤논 왕은 큰 소리로 기도하며 마차에서 내렸다. "오, 이제 승리는 나의 것이 되었으니 영원할지어다." 아내인 클리타임네스트라가 왕을 맞이하러 나왔다. 밝게 빛나는 얼굴을 높이 쳐들었다. 클리타임네스트라는 아가멤논을 제외하고는 그곳에 모인 모든 사람이 자신의 부정에 대해 알고 있다는 사실을 알았지만 당당하게 맞섰다. 웃는 낯으로 남편을 향한 열렬한 사랑과 그가 없는 동안 겪은 괴로운 슬픔에 대해 말해야 한다는 것을 잊지 않았다. 아가멤논이 돌아와 몹시 기쁘다는 말을 토해내며 클리타임네스트라는 남편을 환영했다. "당신이야말로 우리의 안전이요, 확실한 수호자예요. 이렇게 나타난 당신은 뱃사람이 폭풍 뒤에 만나는 땅만큼, 목마른 나그네에게 솟아오르는 샘처럼 소중한 존재예요."

아가멤논은 아내 말에 대답은 했지만, 삼가는 태도로 대하며 궁전 안으로 들어가기 위해 몸을 돌렸다. 아가멤논은 우선 마차 안에 있는 처녀를 가리켰다. 그 처녀는 프리아모스 왕의 딸인 카산드라이며 포로로 잡힌 모든 여인 중의 꽃으로 군대가 자신에게 선물로 준 것이라고 말했다. 클리타임네스트라에게 카산드라를 맞이한 후 잘 대해주라고 했다. 그 말과 함께 아가멤논은 집 안으로 들어갔고 그와 아내의 등 뒤로 문이 닫혔다. 그리고 그 문을 통해 두 사람이 함께 다시 나오게 될 일은 없었다.

몰려 있던 군중은 모두 사라졌다. 오직 원로들만이 고요한 집과 텅 빈 문 앞에서 불안한 기색으로 기다리고 있었다. 잡혀온 카산드라 공주는 곧 원로들의 이목을 끌었다. 그들은 호기심에 찬 눈길로 카산드라를 바라보았다. 예언을 해도 아무도 믿어주지 않지만 나중에 일어나는 사건들에 의해 그 예언이 늘 사실로 입증되는, 예언자로서는 좀 기묘한 운명을 타고난 카산드라의 명성을 원로들도 들은 적이 있었다. 카산드라는 겁에 질린 얼굴로 원로들을 바라보았다.

카산드라는 자기가 지금 어디로 끌려온 것인지 거칠게 물었다. "이 집안은 대체 어떤 집안이죠?" 원로들은 그곳이 아트레우스의 아들이 사는 곳이라고 달래듯이 대답했다. 그러자 카산드라가 갑자기 비명을 질렀다. "안 돼! 이곳은 신이 저주한 곳이야. 사람들이 죽임을 당하고 바닥은 온통 피로 붉게 얼룩져 있어." 원로들은 겁에 질린 눈길을 서로 은밀하게 주고받았다. 피, 처참하게 살해된 사람들. 원로들 역시 생각하고 있던 것으로 한층 더 암울한 미래를 초래할 것이 분명한 어두운 과거였다. 어떻게 낯선 이방인이자 외국인인 카산드라가 지나간 과거를 알 수 있었을까? 카산드라는 울부짖기 시작했다. "아이들이 울부짖는 소리가 들려요."

피를 흘리는 그 상처 때문에 울고 있어요.
한 아버지가 연회에서 음식을 즐겼죠.
그리고 그 고기는 바로 자기의 자식들이었고요.

티에스테스와 그의 아들들이라… 도대체 카산드라가 그 이야기를 어디서 들었을까? 카산드라의 입에서는 더욱 거친 말이 쏟아져 나왔다. 마치 몇 년 동안 그 집안에서 일어난 일을 지켜보기라도 한 듯, 피를 부르는 죽음이 꼬리에 꼬리를 물고 일어나고, 죄가 또 다른 죄를 불러일으키는 동안 마치 옆에 서 있기라도 한 것 같았다. 그렇게 과거의 일을 읊조리더니 카산드라는 이제 미래의 일을 예언하기 시작했다. 바로 그날 두 죽음이 명부에 추가될 것이며 그중 하나는 바로 자신이라고 외쳤다. "나는 끝까지 참을 거야." 카산드라는 돌아서서 궁전을 향해 발걸음을 옮겼다. 원로들은 불길한 집으로 들어가지 말라고 카산드라를 잡으려 했지만 그녀는 듣지 않았다. 결국 카산드라는 궁전 안으로 들어갔고 그 문은 그녀의 등 뒤에서 영원히 닫혔다.

카산드라가 사라지고 나서 계속되던 침묵이 얼마 후 갑자기 깨지고 말았다. 고통스러워하는 한 남자의 비명이 들려온 것이다. "아, 신이여! 저를 이렇게 쓰러뜨리다니요! 죽음이 이렇게 찾아올 줄…" 그러고는 침묵이 이어졌다. 겁에 질리고 당황한 원로들이 갈팡질팡했다. 그것은 바로

〈아가멤논을 살해하는 클리타임네스트라〉, 피에르나르시스 게랭, 1817년

왕의 음성이었다. 도대체 어찌해야 좋단 말인가? "궁전 안으로 들어가볼까? 서둘러, 어서 가자고." 원로들은 서로 재촉했다. "무슨 일인지 알아봐야 하잖아." 그러나 힘을 쓸 필요가 전혀 없어졌다. 문이 열리더니 왕비가 모습을 드러낸 것이다.

검붉은 피가 클리타임네스트라의 옷자락과 손과 얼굴에 묻어 있었지만 왕비는 일말의 동요도 없이 자신을 강하게 의식하고 있는 듯했다. 왕비는 모든 사람에게 무슨 일이 일어났는지 들으라고 선언했다. "여기 내 남편이 내 손에 정당하게 죽어 누워 있다." 클리타임네스트라의 옷자락과 얼굴에 묻은 것은 아가멤논의 피였으며 그녀는 기쁨에 취해 흥분해 있었다.

> 그는 쓰러지며 숨을 헐떡였지,
> 그의 피는 솟구쳐 내게 어두운 핏방울을 튀겼지.
> 죽음의 이슬, 내게는 밭에 싹이 틀 때
> 하늘에서 떨어지는 빗방울처럼 달콤하게 느껴졌네.

클리타임네스트라는 자신의 행동을 설명하거나 변명해야 할 아무런 이유도 없었다. 자신은 살인자가 아니라 악의 대가를 처벌한 집행인이었을 뿐이다. 살인자를 벌한 것이다. 자기 자식을 죽인 살인자를 말이다.

> 가축우리에 모여 있는 많은 양 떼 중에서 한 마리가
> 죽어야 했다면 누가 신경이나 썼겠는가,
> 하지만 그는 자기 딸을 죽인 자라네. 트라키아의 바람에
> 대한 마법을 풀기 위해 자신의 딸을 죽였다네.

클리타임네스트라의 정부가 그녀를 따라와 옆에 섰다. 그 끔찍한 피의 향연이 벌어진 뒤에 태어난, 티에스테스의 막내아들 아이기스토스였

다. 아이기스토스는 아가멤논과 아무 원한 관계가 없었지만, 아버지의 원수인 아트레우스와는 관련 있었다. 아버지 티에스테스의 아이들을 죽여 그 육신을 아버지가 먹도록 내어놓은 아트레우스는 이미 죽고 없으니 원한을 갚을 수 없었다. 그러니 아트레우스의 아들이 대신 대가를 치러야 했던 것이다.

공모자인 왕비와 정부인 아이기스토스는 죄는 결코 죄로 끝낼 수 없다는 것을 알 만한 이성이 있었다. 방금 전에 죽인 아가멤논의 시체가 바로 그 증거였다. 하지만 승리감에 취한 두 사람은 이 죽음도 또 다른 죽음을 불러오리라는 생각을 미처 하지 못했다. 클리타임네스트라가 아이기스토스에게 말했다. "당신과 내가 피 흘릴 일이 없을 거예요. 이제 이곳 주인은 우리예요. 우리 두 사람이 모든 것을 바로잡게 될 거예요." 그것은 근거 없는 희망이었다.

이피게네이아는 아가멤논의 세 자식 중 하나였다. 나머지 다른 두 명은 딸 엘렉트라와 아들 오레스테스였다. 아이기스토스는 오레스테스가 그곳에 있었다면 분명 그도 죽였을 테지만 오레스테스는 이미 믿을 만한 친구에게 보내진 뒤였다. 아이기스토스는 여자인 엘렉트라는 굳이 죽일 필요가 없다고 생각했다. 대신 가능한 한 모든 면에서 엘렉트라를 비참하게 만들었다. 이제 엘렉트라의 삶은 동생 오레스테스가 돌아와 아버지의 원수를 갚는 단 하나의 희망에 집중되었다. 어떻게 복수해야 될까? 엘렉트라는 거듭 자기 자신에게 되물어보았다. 아이기스토스는 물론 죽어 마땅하지만 단지 그 한 사람만 죽이는 것으로는 정의를 만족시킬 수 없을 것 같았다. 아이기스토스가 저지른 죄는 나머지 공범자에 비하면 더 크다고 할 수도 없었다. 그러면 어쩐다? 아들이 아버지의 원수를 갚기 위해 어머니의 생명을 빼앗는 것이 정의가 될 수 있을까? 엘렉트라는 클리타임네스트라와 아이기스토스가 나라를 통치하는 동안 쓰디쓴 고난의 세월을 보내며 그 문제를 곰곰이 생각했다.

한편 오레스테스는 점차 어른으로 성장해가면서 그 끔찍한 상황을 누이보다 더욱 선명히 알 수 있었다. 아버지의 살인자들을 죽이는 것이 다른 모든 일에 앞서는 가장 시급한 의무였다. 하지만 어머니를 죽인 아들은 신들과 인간들에게 혐오의 대상이 된다. 가장 신성한 의무가 가장 잔악한 죄가 될 운명이었다. 정의를 실현하기 원하는 자신이 오히려 두 개의 끔찍한 죄 사이에서 하나를 선택해야 할 상황에 처한 것이다. 아버지에 대한 반역자가 되거나 어머니를 살해한 살인자가 돼야 하는 것이다.

어찌하면 좋을지 모르는 고통스러운 상황에서 오레스테스는 자신을 도와줄 신탁을 물으러 델포이로 갔고, 아폴론은 오레스테스에게 분명한 말로 해야 할 일을 알려주었다.

> 네 아버지를 죽인 두 사람을 죽여라.
> 죽음은 죽음으로써 속죄하도록 하라.
> 오래전 흘린 피를 위해 다시 피를 뿌려라.

오레스테스는 정확히 복수를 하고 자신의 파멸로 그 대가를 치름으로써 집안의 저주를 그만 끝내야 한다는 것을 알았다. 그래서 오레스테스는 어렸을 때 이후로 한 번도 보지 못했던 집으로 돌아갔다. 오레스테스 옆에는 사촌이자 친구인 필라데스(Pylades)가 함께했다. 두 사람은 함께 자랐으므로 우정 이상으로 서로에게 헌신적이었다. 두 사람이 도착한 사실을 아직 몰랐던 엘렉트라는 여전히 경계를 늦추지 않은 채 동생을 기다리고 있었다. 이제껏 엘렉트라의 삶은 목숨을 부지하는 유일한 희망을 이루어줄 동생을 기다리는 것이라 해도 과언이 아니었다.

어느 날 엘렉트라가 아버지 무덤에 제주를 바치며 기원했다. "아버지, 제발 오레스테스를 집으로 인도해주세요." 그러자 놀랍게도 갑자기 오레스테스가 나타나 자신이 엘렉트라의 동생이라고 말했다. 그 증거로 예전 오레스테스가 친구 집으로 보내질 때 엘렉트라가 손수 지어준, 현재 자신이 입고 있는 외투를 보여주었다. 사실 엘렉트라에게는 그런 증거도 필요 없었다. 엘렉트라는 오레스테스를 보자마자 외쳤다. "네 얼굴은 아버지를 쏙 빼닮았구나." 엘렉트라는 비참한 수 년 동안 누구에게도 쏟을 곳 없었던 사랑을 동생에게 퍼부었다.

> 모든 것, 모든 것이 너의 것이라,
> 돌아가신 아버지께 받은 사랑도,
> 어머니께 돌렸어야만 했던 사랑도,
> 잔인하게 죽어야 했던 불쌍한 언니에게 쏟았을 사랑도,
> 이제 그 모든 사랑을 다 네게 주마.

오레스테스는 자기 생각에 깊이 침잠하여 자신이 직면한 일을 골똘히 생각하느라 누나의 말에 대답하기는커녕 잘 들을 수도 없었다. 오레스테스는 누나의 말조차 들리지 않을 만큼, 다른 생각은 하나도 들어오지 않을 만큼 제 마음에 온통 채우고 있는 것을 털어놓았다. 바로 아폴론이 내려준 무시무시한 신탁이었다. 오레스테스는 두려워 떨며 말했다.

> 아폴론이 내게 분노한 망자들을 위로하라 하셨어.
> 죽은 육친이 외치는 절규를 듣지 못하는 자는,
> 그런 자에게는 어느 곳에도 집이나 안식처가 없다네.
> 향불을 피워줄 사람도, 아는 체 해줄 친구도 없다네.
> 그런 자는 홀로 비참하게 죽어간다네. 오, 신이여, 제가
> 그런 신탁을 믿어야만 할까요? 하지만, 그렇지만
> 그 일을 꼭 해야만 한다면 그것을 할 사람은 바로 제가 되겠죠.

세 사람은 계획을 세웠다. 오레스테스와 필라데스는 오레스테스가 죽었다는 거짓 전갈을 전하러 온 심부름꾼이라 하며 궁전에 가기로 했다. 오레스테스가 무슨 짓을 할지 몰라 늘 두려워했던 아이기스토스와 클리

타임네스트라에게 희소식이 될 것이고 그들은 분명 심부름꾼을 만나고 싶어 할 것이다. 일단 궁전 안으로 발을 들여놓을 수만 있다면 오레스테스와 필라데스는 기습 공격으로 일을 성사시킬 수 있을 것이다.

마침내 두 사람은 궁에 들어가도 좋다는 허가를 받았고 엘렉트라는 기다렸다. 그 시간은 엘렉트라의 전 생애에서 가장 가혹한 순간이었을 것이다. 문이 천천히 열리고 한 여인이 걸어 나와 계단 위에 조용히 섰다. 클리타임네스트라였다. 클리타임네스트라가 그곳에 선 지 얼마 되지 않아 노예 한 명이 소리를 지르며 뛰어왔다. "반역이에요! 우리 주인님이 당하셨어요! 반역이에요!" 노예는 클리타임네스트라를 보고 헐떡거리며 말을 이었다. "오레스테스가 살아 있어요. 지금 여기 있답니다."

그제야 클리타임네스트라는 무슨 일이 벌어진 것인지, 앞으로 무슨 일이 일어날지 분명히 깨달았다. 클리타임네스트라는 단호하게 전투용 도끼를 가져오라고 명령했다. 클리타임네스트라는 자신의 목숨을 위해 싸우려고 결심했지만 손에 무기를 쥐자 곧 마음이 바뀌었다.

그때 한 남자가 문 밖으로 나왔고, 그의 칼에 피가 묻어 있었다. 클리타임네스트라는 칼을 들고 있는 남자가 누구인지, 칼에 묻은 피가 누구의 피인지 알아챘다. 클리타임네스트라는 즉각 도끼보다도 자신을 더욱 확실하게 방어해줄 방법을 알았다. 자신은 바로 앞에 서 있는 청년의 어머니 아닌가. "아들아, 그만두어라. 내 가슴을 보아라. 넌 여러 번 이 가슴에 머리를 묻고 잠들지 않았더냐. 아직 이도 나지 않은 어린 입으로 젖을 빨았지. 그런 네가 이렇게 장성했구나…."

오레스테스가 외쳤다. "필라데스, 이분은 내 어머니네. 내가 용서해주면…." 그러자 필라데스가 단호하게 대답했다. "안될 말이다. 아폴론이 이미 명령한 것이 아닌가. 신의 명령에는 복종해야만 한다."

"그렇다면 복종하겠네. 당신은 저를 따라오세요." 클리타임네스트라는 자신이 패배한 것을 알고 냉정하게 말했다. "아들아, 넌 네 어미를 죽일 모양이구나." 오레스테스는 클리타임네스트라를 집 안으로 들어가

〈클리타임네스트라를 살해하는 오레스테스〉, 윌리앙 아돌프 부그로, 1862년

라고 손짓했다. 결국 클리타임네스트라는 안으로 들어갔고 오레스테스가 뒤를 따라 들어갔다.

오레스테스가 다시 집 밖으로 나오자 안뜰에서 기다리고 있던 사람들은 그가 무슨 짓을 했는지 들을 필요도 없었다. 아무것도 묻지 않은 채 사람들은 이제 새로운 주인이 된 오레스테스를 측은한 눈길로 바라보았다. 오레스테스는 사람들을 보고 있는 것 같지 않았다. 사람들 너머에 있는 공포를 바라보는 듯했다. 그의 입에서 더듬거리는 말소리가 흘러나왔다. "그 남자는 내가 죽였지. 나는 죄가 없어. 그는 간통을 저지른 자니 죽어 마땅했지. 하지만 그 여자는. 그 여자도 죽어야 마땅했을까, 아니었을까? 그대 내 친구들이여. 나는 내 어머니를 죽였다고 말하고 있는 걸세. 하지만 아무런 이유도 없이 그런 것은 아니지. 어머니는 사악한 데다 아버지를 죽여 신들에게 미움을 받았으니까."

오레스테스의 눈이 보이지 않는 공포에 고정되어 있었다. 그가 비명을 질렀다. "보라고! 저걸 보라고! 저기 여자들이 있잖아. 하나같이 검고 뱀처럼 생긴 머리칼을 길게 늘어뜨렸잖아." 사람들은 오레스테스에게 어디에도 그런 여인들은 없다고 열심히 말해주었다. "그것은 단지 자네 상상일 뿐이야. 제발 두려워하지 말게."

"당신들에게는 안 보인단 말이오? 헛것이 아니라니까. 나는 분명히 보인다고. 죽은 어머니가 저 여자들을 보낸 것이 틀림없어. 늘 내 주위를 맴돌며 눈에서는 핏방울이 떨어져. 아, 제발 나를 보내줘." 오레스테스는 아무런 동반자도 없이 홀로 뛰쳐나갔다.

오레스테스가 다시 고향에 나타난 것은 수년의 세월이 흐른 뒤였다. 그동안 오레스테스는 되풀이되는 환영에 시달리며 여러 나라를 방랑했다. 오레스테스는 고통에 지칠 대로 지쳤지만 사람들이 중요하게 여기는 모든 것을 잃음으로써 얻은 것도 있었다. "나는 고통을 통해 배운 것이 많지." 오레스테스는 속죄를 치르지 않을 수 있는 범죄는 하나도 없다는 사실과 어머니를 살해한 죄를 저지른 자신조차도 다시 정화될 수 있다는 사실을 알게 되었다.

　오레스테스는 아폴론의 명령에 따라 아테나 여신 앞에서 자신의 일을 변론하기 위해 아테네로 갔다. 오레스테스는 도움을 요청하러 왔지만 마음속에는 어느 정도 자신감이 있었다. 죄를 정화받고 싶은 사람들은 거절당할 수 없었고 자신이 저지른 죄의 어두운 오명도 여러 해에 걸친 쓸쓸한 방랑과 고통을 통해 점점 희미해져갔다. 오레스테스는 지금쯤 그 오명이 거의 사라졌을 것이라 생각했다. "나는 이제 깨끗이 정화된 입으로 아테나 여신에게 말을 할 수 있을 거야."

　아테나 여신은 오레스테스의 탄원을 들었고 아폴론이 오레스테스 곁에 있어 주었다. "오레스테스가 한 일에 대한 책임은 바로 내게 있소. 오레스테스는 내 명령에 따라 살인을 했을 뿐이오." 그러자 이제껏 오레스테스를 따라다니며 괴롭힌 분노의 여신 에리니스들은 일제히 아폴론의 의견에 반대했다. 하지만 오레스테스는 복수를 요구하는 에리니스들의 요구를 침착하게 듣고 있었다. "제 어머니의 살인에 대한 죄는 아폴론 신이 아니라 제게 있습니다. 하지만 저는 죄를 모두 씻어냈습니다." 아트레우스 가문 사람치고 이전에는 이런 말을 한 사람이 아무도 없었다. 이 집안의 역대 살인자들은 자신이 지은 죄 때문에 괴로워 한 적도 없고 속죄하려 생각지도 않았다.

　아테나 여신은 오레스테스의 탄원을 받아들였다. 분노의 여신들에게도 오레스테스의 탄원을 받아들이도록 설득했다. 새롭게 세워진 자비의 법과 함께 분노의 여신들도 변화되었다. 끔찍한 형상을 한 분노의 여신들에서 탄원자들의 수호신인 자비의 여신 에우메니스들(Eumenides)로 바뀐 것이다. 이제 그들은 오레스테스를 사면해주었다. 사면령과 함께 그토록 오랫동안 집안을 지배했던 사악한 정신도 사라졌다. 아테나 여신의 법정을 나선 오레스테스는 자유의 몸이 되었다. 이제 오레스테스도 후손들도 과거의 저항할 수 없는 힘에 이끌려 죄를 짓는 일이 다시는 없을 것이다. 아트레우스 가문의 저주는 이제 끝난 것이다.

타우리스인들과 이피게네이아

이 이야기는 기원전 5세기 비극 작가인 에우리피데스의 두 희곡에서 전부 인용했다. 이 이야기를 전체적으로 언급하는 다른 작가들은 없기 때문이다. 신에 의해 행복한 결말이 이루어지는 'deus ex machina(기계로부터의 신: 어려울 때 예기치 않게 적시에 나타나 도와주는 구조자_옮긴이)'는 그리스 3대 비극 작가 중에서 유독 에우리피데스가 즐겨 쓰던 장치였다. 우리가 생각하기에 그러한 장치는 도리어 작품에 흠이 된다. 이 경우에도 불필요한 것이 분명하다. 굳이 이런 장치를 쓰지 않고 그리스 군의 발목을 잡고 있던 역풍을 생략했어도 똑같은 목적을 달성할 수 있었기 때문이다. 아테나 여신의 출현도 훌륭한 줄거리에 흠집을 내고 있다. 온 세계에 널리 알려진 위대한 시인 에우리피데스가 그다지 어울리지 않는 실수를 한 이유는 아마도 당시 스파르타와의 전쟁으로 큰 고통을 겪고 있던 아테네인들이 뭔가 기적이 일어나기를 열렬히 바라고 있었고 에우리피데스도 그들이 원하는 것을 충족시켜 주고 싶었기 때문일 것이다.

이미 말했듯이 그리스인들은 진노한 신들을 달래기 위해서든, 어머니 대지에 풍요로운 수확이 열리게 하기 위해서든, 인간이 제물로 바쳐지는 이야기는 별로 좋아하지 않았다. 지금의 우리와 같은 생각을 지니고 있어 인간을 제물로 바친다는 자체를 혐오스러워했다. 이를 요구하는 신이 있다면 그 사실만으로도 악함이 입증되는 것이다. 에우리피데스의 말처럼 "만일 악을 행하는 신이 있다면 그는 신이 아니다". 그래서 아울리스에서 이피게네이아가 제물로 희생된 것에는 필연적으로 다른 이야기가 생겨날 수밖에 없었다. 예전 이야기에 따르면, 그리스 병사들이 아르테미스가 가장 사랑하는 토끼 한 마리를 죽였고, 그 죄를 지은 사람들은 젊은 처녀를 죽여야만 여신의 총애를 다시 얻을 수 있기 때문에 이피게네이아가 제물로 희생된 것이었다. 그러나 후대 그리스인들에게 그 이야기는 아

〈이피게네이아의 희생제〉, 얀 스테인, 1671년

르테미스 여신에 대한 중상모략으로 보였다. 특히 작고 힘없는 생물들의 수호신이자 숲의 사랑스러운 여신인 아르테미스가 그토록 가혹한 요구를 했을 리 없다는 것이다.

> 성스러운 여신 아르테미스 한없이 자애로웠네,
> 상큼한 청춘에게, 연약한 젖먹이에게,
> 초원을 배회하는 모든 짐승과,
> 숲에 사는 모든 짐승의 새끼에게.

그래서 이 이야기에 다른 결말이 생겨났다. 이피게네이아가 제물로 죽기를 기다리던 곳에서 아울리스의 그리스 병사들이 그녀를 잡으러 왔을 때 이피게네이아는 곁에 있던 어머니 클리타임네스트라가 자신과 함께 제단에 가지 못하게 했다. "그러는 편이 어머니뿐 아니라 저한테도 좋겠어요." 그래서 클리타임네스트라는 홀로 뒤에 남겨졌다. 얼마 후 클리타임네스트라는 한 남자가 다가오는 것을 보았다. 그가 뛰어오고 있었기에 클리타임네스트라는 자신에게 급히 전할 소식이 뭐가 있기에 저리 서두르는지 의아해했다.

전령이 클리타임네스트라를 보자 외쳤다. "아주 반가운 소식입니다!" 전령은 이피게네이아가 제물로 희생되지 않았다고 말했다. 그 사실이 분명하긴 했지만 정확히 이피게네이아에게 무슨 일이 일어났는지는 아무도 몰랐다. 사제가 이피게네이아를 내리치려는 순간, 사람들은 말할 수 없는 괴로움을 느끼며 모두 고개를 돌렸다. 하지만 사제의 비명 소리에 다시 고개를 든 사람들은 믿을 수 없는 기적을 보았다.

이피게네이아는 온데간데없이 사라지고 대신 제단 옆 땅바닥에 사슴 한 마리가 목이 잘린 채 누워 있었다. 그러자 사제가 말했다. "이것은 아르테미스 여신이 하신 일이오. 여신은 자신의 제단이 사람의 피로 더럽혀지는 것을 원치 않으셨소. 그래서 여신 스스로 희생양을 보내 그것으로 제물을 받으신 거요." 전령은 당시 상황을 그렇게 설명했다. "왕비님, 제가 말한 그대로랍니다. 저도 현장에 있었는데 그런 일이 일어났답니다. 이피게네이아 공주님은 틀림없이 신들에게로 갔을 거예요."

그러나 이피게네이아가 하늘의 신들에게 간 것은 아니었다. 아르테미스가 이피게네이아를 비우호적인 바다(흑해를 의미한다_옮긴이) 연안에 있는 오늘날 크림반도에 해당하는 타우리스로 데려간 것이다. 타우리스인들은 그리스인이 눈에 띄면 잡아다가 아르테미스 여신에게 제물로 바치는 야만적인 관습을 지닌 포악한 민족이었다. 하지만 아르테미스는 이피게네이아를 안전하게 지켜주려고 자신의 신전 여사제로 만들었다. 하지만 신전 의식을 주관하는 것은 이피게네이아에게 끔찍한 일이었다. 이피게네이아가 직접 동족을 죽이는 것도 아니고 오래전 확립된 의식에 따라 그들을 정화시킨 후 죽일 사람들에게 넘겨주는 것으로 제 일은 끝나지만 그것만으로도 이피게네이아는 괴로웠다.

오랜 세월 이피게네이아가 아르테미스 여신을 섬기며 지내던 중 나그네에게 몹시도 야박한 그 해안에 그리스 갤리선이 한 척 도착했다. 배는 폭풍우에 쫓겨서 어쩔 수 없이 떠밀려 온 게 아니라 자발적으로 찾아온 것이었다. 하지만 타우리스인들이 포로로 잡은 그리스인들에게 어떤 짓을 하는지는 사방 곳곳에 익히 알려져 있었다. 따라서 배는 절대적으로 강한 어떤 동기에 이끌려 닻을 내린 것이다. 이른 새벽, 배에서 청년 두 명이 내리더니 신전 가는 길로 몰래 들어섰다. 두 사람은 분명 귀족 태생이었다. 그들은 왕의 아들처럼 생겼지만 한 명의 얼굴은 고통으로 깊은 주름살이 패어 있었다. 친구에게 속삭인 것은 바로 그 청년이었다. "필라데스, 이것이 신전이라고 생각지 않나?" "그래, 오레스테스. 저기 핏자국이 있는 곳이 틀림없어."

아니, 오레스테스와 그의 충실한 친구 필라데스가 이곳에 나타났다는 건가? 그렇다면 그리스인들에게 그토록 위험한 이 나라에서 지금 무엇을 하고 있는가? 이 일은 오레스테스가 어머니를 살해한 죄를 사면받기 전일까, 아니면 그 후일까? 바로 사면받은 이후의 일이다. 아테나 여신이 오레스테스의 죄가 말끔히 씻겼다고 선언했지만 이 이야기에서는 모든 에리니스들이 그 판결을 받아들인 것은 아니었다. 에리니스들 중 일부가 아직도 오레스테스를 따라다니고 있거나 아니면 그들이 아직도 자신을 괴롭힌다고 오레스테스가 생각한 것이다. 아테나 여신의 사면 선언조차도 오레스테스에게 마음의 평안을 가져다주지는 못했다. 그 수가 거의 없다시피 했지만 여전히 에리니스들이 오레스테스 곁에 있었다.

이런 절망적인 상황에서 오레스테스는 델포이로 갔다. 만일 그리스 최고의 성지인 그곳에서도 도움을 구할 수 없다면 영영 아무 데서도 구원받을 수 없을 것이었다. 아폴론의 신탁은 오레스테스에게 한 가닥 희망을 주었지만 생명을 걸어야 할 만큼 위험한 일이었다. 델포이 여사제의 말에 따르면, 오레스테스는 타우리스로 가서 아르테미스 신전에서 여신의 성상을 가져와야만 했다. 성상을 아테네에 세워놓아야만 오레스테스는 비로소 치유되어 마음의 안식을 찾을 수 있게 된다는 것이다. 늘 자신을 따라다니던 끔찍한 형상을 다시는 보지 않게 될 것이다. 위험한 모험이었지만 오레스테스로서는 모든 것이 달려 있었다. 어떠한 희생을 치르더라도 오레스테스는 그 일을 시도할 작정이었고 필라데스는 친구를 혼자 가게 내버려두지 않았다.

신전에 도착한 두 사람은 뭔가 행동에 옮기려면 밤이 될 때까지 기다려야 한다는 사실을 금세 깨달았다. 낮에는 들키지 않고 신전 안으로 들어갈 기회가 전혀 없었다. 두 사람은 그곳에서 물러나 한적하고 어두운 장소에 숨었다.

한편 늘 슬픔에 젖어 있던 이피게네이아는 여신에 대한 의무인 신전 업무를 수행하던 중 갑자기 전령의 방해를 받았다. 전령은 그리스 젊은이 두 명이 포로로 잡혀 있으니 어서 제물로 바칠 준비를 하라고 말했다. 자신은 이피게네이아가 성스러운 의식을 준비하도록 명령을 전하러 온 것이라 했다. 그토록 자주 이피게네이아를 사로잡았던 공포가 또다시 엄습했다. 이피게네이아는 익숙해진 일이기는 했지만 끔찍한 피 흘림과 제물로 바쳐지는 사람들의 고통을 생각하자 몸서리쳐졌다. 이번에는 동시에 새로운 생각도 떠올랐다. 이피게네이아는 자문했다. "정말로 아르테미스 여신이 그런 것을 요구하실까? 여신이 사람을 제물로 살해하는 일에 정말로 기쁨을 느낄까? 나는 그렇게 생각하지 않아. 피에 굶주려 있는 것은 바로 이 나라 사람들이야. 자신의 죄를 신들에게 전가하고 있는 거야."

이피게네이아가 생각에 깊이 잠겨 있는 동안 포로로 잡힌 젊은이들이 끌려 들어왔다. 이피게네이아는 필요한 준비를 하도록 시종들을 신전으로 보냈다. 세 사람만 남게 되자 이피게네이가가 다시는 볼 수 없게 된 그들의 고향은 어디인지 물었다. 이피게네이아는 흐르는 눈물을 주체할 수 없었다. 두 청년은 이피게네이아가 자신들을 동정하는 모습을 보이자 이상하게 여겼다. 오레스테스는 이피게네이아에게 슬퍼하지 말라고 부드럽게 말했다. 두 사람은 이 나라로 올 때 무슨 일을 겪게 되든 당당하게 맞서기로 했기 때문이다. 하지만 이피게네이아는 질문을 그치지 않았다. 두 사람이 형제인지 물었다. 태생으로는 그렇지 않지만 사랑하는 마음으로는 형제나 마찬가지라고 오레스테스가 대답했다. 이름은 어떻게 되는지 이피게네이아가 또 물었다. 그러자 이번에는 오레스테스가 거꾸로 물었다. "곧 죽을 사람한테 그런 건 왜 묻는 겁니까?"

"당신이 태어난 도시가 어디인지조차도 말 안 해줄 건가요?"

"나는 미케네 출신입니다. 한때는 아주 번성했던 도시죠."

"도시의 왕도 번영을 구가했었죠. 그분 이름은 아가멤논이고요."

그러자 갑자기 오레스테스가 퉁명스럽게 말을 끊었다. "나는 그분에 관해 아는 바가 없어요. 이제 이런 이야기는 그만하죠."

"안 돼요. 그러지 말아요. 그분에 대해 말해주세요." 이피게네이아가 애원했다.

"죽었소. 바로 그분의 아내가 죽였소. 이제 더 이상 묻지 말아요."

"하나만, 하나만 더요. 그러면 그분의 아내는 살아 있나요?"

"아니오. 아들이 죽였소."

세 사람은 침묵 속에서 서로 쳐다보기만 했다.

이피게네이아는 전율하며 속삭였다.

"그랬군요. 그것은 정당한 일이었어요. 하지만 그래도 흉악하고 끔찍한 일이에요."

이피게네이아는 마음을 가다듬으려고 애썼다. 그러고는 다시 불쑥 물었다.

"그렇다면 사람들이 제물로 희생된 딸에 대해 말한 적이 있던가요?"

"죽은 사람이라고만 들었소."

오레스테스의 대답에 이피게네이아의 안색이 변했다. 여전히 경계심을 늦추지 않았지만 열의에 들떠 있었다.

"나와 당신 두 사람을 도울 계획을 세워놓았어요. 제가 만일 당신들을 구해준다면 미케네에 있는 내 친구들에게 편지를 전해주시겠어요?"

"아니오, 나는 안 됩니다. 하지만 내 친구가 해줄 거예요. 이 사람은 오로지 나를 위해 이곳에 온 것이니까요. 이 친구에게 당신 편지를 주고 나를 죽이세요."

"그렇다면 내가 편지를 가져오는 동안 기다려요."

이피게네이아가 황급히 나가버리자 필라데스는 오레스테스에게 따졌다.

"자네 혼자 이곳에서 죽도록 내버려둘 수 없네. 내가 그렇게 한다면 모두 나를 겁쟁이라 부를 걸세. 그것은 안 되네. 나는 자네를 사랑하네. 게다가 사람들이 뭐라 말할지도 두렵고."

"내 누이 엘렉트라를 보호해달라고 자네에게 맡기지 않나. 엘렉트라는 이제 자네 아내야. 자네는 엘렉트라를 버려서는 안 되네. 나는 죽는 것이 하나도 불행하지 않다네."

두 사람이 급히 속삭이며 말을 나누고 있는 동안 이피게네이아가 편지 하나를 손에 들고 와 필라데스에게 말했다.

"내가 이곳 왕을 설득하겠어요. 그러면 분명 내 전령을 가도록 놓아줄 거예요. 하지만 먼저, 혹시 일이 잘못되어 당신이 편지를 잃어버리더라도 내 전갈을 기억했다가 친구들에게 전해줄 수 있도록 편지에 쓴 내용을 당신에게 말해주겠어요."

"좋은 생각이군요. 이 편지를 누구한테 전하면 되나요?"

"오레스테스에게요. 아가멤논 왕의 아들이죠."

이피게네이아는 다른 곳을 쳐다보고 있었고, 그녀의 마음은 미케네에 가 있었다. 이피게네이아는 두 청년이 놀란 눈으로 자신을 쳐다보는 것을 몰랐다.

"당신은 아울리스에서 제물로 희생된 여인이 전갈을 보내는 것이라고 말해줘야만 해요. 그 여인은 죽지 않았어요."

"죽은 사람이 다시 살아날 수도 있습니까?"

오레스테스가 놀라서 외쳤다.

그러자 이피게네이아가 화가 나서 대답했다.

"조용히 하세요. 시간이 얼마 없단 말이에요. 그에게 이렇게 전해주세요. '오레스테스, 내 동생아. 나를 제발 집으로 데려가주렴. 끔찍한 사제직에서, 이 야만적인 나라에서 나를 풀어주려무나.' 잘 기억해둬요. 그의 이름은 오레스테스예요."

그러자 오레스테스가 신음 소리를 냈다.

"오, 신이여, 이럴 수가. 도저히 믿을 수가 없군요."

이피게네이아가 다시 필라데스를 보며 말했다.

"나는 지금 저 사람이 아니라 당신에게 말하는 거예요. 그의 이름을 기억할 수 있나요?"

"물론이죠. 하지만 당신의 전갈을 전하는 데는 그리 오랜 시간이 걸리지 않을 겁니다. 오레스테스, 여기 편지가 있네. 자네 누이에게서 받아온 것이라네."

"그렇다면 받겠네. 너무 기뻐 한마디도 할 수가 없군."

다음 순간 오레스테스가 이피게네이아를 꼭 끌어안았다. 하지만 이피게네이아는 포옹을 뿌리쳤다.

"나는 모르겠어요. 내가 무슨 수로 알겠어요? 당신이 내 동생 오레스테스라는 증거라도 있나요?"

"누나가 아울리스로 가기 전 마지막으로 놓았던 자수 조각 기억나요? 어떻게 생겼는지 제가 설명해볼게요. 궁전에 있던 누나 방 생각나요? 거기에 무엇이 있었는지 말해볼게요."

오레스테스가 완전히 납득시키자 마침내 이피게네이아는 그의 품에 몸을 던지고는 흐느꼈다.

"내 사랑스러운 동생! 넌 내게 가장 소중한 존재야. 내가 떠날 때는 아주 어린 아기였는데. 이렇게 놀라고 기쁜 일이 또 있을까?"

"불쌍한 누나. 나처럼 누나도 매일 슬픔에 시달렸군요. 하마터면 누나 손으로 동생을 죽일 뻔했군요."

"생각만 해도 끔찍하구나. 하지만 지금껏 그런 끔찍한 짓을 해온걸. 이 손으로 하마터면 너까지 죽일 뻔 했으니. 그런데 지금 내가 어떻게 너를 구할 수 있지? 어느 신이, 어느 인간이 우리를 도와준단 말이냐?"

필라데스는 재회를 즐기는 두 사람을 측은하게 바라보며 기다렸지만 점점 초조해졌다. 이제 뭔가 행동해야 할 순간이라고 생각했다. 필라데스는 두 오누이에게 상기시켰다.

"일단 이 무서운 곳을 벗어난 후에도 이야기는 얼마든지 할 수 있잖아요."

"이곳 왕을 죽이면 어떨까요?"

오레스테스가 열의에 차 제안했지만 이피게네이아가 단호하게 거절했다. 토아스 왕은 이피게네이아에게 잘해주었기에 해치고 싶지 않았다. 그때 한 가지 좋은 계획이 이피게네이아의 머리에 번쩍 떠올랐다. 그야말로 처음부터 끝까지 완벽한 계획이었다. 이피게네이아는 급히 계획을 설명했고 오레스테스와 필라데스도 즉시 동의했다. 세 사람은 신전으로 들어갔다.

잠시 후 이피게네이아는 성상을 품은 채 밖으로 나왔다. 마침 한 남자가 신전 경내로 들어서는 입구를 가로질러 막 들어오고 있었다. 그를 보자 이피게네이아가 외쳤다.

"왕이시여. 멈추세요. 그곳에 그대로 계세요."

그러자 왕이 놀라서 무슨 일이냐고 물었다. 이피게네이아는 여신에게 바치도록 왕이 보낸 두 사람이 깨끗하지 못하다고 말했다. 그들은 악에 물들어 더러웠다. 어머니를 죽였으므로 아르테미스 여신이 진노했다고 했다.

"저는 이 성상을 정화시키기 위해 해변으로 가지고 가는 길이랍니다. 그곳에서 저 두 사람도 죄를 씻도록 하겠어요. 그런 후에야 제물로 바칠 수 있답니다. 이 모든 일은 저 혼자 해야 합니다. 그러니 포로들은 이리 데려오시고 사람들에게 아무도 가까이 오면 안 된다고 공포해주세요."

"알겠소. 그대 생각대로 하시오. 서두르지 말고 천천히 일을 보도록 하시오."

왕은 긴 행렬이 움직이는 것을 지켜보았다. 맨 앞에 성상을 든 이피게네이아가 행렬을 이끌었고, 그 뒤로 오레스테스와 필라데스가 따라가고, 시종들은 정화 의식에 쓸 용기들을 들고 갔다. 이피게네이아가 큰 소리로 기도했다. "제우스와 레토의 딸인 처녀신이여! 당신은 항상 순결한 곳에만 거하게 되고 우리는 행복해지나이다." 오레스테스의 배가 정박해 있던 후미로 들어가자 그들 모습이 시야에서 사라졌다. 이피게네이아의 계획이 실패하지 않고 착착 들어맞는 것처럼 보였다.

그리고 정말로 그랬다. 이피게네이아는 바다에 닿기 전 동생과 필라데스와 자신만 남고, 따라온 시종들은 모두 돌려보낼 수 있었다. 시종들은 이피게네이아를 경외했으므로 그녀가 시키는 대로 했다. 세 사람은 서둘러 배에 올랐고, 선원들이 배를 바다로 밀어 넣었다. 하지만 바다로 향한 항구 입구에서 육지 쪽으로 강풍이 불어와 배를 막았다. 배는 바람을 뚫고 앞으로 나아갈 수 없었다. 온갖 노력에도 배는 계속 제자리에서 맴돌았다. 배가 바위에 부딪힐 것만 같았다.

그 무렵 그 나라 사람들도 무슨 일이 벌어지고 있는지 알아챘다. 이피게네이아 일행이 탄 배가 오도가도 못하고 갇혀 있는 모습을 본 것이다. 어떤 사람들은 토아스 왕에게 그 소식을 알리려고 뛰어갔다. 분노가 끓어오른 왕이 불경한 이방인들과 반역죄를 저지른 여 사제를 잡아 죽이려고 신전에서 급히 뛰어갔다. 그 순간 갑자기 왕의 머리 위로 번쩍이는 형상이 나타났다. 여신이 분명했다. 왕은 뒤로 물러나며 경외심에 사로잡혀 앞으로 나가지 못했다.

형상이 말했다. "그만 두어라, 왕이여. 나는 아테나 여신이다. 내가 하는 말을 잘 들어라. 배를 보내주어라. 지금 포세이돈도 바람을 잠재우고 있으니 곧 물살이 잠잠해질 것이다. 이피게네이아와 다른 사람들은 모두 신의 인도에 따라 행동하고 있다. 그러니 그대도 화를 풀어라."

토아스는 명령에 복종하며 대답했다. "신의 뜻이라면 그대로 따르겠나이다." 해변에 있던 사람들은 바람이 순풍으로 바뀌고 물살도 가라앉자 그리스 배가 항구를 떠나 바다 저 너머로 전속력으로 나아가는 것을 지켜보았다.

제18장

테바이 왕가

테바이 왕가에 대한 이야기는 그 명성이 아트레우스 가문과 쌍벽을 이룬다. 기원전 5세기 아이스킬로스의 위대한 희곡들이 아트레우스 후손에 관한 것이었듯이, 그와 동시대인인 소포클레스의 가장 위대한 희곡들 역시 오이디푸스와 그의 자식들을 다루고 있다.

카드모스와 그의 자식들

카드모스(Cadmus)와 그의 딸들에 관한 내용은 더 큰 이야기의 서곡에 불과하다. 이 이야기는 고전 시대에 인기 있었으며 몇몇 작가가 전체적으로 또는 부분적으로 언급했다. 기원후 1, 2세기 작가 아폴로도로스가 단순 명료하게 표현했기 때문에 여기서는 그의 이야기를 인용했다.

에우로페가 황소로 변한 제우스에게 납치당하자 그녀의 아버지는 동생인 에우로페를 찾을 때까지는 돌아오지 말라며 아들들을 내보냈다. 아들 중 한 명인 카드모스는 여기저기 막연히 뒤지며 다니지 않고 현명하게 아폴론에게 여동생이 어디 있는지 물으러 델포이로 갔다. 그런데 아폴론 신이 카드모스에게 내려준 신탁은 여동생이나 여동생을 데려오지 않으면 집에 돌아오지 말라는 아버지에 대해 더 이상 신경 쓰지 말고 카드모스 자신의 도시를 세우라는 것이었다. 카드모스가 델포이를 떠날 때 암소 한 마리를 만나게 될 것이라고 아폴론은 말했다. 카드모스는 암소가 쉬려고 눕는 장소에 자신의 도시를 세워야 했다. 이렇게 해서 세워진 도시가 테바이였으며, 그 주변 지역은 암소의 나라라는 의미로 보이오티아(Boeotia)로 불렸다. 하지만 먼저 카드모스는 제 동료들이 물을 긷던 샘 부근을 지키고 있다가 동료들을 모두 죽인 무시무시한 용을 죽여야만 했다. 카드모스 혼자서는 절대 도시를 세울 수 없었지만 용을 죽이고 나자 아테나 여신이 나타나 용의 이빨을 땅에 뿌리라고 알려주었다. 카드모스는 어떻게 될지 전혀 모르는 상태에서 그 말에 복종했다. 씨를 뿌리자 놀랍게도 무장한 용사들이 밭고랑에서 튀어나왔다. 하지만 용사들은 카드모스에게는 신경도 쓰지 않고 서로 자기들끼리 덤벼들더니 죽고 죽이는 살육전을 벌였다. 결국 용사 다섯 명을 제외하고는 모두 죽었고, 카드모스는 살아남은 다섯 용사에게 자신을 도와달라고 설득했다.

다섯 사람의 도움으로 카드모스는 테바이를 찬란한 도시로 세웠고 엄청난 번영을 구가하며 슬기롭게 다스렸다. 그리스의 역사가 헤로도토스에 따르면, 그리스에 알파벳을 도입한 사람이 카드모스였다고 한다. 카드모스의 아내는 아레스와 아프로디테의 딸인 하르모니아였다. 그들 결혼식에 신들이 직접 참석해 자리를 빛내주었고, 아프로디테는 신들의 장인인 헤파이스토스가 만든 놀라운 목걸이를 하르모니아에게 주었다. 비록 신이 만들어준 것이기는 했지만 그 목걸이는 후대에 엄청난 재앙을 몰고 오게 된다.

카드모스 부부에게는 딸 넷에 아들 하나가 있었다. 그들은 신들의 은

〈용을 죽이는 카드모스〉, 헨드리크 골치우스, 1573~1617년

총이 자식에게까지 꾸준히 이어지는 게 아님을 알게 되었다. 카드모스의 딸들은 모두 엄청난 불행을 겪었던 것이다. 그중 한 명이 바로 디오니소스의 어머니인 세멜레였는데, 그녀는 베일을 벗은 제우스의 엄청난 후광에 타죽었다. 또 다른 딸 이노는 황금 숫양이 죽음에서 구해준 소년 프릭소스의 사악한 계모였다. 그 죄로 이노의 남편이 미쳐서 자기 아들 멜리케르테스(Melicertes)를 죽였고, 이노는 아들의 시신을 끌어안고 바닷속으로 뛰어들었다. 하지만 신들이 그들 모자를 살려주었다. 이노는 바다의 여신이 되었다. 오디세우스가 탄 뗏목이 산산조각 났을 때 그가 익사하지 않도록 구해준 것이 바로 이노였다. 이노의 아들 멜리케르테스 역시 바다의 신이 되었다. 『오디세이아』에서 그녀는 여전히 이노라고 불리지만, 후에 이름이 레우코테아로 바뀌고 아들 멜리케르테스는 팔라이몬으로 불렸다. 동생 세멜레처럼 이노도 결국 행복하게 되었다.

나머지 두 딸은 그렇지 못했다. 모두 아들 때문에 고통받았다. 아가베(Agave)는 모든 어머니 중에서도 가장 불행한 여인이었다. 디오니소스에 의해 잠시 미쳤던 아가베가 아들 펜테우스를 사자로 착각해 제 손으로 아들을 죽인 것이다. 아우토노에(Autonoe)의 아들은 위대한 사냥꾼 악타이온(Actaeon)이었다. 제 손으로 직접 아들을 죽이지 않았다는 점에서는 아우토노에가 아가베보다 덜 비참하다고 할 수 있지만, 그녀는 힘이 한창 절정에 있는 새파랗게 젊은 아들이 죽는 것을 지켜봐야 했다는 점에서 똑같이 불행했다. 게다가 아무 잘못도 없는 악타이온의 죽음 역시 부당한 것이었다.

악타이온이 사냥을 나갔다가 덥고 목이 말라 작은 시냇물과 넓은 연못이 만나는 작은 동굴 속으로 들어갔다. 악타이온은 단지 수정처럼 맑은 물에 더운 몸을 식히고 싶을 뿐이었다. 하지만 아무것도 모른 채 악타이온은 아르테미스 여신이 가장 애용하던 목욕 장소를 우연히 찾아가게 되었다. 그가 들어선 순간이 아르테미스 여신이 옷을 벗고 아름다운 나신으로 물에 막 들어가려던 참이었다. 벗은 몸을 들켜 모욕감을 느낀 여신은 악타이온이 고의로 자신을 모욕한 것인지 아니면 아무것도 모른 채 들어온 것인지는 전혀 생각하지 않았다. 몹시 분노한 아르테미스가 젖은 손으로 악타이온 얼굴에 물방울을 뿌렸다. 물방울이 얼굴에 닿는 순간 악타이온은 수사슴으로 변하고 말았다. 겉모습만 변한 게 아니었다. 속마음 역시 사슴의 마음이 되어 전에는 결코 느껴보지 못한 두려움에 떨며 도망쳤다. 사슴으로 변한 악타이온이 도망가는 것을 보고 그의 사냥개들이 쫓아왔다. 예민한 후각을 가진 사냥개들을 따돌릴 만큼 빨리 뛰기에는 역부족이었다. 충실한 사냥개들이 바로 그를 덮쳤고, 악타이온은 결국 아끼던 애견들에게 죽임을 당하고 말았다.

커다란 번영을 누린 뒤 노쇠한 카드모스와 하르모니아에게는 엄청난 불행이 그렇게 자식들과 손자들을 통해 닥쳐왔다. 외손자 펜테우스가 죽은 뒤 카드모스 부부는 마치 불행에서 벗어나기라도 하려는 듯 테바이에서 도망쳤다. 하지만 불행은 끝까지 부부를 따라다녔다. 멀리 떨어진 일리리아(Illyria)에 도착하자 신들은 그들을 뱀으로 변신시켰다. 카드모스 부부가 잘못을 저질러 벌을 받은 게 아니었다. 두 사람의 운명은 고통이 죄지은 사람만 받는 형벌이 아님을 명확히 보여준다. 아무 죄 없는 사람도 죄인처럼 자주 고통을 겪었던 것이다.

불행을 겪은 집안 모든 사람 중에서도 카드모스의 고손자인 오이디푸스만큼 아무런 죄도 짓지 않고 심한 고통을 겪은 사람은 없었다.

오이디푸스

이 이야기는 소포클레스가 간단히 언급만 하고 지나간 스핑크스의 수수께끼 부분을 제외하고는 그의 동명 희곡에서 전체적으로 인용했다. 많은 작가들이 같은 형식으로 이 이야기를 다루었다.

테바이의 라이오스(Laius) 왕은 카드모스의 증손자였고 먼 사촌뻘인 이오카스테(Jocasta)와 결혼했다. 그들이 통치하면서부터 델포이의 아폴론 신탁이 가문의 운명에 중요한 역할을 하게 된다.

아폴론은 진리의 신이었다. 델포이의 여사제가 하는 말은 무엇이든지 반드시 실현되었다. 예언을 빗나가게 하려는 시도는 운명의 섭리에 저항하려는 것만큼 무모한 짓이었다. 그럼에도 라이오스가 아들 손에 죽게 되리라는 신탁이 내려지자 라이오스는 어떻게든 그 운명을 피해 가려고 결심했다. 그래서 아들이 태어나자 라이오스는 아이 발을 한데 묶어 아무도 살지 않는 황량한 산에 내다 버렸다. 그곳에서 곧 죽을 것이라 확신하고 말이다. 이제 라이오스는 더 이상 아무런 두려움도 느끼지 않았다. 그 순간만큼은 자신이 신보다 미래를 더욱 잘 내다볼 수 있다고 확신했다.

하지만 라이오스는 자신의 어리석음으로 전혀 안식을 찾을 수 없었다. 실제로 살해된 것이다. 그러나 라이오스는 자신을 공격한 사람이 단지 나그네였을 뿐이라고 생각했다. 죽는 순간까지도 자신의 죽음이 아폴론의 예언을 입증했다는 사실을 알지 못했다.

라이오스가 살해당한 곳은 집에서 멀리 떨어진 지점이었으며, 아기가 산에 버려진 뒤 세월이 많이 흐른 뒤였다. 사람들 말에 따르면 강도떼를 만난 라이오스는 수행원들과 함께 살해됐으며, 유일하게 살아남은 수행원 한 사람이 집으로 소식을 전해 왔다고 했다. 당시 테바이는 커다란 곤궁에 처해 있었기 때문에 그 사건은 면밀히 조사되지 못한 채 그냥 지나갔다. 여인의 얼굴과 가슴을 지녔지만 전체적으로는 날개 달린 사자 형상을 한 끔찍한 괴물 스핑크스가 온 나라를 괴롭히고 있었기 때문이다. 스핑크스는 도시로 들어가는 길목에서 나그네들을 기다리고 있다가 답을 제대로 맞히면 보내주겠다면서 수수께끼를 냈다. 그러나 아무도 그 수수께끼를 알아맞히지 못하자 스핑크스는 사람들을 연이어 잡아먹었고, 그 때문에 마침내 도시 자체가 고립 상태가 되고 말았다. 테바이 시민들의 자부심이었던 일곱 대문은 굳게 닫혔고 시민들은 굶주림에 시달리게

〈오이디푸스와 스핑크스〉, 앵그르, 19세기

되었다.

테바이의 사정이 이러했을 때, 오이디푸스라 하는 뛰어난 용기와 지성을 지닌 이방인이 찾아왔다. 오이디푸스는 고향인 코린토스를 떠나온 것이었는데, 그곳에서 폴리보스(Polybus) 왕의 아들로 여겨졌었다. 오이디푸스가 고향을 스스로 떠난 이유는 또 다른 델포이의 신탁 때문이었다. 아폴론은 오이디푸스가 아버지를 살해할 운명을 타고났다고 예언했다. 그 역시 라이오스처럼 신탁이 실현되는 것을 막을 수 있다고 생각했다. 다시는 아버지 폴리보스를 보지 않기로 결심한 것이다. 혼자서 이리저리 떠돌던 오이디푸스는 테바이 부근까지 오게 되었고 그곳에서 벌어지고 있는 일을 들었다. 집도 친구도 없이 떠돌던 오이디푸스는 자신의 인생에 그다지 큰 의미를 두고 있지 않았으므로 스핑크스를 찾아가 수수께끼나 풀어야겠다고 마음먹었다.

찾아온 오이디푸스에게 스핑크스가 문제를 냈다. "아침에는 네 발로 걷다가 낮에는 두 발로, 저녁에는 세 발로 걷는 생물이 무엇이냐?" 그러자 오이디푸스가 대답했다. "그것은 바로 사람이지. 어릴 적에는 두 손과 두 발로 기어 다니고, 자라서는 두 발로 똑바로 걷다가 나이 들어서는 지팡이에 의지해 걸으니까."

정답이었다. 왜 그랬는지는 전혀 알 수 없지만 어쨌든 다행스럽게도 스핑크스는 스스로 목숨을 끊어버렸다. 이제 테바이인들은 살았다. 오이디푸스는 자신이 버리고 왔던 것 이상으로 모든 것을 얻었다. 자신들을 구해준 고마움으로 테바이인들은 오이디푸스를 왕으로 삼고 죽은 왕의 아내인 이오카스테와 결혼하도록 해주었다. 두 사람은 오랫동안 행복하게 살았다. 그렇게 아폴론의 신탁도 거짓으로 입증된 것처럼 보였다.

그들 사이에 태어난 두 아들이 장성했을 무렵 테바이인들은 끔찍한 역병에 시달리게 되었다. 전염병이 모든 것을 휩쓸었다. 전국적으로 사람만 죽어간 게 아니라 가축 떼와 들판의 과실조차 시들어 죽었다. 전염병에서 간신히 살아남은 사람들은 굶주려 죽을 상황에 처했다. 오이디푸스보다 더 괴로워한 사람은 없었다. 오이디푸스는 자신이 온 나라의 아버지라고 생각했다. 그러므로 백성은 곧 그의 자식이나 마찬가지였다. 백성한 사람 한 사람이 겪는 고통은 곧 자신의 고통이었다. 오이디푸스는 신들에게 도움을 청하기 위해 이오카스테의 오빠인 크레온(Creon)을 델포이로 보냈다.

크레온은 좋은 소식을 가지고 돌아왔다. 한 가지 일만 처리하면 역병이 곧 사라질 것이라고 아폴론이 말했다는 것이다. 라이오스 왕을 죽인자를 찾아내 처벌하기만 하면 됐다. 오이디푸스는 안도했다. 라이오스 왕이 죽은 뒤로 시간이 많이 흐르기는 했지만 그를 죽인 범인 또는 공모자들은 분명 찾아낼 수 있고, 그 범인을 어떻게 처벌해야 할지도 모두 잘 알고 있으니 말이다. 오이디푸스는 사람들에게 크레온이 가져온 소식을 들으러 모이라고 했다.

…이 땅 어떤 사람도
그 범인에게 숨을 곳을 주지 말지니. 악에 물든 더러운 자처럼
절대 그대들의 집에 들이지 않도록 하라.
그리고 엄숙히 비노니 왕을 해친 범인은
사악하므로 그의 삶 역시 죄악 속에서 사그라들기를.

오이디푸스는 박력 있게 그 사건을 직접 처리해나갔다. 우선 테바이인들에게 가장 존경받는 앞 못 보는 늙은 예언자 테이레시아스를 불러오도록 했다. 오이디푸스는 누가 죄인인지 찾아낼 방법을 물었다. 분통 터지게도 테이레시아스는 대답하지 않으려 했다. 오이디푸스는 애원했다. "제발, 알고 있다면…."

"당신들 모두 어리석은 자들이오. 난 말하지 않겠소."

급기야 오이디푸스가 테이레시아스 당신이 그 사건에 연루되어 있어 입 다물고 있는 게 아니냐고 몰아붙이자 테이레시아스는 몹시 분개하

며 결코 말하려 하지 않았던 엄청난 사실을 내뱉고야 말았다. "당신이 찾고 있는 살인자는 바로 당신 자신이오."

오이디푸스가 보기에 테이레시아스는 제정신이 아닌 것 같았다. 미치지 않고서야 그런 말을 할 수 없었다. 오이디푸스는 테이레시아스에게 눈앞에서 당장 사라져 다시는 나타나지 말라고 명령했다.

이오카스테 역시 테이레시아스의 말을 비웃었다. "예언이고 신탁이고 제대로 아는 게 없네요." 그러면서 이오카스테는 남편에게 델포이 여사제가 라이오스 선왕이 제 아들 손에 죽으리라 예언한 것, 그러나 자신과 남편이 그 아이를 죽임으로 예언이 빗나가는 것을 지켜봤다고 말했다. "라이오스는 델포이로 가는 도중 삼거리에서 강도들에게 살해당했으니 신탁이 하나도 들어맞지 않았잖아요." 이오카스테는 의기양양하게 말을 마쳤다.

오이디푸스가 의아한 눈으로 아내를 쳐다보며 천천히 물어보았다. "그 일이 언제 일어난 거요?"

"당신이 테바이로 오기 직전에요."

"왕과 함께 간 사람은 몇 명이었소?"

"다섯 명이었어요. 모두 죽고 한 사람만 살아남았죠."

"그를 만나봐야겠소. 그를 불러오시오."

"당장 불러오도록 하지요. 하지만 당신이 무슨 생각을 하는지 저도 알 권한이 있어요."

"내가 알고 있는 것을 모두 말해주겠소. 나도 이곳에 오기 직전에 델포이에 갔었소. 어떤 남자가 나를 폴리보스 왕의 아들이 아니라고 모욕했기 때문이오. 그래서 신에게 물으러 간 것이오. 아폴론 신은 대답 대신 끔찍한 사실을 말해주었소. 내가 아버지를 죽이고 어머니와 결혼해 사람들이 보는 것만으로도 몸서리치게 될 아이들을 낳을 것이라는 내용이었소. 나는 코린토스로 돌아가지 않았소. 델포이에서 세 갈래 길이 만나는 삼거리에서 수행원을 네 명 거느린 한 남자와 마주쳤소. 그 남자가 나를 길에서 강제로 쫓아내려고 지팡이로 내리쳤소. 나는 화가 나서 엉겁결에 그들을 모두 죽이고 말았소. 그 남자가 라이오스일 수도 있지 않겠소?"

"하지만 혼자서 살아남아 돌아온 수행원은 강도들 소행이라고 한걸요. 라이오스는 산에 버려져 죄 없이 죽은 불쌍한 아들이 아니라 강도들 손에 죽은 거라고요."

그들이 대화하는 동안 아폴론의 신탁이 틀린 것처럼 보이는 증거가 추가로 나타났다. 코린토스에서 온 전령이 오이디푸스에게 폴리보스 왕의 죽음을 전해준 것이다. 그러자 이오카스테가 더욱 기고만장하게 외쳤다. "신의 신탁이란. 신이여, 지금 당신은 어디 계시나이까? 폴리보스 왕이 죽었답니다. 하지만 아들 손에 죽은 게 아니잖습니까?"

그러자 전령이 약삭빠르게 웃으며 오이디푸스에게 물었다. "아버지를 죽일지도 모른다는 두려움 때문에 코린토스를 떠나셨던 겁니까? 그렇다면 잘못 생각하신 겁니다. 당신은 두려워할 필요가 전혀 없었으니까요. 폴리보스 왕은 당신의 친아버지가 아니기 때문입니다. 그분은 당신이 친아들이 아니라 제게서 데려갔음에도 아들처럼 키워주셨지요."

"그대는 나를 어디서 받았는가? 내 친부모는 누구인가?"

"저도 아는 바가 없습니다. 라이오스의 하인인 떠돌이 양치기가 당신을 제게 주었으니까요."

이오카스테는 백지장처럼 하얗게 질렸다. 얼굴에는 공포에 질린 기색이 역력했다. "왜 저런 작자가 하는 말에 쓸데없이 신경 쓰시나요? 저 사람이 하는 말은 들을 가치도 없어요." 흥분한 이오카스테는 급히 말을 쏟아냈다. 오이디푸스는 그런 이오카스테를 이해할 수 없었다. "내 출생이 신경 쓰여 그러는 것이오?"

"제발, 이쯤에서 끝내세요. 제가 받은 고통은 이것으로 충분해요." 이오카스테는 갑자기 말을 끊더니 궁전 안으로 뛰어가버렸다.

바로 그 순간 한 노인이 들어왔다. 노인과 전령은 신기한 듯 서로 바라보았다. 그러더니 전령이 소리쳤다. "왕이시여, 바로 저 사람입니다. 당신을 제게 주었던 바로 그 양치기입니다."

오이디푸스가 노인에게 물었다. "저 사람이 그대를 알아보는 것처럼 그대도 저 사람이 누구인지 알겠는가?" 노인이 아무 대답도 하지 않자 전령이 우겼다. "잘 생각해봐요. 언젠가 당신이 발견한 어린 아기를 내게 주었잖아요. 여기 계신 왕이 바로 그 아기고요." 그러자 노인이 탄식했다. "이런 망할 놈, 입 닥치지 못할까!"

오이디푸스가 벌컥 화를 내며 말했다. "뭐라고! 너는 저자와 공모해 내가 알고 싶어 하는 것을 숨길 작정이더냐? 그렇다면 네 입을 열게 할 방법이 분명히 있다."

갑자기 노인이 울부짖었다. "저를 해치지 마십시오. 제가 저 사람에게 아기를 준 것은 사실입니다. 하지만 더 이상은 묻지 마십시오, 제발. 제발."

"나를 어디서 받았는지 한 번 더 묻는 날에는 넌 죽은 목숨인 줄 알아라." 그러자 노인이 외쳤다. "왕비에게 물어보십시오. 그분이 가장 잘 아실 겁니다." "그렇다면 왕비가 아이를 네게 준 것이냐?" 노인은 신음하며 대답했다. "예, 예, 맞습니다. 저더러 아이를 죽이라 하셨죠. 신탁이 있었기 때문에…" "신탁이라고! 그 아이가 아버지를 죽일 거라는 신탁 말이냐?" "예." 노인이 속삭이듯 대답했다.

고통스러운 절규가 왕의 입에서 흘러나왔다. 마침내 오이디푸스는 모든 것을 이해했다. "결국 모든 것이 사실이었군! 이제 나의 밝은 영광은 암흑으로 바뀌었다. 나는 저주받은 것이야."

오이디푸스는 결국 아버지를 죽였고 아버지의 아내인 어머니와 결혼한 것이었다. 오이디푸스도, 이오카스테도, 그의 아이들도 이제 어쩔 도리가 없었다. 모두 저주를 받은 것이다.

오이디푸스는 궁전 안에서 어머니이자 아내인 이오카스테를 미친 듯이 찾아 헤맸다. 이오카스테의 방에서 그녀를 발견했다. 이오카스테는 이미 죽어 있었다. 모든 진실을 알게 되자 스스로 목숨을 끊은 것이다. 죽은 이오카스테 옆에 서서 오이디푸스 역시 자신의 손을 제 몸에 댔지만 목숨을 끊은 것은 아니었다. 그는 빛을 암흑으로 바꾸었다. 자기 눈을 스스로 멀게 했던 것이다. 아무것도 보이지 않는 암흑의 세계가 오이디푸스에게는 피난처였다. 그토록 밝았던 세상을 수치스러운 눈으로 보느니 차라리 암흑 세계에 머물러 있는 편이 훨씬 편했다.

안티고네

이 이야기는 에우리피데스의 희곡 『탄원자들』(The Suppliants)에 언급되어 있는 메노이케우스(Menoeceus)의 죽음 부분을 제외하고는 소포클레스의 두 희곡 『안티고네』(Antigone)와 『콜로노스의 오이디푸스』(the Oedipus at Colonus)에서 인용했다.

이오카스테의 죽음으로 초래된 모든 불행 이후에도 오이디푸스는 아이들이 자라는 동안 테바이에서 그대로 살았다. 오이디푸스에게는 폴리네이케스(Polyneices)와 에테오클레스(Eteocles)라는 두 아들과, 안티고네와 이스메네(Ismene)라는 두 딸이 있었다. 매우 불행한 젊은이들이었지만 신탁이 오이디푸스에게 말했던 것처럼 사람들이 보는 것만으로도 전율하는 괴물의 형상과는 거리가 멀었다. 두 아들은 테바이인들이 좋아했으며, 두 딸은 보통 사람이 지닐 수 있는 착한 성품의 소유자들이었다.

오이디푸스는 당연히 왕위에서 물러났다. 장남 폴리네이케스 역시 아버지의 왕위를 물려받지 않았다. 가문이 처한 끔찍한 상황 때문에 테바이인들은 그렇게 하는 편이 현명하다고 여겼고, 이오카스테의 오빠 크레온을 섭정으로 받아들였다. 몇 년 동안 테바이인들은 오이디푸스를 친절하게 대해주었지만 결국에는 그를 도시에서 쫓아내기로 결정했다. 무슨 연유인지는 알려지지 않았지만 크레온이 그렇게 할 것을 강력히 주장했고, 오이디푸스의 아들들도 동의했다. 이제 오이디푸스에게 남은 유일한 친구는 딸들이었다. 오이디푸스가 힘들 때마다 딸들은 늘 헌신적이었다. 도시에서 쫓겨났을 때 안티고네는 눈먼 아버지를 돌보기 위해 함께 따라갔고, 이스메네는 아버지의 이익을 위해 사태가 어떻게 돌아가는지 지켜보고 그와 관계된 일은 무엇이든지 알려주기 위해 테바이에 남아 있었다.

오이디푸스가 떠나자 두 아들은 서로 왕권을 주장하며 자신이 왕이 되려고 했다. 결국 차남이었음에도 에테오클레스가 왕위를 차지한 뒤 형을 테바이에서 쫓아냈다. 폴리네이케스는 아르고스로 도망가 테바이인들에 대한 적의를 일깨우기 위해 온갖 짓을 다했다. 그의 목적은 군대를 소집해 테바이 시로 쳐들어가는 것이었다.

쓸쓸하게 방랑하던 오이디푸스와 안티고네는 아테네 근처 아름다운 콜로노스에 가게 되었다. 분노의 여신 에리니스들은 이제 자비의 여신 에우메니스들이 되었고 콜로노스에는 그들에게 헌납된 장소가 있었다. 탄원자들을 위한 피난처였는데 눈먼 노인 오이디푸스와 딸 안티고네는 그곳을 안전하게 여겨 결국 오이디푸스가 죽을 때까지 머물렀다. 오이디푸스는 살아생전 대부분을 불행하게 보냈지만 말년은 행복했다. 예전에는 끔찍한 예언을 했던 신탁이 죽음이 임박한 오이디푸스에게는 위로의 말을 전해주었다. 수치를 당하고 집도 없이 떠도는 방랑자에 불과했던 오이디푸스가 죽으면 그의 무덤 자리는 신들에게 신비한 축복을 받게 될 것이라고 아폴론이 약속한 것이다. 아테네의 왕 테세우스는 오이디푸스를 극진히 맞아들였고 늙은 오이디푸스는 자신이 더 이상 사람들에게 혐오스러운 존재가 아닌 은인으로 환영받는다는 사실에 기뻐하며 죽었다.

아버지에게 신탁의 희소식을 전하러 온 이스메네는 언니 안티고네와 함께 아버지의 임종을 지켰고, 오이디푸스가 죽은 후에는 테세우스가 자매를 안전하게 집으로 돌려보냈다. 그런데 안티고네 자매가 테바이에 도착해보니 기구한 상황이 벌어져 있었다. 피를 나눈 두 형제가, 한 사람은 도시를 점령하려고 진격해오고 있었고, 다른 한 사람은 끝까지 사수하

〈오이디푸스와 안티고네〉, 알렉산더 코쿨라르, 1825~1828년

기로 결심한 채 대치하고 있었던 것이다. 공격을 감행한 폴리네이케스는 장남이었으므로 도시에 대한 우선권이 있었고, 동생인 에테오클레스는 테바이를 구하기 위해 싸우고 있었다. 안티고네와 이스메네 자매는 어느 편을 들 수도 없는 처지였다.

폴리네이케스는 다른 여섯 장군과 합류했는데, 그중 한 사람은 아르고스의 왕 아드라스토스였고, 또 한 사람은 그의 매부 암피아라오스(Amphiaraus)였다. 특히 예언자였던 암피아라오스는 공격에 가담하기를 가장 꺼려했는데, 일곱 장군 중 아드라스토스를 제외하고는 모두 살아 돌아오지 못한다는 사실을 알고 있었기 때문이다. 하지만 암피아라오스는 자신과 아드라스토스 사이에 분쟁이 일어날 경우 아내인 에리필레(Eriphyle)의 결정에 따르겠다고 맹세했었다. 이 맹세는 전에 암피아라오스가 아드라스토스와 다퉜을 때 아내 에리필레가 두 사람을 화해시키면서 강요한 맹세였다. 폴리네이케스는 자신의 조상인 하르모니아가 결혼 선물로 받았던 목걸이로 에리필레를 매수해 결국 그녀가 남편을 전쟁에 나가도록 만들었다.

테바이의 일곱 대문을 공격한 일곱 용사가 있었고, 도시 안에서는 그 대문을 방어하는 용감한 다른 일곱 용사가 있었다. 에테오클레스는 폴리네이케스가 공격하는 대문을 방어하고 있었고, 안티고네와 이스메네는 궁전에서 누가 상대방을 죽였는지 소식을 기다리고 있었다. 하지만 결정적인 전투가 벌어지기 전에 테바이에서 아직 장성하지 않은 한 청년이 조국을 위해 죽음으로 가장 고귀한 모습을 보여주었다. 이 청년이 바로 크레온의 작은아들인 메노이케우스였다.

테바이 왕가에 무서운 예언을 많이 해왔던 예언자 테이레시아스가 또다시 무서운 예언을 내놓았다. 메노이케우스가 죽어야만 테바이가 무사할 수 있을 것이라고 크레온에게 말한 것이다. 하지만 아버지 크레온은 아들을 죽일 수는 없다며 완강히 거부했다. 차라리 자신이 죽겠다고 말했다. "설사 나의 도시를 위한 일이라 해도 내 아들을 죽일 수는 없다." 크레온은 테이레시아스가 예언할 때 함께 듣고 있던 아들에게 말했다. "일어나라, 아들아. 사람들이 이 사실을 알기 전에 어서 이 땅에서 도망쳐라." "어디로요, 아버지? 어느 도시로 찾아가나요? 어느 친구에게 말인가요?" "멀리, 되도록 멀리 가거라. 내가 방법을 찾아보겠다. 가서 금을 구해 오마." "그럼 어서 다녀오세요." 메노이케우스가 대답은 그렇게 했지만 크레온이 금을 구하러 황급히 가버리자 다른 말을 한다.

> 아, 아버지. 우리의 도시에서 희망을 앗아가고,
> 나를 겁쟁이로 만들려 하시다니. 아, 그분은 늙었으니
> 용서받을 수 있겠지. 하지만 나는 이렇게 젊은데.
> 내가 만일 테바이를 배반한다면 절대 용서받을 수 없겠지.
> 어떻게 아버지는 그런 생각을 하셨을까?
> 내가 테바이를 구하지 못하리라고,
> 또 테바이를 위하여 내가 기꺼이 죽음과 맞서지 못하리라고.
> 조국을 구할 수 있는데도
> 만일 도망친다면 내 인생은 어찌 될까?

그래서 메노이케우스는 전투에 참가했는데, 전쟁에 문외한이었으므로 곧 죽고 말았다.

공격을 감행한 쪽이나 포위당한 쪽이나 어느 쪽도 우세를 지킬 수 없었으므로 결국 양측 당사자인 두 형제가 일대일 대결로 전쟁을 종결짓기로 합의했다. 에테오클레스가 이기면 아르고스 군대는 철수하고 에테오클레스가 지면 폴리네이케스가 왕이 되는 것으로 결정했다. 하지만 승자는 아무도 없었다. 둘 다 죽은 것이다. 에테오클레스는 죽어가면서 형을 보며 울었다. 그는 말할 기운조차 없었다. 하지만 폴리네이케스는 간신히 몇 마디 중얼거릴 수 있었다. "나의 적, 내 동생이여, 하지만 항상 너를 사랑했다. 나를 고향 땅에 묻어다오. 내 도시에 적어도 그만큼의 땅은 차지

할 수 있도록."

두 사람의 대결로는 판가름이 나지 않자 전투는 다시 시작됐다. 하지만 메노이케우스의 죽음이 헛되지는 않았다. 결국 테바이인들이 승리를 거두었고 공격을 이끌었던 일곱 장군들은 아드라스토스를 제외하고 모두 죽었다. 아드라스토스는 패잔병들을 이끌고 아테네로 도망쳤다. 테바이에서는 크레온이 권력을 잡고 있었으므로 테바이에 대항해 싸운 자들은 장례를 치러주지 못하도록 공포했다. 에테오클레스는 가장 고귀한 자들이 죽었을 때 받는 모든 의식으로 예우를 받았지만 폴리네이케스의 시신은 들짐승과 새들이 찢고 파먹도록 내버려두었다.

이것은 신들의 정당한 법을 넘어서 앙갚음하려는 조치였다. 바로 죽은 자들을 벌하는 것이었다. 제대로 장례를 치르지 못한 사람의 영혼은 죽음의 왕국을 둘러싸고 있는 강을 건너지 못했다. 머물 곳도 쉴 곳도 찾지 못한 채 영원토록 쓸쓸히 떠돌아다녀야 했다. 동향 사람 외에 나그네라 해도 죽은 사람을 묻어주는 것은 신성한 임무였다. 하지만 크레온은 폴리네이케스의 경우에는 이 임무가 범죄가 된다고 말하고 있었다. 폴리네이케스의 시신을 묻어주는 자는 사형에 처해질 것이다.

안티고네와 이스메네는 크레온의 결정을 듣고 몸서리쳤다. 불쌍한 시신과 집도 없이 떠돌 영혼을 생각하니 대단히 고통스러웠다. 그럼에도 칙령에 복종하는 길밖에 다른 뾰족한 수가 없어 보였다. 이제 자매는 완전히 외톨이였다. 모든 테바이인들이 전쟁을 몰고 온 폴리네이케스를 그렇게 가혹하게 처벌하는 것에 기뻐하고 있었다.

"우리는 아무 힘이 없어. 그러니 복종해야만 해. 국가에 항거할 힘이 없잖아." 이스메네가 언니를 설득했다

"그렇다면 너는 네 선택대로 하렴. 나는 사랑하는 폴리네이케스를 묻으러 갈 테니까."

"하지만 언니에게는 그럴 힘이 없잖아!"

"아니, 내 힘으로 할 수 없으면 그때 가서 포기하겠어." 안티고네는

이스메네를 두고 떠났다. 이스메네는 그 뒤를 따라갈 용기가 없었다.

몇 시간 후 궁전에 있던 크레온은 "누군가 당신의 칙령을 어기고 폴리네이케스를 매장했습니다!"라는 고함 소리에 깜짝 놀랐다. 급히 뛰어간 크레온은 폴리네이케스의 시신을 지키던 경비병들 그리고 안티고네와 마주쳤다. 경비병들은 외쳤다. "이 처녀가 그의 시신을 묻어주었습니다. 우리가 보았습니다. 짙은 모래바람이 일자 그 틈을 탔어요. 모래바람이 모두 걷히자 시신은 이미 매장된 뒤였고 이 처녀가 죽은 자에게 제주를 붓고 있었어요."

"안티고네, 내 칙령을 알고 있었느냐?" "네." "그러면 감히 법을 어긴 것이냐?" "그것은 당신의 법이지 정의의 여신의 법은 아니지요. 하늘의 불문율은 세상의 법처럼 일시적인 것이 아니라 늘 영원한 것이니까요."

이스메네는 울며 궁전을 나와 언니 곁에 섰다. "제가 언니를 도와줬어요." 하지만 안티고네는 그 말을 받아들이지 않았다. "이스메네는 이 일과 아무 상관 없어요." 안티고네는 크레온에게 이렇게 말하고는 동생에게 더 이상 아무 말도 하지 말라고 일렀다. "너는 사는 길을 선택했고, 나는 죽는 길을 선택한 거야."

안티고네는 죽으러 끌려가면서 구경꾼들에게 이렇게 말했다.

  …저를 보세요, 천상의 법을
  받들었다는 이유로 고통당하는 저를 똑똑히 보세요.

이스메네는 사라졌다. 이스메네에 관한 그 이상의 이야기나 시는 전하지 않는다. 테바이의 마지막 왕가였던 오이디푸스 가문에 관해서도 더이상 알려진 것이 없다.

두 위대한 작가가 이 이야기에 대해 썼다. 바로 아이스킬로스의 희곡과 에우리피데스의 희곡 주제 중 하나였다. 여기서는 에우리피데스의 작품을 인용했는데, 자주 볼 수 있듯이 그의 작품이 우리 관점과도 많이 일치하기 때문이다. 아이스킬로스는 근사하게 이야기를 하고 있지만 그의 손을 거치면서 한 편의 장쾌한 전쟁 시가 되었다. 에우리피데스의 희곡『탄원자들』은 그의 어떤 작품보다도 현대 민주 정신을 잘 보여준다.

폴리네이케스는 동생 안티고네의 목숨을 대가로 장례를 치를 수 있었다. 이제 폴리네이케스의 영혼은 자유롭게 저승의 강을 건너 죽은 자들 틈에서 안식처를 찾았다. 하지만 폴리네이케스와 함께 테바이를 공격하다가 죽은 나머지 장수 다섯 명의 시신은 그대로 방치되었고, 크레온의 칙령에 따라 영원히 그렇게 버려두어야 했다.

전쟁을 일으킨 일곱 장수 중 유일하게 살아남은 아드라스토스는 아테네의 왕 테세우스를 찾아가서, 테바이 사람들이 시체를 매장할 수 있게 해달라고 간청했다. 죽은 장수들의 어머니와 아들들도 그를 따라왔다. 아드라스토스가 테세우스에게 말했다. "우리가 바라는 것은 단지 시신을 매장하는 것입니다. 모든 도시 중에서 아테네가 가장 동정심이 많기에 당신에게 도움을 청하러 온 것입니다."

테세우스가 대답했다. "나는 당신의 동맹군이 되지 않겠소. 당신은 당신 백성을 이끌고 테바이와 싸웠소. 전쟁은 당신이 벌인 것이지, 테바이인들이 벌인 게 아니지 않소."

그러나 미리 전사자들의 모친들에게서 도움을 요청받았던 테세우스의 어머니 아이트라(Aethra)는 대담하게 두 왕 사이를 가로막고 나섰다. "아들아, 내가 네 명예와 아테네를 위해 몇 마디 해도 되겠느냐?"

"말씀하세요, 어머니." 테세우스는 어머니가 생각한 바를 말하는 동안 주의 깊게 경청했다.

"너는 부당한 대우를 받은 사람들을 보호할 의무가 있다. 죽은 자들이 마땅히 누려야 할 매장의 권리를 거부하는 이 악독한 사람들에 대해 너는 그들이 율법에 복종하도록 강요해야 할 의무가 있어. 그것은 온 그리스를 관통하는 신성한 율법이다. 각 국가가 이 위대한 율법을 존중한다는 사실을 제외하면 도대체 그 무엇이 우리 그리스 각 국가들과 온 누리의 국가들을 하나로 결속할 수 있단 말이냐?"

"어머니, 물론 지당한 말씀이십니다. 하지만 저 혼자서 독단적으로 이 일을 결정할 수는 없습니다. 저는 이 나라를 백성들이 모두 동등한 참정권을 지닌 자유로운 국가로 만들었기 때문입니다. 만일 시민들이 동의한다면 그때는 테바이로 가겠습니다."

테세우스가 테바이에서 죽은 시신들의 처리를 결정할 민회를 소집하는 동안 아이트라는 죽은 자들의 가련한 모친들과 함께 기다렸다. 그들은 함께 기원했다. "아테나 여신의 도시 아테네여. 정의의 법이 결코 더럽혀지지 않고 온 나라를 통해 힘없고 핍박받는 자들이 구원받을 수 있도록 우리를 도우소서." 그때 테세우스가 희소식을 가지고 돌아왔다. 민회는 테바이인들에게 아테네인들이 좋은 이웃이기를 바라며 큰 불의가 행해지는 것을 수수방관할 수 없음을 전하기로 투표했다는 내용이었다.

민회는 계속해서 이렇게 결정했다. "그러니 우리 요구에 따르시오. 우리가 원하는 것은 정의일 뿐이오. 하지만 당신네들이 따르지 않겠다면 당신들이 전쟁을 선택한 것으로 간주하겠소. 우리는 스스로 방어할 힘이 없는 자들을 보호하기 위해 싸워야 하기 때문이오."

테세우스가 말을 끝맺기도 전에 전령이 들어와 물었다. "누가, 이곳 주인, 아테네의 군주입니까? 저는 테바이의 군주로부터 전갈을 가져왔습니다."

"그대는 존재하지도 않는 사람을 찾고 있소. 이곳에 주인은 없소. 아테네는 자유로운 곳이니까. 백성들이 주인이 되어 스스로 통치한다오."

그러자 전령이 외쳤다. "그것 참 테바이에게는 다행스러운 일이로군요. 저희 테바이는 줏대 없이 왔다 갔다 하는 어중이떠중이가 아니라 한 사람이 다스리니까요. 어떻게 아무것도 모르는 무식한 군중이 국가의 진로를 지혜롭게 이끌 수 있겠습니까?"

"우리 아테네인들은 우리의 법률을 쓰고 그에 따라 통치하는 것이오. 법률을 오직 자기 손아귀에 독점하는 사람만큼 국가에 해로운 적은 없소. 우리 나라는 지성과 공정한 대우 덕분에 탄탄하고 강인하게 자란 아들들에게서 기쁨을 누리는 큰 이점을 지녔소. 하지만 폭군에게 그런 것은 혐오스럽겠지. 자신의 권력을 뒤흔들까 봐 두려워 그들을 죽이는 것이오. 테바이로 돌아가 전쟁보다는 평화가 얼마나 좋은 것인지 우리가 알고 있다고 전하시오. 어리석은 자들만이 자기보다 약한 나라를 예속시키기 위해 전쟁을 일으키는 법이오. 하지만 우리는 당신네 나라를 해치지 않을 것이오. 그저 시신을 찾아 그 누구의 주인도 아닌 잠시 머물다 가는 손님에 불과한 육신을 땅에 되돌려주려는 것뿐이오. 흙은 다시 흙으로 돌아가야만 하는 법이니 말이오."

하지만 크레온이 테세우스의 요청을 받아들이지 않자 아테네인들은 진격해 테바이를 정복했다. 한편 공포에 사로잡힌 테바이 시민들은 이제 자신들이 죽거나 노예가 되고 도시는 폐허로 변할 것이라 예상했다. 승리한 아테네 군대에게는 탄탄대로가 뻗어 있었지만 테세우스는 그들을 제지했다. "우리는 이곳을 파괴하러 온 것이 아니라 죽은 자들을 되찾기 위해 온 것이다."

한편, 아테네에서 초조하게 기다리고 있던 사람들에게 전령이 이렇게 소식을 전했다. "우리의 왕 테세우스는 손수 불쌍한 다섯 장군의 묘를 준비해주었고 시신을 깨끗이 씻기고 덮은 다음 관대에 뉘였습니다."

죽은 장군들의 시신이 경건하고 영예롭게 장례용 화장대 위에 놓이자 상심한 어머니들에게는 어느 정도 위안이 되었다. 아드라스토스가 그들 각자를 위해 마지막 조사를 읊었다. "대단한 부자였건만 가난한 사람처럼 늘 겸손했고 모든 이에게 진정한 친구였던 카파네우스(Capaneus) 여기 누워 있도다. 그는 전혀 교활하지 않았으며 항상 친절한 말만 했소. 그다음은 에테오클레스, 명예를 빼면 아무것도 소유하지 않았소. 명예에 있어서만큼은 누구에게도 뒤지지 않을 만한 부자였소. 사람들이 황금을 준다 해도 받으려 하지 않았소. 결코 재물의 노예가 되기를 원하지 않았기 때문이오. 그 옆에 히포메돈(Hippomedon) 누워 있도다. 그는 고난을 기쁘게 받아들였던 사냥꾼이자 군인이었소. 어린 시절부터 편한 삶을 거부했소. 그다음 아탈란테의 아들 파르테노파이오스 누워 있도다. 많은 남자와 여인들에게 사랑받은 사람, 그 누구에게도 잘못한 적이 없는 사람이었소. 오직 조국의 번영에 기뻐하고 조국의 불운에 슬퍼했소. 마지막은 과묵한 사람 티데우스. 그는 칼과 방패를 다루는 데는 탁월했소. 티데우스의 영혼은 숭고했고 자신의 영혼이 얼마나 숭고한지 말이 아니라 행동으로 보여주었소."

화장대 위로 불이 붙었을 때 높은 바위 위로 한 여인이 나타났다. 카파네우스의 아내인 에바드네(Evadne)였다. 에바드네는 불타는 화장대를 보며 외쳤다.

당신의 화장대가 타는 불빛이, 당신의 무덤이 이제 보이는군요.
나도 그곳에서 삶의 비애와 고통을 끝내겠어요.
오, 내가 사랑했던 소중한 당신의 시신과 함께라면 죽음마저도
달콤하리.

에바드네는 불타는 화장대 위로 뛰어들어 결국 남편과 함께 저승 세계로 내려갔다.

마침내 자식들의 영혼이 편히 쉬게 된 것을 알자, 어머니들 마음에도 평온이 찾아왔다. 그러나 죽은 자들의 젊은 아들들은 그렇지 않았다. 아버지의 시신이 불타는 화장대를 바라보며 나중에 크면 반드시 테바이인

들에게 복수하겠노라고 맹세했다. "우리 아버지들은 이제 무덤에 잠들었지만 그들이 받은 부당한 대우는 결코 잊을 수 없으리."

결국 10년 뒤 그들은 테바이로 쳐들어가 승리를 거두었다. 패배한 테바이인들은 도망쳤고 도시는 완전히 유린당했다. 예언자 테이레시아스는 도망 도중에 죽었다. 옛 테바이에 남겨진 것이라고는 하르모니아의 목걸이가 전부였다. 그것은 델포이로 옮겨져 수백 년 동안 그곳을 찾아오는 순례객들에게 전시되었다. 일곱 장군의 아들들은 그들이 행한 모든 위대한 일에도 불구하고 마치 세상에 너무 늦게 태어나기라도 한 것처럼 늘 '이후에 태어난 사람들'이라는 의미의 에피고노이(Epigonoi)라고 불렸다. 하지만 테바이가 몰락했을 때는 그리스 함대가 아직 트로이 땅으로 출항하기 전이었다. 그리고 티데우스의 아들 디오메데스는 트로이가 함락되기 전에 싸웠던 전사들 중 가장 빛나는 투사였다.

제19장

아테네 왕가

프로크네(Procne)와 필로멜라(Philomela) 이야기는 오비디우스에서 인용했다. 오비디우스가 이 이야기를 가장 잘 서술하고 있기는 하나, 조잡한 경우도 더러 있다. 그는 장장 15행에 걸쳐 필로멜라의 혀가 어떻게 잘렸으며, 테레우스(Tereus)가 그것을 던졌을 때 땅 위에서 '팔딱거리는' 모습이 어떠했는지 묘사한다. 그리스 시인들은 세부 묘사에 치중하지 않았지만 라틴 작가들은 그렇지 않았다. 프로크리스(Procris)와 오레이티아(Orithyia) 이야기 역시 아폴로도로스에서 약간의 세부 사항만 덧붙인 것을 제외하면 오비디우스에서 인용했다. 크레우사(Creüsa)와 이온(Ion) 이야기는 에우리피데스 희곡의 소재였다. 이 작품은 에우리피데스가 자비, 명예, 자제심 등 평범한 인간의 기준으로 판단했을 때 신화 속 신들이 실제로 어떠했는지 아테네인들에게 보여주려고 노력한 작품 중 하나다. 그리스 신화에는 에우로페 납치 사건 등과 같은 이야기가 가득하지만, 문제의 신이 별로 신답지 못한 행동을 했다는 암시는 전혀 드러나지 않는다. 그러나 크레우사 이야기에서 에우리피데스는 청중들에게 이렇게 말한다. "그대의 아폴론, 리라의 찬란한 신, 진리의 순수한 신을 보라. 이것이 바로 아폴론 신이 한 짓이다. 그는 힘없는 어린 소녀를 강제로 범하고 나서 버렸도다." 이러한 희곡이 아테네의 극장 객석을 관객으로 꽉 메웠을 때 그리스 신화의 종말은 점차 가까워지고 있었다.

아테네 왕가는 신화에 등장하는 다른 유명한 가문 중에서도 가족 구성원들에게 닥친 특이한 사건 때문에 주목을 끈다. 그들 생애에 일어난 몇 가지 사건들보다 이상한 이야기는 없다.

케크롭스

아티카의 초대 왕 케크롭스(Cecrops)는 인간의 후손이 아니었으며 반(半)만 인간이었다.

> 케크롭스, 왕이자 영웅이여,
> 용에서 태어나,
> 하체는 용의 형상이어라.

케크롭스는 아테나 여신이 아테네의 수호자가 된 유래와 관련 있는 인물이다. 포세이돈 역시 아테네를 위해 자신이 대단한 후원자가 될 수 있다는 것을 보여주었다. 삼지창으로 아크로폴리스에 있는 커다란 바위를 내리쳐 그 열린 틈으로 물이 솟아나와 깊은 샘으로 흘러들게 했다. 하지만 아테나는 그 이상의 일을 했다. 그리스의 모든 나무 중 가장 소중히 여겨지는 올리브 나무가 자라게 해준 것이다.

> 회색빛으로 은은하게 빛나는 올리브,

아테나 여신이 사람들에게 보여주었네.

빛나는 아테네의 영광,

하늘에서는 여신의 왕관이.

이 훌륭한 선물에 대한 보답으로 심판관이었던 케크롭스는 아테네 여신을 도시의 수호신으로 삼았다. 그러자 분노한 포세이돈이 거대한 홍수를 보내 사람들을 벌했다.

두 신이 벌인 경쟁에 대한 어떤 이야기에서는 여인들의 참정권이 큰 역할을 했다. 초기에는 여인들도 남자들처럼 투표에 참여할 수 있었다고 한다. 모든 여인이 아테나 여신에게 찬성표를, 모든 남자는 포세이돈 신에게 찬성표를 던졌다고 한다. 그런데 여인 수가 남자보다 한 명 더 많았으므로 결국 아테나 여신이 승리를 거두었다. 포세이돈과 함께 남자들은 여성의 승리에 몹시 분개했다. 그래서 포세이돈이 땅으로 홍수를 보내는 동안 남자들은 여인들에게서 투표권을 빼앗기로 결정했다. 그럼에도 아테나 여신은 아테네 시의 수호신으로 남았다.

대부분의 작가들은 이러한 사건들이 대홍수 이전에 일어났으며, 유명한 아테네 가문에 속했던 케크롭스가 고대 반인반용(半人半龍)의 존재가 아닌 오직 자신의 친척 때문에 중요시된 평범한 인간이었다고 말한다. 케크롭스는 유명한 왕의 아들이었고 잘 알려진 신화 속 두 여주인공의 조카였으며, 형제가 세 명 있었다. 무엇보다 그는 아테네의 영웅이었던 테세우스의 증조부였다.

케크롭스의 아버지 에렉테우스(Erechtheus) 왕은 데메테르 여신이 엘레우시스에 와서 농업이 시작되었던 시기의 왕이었다고 한다. 에렉테우스 왕에게는 프로크네와 필로멜라라는 두 누이가 있었는데 두 여인은 그들이 겪은 큰 불행으로 유명하다. 이들의 이야기는 매우 비극적이다.

프로크네와 필로멜라

두 사람 중 언니인 프로크네는 트라키아의 테레우스에게 시집갔는데, 아레스의 아들인 테레우스는 아버지의 못된 성질을 그대로 이어받았다고 한다. 두 사람 사이에는 이티스(Itys)라는 아들이 있었다. 이티스가 다섯 살이 되었을 때 그동안 가족과 떨어져 트라키아에서만 살아온 프로크네가 남편에게 제 여동생인 필로멜라를 초대하게 해달라고 간청했다. 테레우스는 좋다고 허락하며 자신이 직접 아테네로 가서 필로멜라를 데려오겠다고 했다. 그런데 테레우스가 필로멜라를 본 순간 한눈에 반하고 말았다. 필로멜라는 마치 님프나 요정처럼 아름다웠다. 테레우스는 쉽사리 필로멜라의 아버지를 설득해 그녀를 데려가는 것을 허락받았다. 필로멜라도 기대에 부풀어 무척 행복했다. 항해는 순조로웠다. 그런데 막상 배에서 내려 궁전으로 가는 길에 접어들자 테레우스는 필로멜라에게 프로크네가 죽었다는 소식을 받았다고 말하고는, 억지로 그녀와 거짓 결혼식을 올렸다.

얼마 지나지 않아 진상을 알게 된 필로멜라는 경솔하게도 테레우스를 협박했다. 필로멜라는 테레우스가 한 짓을 세상 사람들에게 알릴 방법을 기필코 찾아내겠다고 말했다. 그러면 테레우스는 사람들에게 버림받게 될 것이 뻔했다. 필로멜라의 말에 분노와 두려움을 동시에 느낀 테레우스는 필로멜라의 혀를 잘라버렸다. 그러고는 필로멜라를 엄중히 감시할 수 있는 곳에 가두고 프로크네에게 가서는 필로멜라가 여행 중에 죽었다고 꾸며댔다.

필로멜라는 이제 아무런 희망이 없어 보였다. 갇힌 몸인 데다 말도할 수 없었다. 당시에는 문자도 없었다. 그래서 테레우스는 발각될 염려가 전혀 없어 보였다. 하지만 당시 사람들이 글은 쓸 수 없지만, 그 이후 유례를 찾아보기 힘들 정도로 뛰어난 장인들이었으므로 말하지 않고도 이야기를 전달할 수 있었다. 대장장이는 표면에 사자 사냥꾼이나, 목동이

〈프로크네와 필로멜라〉, 윌리앙 아돌프 부그로, 1861년

개들에게 공격하라고 재촉하는 동안 황소를 잡아먹고 있는 사자 두 마리 등을 그려 넣은 방패를 만들 수 있었다. 벼 베는 사람들과 다발을 묶는 사람들로 가득 찬 들판, 한 사람은 노동의 흥을 돋우기 위해 목동의 피리를 부는 동안 나머지 처녀 총각들은 주렁주렁 열린 포도송이를 따서 바구니에 집어넣는 포도원 모습 등을 그려 넣을 수도 있었다.

여인들 역시 그들의 일에서 남자들만큼이나 특출한 자질을 지녔다. 여인들은 자기들이 짠 아름다운 천에 누가 봐도 무엇을 보여주는지 알 수 있는 생생한 무늬를 넣었다. 그래서 필로멜라도 베틀에 의지했다. 필로멜라는 다른 어떤 장인보다도 자기가 하고 싶은 이야기를 짜 넣을 동기가 확실했다. 계속되는 고통에도 뛰어난 기술로 필로멜라는 자신이 당한 모든 부당하고 억울한 일을 전부 짜 넣은 놀라운 태피스트리를 완성했다. 필로멜라는 자신을 돌보던 노파에게 그것을 왕비에게 가져다 주라고 표시했다.

아름다운 선물을 전한다는 데 자부심을 느낀 노파는 당장 프로크네에게 가져다주었다. 동생의 죽음으로 여전히 상복 차림이었던 프로크네의 영혼은 입고 있는 상복만큼이나 음울했다. 프로크네는 천을 펼쳤다. 천 속에서 필로멜라의 모습과 남편 테레우스의 모습을 보았다. 겁에 질린 프로크네는 무슨 일이 있었는지 읽어냈다. 모든 것이 마치 글로 인쇄된 듯 명백했다. 프로크네의 깊은 분노가 자제력을 발휘하는 데 도움이 되었다. 눈물을 흘리거나 한탄을 하고 있을 겨를이 없었다. 프로크네는 여동생을 구해내고 남편에게 가할 적당한 벌을 궁리하는 데 온 정신을 집중했다. 먼저 프로크네는 선물을 가져온 노파를 통해 필로멜라가 갇혀 있는 곳으로 갔고, 대답을 할 수 없는 필로멜라에게 자신은 모든 것을 알고 있다고 말한 뒤, 궁전으로 데려왔다.

궁전에서 필로멜라가 우는 동안 프로크네는 생각했다. '울더라도 나중에 울자. 테레우스가 네게 한 짓의 대가를 치르도록 나는 어떤 짓도 할 각오가 되어 있어.' 바로 그때 어린 아들 이티스가 방으로 들어왔다. 그런데 아들을 보자 갑자기 미운 생각이 들었다. "너는 어쩌면 그리도 네 아버지를 쏙 빼닮았니." 천천히 읊조리던 프로크네에게 분명한 계획이 떠올랐다. 프로크네는 단검으로 단번에 아들을 찔러 죽였다. 그리고 시신을 동강 내어 솥에 넣고 끓인 뒤 그날 저녁 식사로 테레우스에게 내놓았다. 프로크네는 테레우스가 그것을 먹는 모습을 지켜보았다. 그러고는 지금 먹은 게 무엇인지 남편에게 말해주었다.

한동안 소름이 돋아 테레우스가 얼어붙은 듯 꼼짝 못하고 있는 틈에 두 자매는 도망쳤다. 하지만 다울리스 근처에서 테레우스는 두 사람을 따라잡았다. 그들을 막 죽이려는 순간 신들이 자매를 새로 변신시켰다. 프로크네는 나이팅게일로, 필로멜라는 제비로 변했는데, 혀가 잘렸으므로 필로멜라가 변한 제비는 지저귀기만 할 뿐 결코 노래를 부를 수 없었다.

갈색 날개를 지닌 새,
아름다운 노래를 부르는 나이팅게일은,
영원히 통곡한다네. 오 이티스, 아가야.
잃어버린 내 아가.

그렇게 구슬피 울기 때문에 세상 모든 새 중에서도 나이팅게일의 울음소리가 가장 감미롭게 들린다고 한다. 자신이 죽인 아들을 결코 잊지 못하기 때문이리라.

한편 비열한 테레우스 역시 한 마리 새로 변신했는데 커다란 부리에 흉측하게 생긴 매로 변했다고 한다.

이 이야기를 언급한 로마의 작가들은 자매를 혼동해 혀 없는 필로멜라가 나이팅게일이라고 말했는데 이는 분명히 이치에 맞지 않다. 하지만 영시(英詩)에서는 늘 필로멜라가 나이팅게일로 불린다.

프로크리스와 케팔로스

프로크리스는 이 불행한 프로크네와 필로멜라 자매의 조카였는데, 그녀 역시 이모들처럼 불행했다. 프로크리스는 바람의 왕 아이올로스의 손자 케팔로스(Cephalus)와 행복한 결혼식을 올렸다. 하지만 결혼하고 불과 몇 주일도 되지 않아 케팔로스는 새벽의 여신 아우로라(Aurora)에게 납치당하고 말았다. 케팔로스는 사냥을 몹시 좋아해 사슴을 쫓으려고 아침 일찍 일어나곤 했다. 그래서 날이 밝기 전 새벽의 여신이 이 젊은 사냥꾼을 자주 보게 되었고 결국 그에게 반하고 말았다. 하지만 케팔로스는 프로크리스를 사랑했다. 빛나는 새벽의 여신조차도 아내를 향한 케팔로스의 정절을 깨뜨릴 수 없었다. 케팔로스의 마음을 차지한 여신은 오직 프로크리스뿐이었다. 갖은 농간에도 케팔로스의 우직한 사랑이 약해지지 않자 화가 난 아우로라는 마침내 그를 놓아주었다. 하지만 아내 프로크리스도 남편이 없는 동안 그처럼 남편에게 정절을 지켰는지 확인해보라고 말했다.

이 심술궂은 제안에 케팔로스는 질투심으로 불타올랐다. 부부는 너무 오래 떨어져 있었고 프로크리스는 무척 아름다웠기 때문이다. 케팔로스는 아내도 자신만 사랑하고 결코 다른 남자에게는 굴하지 않는다는 것을 입증하기 전까지는 마음이 편할 수 없다고 결론 내렸다. 그래서 케팔로스는 다른 사람으로 변장했다. 아우로라가 도와주었다는 말도 있지만 어쨌든 케팔로스의 변장은 거의 완벽해 집으로 돌아왔을 때 아무도 그를 알아보지 못했다. 온 식구가 자신이 돌아오기만 고대하고 있는 것을 보고 안심이 되긴 했지만 케팔로스의 목적은 변함 없었다. 드디어 케팔로스는 프로크리스를 만나게 되었다.

아내의 비통해하는 모습, 슬픈 얼굴, 착 가라앉은 태도를 보자 케팔로스는 계획한 시험을 포기할 뻔했다. 그러나 포기하지 않았다. 아우로라의 비웃음을 잊을 수 없었기 때문이다. 케팔로스는 당장 프로크리스가

〈프로크리스와 케팔로스〉, 파올로 베로네세, 1580년

이방인으로 변장한 자신을 사랑하도록 애쓰기 시작했다. 열정적으로 사랑을 고백하며 남편이 그녀를 버린 거라고 자꾸 주입시켰다. 그러나 오랜 시간 공들였음에도 케팔로스는 프로크리스의 마음을 조금도 움직일 수 없었다. 모든 간청에도 불구하고 프로크리스는 한결같은 대답을 되풀이했다. "저는 남편의 여자예요. 남편이 어디 있든지 저는 늘 그이에 대한 사랑을 간직할 거예요."

그러던 어느 날 평상시처럼 케팔로스가 간청과 설득과 약속의 말을 퍼붓자 이번에는 프로크리스가 망설였다. 그렇다고 굴복한 것은 아니었다. 단지 예전처럼 강하게 반대하지 않았을 뿐이다. 하지만 케팔로스에게는 그것만으로도 충분했다. 케팔로스는 흥분해 갑자기 소리쳤다. "이런 부정하고 뻔뻔한 여인이여, 내가 바로 당신 남편이오. 당신이 남편을 배반한 여인이라는 것을 내 두 눈으로 똑똑히 지켜보았소."

프로크리스가 남편을 뚫어져라 쳐다보았다. 그러더니 휙 돌아서 한마디 말도 없이 집을 나가버렸다. 남편에 대한 프로크리스의 사랑이 증오로 바뀐 듯했다. 프로크리스는 남자라는 족속에는 신물이 났기에 혼자 살기 위해 산으로 들어가버렸다. 재빨리 정신을 차린 케팔로스는 자신이 얼마나 옹졸했는지 깨달았다. 프로크리스를 찾아 사방을 헤맨 끝에 아내를 찾아낼 수 있었다. 그리고 자신을 용서해달라고 간절히 빌었다.

프로크리스는 남편이 자신을 감쪽같이 속인 것이 분해 당장 용서할 수는 없었다. 하지만 결국 케팔로스는 프로크리스의 마음을 돌릴 수 있었고, 두 사람은 다시 행복하게 지냈다. 그러던 어느 날 종종 그랬듯이 둘이 함께 사냥을 나갔다. 언젠가 프로크리스는 한 번 겨냥하면 백발백중 명중하는 투창을 남편에게 주었다. 숲에 도착한 두 사람은 사냥감을 찾아 서로 헤어졌다. 예리한 눈길로 주위를 둘러보던 케팔로스는 앞쪽 덤불에서 무언가 움직이는 것을 보고 투창을 던졌다. 투창은 정확히 목표물을 맞혔다. 그런데 덤불에 있던 것은 다름 아닌 프로크리스였고, 그녀는 가슴에 창을 맞은 채 땅에 쓰러져 허무하게 죽고 말았다.

〈오레이티아를 납치하는 북풍 보레아스〉, 로마넬리, 17세기

오레이티아와 보레아스

오레이티아는 프로크리스의 자매 중 한 명이었다. 그런데 북풍인 보레아스가 오레이티아를 사랑하자 그녀의 아버지 에렉테우스 왕은 물론 아테네 사람들까지 그 구혼에 반대했다. 프로크네와 필로멜라의 슬픈 운명과 사악한 테레우스가 북쪽 출신이라는 사실 때문에 오레이티아를 내주려고 하지 않았다. 사람들은 북쪽 사람들이라면 모두 끔찍하게 싫어했다. 그러나 위대한 북풍이 원하는 것을 주지 않을 수 있다고 생각한 그들이 어리석었다. 어느 날 오레이티아가 자매들과 강둑에서 놀고 있을 때 갑자기 북풍이 돌풍을 일으켜 그녀를 납치해버린 것이다. 그렇게 해서 오레이티아가 북풍에게 낳아준 두 아들 제테스(Zetes)와 칼라이스(Calais)는 이아손과 함께 황금 양털을 찾는 원정에 참가했다.

신화가 최초로 전해진 뒤로 수백 년, 아니 수천 년 후에 살았던 아테네의 위대한 교사 소크라테스가 하루는 자신이 총애하던 청년 파이드로스(Phaedrus)와 함께 산책길을 걷고 있었다. 한가롭게 거닐며 대화를 나누던 중 문득 파이드로스가 물었다. "이 부근 어딘가에 보레아스가 일리소스 강둑에서 오레이티아를 납치해 갔다는 곳이 있지 않습니까?"

"그런 이야기가 있지."

"여기가 바로 그곳일 거라고 생각하십니까? 이 작은 샘은 상쾌할 정도로 맑고 밝군요. 아마도 이 근방에서 처녀들이 놀았을 법합니다."

"내 생각에는 여기서 약 2킬로미터 정도 내려간 지점이 아닌가 싶네. 그곳에는 보레아스에게 바쳐진 것으로 보이는 제단이 있거든."

"소크라테스 선생님, 말씀해주십시오. 선생님은 그 이야기를 믿으십니까?"

"현인은 의심이 많은 법이지. 그래서 나 역시 그 이야기를 믿지 않는다고 해서 이상하지는 않을 걸세."

이는 기원전 5세기 말경의 대화다. 당시는 이미 옛 이야기들이 사람들의 마음을 사로잡는 힘을 점차 잃어가고 있었던 것으로 보인다.

크레우사와 이온

크레우사는 프로크리스와 오레이티아의 자매로 역시 불행한 여인
이었다. 아직 앳된 모습이 채 가시지도 않던 어느 날, 크레우사는 깊은 동
굴이 있는 절벽 위에서 크로커스 꽃을 따고 있었다. 바구니 대신 사용한
베일이 노란 꽃송이로 가득 차자 크레우사는 집으로 돌아가려고 막 돌아
섰다. 그런데 바로 그때 어디서 나타났는지 알 수 없는 한 남자의 팔에 안
기고 말았다. 남자의 모습은 신처럼 아름다웠으나 극심한 두려움에 빠진
크레우사는 남자가 정확히 어떻게 생겼는지 주의깊게 보지 못했다. 크레
우사는 어머니를 애타게 소리쳐 불렀지만 아무도 그녀를 도와줄 사람은
없었다. 크레우사를 유괴한 이는 아폴론 신이었다. 아폴론은 크레우사를
어두운 동굴로 데려갔다.

아폴론이 비록 신이기는 했지만 크레우사는 그를 미워했다. 특히 아
기를 낳을 시기가 임박했는데도 아폴론이 아무런 전조도 보여주지 않고
도와주지 않자 더욱 증오했다. 크레우사는 감히 부모님에게 털어놓을 용
기가 나지 않았다. 아이 아버지가 신이라는 것과 불가항력이었다는 사실
은 많은 이야기에서 볼 수 있듯이 변명에 불과했다. 만일 사실을 고백했
다가는 죽음의 위험을 무릅써야 했던 것이다.

말도 못하고 끙끙 앓던 크레우사는 아이를 해산할 때가 되자 혼자서
어두운 동굴로 찾아가 아들을 낳았다. 그러고는 아기가 곧 죽도록 동굴에
버려두고 왔다. 하지만 아기가 어떻게 되었는지 궁금해 미칠 것 같던 크
레우사는 동굴로 되돌아갔다. 그런데 동굴은 텅 비어 있었고 핏자국은 어
디에도 찾아볼 수 없었다. 아기가 들짐승에게 죽지 않은 것만은 확실했
다. 그런데 이상하게도 아기를 감쌌던 베일과 외투 역시 사라져버리고 없

었다. 크레우사는 혹시 커다란 독수리나 매 종류가 동굴 안에 들어왔다가 아기와 함께 천을 낚아채 간 것이 아닌지 걱정스러웠다. 이런 상황에서는 그 생각이 유일하게 앞뒤가 맞는 설명이었다.

그로부터 얼마 후 크레우사는 결혼식을 올렸다. 아버지 에렉테우스 왕은 전쟁에서 자신을 도와준 이방인에게 보답으로 딸을 주었다. 크수토스(Xuthus)라는 이 사람의 이름으로 보건대 그리스인인 것이 확실하지만 아테네나 아티카 사람은 아니었기 때문에 이방인으로 여겨졌다. 그리고 이방인을 멸시하는 경향이 있었기 때문에 크수토스와 크레우사 사이에 아이가 없어도 아테네인들은 별로 불행한 일이라고 여기지 않았다. 하지만 크수토스는 아이가 없는 것이 몹시 불행하다고 느꼈다. 그는 크레우사보다도 아들을 간절하게 원했다. 그래서 두 사람은 자신들이 아이를 얻을 희망이 있는지 신에게 묻기 위해 그리스인들이 어려움에 처했을 때 의지하던 델포이로 찾아갔다.

크레우사는 사제 중 한 명과 함께 남편을 시내에 남겨둔 채 홀로 신전에 올라갔다. 크레우사는 신전 바깥뜰에서 사제 복장을 입고 신에게 찬가를 바치며 황금 주전자에 들어 있는 물로 성소를 정화하는 아름다운 젊은이를 발견했다. 청년 역시 아름답고 우아한 귀부인 크레우사를 상냥하게 바라보았고, 어느덧 함께 이야기를 나누기 시작했다. 청년은 크레우사가 고귀한 신분이며 축복을 받은 사람이라는 것을 알 수 있다고 말했다. 그러자 크레우사가 비통하게 대답했다. "축복이라고! 무슨 말을. 견딜 수 없는 슬픔에 짓눌려 죽을 지경인데." 크레우사의 모든 불행을 말로 표현하자면, 이미 오래전에 겪었던 공포와 고통, 버린 아기에 대한 애통한 마음, 지난 몇 년 동안 지켜온 비밀의 부담감 등이었다.

하지만 청년의 눈초리에 의아해진 크레우사는 마음을 가다듬고 그토록 어린 나이에 그리스의 성역 중 가장 성스러운 이곳의 신성한 일에 지극정성인 청년에게 누구냐고 물었다. 청년은 자신의 이름이 이온이라고 대답했지만 어디에서 왔는지는 모른다고 했다. 아폴론의 여 사제이자 예언자인 무녀가 어느 날 아침 신전 계단에 놓인 갓난아기인 자신을 발견해 어머니처럼 따뜻하게 키워주었다고 했다. 청년은 신전에서 인간이 아닌 신을 섬긴다는 사실을 자랑스러워하며 행복하게 지냈다.

이번에는 청년이 용기 내어 크레우사에게 물었다. 눈빛이 왜 그리 슬픈지 조심스럽게 물어보았다. 진리의 신 아폴론의 신전 델포이에 찾아오는 기쁨에 들뜬 순례객의 모습이 아니었기 때문이다.

그러자 크레우사는 소리쳤다. "아폴론이라고! 아니! 나는 절대 그에게 그런 모습으로 다가가지 않겠어." 이온이 깜짝 놀라 책망하는 모습으로 쳐다보자 크레우사는 자신이 델포이를 찾아온 것은 은밀한 용건 때문이라고 말했다. 남편은 아들을 얻을 희망이 있는지 알아보기 위해 이곳에 온 것이지만, 자신의 목적은 어떤 아기의 운명을 알아보기 위해서라고 했다. "그 아기는, 그 아기는…" 크레우사는 말을 더듬다가 재빨리 내뱉었다. "내 친구 아들인데, 그 친구는 당신네들의 이 거룩한 델포이 신이 망쳐놓은 불쌍한 여인이라오. 그녀는 결국 그 신이 강제로 수태시킨 아기를 버렸다오. 아마 아기는 죽었을 거요. 벌써 몇 년 전에 일어난 일이라오. 하지만 내 친구는 모든 것을 확실히 해두고 싶어 아기가 어떻게 죽었는지 알고 싶어 한다오. 그래서 내가 친구 대신 아폴론 신에게 물어보러 이곳에 온 거지."

이온은 크레우사가 자신의 주인인 아폴론 신을 헐뜯는 비난에 소름이 끼쳤다. 이온이 흥분해서 말했다. "아니에요, 그럴 리 없어요. 틀림없이 다른 남자였을 거예요. 당신 친구 분은 자신의 수치를 변명하려고 신을 둘러댄 걸 거예요."

하지만 크레우사도 완강하게 대답했다. "아니, 틀림없이 그는 아폴론이었어."

그러자 이온은 아무 말도 하지 않았다. 그러더니 갑자기 머리를 흔들며 말했다. "설령 그렇다고 해도 당신이 하려는 짓은 어리석군요. 신이 악한이라는 사실을 입증하려고 신의 제단에 다가가서는 안 됩니다."

크레우사는 그 기묘한 청년이 말하는 동안 자기 결심이 점차 흔들리더니 아주 사라져버리는 것을 느꼈다. 그래서 고분고분 말했다. "알았어, 그러지 않겠어. 청년이 말하는 대로 따르겠어."

크레우사 자신도 이해 못할 강한 감정이 내부에서 소용돌이치고 있었다. 그렇게 두 사람이 서로 쳐다보고 있는 사이 의기양양한 기색을 띤 크수토스가 들어왔다. 크수토스가 이온에게 손을 내밀자, 이온이 못마땅해 하며 차갑게 뒤로 물러났다. 하지만 크수토스는 이온이 매우 불쾌해 하는데도 그를 끌어안았다.

"너는 내 아들이다. 아폴론 신이 그렇게 말씀하셨지."

그러자 크레우사 마음속에서 맹렬한 적개심이 불타올랐다. "당신 아들이라고요? 어머니가 대체 누군데요?"

크수토스는 당황하여 대답했다. "나도 잘 모르겠소. 이 청년이 내 아들이라고는 생각하지만 아마도 신이 내게 주신 것 같소. 어쨌든 그래도 이 아이는 내 아들이오."

이 세 사람, 즉 찬바람이 일 정도로 냉담한 이온, 얼떨떨하지만 아들이 생겨 행복한 크수토스, 남자들을 증오하며 알지도 못하는 천한 여인의 아들을 자신에게 떠맡기려는 것을 결코 참지 않겠다고 생각한 크레우사에게 아폴론의 예언자인 늙은 여 사제가 들어왔다.

여 사제가 두 가지 물건을 들고 들어왔는데 자기 생각에 정신 팔려 있던 크레우사는 그 물건을 보자 깜짝 놀라 뚫어져라 쳐다보았다. 하나는 베일이었고 다른 하나는 처녀들의 외투였다. 여 사제는 크수토스에게 사제가 그와 대화하고 싶어 한다고 전했고, 그가 나가자 여 사제는 자신이 들고 있던 것을 이온에게 내밀었다.

"얘야, 새 아버지와 함께 아테네에 갈 때 이것을 가져가야 한다. 내가 너를 발견했을 때 너를 감싸고 있던 옷이란다."

그러자 이온이 소리쳤다. "오, 분명히 어머니께서 이것들로 저를 감싸주셨겠죠? 이것들은 어머니를 찾는 단서가 될 거예요. 전 온 유럽과 아시아를 뒤져서라도 어머니를 꼭 찾아내고야 말겠어요."

크레우사는 이온에게로 살짝 다가가 그가 또다시 기분 나쁘게 돌아서지 못하도록 목을 두 팔로 끌어안았다. 제 얼굴을 이온의 얼굴에 비비고 눈물을 흘리며 아들을 불렀다. "아, 내 아들, 아들아!"

이온은 이 상황을 받아들이기가 너무 버거웠다. "이 여인이 틀림없이 미쳤나 봐요."

"아니다, 아니야. 베일과 외투는 바로 내 것이란다. 내가 너를 남겨두고 가면서 그것으로 너를 감쌌었지. 네게 아까 말한 그 친구는 바로 나란다. 네 아버지는 아폴론이고. 제발 물러서지 마렴. 내가 입증할 수 있어. 옷을 펴봐라. 그 위에 수놓인 모든 자수의 무늬를 말할 테니. 내 손으로 직접 짠 것이란다. 잘 보거라. 외투에 달린 작은 황금 뱀 무늬를 찾을 수 있을 테니. 내가 붙여놓은 것이란다."

이온은 그 보석을 발견할 수 있었고 보석에서 눈을 들어 크레우사를 바라보았다. 이온은 이해가 가지 않는다는 표정으로 말했다. "어머니, 그렇다면 진리의 아폴론 신이 틀렸다는 말씀입니까? 아폴론 신은 분명히 제가 크수토스의 아들이라고 말씀하신걸요. 오, 어머니, 뭐가 뭔지 잘 모르겠습니다."

"아폴론 신은 네가 크수토스의 친자식이라고는 말하지 않았다. 단지 크수토스에게 너를 선물로 준 거야." 크레우사는 역시 떨고 있었다.

갑자기 저 높은 곳에서 빛나는 광채가 두 사람을 비춰 올려다보지 않을 수 없었다. 이제껏 겪은 모든 괴로움은 두려움과 경이로움 속에 잊히고 말았다. 비할 데 없이 아름답고 장엄한 신의 형상이 서 있었다.

그 환영이 말했다. "나는 팔라스 아테나니라. 아폴론이 나를 너희에게 보내 이온이 너희 부부의 아들이라고 말해주라 하셨다. 아폴론 신이 네가 버린 아기를 이곳으로 데려왔지. 크레우사, 이온을 데리고 아테네로 가거라. 이온은 내 땅과 도시를 다스릴 충분한 자질을 지녔노라."

말을 마친 형상은 온데간데없이 사라졌다. 두 모자는 서로 바라보았고 이온은 완전한 기쁨에 가득 찼다. 하지만 크레우사는? 아폴론의 때늦은 보답이 그동안 크레우사가 겪은 모든 것을 보상할 수 있을까? 이에 관한 이야기는 구체적으로 언급된 것이 없고 우리는 그저 추측할 따름이다.

제6부

기타 신화들

제20장

미다스와 기타 인물들

미다스(Midas) 이야기는 여기서 인용한 오비디우스가 가장 잘 서술했다. 아스클레피오스 이야기는 그의 일생을 전체적으로 언급한 핀다로스의 것을 인용했다. 다나이스 자매들(Danaids)은 아이스킬로스의 희곡 중 한 작품의 주제다. 글라우코스와 스킬라, 포모나와 베르툼누스, 에리식톤(Erysichthon) 등의 이야기는 모두 오비디우스의 것을 인용했다.

이름 자체로 부자의 대명사가 된 미다스이지만 정작 자신은 부의 혜택을 전혀 누리지 못했다. 부를 소유한 경험은 겨우 하루였고 그마저도 금방이라도 죽을 것 같은 위협에 시달렸다. 미다스는 어리석음도 죄 짓는 것만큼이나 치명적일 수 있음을 보여준 전형적인 인물이다. 미다스는 사실상 아무도 해치지 않았고 단지 현명하게 행동하지 못했을 뿐이다. 미다스 이야기는 그가 얼마나 어리석었는지 잘 보여준다.

장미 나라인 프리기아의 왕 미다스는 궁전 근처에 커다란 장미 정원을 가지고 있었다. 하루는 늘 술 취해 다니던 늙은 실레노스가 자신이 속해 있던 바쿠스 행렬에서 떨어져 나와 미다스의 정원에서 헤맸다. 뚱뚱한 노인은 장미꽃 정자에 누워 잠이 들었다가 미다스 하인들의 눈에 띄었다. 하인들은 실레노스를 장미 줄기로 묶고 머리에는 화관을 씌웠다. 그런 뒤 노인을 깨우고는 장난으로 우스꽝스러운 모습 그대로 미다스에게 데려 갔다. 미다스는 실레노스를 환영하며 열흘 동안 잘 대접한 뒤 바쿠스에게 데려다주었다. 바쿠스는 실레노스를 되돌려준 것에 매우 기뻐하며 미다 스에게 뭐든 소원을 들어주겠다고 했다. 뒤에 벌어질 불가피한 결과는 생 각지도 않고 경솔하게도 미다스는 자신이 만지는 것은 뭐든 황금으로 변 하게 해달라는 소원을 말했다. 요청을 들어준 바쿠스는 앞으로 미다스에 게 무슨 일이 닥칠지 알고 있었다. 미다스는 먹기 위해 들어 올린 음식이 황금 덩어리로 변하고 나서야 모든 걸 깨달았다. 당황스러운 중에도 배고 프고 목마르자 미다스는 바쿠스 신에게 달려가 베풀어준 은총을 도로 거 두어달라고 간청했다. 바쿠스는 팍토로스(Pactolus) 강의 발원지로 가서 몸을 씻으면 그 치명적인 선물이 사라질 것이라고 일러주었다. 미다스는 바쿠스가 시킨 대로 했다. 이런 이유로 그 강의 모래에서 금이 발견되는 것이라고 한다.

훗날 아폴론이 미다스의 귀를 당나귀 귀로 바꿔버렸는데 그것도 역 시 미다스가 어떤 잘못을 저질러서가 아니라 어리석은 짓을 했기 때문 이다. 미다스는 아폴론과 판 사이에 벌어진 음악 경연에서 심판관 중 한 명으로 뽑혔다. 목신 판은 갈대 피리로 매우 흥겨운 곡조를 불 수 있었지 만, 아폴론이 은으로 만든 리라 선율에 필적할 만한 소리는 하늘과 땅을 통틀어 뮤즈들의 합창 외에는 없었다. 다른 심판관인 산의 신 트몰로스 (Tmolus)는 아폴론의 손을 들어주었지만, 다른 일만큼 음악에도 전혀 조 예가 없는 미다스는 솔직히 판을 더 좋아했다.

물론 이것은 그가 어리석다는 점을 또 한 번 보여준다. 상식적으로 조금만 생각해봐도 아폴론보다도 힘이 약한 판의 편을 드는 게 얼마나 위 험한 짓인지 깨달았을 것이다. 어쨌든 그 결과 미다스는 당나귀 귀를 얻게 되었다. 아폴론은 무디고 우둔한 자에게 어울릴 만한 귀를 준 것뿐이라고 말했다. 미다스는 특수하게 고안된 모자 아래로 귀를 숨겼지만 머리를 이발해주던 하인이 불가피하게 그 귀를 보게 되었다. 하인은 절대 비밀을 발설하지 않겠다고 맹세했다. 하지만 그 비밀이 가슴을 무겁게 짓눌렀으므로 하인은 결국 들판에 구멍을 판 뒤 그 안에 대고 나지막이 속삭였다. "미다스 왕 귀는 당나귀 귀라네." 그러자 하인은 답답한 가슴이 시원해지는 것을 느꼈고 일어나 구멍을 막았다. 하지만 봄이면 그곳에서 갈대가 자라났고, 바람에 흔들릴 때마다 하인이 땅속에 묻은 그 말을 속삭여댔다. 그리하여 어리석고 불쌍한 미다스 왕에게 일어난 일뿐 아니라 신들이 경쟁을 벌일 때는 강한 쪽 편을 드는 것만이 안전한 길이라는 사실을 사람들에게 알려주게 되었다.

아스클레피오스

테살리아에 사는 코로니스(Coronis)라는 아가씨는 절세미인이라 아폴론의 사랑을 받았다. 그런데 이상하게도 코로니스는 자신을 사랑하는 아폴론을 오랫동안 좋아하지 않았다. 코로니스는 신보다는 인간을 더 좋아했다. 코로니스는 아무도 속이지 않는 진리의 신 아폴론이 마찬가지로 절대 남에게 속지도 않는다는 사실을 꿈에도 몰랐다.

델포이의 군주,
아폴론에게는 믿을 수 있는 친구가 있었나니,
길을 잃고 방황하지 않고 늘 똑바로 나아간다네.
마음속으로 모든 것을 다 알고 있으며,
거짓은 결코 언급하지도 않으며, 신이든 인간이든
아무도 속일 수 없다네. 행동으로 옮겼든,

〈아스클레피오스〉, 작자 미상, 제작 년도 미상

단지 궁리하기만 했든 다 알고 있다네.

어리석게도 코로니스는 아폴론이 자신의 부정을 모르기를 바랐다. 코로니스의 부정을 전한 것은 아폴론의 새 갈까마귀였다. 당시 그 새는 아름다운 백색 깃털을 지닌 순수한 모습이었다. 하지만 몹시 화가 난 아폴론도 그 새의 깃털을 검은색으로 바꾸는 것으로 자신의 화를 애꿎게도 충실한 전령에게 돌렸다. 그리고 물론 코로니스도 죽였다. 아폴론이 직접 그랬다는 말도 있고, 백발백중의 화살을 갖고 있던 아르테미스를 시켜 죽이게 했다는 말도 있다.

아폴론은 화장대 위에 누인 코로니스 시신과 그 위로 거칠게 치솟는 불길을 보자 비통함을 느꼈다. "적어도 내 아이만은 구해야겠어." 그렇게 중얼거린 아폴론은 세멜레가 죽어갈 때 제우스가 디오니소스를 빼냈던 것처럼 거의 출생에 임박한 아기를 낚아챘다. 아기를 현명하고 자상한 켄타우로스인 케이론에게 데려가, 페리온 산에 있는 그의 동굴에서 아기를 키워달라고 부탁하며 이름은 아스클레피오스로 부르라고 했다.

많은 유명 인사들이 자기 아들을 키워달라고 케이론에게 맡겼지만 모든 제자 중에서도 죽은 코로니스의 아이가 케이론에게는 가장 소중했다. 아스클레피오스는 늘 천방지축 뛰어다녔고 운동에 열중하는 다른 청년들과는 달랐다. 아스클레피오스는 양아버지가 가르쳐주는 의술은 뭐든 다 배우려고 했다. 그 지식의 양이 만만치 않았다. 케이론은 약초 사용법과 부드러운 주문(呪文), 청량음료에 정통해 있었다. 하지만 제자는 케이론을 능가했다. 아스클레피오스는 온갖 종류의 질병에 도움을 줄 수 있었다. 사지에 상처 입은 몸이든, 질병으로 야윈 몸이든, 심지어 죽을병에 걸린 사람까지도 고통에서 해방시켜주었다.

고통을 없애주는 상냥한 장인(匠人),
지독한 아픔을 덜어주는 이, 사람들에게는

소중한 건강을 되찾아주는 기쁨의 원천이라네.

아스클레피오스는 온 세상 사람들에게는 은인이었다. 하지만 아스
클레피오스도 신들이 결코 용서하지 않는 죄를 지어 신들의 분노를 사고
말았다. "결코 인간으로서는 엄두도 내지 못할 엄청난 생각"을 한 것이다.
언젠가 후한 보수를 줄 테니 죽은 사람을 살려달라는 부탁에 아스클레피
오스는 그렇게 하고 말았다. 그때 아스클레피오스가 살려낸 사람이 히폴
리토스라는 말이 있다. 테세우스의 아들로, 매우 부당하게 죽었던 히폴리
토스는 그 후 다시는 죽음의 힘에 굴복하지 않고 영원히 죽지 않은 채 이
탈리아에서 살았는데, 그곳에서 비르비우스(Virbius)로 불리며 신으로 섬
김을 받았다.

하지만 히폴리토스를 하데스로부터 구해준 위대한 의사 아스클레
피오스는 정작 행복한 운명을 맞이하지는 못했다. 제우스가 인간에게 죽
음을 극복할 힘을 허락하지 않았기 때문에 벼락으로 아스클레피오스를
내리쳐 죽여버렸다. 아들의 죽음에 몹시 분개한 아폴론은 키클로프스들
이 벼락을 만들고 있는 에트나(Etna)로 갔다. 자신의 화살로 그들을 모조
리 죽였는데, 키클로프스들이 아니라 그들의 아들을 죽였다는 설도 있다.
아폴론이 한 짓에 몹시 분노한 제우스가 이번에는 아폴론에게 아드메토
스 왕에게 가서, 그 기간이 1년이라는 설과 9년이라는 설로 제각각 틀리
긴 하지만, 어쨌든 노예로 복역할 것을 명했다. 이 아드메토스 왕이 바로
헤라클레스가 하데스에서 구한 알케스티스의 남편이었다.

아스클레피오스가 신과 인간의 제왕 제우스를 화나게 만들긴 했지
만 지상에서는 다른 어떤 사람보다 숭배받았다. 아스클레피오스가 죽은
뒤로도 수백 년 동안 병자나 불구자나 맹인들이 병을 치유받기 위해 그의
신전을 찾아갔다. 사람들은 기도와 제물을 올리고는 잠이 들었다. 그러면
꿈속에서 훌륭한 의사 아스클레피오스가 나타나 병 고치는 방법을 알려
주었다. 치료에는 뱀도 중요한 역할을 했는데, 정확히 어떤 것이었는지는

알려져 있지 않지만 뱀은 아스클레피오스의 신성한 종으로 여겨졌다.

여러 세기에 걸쳐 수많은 병자들이 아스클레피오스가 고통에서 구해주고 건강을 회복시켜주었다고 믿은 것은 분명하다.

다나이스 자매들

이 처녀들은 그들의 이야기를 읽는 사람들이 기대한 것보다 훨씬 더 유명하다. 시인들이 가끔 언급한 이 자매들은 신화 속 지옥에서 고통받는 사람들 중에서도 유명한 이들에 속한다. 지옥에서 이들은 바닥이 새는 항아리에 영원히 물을 길어야 하는 형벌을 받고 있다. 유일하게 히페름네스트라(Hypermnestra)를 제외하고는 이 자매들 역시 아르고 호 원정대가 발견한 렘노스의 여인들이 한 짓을 그대로 하고 있다. 이 자매들도 남편들을 죽였던 것이다. 렘노스의 여인들은 거의 언급되지 않지만, 아무리 신화를 잘 알지 못하는 사람이라도 다나이스들에 관한 이야기는 한 번쯤 들어보았을 것이다.

이오의 후손으로 나일 강 근처에 살았던 다나오스(Danaus)는 딸만 50명을 두었다. 반대로 다나오스의 형 아이깁토스(Aegyptus)에게는 아들만 50명이 있었는데, 이들은 모두 사촌 여자 형제들과 결혼하기를 원했다. 그러나 알 수 없는 이유로 다나오스의 딸들은 모두 사촌들의 구혼을 완강히 거절했다. 그들은 아버지와 함께 배를 타고 아르고스로 피신해 있었다. 아르고스 사람들은 탄원자들의 권리를 지켜주자고 만장일치로 투표했다. 아이깁토스의 아들들이 신부를 되찾으려고 싸울 태세를 갖추고 왔지만 아르고스 시민들이 그들을 격퇴했다. 아르고스 사람들은 어느 여인도 스스로 원치 않는 결혼을 억지로 하게 내버려두지 않을 것이며, 탄원자가 아무리 연약하고 그들을 뒤쫓는 자들이 아무리 강해도 탄원자를 넘겨주지 않겠다고 다나오스 일행에게 말했다.

그런데 이 시점에서 이야기가 뚝 끊기고, 새로 이야기가 전개되었을 때는 다음 장에서 보겠지만 어찌된 일인지 여인들이 사촌들과 결혼식을 올리고 아버지 다나오스가 결혼식 피로연을 주재하고 있다. 어떻게 이런 일이 벌어지게 됐는지는 아무런 설명이 없지만, 다나오스나 딸들이 심경의 변화를 일으켜 그렇게 된 게 아니라는 사실이 곧 명백하게 드러난다. 피로연에서 다나오스는 딸들에게 단도를 하나씩 선물로 주기 때문이다. 결과로 드러나듯이 딸들은 아버지에게 어떻게 해야 할지 지시 사항을 듣고 모두 동의했다. 결혼식이 끝난 뒤 한밤중에 다나오스의 딸들이 히페름네스트라를 제외하고는 모두 새신랑을 죽인 것이다. 히페름네스트라 혼자만 동정심에 마음을 바꿨다. 자기 옆에 꼼짝 않고 누워 깊이 잠들어 있는 건강한 남자를 보자, 차마 단도로 찔러 활기 넘치고 빛나는 육체를 싸늘한 주검으로 바꿔놓을 수가 없었다. 아버지와 자매들과 한 약속은 모두 잊혔다. 라틴 시인 호라티우스가 말했듯이, 히페름네스트라는 멋지게 아버지와 자매들을 배반했다. 히페름네스트라는 새신랑 린케오스(Lynceus)를 깨워 자초지종을 말하고 그가 도망치도록 도와주었다.

다나오스는 자신을 배반한 딸을 감옥에 가둬버렸다. 일설에 의하면, 히페름네스트라와 린케오스는 함께 도망쳐 행복하게 살았고 두 사람 사이에서 페르세우스의 증조부인 아바스(Abas)가 태어났다고 한다. 다른 이야기들은 전부 치명적인 결혼 첫날밤과 히페름네스트라의 투옥으로 끝맺는다.

그러나 모든 이야기는 한결같이 49명의 다나이스들이 남편들을 죽인 벌로 저승 세계에서 영원히 끝나지 않는 헛된 일을 하게 되었다고 말한다. 강가에서 벌집처럼 구멍이 숭숭 뚫린 항아리에 물을 채우고, 그러다 물이 다 새어 나가면 다시 돌아와 물을 긷고, 길어온 물이 또 빠져나가는 것을 영원히 지켜봐야 한다고 했다.

글라우코스와 스킬라

어느 날 어부인 글라우코스가 바다를 향해 비스듬히 경사진 풀밭에서 낚시를 하고 있었다. 잡은 물고기들을 풀밭에 쭉 펼쳐둔 채 마릿수를 세고 있는데, 웬일인지 물고기들이 꿈틀거리다가 죄다 물속으로 미끄러져 들어가 사라지는 것이었다. 글라우코스는 깜짝 놀랐다. 혹시 어떤 신이 이런 짓을 하는 것인가? 아니면 물고기를 놓아둔 풀밭에 어떤 신비한 힘이 있나? 글라우코스는 풀을 한 움큼 따서 먹어보았다. 그러자 갑자기 바다를 향한 걷잡을 수 없는 갈망에 사로잡혔다. 더 이상 그 갈망을 거부할 수 없었던 글라우코스도 파도 속으로 풍덩 뛰어들었다. 그러자 바다의 신들이 글라우코스를 다정하게 맞아주며 오케아노스와 테티스에게 그의 인간 성질을 없애고 자신들의 일원으로 만들어달라고 부탁했다. 글라우코스에게 물을 쏟아붓는 데 백 개의 강이 동원되었다. 글라우코스는 밀려드는 강물에 의식을 잃었다. 의식을 되찾았을 때 머리칼은 바다처럼 녹색으로 변하고 다리는 물고기 꼬리로 변한 채, 물속에 사는 존재들에게는 친밀하고 근사한 모습이지만 지상 사람들에게는 낯설고 혐오스러운 해신(海神)의 모습으로 변해 있었다.

바다 근처 작은 만에서 목욕하던 님프 스킬라도 바다에서 솟아오른 글라우코스에게서 기묘한 불쾌감을 느꼈다. 스킬라는 당장 글라우코스에게서 도망쳤고, 우뚝 솟은 갑 위에서 반은 인간이고 반은 물고기인 그의 모습을 이상하다는 듯 바라보았다. 그라우코스가 스킬라를 소리쳐 불렀다. "이봐요, 아가씨. 나는 괴물이 아니오. 나는 바다를 지배할 힘이 있는 해신이라오. 당신을 사랑하오." 그러나 스킬라는 차갑게 돌아서더니 육지로 급히 달려가 시야에서 사라졌다.

지독한 사랑에 빠진 글라우코스는 절망했다. 스킬라의 차가운 마음을 녹일 수 있는 사랑의 미약을 청하려고 마녀 키르케를 찾아갔다. 글라우코스가 자신의 사랑에 대해 말하며 도와달라고 간청하는 동안 키르케

〈딸을 파는 에리식톤〉, 얀 스테인, 1650~1660년

가 그에게 반하고 말았다. 키르케는 달콤한 말과 아름다운 모습으로 글라우코스를 유혹했지만 그는 관심이 없었다. "나무들이 바다 바닥을 뒤덮고 해초가 산꼭대기를 덮어야만 스킬라에 대한 내 사랑이 끝날 거요."

키르케는 몹시 분노했다. 그 분노는 글라우코스가 아니라 스킬라를 향했다. 키르케는 강력한 독약이 든 병을 준비해 스킬라가 목욕하는 곳에 가서 독약을 물에 풀었다. 스킬라는 물속에 들어가자마자 흉측한 괴물로 변했다. 몸에서 뱀과 사나운 개의 머리들이 자라났다. 일부분은 짐승의 모습으로 변했다. 스킬라는 그것들로부터 도망칠 수도, 떼버릴 수도 없었다. 그렇게 바위에 못 박힌 채 서서, 말할 수 없는 비참함에 사로잡혀 자신에게 가까이 다가오는 것은 모조리 파괴해버렸다. 그래서 이아손과 오디세우스와 아이네이아스가 발견했던 것처럼 가까이 지나가는 모든 선원에게는 스킬라가 매우 위험한 존재가 되어버린 것이다.

에리식톤

어느 여인이 프로테우스처럼 자유자재로 변신할 수 있는 대단한 능력을 지니고 있었다. 이상하게도 여인은 변신 능력을 늘 굶주림에 허덕이는 아버지를 위해 먹을 것을 구하는 데 썼다. 이 이야기에서는 자비로운 케레스가 유일하게 잔인하면서도 앙갚음하는 여신으로 등장한다.

에리식톤은 사악하고 대담하게 케레스 여신에게 바쳐진 신성한 숲에 있던 키 큰 참나무를 베어버리려 했다. 참나무를 베라고 명령하자 하인들은 모두 신성모독 행위에 겁을 먹고 뒤로 물러났다. 그러자 에리식톤이 직접 도끼를 들고는 나무 요정들이 춤을 추던 거대한 나무줄기를 찍어 내리기 시작했다. 나무를 내려치자 줄기에서 피가 흘러나오고, 안에서 벌을 받게 될 것이라는 케레스 여신의 경고가 들려왔다.

놀라운 이적에도 에리식톤의 분노가 가라앉지 않았다. 계속 도끼를 휘둘렀고 마침내 거대한 나무는 땅에 쓰러졌다. 나무 요정들이 케레스 여신에게 달려가 무슨 일이 일어났는지 알리자 몹시 감정이 상한 케레스는 이제껏 알려지지 않은 특이한 방법으로 죄인을 벌주겠다고 말했다. 케레스는 나무 요정 중 한 명을 마차에 태워 굶주림의 여신이 사는 삭막한 곳으로 보내 그 여신에게 에리식톤을 사로잡으라는 명령을 내렸다. "아무리 풍요로워도 결코 그가 만족하지 못하게 명령을 내려라. 끊임없이 게걸스럽게 먹어도 늘 배고픔에 시달리게 만들어라."

굶주림의 여신은 그 명령에 따랐다. 여신은 에리식톤이 잠들어 있는 방에 들어가 뼈만 남은 앙상한 팔로 그의 몸을 감싸 안았다. 추악하게 끌어안고서 에리식톤을 굶주림으로 가득 채우며 마음속에 허기를 심어놓았다. 걷잡을 수 없는 식욕 때문에 잠에서 깬 에리식톤은 먹을 것을 찾았다. 먹으면 먹을수록 더 먹고 싶어졌다. 심지어 고깃덩어리를 목구멍 속으로 밀어 넣는 동안에도 허기를 느꼈다. 먹을 것을 조달하느라 에리식톤의 전 재산은 바닥이 났다. 마침내 에리식톤에게는 딸 외에 아무것도 남지 않았다. 하지만 그 딸마저도 팔아버렸다.

주인의 배가 정박해 있는 해변에 이르자 에리식톤의 딸은 노예로 팔려가지 않게 해달라고 바다의 신 포세이돈에게 기도드렸다. 포세이돈은 그 기도를 듣고 소녀를 어부로 변하게 해주었다. 한편 소녀에게서 조금 뒤에 떨어져 오던 주인은 길게 뻗은 해변에서 낚싯줄을 바쁘게 매만지고 있는 어부 외에 다른 사람은 볼 수 없었다.

주인이 외쳤다. "조금 전까지만 해도 여기 있던 소녀가 어디 갔습니까? 여기까지 발자국이 나 있는데 갑자기 사라졌어요." 그러자 어부로 변한 소녀가 대답했다. "바다의 신에 대고 맹세하는데 저 말고는 아무도 이 해변에 오지 않았소이다. 하물며 소녀라니요." 당황한 주인이 어쩔 수 없이 배를 타고 떠나자 소녀는 원래 모습으로 돌아왔다.

소녀가 에리식톤에게 돌아가 무슨 일이 있었는지 말하자 아버지가 기뻐했다. 에리식톤은 딸을 이용해 끝없이 돈을 벌 수 있는 좋은 기회를 알아냈다. 딸을 계속해서 팔고 또 판 것이다. 포세이돈은 매번 말이나 새 등으로 소녀의 모습을 변하게 해주었다. 그렇게 주인에게서 도망칠 때마다 소녀는 아버지 에리식톤에게 돌아갔다. 하지만 딸이 그렇게 해서 벌어들인 돈으로도 제 식욕을 채우기에 충분하지 않자 에리식톤은 결국 자기 몸을 먹어 치움으로써 스스로 목숨을 잃고 말았다.

포모나와 베르툼누스

이 두 신은 그리스 신이 아니라 로마의 신이다. 포모나는 거친 야생 숲을 좋아하지 않은 유일한 님프였다. 포모나는 과일과 과수원을 좋아했고, 관심사는 그것이 전부였다. 포모나는 가지치기와 접목을 비롯한 정원사의 모든 일에 기쁨을 느꼈다. 자신이 사랑하는 나무들과 함께 혼자 살면서 구애하는 어떤 남자도 가까이 다가오지 못하게 했다. 포모나에게 구애한 남자들 중에서 가장 열렬했던 사람은 베르툼누스였지만 그 역시 자신의 뜻을 전혀 이룰 수 없었다. 그래서 베르툼누스는 자주 변장하면서 포모나가 있는 곳으로 들어갈 수 있었다. 때로는 보리 이삭이 담긴 바구니를 가져다주는 거친 촌부의 모습으로, 때로는 꼴사나운 목동이나 포도나무 가지치기를 하는 사람으로 변장했다. 그때마다 베르툼누스는 포모나를 볼 수 있어 즐거웠지만, 그녀가 자기 같은 사람은 거들떠보지도 않을 것이라는 사실에 비참함을 느꼈다.

결국 베르툼누스는 더 좋은 계획을 세웠다. 아예 늙은 노파로 변장해 포모나를 찾아갔다. 노파로 변장한 베르툼누스가 포모나의 과일을 칭찬한 뒤 과일들보다 포모나가 더욱 아름답다고 말하며 입을 맞췄고 그 행동에 포모나도 전혀 이상한 느낌을 받지 않았다. 하지만 보통 노파였다면 그러지 않았을 텐데 베르툼누스가 계속 입을 맞추자 포모나가 깜짝 놀랐다. 이를 눈치 챈 베르툼누스가 포모나를 놓아주고는 포도 덩굴이 우거진 느릅나무 등걸 맞은편에 앉았다. 그러고는 부드럽게 속삭였다.

"이 둘이 함께 있으니 얼마나 보기 좋아요. 하지만 떨어져 있으면 얼마나 다르게 보일까요. 나무는 아무 쓸모가 없고 덩굴은 바닥에 납작하게 붙어 있어 열매 맺지 못할 테니. 아가씨도 저 덩굴 같다는 생각이 들지 않아요? 아가씨는 자신을 원하는 모든 남자를 외면한 채 홀로 서려고만 하지. 아가씨가 알고 있는 것보다 더 아가씨를 사랑하는 이 노파의 말을 잘 들어봐요. 아가씨가 거부하지 않아도 좋을 베르툼누스라는 청년이 있다오. 아가씨가 그에게는 처음이자 마지막 사랑이 될 거라오. 그 청년도 과수원과 정원을 좋아한다오. 아마 아가씨 옆에서 함께 일하려고 할 거요."

그는 진지한 태도로 포모나를 설득하면서 베누스가 사랑을 경시하는 무정한 처녀들에게 어떤 벌을 내렸는지 말해주었다. 구혼한 이피스(Iphis)를 버린 아낙사레테(Anaxarete)의 슬픈 이야기도 들려주었다. 절망에 빠진 이피스가 아낙사레테의 문기둥에 목을 매어 자살하자 분노한 베누스는 무정한 아낙사레테를 석상으로 변하게 했다는 내용이었다.

"그러니 내 얘기를 신중히 듣고 당신을 사랑하는 진정한 연인을 받아들여요."

이 말과 함께 베르툼누스는 노파 변장을 벗어던지고 늠름한 청년의 모습을 드러냈다. 결국 포모나는 베르툼누스의 아름다운 외모와 감동적인 말솜씨에 굴복하고 말았다. 그 후로 포모나의 과수원에는 정원사가 둘이 되었다.

제21장

가나다순으로 정리한 짤막한 신화들

니소스와 스킬라

메가라의 왕 니소스(Nisus)는 절대 잘라서는 안 된다고 경고받은 자주색 머리털을 가지고 있었다. 니소스가 왕위를 안전하게 유지하느냐 마느냐는 오로지 그 머리털에 달려 있었다. 크레타의 미노스가 침략해왔을 때도 니소스는 자주색 머리털이 있는 한 아무런 해를 입지 않을 것이라고 생각했다. 그런데 니소스의 딸 스킬라(Scylla)가 성벽에서 아래를 내려다보다가 미노스를 본 순간 한눈에 반해버렸다. 스킬라는 아버지의 머리털을 미노스에게 가져다주어 도시를 정복하게 하는 것 외에는 자신을 좋아하게 할 방법이 없다고 생각했다. 그래서 스킬라는 아버지가 잠든 사이에 머리칼을 잘랐다. 그러고는 미노스에게 가져가 자신이 잘라왔다고 고백했다. 스킬라에게 두려움을 느낀 미노스가 뒤로 물러서며 그녀를 제 눈앞에 띄지 않도록 내쫓았다. 결국 도시는 정복되었고 크레타인들이 집으로 돌아가기 위해 배를 띄웠을 때 열정에 눈먼 스킬라가 미친 듯이 해변으로 달려가 물에 뛰어들었다. 그리고 미노스가 타고 있는 배의 키를 잡았다. 하지만 그 순간 커다란 독수리 한 마리가 스킬라를 낚아챘다. 독수리는 다름 아닌 신들이 새로 변하게 하여 목숨을 구한 아버지 니소스였다. 겁에 질린 스킬라는 잡고 있던 키를 놓아버렸다. 물속으로 떨어질 뻔했으나, 스킬라도 별안간 한 마리 새로 변했다. 스킬라가 아버지를 배반했지만 사랑 때문에 그런 죄를 지었기에 몇몇 신들이 불쌍히 여겨 새로 변하게 해준 것이다.

드리오페

다른 많은 이야기와 마찬가지로 드리오페(Dryope) 이야기 역시 고대 그리스인들이 나무를 해치거나 손상시키는 것에 얼마나 심한 반감을 지니고 있었는지 잘 보여준다.

어느 날 드리오페가 여동생 이올레와 함께 님프들에게 화관을 만들어주기 위해 연못으로 갔다. 어린 아들도 함께 데려간 드리오페는 연못 근처에서 활짝 핀 연꽃 무더기를 발견하자 아이를 기쁘게 해주려고 몇 송이 꺾었다. 놀랍게도 연꽃 줄기에서 핏방울이 떨어졌다. 연꽃 나무는 사실 자신을 쫓는 추격자에게서 도망치다 나무로 변한 로티스(Lotis)라는 님프였던 것이다. 불길한 광경에 덜컥 겁이 난 드리오페는 서둘러 도망치려 했지만 발이 움직이지 않았다. 마치 다리가 땅에 뿌리를 박은 것 같았다. 이올레는 나무껍질이 언니 드리오페의 온몸을 뒤덮는 것을 속수무책으로 지켜보았다. 아버지와 함께 남편이 달려왔을 무렵에는 드리오페의 얼굴 부분만 남아 있었다. 무슨 일이 있었는지 이올레가 큰 소리로 알리자 두 사람은 나무로 달려가 아직 체온이 남아 있는 따뜻한 줄기를 껴안고 눈물을 흘렸다.

드리오페에게는 남은 시간이 별로 없었다. 고의로 잘못을 저지른 게 아니라는 말, 어린 아들이 나무 그늘에서 놀 수 있게 가끔 데려와달라는 말, 그리고 아들이 자라면 자신에 대해 말해주고 아들이 나무를 볼 때마다 '여기 나무줄기 안에 우리 어머니가 있다'고 생각할 수 있게 해달라는 말을 남겼다. 드리오페는 마지막으로 덧붙였다. "또 하나, 아이에게 꽃을 따지 말라고, 모든 덤불 속에는 변신한 여신이 숨어 있을지도 모른다는 것을 명심하라고 전해주세요." 드리오페는 더 이상 아무 말도 할 수 없었다. 나무껍질이 얼굴까지 뒤덮은 것이다. 드리오페는 나무 속으로 영원히 사라져버렸다.

레토(라토나)

레토(Leto)는 티탄 족인 포이베와 코이오스(Coeus)의 딸이었다. 제우스는 레토를 사랑했지만, 레토가 해산할 때가 되자 아내 헤라가 두려워 그녀를 버렸다. 모든 나라와 섬들 역시 헤라를 두려워해 레토를 받아들이고 아이를 해산할 장소를 제공하기를 거절했다. 해산할 곳을 찾아 필사적으로 헤매고 다니던 레토는 바다 위에 떠 있는 작은 섬에 이르렀다. 그 섬은 바닷속에 고정되어 있지 않은 채 파도와 바람에 밀려 부표처럼 떠다녔다. 섬은 델로스라 불렸으며, 모든 섬 중에서도 바위투성이와 불모지로 이루어진 가장 불안정한 섬이었다. 하지만 레토가 섬에 발을 들여놓고 자신을 받아줄 것을 부탁하자 흔쾌히 레토를 환영했다. 바로 그 순간 네 개의 높은 기둥이 바다의 바닥에서 솟아오르더니 그 섬을 단단히 묶어 영원히 한곳에 고정시켰다. 바로 그곳에서 레토의 두 아이, 아르테미스와 포이보스 아폴론이 태어났다. 몇 년 후에는 아폴론의 찬란한 신전이 세워져 온 세상 사람들의 발길이 끊이지 않았다. 바위투성이 불모의 섬이 '천상이 세워준 섬'으로 불렸으며 가장 멸시받는 섬에서 가장 유명한 섬이 되었다.

로이코스

로이코스(Rhoecus)는 참나무 한 그루가 막 쓰러지는 것을 보고 그것을 받쳐주었다. 그러자 나무와 함께 죽을 뻔했던 나무 요정이 로이코스에게 답례로 원하는 것은 무엇이든 들어주겠다고 했다. 로이코스는 자신이 원하는 것은 오직 요정의 사랑밖에 없다고 대답했고 요정은 소원을 들어주겠다고 허락했다. 요정은 자신이 원하는 것을 로이코스에게 말해줄 전령으로 꿀벌 한 마리를 보낼 테니 주의하고 있으라고 일렀다. 하지만 로이코스는 친구들을 만나자 꿀벌을 까맣게 잊어버렸다. 그래서 꿀벌이 귓전에서 윙윙거리자 쫓아버리려다 꿀벌에게 상처를 입혔다. 그 후 요정은 나무로 돌아온 로이코스를 눈이 멀게 만들었다. 자신의 말을 무시하고 전령인 꿀벌을 다치게 한 데 화가 나 벌을 준 것이다.

리노스

『일리아스』에는 처녀 총각들이 포도를 따면서 '감미로운 리노스(Linus)'의 노래를 부르는 포도원 장면이 묘사되어 있다. 이 노래는 아마도 아폴론과 프사마테(Psamathe)의 요절한 아들 리노스를 위한 애가(哀歌)였으리라. 리노스는 태어난 뒤 어머니에게 버림받고 양치기들 손에 자랐으나 완전히 성장하기도 전에 개들에게 물려 갈가리 찢겨 죽었다. 아도니스나 히아킨토스처럼 리노스 역시 청춘의 결실을 맺기도 전에 요절한 아름다운 생애의 전형이었다. 그리스어로 "리노스를 애도하도다!"라는 의미의 '아일리논'(ailinon)은 영어의 'alas!'와 같은 의미로 발전되어 어떠한 탄식에든 붙는 감탄사가 되었다. 또 다른 리노스도 있는데, 아폴론과 한 뮤즈의 아들로 오르페우스의 스승이었고, 헤라클레스도 가르치려 했지만 그가 내리친 류트에 맞아 죽은 바로 그 음악 선생이었다.

마르시아스

원래 피리는 아테나가 처음 발명했지만, 아테나는 피리를 불려면 볼을 부풀리고 얼굴이 보기 흉하게 되므로 그것을 내던져버렸다. 사티로스인 마르시아스(Marsyas)가 그 피리를 발견해 매혹적으로 연주할 수 있게 되자 감히 아폴론에게 시합을 하자고 도전했다. 결과는 당연히 아폴론이 이겼고 자신에게 감히 도전한 벌로 마르시아스를 심하게 매질했다.

마르페사

마르페사(Marpessa)는 신들의 사랑을 받은 다른 여인들보다는 훨씬 운이 좋았다. 칼리돈의 멧돼지 사냥에 참가한 영웅들 중 한 사람이었고 아르고 호에도 승선했던 이다스(Idas)가 마르페사를 사랑했다. 결국 그녀의 동의를 얻어 아버지에게서 마르페사를 납치했다. 그 후 아무 일이 없었다면 두 사람은 행복하게 살았을 테지만, 공교롭게도 아폴론도 마르페사에게 반하고 말았다. 이다스 역시 마르페사를 포기하지 않고 심지어 아폴론에 대항해 싸우려 했다. 제우스가 중간에 끼어들어 둘을 떼어놓고 마르페사에게 원하는 남자를 선택하라고 했다. 마르페사는 아폴론이 언젠가는 자신을 버릴 것을 두려워하여 결국 인간인 이다스를 택했는데, 그녀의 선택은 나름대로 합리적인 근거가 있었다.

메로페

메로페(Merope)의 남편 크레스폰테스(Cresphontes)는 헤라클레스의 아들로 메세니아(Messenia)의 왕이었으나 반란이 일어나 두 아들과 함께 살해되었다. 반란에 성공해 크레스폰테스의 뒤를 이어 왕이 된 폴리폰테스(Polyphontes)는 메로페를 자기 아내로 삼았다. 그런데 메로페가 크레스폰테스의 셋째 아들 아이피토스(Aepythus)를 아르카디아로 피신시켜놓았다. 몇 년이 지나 아이피토스는 자기를 죽인 다른 사람인 것처럼 가장해 고향에 돌아왔고, 폴리폰테스에게 극진한 대접을 받았다. 어머니 메로페는 아이피토스가 아들인지 몰라보고 자신의 아들을 죽인 살인자로 생각해 죽일 계획을 세웠다. 하지만 메로페는 아이피토스가 제 아들이라는 사실을 알게 되고, 두 사람은 합심해 폴리폰테스를 죽였다. 그리고 아이피토스가 왕이 되었다.

멜람푸스

멜람푸스(Melampus)는 자신의 하인들이 어미 뱀을 죽이자 어린 새끼 뱀 두 마리를 구해주고 애완동물로 길렀는데, 뱀들이 멜람푸스에게 그 은혜를 갚았다. 한번은 멜람푸스가 잠들어 있는데 뱀들이 침상으로 기어 올라와 그의 귀를 핥았다. 멜람푸스가 깜짝 놀라 일어나 보니, 신기하게도 창가에 앉아 있는 새 두 마리가 서로 주고받는 소리를 이해할 수 있게 되었다. 뱀들이 멜람푸스가 온갖 날짐승과 들짐승의 언어를 이해할 수 있게 만들어준 것이다. 멜람푸스는 이런 식으로 다른 사람들은 결코 할 수 없는 점치는 기술을 익혀 유명한 점쟁이가 되었다. 그리고 그 지식을 이용해 자기 목숨까지도 구할 수 있었다. 적들이 멜람푸스를 사로잡아 작은 독방에 가둔 적이 있었다. 멜람푸스는 거기서 벌레들이 지붕의 대들보를 거의 다 갉아먹었으니 곧 떨어져 그 아래 있는 것을 전부 박살낼 것이라고 자기들끼리 이야기하는 것을 들었다. 멜람푸스는 자신을 지키고 있던 적들에게 당장 다른 곳으로 옮겨달라고 부탁했다. 다른 곳으로 자리를 옮기자 정말로 곧장 지붕이 무너져 내렸다. 적들은 멜람푸스가 얼마나 용한 점쟁이인지 알아보고 풀어준 뒤 후하게 보상했다.

미르미돈인들

미르미돈인들(Myrmidons)은 아킬레우스의 할아버지인 아이아코스가 통치한 아이기나(Aegina) 섬의 개미들에게서 유래한 인간들이다. 이들은 아킬레우스를 따라 트로이 전쟁에 참여했다. 혈통에서도 짐작할 수 있듯이 근면했을 뿐 아니라 용감하기도 했다. 이들은 질투심에 사로잡힌 헤라의 공격 때문에 개미에서 인간으로 변신한 것이다. 제우스가 그 섬의 이름이 된 처녀 아이기나를 사랑해 아이기나가 낳은 아들 아이아코스를 섬의 왕으로 만들자, 몹시 화가 난 헤라가 수천 명씩 사람을 죽이는 무서운 전염병을 내려보냈다. 전염병 때문에 아무도 살아남을 사람이 없을 것 같았다. 그래서 아이아코스는 높이 솟은 제우스 신전으로 올라가 자신이 제우스와 그가 사랑한 여인 사이에서 태어난 아들이라는 것을 밝히며 간구했다. 기도하던 중 아이아코스는 바쁘게 움직이는 개미 떼를 보고 소리쳤다. "오, 아버지시여! 이 개미들을 저를 위한 백성으로 만들어 텅 빈 도시를 채워주소서." 그러자 갑자기 울리는 천둥소리가 대답해주는 것 같았고, 그날 밤 아이아코스는 개미들이 인간의 형상으로 변하는 꿈을 꾸었다. 새벽이 되자 아이아코스의 아들 텔라몬은 수많은 군중이 궁전으로 다가오고 있다고 외치며 아버지를 깨웠다. 아이아코스가 밖으로 나가보니 과연 개미 수만큼이나 많은 사람이 그의 충직한 백성이라고 외치고 있었다. 아이기나 섬은 개미집에서 나온 사람들로 다시 북적거리게 되었고, 그 사람들은 '개미(myrmex)'라는 말을 따서 미르미돈족이라 불리게 되었다.

비톤과 클레오비스

비톤(Biton)과 클레오비스(Cleobis)는 헤라의 여 사제인 키디페(Cydippe)의 아들들이었다. 키디페는 페이디아스(Phidias)보다 나이 많은 동시대인인 위대한 조각가 대(大) 폴리클레이토스(Polyclitus)가 만든, 아르고스에 있는 매우 아름다운 헤라 여신상을 간절히 보고 싶었다. 하지만 키디페가 걸어서 가기에 아르고스는 너무 먼 데다가, 그녀에게는 타고 갈 마차를 끌 말이나 황소조차 없었다. 키디페의 착한 두 아들이 어머니의 소망을 이루어드려야겠다고 결심했다. 두 사람은 직접 자기들 몸에 멍에를 메고 마차에 어머니를 태워 더위와 먼지를 뚫고 먼 길을 걸었다. 마침내 아르고스에 도착하자 모든 이들이 두 아들의 지극한 효성에 감탄했다. 자랑스럽고 행복했던 어머니 키티페도 신상 앞에 서서 헤라 여신이 지닌 힘 중에서 가장 훌륭한 선물로 아들들에게 상을 내려주기를 기원했다. 마침내 키디페가 기도를 마치자 두 젊은이는 땅에 쓰러졌다. 두 사람은 미소를 머금고 평화롭게 잠든 모습이었지만 사실 죽은 것이었다.

살모네우스

살모네우스(Salmoneus)는 인간이 신과 겨루다가 얼마나 치명적인 결과를 당하는지 여실히 보여주는 예라고 할 수 있다. 살모네우스가 한 짓은 너무 어리석어 후대에 이르러서는 그가 미쳤었다는 말도 나돌았다. 살모네우스는 스스로 제우스인 척했다. 움직일 때마다 청동이 시끄럽게 쨍그랑거리도록 마차를 만들었다. 제우스의 축제날 천둥의 신 제우스라며 자신을 경배하라고 외치고 횃불을 흩뿌리며 마차를 몰고 시내 한가운데를 맹렬히 달렸다. 하지만 곧 진짜 천둥이 울리고 번개가 번쩍였다. 번개를 맞은 살모네우스는 마차에서 떨어져 죽었다.

이 이야기는 마법으로 날씨를 변하게 했던 시대를 설명할 때 인용되기도 한다. 이러한 견해에 따르면, 살모네우스는 일반적인 마법의 수단을 모방해 폭풍우를 몰고 오려고 시도한 마법사로 볼 수 있다.

시시포스

시시포스(Sisyphus)는 코린토스의 왕이었다. 어느 날 시시포스는 다른 어떤 새보다 웅장하고 힘센 독수리 한 마리가 코린토스에서 그리 멀지 않은 섬으로 한 처녀를 잡아가는 것을 보았다. 한편 강의 신 아소포스(Asopus)가 시시포스를 찾아와 자기 딸 아이기나가 납치되었는데 아무래도 제우스 짓인 게 분명하다며 딸을 찾을 수 있게 도와달라고 부탁하자 시시포스는 자신이 본 것을 말해주었다. 그 일 때문에 시시포스는 제우스의 무자비한 앙갚음을 받게 된다. 하데스에서 영원히 자기 위로 굴러 내려오는 바위를 끝없이 언덕 위로 굴려 올려야 하는 벌을 받게 된 것이다. 그렇다고 아소포스에게 큰 도움이 되지도 못했다. 아소포스는 딸을 찾으러 시시포스가 알려준 섬으로 갔지만 곧 제우스가 벼락으로 쫓아내고 말았다. 이 섬 이름은 아소포스의 딸을 기념해 아이기나로 불렸고, 아이기나의 아들 아이아코스는 아킬레우스의 할아버지가 된다. 아킬레우스는 아이아코스의 자손이라는 의미로 아이아키데스(Aeacides)로도 불렸다.

아라크네

(이 이야기는 라틴 시인 오비디우스만 유일하게 언급했다. 그래서 신들은 라틴 이름

이 쓰였다.)

　이 처녀의 운명은 무슨 일이든 신과 인간의 능력이 동등하다고 주장하는 것이 얼마나 위험한 일인지 보여주는 또 다른 본보기라 하겠다. 올림포스 신들 중에서 불카누스가 대장장이 신이었듯이 미네르바의 직분은 베 짜기였다. 당연히 미네르바는 자신이 짠 천이 섬세함과 아름다움에 있어서 타의 추종을 불허한다고 생각했다. 그래서 아라크네(Arachne)라는 순박한 시골 처녀가 자신이 짠 천이 가장 뛰어나다고 말하는 소리를 듣자 미네르바는 몹시 노했다. 여신은 그 처녀가 살고 있는 오두막을 찾아가 시합을 벌이자고 도전했고 처녀는 제안을 받아들였다. 여신과 처녀는 각자 베틀을 세우고 그 위에 날실을 팽팽히 걸었다. 드디어 베 짜는 일을 시작했다. 무지개처럼 형형색색의 예쁜 실타래 더미가 각자 옆에 놓였고 금실과 은실도 있었다. 미네르바는 최선을 다해 경이로운 걸작품을 만들었고, 동시에 작업을 끝낸 아라크네의 작품도 전혀 뒤지지 않았다. 화가 치민 미네르바는 아라크네가 짠 천을 위에서 아래로 쭉 찢어버리고 실이 감겨 있던 북으로 처녀의 머리를 내리쳤다. 수치스럽고 억울한 마음에 아라크네는 목을 매 자살했다. 그러자 미네르바도 약간은 후회스러운 마음이 들었다. 그래서 올가미에서 아라크네의 시신을 거둔 뒤 마법의 약을 뿌리자 아라크네는 거미로 변했다. 아라크네의 훌륭한 베 짜는 기술은 거미에게 그대로 남게 되었다.

아리스타이오스

　아리스타이오스(Aristaeus)는 물의 님프 키레네(Cyrene)와 아폴론의 아들로 벌을 치는 양봉가였다. 어느 날 알 수 없는 병으로 벌들이 모두 죽어버리자 아리스타이오스는 어머니에게 도움을 청하러 갔다. 어머니는 바다의 현명한 신 프로테우스가 그런 불상사가 재발하는 것을 막을 방법을 알려줄 수 있지만 순순히는 아니고 억지로 강요해야만 가르쳐줄 것이라고 말했다. 아리스타이오스는 그 방법을 알아내기 위해서 먼저 프로테우스를 잡아서 묶어놔야 했는데, 트로이에서 집으로 돌아가던 메넬라오스도 확인했듯이 그것은 매우 어려운 일이었다. 프로테우스는 자유자재로 수천 가지 다른 형태로 변신하는 능력을 지니고 있었기 때문이다. 하지만 온갖 변신에도 불구하고 프로테우스를 단단히 잡은 채로 놓지 않으면 프로테우스도 결국에는 포기하고 묻는 말에 대답해줄 것이라고 했다. 아리스타이오스는 어머니가 가르쳐준 대로 따랐다. 우선 프로테우스가 즐겨 나타나는 파로스 섬, 이설에 따르면 카르파토스(Carpathos)로 갔다. 그곳에서 프로테우스를 잡은 아리스타이오스는 프로테우스가 온갖 무서운 모습으로 변해도 절대 놓아주지 않았다. 마침내 힘이 꺾인 프로테우스는 원래 모습으로 돌아왔다. 그런 다음 아리스타이오스에게 신들 앞에 제물을 바치고, 제물을 바친 장소에 동물들의 시체를 그대로 놓아두라고 했다. 아흐레가 지나면 되돌아가 시체를 확인해보라고 했다. 아리스타이오스는 프로테우스에게 들은 대로 했고, 드디어 9일째 되는 날 기적을 발견했다. 동물들의 시체 중 하나에 커다란 벌 떼가 우글거리는 것이었다. 그 후로는 벌들이 갑자기 병에 걸려 아리스타이오스가 고통받는 일이 사라졌다.

아리온

아리온(Arion)은 기원전 700년경에 살았던 실존 인물 같기는 하지만, 그의 시는 현재 전하는 것이 하나도 없으며 실제로 알려진 것은 그가 죽음에서 도망쳤다는 신화 같은 이야기가 전부다. 아리온은 음악 경연 대회에 참가하기 위해 코린토스에서 시칠리아로 갔다. 리라의 명인이었던 아리온이 결국 상을 거머쥐었다. 귀국하는 도중, 아리온이 탄 상을 탐낸 선원들이 그를 죽일 음모를 꾸몄다. 아리온의 꿈에 나타난 아폴론이 그가 지금 위험에 처해 있다는 사실과 목숨을 구할 방법을 알려주었다. 아리온은 공격을 당하자 선원들에게 죽기 전 마지막 부탁으로 리라를 뜯으며 노래하게 해달라고 애원했다. 노래가 끝나자마자 아리온은 바닷속으로 뛰어들었고, 그의 매혹적인 노래에 이끌려 배 주위에 몰려 있던 돌고래들이 물에 뛰어든 아리온을 싣고 육지로 데려다주었다.

아마존족

아이스킬로스는 이들을 일컬어 '투쟁하는 아마존족(Amazons), 남성 혐오자들'이라고 불렀다. 이들은 모두 여전사로만 이루어진 부족이었다. 카우카소스 근처에 살았던 것으로 여겨지며 수도는 테미스키라(Temiscyra)였다. 신기하게도 아마존족 여인들은 그림을 그리거나 조각상을 만드는 데 영감을 불어넣었다. 이 여인들은 우리에게 매우 익숙하지만 사실 이들에 관해 전해지는 이야기는 거의 없다. 이들은 리키아로 쳐들어 갔다가 벨레로폰에게 격퇴되었다. 그리고 프리아모스가 젊었을 때 프리기아를 침공했으며, 테세우스가 왕이었을 때 아티카도 침략했다. 테세우스가 여왕을 납치하자 이들은 여왕을 구하려고 아티카로 쳐들어갔지만 테세우스에 의해 격퇴되었다. 『일리아스』에 나온 이야기가 아니라 파우사니아스가 언급한 이야기에 따르면, 트로이 전쟁 중 아마존족 여인들은 펜테실레이아(Penthesilea)의 지휘 아래 그리스 군과 싸웠다고 한다. 파우사니아스에 의하면 펜테실레이아는 아킬레우스 손에 죽었는데, 그토록 젊고 아름다운 모습으로 죽어 있는 그녀를 보고 아킬레우스는 매우 애통해했다고 한다.

아말테이아

일설에 따르면, 아말테이아(Amalthea)는 젖먹이 제우스에게 젖을 준 염소였다. 또 다른 설에 따르면, 그 염소를 소유한 님프였다고도 한다. 아말테이아는 누구든지 원하기만 하면 늘 음식이나 마실 것으로 가득 차는, 뿔로 만든 풍요의 뿔잔[라틴어로는 코르누 코피아(Cornu copiae) 로마 신화에서는 'Cornucopia'로도 알려져 있다]을 지니고 있었다고 한다. 그러나 로마인들은 코르누코피아가 황소 모습으로 변장하고 헤라클레스와 싸웠다가 뿔이 잘린 강의 신 아켈로오스의 뿔이었다고 말한다. 그 잔은 신비롭게도 항상 과일과 꽃으로 가득 차 있었다.

아우로라와 티토노스

이 두 신의 이야기는『일리아스』에 언급되어 있다.

> 장밋빛 손가락을 지닌 새벽의 여신,
> 고귀한 티토노스 곁에 누워 있던 침상으로부터 이제,
> 신들과 인간들에게 빛을 전하러 일어났네.

새벽의 여신 아우로라(Aurora)의 남편인 티토노스(Tithonus)는 트로이에서 트로이 사람들을 위해 싸우다 죽은 에티오피아 검은 피부의 왕 멤논의 아버지였다. 티토노스 자신도 기구한 운명을 타고났다. 아우로라는 남편 티토노스를 신들처럼 불사(不死)의 몸으로 만들어달라고 부탁했고, 제우스는 부탁을 들어주었다. 하지만 아우로라는 젊음도 계속 유지할 수 있게 해달라는 부탁은 깜빡 잊어버렸다. 그래서 티토노스는 늙었지만 죽을 수 없는 상황이 되었다. 속수무책으로 손발도 움직일 수조차 없게 되자 죽게 해달라고 기도했지만 소용없었다. 티토노스는 점점 내리누르는 고령에 시달리며 영원히 살아야 했다. 마침내 티토노스를 불쌍하게 여긴 아우로라는 그를 방에 눕히고는 문을 닫아버렸다. 그곳에서 티토노스는 아무 의미도 없는 말을 끝없이 지껄였다. 육체의 힘과 더불어 정신의 힘조차 사라진 것이다. 그는 단지 인간의 모습을 한 메마른 껍데기에 불과했다.

또 다른 설에 따르면, 티토노스가 계속 쪼그라들자 결국 아우로라가 그런 모습에 가장 어울릴 만하다고 생각해 말라빠진 시끄러운 메뚜기로 변하게 했다고 한다.

한편 티토노스의 아들 멤논의 거대한 석상이 이집트 테바이에 세워

졌는데, 새벽 첫 빛줄기가 석상을 비추면 하프 현이 울리는 것 같은 소리가 났다고 한다.

안티오페

테바이의 공주 안티오페(Antiope)는 제우스에게 두 아들 제토스와 암피온을 낳아주었다. 아버지의 진노를 두려워한 안티오페는 아이들이 태어나자마자 인적 드문 산속에 버렸지만 한 목동이 아이들을 발견하고는 키워주었다. 당시 테바이를 통치하던 리코스(Lycus)와 그의 아내 디르케(Dirce)가 안티오페를 잔인하게 학대했기 때문에 결국 안티오페는 도망치기로 결심했다. 마침내 안티오페는 아들들이 살고 있는 오두막까지 가게 되었다. 누가 먼저 알아봤는지는 모르나 어쨌든 서로 알아본 어머니와 아들들은 친구들을 모아 안티오페의 원수를 갚기 위해 궁전으로 향했다. 그들은 리코스를 죽이고 디르케의 머리는 황소에 묶어서 더 끔찍한 방법으로 죽였다. 죽은 디르케의 시신은 샘에 던져버렸는데, 이후로 샘은 그녀의 이름으로 불리게 되었다.

에릭토니오스

에릭토니오스(Ericthonius)는 에렉테우스와 동일 인물로 여겨진다. 이 이름을 알고 있던 유일한 사람은 호메로스였다. 에릭토니오스는 헤파이스토스의 아들로 아테나 여신이 길렀는데, 반은 인간이고 반은 뱀이었다. 아테나 여신은 아기인 에릭토니오스를 넣은 상자를 케크롭스의 세 딸에게 주고는 절대 열어보지 말라고 명령했다. 하지만 상자를 연 케크롭스의 세 딸은 뱀처럼 생긴 생물을 보았다. 그 벌로 아테나는 세 딸을 모두 미치게 만들고, 그들은 결국 아크로폴리스 언덕에서 뛰어내려 자살하고 말았다. 장성한 에릭토니오스는 아테네의 왕이 되었다. 그의 손자 역시 그와 이름이 같았으며, 케크롭스 2세, 프로크리스, 크레우사, 오레이티아의 아버지였다.

에피메니데스

에피메니데스(Epimenides)는 순전히 긴 잠에 얽힌 이야기 때문에 알려진 신화의 인물로 기원전 600년경에 살았다. 그는 소년이었을 적에 잃어버린 양을 찾아 나섰다가 57년 동안이나 계속 잠에 빠져 있었다고 한다. 잠에서 깨어난 뒤로는 그동안 무슨 일이 일어났는지도 모른 채 그 양을 계속 찾아다니다가 모든 게 변했다는 사실을 깨달았다. 에피메니데스는 델포이 신탁에 따라 전염병을 몰아내기 위해 아테네로 파견되었다. 이를 무척 감사하게 생각한 아테네 사람들이 많은 돈을 주려고 했지만 에피메니데스는 전부 거절하고 아테네인들과 자기 고향인 크레테의 크노소스 사람들이 친하게 지내기만을 부탁했다.

오리온

오리온(Orion)은 용모가 훤칠하고 수려한 청년으로 강인한 사냥꾼이었다. 키오스(Chios) 왕의 딸에게 반한 오리온은 그녀를 위해 그 섬에서 야수들을 깨끗이 몰아내주었다. 그리고 잡은 사냥감들을 공주에게 늘 가져다주었다. 오리온이 사랑한 공주의 이름이 아이로(Aero)라는 설도 있고 메로페라는 설도 있다. 공주의 아버지인 오이노피온(Oenopion) 왕은 오리온에게 딸을 주기로 약속했지만 차일피일 결혼을 미루었다. 그러던 어느 날 오리온이 술에 취해 공주를 욕보이자 오이노피온은 디오니소스에게 오리온을 벌해달라고 간청했다. 디오니소스가 오리온을 깊은 잠에 빠지게 만들자 오이노피온이 오리온의 눈을 멀게 했다. 하지만 신탁은 오리온이 동쪽으로 가서 떠오르는 햇살을 눈에 받으면 시력을 되찾을 수 있다고 알려주었다. 오리온은 멀리 렘노스까지 가서 결국 시력을 회복했다. 오리온은 즉시 오이노피온 왕에게 원수를 갚기 위해 키오스로 돌아갔지만 왕은 이미 다른 곳으로 도망친 뒤라 찾을 수 없었다. 오리온은 크레타로 가서 아르테미스의 사냥꾼으로 살았다. 하지만 아르테미스 여신이 오리온을 죽이고 만다. 아우로라로 불렸던 새벽의 여신이 오리온을 사랑하자 질투심에 화가 난 아르테미스가 쏘아 죽인 것이라는 이야기가 있다. 또 오리온이 아폴론을 화나게 하자 아폴론이 속임수를 써서 아르테미스가 그를 죽이도록 만든 것이라는 이야기도 있다. 어쨌든 오리온은 죽은 뒤 하늘에 올라가 별자리가 되었는데, 이 별자리에서는 허리띠와 칼, 곤봉과 사자 가죽을 두른 모습을 볼 수 있다.

이비코스와 학들

이비코스(Ibycus)는 신화 속 인물이 아니라 기원전 550년경에 살았던 시인이다. 그의 시 중에서 극소수의 단편만 현재까지 전해지고 있다. 이비코스에 관해 알려진 것은 그의 죽음에 얽힌 극적인 이야기뿐이다. 이비코스는 코린토스 근처에서 강도의 습격을 받아 치명상을 입었다. 마침 학 떼가 머리 위로 날아가자 이비코스가 학들에게 원수를 갚아달라고 부탁했다. 얼마 후 관객이 가득 운집한 가운데 연극이 상연되고 있는 코린토스의 열린 극장 위로 학 떼가 나타나더니 주위를 빙빙 돌았다. 그때 갑자기 공포에 사로잡힌 한 남자의 목소리가 들려왔다. "이비코스의 학들이 앙갚음하러 왔도다!" 그러자 관중들이 대답했다. "살인자는 고발당했다." 결국 그 남자는 잡혔고 나머지 강도들도 모두 사형에 처해졌다.

칼리스토

칼리스토(Callisto)는 사악한 성질 때문에 늑대로 변한, 아르카디아의 왕 리카온(Lycaon)의 딸이었다. 리카온은 손님으로 초대한 제우스의 식탁에 인육을 내놓았었다. 그래서 리카온이 받은 벌이야 당연한 것이지만 그의 딸은 아무런 잘못도 저지르지 않았음에도 아버지 못지않게 무서운 재난을 당했다. 제우스는 아르테미스 일행과 함께 사냥을 하고 있던 칼리스토를 보고 한눈에 반해버렸다. 칼리스토가 아들을 낳자 몹시 격분한 헤라는 그녀를 곰으로 변하게 만들었다. 한편 세월이 흘러 장성한 아들이 사냥을 나가자 헤라는 곰으로 변한 칼리스토를 아들 앞에 데려다놓았다. 물

〈아르테미스로 둔갑해 칼리스토에게 접근하는 제우스〉, 장 시몽 바르텔레미, 18세기

론 아무것도 모르는 아들이 어머니 칼리스토를 쏘게 하려는 의도였다. 하지만 그 순간 제우스가 곰을 낚아채 별들 사이에 올려놓았고, 하늘에서 칼리스토는 큰곰자리로 불리게 되었다. 나중에 아들 아르카스(Arcas)도 어머니 옆에 올라가 작은곰자리가 되었다. 자신의 연적에게 이러한 영예를 베푼 데 화가 난 헤라는 바다의 신 포세이돈에게 두 곰자리가 다른 별들처럼 바다 아래로 내려가지 못하도록 해달라고 설득했다. 그래서 별자리 중에서 유일하게 수평선 아래로 지지 않게 되었다.

케이론

케이론은 반인반마(半人半馬)인 켄타우로스였지만 난폭하고 사나운 다른 켄타우로스들과 달리 선량하고 지혜가 뛰어난 것으로 널리 알려져 있었다. 그래서 많은 영웅이 자기 아들의 수련과 교육을 케이론에게 맡겼다. 아킬레우스도 케이론의 제자였으며, 뛰어난 의사 아스클레피오스와 유명한 사냥꾼 악타이온 역시 마찬가지였다. 그 외에도 수많은 제자가 있었다. 케이론은 켄타우로스 중에서 유일하게 불사였지만 결국 죽어서 저승 세계로 내려갔다. 고의는 아니었지만 케이론을 죽게 만든 장본인은 바로 헤라클레스였다. 헤라클레스는 친구인 다른 켄타우로스 폴로스(Pholus)를 만나러 잠시 들렀다가, 몹시 갈증이 나자 폴로스를 설득해 모든 켄타우로스의 공동 자산인 포도주 통을 열게 했다. 포도주의 향기로운 냄새를 맡자 무슨 일이 벌어졌는지 당장 알아차린 다른 켄타우로스들이 두 사람에게 앙갚음하려고 몰려들었다. 하지만 그 누구도 헤라클레스의 적수가 되지 못했다. 헤라클레스는 켄타우로스들을 모두 물리쳤는데 그 와중에 공격에 전혀 가담하지 않았던 케이론에게까지 뜻하지 않게 상처를 입혔다. 회복 불가능한 상처를 입자 결국 제우스는 케이론이 영원히 고통 속에서 사느니 차라리 죽을 수 있도록 허락했다.

〈아킬레우스에게 리라 연주를 가르치는 케이론〉, 폼페오 바토니, 18세기

클리티에

클리티에(Clytie) 이야기는 좀 특이하다. 일반적인 이야기와는 정반 대로 자신을 별로 좋아하지 않는 신을 사랑한 처녀에 대한 이야기이기 때문이다. 클리티에는 태양신을 사랑했지만 정작 태양신은 클리티에에게서 매력을 하나도 발견할 수 없었다. 클리티에는 문 밖의 땅바닥에 앉아 고개를 들고 태양이 천공을 도는 모습만 보느라 점점 야위어갔다. 그렇게 하염없이 바라보던 클리티에는 결국 한 송이 해바라기 꽃으로 변하고 말았다. 그래서 해바라기는 늘 태양을 향하고 있다고 한다.

티로

살모네우스의 딸 티로(Tyro)는 포세이돈과의 사이에서 쌍둥이 아들을 낳았다. 하지만 아이들이 태어난 사실을 알면 아버지가 화를 낼 것이 두려워 아이들을 버렸다. 쌍둥이는 살모네우스의 마부에게 발견되어 그들 부부에게 키워졌는데, 한 아이는 펠리아스였고 다른 아이는 넬레우스(Neleus)였다.

몇 년이 흐른 뒤 티로의 남편 크레테우스(Cretheus)는 아내와 포세이돈과의 관계를 알게 되었다. 몹시 화가 난 크레테우스는 티로를 내쫓고 티로의 시녀 중 한 사람인 시데로(Sidero)와 결혼했다. 시데로는 자기 주인이었던 티로를 학대했다. 그런데 크레테우스가 죽을 무렵, 쌍둥이도 마침 자신들의 친부모가 누구인지 양부모로부터 듣게 되었다. 당장 티로를 찾아간 그들은 어머니에게 자신들이 누구인지 밝혔다. 그리고 어머니가 비참한 대우를 받으며 살고 있는 것을 보자 당장 시데로를 벌하러 찾아갔다. 쌍둥이들이 온다는 소식에 시데로는 헤라의 신전으로 피신했다.

하지만 아랑곳하지 않고 펠리아스가 시데로를 죽이는 바람에 헤라 여신의 분노를 샀다. 그 뒤로 몇 년이 흐르긴 했지만 헤라는 잊지 않고 펠리아스에게 앙갚음했다. 펠리아스의 이복 동생인, 티로와 크레테우스 사이에 태어난 아들이 바로 펠리아스가 황금 양털을 찾아오라고 보내서 죽이려 했던 이아손의 아버지였다. 하지만 이아손은 원정에서 살아남아 간접적이기는 하지만 펠리아스의 죽음의 원인이 되었다. 펠리아스는 다름 아닌 이아손의 아내 메데이아의 속임수에 넘어간 딸들 손에 죽었기 때문이다.

플레이아스들

아틀라스의 딸들인 플레이아스들(Pleiades)은 모두 일곱 명이었는데, 각각 이름은 엘렉트라, 마이아, 타이게테, 알키오네, 메로페, 케라이노, 스테로페였다. 오리온이 이들을 뒤쫓았지만 늘 앞서 달아났기 때문에 한 사람도 붙잡을 수 없었다. 그래도 오리온이 포기하지 않고 계속 쫓아다니자 이들을 불쌍히 여긴 제우스가 하늘로 올려 별자리로 만들어주었다. 하지만 하늘에서마저 오리온은 늘 실패하면서도 이들을 쫓아다닌다고 한다. 이들이 지상에 살았을 때 자매 중 한 사람인 마이아는 헤르메스의 어머니였다. 또 다른 여인 엘렉트라는 트로이 부족의 창시자인 다르다노스(Dardanus)를 낳았다. 이들이 모두 일곱 명이라는 것이 일반적인 설이기는 하지만 별자리는 여섯 개만 뚜렷이 보인다. 나머지 일곱 번째 별은 특별히 시력이 좋은 사람을 제외하고는 잘 보이지 않는다.

헤로와 레안드로스

레안드로스(Leander)는 헬레스폰트 해협에 위치한 아비도스(Abydus)라는 마을에 사는 청년이었고, 헤로(Hero)는 해협 맞은편 세스토스(Sestus)라는 마을 아프로디테 신전의 여 사제였다. 매일 밤, 레안드로스는 불빛의 인도를 받아 헤로가 있는 곳으로 헤엄쳐 왔다. 그 불빛이 세스토스에 있는 등대에서 나오는 불빛이라는 말도 있고, 헤로가 탑 꼭대기에 늘 피워둔 횃불이라는 말도 있다. 폭풍이 심하게 몰아치던 어느 날 밤, 바람에 불빛이 꺼져버리자 인도할 불빛을 잃은 레안드로스는 물에 빠져 죽었다. 해변으로 쓸려온 연인의 시신을 발견한 헤로도 스스로 목숨을 끊고 말았다.

히아데스

히아데스(Hyades)는 아틀라스의 딸들로 플레이아스들(Pleiades)과는
이복 자매들이었다. 비를 내리는 것으로 생각된 우기의 별들이었는데, 그
이유는 저녁에 떠서 아침에 지는 시간이 주로 우기인 5월 초에서 11월 사
이에 이어졌기 때문이다. 이들은 전부 여섯 명이다. 디오니소스가 아기였
을 때 어머니 세멜레가 이미 불타 죽은 후였으므로 제우스가 이 자매들에
게 그를 키우도록 맡겼다. 이들이 아기를 잘 돌본 보답으로 하늘의 별들
가운데 올려주었다고 한다.

그리스 로마 신 이름 비교

그리스식	로마식	영어식
제우스	유피테르	주피터(목성)
헤라	유노	주노
아폴론	아폴로	아폴로
아테나	미네르바	-
아르테미스	디아나	다이아나
헤르메스	메르쿠리우스	머큐리(수성)
포세이돈	넵투누스	넵튠(해왕성)
아레스	마르스	마스(화성)
디오니소스	바쿠스	바커스
아프로디테	베누스	비너스(금성)
크로노스	사투르누스	새턴(토성)
우라노스	우라누스	우러너스(천왕성)
하데스	플루토	플루토(명왕성)
에로스	쿠피도	큐피드
헤파이스토스	불카누스	벌컨
데메테르	케레스	셀레스
페르세포네	프로세르피나	-
가이아	가에아	지어(지구)
헤라클레스	헤르쿨레스	허큘리스
헤스티아	베스타	-

주요 신들

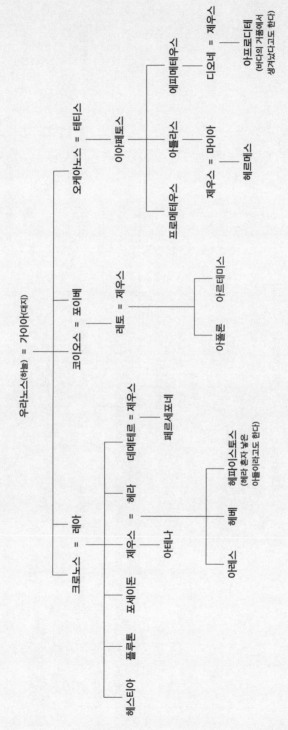

우라노스(하늘) = 가이아(대지)

크로노스 = 레아 / 코이오스 = 포이베 / 오케아노스 = 테티스

헤스티아 / 플루톤 / 포세이돈 / 제우스 = 헤라 / 데메테르 = 제우스

아테나 / 페르세포네

헤베 / 아레스 / 헤파이스토스
(헤라 혼자 낳은 아들이라고도 한다)

레토 = 제우스

아폴론 / 아르테미스

이아페토스

프로메테우스 / 제우스 = 마이아 / 아틀라스 / 에피메테우스 = 디오네 = 제우스

헤르메스

아프로디테
(바다의 거품에서 생겨났다고도 한다)

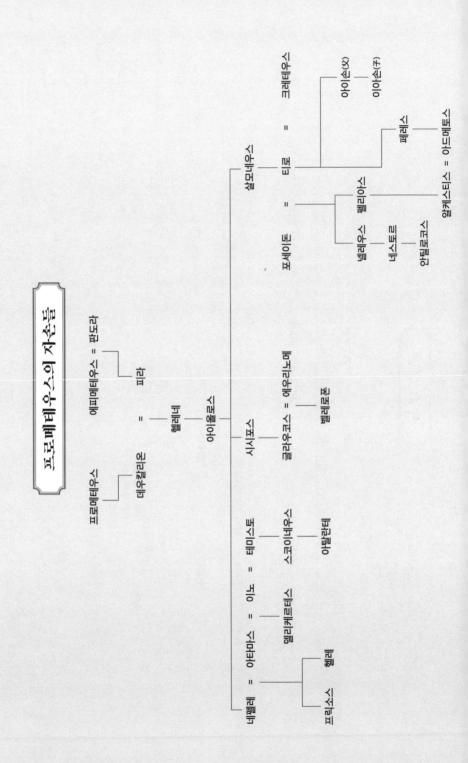

프로메테우스의 자손들

프로메테우스   에피메테우스 = 판도라

데우칼리온 = 피라

헬레네

아이올로스

시시포스   클리우코스 = 에우리노메   포세이돈 = 살모네우스 = 크레테우스

벨레로폰   티로

넬레우스 펠리아스   아이손(父)
                                아이손(子)
네스토르
안틸로코스   페레스

알케스티스 = 아드메토스

아타마스 = 이노 = 테미스토

넬펠레   멜리케르테스   스코이네우스
                                     아탈란테

프릭소스 헬레

페르세우스와 헤라클레스의 선조들

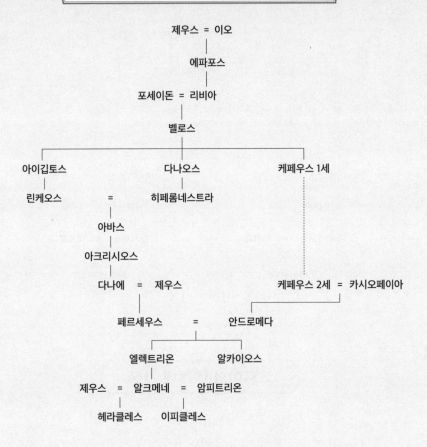

제우스 = 이오
│
에파포스
│
포세이돈 = 리비아
│
벨로스
│
┌─────────────────┼─────────────────┐
아이깁토스   다나오스   케페우스 1세
│   │   ┊
린케오스   =   히페롬네스트라   ┊
│   ┊
아바스   ┊
│   ┊
아크리시오스   ┊
│   ┊
다나에 = 제우스   케페우스 2세 = 카시오페이아
│   │
페르세우스   =   안드로메다
│
┌──────────┴──────────┐
엘렉트리온   알카이오스
│
제우스 = 알크메네 = 암피트리온
│
헤라클레스   이피클레스

아킬레우스의 선조들

오케아노스 = 테티스(Tethys)
│
아소포스(강의 신)
│
아이기나 = 제우스
│
아이아코스
│
펠레우스 = 테티스(Tethys)
│
아킬레우스

트로이 왕가

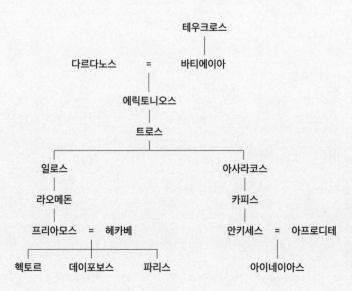

테우크로스

다르다노스 = 바티에이아

에릭토니오스

트로스

일로스

라오메돈

프리아모스 = 헤카베

헥토르   데이포보스   파리스

아사라코스

카피스

안키세스 = 아프로디테

아이네이아스

트로이의 헬레네 가문

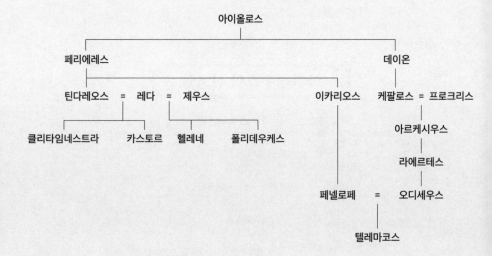

아이올로스

페리에레스   데이온

틴다레오스 = 레다 = 제우스   이카리오스   케팔로스 = 프로크리스

클리타임네스트라   카스토르   헬레네   폴리데우케스

아르케시우스

라에르테스

페넬로페 = 오디세우스

텔레마코스

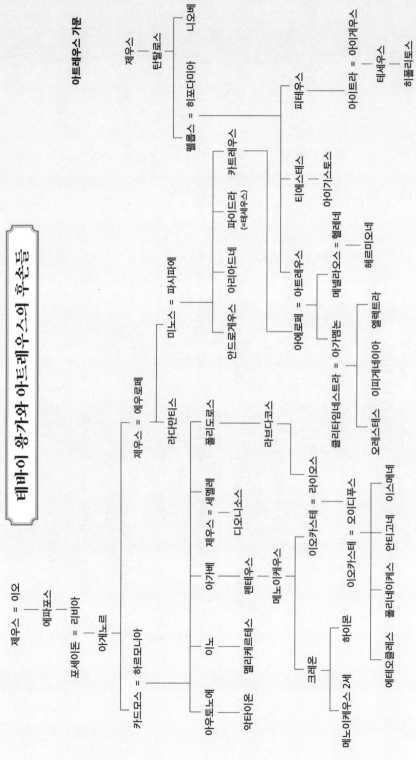

테바이 왕가와 아트레우스의 후손들

아트레우스 가문

제우스
탄탈로스

펠롭스 = 히포다미아 — 니오베

피테우스

아이트라 = 아이게우스

테세우스

히폴리토스

카트레우스

파이드라 (=테세우스)

안드로게우스   아리아드네

아에로페 = 아트레우스

티에스테스   아이기스토스

메넬라오스 = 헬레네

헤르미오네

클리타임네스트라 = 아가멤논

오레스테스   이피게네이아   엘렉트라

아테네 왕가

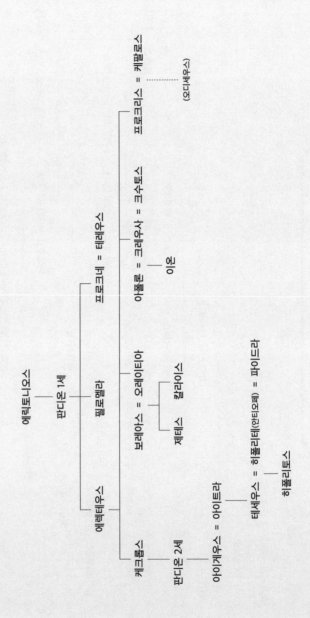

에릭토니오스

판디온 1세

필로멜라   프로크네 = 테레우스

보레아스 = 오레이티아   아폴론 = 크레우사 = 크수토스   프로크리스 = 케팔로스

제테스   칼라이스   이온   (오디세우스)

에렉테우스

케크롭스

판디온 2세

아이게우스 = 아이트라

테세우스 = 히폴리테(안티오페) = 파이드라

히폴리토스

옮긴이 **서미석**

서울대학교 스페인어과를 졸업하고 20년 이상 전문번역가로 활동한 베테랑 번역가다. 『칼레발라: 핀란드의 신화적 영웅들』, 『아서 왕과 원탁의 기사들』, 『러시아 민화집』, 『아이반호』, 『북유럽 신화』, 『호모 쿠아에렌스: 자연과학자의 눈으로 본 인류문명사』, 『십자군전쟁 그것은 신의 뜻이었다』, 『패션의 문화와 사회사』, 『로빈후드의 모험』 등 다양한 책들을 번역하였고, 특히 문학 작품의 번역에 있어 뛰어난 문장력을 인정받았다.

현대지성 클래식 13

해밀턴의 그리스 로마 신화

1판 1쇄 발행 1999년 11월 25일
2판 1쇄 발행 2017년 2월 20일
3판 1쇄 발행 2022년 4월 8일
3판 3쇄 발행 2023년 7월 31일

발행인 박명곤 **CEO** 박지성 **CFO** 김영은
기획편집 채대광, 김준원, 박일귀, 이승미, 이은빈, 강민형, 이지은, 성도원
디자인 구경표, 구혜민, 임지선
마케팅 임우열, 김은지, 이호, 최고은
펴낸곳 (주)현대지성
출판등록 제406-2014-000124호
전화 070-7791-2136 **팩스** 0303-3444-2136
주소 서울시 강서구 마곡중앙6로 40, 장흥빌딩 10층
홈페이지 www.hdjisung.com **이메일** main@hdjisung.com
제작처 영신사

© 현대지성 2022

"Inspiring Contents"
현대지성은 여러분의 의견 하나하나를 소중히 받고 있습니다.
원고 투고, 오탈자 제보, 제휴 제안은 main@hdjisung.com으로 보내 주세요.

"인류의 지혜에서 내일의 길을 찾다"
현대지성 클래식

현대지성 클래식 살펴보기